桂堂文库

排序按作者姓氏笔画:

中国现代杂文
散文杂论

姚春树 著

人民出版社

责任编辑:詹素娟

封面设计:周涛勇

图书在版编目(CIP)数据

中国现代杂文散文杂论/姚春树 著. -北京:人民出版社,2014.11

ISBN 978 - 7 - 01 - 013880 - 0

Ⅰ.①中…　Ⅱ.①姚…　Ⅲ.①杂文-文学研究-中国-现代②散文-
文学研究-中国-现代　Ⅳ.①I207.65

中国版本图书馆 CIP 数据核字(2014)第 198651 号

中国现代杂文散文杂论

ZHONGGUO XIANDAI ZAWEN SANWEN ZALUN

姚春树　著

人民出版社 出版发行

(100706　北京市东城区隆福寺街 99 号)

北京中科印刷有限公司印刷　新华书店经销

2014 年 11 月第 1 版　2014 年 11 月北京第 1 次印刷

开本:710 毫米×1000 毫米 1/16　印张:23.75

字数:375 千字

ISBN 978 - 7 - 01 - 013880 - 0　定价:60.00 元

邮购地址 100706　北京市东城区隆福寺街 99 号

人民东方图书销售中心　电话 (010)65250042　65289539

序

福建师范大学是一所百年学府,肇始于1907年由清末帝师陈宝琛先生创立的福建优级师范学堂,开示福建高等教育的先河和师范教育的优良传统,又承传1908年筹设的福建华南女子文理学院和1915年兴办的福建协和大学两所教会大学的学科积淀,历经百年建设,发展成为东南名校。

我校中文系与校史一样源远流长,主要由福建优级师范学堂国文科、协和大学与华南女院等中文系科发展而来,于2000年改设文学院,现包括中国语言文学、秘书学和文化产业管理三系。文学院的学术源流,既呈现了陈宝琛、陈易园、严叔夏、董作宾、黄寿祺诸先贤奠定的传统国学,又涵衍着叶圣陶、郭绍虞、章靳以、胡山源、俞元桂等名家开拓的现代新学,堪称新旧交融,底蕴深厚。其中,长期为学科建设殚精竭虑而贡献卓著者,当推前后执掌中文系务三十年的经学宗师黄寿祺(号六庵)教授和现代文学史家俞元桂(号桂堂)教授。

随着改革开放的新时代进程,我校中国语言文学学科建设稳步发展,屡有创获。由六庵先生和桂堂先生分别领衔的中国古代文学和中国现当代文学学科,于1979年开始招收研究生,1981年经国务院学位委员会批准为全国首批硕士点;1995年中国语言文学学科由国家教委确认为国家文科基础学科人才培养和科学研究基地;1998年一举获得中国古代文学和中国现当代文学两个博士点,2000年又获汉语言文字学博士点,2001年设立中国语言文学博士后科研流动站,2003年获取中国语言文学一级学科博士授予权,2007年中国现当代文学被评为国家重点学科。此外,还有戏剧与影视学一级学科博士授予权和博士后科研流动站,国家级特色专业、人才培养模式创新实验区、教学团队各 1 个和精品课程 4 门,综合实力居全国同类院系的先进行列。

先师桂堂先生,1942 年毕业于协和大学,系国学名师陈易园、严叔夏先生之高足;1943 年考入中山大学研究院中国语言文学部,又师从文献学家李笠教授和文艺学家钟敬文教授;1946 年获文学硕士后,受严复哲嗣叔夏先生举荐回母校执教,直至退休。1956 年起任中文系副主任,协助六庵先生操持系务,1979 年接任系主任,至 1984 年卸任。先生从教五十年,早期讲授中国古代文学和文学批评史,1951 年起奉命转治现代文学,晚年创立现代散文研究方向,著有《中国现代散文史》、《桂堂述学》及散文集《晚晴漫步》、《晓月摇情》等,与六庵先生同为我校中文学科德高望重的鸿儒硕老。文学院此次策划出版两套学术文库,分别以两位先师的别号命名,不止为缅怀先师功德,更有传承光大学术门风的深长意味。

《桂堂文库》首批辑录 11 种,均来自我校现代文学学科群三代学者,包括文艺学、比较文学和语文教育学等学科。老一辈名师中,孙绍振教授以《文学的坚守与理论的突围》汇集他在中外文论、文艺美学和文本解读方面的精品力作,姚春树教授则以《中国现代杂文散文杂论》显示精鉴博识的特色。中年专家有 6 种,闽江学者特聘教授南帆的《表述与意义生产》畅论当代文论和文学研究的前沿关键问题,辜也平的《多维牵掣下的苦心雕镂》在巴金研究和传记文学探索上有所创获,席扬在《中国当代文学的“历史叙述”和“典型现象”》中阐发学科史和思潮史的新见,潘新和专门论述《“表现—存在论”语文学视界》,赖瑞云则细心探讨文学教育的《文本解读与多元有界》的理论与实践,拙作《现代散文学初探》只是附骥而已。新一代学人有郑家建的《透亮的纸窗》、葛桂录的《经典重释与中外文学关系新垦拓》和朱立立的《阅读华文离散叙事》,在各自领域显示学术锐气。原作俱在,可集中检阅我们学科建设的部分成果和治学风气,我作为当事人不宜在此饶舌,还是由读者独立阅读和评议吧。

汪文顶

二〇一四年夏于福建师范大学仓山校区

目 录
CONTENTS

第一辑
中国现代散文杂文理论管窥

《中国现代散文理论》前言

《中国现代散文理论选》,是我们研究中国现代散文史的一种副产品。我们在撰写《中国现代散文史》的过程中,接触了大量的现代散文理论文章。这些文章,反映了中国现代散文发展的历史足迹,触及了散文创作的艺术规律,也在一定程度上再现了中国现代散文同中外优秀散文传统的继承和创新关系;是珍贵的文学史料,也是一笔值得重视的理论财富。对于这份理论遗产,过去显然重视不够。比如,30 年代出版的《中国新文学大系》中的《建设理论集》和《文学论争集》,其中收有小说、诗歌、戏剧等的理论资料,唯独没有现代散文的。

这里,我们想对中国现代散文理论建设的发展轮廓,中国现代散文理论里面比较集中探讨的几个问题,作些简要的说明。

一

中国现代散文创作和理论,大致可以分为三个时期:即 1917 年文学革命至 1927 年大革命失败为第一期, 1927 年下半年至 1937 年抗日战争全面爆发前为第二期, 1937 年抗战全面爆发至 1949 年解放战争胜利前夕为第三期。

第一期是我国新文学运动史上,人的思想大解放,审美观念大解放,以及文体和语言形式大解放的"破旧立新"的时期。就现代散文创作和理论的

产生和发展来说,情况也是如此。主要内容:

其一,散文概念从只是与韵文、骈文相对的广义散文向文学散文发展。

在我国古代文论中,所谓散文,通常是指与韵文、骈文相对的散行文体,是一个非常广泛的概念。这种状况,在新文学运动兴起后,有了逐步的改观。例如,刘半农在 1917 年 5 月发表于《新青年》上的《我之文学改良观》中,在中国现代文学史上第一次提出"文学散文"的概念,他所认为的"文学散文"是指与"诗歌戏曲"相对,同时不包括应用文在内的"小说杂文",他这时还没有在"小说"和"杂文"之间划出明确界限。又如,傅斯年写于1918年 12 月的《怎样做白话文》,是专门论述白话散文写作的,他把散文与小说、诗歌、戏剧并列,这较刘半农前进了一步,但他又认为散文包括"解论""驳论""记叙""形状",说明他仍是把散文看为一种广义的散行文字。1921 年后,周作人发表了《美文》,王统照发表了《纯散文》和《散文的分类》,胡梦华发表了《絮语散文》,这些散文理论文章,已不是仅把散文看为一种散行文字,而是视作与小说、诗歌、戏剧并列的特殊文学形式,都强调文学散文的"美文学"特质,例如周作人把文学散文称为"美文",王统照称之为"纯散文"(Pureprose)说它能"使人阅之自生美感",胡梦华则称它为"一种不同凡响的美的文学",这标志着人们对文学散文特质认识的深化和飞跃;这些文章也都针对当时的复古派把凝炼隽美的古典散文称为美文,而把白话散文斥为俚俗粗鄙的"街谈巷语",理直气壮地把白话文学散文称为"美文"。这既打破了"美文"不能用"白话"的"迷信"(见胡适:《五十年来中国之文学》),也引导初创期的白话散文创作从一般的散行文字向美文学突进。

这里有两点需要顺带指出的,一是现代散文是个复杂的多层次的综合概念,人们在不同层次上使用这一概念时,其内涵是不一样的。在多数情况下,人们使用文学散文这一概念时是泛指包括文艺杂感(杂文)、记叙、抒情散文和报告文学等各种样式的散文的,这我们可称之为广义的文学散文;有时则排除杂文和报告文学在外,特指记叙、抒情散文的,这我们可称之为狭义的文学散文,或纯文学散文,可以说自"五四"迄今,文学散文这个概念始终未加统一的规范和界定。二是这时的新文学营垒内,无论是《新青年》同人,文学研究会同人,创造社同人,《语丝》社同人,《现代评论》派同人,在反对文言文,主张白话文的大方向上是大体一致的,区别仅在于坚决性的程度上的差异。

其二,反对封建旧文学的"载"儒家之"道","代圣贤立言",突出强调散文创作要写实求真,鲜明表现作家的真情实感和个性特征。

我国的古典文论,甚难突破"原道"、"征圣"、"宗经"的思想樊篱,这极大限制了散文的发展。"五四"时期散文理论与此针锋相对,突出强调散文创作要写实求真,表现作家的真情实感和个性特征。周作人在《美文》中说文学散文"同一切文学作品一样,只要真实简明便好。"鲁迅反对"瞒和骗"的文艺,强调作家要敢于正视现实、表现现实,写作"真人"(《坟·论睁了眼看》),说读者认为他的杂文的最重要特点是"说真话"(《写在〈坟〉的后面》)。胡梦华在《絮语散文》中说诗和散文是"近世自我的解放和扩大","絮语散文"的主要特点不在于它是"家常絮语""家人絮语",而在于它的特质是个人的,一切都是从个人的主观发出来的……"现代散文理论的这些主张,是当时时代精神的反映,是就散文这一特殊的文学形式立论的,也是中国现代散文的重要的优秀传统。

其三,这时的散文理论倡导者大量输入欧美的散文理论。

周作人要人们写作散文时以欧美的"爱迭生、兰姆、欧文、霍桑"等为"模范"(《美文》),王统照的散文分类依据的是亨德《文学概论》一书的理论,胡梦华则介绍欧洲从蒙田、培根至兰姆、韩士立等"絮语散文"的源流;而对中国现代散文创作和理论建设产生更深远影响的,是鲁迅翻译的日本文艺评论家厨川白村的《出了象牙之塔》一书。

厨川白村论英国的"Essay"(小品随笔)时说:

> 如果是冬天,便坐暖炉旁边的安乐椅子上,倘在夏天,则披浴衣,啜苦茗,随随便便,和好友任心闲话,将这些话照样地移在纸上的东西,就是essay。兴之所至,也说些不至于头痛为度的道理罢。也有冷嘲,也有警句罢。既有humor(滑稽),也有pathos(感愤)。所谈的题目,天下国家的大事不待言,还有市井琐事,书籍的批评,相识者的消息,以及自己过去的追怀,想到什么就纵谈什么,而托于即兴之笔者,是这一类的文章。

> 在essay,比什么都紧要的事件,就是作者将自己的个人底人格的色彩,浓厚地表现出来。

厨川白村对"Essay"的论述,对中国现代散文创作和理论是有影响的。

在《出了象牙之塔》里,厨川白村在论述"漫画"和"现代文学之主潮"时说:

> 文艺的本来的职务,是在作为文明批评社会批评,以指点向导一世……

这话对鲁迅有深刻的启发。他在《两地书(十七)》和《〈华盖集〉题记》中,反复申说他所以写作杂文和创办《莽原》周刊,是为了对旧中国进行毫不留情的"文明批评"和"社会批评"的。而社会批评、匡正时弊,正是作为中国现代杂文创作主流的"鲁迅式"战斗杂文的主要标帜。从这点上说,厨川白村对杂文创作和理论的影响,是需要加以揭示的。

这时的散文理论,对中国古典散文创作和理论估价不足;也没有来得及对当时繁花竞发、异彩纷呈的散文创作作充分的理论概括和总结。据胡适统计,"五四"以后,全国有四百种左右的白话报纸,据阿英估计,在新文学运动的头十年,全国文学期刊有两百多种。新闻事业的发达,是散文创作繁荣的重要条件。当时报纸副刊和文学期刊皆载杂文,成了一时的风尚,发表的杂文可以说是数以万计的,"周氏兄弟"、陈独秀、李大钊、钱玄同、刘半农、邵力子、陈望道、林语堂、陈西滢等,是这时的杂文名家;报纸副刊和文学期刊也常刊登纪实、抒怀的记叙、抒情散文,"周氏兄弟",朱自清、谢冰心、叶圣陶、郭沫若、郁达夫、徐志摩是这方面的名家;瞿秋白、叶圣陶、朱自清、郭沫若在这时已创作了以后称为"报告文学"的名篇;鲁迅、刘半农、许地山、焦菊隐、于赓虞等,这时也创作了同古典散文中的小赋、小品有渊源,但同波德莱尔和屠格涅夫的散文诗有更亲密的血缘关系的中国现代散文诗—诗的散文。可惜当时的散文理论都未能对这一切从理论上进行概括和总结。

第二期是中国现代散文创作和理论的全面丰收的繁荣鼎盛时期。这一时期的散文创作,在前一时期所取得的成就基础上,从复杂尖锐的社会斗争

中汲取源泉,从中外散文的优秀传统中汲取营养,散文创作的社会内容明显
扩大了,艺术上较前也有很大发展。这一时期,出现了为数众多的专登散文
或辟有散文专栏的期刊报纸,1934 年,文学期刊有四百种以上,"小品文"
(即广义的文学散文)风靡整个文坛,出现了大量散文名家,其中有鲁迅等
"五四"时期的散文大师,也有一大批是新出现的才华焕发,风格卓异的新
秀。散文创作的蓬勃发展和人们对散文创作的普遍重视,推动了散文理论建
设的丰富和发展。主要内容:

其一,文学散文概念的内涵和外延的丰富和发展,这主要表现在散文的
取材范围、思想倾向的争论和散文多种样式理论的提倡。

30 年代初,在小品文风靡整个文坛的时候,以鲁迅为代表的左翼作家和
以林语堂为代表的"论语"派之间,围绕着小品文问题有过争论,中心是散
文创作的内容和倾向问题。

林语堂是当时小品文创作的最积极鼓吹者,他先后主编过《论语》、《人
间世》和《宇宙风》等著名小品文刊物。他的积极提倡,对当时散文创作
的发展,应该说是起了推波助澜的作用的,当时有不少著名作家在他主编的
小品文刊物上发表散文。林语堂的小品文理论,不乏精辟见解。他鼓吹创
作以"闲适"、"幽默"为格调,以"自我""性灵"为中心,以"文中之白"
(即文言夹白话)为形式的小品文,他认为写作这样的小品文,以晚明"公
安派",英国的那些充满个人主义、自由主义和趣味主义的 Essay,以及当时
渐趋消极的周作人的小品文为圭臬。他的理论主张,反映了在当时民族危
机、阶级斗争特别尖锐、残酷形势下,一部分害怕斗争、消极避世、只求自我的
"闲适""趣味"的知识分子的典型心理。

林语堂企图把这种小品文理论强加于整个散文界,使整个散文界成为
实践这种理论的"一统天下",朱光潜当时就不同意他的理论(见《论小品
文》),所以他受到左翼作家的批评更不足为怪了。1935 年 3 月,《太白》杂
志编辑出版了《小品文和漫画》一书,收录了他们在争论中写下的文章。他
们认为小品文不能脱离时代和人民,不管是从国家大事或个人身边琐事取
材,都必须说出大众的心里话,其情趣和表现形式,应该灵活自由多样,可以
幽默、闲适、絮语,但首先必须是鲁迅说的是战斗的"匕首"和"投枪"。这

反映了在时代的前进中,人们对散文自觉表现时代和人民的社会功能的认识的深化和飞跃。

这一时期文学散文的样式有了新发展,其中文艺杂感(杂文)成为最重要的散文样式。鲁迅和瞿秋白是这时期也是现代散文史上最重要的杂文理论家。鲁迅在给自己或给别人杂文集所写的序跋,他围绕杂文论战所写的文章,瞿秋白的《〈鲁迅杂感选集〉序言》等都是人所共知的现代散文史上有关杂文的最重要理论建设文章。他们的杂文理论在根本上是一致的,但也有些微的差异。鲁迅把杂文看为是"杂"体文(见《〈且介亭杂文〉序言》),瞿秋白则认为鲁迅等的文艺杂感是文艺性的社会论文。相较之下,前者的说法更符合实际。郁达夫是日记和传记文学的积极提倡者。他在《日记文学》(《洪水》第三卷第三十二期)中指出这一体裁是文学的重要分支。他在《什么是传记》(见《文学百题》)和《传记文学》中(见《闲书》)中,概述了中国传统传记的源流及其局限,主张仿效西洋近代传记创立"一种新的解放的传记文学",对建立新的传记文学发表了不少真知灼见。茅盾、曹聚仁、徐懋庸、陈望道、柳湜、贾祖璋等热心提倡历史小品和科学(包括自然学和社会科学)小品。茅盾指出写作这两种小品,是"非常切要的","一方面是科学或历史与文艺的结婚,另一方面是科学或历史走进大众队里的阶梯"。(见《科学和历史小品》)。报告文学是这时期的重要散文样式。左联是报告文学创作的最重要倡导者和组织者。袁殊的《报告文学论》、阿英的《从上海事变到报告文学》、胡风的《关于速写及其他》、周立波的《谈谈报告文学》、茅盾的《关于报告文学》等,都是这方面的重要理论文章。茅盾指出报告文学的性质是"将生活中发生的某一事件立即报告给读者",它有"浓厚的新闻性","必须充分形象化",可以运用小说创作的艺术方法,但人物和事件必须"真实",不能虚构。当时人们对于报告文学究竟是文学散文的一种,还是一种"独立"的文学形式,看法并不一致。阿英、周立波、茅盾认为它是从散文发展而来,并从中分化出来的独特文学形式,而袁殊(见《报告文学论》)、郑伯奇(见《小品文问答》)、朱自清(见《什么是散文?》)则认为它属于文学散文中之一种。

其二,比较全面总结和研究中国现代散文创作成就和经验、风格和流派。

朱自清的《论中国现代小品散文》和钟敬文的《试谈小品文》,是这时较早出现的这方面的文章。此外还有:现代散文选集序跋,如阿英的《〈现代十六家小品〉序》,周作人的《〈中国新文学大系·散文一集〉导言》、郁达夫的《〈中国新文学大系·散文二集〉导言》,孙席珍的《〈现代中国散文选〉跋》;关于散文作家专论的,如茅盾的《鲁迅论》、《王鲁彦论》、《徐志摩论》、《冰心论》、《落华生论》,许杰的《周作人论》,胡风的《林语堂论》,赵景深的《丰子恺和他的小品文》等;研究小品文专著的,有李素伯的《小品文研究》、冯三昧的《小品文作法》、石苇的《小品文十讲》、钱谦吾的《语体小品文作法》等等,这琳琅满目的书单,反映了人们研究现代散文的盛况。

郁达夫的《散文二集导言》,概括了中国现代散文特征,即"个人"的发现,取材范围的扩大,人性、社会性和自然的调和,以及幽默味等,指出现代散文同中外散文传统的关系,这应该说是在一定程度上揭示了中国现代散文的特征及其发展规律的;郁达夫对他所选的鲁迅、周作人等16位散文家创作风格的评议,也很精辟。朱自清早在《论中国现代小品文》中就指出过中国现代散文创作样式、风格和流派的多样性,他说:"就散文论散文,这三四年的发展确是绚烂极了:有种种的样式,种种的流派,表现着,批评着,解释着人生的各面,迁流曼衍,日新月异:有中国名士风,有外国绅士风,有隐士,有叛徒,在思想上是如此,或描写,或讽刺,或委曲,或缜密,或劲捷,或绮丽,或洗炼,或流动,或含蓄,在表现上是如此。"但对中国现代散文的风格和流派作较深入研究的要推阿英。阿英为他所编的《现代十六家小品》,写了总《序》和小《序》。总《序》勾画了"五四"以来中国现代散文发展的历史轮廓,小《序》则对从鲁迅到陈西滢等十六位散文家创作风格作了较郁达夫更细微的分析。阿英把现代散文概括为鲁迅的"社会斗士"派,周作人的"田园诗人"派,林语堂的"逃避现实"派,这种三分法,虽不太科学,但却是有益的尝试。对中国现代散文特征和发展规律,风格和流派作这样的研究是理论上渐趋成熟的标志。

其三,比较正确地对待中外散文创作和理论。

同前期相比,这时人们已重视从中国古典散文创作和理论中吸取营养。这时有大量中国古典散文选问世,特别是晚明小品更风靡一时,一些研究古典散文和文论的著述也相继出现。属于"论语"派系统的期刊,较系统介绍西方的小品文和杂志文及其有关理论,如林疑今翻译的英国小品文名家史密斯的《小品文作法》即是。著名散文家梁遇春的《〈小品文选〉序》,是介绍英国小品随笔的代表作。"新月"派的梁实秋的《论散文》,也是篇值得注意的散文理论文章。梁实秋是文艺批评家、翻译家和有自己风格的散文家。《论散文》依据西方自古希腊以来的著名文论,集中论述散文艺术的"文调(按通译为'风格'——笔者)美"。他认为散文是最能表现作家独特"文调"(风格)的一种艺术形式,散文家要使所写散文有"文调美",必须要有"作者的性格的流露",遣词造句要有"作者的自觉的选择",布局谋篇上要"简单",即那"经过选择删芟以后的完美状态",行文要"活泼流动"、"自然"、"亲切"……这些论述都搔到痒处,颇有见地。但梁实秋片面崇尚"高超""雅洁"的"文调",而对当时追求"通俗化"和"大众化"文风的散文创作,则加贬抑,斥为"恣肆粗陋的缺点"、"泼妇骂街的口吻",反映了他的政治偏见,因而受到郁达夫的批评(见《散文二集导言》)。

这时同蓬勃发展的无产阶级文学运动相适应,人们在介绍外国散文创作和理论时,注重外国无产阶级作家和革命作家的散文创作和理论。1932 年,瞿秋白翻译了《高尔基论文选》,这是我国第一本的高尔基的论文、书信、随笔选,它和译者翌年写的《〈鲁迅杂感选集〉序言》,对中国现代杂文的创作和理论,都产生过深远的影响。此外,如苏联文学顾问会《给初学写作者的一封信》中关于小品文的论述,德国作家基希的报告文学理论,约翰·里德和史沫特莱等关于报告文学创造的经验,这时也都译介进来了,使人一新耳目。

第三期是抗日战争和解放战争时期,这时杂文和报告文学相当繁荣,叙事抒情散文也有新的特色,对散文理论的探讨虽不如前一阶段,但对杂文、叙事抒情散文和报告文学等散文样式如何更好地为时代服务和提高艺术表现力的规律性问题,也有新的拓展。比较集中探讨三个问题:

其一,如何继承和发展鲁迅杂文的革命现实主义传统。

1936 年 10 月,鲁迅逝世后,徐懋庸在《鲁迅的杂文》中曾提出在中国现代散文史上存在着"鲁迅所倡导的杂文运动"(该文刊于夏征农编的《鲁迅研究》,生活书店 1937 年版),不管这种说法是否科学,但鲁迅所开创的,以后被人称为"鲁迅风"或"鲁迅式"的革命现实主义战斗杂文,虽然不能穷尽现代杂文的一切,却无疑是现代杂文创作的主流。因之,如何继承和发展鲁迅杂文的战斗传统,就成为鲁迅逝世后现代杂文创作和理论的中心问题。在抗日战争时期的上海"孤岛"、国统区和解放区,在解放战争时期的国统区,围绕杂文问题有过几次论争,在这几次论争中,有个贯串始终的中心问题是:鲁迅的杂文时代是不是过去了? "鲁迅风"的杂文还要不要? 这实际上是如何继承和发展鲁迅杂文的战斗传统的问题。

1938 年 10 月 19 日,巴人(王任叔)在他主编的《申报·自由谈》上,发表了《超越鲁迅——为鲁迅逝世二周年纪念作》,文章在阐述鲁迅精神之后,正确提出了"以我们自己的力量,继之以我们子孙的力量,而超越鲁迅!"巴人所说的"超越鲁迅",即学习、师承和发展鲁迅的战斗传统。同日的《译报·大家谈》上,阿英发表了《守成与发展》的纪念文章,批评当时的杂文作者不该写作"鲁迅风"杂文,并不指名指摘巴人。两日后,阿英又在《题外的文章》中,反对写作"鲁迅风"杂文,批评巴人。巴人也都作了反驳,这是一场革命队伍内的论争。关于这场论争,巴人以后回顾说:"一方面认为中国业已抗战,世界已经光明,'讽刺的时代已经过去了','鲁迅风'的杂文要不得;迂回曲折,晦涩苍凉,这不过无聊的文人搦笔杆。而另一方面,则认为'讽刺的时代'并没有过去。且限于上海当前的环境,为求文字可以发表,或更增加一些艺术的力量,就是迂回曲折一点也无妨,'鲁迅风'的杂文还须提倡。"(《四年来上海文艺》,《上海周报》第四卷第七期,1941 年 8 月)作为这场论争中正确一方代表的巴人,在这场论争基础上,撰写了《论鲁迅的杂文》(上海远东书店 1940 年版)这一理论学术著作。本书和以后田仲济的《杂文的艺术与修养》(东方书社 1943 年初版),是现代散文史上研究鲁迅杂文以及杂文理论的两部重要专著。巴人的《论鲁迅的杂文》一书,和瞿秋白、冯雪峰的有关鲁迅杂文专论,是研究鲁迅杂文的最重要理论成果,值得充分重视。

1942 年延安关于杂文问题的讨论中,也接触到鲁迅的杂文时代是否过去的问题。金灿然在《论杂文》中说:"在民族战争已走入白热化,而阶级斗争则以微妙的曲折的方式进行着的时代,杂文的时代不惟没有过去,而且正对着辽阔的发展前途";"当然,说杂文时代没有过去,并不否认杂文的题材、内容、格式、对象等等的随着时代及环境的不同而有所变易,只有这样,杂文才能适合战斗的需要"。他继之又问道:"那么,鲁迅的杂文时代是否过去了呢?"他明确回答:"在新民主主义没有完成以前,他的杂文时代是不会过去的","在无产阶级及人类未彻底解放以前,他的杂文时代是不会过去的"。在当时的延安的这场争论并未真正从理论上解决问题,反映到实践上,杂文创作自此日渐沉寂下去了。1946年,当国民党反动派全面发动内战,把人民淹没在"内战的血泊中","用有声的子弹",造成"无声的中国"时,反动派御用文人嗡嗡嚷道:"鲁迅的杂文时代已经过去了",思慕给予迎头痛击,尖锐指出:"岂止没有过去,比'鲁迅时代'更严重的时代已沉沉地压在我们头上了。我们十倍地需要鲁迅先生,需要'鲁迅风'杂文,战斗性的杂文。"(《杂文的一些问题》,《野草》新二号,1946年11月)

在新的历史条件下,人们较注意探讨杂文创作的讽刺和歌颂问题,杂文的大众化问题。穆子沁的《写在杂文的重振声中》,林默涵的《讽刺和歌颂》(见《狮和龙》),都指出杂文作者有憎也有爱,杂文可用于讽刺,也可用于歌颂,金灿然的《论杂文》推崇焕南老(即谢觉哉)写的正面反映边区建设的杂文《一得书》,是杂文的"新格",指出了"杂文的一条广阔的新途径"。黄远的《论杂文的大众化》(见《杂文丛刊第四辑·湛卢》)、思慕的《杂文的一些问题》、周达的《杂文应走普及的道路》(《文艺生活》海外版第1期)等,都批评一些杂文晦涩难懂,提倡"大众化"和"通俗化"。这些都是过去提出过但未加深入探讨的问题,是在新的历史条件下,使杂文更好同人民结合的问题。

其二,叙事抒情散文应如何抒写作者的真情实感、追求"诗意"、创造"意境"等艺术规律。

1942年,葛琴的《略谈散文》,对叙事抒情散文做了较深入的研究。她所说的"散文"是排除杂文、报告文学在外的狭义的文学散文,即以"抒发作者对真实事物的情感和思想为主的"叙事抒情散文。她概括了它的三个特点:形式上的灵活自由,以作者的思想感情为主和"诗的感情";指出了写好散文的两个条件：与作家"思想力"（即世界观）相联系的"真情实感"和行文上的"朴素无华"的散文美。

朱光潜也是现代散文家和散文理论家。他在《诗学》的第五章"诗与散文"中分析比较了姐妹艺术诗与散文的差异联系，指出两者在音律、形式、风格、取材上的差异，又指出两者之间又有相交叉的共同点。他的《散文的声音节奏》，是专论散文在"声音节奏"上的"音节美"的。同朱光潜相仿佛，著名散文家李广田也从散文同姊妹艺术诗歌、小说等的区别和联系中来探讨散文创作的艺术规律的。他在《谈散文》中，先把散文比为"自然流布"的河流，把诗比为"圆满""完整"、闪亮深厚的"明珠"，把小说比为有"无数人事陈设"，"结构严密"的"建筑"；接着他谈到了"仪态万方，无美不备"的中国现代散文，他认为《背影》作者朱自清的"自然"而又"醇厚"的散文是散文的"正宗"，诗人何其芳、冯至、陆蠡、缪崇群的"都是诗"的"诗人的散文"，还有鲁迅、茅盾、巴金、沈从文等"小说家的散文"；最后，他认为："好的散文，它的本质是散的，但也须具有诗的圆满，它完整如珍珠，也具有小说的严密，紧凑如建筑。"叶圣陶、朱自清和唐弢在《关于散文写作》中，谈到散文时，也同朱光潜、李广田一亲，是使用广义的文学散文概念的，不过他们侧重讨论的也是记叙、抒情散文。他们集中谈的是散文创作中的"意境"问题。叶圣陶认为意境是"君子无入而不自得"一句话里那个"自得的东西"；朱自清认为是"形象化，用具体的暗示抽象的"；唐弢认为是作者的"经验"同"当前的题材"，即"想象"和"事实"糅合而成的新的境地，骨干是一个"真"字。应该说以上诸家，强调记叙、抒情散义创作在表现作者真情实感的前提下，去追求"诗的感情"和创造诗的"意境"，坚持散文艺术的特质，并吸收融化其他姊妹艺术的长处，以丰富自己、发展自己等，确是对记叙、抒情散文创作的艺术规律，做了较前更深入的探讨的。

其三，加强报告文学的文学性和促进报告文学的大众化和民族化。

抗日战争和解放战争中，报告文学蓬勃发展，介绍报告文学的理论和评论报告文学的文章大量出现。它们针对报告文学创作的历史和现状集中阐述的问题是：报告文学应是真实的新闻性报告，也应是文艺性的报告。胡风的《论战争期的一个战斗的文艺形式》、周钢鸣的《报告文学的任务》、罗荪的《抗战文艺运动鸟瞰》、叶以群的《抗战以来的报告文学》等都突出强调必须加强报告文学的文艺性。何其芳的《报告文学纵横谈》,就发展和提高报告文学创作水平谈了三点意见,如深入"广阔的生活"、报告文学的"中国化"、报告文学的"大众化"等均切中肯綮。

由上所述,我们看到中国现代散文理论建设是丰富多彩,成绩卓著的。为了促进中国现代散文的蓬勃发展,它的理论建设者们,虽然也有争论、有交锋,但他们大多数人都是这块园地上的辛勤的开拓者和耕耘者,他们是鲁迅说的心中有"理想的光"的"破坏者"和"建设者",他们有破坏有论争,但更主要的是着眼于建设的。

二

中国现代散文理论围绕散文创作的艺术规律,比较集中探讨的有三个重要问题,这就是散文创作同时代发展和作家个性的内在联系;散文创作中的哲理、知识、情趣、诗意和文采的诸因素;散文创作中作家对中外传统的吸收和创新。

中国现代散文是时代的产物,也是作家个性的产物。

现代散文理论是比较自觉比较重视揭示现代散文的内容、倾向、样式和表现手法等与时代之间的内在联系的。其表现是:在"五四"时期,反对载封建之"道""代圣人立言"的古文,提倡写实求真、表现作家真情实感和个性特征的白话美文;30年代前期,在小品文的论争中,左翼作家和进步作家主张在新的历史条件下,"创造新的小品文,使得小品文摆脱名士气味,成为新时代的工具","应该把'五四'时代开创的'随感录''杂感'作为小品文的基础,继承发展下去"(茅盾:《关于小品文》);抗日战争和解放战争时期,关于鲁迅杂文时代是否过去的争论,关于杂文的讽刺和歌颂;杂文的大众化的讨论,关于记叙、抒情散文反映时代精神,从写"身边琐事"到表现时代的"腥风血雨"的意见,以及关于报告文学的提倡和它的文学化、大众化和民族化问题的探讨等等,显然都是为了使散文能更好地为反映时代和服务于人民的。

在文学的小说、诗歌、戏剧、散文四大部类中，散文和诗歌最接近，都以直接抒写作者的思想感情为其重要特征。散文是最宜于表现作家的思想个性和艺术风格的一种文学形式。法国布封的"风格即是人"，是中国现代各派散文理论无不援引的名言。好的散文要表现作家的真情实感和个性特征，也大体上是中国现代各派散文理论共同承认的艺术规律。但在这个问题上，也不是和光同尘的无差别境界，差别在哪里呢？区别在对作家个性理解的差异上。具体说，即是把作家的个性同时代潮流和人民斗争统一起来呢，还是把它们从根本上对立起来呢？在新文学运动史上，在"五四"之前，个性的觉醒和个性的解放的口号就提出来了，陈独秀早在《一九一六年》中，就提出"以自我为中心"，李大钊在《〈晨钟〉之使命》中，就提出要为"自我之绝叫"，这在当时是反映了反封建的时代精神的，但是随着民族民主革命的深入，马克思主义的传播，工农革命的高涨，在第一个十年中，就已有一些先觉者把"自我"的个性觉醒、个性解放同千百万的人民大众的个性觉醒和个性解放统一起来结合起来了。从这以后，如果把"自我"凌驾于一切之上，把"自我"同时代和人民隔绝，并且对立起来，那就很有害了；如果只是强调作家与工农大众的结合，而不允许作家在创作中应有自己相对独立的思想个性和艺术风格，这也是片面的。这些在中国现代散文创作和理论中都有突出表现，主要的有以下三种。

第一种是散文作家自觉地把自己个性同时代潮流和人民斗争紧密结合起来。一方面，他们自觉按照时代和人民的需要，扬弃他们个性中旧的东西，发展他们个性中好的东西，使他们的思想艺术性不断发扬光大；另一方面，他们又自觉坚持以他们独创的风格去表现时代和人民的斗争，从而使他们的创作个性同时代潮流和人民斗争从根本上结合起来。这样，他们的创作就不仅是展现作家自我心灵的历程——"心史"，而且同时也是历史的镜子、时代的号角、人民的心声。鲁迅、瞿秋白是中国现代散文史上这方面的光辉范例。对此，有许多人所共知的深刻而精彩的论述。他一向强调散文创作要表现作家的真情实感和个性特征；但他也常常说他是向来无情地解剖自己的，为的是使自己能和革命与人民共同着生命，使自己的散文创作能表现时代的"眉目"和大众的"灵魂"。许多坚持革命、追求进步的散文作家，大都或早或迟、程度不等地走上鲁迅的道路,他们散文理论主张和散文思想艺术风格的发展和变化同时代潮流和人民斗争确有紧密的内在联系的。

第二种是把作家个性同时代潮流和人民的斗争对立起来,把作家的个性看成是超时代的、锁闭式的光秃秃的自我存在,把散文创作变成咀嚼个人欲望和趣味的"小摆设",从而导致思想和艺术个性的蜕化,1935 年前后的周作人和林语堂是这方面的典型。在"五四"时期,这两人是文学上的个性解放的积极鼓吹者,当时他们站在反帝反封建的人民民主势力一边,是很有影响的散文家和散文理论家。但是,到了"十年内战"时期,他们就消极避世,日渐脱离时代、脱离人民,分别躲进"苦雨斋"和"有不为斋"中去了。反映到散文理论上,周作人根本不承认现代散文是"五四"文学革命和思想革命的产物,而只是晚明"独抒性灵,不拘格套"的"公安"派小品的"复兴",他们一概反对"载道"文学,标举超时代的、同社会思潮无关的,只是"独抒性灵"的"言志"文学。当时的许杰在《周作人论》里批评他是"穿着新衣服的士大夫",在文学上"只有回顾的光荣了"(《文学》第三卷第一期)。林语堂这时的散文理论同周作人的一脉相承,不过他除了周作人的古逸气外,还有很浓的牛油味。他认为:"文章者,个人性灵之表现。性灵之为物,惟我知之,生我之父母不知,同床之吾妻亦不知。然文学之生命实寄托于此。"(《论文》),可以看出他所谓的"性灵""自我",其实就是"唯我"。胡风在《林语堂论》中评论这时的林语堂时,指出他是个资产阶级"个性至上主义者"。

第三种是散文作家在自觉地和时代与人民相结合时,忽视了丰富和发展自己的思想艺术个性。1942 年延安文艺整风后,解放区许多作家响应党的号召,走上自觉与工农兵相结合的道路,在表现"新的人物,新的世界"上,做了不懈的努力,在新文学史上揭开崭新的一页,散文创作也有发展和提高。但是有的作家,在正确强调大众化和民族化时,对于个性化则显得重视不够;有的还划不清作家对于独创的艺术风格的追求和"小资产阶级的自我表现"的界限。因之,在解放区,报告文学特别发达,杂文和抒情散文则不太发展。

以上三种情况,可概括为"有我"、"唯我"、"无我",其中只有第一种情况才符合散文创作的艺术规律,才能赋予作家创作以蓬勃和持久的生命力的。

　　作为一种文学形式,散文取材广阔,体式丰富,表达方式多样,它可以议论、可以记叙、可以描写,可以抒情,或兼而有之,它要求语言自然凝炼,讲究文采。中国现代散文理论在大多数情况下,是使用广义的文学散文这一概念的,这反映了人们对现代散文的广阔而灵活的理解;中国现代散文理论要求现代散文作品中,可分别具有哲理、知识、情趣、诗意和文采等要素,较少偏执一面、定于一尊、作茧自缚的弊病,这有利于促进现代散文沿着宽广的道路自由发展。

　　周作人在为俞平伯的《燕知草》写的《跋》中说:小品文或絮语散文,"必须有涩味与简单味,这才耐读,所以他的文词还得变化一点。以口语为基本,再加上欧化语、古文、方言等分子,杂糅调和,适宜地或吝啬地安排起来,有知识与趣味的两种统制,才可以造出雅致的俗语文来"。钟敬文在《试谈小品文》中说:"我以为做小品文,有两个主要要素,便是情绪与智慧……它需要湛醇的情绪,它需要超越的智慧。"阿英在《现代十六家小品·落华生小品序》中,引述许地山关于文学创作要有"三宝"即"智慧宝""人生宝""美丽宝"的主张,说的其实也是哲理、知识、情趣、文采的问题。郁达夫在《散文二集序言》中说:"一粒沙里见世界,半瓣花上说人情,就是现代散文的特征之一。从哲理的说来,这原是智与情的合致。"他说他所选的鲁迅等16家,"都是我所佩服的人,而他们的文字,当然都是我所佩服的文字"。冯雪峰把鲁迅杂文作为现代杂文典范,说其特点之一是"诗与政论的结论",朱光潜认为"第一流的感想录作者往往同时具备哲学家兼诗人两重资格","惟其是哲学家,才能看得高远也看得微细;惟其是诗人,才能融情于理,给它一个令人欣喜而且不易忘记的表现方式"(《随感录》)。还有上述葛琴、李广田以及叶圣陶等三人强调散文创作要有"诗的感情"和意境的创造等。

　　对散文这一文学形式作广阔而灵活的理解,对散文具备的诸要素作全面而透辟论述的是鲁迅。鲁迅非常重视对社会人生作哲理的总结和概括,他在《写在〈坟〉后面》中说:"最末的论'费厄泼赖'一篇,也许可供参改罢,因为这虽然不是我的血所写,却是见了我的同辈和比我年幼的青年们的血写成的。"他要求杂文创作,要有深入的思考和丰富的知识,他谈自己杂文时说:

"人家说这些短文就值得如许花边,殊不知我这些文章虽短,是绞了许多脑汁,把它锻炼成极精锐的一击,又看了许多书,……并不是随便的。"(许广平:《鲁迅先生的写作生活》)鲁迅强调杂文要有丰富的情趣和多样的风格,他说:杂文必须"生动、泼辣、有益,也能移人情"(《徐懋庸作〈打杂集〉序》),小品文应该是战斗的"匕首"和"投枪",但他并不排斥闲适、趣味、幽默,他说:"只要不是靠这来解决国政,布置战争,朋友之间,说几句幽默,彼此莞尔而笑,我看是无关大体的……只是以闲适为主,却稍嫌不够。"(《一思而行》)在鲁迅看来最好的散文就是无韵的诗,他评司马迁《史记》是"史家之绝唱,无韵之《离骚》"(《汉文学史纲》)。鲁迅评文注重文采,他认为《诗经》以迄的古典作品,因为有文采,所以"也至今不灭"(《从帮忙到扯谈》),他肯定现代散文的"雍容、漂亮、缜密"(《小品文的危机》)。

显然,在现代散文理论看来,好的散文应有哲理、知识、情趣、诗意和文采诸要素,而这诸要素在不同散文作家创作中的组合及不同其表现,就造成多种多样的散文艺术风格,其中或擅长哲理的探索,或以博识称,或善于描摹人情世态,或着力于"诗的感情"和意境的创造,或文采风流……多姿多彩,仪态万方。只要有自己的特色,就被认为有存在的价值。现代散文理论对异彩纷呈的艺术风格,取兼容并包、一视同仁的宽容态度,它没有陷入把某一名家风格定于一尊,作为人人必须遵奉的模式,强行推广,这在一定程度上保证现代散文能在宽广自由的天地里百花齐放。

继承、借鉴中外优秀散文传统,是中国现代散文产生和发展的必要条件,也是现代散文理论建设始终关注的一个重要问题。

中国现代散文史上的第一流散文家都有一共同特点,即他们大多出身于封建士大夫家庭,早年都受过封建正统教育,以后又受过现代高等教育,大多数人都出国留学。他们有深厚的中国古典文学修养,也都精通外国文学。散文创作要求散文家有丰富的人生阅历、敏锐的观察力和深刻的思考力,要求散文家有较高的文学修养和驾驭文字语言的能力。深厚的中外文学素养,是现代散文创造的必要前提,也是现代散文理论关注的问题。

在第一期,人们较侧重于外国散文创作和理论的译介,如傅斯年、刘半农、周作人、王统照、胡梦华等介绍外国散文理论、介绍欧美的小品随笔,鲁迅译介尼采的《察拉图斯忒拉的序言》、厨川白村的《出了象牙之塔》、鹤见祐辅的《思想·山水·人物》,还有其他人译介波德莱尔和屠格涅夫的散文诗等等,都对中国现代散文的创建起了重大的作用。中国现代散文主张散文创作要写实求真、表现作家自我的个性特征和散文风格的多样化,中国现代散文中的记叙、抒情散文理论和创作的产生,中国现代散文中像"霹雳手"一样对中国社会和精神文明进行"辣手"(按,鲁迅认为厨川白村是攻击当时日本社会弊端的"霹雳手",是"辣手"的文明批评家——笔者)的尖锐猛烈抨击的战斗性杂文和"含笑谈真理"(按,此为罗马诗人贺拉斯语),贺说:"含笑谈真理,有何不可呢?"(原话见鲁迅译《思想·山水·人物》——笔者)的闲话、幽默的欧美随笔式的软性杂文创作和理论的产生,以及中国现代报告文学和现代散文诗的出现,都得力于外国散文创作和理论的译介,以及中国现代散文家的"洋为中用"的借鉴、吸收、融化和创造。从这点上说,没有外国散文创作和理论的译介,也就没有中国现代散文创作和理论,这也就是鲁迅后来在《拿来主义》里所说的:"没有拿来的,人自不能成为新人;没有拿来的,文艺自不能成为新文艺。"

到了第二期以后,人们已开始重视中国古典散文的优秀传统。其中周作人和林语堂片面强调晚明小品追求自我的闲适趣味的颓放面;同他们不同的是鲁迅,鲁迅继前期的《汉文学史纲》论先秦至西汉的中国古典散文之后,在《魏晋风度及文章与药及酒的关系》和《小品文的危机》,强调了中国古代和现代散文中的"挣扎和抗争"的重要传统,目的是为了创造战斗的匕首和投枪式的新小品。继第二期的"论语"派、"新月"派的梁实秋以及梁遇春介绍欧美小品随笔之后,在第三期方重的《英国小品文的演进与艺术》(本文收入方重著的《英国诗文研究》,商务印书馆1939年初版),是中国现代散文史上介绍英国小品随笔的最全面、最深入的理论文章,朱光潜这时写的《日记》、《随感录》、《谈报章文学》、《谈书牍》、《欧洲书牍示例》、《谈对话体》等,从中西散文的比较中,介绍西方散文创作和理论值得借鉴、吸收和发扬的许多方面。在左联时期,左翼作家为了建设新的小品文和报告文学,着重介绍高尔基的政论、苏联的小品文理论和基希等外国报告文学的创作和理论;在后十二年,人们在重视中外传统,强调继承和发展鲁迅杂文的革命现实主义传统时,强调了杂文的大众化,报告文学的大众化和民族化问题,都是正确的。

中国现代散文理论主张在对中外文学传统的广取博收的基础上进行自己的独立创造,来建设和发展中国现代散文。周作人在《美文》中介绍了欧美的小品随笔名家之后说:"我们可以看了外国的模范做去,但必须是用自己的文句与思想,不可去模仿他们。"梁遇春在《〈小品文选〉序》中说:"我只希望中国将来的小品文也能有他们(按,指鲁迅、周作人——笔者)那么美妙,在世界小品文里面能够有一种带着中国情调的小品文",对此,朱光潜也有精辟的论述。他论到语文的普通性和个别性的统一时说:"语文有普通性,有个别性。普通性来自沿袭传统,个别性起于作者的创造。一个作品的语文有普通性,才能博得读者的了解;有个别性,才能见得作者在艺术上的成就。这个原则不但适用于用字造句,还可以适用于体裁与风格。"(《文学与语文(中)》:《体裁与风格》)这些论述都是正确的。这是因为现代散文作家毕竟是生活在现代中国,使用的是现代中国语言,这是古人和洋人所不能代替的。中国现代散文作家在写作时,都是从中外传统时吸取有益营养,按照时代的需要,根据他们的思想艺术个性进行独特的创造。

中国现代散文理论探讨的范围十分广泛,上述三个方面是较为集中究讨的问题,它对当代散文的理论建设仍然具有很大的启示作用。

(原载《中国现代散文理论》,广西人民出版社 1984 年版)

中国杂文从古典向现代的嬗变 ①

    中国是世界上的诗文大国。按照钱锺书的说法，中国古代"文"的地位在"诗"之上。他在评论中国传统文论中的"文以载道"和"诗言志"时如是说："诗本来是'古文'的余事，品类（genre）较低，目的仅在乎发表主观的感情——'言志'，没有'文'那样大的使命，所以我们对于客观的'道'只能'载'，而对于主观的感情便能'诗者持也'地把它'持'（control）起来。"② 中国古代浩如烟海的古文（包括文学性和非文学性）中，那些以议论、思辨和批评为主的论说文，占有特别重要的地位。中国古文中以议论、思辨和批评为主而又富于文学性的论说文，内涵是极其广阔，形式是非常多样、格调是丰富多彩的。它可以论古、论今、论政、论人、论鬼、论文、论艺，它可以论外在的客观世界，也可以论内在的主体精神，它有一个广袤纵深的"思索和体验"的世界；在文体形式上，它可以是论与说、辨与议、原与解、驳与难，也可以是诏令、疏表、序跋、赠序、书牍、箴赞、随想、杂感、札记，它随物赋形，不拘一格；在格调上，它可以肯定和赞美真善美，否定和鞭挞假恶丑，它嬉笑怒骂、讽刺幽默，皆成文章。总之，这种以议论、思辨和批评为主的文学性论说文，像人们的现实生活和思想感情一样丰富多样，森罗万象。中国古文中

---

    ① 本文由《20世纪中国杂文史·绪论》改写而成，《20世纪中国杂文史》，福建教育出版社1997年版。

    ② 钱锺书：《中国新文学的源流》，《新月》月刊第四卷第四期，1932年11月1日，署名中书君。

的这种以议论、思辨和批评为主的文学性论说文,我们也可以称之为文学杂文。我们这样做的目的,是为了让古今文学接轨,在"打通"古今文学之后,再从历史的坐标系上纵向考察古今杂文的历史演变及其内在规律。这里的问题是,我们把古文中的以议论、思辨和批评为主的文学性论说文,称之为文学杂文,有根据吗? 站得住脚吗?

有一种流传较广的说法认为:中国古代没有杂文,外国也没有,杂文是"五四"前后新文化运动先驱者鲁迅他们创造的。这就是说,杂文是中国现代文学中的独一无二的"国粹"了。如果事情果真如此,那么,我们上述的说法不仅不能成立,而且不免还有用现代的文学观念胡乱剪裁涂抹文学历史之嫌了。

但是,事实并非如此。

一、古代:"我国有悠久深厚的杂文传统"①

中国古代真的没有杂文吗? 从词源学角度看,"杂文"一词,最早见于刘宋范晔的《后汉书·文苑传》,其后梁朝的刘勰在《文心雕龙》里还专门撰有《杂文》篇评价他所认为的"杂文"。范晔和刘勰所认定的杂文,是指传统的"正体"文章如诗、赋、铭、赞、颂之类以外的无法归类的杂体文章,如《文心雕龙·杂文》篇里所说的"答问"、"七体"、"连珠",以及"典诰誓问"、"览略篇章"、"曲操弄引"、"吟讽谣咏"等等,《文心雕龙》真正探讨杂文创作的艺术规律的,倒是在其《论说》篇、《诸子》篇和《才略》篇里。后来的苏轼在《答谢民师书》和王安石的《上人书》里,也是以"杂文"来泛称传统正体文章之外的众多的一时无法加以归类的文章。在中国古代"杂文"一词还有另一种意思,这见于欧阳修的《新唐书》的《选举志》:"进士试杂文二篇,通文律者然后试策。"即指"经史之外的应时试文",类似于明清以降科举考试中士子所作的八股帖括时文了。这些有限的古代文论资源只是告诉人们:在中国,杂文是"古已有之"的,杂文是非正体

---

① 聂绀弩:《聂绀弩杂文集·序言》,三联书店1981年版。

的杂体文,至于杂文的外延和内涵是什么? 古人则未予明确界定的。明代吴讷的《文章辨体序说》和明代徐师曾的《文体明辨序说》里关于"杂著"的论说,较接近于我们今天所理解的杂文了。吴讷说:"杂著者何? 辑诸儒先所著之杂文也。文而谓之杂者何? 或评议古今,或详论政教,随所著立名,无一定之体也。文之有体者,既各随体裒集;其所录弗尽者,则总归之杂著也。"徐师曾也说:"按杂著者,词人所著之杂文也;以其随事命名,不落体格,故谓之杂著。然称名虽杂,而其本乎义理,发乎性情,则自有致一之道焉。"吴、徐两人看法是一致的。他们认为"杂文"就是"杂著",就是那些"评议"内涵驳杂,又能见作者"性情",却在文体上又无法归类的文章。从范晔、刘勰到吴讷、徐师曾都把杂文限制在一个窄小的领域里了。

鲁迅认为杂文是中国"古已有之",外国也有的。他在《且介亭杂文·序言》中说:"其实'杂文'也不是现在的新货色,是'古已有之'的。"他在《徐懋庸作〈打杂集〉序》中说:"杂文之一体的随笔,因为有人说它近于英国的 Essay,有些人也就顿首再拜,不敢轻薄了。"英国的 Essay,现在通译为英国的随笔。欧美国家从法国蒙田写作 Essay 之后,欧美散文都通称Essay 了。欧美的 Essay,自由随意,不拘一格,是种非常个人化的综合性的文学形式,其中有以议论、思辨、批评为主的,有以记叙为主的,有以抒情为主的,也有以描写为主的。鲁迅说是"杂文之一体的随笔",是指英国的 Essay中以议论、思辨和批评为主的那一类,这在英国 Essay 中占最大比重。这就足见鲁迅认为外国也有杂文的。周作人也持与鲁迅一样的看法。周作人在《杂文的道路》中说:"杂文在中国起于何时? 这是喜欢考究事物原始的人要提出来的一个问题,却很难回答,虽然还没有像研究男女私通始于何时那么的难,至少我也是说不上来,只能回答总是古已有之的吧。"周作人在《文学史的教训》里对外国有无杂文给了明确的回答。他在这篇比较中西文学的杂文里指出中西杂文有两个源头即历史与哲学,他在谈到古代希腊罗马散文的演变与发展时说:

　　希腊爱智者中间后来又分出来一派所谓智者,以讲课授徒为业,因为那时雅典施行一种民主政治,凡是公民都可参与,在市朝须能说话,关于政治之主张,法律之申辩,皆是必要,这种学塾的势力大见发展,直至后来罗马时代也还是如此,虽然政治的意义渐减,其在文章与思想上的影响却是极大的。我所喜欢的古代文人之一,以希腊文写作的路吉亚诺斯 ①,便是这种的一位智者,他的好些名篇可以当作这派的代表作,虽然已是二千年前的东西却还是像新印出来的,简直是现代的通行的随笔,或者称它为杂文也好,因为文章不很简短,所以不大好谥之曰小品。

鲁迅和周作人是现代杂文大师,也是最重要的杂文理论家,他们的观点是具有权威性的。著名的杂文家和杂文理论家冯雪峰在《谈谈杂文》里对"杂文的渊源和它的广泛性"有更具体的论述,他说:

> 它(指杂文——引者)决不是某种文体或笔法所能范围和固定的。拿中国的文学史来说,那么,例如在古代,先秦诸子的文字就都是最好的、最本色和最本质的杂文。这是中国文学史上散文的正统。在中国文学史上称作"古文",也有称作"平文"的,就是指的现在所说的散文,是和堆砌的骈文相对称而说的;而其中居有主要地位的是议论文和带有议论文性质的叙述文。这所以能够在中国散文上居了主要地位,就因为它能够"言之有物"或者比较的"言之有物"。就是说,它有思想或者比较的有思想。这种散文,一般是以议论为主体的,同时具有很高的或者比较高的艺术性。
>
> 在外国也是如此,也是"言之有物"的散文才是散文的正统。自柏拉图的对话录、西塞禄的演说、蒙泰纳 ② 和培根的哲学随笔、服尔泰和别林斯基的政论,普希金和海涅的旅行记和评论,一直到高尔基的社会论文,基希和爱伦堡的报告文学、小品文和批评论文,都是最好和最本色的杂文。

在冯雪峰看来,中国古代杂文就是自先秦诸子散文以来的不受任何文体格式和笔法制约的以议论为主体,有很高艺术性的杂体文学散文。他的这一见解,是对瞿秋白在《〈鲁迅杂感选集〉序言》里关于杂文是"文艺性的论文"

---

① 路吉亚诺斯,现通译琉善或卢奇安,周作人晚年译有《卢奇安讽刺对话集》。
② 蒙泰纳,现通译蒙田。

的论点的具体运用和发挥。他的这一见解，无论从揭示概念的外延和内涵上看，较之范晔、刘勰，是更准确抓住了杂文的丰富性和多样性，以及它的某些固有本质特征。

但是，冯雪峰关于杂文，特别是中国古代杂文的论述，显然是过于简括了，需要加以完善和补充。这主要是从古今中外的杂文名篇来看，较之议论，更重要的是批评、揭露和讽刺，杂文是以广泛的社会批评和文明批评为主要内容，有着寓肯定于否定之中的突出特征，它常常通过对假恶丑的揭露和批判来肯定和赞美真善美；其次以议论和批评为主的杂文的艺术性，有其独具的特征，优秀的杂文追求议论和批评的理趣性、抒情性和形象性，有较鲜明的讽刺和幽默的喜剧色彩。这正是杂文区别于一般的议论文和说明文的关键之所在。因而，我们认为对杂文的较完整的表述，应该是这样的：杂文是以议论、思辨和批评为主的杂体文学散文；杂文以广泛的社会批评和文明批评为主要内容，一般以对假恶丑的揭露和批判来肯定和赞美真善美；杂文格式笔法丰富多样，短小灵活，艺术上要求议论、思辨和批评的理趣性、抒情性和形象性，有较鲜明的讽刺和幽默的喜剧色彩。

我国作为世界散文大国，早在春秋战国时代，散文就非常发达，而且达到了很高的水准，这就是先秦的历史散文和诸子散文。罗根泽的《先秦散文选序言》称春秋末至战国时代的老子、孔子、墨子、孟子、庄子、荀子、韩非子等的诸子散文，是"一种政治性、哲学性的杂文——即理论文"，"它们发展到相当完美的高度"，"成为后来的楷模"。

先秦诸子的哲理散文，即我国杂文史的第一个高峰。春秋战国之交，是我国历史上由奴隶制社会向封建制社会大转折，是社会大动荡、思想大解放、文化学术大繁荣时期，所谓诸子蜂起、百家争鸣就出现在这一时期。所以班固在《汉书·艺文志》里评论说："诸子十家，其可观者九家而已。皆起于王道既微，诸侯力政，时君世主，好恶殊方，是以九家之术蜂出并作，各引一端，崇其所善，以此驰说，取合诸侯，其言虽殊，辟犹水火，相灭亦相生也。"这是中国历史上少有的思想多元活跃开放的时代，那时，政教、学术、文学不分，人们远未为职业的分工所束缚和局限，不少人既是思想家、政治家，也是散文家，写作了极富个体风格、极富思想和艺术创造性的哲理散文即杂文。

　　说到先秦诸子哲理散文,首先要提到的是孔子后学记录孔子平日言论的《论语》。《论语》是语录体的随感录,记载了有宏大政治抱负、博学深思、有着极高文学艺术修养的哲人孔子的论为政、论为学、论为人的格言警句,这些格言警句都是"论而不辩,判而不证",但语言流畅通达,活泼生动,感情色彩颇浓,孔子同他的弟子的对话,表现了这位哲人的睿智雍容幽默的特有气度。孟轲继承和弘扬孔子的儒家学说,他在《孟子》里,把孔子的"仁者爱人"学说,发展为"仁政""王道"的政治理想,他猛烈抨击专制暴君的残暴和封建贵族的骄奢,提出了著名的"民本"思想。孟子"好辩",《孟子》一书,气势磅礴,感情激越,在说理辩难之中,常把论敌诱入预设的圈套,逐层加以批驳,并辅以机智的比喻和生动的寓言故事,其哲理散文有逻辑的力量、情感的力量和形象的力量融合而成的理趣。稍后于孟轲的庄周,是老子开创的道家学派的继承者。庄周对我国封建社会初期的政治、礼教、道德、文化、教育的黑暗面和消极面有最敏锐的观察和最深刻的揭露,他对封建社会的社会批评和文明批评,在鲁迅之前,可以说是最激烈和最深刻的。庄周对他所生活的社会完全绝望了,他拒绝与统治者合作,宁愿与天地自然为伍,生活在底层劳动者当中,追求自我的绝对精神自由。作为先秦诸子中首屈一指的哲理散文大家,他有超常的理论思维能力和浪漫主义想象才能,他善于把抽象玄妙的哲理,溶化在生动传神的艺术描写和极富理趣的寓言、神话故事之中,其哲理散文瑰玮连犿、参差諔诡、弘大而辟、深宏而肆,有汪洋恣肆、仪态万方的特征。先秦法家的集大成者韩非,其哲理散文《韩非子》也是独树一帜、影响深远的。郭沫若的《十批判书》和王元化的《思辨随笔》都尖锐批判过韩非的绝对君权思想。但韩非哲理散文如《说难》等对封建社会里君臣隐秘心理的洞察入微,《亡征》等一口气从四十多方面对诸侯公国败亡朕兆的条分缕析,他的不留情面的峭刻犀利文风,在中国古典散文中是独一无二的。此外如荀况的《荀子》、吕不韦的《吕氏春秋》以及《国语》、《战国策》和《晏子春秋》里的某些篇章,也都是思想和艺术水准极高的难得的哲理散文。

　　从总体看,先秦诸子杂文有什么共同时代特征,它为后人的"立论""作文"提供了什么宝贵的历史经验? 我以为有如下几方面:一是思想解放,放言无忌,敢想敢说敢争鸣,敢于标新立异,敢于创立自己的思想和学说。春秋战国时代，"礼崩乐坏"，"王纲解纽"，私人可以讲学，处士可以横议，人们思想活跃，学术自由，出现了诸子百家自由争鸣。争鸣的百家，彼此平等，不尚一尊，各家敢于创立自由的新学说。即便同为一家，也分为几派，所谓"儒分为八，墨离为三"①，文章也就丰富多彩，决不雷同。这个时代，是中国几千年封建社会历史上，精神最解放、思想最活跃、学术最自由的绝无仅有的"黄金时代"，对后人思想影响最大的儒家学说和道家学说，就是在这个时代创立的，它们是中华民族智慧的重要组成部分。二是敏锐深刻的忧患意识和批判意识。《周易·系辞下》说："《易》之兴也，其于中古乎？作《易》其中忧患乎？"忧患意识，是先秦诸子的共识。先秦诸子代表人物，都有强烈批判意识，尤以孟子和庄子最突出。孟子鼓吹"民为贵，社稷次之，君为轻"的"民本思想"（《孟子·尽心》），鼓吹"王道"、"仁政"，对历史上"汤放桀，武王伐纣"，孟子认为只不过杀了两个"独夫"，不是"弑君"（《孟子·梁惠王》），孟子当面指责梁惠王说："庖有肥肉，厩有肥马，民有饥色，野有饿莩，此率兽食人也"（《孟子·梁惠王》），这也就是以后鲁迅批判中国封建社会的本质是"吃人"论的先导，其批判是非常严厉的。庄子喻他那个时代诸侯公国国君是动辄"吃人"的猛虎（《人间世》）和骊龙（《列御寇》），他们的统治造成"当今之世，仅免刑焉"（《山木》），封建统治者假借仁义道德"窃国"，尧舜等以所谓仁义道德治国，导致"人与人相食也"（《庚桑楚》、《徐无鬼》）的社会惨剧。精神解放、思想自由、忧患意识和批判意识，是杂文的社会批评和文明批评中具有决定意义的东西，正是这些东西保证了杂文思想的高度和深度。三是"深于比兴，深于取象"。清人章学诚在《文史通义·易教下》说"易象"与"诗之比兴"时说："战国之文，深于比兴，即其深于取象者也。《庄》、《列》之寓言也，则触蛮可以立国，蕉鹿可以听讼。《离骚》之抒愤也则帝阙可上九天，鬼情可察九地。他若纵横驰说之士，飞箝掉阖之流，徙蛇引虎之营谋，桃梗土偶之问答，愈出愈奇，不可思议。"所谓"战国之文"（不止战国）"深于比兴"和"深于取象"，即把诗赋的"比兴"和"意象"运用于议论、思辨和批评为主的杂文里了，也就是形象化说理，也就是在创作思维

---

① 《韩非子·显学》。

中逻辑思维和形象思维的结合,逻辑性和形象性的统一。具体说,即在议论的展开中借助形象化比喻,借助富于感染力语言,借助历史故事、神话故事、特别是寓言故事,一方面证明抽象理论,一方面创造类型性形象,使他们的理论文,在逻辑性之外,增加了形象性,由是由一般论说文转化为文学散文。在这方面,先秦诸子中,以孟子、庄子、韩非子为更突出,像《孟子》的"齐人章",《庄子》的《盗跖》等,简直可以当小说读。四是注重说理的逻辑性,奠定辩证逻辑和形式逻辑基础。英国著名科技史学家李约瑟说过:"当希腊人和印度人很早就注意考虑到形式逻辑的时候,中国人一向倾向发展辩证逻辑。与此相应,希腊人和印度人发展机械原子论的时候,中国则发展了有机宇宙哲学。"① 先秦时期的辩证逻辑思想,分散在《周易》、《老子》和《孙子兵法》、《庄子》、《荀子》、《韩非子》里。这些朴素的辩证逻辑思想,放到当时的世界几个文明古国去衡量,应该说是达到了相当高的水准。先秦的孔子、孟子、荀子、韩非子等,也都对形式逻辑的创立都有过贡献,但成就最大并形成体系的是墨子及其弟子创造的"墨辩"。在古代世界,亚里士多德的形式逻辑,印度的因明学,墨家的"墨辩",在形式逻辑王国,鼎足而三,各有优长。1934 年郭绍虞在《中国文学批评史自序》中引胡适云:"墨家注重论辩方法,故古代议论辩证的文体,起于墨子《非攻》《非命》《明鬼》《尚同》诸篇。三表法(《非命》与《明鬼》篇)与《小取》篇,都是讲辩证方法的,《大取》篇所谓'辞以类行'之说,在《小取》篇中发挥最详尽。凡'效、辟、侔、援、推'诸法,都只以'以类取以类予',都只是'辞以类行',论辩文重在推理,而推理方法的要旨,都在此诸法之中,试看墨子书中最谨严而最痛快的一篇论辩文《非攻上》,其层次条理都只是'辟'、'侔''援'诸法的运用而已。因此,可知此种辩证之论,正是古代哲人对文学理论的重要贡献,不应当忽视的。"五是揣摩和研究听者和读者的接受心理。春秋战国之世,不少有思想有才干的士人,为了实现自己才能和社会理想,或者谋取权势地位、功名利禄,纷纷奔走列国,游说诸侯,不仅著名的苏秦、张仪之流这样干,就是老子、孔子、孟子、荀子、韩非子、吕不韦也都这样干。《商君书》里记

---

① 李约瑟:《中国科技史》第三卷,科学出版社 1959 年版。

载过商鞅游说秦王由失败而成功的经历,《战国策·秦策一》也记载过苏秦游说由失败而成功的坎坷,其中奥妙就在于摸透国君的心理。孟子曾斥游说之士"以顺为正"的"妾妇之道",但他在游说梁惠王失败之后,在见齐宣王之前先了解到齐宣王以羊衅钟之事,据以肯定他还有不忍人之心,有实行"仁政"的思想基础,得到齐宣王的赞赏:《诗》云:'他人有心,予忖度之。'夫子之谓也!"(《孟子·梁惠王上》)荀子对心理学也有很深的研究,在《正名》里,他要求做到:"心合于道,说合于心",他在《非相》里提出游说时一定要研究游说的对象,否则就会遭遇困难和失败:"凡说之难,以至高遇至卑,以至治接至乱。未可直至也,远举则病缪,近世则病。"荀子启发了他的弟子韩非,他写出了总结游说艺术心理学的不朽名篇《难言》和《说难》。《难言》举出种种不同的说辞,及其可能遇到听者的误解,由此感叹知音难得,解人不易,"以至圣说至圣,未必至而见受","以智说愚必不听",效果适得其反。《说难》进一步提出说辞成功的关键在于了解被说者的心理和与之相配套的语言手段:"凡说之难,非吾知之有以说之难也,又非吾辨之能明吾意之难也,又非吾敢横佚而难尽之难也。凡说之难,在知所说之心,可以吾说当之。所说出于为名高者也,而说之以厚利,则见下节而遇卑贱,必弃远矣。所说出于厚利者,而说之以名高,则见无心而远事情,必不收矣。所说阴为厚利而显为名高者也,而说之以名高,而阳收其身而实疏之,说之以厚利,则阴用其言,显弃其身矣。此不可不察也。"

　　我以为先秦诸子哲理散文的上述五个特征就是中国古典杂文的重要传统,先秦诸子哲理散文在思想和艺术的创造性上,都是中国古典哲理散文的一座难以企及的高峰。它同差不多处于同一时间段上的古希腊以柏拉图对话录和十大演说家为代表的哲理散文相比,应该说是各有优长,毫不逊色。当然,我国先秦没有出现过一部类似于亚里士多德的《修辞学》那样严密系统的散文理论著作,但先秦诸子哲理散文的"深于比兴""深于取象",从诗赋中吸取艺术营养,则较亚氏把诗、文硬性对立、扬诗抑文,反而通达高明得多。

　　这里似有必要指出一点,先秦诸子所处的时代,还不是文学自觉的时代,那时政教、学术、文学不分,先秦诸子都是思想家或政治家,不是现代意义上的专业作家,他们写作那些哲理散文,都是为了传播他们的思想,有很强的实用功利目的,都不是刻意为文的,为文学而文学的,但这并不等于说他们的哲理散文就没有文学性了,就毫无审美价值了。事实上先秦诸子都有鲜明独特的个性和极高的文学艺术修养,这种独特个性和文学艺术修养在他们执笔为文时必然会顽强表现出来;而且把文章写得更美更吸引人,难道不是能更好地为传播思想的实用功利目的服务吗?孔子说的"言之不文,行之不远",以及他对"尽善""尽美"的追求,也正是服务于上述的目的。孔子的这类见解在先秦诸子中是有代表性。即便是鼓吹"美言不信,信言不美"的老子,刘勰仍说:"老子疾伪,故称美言不信,信言不美,而五千精妙,非弃美矣。"(《文心雕龙·情采》)这说明在先秦诸子哲理散文中,在实用的功利性之中有文学的审美性,其实用性和文学性是水乳交融、相辅相成的,把两者割裂开来,对立起来,显然是不对的。梁朝的萧统在编辑《昭明文选》时就在这个问题上出现盲点,陷入误区。他认为先秦诸子之文"本以立意为宗,不以能文为本",因而摒弃不选,他不仅不选诸子散文,而且也不选史传散文,他认为只有"沉思""翰藻"才算文章。萧统的这种偏见在当前学术界还有一定市场。刘勰就较萧统高明。他的《文心雕龙》里的《诸子》、《论说》、《史传》诸篇,就对先秦诸子和史传文学给予极高评价。撇开思想不论,仅就艺术而论,庄子散文和太史公的《史记》,在中国古典散文史上是雄视百代、无可匹敌的。

秦始皇以暴力统一中国后,即"燔灭文章,以愚黔首",推行文化专制,造成"秦世不文"。西汉王朝初年,文化政策相对宽松,出现了"为文皆疏直激切,尽所欲言"的"西汉鸿文"的代表贾谊和晁错。鲁迅在《汉文学史纲要》中评论说:"晁贾性行,其初盖颇同,一从伏生传《尚书》,一从张苍受《左氏》。错请测量诸侯地,且更定法令;谊亦欲改正朔,易服色;又同被功臣贵戚所谮毁。为文皆疏直激切,尽所欲言;司马迁亦云:'贾生晁错明申商。'惟谊尤有文采,而沉实则稍逊,如其《治安策》、《过秦论》,与晁错之《贤良对策》、《言兵事疏》、《守边劝农疏》,皆为西汉鸿文,沾溉后人,其泽甚远;然以二人之论匈奴者相较,则可见贾生之言,乃颇疏阔,不能与晁错之深识为伦比矣。"汉武帝"罢黜百家,独尊儒术",实际上是新的文化专制,从此"言论的机关,都被'业儒'的垄断了"①。舆论一律,思想整齐划一,像贾谊、晁错那样"疏直激切,尽所欲言",有胆识有创见的政论杂文难得一见,只是到了东汉才出现了"疾虚妄"、砭时弊的王充、王符和仲长统。

汉末魏晋之际,也是一个社会动乱、精神解放的时代。东汉末年,统治阶级由于内部自相争斗而削弱,农民起义的冲击而土崩瓦解了,定于一尊的儒学由于神秘化、烦琐化、虚伪化而权威失落了,董卓之后,曹操"挟天子以令诸侯",三国鼎立,曹丕代汉,建立曹魏政权,司马氏又取而代之,建立晋王朝。宗白华指出:"汉末魏晋六朝是中国政治上最混乱、社会上最痛苦的时代,然而却是精神上极自由、极解放,最富于智慧、最浓于热情的一个时代,因此也是最富有艺术精神的一个时代。"②在这个时代,出现了"人的觉醒"和"文的觉醒"③出现了文学史上著名的"三曹"父子(曹操、曹丕、曹植)、著名的"建安文学"和"建安风骨",出现了著名的以何晏、王弼为代表的"正始名士"和著名的以阮籍、嵇康为代表的"竹林七贤"及其魏晋玄学,出现了大诗人和大散文家陶潜,出现了文学理论的专著:曹丕的《典论》、陆机的《文赋》、刘勰的《文心雕龙》和钟嵘的《诗品》。刘师培、章太炎、鲁迅对"魏晋文章"有极高的评价。"魏晋文章"是中国古代杂文的第二个高峰。鲁迅在《魏晋风度及文章与药及酒之关系》里说:

> 汉末魏初这个时代是很重要的时代,在文学方面起了一个重大的变化,因当时正在黄巾和董卓大乱之后,而且又是党锢的纠纷之后,这时曹操出来了。……
>
> 董卓之后,曹操专权。在他的统治之下,第一个特色便是尚刑名……影响到文章,成了清峻的风格。——就是文章要简约严明的意思。
>
> 此外还有一个特点,就是尚通脱。……通脱即随便之意。此种提倡影响到文坛,便产生多量想说甚么便说甚么的文章。……更因思想通脱之后,废除固执,遂能充分容纳异端和外来思想,故孔教以外,外来的思

① 鲁迅:《坟·我之节烈观》。
② 宗白华:《美学散步·论〈世说新语〉和晋人的美》,上海人民出版社1981年版。
③ 李泽厚、刘纲纪主编:《中国美学史》第二卷上册,中国社会科学出版社1987年版。

想源源引入。

　　总括起来，我们可以说，汉末魏初的文章是清峻、通脱。在曹操本身，也是一个改造文章的祖师，可惜他们的文章很少。他胆子很大，文章从通脱得力不少，做文章时又没有顾忌，想写的便写出来。

　　曹操的书札、政令就是典型的"清峻""通脱"的独树一帜的文学杂文。他三次发布"求才令"，在《举贤勿拘品令》中竟然求那"负污辱之名，见笑之行"，以及"不仁不孝而有治国用兵之术"的人。用人不拘品行，为文就大可随便。思想解放，文章便有异彩。曹丕、曹植也写过一些词采华美、思想通脱的史论性杂文。鲁迅说建安"七子之中，特别的是孔融，他专喜和曹操捣乱"。他为文胆大气盛，情采飞扬，肆无忌惮，敢于向权威挑战，好用讥嘲笔调，他多次写过类似《难曹公表制酒禁书》之类的杂文，专门和曹操"捣乱"，讥嘲这个一世枭雄。

　　在魏晋之际的"正始名士"和"竹林七贤"中，以阮籍和嵇康的文章更有价值。阮籍的名文《大人先生传》，不仅表现了他对个性解放和理想人格的追求，而且提出了"无君而庶物定，无臣而万事理"，"无贵则贱者不怨，无富则贫者不争"的大胆观点。刘师培说嵇康论文"析理绵密，亦为汉人所未有（嵇文长于辩难，文如剥茧，无不尽之意，亦阮氏所不及也）"。鲁迅也说："嵇康的论文，比阮籍更好，思想新颖，往往与旧说反对。"又说："刘勰说：'嵇康师心以遣论，阮籍使气以命诗。'这'师心'和'使气'，更是魏末晋初文章的特色。正始名士和竹林七贤的精神消灭后，敢于师心使气的作家便没有了。"嵇康在《与山世源绝交书》中公然宣称"非汤武而薄周孔"，以"老庄为师"，"刚肠疾恶，轻肆直言，遇事便发"，在《答向子期难养生论》中揭露统治者："割天下以自私，以富贵为崇高，心欲之而已"，在《太师箴》里揭露统治者"宰割天下，以奉其私"，言论相当大胆激烈。

　　中国古典杂文的第三个高峰是以韩、柳、欧、苏为代表的唐宋古文运动。中国古典杂文史上成就最高的、影响最大的是先秦两汉和唐宋八大家的古文。唐宋古文运动大同小异，都是在复古旗号下的文学革新运动。从表面上看，唐宋的韩柳欧苏，倡导复兴古代儒学，主张文以贯道、传道、明道，他们所谓"道"的核心,自然是孔孟之道,有着尊孔卫道气味,但在实际上他们要"贯"、"传"、"明"即要加以弘扬宣传的"道",是有着比较丰富复杂的内涵的。以相对保守的韩愈而论,他所要弘扬的"道"从传统的层面看,其核心自然是孔孟之道,此外,他对先秦墨家、道家,甚而是法家思想中他认为合理的东西,他也都取兼容并包;从社会政治现实层面看,韩愈的"道"有着丰富的现实内容,郭预衡做了这样的概括:"第一,韩愈的'道'是主张'忧天下'而不赞成'独善自养'";"第二,韩愈的'道'也是主张国家统一,反对藩镇割据的";"第三,韩愈的道又是关心社会危机的、反对佛老的";"第四,韩愈又是主张重视人材,选拔人材的"。① 足见韩愈要弘扬的"道"有着丰富的传统和现实内容,以及自己的独立见解的。唐宋八大家中的其他几家也无不如此。所以鲁迅说:"韩愈苏轼他们,用他们自己的文章来说当时要说的话。"② 韩柳欧苏的古文运动不仅是思想解放也是文体解放的文学革新运动。从表面上看,韩柳欧苏要求恢复秦汉古文,用先秦西汉时期的单笔散文代表魏晋以来的复笔骈文,反对骈文独占文坛及其形式主义倾向,似有复古倾向,实际上他们是吸收先秦西汉古文优良传统,创造性运用一种更贴近生活和口语的与时俱进的单笔散文,也不排斥骈文的讲究对偶排比、声韵节奏的长处,创造了散骈相间、随势而异,声调优美,节奏铿锵、句式整饬匀美而又错综多变的更富表现力的形式更完美的散文。刘熙载《艺概·文概》云:"韩文起八代之衰,实集八代之成。盖惟善用古者能变古,以无所不包,故能无所不扫者也。"唐宋古文运动,就是一场"用古""变古"的推陈出新的文学革新运动。"五四"时期的新文化运动先驱者也给予很高的历史评价。蔡元培在《国语传习所的演说》里说:"韩昌黎、柳柳州等提倡的古文","也算文学上一次革命",陈独秀在《文学革命论》中说,当南北朝时骈文已成"泥塑美人"之际,"韩柳崛起,一洗前人纤巧堆朵之习","俗论昌黎文起八代之衰,虽非确论;然变八代之法,开宋元之先,自是文学界豪杰之士"。胡适在《历史的文学观念论》中也说"韩柳在当时皆为文学革命之人","韩柳之为韩柳,未可厚非"。

---

① 郭预衡:《历代散文谈·杰出的散文家韩愈》,山西教育出版社 1991 年版。
② 鲁迅:《三闲集·无声的中国》。

　　唐宋八大家古文一个重要特点是爱发议论，这同唐宋两代文化政策相对比较宽松有关，尤其宋代更是如此。郭预衡说："上面大开言路，下面也就大放厥词，在文人学者中间，好发议论，也就蔚然成风气。论政、论兵、讲学、鸣道，成了一代文章的重要内容。而且，不仅作文议论，诗也议论，词也议论，赋也议论。作品中议论之多，超过了战国以来的任何时代。"[①]唐宋两代议论、思辨和批评的杂文是相当繁荣的。鲁迅在《小品文的危机》里肯定的晚唐的罗隐、陆龟蒙、皮日休等揭露性和批判性杂文小品，也是值得注意的。

　　唐宋以后，中国古文是一代不如一代了。只是到了晚明，随着市民思潮的兴起，才出现了激烈抨击假道学的被视为"异端"的思想家李贽的杂文小品，出现了"独抒性灵，不拘格套"的渴求思想解放和文学解放的"公安"派杂文小品。李贽和"公安"派的文学观念和诗文创作，是当时的文坛出现的新事物，并在当时的文坛引起过震动，但并没能像韩柳欧苏的唐宋古文运动那样改变一代文风、开创文学的新局面，并左右文学发展的趋势。随着明王朝覆亡，满族入关定鼎中原，李贽和"公安"派所代表的那股历史新潮流，就渗入地下，作为潜流存在了。到了"五四"和30年代周作人和林语堂倡导的"以自我为中心"，"以闲适为格调"的小品文，李贽和"公安"三袁的历史身影才重又闪现。不少人认为李贽和"公安"派小品文是中国古典散文的第四个高峰，不过就其文学观念的历史影响和文学创作成就看，李贽和"公安"派小品是否能称为中国古文的第四个高峰，是可以讨论的。吴承学在《晚明小品研究》中说："晚明小品，尽管佳妙，毕竟还是小品。它们是对于中国古代文学优秀传统主体的补充，当然是一种相当精彩的补充。"这个评价是比较公允的。

二、近代：中国古典杂文在近代的危机和生机

　　通过社会批评和文明批评并主要表现一定社会人生哲理的杂文，是和某一特定时代的理论思维血肉相连的，是和某一特定时代的思想的开放和封

---

　　① 　郭预衡：《中国散文史》（中册），上海古籍出版社2000年版。

闭、发展和停滞息息相关的——它是某一特定时代的智慧的一种特殊体现。

就我国杂文史的实际情况来看,先秦诸子的哲理散文,无论在思想上和艺术上都是最富蓬勃朝气和创造活力的,为我国漫长的封建社会历史上所仅见。如前所述,先秦时代是一个社会大动荡、大变革、人们思想大解放的诸子蜂起、百家争鸣的文化学术高度繁荣的时代。但自汉武帝"罢黜百家,独尊儒术"之后,儒家思想居于正宗,"定于一尊",其他各派政治学术思想,或则居于非正宗地位,或则被视为异端。由于儒家思想是我国封建社会里统治思想的主体,具有无比尊崇的地位。因之,在我国古代哪怕是最有革新创造意味的文艺理论体系和文学的改革运动,都只能是在复兴和弘扬儒学旗帜下的创新。譬如被人们公认是"体大思周"的我国古代文论之翘楚的刘勰的《文心雕龙》,以及造就我国古代散文(杂文)第三个高峰的唐宋古文运动就是如此。刘勰的《文心雕龙》反对齐梁时代盛极一时的华靡的形式主义文学,对文学创造的一系列艺术规律发表过众多的具有创新意味的真知灼见,但他又把这一切纳入在他看来是后人无法超越而只能尊崇的并且具有绝对真理性质的"原道"、"征圣"、"宗经"这一思想总纲之中。这导致其文论体系具有相当的革新创造精神和一定的复古保守色彩这矛盾的双重性。唐宋的韩柳欧苏发起的唐宋古文运动,也是反对形式主义的骈偶俪奇的文学革新运动,同样也是在复兴和弘扬儒学旗帜下进行,带有一定的复古保守色彩。

唐宋两代是中国封建社会的兴盛期和发展期,其经济和文化居于世界发展前列,这个社会还能通过自我调节和自我改革求得自我完善和自我发展,唐宋古文革新运动,就是这种社会状况在文学上的反映。明清两代则是中国封建社会的晚后期。清代的康、雍、乾三朝虽然号称"盛世",其实潜伏着众多危机。明代的"前七子"派和"后七子"派,声称"文必秦汉,诗必盛唐",散发着浓厚的复古气息,即便稍好一些的如明代的"唐宋"派和清代的"桐城"派古文,它们尊奉程朱理学,师法唐宋的韩、欧古文,要求创作"清真雅洁"的古文,对散文艺术规律研究分别作出自己的贡献,但毕竟是中国古典散文的回光返照、强弩之末了。明清之交的古典杂文真正值得称道的是在一定程度上反映资本主义萌芽的以封建叛逆者出现的李贽和黄宗羲。李贽在一系列的名文里否定儒学的绝对权威,无情撕下道学家的假面。黄宗羲则从根本上否定封建专制君主。但在当时,它们只不过是空谷足音,应者寥寥。

总之,中国古典哲理散文既有其相当辉煌的历史,但在它的发展演变历程中,始终伴随着革新创造和复古保守的矛盾纠缠,而且唐宋之后,随着中国的封建社会,由其兴盛发展期向着衰落消亡期蜕变,其革新创造精神越来越疲弱,其复古保守色彩也越来越强烈,此消彼长,这就是中国古典哲理散文(即杂文)无法克服的内在危机。就以刘勰总结概括的又为众多的文论家和散文家一再唠叨重复的"原道"、"征圣"、"宗经"之核心的儒学来说,它也经历了从孔孟儒学,到董仲舒、韩愈的儒学,再到程颢、程颐和朱熹的程朱理学,从只是"显学",到"定于一尊",再到教条式尊奉,程朱理学所鼓吹的"存天理,灭人欲",窒息和扼杀人们新鲜活泼的思想、独立的个性、正常的情感和欲望,只允许人们唱那"假、大、空"的八股老调,正如鲁迅在《老调子已经唱完》里指出的,这种"老调子"从宋代以来,一次又一次把中国"唱完"。这种内在危机是极其深重的,只是依靠固有的传统文化思想是无法解决的。

1840年鸦片战争后,没落腐朽的老大中华帝国,在东西方列强的入侵面前,一次又一次战败,一次又一次被迫草签不平等条约,一次又一次的割地赔款,一次又一次的丧权辱国,一步又一步被逼入半殖民地、半封建社会的深渊,一层又一层地暴露了这个社会的经济、政治、军事、文化的全面深刻的生存危机。

但是,正如鲁迅在《小品文的危机》里所说的,"危机"有时就是"生机",他阐述说:"但我所谓危机,也如医学上的所谓'极期'(Krisis)一般,是生死的分歧,能一直得到死亡,也能由此至于恢复。"给中国古典散文(杂文)带来生机的是这个转型期社会里经济、政治、思想、文化诸多复合因素,即新的历史文化合力。这有这么几个方面:

其一是忧患意识、批判意识和变革意识的滋长。

忧患意识、批判意识和变革意识本来是中华民族优秀文化传统的一部分。但近代以来,这些意识则是在与过去完全不同的内忧外患的国内外背景下产生的。正如鲁迅在《中国小说史略》里论"清末之谴责小说"时所说的:"盖嘉庆以来,虽屡平内乱……亦屡挫于外敌……有识者则已翻然思改革,凭敌忾之心,呼维新与爱国,而于'富强'尤致意焉。戊戌变政既不成,越二年即庚子岁而有义和团之变,群乃知政府不足与图治,顿有掊击之意矣。其在小说,则揭发伏藏,显其弊恶,而于时政,严加纠弹,或更扩充,并及风俗。"这就是中国封建社会已进入腐朽没落时期,完全失去了任何自我调节和自我完善的可能;东西方列强把中国视为一块可以任意瓜分的肥肉,亡我之心,昭然若揭。因之,同是忧患意识、批判意识和变革意识,同是对民族命运和国家出路的思考和探索,其程度和性质并不相同。

在近代最早揭示封建末世深刻社会危机的是初期启蒙思想家龚自珍,他多次以不同语言指出当时的中国是"日之将暮,悲风骤至","乱亦不远矣",他从许多方面揭批"万马齐喑"、毫无生机的社会现实,他还以今文经学的公羊"三世说"作为其昌言社会变革的理论根据。龚自珍的今文经学的公羊"三世说",也是以后康有为鼓吹的变法维新的一个理论基础。到了19世纪60年代,连李鸿章这样的封建大官僚也充满国家危机感,他在给皇帝奏折里称当时中国面临"三千年来一大变局",他和曾国藩、张之洞、左宗棠等领导了洋务运动,企图以此来富国强兵,维护摇摇欲坠的清朝统治。中国在甲午战争中惨败,宣告洋务运动的破产,有识之士有了前所未有的忧患意识、危机意识,爱国热情空前高涨,康有为领导的变法维新的资产阶级改良运动,在短短几年内有了很大发展。这个改良主义的政治运动的根本目的在于在中国发展资本主义,建立君主立宪的资产阶级国家。尽管这个政治变革是自上而下的相当温和和很不彻底,但它较之历史上的改朝换代和种种政治变革的意义要深刻得多,因为它在根本上是要以新的生产方式代替旧的生产方式,新的政权代替旧的政权,新的文化代替旧的文化。

鸦片战争前后弥漫于中国政治思想文化界的忧患意识、批判意识和变革意识,标志着中国人的初步觉醒,意味着中国人中的有识之士开始睁开眼睛看自己和看世界,已开始逐步学会以新的思维方式去思考和探索民族的命运和国家的出路。这构成中国古典杂文向现代杂文嬗变的一个思想基础。

其二是初步的科学和民主的启蒙主义思想的兴起。

我国在明代末年,外国传教士利马窦曾经和徐光第、李之藻等合作,译介古希腊欧几米德的《欧氏几何学》,亚里士多德的《逻辑学》,但是清朝贵族入关之后,在中国建立了闭关锁国的封建专制王朝,打断了中国人引进西方先进科技文化的历史进程。鸦片战争后,中国被迫对外开放,开始了落后的中国人向先进的西方学习、寻找救国救民真理的艰难曲折的历史过程,被人们称为科学主义和人文主义的思想和著作先后输入中国,构成在中国近代以来屡屡兴起的启蒙主义思想的两大精神支柱。从此,科学和迷信,文明和愚昧,专制和民主,落后和先进,孰优孰劣,以鲜明尖锐的对立,启发着人们的头脑和心灵。

这其中,自然科学方面的数学、物理、化学、生物、地质、天文等所谓的"格致"丛书,纷纷译介出版,但影响最大的,无疑首推严复译述英国赫胥黎的《进化论与伦理学》。实际上,严复只译述该书的一半,署名为《天演论》。达尔文、赫胥黎的生物进化论,宣传的是"自然选择"、"优胜劣汰"、"弱肉强食"、"适者生存"。当他们应用进化论观点解释社会历史现象时,就陷入历史唯心论的社会达尔文主义了。不过,严复的《天演论》给予中国政治思想文化界的是进化的历史观,是奋发图强、救亡图存的爱国热情和民族自信心。严复在《天演论·序》和一批名重一时的长篇政论里,还向国人着重介绍英国自然科学实验鼻祖培根和逻辑大师约翰·穆勒(通译约翰·弥尔)的实事求是的科学研究方法和思维方法。人文主义方面,则突出译介和宣传欧美的"天赋人权说",卢梭的《民约论》、约翰·弥尔的《论自由》。这些资产阶级政治学说,给人们提供批判封建专制主义的思想武器,为资产阶级政治改良和资产阶级革命运动奠定理论基础。

对西方的具有启蒙性质的科学和民主思想的学习和宣传同样是中国人初步觉醒的一个重要标志。自然,这个觉醒是以相当艰难曲折的过程展开的。对此,梁启超1922年在《五十年中国进化概论》中有如下的评述:

古语说得好:"学然后知不足。"近五十年来,中国人渐渐知道自己的不足了。这点子觉悟,一面算是学问进步的原因,一面也算是学问进步的结果。第一期,从器物上感觉不足。这种感觉从鸦片战争后渐渐发动,到同治间借了外国兵来平内乱,于是曾国藩李鸿章一班人,狠觉得外国的船坚炮利,确是我们所不及……于是福建的船政学堂上海制造局等渐次设立起来。……第二期,是从制度上感觉不足。自从和日本打了一个败仗下来，国内有心人，真像睡梦中着了一个霹雳。因想道堂堂中国为什么衰败到这田地，都为的是政制不良，所以拿"变法维新"做一面大旗，在社会上开始运动，那急先锋就是康有为梁启超等一班人。……第三期运动的种子，也可以说是从这一期播殖下来。这一期学问上最有价值的出品，要推严复翻译的几部书，算是把十九世纪主要思潮的一部分介绍进来了。可惜国内能彀领会的太少了。第三期，便是从文化根本上感觉不足。

梁启超所说"严复翻译的几部书"，即指他译的《天演论》、《名学浅说》、《原富》、《法意》、《群己权界论》、《社会通诠》等。

其三是封建士大夫的分化和新一代知识分子的产生。

知识分子是社会中敏感的神经。社会的变动总是最先在知识分子的圈子里引起反响，在其中引起分化、矛盾和冲突。这在鸦片战争前后的封建士大夫中也不例外。林则徐和魏源是清朝官吏和士大夫中最早认真研究西方资本主义国家种种情况的人，魏源在《海国图志·序》里提出"师夷之长技以制夷"的主张，这是当时的官吏和士大夫分化的朕兆。随着清王朝急剧腐化衰落，外侮日甚，国难日深，对外开放程度加快，封建官吏和士大夫的分化加快了，并且其中一部分人开始了向资产阶级转化的进程。在 19 世纪 60 年代以后，曾国藩、李鸿章、左宗棠、张之洞等人，领导了洋务运动，他们同那榆木脑袋的死官僚有所区别。曾国藩的儿子曾纪泽，驻英公使郭嵩焘，"曾门四弟子"中的薛福成、黎庶昌、吴汝纶，就政治倾向看，他们属于洋务派，就文派论，他们属于"桐城"派。但由于他们或则任驻外使节，吃过牛油面包；或则奉命出国考察，见过洋世面，他们的政论和散文，都记述了自己在外国的经历、见闻和思想上的变化，完全突破了"桐城"文派藩篱戒律，有着一种清新的气息。

早期的维新派政论家王韬和郑观应是较早从封建士大夫中分化出来的新型资产阶级知识分子。王韬由于特殊原因，中断科举谋取功名之路，他协助洋人把《四书》、《五经》译成英文，并游历英、法、日本，在香港创办《循环日报》，亲主笔政，鼓吹维新变法思想。郑观应早年就在洋人公司供职，但他不是西崽买办,他在王韬的《循环日报》上撰写鼓吹维新变法的政论杂文。

康有为、梁启超、谭嗣同也都是从封建士大夫中分化出来的上层资产阶级知识分子。康有为出身官僚世家,他为了挽救民族危亡,以今文经学的公羊"三世"说,同他借助翻译自学来的西方和日本的科学和民主思想,制定了维新变法的政治纲领。康有为影响了他的入室弟子梁启超和"私淑弟子"谭嗣同。康有为和梁启超是戊戌变法失败后,东渡日本过流亡生活,并游历欧美的。

中国从 1862 年政府才派遣出国留学生的,留学生中有官派的,也有自费的。据有人统计,从 1862—1908 年,仅出国到日本留学的就有八千人之多。留学生中就有著名的严复、秋瑾、陈天华、陈独秀、李大钊、鲁迅、周作人、胡适等人。留学生也分三六九等,不能一概而论,但其中的精英,无疑是中国新一代知识分子的中心,成了左右中国政治思想文化界沉浮的风云人物,是鲁迅所说的"精神界之战士"。

其四是新闻事业的发达文学、观念的更新和文学革新的探索。清代文坛以"桐城"派为正宗。这个文派标举孔、孟、程、朱的"道统"和韩、柳、欧、苏的"文统",以及两者结合的所谓"义法",适应封建社会后期的政治需要。乾、嘉、道年间,桐城古文风靡天下,以致时人竟有"天下文章,其在桐城乎"的赞誉。随着封建社会的解体,资本主义因素的发展,打破桐城义法枷锁的要求成为历史发展的必然趋势。

首先向"桐城"派发起冲击的是启蒙思想家龚自珍和魏源。龚、魏为文标举"经世致用",反对空谈心性。这标志着文学观念的更新。龚自珍评论诗文突出一个"完"字。他在《〈书汤海秋诗集〉后》里指出李白、杜甫、韩愈、李贺、李商隐、吴伟业等著名诗人,"皆诗与人为一,人外无诗,诗外无人,其面也完"。什么叫"完"?他在寓言体杂文《病梅馆记》里做了形象诠释。他说江浙人爱种梅,往往喜欢斫直、删密、锄正,以奇、疏、曲为美,但在作者看来这样的梅,"皆病者,无一完者",而疗救之法是"纵之,顺之,毁其盆,悉埋于地,解其综缚"。这里集中表达的是,文学创作上个性解放的要求,即主张作家在其"经世致用"的诗文中,能不受约束地表现其个性、情感、意志,自由地表现其全人格。魏源评论诗文突出一个"逆"字。他在《定庵文录叙》里指出龚自珍散文的重要特点是:"其道常主于逆,小者逆谣俗,逆风土,大者逆运会。"这"逆",实际上是指作家在"经世致用"的诗文中特立独行的自由意志和"反潮流"的反叛精神,同龚自珍的"完"是一脉相承、互为呼应的。正面批判桐城"义法"的是林则徐的学生、早期的改良派冯桂芬。他在《复庄卫生书》中一劈头就说:"蒙读书为文三四十年,所作实不少……顾独不信义法之说。"他对桐城"义法"进行集中批判,又针锋相对地提出了相当解放的主张。他认为:"举凡典章制度,名物象数,无一非道之所寄,即无不或著之于文。"又说:"称心而言,不必有义法也;文成法立,不必无义法也。"既要求扩大散文的思想内容,又要求解放散文的语言形式,以打破桐城"义法"的束缚。

近代文学观念更新的深化和文学改革的探索是和新闻事业的发达、西学东渐,以及资产阶级改良运动的高涨紧紧联系的。19 世纪 50 年代,先是在香港,稍后是在广州、上海、汉口、福州等地,出现了中国人自己办的最早的一批近代化报纸。1874 年 1 月 5 日《循环日报》创刊于香港,这是第一份传播资产阶级改良派思想的报刊, 1895 年 11 月 17 日,康有为和梁启超创办了《中外纪闻》, 1896 年 1 月 12 日,他们又创办了《强学报》,同年 8 月 9 日创办了《时务报》,1897 年 10 月 26 日严复和夏曾佑创办了《国闻报》……资产阶级报刊在全国各大城市如雨后春笋冒出来,甚而还出现了不少白话文报刊。

资产阶级改良派创办报刊有其明确的政治功利目的,即为其变法维新的启蒙宣传服务,为了收到最大的启蒙宣传效益,特别倡导政论文章的鼓动性和通俗化。其中影响最大、贡献最突出的是梁启超。梁启超在《清代学术概论》中回忆他"夙不喜桐城古文",认为桐城文派"以文而论,因袭矫揉,无所取材,以学而论,则奖空疏,阏创获,无益于社会"。1897 年他在《与严又陵书》中,以当时中国舆论界和散文界的"陈胜吴广"自命,在政论杂文的创作上有丰富的实践经验和开拓创造精神,他创造了介于文言和白话之间的思想新颖、文字通畅、极富感情和鼓动力量的新文体,并于 1899 年提出"文界革命"的文学改革口号。他的"文界革命"的理论主张是借鉴日本和"欧西"文学发展的历史经验,包含思想内容和语言形式两个方面。在游记《汗漫录》里,他这样评论日本著名政论杂文家德富苏峰的著作:"其文雄放隽快,善以欧西文思入日本文,实为文界别开一生面者,余甚爱之。中国若有文界革命,当亦不可不起点于是也。"这是指"文界革命"的思想内容方面,他所突出强调的与"载孔孟之道""代圣人立言"的传统古文是大异其趣的。关于语言形式方面,他在《小说丛话》里说:"文学之进化有一大关键,即由古语之文学变为俗语之文学是也。各国文学史之开展,靡不循此轨道。……苟欲思想之普及,则此体非独小说家当采用而已,凡百文章,莫不有然。"这无疑是在提倡用"俗语"(即白话)进行文学创作了。所以郭沫若在《文学革命之回顾》中才说:"文学革命的滥觞应该要追溯到满清末年资产阶级意识觉醒的时候。这个滥觞时期的代表,我们当推梁任公。"

从鸦片战争至"五四"运动的历史,既是中国沦为半殖民地半封建社会的历史过程,也是中国的爱国主义和民主主义的先进知识分子同人民大众一道反帝反封建,全面寻求、探索和争取向现代社会艰难过渡的悲壮历程。在这一历史过程中,在政治思想文化领域,忧患意识、批判意识和变革意识的滋长,初步的科学和民主的启蒙主义思想的兴起,封建士大夫的分化和新一代知识分子的产生,以及文学观念的更新、新闻事业的发达和文学改革的探索等等,就是造成中国古典杂文向现代杂文嬗变的历史合力。中国杂文的这次嬗变区别于中国封建社会中先前的任何一次嬗变,它是在一种全新的历史背景下酝酿产生和发展演变,即它是在世界现代化的国际背景和中国自身寻求、探索和争取现代化的国内背景下酝酿产生和发展演变的,它是开放的,不是封闭的,它已不再是复古旗号下的有限革新,不再是在传统文学内部那一密闭的圆圈内的自我调节、自我完善、自我发展,而是以不可阻挡的前进步伐,走向世界,走向现代化,有着新的历史特质,这里展现的是一片新的文场,一种新的杂文历史景观。

三、现代:四个历史阶段及其经验教训

黑格尔说:"只有用历史方法才能进行具体的研究。"[①]就运用这种"历史方法"对 20 世纪中国杂文史"进行具体的研究"而论,主要是从中国现

---

① 　黑格尔:《美学》第三卷(下),朱光潜译,商务印书馆 1981 年版。

代杂文的产生、发展和演变的历史事实出发,勾画出其产生、发展和演变的历史的连贯性及其阶段性、丰富性和多样性。

我们拟把中国现代杂文史划分为四个既有区别又有联系的历史阶段:一是1917年《新青年》创立至1937年抗日战争全面爆发,这是中国现代杂文创立和成熟期;二是1937年抗战全面爆发至1949年新中国建立,这是中国现代杂文全面发展期;三是1949年新中国建立至1976年"文化大革命"结束,这是中国现代杂文的挣扎和沉寂期;四是从70年代末至90年代的改革开放的历史新时期,这是中国现代杂文全面复兴和新的拓展的历史新时期。

从1917年《新青年》创办至1937年抗日战争全面爆发,一般的文学史家称为的两个"十年",是中国现代杂文创立并迅速走向成熟的二十年,是中国现代杂文最辉煌的历史阶段。鲁迅在《小品文的危机》里论及以现代杂文为中心的现代小品时指出:这小品文是"萌芽于'文学革命'以至'思想革命'的",在"五四运动的时候","散文小品的成功,几乎在小说戏曲和诗歌之上",它有着"更分明的挣扎和战斗"的传统。这就是说,中国现代杂文区别于近代杂文,它是在一种更有作为的新的历史条件下产生的,它是在"五四"前后的"大破大立"的伟大思想解放运动和伟大文学解放运动中产生、创立并获得成功的。中国现代杂文的突出特点是:它以明确的科学和民主为指导思想,以广泛的社会批评和文明批评为广阔深邃内容,以"挣扎和战斗"为主要传统,以社会启蒙宣传为手段,以推进中国社会和中国国民灵魂的进步改造为目的,包含着否定和肯定、破坏和建设、现实和理想的辩证统一,在艺术上斑斓多彩,摇曳多姿,更加成熟。

1918年《新青年》开启了白话文体的"随感录"专栏,标志着现代杂文的产生。之后,《每周评论》,"四大副刊",乃至于"五四"之后全国四百多种的报纸期刊都辟有各种名目的杂文专栏。其产量不是数以百计、数以千计,而是数以万计,杂文创作的旺盛生产力和社会影响决不是其他门类的文学形式所能比拟的。《新青年》杂志上的陈独秀、李大钊、胡适、鲁迅、周作人、钱玄同和刘半农都是写作杂文的高手。1924年刊登杂文为主的《语丝》、《现代评论》等创刊,标志着现代杂文的深入发展。鲁迅、周作人、钱玄同、刘半农和林语堂,是《语丝》社中主要杂文作家,他们在社会批评和文明批评中,共同创造了毫无顾忌、纵意而谈、破旧立新、讽刺幽默的"语丝文体"。"现代评论"派中的陈西滢、徐志摩、胡适等辈,是典型的资产阶级自由派,他们不满于封建军阀的腐败和暴虐,但也反对青年学生激烈的爱国进步运动,不过他们有较高的文学修养,其杂文有英国式随笔的"雍容和幽默",对提高杂文的文学性还是有所贡献的。"左联"成立后,鲁迅、茅盾和瞿秋白在"左联"刊物和《申报·自由谈》发表了为数众多的匕首、投枪式的高质量的杂文,团结在他们周围的,有"左翼"杂坛新秀徐懋庸、唐弢、聂绀弩、廖沫沙、周木斋,他们以杂文为武器,反对国民党当局的两个反革命"围剿",反对国民党当局的消极抗战、积极反共反人民。和鲁迅他们相呼应的爱国民主作家叶圣陶、郁达夫、陶行知、邹韬奋等,也写有不少精彩的杂文。"论语"派的林语堂和"京派"文人领袖周作人,他们这时已丧失了"语丝"前期的"挣扎和战斗"热情,他们对国民党新军阀的种种倒行逆施深怀不满,在杂文创作中时有表露,在理论上,他们鼓吹英式随笔小品的闲适幽默,推崇晚明公安小品的反叛传统、崇尚个性自由和追求个体风格,既反映了他们"以自我为中心"的消极避世的一面,也有值得肯定的理论眼光。此外,如"新月"派中的梁实秋,"第三种人"的章克标,也奉献了有自己艺术风格的杂文。

从现代杂文同传统杂文的关系看,新文化运动先驱者在"大破大立"中创立现代杂文时,并不是否定一切的,他们把批判火力集中对准所谓的"选学妖孽"和"桐城谬种",而对先秦诸子散文、魏晋文章、唐宋古文、"晚明"小品,他们还是有分析地继承的,诸如鲁迅《汉文学史纲要》对先秦诸子和"西汉鸿文"的评价,鲁迅对魏晋文章和晚唐小品的肯定,蔡元培、陈独秀和胡适对唐宋古文运动是一次文学革命性质的认定,以及周作人和林语堂对晚明小品和袁中郎的推崇。

作为这个历史阶段现代杂文成熟的最主要的标志,是鲁迅的博大精深、永垂不朽的杂文创作,是鲁迅的极富独创性的杂文理论体系,是鲁迅开创的"鲁迅风"现实主义杂文战斗传统。历史证明,对鲁迅杂文的战斗传统的理解和态度,即是师承和发展鲁迅杂文的战斗传统,还是对它抽象肯定具体否定,不仅仅是对鲁迅个人的评价问题,实际上对这作为现代民族的灵魂和良知以及现代民族的最高宝贵性格象征的认识和态度,甚而关系到中国现代杂文的命运和前途。这,我们在下面将会有所阐述。

从1937年的抗日战争全面爆发至1949年新中国建立,是中国现代杂文的全面发展时期。在前一阶段,杂文创作基本上是以上海和北京为中心的,卢沟桥事件后,北京沦陷,上海先是成为"孤岛",接着在太平洋战争爆发后不久,也沦陷了,原先聚集在上海、北京的文化人,颠沛流离,分散到了桂林、重庆、成都、昆明、西安、延安,乃至于香港和东南亚,这种局面继续到解放战争时期,这种局面在客观上促成杂文向全国扩散、普及。这十二年内,国内刊载杂文的报纸杂志之多,为中国现代杂文史上所仅见。虽然杂文大师鲁迅逝去了,但他所开创的杂文战斗传统,为众多的杂文社团、流派和杂文家所师承和发展,形成了以"鲁迅风"杂文创作为中心的多元蓬勃发展的繁荣鼎盛局面。在这个历史新时期,杂文理论研究追求新的深度、新的开拓和新的概括:郭沫若、茅盾、冯雪峰、王任叔、田仲济和朱自清,对鲁迅和鲁迅杂文研究均有新的理论建树;杂文家王力在《〈生活导报〉和我》中提倡写作"血泪写成的软性文章",主张杂文创作风格的多样化,美学家朱光潜在《随感录》(上、下)里则对杂文之一体的随感录写作的艺术规律做了分析和概括。

对于鲁迅战斗杂文传统的学习继承和发扬光大,无疑构成这一历史阶段杂文的主流,是现代杂文新发展的标志。"鲁迅风"派中的王任叔、唐弢、周木斋、柯灵,"野草"派中的聂绀弩、夏衍、宋云彬、孟超、秦似,都是自觉师承和发展鲁迅杂文战斗传统的。此外,如郭沫若、茅盾、郁达夫、冯雪峰、胡风、田仲济、廖沫沙、何家槐、闻一多、朱自清、吴晗等的杂文创作,同鲁迅杂文的战斗传统,也有深刻的内在联系。其他如王力的《龙虫并雕斋琐语》里"血泪写成的软性文章",梁实秋的《雅舍小品》里不触及敏感尖锐的社会现实问题,只专注针砭旧风陋习和人性弱点的杂文随笔小品,通俗小说家张恨水的大量针砭时弊的杂文,钱锺书的《写在人生边上》的以杂文显才学,偶尔寓社会批评于文化批评之中的议论随笔,张爱玲的《流言》中那谈女人、说音乐、评服装、论京戏的杂文随笔等,都同上述"鲁迅风"战斗杂文,构成这一历史时期绚烂多彩的杂文历史景观。

这一历史时期,不少杂文家在杂文体式的锤炼创造上也取得令人瞩目的成就。他们借鉴中国古典杂文中史论性杂文的成功经验,师法杂文大师鲁迅,善于把丰富的生活积累,独特的人生体验,渊博的中外文化历史知识,综合转化为有真理性发现的智慧,在杂文文体格式上标新立异,精心创造,从内容到形式上表现出旺盛蓬勃的创造力。这一历史时期出现大批高水准的史论性杂文,评论旧剧和古典小说及其人物的杂文,"故事新编"式的杂文,借助评论历史、戏剧、小说来间接针砭现实,有深沉含蓄曲折隐讽的特有美感。

这一历史时期里,中国共产党亲自创办、周恩来直接指导的《新华日报》特别重视杂文,对推进中国现代杂文有过不可磨灭的历史贡献。但在"革命圣地"延安,杂文的情况就较复杂了。在延安,最重要的影响最深远的政论大家无疑是毛泽东。毛泽东是一位极富诗人气质的伟大政治家和伟大思想家,他的不少著名政论和演讲,如《反对本本主义》、《反对党八股》、《改造我们的学习》、《将革命进行到底》,以及"评白皮书"的那些著名篇章,都是高屋建瓴、笔挟风雷、尖锐泼辣、文采斐然的上乘政论文。毛泽东对鲁迅和鲁迅杂文给予无比崇高的评价,但他关于文学的"歌颂"和"暴露",关于"鲁迅杂文笔法"的论述,关于写作"大声疾呼"的杂文的主张,并不辩证全面,并不完全符合杂文艺术规律,只是一家之言,是可以斟酌和讨论的。毛泽东对于 1942 年前后延安的王实味、丁玲、罗烽、艾青、萧军、陈企霞等以"鲁迅杂文笔法"写作批评革命队伍缺点的杂文,持否定态度,这导致当年延安对王实味的过火批判和处理,从而使曾经一度较活跃的知识分子作家写作的杂文,沉寂了,消亡了。而且,值得注意的是,毛泽东关于杂文的某些论述,他对知识分子作家写作的批评性杂文的否定性评价,一直成为建国后直至"文化大革命"中人们对付杂文的一种经典理论和经典态度,这确是值得认真思考和研究的。

从 1949 年新中国建立到 1976 年"文化大革命"结束,是中国现代杂文的挣扎和沉寂的特别艰难时期。在这二十七年中,杂文创作仅出现过两次短暂的有限的繁荣。一次是 1956 年,党中央提出了"百花齐放,百家争鸣"的"双百"方针,为了响应这一方针,1956 年 7 月 1 日,《人民日报》全面改版,增设第 8 版文艺副刊,将加"花边"的杂文排在头条。《人民日报》"文艺副刊"共出 303 期,刊发杂文五百篇左右,但是随着"反右扩大化",杂文的这一短暂"复兴"又归于沉寂。第二次是在 1961 年至 1962 年之间,由于纠

"左",提出不打棍子、不抓辫子、不扣帽子的"三不主义",有些杂文家就"破门而出"了,最著名的是邓拓的《燕山夜话》,邓拓、吴晗、廖沫沙的《三家村札记》。但是不久,提出了"以阶级斗争为纲",阶级斗争要年年讲、月月讲、天天讲,杂文创作又沉寂了,到1966年姚文元等批判邓拓等所谓的"三家村"反革命黑帮,杂文就完全消亡了。在"十年浩劫"中,如果说中国的正式出版物上还有杂文的话,则只有"四人帮"御用写作班子"罗思鼎""梁效"之流的颠倒黑白、驴鸣犬吠的"帮八股"。这无疑是20世纪中国杂文史上一段令人悲怆的插曲,其中隐含着人们应该认真思考和研究的历史教训。

1976年"文化大革命"结束至90年代,是杂文全面复兴和新的拓展时期。在这个历史新时期,党中央以实事求是精神和大无畏气概彻底否定"文革"、否定极"左"思潮,实行改革开放,发动伟大的思想解放运动。过去备受极"左"路线摧残的杂文,在70年代末和80年代初进入了复苏期,到了80年代中期出现了全面复兴。1979年9月,著名评论家黄秋耘在《杂文应当复活》中提出:"杂文可以复活,也应当复活。"1980年2月《文艺报》就"如何繁荣杂文创作"问题邀请在京部分作家座谈,冯亦代在会上提出"需要对杂文有个正确的看法,要给杂文恢复名誉"。1982年1月、11月,《新观察》杂志两度召开座谈会,探讨当代杂文创作问题,老杂文家夏衍作了《杂文复兴首先要学鲁迅》的发言。这都传达了杂文从复苏到复兴的信息,这其中最主要的标志是在新的历史条件下鲁迅开创的现实主义战斗杂文传统真正得到学习继承和发扬光大。

80年代中期以来,全国数千家报纸期刊都重视刊载杂文。新时期的杂文数量和杂文作者队伍,以及杂文平均水准,超过历史上任何一个时期。

新时期有影响的杂文家有老中青三个梯队,其中在建国前就享有盛誉的杂文家有巴金、夏衍、廖沫沙、林放、黄裳、严秀、秦牧,建国后成名的杂文家有蓝翎、牧惠、舒展,著名诗人邵燕祥、流沙河、公刘、刘征、叶延滨等在新时期也转向杂文创作,还有相当一批在新时期涌现出来的杂文新秀如鄢烈山、朱铁志、王向东、司徒伟智等。新时期的杂文创作,摆脱了极"左"路线的束缚,思想解放,主体意识强,有鲜明个体风格。这其中影响最大,在国内外享有盛誉的是巴金的《随想录》。《随想录》以真诚、质朴、洗练的文字,为"十年浩劫"做"总结",抒写作家自我在历史沧桑中的极其丰富、复杂、深刻的心路历程和感情世界,表现了他的迷惘和探索、愚昧和觉醒、悔恨和痛苦、悲哀和欢乐、失望和希望,以及他对祖国和人民的无限眷恋和热爱,其风格是单纯里的丰富和丰富里的单纯的辩证统一。值得注意的是,晚年的巴金在《随想录》的写作中,明确提出他要师承"鲁迅笔法"和"春秋笔法"。《随想录》被认为是当代散文和杂文的一座无可争辩的高峰,其作者则是当代中国善良正直的知识分子的良知。

马克思主义研究历史问题,像列宁在《哲学笔记》里所说的,坚持"历史和逻辑"的辩证统一。就中国现代杂文史的研究而论,不仅要在浅表层次上描述中国古典杂文向现代杂文的嬗变,中国现代杂文是如何产生、发展和演变的,展示这种产生、发展和演变的历史的连贯性和阶段性,而且还必须进而在深层次上研究推动和制约 20 世纪中国杂文消长、兴衰、起伏的种种最基本的关系。这种种贯穿于 20 世纪中国杂文史全过程并且决定着中国现代杂文的消长、兴衰、起伏的基本关系,实际上构成区别于中国古代和外国的中国现代杂文史的基本特征和基本规律,也包含着历史的正面的经验和反面的教训,是特别值得研究和思考的。在 20 世纪中国杂文史的研究中,这种表层次和深层次的综合,即为"历史和逻辑"的辩证统一。

这里的第一种基本关系是:杂文家的忧患意识、杂文家的使命感和责任感,同杂文的消长、兴衰和起伏的关系。

有着自觉的忧患意识和很强的使命感和责任感,可以说是中国文学的优秀传统之一。所谓"先天下之忧而忧"、"经世致用"、诗文"有益于世道人心"即为这种优秀传统的具现。从总体上看,这种优秀传统在 20 世纪中国杂文家身上得到了发扬光大,成为促进近、现代杂文滋荣发展的一种动力,但就个别杂文家的不同创作阶段,或是同一历史阶段的杂文家创作,情况就比较复杂了。前者如著名杂文家周作人和林语堂,他们两人在《语丝》前期,基本上是与鲁迅并肩战斗的,其杂文创作有深刻的忧患意识,强烈的批判战斗锋芒,但到了 30 年代,他们被国民党的白色恐怖吓坏了,又反对无产阶级革命文学运动,一个鼓吹"苟全性命于乱世",一个主张"以闲适为笔调,以自我为中心",尽管他们也有牢骚和不满,但其杂文创作仍不免往消极颓唐的方向下滑。如前所述,建国后至"文化大革命"前的17年里,包括不少杂文家在内,我们曾经陷于某种愚昧,认为我们的社会主义社会是天生通体光明无比优越,无须在自我批评和自我扬弃中求得自我完善和自我发展,这种近乎天真幼稚的愚昧,窒息了杂文的发展。历史证明,只有像鲁迅那样始终保有自觉的忧患意识和强烈的历史使命感和社会责任感,才能成为第一流的杂文大师。不仅鲁迅时代如此,今天改革开放的历史新时期仍然这样,当今不少优秀杂文家,对妨碍中国实现现代化的种种腐败、丑恶的社会现象和社会思想表现了深深的忧虑和可贵的义愤。从这点说,今天仍然是鲁迅的杂文时代。

第二种基本关系是:杂文家的理性批判精神,同杂文的消长、兴衰、起伏的关系。

古希腊的亚里士多德曾称人类是一种理性动物。理性无疑是人类区别于动物的本质特征之一了。而理性批判精神则是人类以理性为标尺来批判和否定一切反理性和非理性的东西,带有鲜明的批判性、揭露性、讽刺性和感情色彩。理性批判精神与人类同在,有极其丰富多样的历史和阶级内容,渗透在一切意识形态的形式之中,渗透在一切文学形式之中,尤其在寓肯定于否定之中,通过对假恶丑的揭批来肯定真善美,主要是以否定性和讽刺性的形式表达艺术家的社会审美理想的喜剧、讽刺诗、相声、漫画和杂文等文艺形式中表现得尤为鲜明突出。我们这儿所说的理性批判精神指的是以现代的科学和民主乃至是科学社会主义思想为思想基础的现代理性批判精神。

近代以来的杂文家是高举着理性批判精神这一战斗旗帜的。这种理性批判精神是杂文家的社会审美理想的核心,是杂文家进行社会批评和文明批评的标尺,是现实主义和浪漫主义杂文的灵魂。到了"五四"以后,鲁迅受到日本厨川白村的启发,把杂文概括为是一种"社会批评"和"文明批评"。日本厨川白村在《出了象牙之塔》里,把西方近现代以来的文学,例如像拜伦、史文朋等的诗歌,易卜生、萧伯纳等的戏剧,屠格涅夫、托尔斯泰等的小说,蒙田、培根、兰姆等的随笔小品,统称为"社会批评"和"文明批评",而且认为这种"社会批评"和"文明批评"是"文艺的本来职务",起着"指点响导一世"的作用。鲁迅所谓的杂文的"社会批评"和"文明批评",实际上包含了杂文家对现实和历史中的社会现象、思想现象、文化现象、国民的性格和灵魂以及杂文家自我的分析、批评和解剖,纵横结合,有着广阔深刻的内容。杂文家的理性批判精神就体现在他们的"社会批评"和"文明批评"之中。

当着康有为、梁启超、严复、章太炎等还是"先进的中国人"时,他们的批判性和战斗性的政论杂文,是高举着理性批判旗帜的,对社会启蒙宣传和促进社会进步变革起了很大的作用,但是,在"五四"前后,康有为、严复和章太炎等人,则如鲁迅所说,由"趋时"而"复古",他们的理性批判精神失落了,写不出批判性和战斗性的杂文了。鲁迅开创的,由鲁迅的战友和学生师承发展的"鲁迅风"杂文,始终高举着理性批判精神旗帜,创造了中国现代杂文的奇观,成为 20 世纪中国杂文的最宝贵的传统,成为后代杂文家提高自己杂文创作思想和艺术水准的典范和原动力。毛泽东在《论联合政府》等著名篇章里指出,"批评和自我批评"等是中国共产党区别于其他阶级政党的"三大作风",这说得多么好啊。本来毛泽东关于"批评和自我批评"的科学论断,对指导和发展杂文创作会有不可低估的积极作用,因为说到底,杂文也是一种"批评和自我批评"。但是,令人遗憾的是,在建国后的 17 年和"十年浩劫"之中,这种杂文的"批评和自我批评"的理性批判精神失落了,杂文创作沉寂了,在预想不到的艰难中挣扎,到了"反右扩大化"和"文化大革命",许多杂文家纷纷遭受"灭顶之灾",与此相反的是,张春桥、姚文元等"文痞"的反理性的极"左"杂文则畅行无阻、登龙有术。只是到了改革开放的历史新时期,人们才在老中青三代优秀杂文家的杂文创作中,看到了杂文的理性批判精神的复兴和高扬,看到了世纪之交杂文希望的虹彩。理性批判精神的高扬和失落决定着杂文的消长、兴衰和起伏,这是铁铸的历史事实;对中国杂文家来说,获取独立思考、自由创造的自由理性是何等重要。

第三种基本关系是:杂文的理论建设同杂文的消长、兴衰和起伏。

中国古代和外国杂文创作相当丰富,成就极高,但是杂文理论却相当贫乏,这种状况到了近代并无多少改变。改良派和革命派为了进行启蒙宣传鼓动,争取社会对其政治改良和政治革命的支援,高度重视报刊舆论,特别重视报刊政论、评论、短论的写作,其中富于文学色彩的政论、评论、短论其实就是杂文。但是在当时众多的报刊中,只有《浙江潮》和《民意报》少数几种报刊的副刊中标出"杂文"的刊头。梁启超鼓吹的"文界革命"是针对整个散文界的,并非专指杂文。所有改良派和革命派都重视和倡导文艺性政论、评论、短论等的写作,所以当时杂文创作还是相当旺盛的。

新文化运动的先驱者们特别重视和倡导杂文创作,适应这种需要,现代杂文理论创造性的建设也取得丰硕成果,为古今中外杂文史所仅见。尤其是鲁迅在这方面作出特别重要的贡献。鲁迅对杂文的社会功能和审美特点有精湛深刻的论述。瞿秋白、冯雪峰、王任叔、茅盾、聂绀弩、朱自清、田仲济等对鲁迅杂文和鲁迅为代表的"鲁迅风"战斗杂文传统也有较系统深刻的阐发。这构成20世纪中国杂文史上一笔宝贵的理论资源。除此之外,周作人、郁达夫、林语堂、王力、朱光潜等,也从各自的方面为丰富中国现代杂文理论作出自己的贡献。现代杂文理论既是旺盛的现代杂文创作在理论上的反映,也推动了现代杂文的蓬勃发展。它们两者之间的关系是良性互动的关系。建国后至"十年浩劫"期间,在这二十多年中,只有黄裳的《杂文复兴》、徐懋庸的《小品文的新危机》和《关于杂文的通信》等屈指可数的杂文理论建设文章,但它们很快就成为批评和否定对象,人们一再重复的是那些僵化的违背杂文创作规律的教条,杂文理论的贫血和虚脱,同杂文创作的沉寂和挣扎,形成恶性循环。在改革开放的历史新时期的伟大思想解放运动中,杂文创作的生产力获得解放,杂文理论研究也有了突破性进展。那久违了的现代杂文史上杂文创作和杂文理论建设的相辅相成、良性互动的大好局面,重新向人们微笑了。

第四种基本关系是:中外历史文化传统和杂文家的现实的批判战斗精神的融合,同杂文的消长、兴衰和起伏。

一般说,20世纪中国杂文史上的杂文大家,几乎都是博识睿智、文学修养深厚、关心现实、热爱祖国、热爱人民并有着强烈的批判战斗精神的"精神界之战士"。戊戌变法前后的梁启超,辛亥革命前后的章太炎,前后期的鲁迅,"五四"前后至20年代末的周作人,"左联"时期的瞿秋白,抗日战争和解放战争时期的聂绀弩、冯雪峰、王任叔、唐弢,建国后至"文化大革命"前的徐懋庸、邓拓、吴晗、廖沫沙,新时期的巴金、邵燕祥、牧惠、舒展等等。

这里至为关键的是,中外历史文化传统必须和杂文家的现实的批判战斗精神得到很好的尽可能完美的融合。以中外历史文化传统而论,在20世纪的中国,学贯中西、学识渊博者代不乏人,但是,在中外历史文化传统中,如毛泽东所说,有精华也有糟粕,只有那些有着强烈的现实批判战斗精神的杂文家,才能放出眼光,将彼"拿来",有正确的价值判断标准,从中外历史文化传统中,取其精华,弃其糟粕,把它改造转化为自己杂文中的思想和智慧的血肉,否则,就会价值颠倒,取其糟粕,弃其精华。在这方面,"五四"前后的由"趋时"而"复古"的康有为和章太炎就是著例,此时这两位博学大师,当年执中国政治思想文化界牛耳的风云人物,竟是反对新文化运动、鼓吹"尊孔读经"的老古董了。就现实的批判战斗精神而论,20世纪的中国实在发展太快了,昨天的先觉之士,转眼之间成了今日的落后人物,而且外战内战不断,动乱频仍,斗争特别残酷,时代几乎是在血与火之中迈步前进的,只有不怕牺牲甘于奉献的猛士,才能始终保持充沛旺盛的批判战斗精神,否则就会消沉退隐蜕化转向。20年代末的周作人就是这后一方面的具例,最能说明他的变化的是他的著名杂文《伟大的捕风》。在那里意气消沉的周作人从《圣经》里摭拾了晚年的所罗门以箴言形式包装的灰色思想,诸如"阳光底下没有新事物",人们的一切努力都是徒然的、可笑的,只是"伟大的捕风",是"从虚空到虚空"。周作人由此引出历史的循环论,在他看来历史不是艰难曲折前进的,不过是新的一再重复旧的毫无意义的往复;他由此引出"从虚空到虚空"的历史的虚无论,并在此基础上曲折表述了只要活着就是一切,舍此而外都是无所谓的人生哲学。《伟大的捕风》标志着曾经是新文化运动战士的周作人的现实的批判战斗精神的失落,也是我们理解他此后附逆投敌的思想根源。同由"趋时"而"复古"的康有为和章太炎,以及由新文化运动战士而沦落为民族罪人的周作人等辈形成鲜明对照的是鲁迅,鲁迅在他毕生的杂文创作中,其中外文化传统同他的现实的批判战斗精神达到了完美的融合,在这方面他是无可争议的典范,他是无与伦比的世界级杂文大师。

　　是否正确对待知识性、闲适性和趣味性的杂文,同杂文的消长、兴衰和起伏之间的关系。近代以来,资本主义商品经济的发展,市民社会的壮大,以及人们多种多样的精神需要,在杂文创作领域,除了批判性和战斗性的杂文之外,还有大量的知识性、闲适性和趣味性的有益无害的杂文小品,诸如名物掌故趣谈,社会科学和自然科学知识小品,以及五光十色的文史札记、读书随笔。这类知识性、闲适性和趣味性的杂文小品,在中国古典文学中有着悠久深厚的历史传统,存在于浩如烟海的野史、笔记和随笔里。由于它们只是"文章之枝派,暇豫之末造",不是高头典章,人们不必扯着假嗓唱高调,后人反而能从其中窥见时代的眉目和文人的裸露的心性,自有其独特的历史和美学价值。近代以来,中国的社会性质迫切需要的是批判性和战斗性的杂文,批判性和战斗性的杂文成为20世纪中国杂文的主流是理所当然的。但是不能认为为数众多的有益无害的知识性、闲适性和趣味性杂文小品,同批判性和战斗性的杂文是势不两立、水火不容的,它们在一定的条件下是可以共生互补、一道生存和发展的。鲁迅在《小品文的危机》里,虽然大力倡导"匕首和投枪"式的战斗杂文,但他指出人们除了"战斗"和"劳作"之外,也需要"休息"和"愉快",在别的杂文里,他不无风趣地指出"战士"除了"战斗"之外,还有"性"生活,即便是"理学先生"也不是终日皱眉论道,他们也有背着双手散步的时候。在他同林语堂等人关于小品文的论争中,他并不完全反对"闲适",只是认为一味的"闲适""那是不够的",只是不同意后者把"幽默"同"讽刺"完全对立起来。从"五四"至建国前,这类知识性、闲适性和趣味性杂文大量存在,周作人、林语堂、俞平伯、丰子恺、钱锺书、梁实秋等是写作这类杂文的高手。但是,在建国后的相当一段时期里,那有着理性批判精神的杂文不时成为批判对象,那些有益无害的知识性、闲适性、趣味性小品,更是被视为资产阶级的"闲情逸趣"而被否定禁绝了。改革开放的历史新时期,是20世纪的太平盛世。这个太平盛世的意识形态的突出特点,是先前恶性发展到偏执狂热的极"左"政治意识,被广泛宽松的建设性的文化意识所取代;于是在杂文领域,批判性和战斗性的杂文,同知识性、闲适性和趣味性杂文呈现了共生互补、百花争妍的良好发展态势,古今中外、海阔天空、纵意而谈、雅俗共赏的文化随笔小品日渐旺盛起来了。另外,文化专制和艺术民主,以及新闻事业对杂文的重视与倡导与否,同杂文的消长、兴衰和起伏,也息息相关,血肉相连。

　　中国杂文从先秦至20世纪末,有着绵延不绝的两千五百多年的历史,中国杂文在不断的嬗变中确实积累了"悠久深厚的传统",如前所述的中国古典杂文优秀传统,鸦片战争之后,从龚自珍至梁启超,我们称这为中国近代杂文传统,"五四"以后,从鲁迅到晚年巴金,我们称这为中国现代杂文传统;这三个不同历史时期的杂文传统,都是既有联系又有区别的,都是中华民族的民族文化的组成部分,都是应该弘扬的中华民族智慧、中华民族精神和中华民族特色。包括杂文传统在内,世界上任何民族文化,都要在历史的考验中,在世界性的文化交流和文化竞争中,估定自己的历史价值,决定自己的历史命运,显示自己的民族特色。如前所述,中国是世界上的散文(杂文)大国,从先秦诸子直至现代的鲁迅、周作人、巴金,中国散文(杂文)始终持续繁荣昌盛,出现过众多的世界级的散文(杂文)大师,这是中国文学的民族特色之一,是中国文学对世界文学的一种贡献。

历史不能割断,包括杂文传统在内的任何优秀文化传统的强大生命力,就在于这种传统总是代代相承,薪火不灭,不断地被后人加以创造性地丰富、发展和完善的。中国现代杂文可以说是中国杂文发展史上的又一个高峰。这个高峰的出现,有着互相联系、互相促进的内外两种原因。一是从近代以来,中国文化上的对外开放,从异域吸取文化营养来更新自己、丰富自己、发展自己、壮大自己;二是在新的历史条件下,创造性地继承和发展自己民族固有的优秀文化传统。中国现代杂文就是这样产生、演变和发展的,就是这样成为中国杂文发展史上的第四个高峰的。我们在论述中国杂文从古典向现代嬗变中,实际上已从不同角度和层面触及这个问题。为了对这问题作更透彻的阐发,我们拟以专文讨论中国现代散(杂)文史上的鲁迅、周作人和巴金等几位文学巨匠是如何在其杂文创作中对中国散(杂)文传统作创造性的继承和发展的。如同一部电影的长度篇幅总是有限的,不可能有太多的特写镜头,本书的撰写也面临着同样的困惑。在中国现代散(杂)文史上,众多卓有成就的散(杂)文大家,他们创作上的成功,总是同他们创造性地继承和发展中国散(杂)文优秀传统血肉相连、息息相关的。限于篇幅,我们取这三个特写镜头了,看看能否收到"窥一斑而略知全貌,以一目而尽传精神"了。

(原载《20世纪中国杂文史》导论,
有改动,福建教育出版社1997年版)

一个崭新的课题：创建中国现代杂文美学①

一、一个值得重视的课题

中国在走向现代化的艰难曲折的历史过程中，作为最敏感的文学思维神经的杂文，是相当繁荣昌盛的，涌现出如鲁迅、周作人、林语堂、梁实秋、"鲁迅风"派和"野草"派的杂文作家群。近现代中国杂文的长盛不衰、名家辈出，堪称是相当罕见的独特人文景观。这并不是我们的独得之见，鲁迅的忠实弟子和亲密战友——冯雪峰——论及鲁迅杂文时，早有这样的论述：

> 鲁迅先生独创了将诗和政论凝结于一起"杂感"这尖锐的政论性的文艺形式。这是匕首，这是投枪，然而又是独特形式的诗！这形式是鲁迅先生所独创的，是诗人和战士一致的产物。……这种形式，在中国旧文学里是有它类似的存在的，……这种形式，在世界文学中当然是有的，但即在世界文学中，于同一类形式的作品里，在社会性的尖锐和深远上，在政治战斗性的重量和艺术的深刻，能如鲁迅先生这样的，却也仍不

---

① 本文由《20世纪中国杂文史·结束语》改写，《20世纪中国杂文史》，福建教育出版社1997年版。

多见。鲁迅先生的杂感,杂文,在文学上是要和但丁,海涅及萨尔蒂科夫·谢特林等人的作品一样不朽的,这不仅是中国民族文学的奇花,而且是世界文学中的奇花。

——《鲁迅与中国民族及文学上的鲁迅主义》

在中国现代杂文史上,鲁迅不是孤立的存在,鲁迅杂文之外,还有他的战友和弟子创作的大量"鲁迅风"("鲁迅式")杂文,还有众多的杂文大家的杂文,在当代中国大陆、台湾,以及香港,哪一家报纸期刊之上不刊载杂文?

任何有着民族自豪感和自信心的文学史家和文艺理论家,在面对近现代中国杂文的独异人文景观都应该有责任尽自己的可能,根据"历史和逻辑"的统一,"历史批评"和"美学批评"的统一,把中国现代杂文创作实践和杂文理论建设成果,加以综合概括,从美学角度总结,创立中国现代杂文美学。1996年第6期的《杂文界》就刊登了《"构建杂文学"座谈撷要》,反映了部分杂文作家和杂文研究者企图"构建杂文学"的心声。

从中外杂文史的实际看,在鲁迅他们之前,都存在着杂文创作异常丰盛和杂文理论相当贫乏的极不相称的情况。以今天的眼光看,我国古代杂文遗产异常丰富,杂文理论却异常贫乏。关于这点,我们在《中国杂文从古典向现代的嬗变》已有论述,这里不再唠叨。

据《蒙田》一书的作者,英国的 P. 博克所述,在西方,杂文又称"杂谈"、"杂论"、"杂著"、"杂录",拉丁文和英文是"Miscellany"、"Discour"和"Silua"等。蒙田的"Essay","这种杂谈式的文体是希腊论文的一种复兴,常常用来谈道德问题,文章短小灵便,笔调生动幽默,给读者一种亲切感,就像在聆听作者的娓娓之谈。普鲁塔克的《道德论》是蒙田最爱谈的作品之一,本书就是由一些议论文编集而成的"。

在西方美学界,从亚里士多德至黑格尔乃至于当代历来有扬诗抑文的倾向,多的是诗歌美学、小说美学、戏剧美学、影视美学的论著,散文理论或散文美学的论著则凤毛麟角,而且像俄国的什克洛夫斯基、巴乌斯托夫斯基等有关论著所论的散文则是以小说为主的。亚里士多德的《诗学》是人们所熟知的,是他论诗、论剧诗(悲剧、喜剧)的经典性美学著作。他的散文美学著作是《修辞学》。在我国,最早是介白译出,周作人曾为之作序 ①,到了1991年,三联书店才出版了罗念生的译本,文艺理论界也是知者寥寥。亚里士多德的《修辞学》是研究演说中的立论和修辞的艺术规律的。在古代希腊,演说异常繁荣,是主要的散文形式。因而从某种意义上说研究演说的艺术,就是研究散文的艺术,《修辞学》就是一部散文理论专著。

康德在他的美学著作《判断力批判》里论到文学时,谈到了诗和"雄辩术"(即演讲体散文)。黑格尔没有像亚里士多德那样写过专门性的散文理论专著,他只在《美学》第一卷和第三卷(下册)里阐述他自己的散文理论主张。从黑格尔的散文理论主张看,他一方面继承了亚里士多德的散文观,另一方面他又对某些散文形式如寓言、格言、历史散文、演说散文发表了自己的见解,特别是对诗和散文艺术的掌握方式(观念方式),以及"诗的艺术作品和散文的艺术作品"的区别做了深入的比较和研究。

演说带有议论、辩驳、批评和抒情的性质,演说者以严密逻辑、精辟见解、铁铸事实说服人,以真诚热烈感情打动人。演说实际上是以议论和批评为主的文学散文中之一种。因而,亚里士多德、康德和黑格尔这西方三大美学权威,实际上都论到了同议论性散文有关的杂文,他们虽然没有使用杂文一词,但却可以说他们的散文理论主要是说理性和批评性的杂文理论。

文艺复兴时期法国的蒙田继承和发展了古希腊罗马普鲁塔克和塞内加的随笔(Essay),使随笔更富于个性化、更亲切、更坦诚、更活泼、更随意、更有弹性,成了以后欧美散文中的最主要的文体。关于随笔(Essay),日本的厨川白村在《出了象牙之塔》里有极精彩的论述。这我们在下面还会详论。英国的亚瑟·本森(1862—1929)在他编的一部文选《随笔的类型及时代》的序言《随笔作家的艺术》里这样论随笔:

> 随笔在本质上则是独白。
>
> 英国随笔有种种不同的形式。
>
> 随笔像所谓的风琴的序曲,是一种有主题的小品文,形式不那么严格,尽可任神思驱遣,由妙手调节,并可随意渲染。随笔,乃是从某一可

---

① 周作人:《看云集·〈修辞学〉序》,上海开明书店1932年初版。

以清楚说明的着眼点所进行的人生小评论。

　　因此,随笔作家以其特殊方式充当人生的解说员,人生的评论家。他观察人生,不像历史家,不像哲学家,不像诗人,然而这些人的特点他又都有一点儿。

照亚瑟·本森的说法,在有着"种种不同的形式"的"英国随笔"里,主体是充当"人生的评论家"的议论性和批评性的随笔,其实也就是我们今天所说的杂文,这是符合实际的。

　　美国著名文艺理论家和教育家 B. 艾布拉姆斯在《欧美文学术语词典》一书里关于"essay 杂文"[①]词条的诠释里如是说:

　　任何旨在探讨问题,阐述观点,或就某一议题加以论证的散文作品都属于杂文。杂文有别于论著或学术论文,因为它的论述说理不够系统完备,其对象只限于一般读者。杂文的论证采取非专业性、灵活多样的方式,它往往通过事实、鲜明的例证和幽默风趣的说理来加强说服力。
　　……
　　杂文体裁在一八五〇年得名于法国散文家蒙田。但在这以前,古希腊作家忒俄弗雷斯托斯与普鲁塔克、古罗马作家西塞罗与塞内加就开始从事杂文创作了。……十六世纪末,培根的一系列随笔开创了英国杂文创作。艾迪生和斯梯尔合办的《闲话报》与《旁观者》以及后来的其它杂志为杂文开拓了出版途径……十九世纪初期,新型杂志的问世极大地推动了杂文创作,并且使杂文成为一个主要的文学类型。哈兹里特、德·昆西与查尔斯·兰姆正是在这时期将杂文、尤其是随笔的创作发展到登峰造极的水平。

　　这就是 20 世纪的中国杂文家和杂文理论家在创建自己的杂文理论时所能继承的中外古典杂文理论资源。显然,这个理论资源是散乱的,肤浅的,不成系统的。这突显了他们在创造中国现代杂文理论的艰难性和重要性。因

---

　　①　值得注意的是,在艾布拉姆斯的《欧美文学术语词典》里,"杂文"和"随笔"竟是同一个词条,这意味着在艾氏看来,"杂文"和"随笔"就是一回事。——著者。

此,他们就还必须从 20 世纪中国蓬勃兴起和发展的杂文创作实践中去汲取理论创造灵感。在这方面作出突出贡献的是,鲁迅、周作人、林语堂、瞿秋白、冯雪峰、王任叔、徐懋庸、唐弢、郁达夫、朱自清、王了一、朱光潜、梁实秋。这里,我们想以鲁迅和周作人为例来看他在杂文理论建设上的成功创造。

二、最富活力的鲁迅杂文理论

鲁迅没有写过专门性的长篇的杂文理论文章,他的杂文理论主张散见于《两地书》、他自己的杂文集和译文集的序跋,以及如《小品文的危机》、《徐懋庸作〈打杂集〉序》里,是分散的,又是自成系统的,可以说是无序中的有序,不成系统的系统,此其一;鲁迅杂文理论渊源是多元的,一是来自中国古典,二是来自异域,三是自己和同时代人的杂文创作实践经验,此其二;鲁迅前期侧重于强调杂文的社会功能,后期则把杂文的社会功能和审美功能统一起来,到了晚年,他就老实不客气宣布杂文要"侵入文学的高尚楼台了"。

鲁迅是从社会功能和审美特征上揭示和规定议论和批评为主的杂文这一文学形式的特质的。

在鲁迅看来,杂文的社会功能是什么?

在《两地书》第一集中,鲁迅同许广平反复讨论中国的社会改革与杂文写作的关系。鲁迅对中国社会的历史和现状有着清醒的认识。在鲁迅看来,中国是太黑暗、太落后了,有如一只漆黑的染缸,如不进行改革,打破这染缸,中国是没有希望进入未来的"大同世界"的,改革最快的是"火与剑",必须注重"实力",同时辅以"宣传",在策略上必须坚持"韧"的"壕堑战"。正是从自觉承担改革中国的社会责任的前提出发,鲁迅谈到他自己为什么要"改变文体",注重杂文写作。鲁迅说他写作"反抗"、"破坏"、"批评"、"议论"性的杂文,对中国"根深蒂固"的传统思想、习惯文明、国民的劣根性以及黑暗腐败的社会现状施行毫无忌惮的破坏、袭击和攻打,正是为了促进中国的社会改革,希望中国的新生。当然,鲁迅也意识到自己个人力量的有限。于是他在杂文写作上时时在寻找"生力军",渴望在不久的将来能组成这方面的"联合战线",鲁迅俯视当时文坛,他觉得《语丝》有些"疲劳",《现代评论》显得"灰色",《猛进》有勇无谋,他就同一些新进青年创办了《莽原》(周刊)。关于《莽原》,鲁迅对许广平说了这样一些话:

> 但星期五,你一定在学校看见《京报》罢,那《莽原》二字,是一个八岁的孩子写的,名目也并无意义,与《语丝》相同,可是又仿佛近于"旷野"。投稿的人名字都是真的,只有末尾的四个都由我代表,然而将来从文章上恐怕也仍然看得出来,改变文体,实在是不容易的事。这些人里面,做小说的和能翻译的居多,而做评论的没有几个;这实在是一个大缺点。①

> 中国现今文坛(?)的状况,实在不佳,但究竟做诗及小说者尚有人。最缺少的是"文明批评"和"社会批评"。我之以《莽原》起哄,大半也是为了想由此引些新的这一种批评者来,虽在割去敝舌之后,也还有人说话,继续撕去旧社会假面,可惜所收的至今为止的稿子,也还是小说多。②

> 至于大作之所以常被登载者,实在因为《莽原》有些闹饥荒之故也。我所要多登的是议论,而寄来的偏多小说、诗。先前是虚伪的"花呀""爱呀"的诗,现在是虚伪的"死呀""血呀"的诗,呜呼,头痛极了! 所以尚有近于议论的文章,即易登出,夫岂"骗小孩"云乎哉!③

类似的话语还见于《华盖集·题记》,为了说明问题,照录如下:

> 也有人劝我不要做这样的短评。那好意,我是很感激的,而且也并非不知道创作之可贵。然而要做这样的东西的时候,恐怕也还要做这样的东西,我以为如果艺术之宫里有这么麻烦的禁令,倒不如不进去;还是站在沙漠上,看看飞沙走石,乐则大笑,悲则大叫,愤则大骂,即使被沙砾打得遍身粗糙,头破血流,而时时抚摩自己的凝血,觉得若有花纹,也未必不及跟着中国的文士们去陪莎士比亚吃黄油面包之有趣。

---

① 《两地书》(一七),1925 年 4 月 28 日。
② 《两地书》(一五),1925 年 4 月 22 日。
③ 《两地书》(三四),1925 年 7 月 9 日。

> ……我早就很希望中国的青年站出来,对于中国的社会文明都毫无忌惮地加以批评,因此曾编印《莽原周刊》作为发言之地,可惜出来说话的竟很少。在别的刊物上,倒大抵是对反抗者的打击,这实在是使我怕敢想下去的。

在这些言论中,鲁迅对现代杂文是以批评和议论的方式,通过社会批评和文明批评,进行社会思想启蒙,促进社会进步改革这一社会功能做了极其明确的规定。应该说,在古今中外杂文史上,像鲁迅这样以这样明确的语言对杂文的社会功能做这样明确的规定,鲁迅是第一个。

把现代杂文规定为是一种以批评或议论的方式进行社会批评和文明批评,是鲁迅一贯的文艺思想,是鲁迅对近代、特别是现代的杂文运动的历史经验的深刻理论概括。早在《摩罗诗力说》中,鲁迅就非常赞赏英国著名散文家和文艺批评家安诺德关于"诗是人生的批评"这一名言,至此鲁迅把这一思想发扬光大了。如前所述,近代杂文的社会批评和社会启蒙与社会改革相统一,近代杂文的批判性和战斗性,在"五四"以来的杂文运动中发展到一个新的阶段,提高到一个新的水平。鲁迅关于现代杂文的社会功能的明确规定,显然是对近、现代杂文运动历史经验的深刻理论总结。除了这些以外,我们切不可忘记厨川白村对鲁迅的深刻影响。

厨川白村的美学思想无疑是属于唯心主义的理论体系的。但这并不是厨川白村美学思想中最重要的东西,鲁迅珍视的是厨川白村美学思想中的独创性和深刻性,珍视的是厨川白村的杂文中的社会批评和文明批评的尖锐性和深刻性。剔除了那些唯心主义的偏见,在厨川白村的美学思想中确实有一系列独创性和深刻性相统一的真知灼见。比如,他关于作家的个性是特殊性和普遍性相统一的论述,他关于文艺创作和文学鉴赏过程中复杂微妙的心理过程的描述,他关于文艺创作是表现和再现的统一的论述,他关于诗人是社会的预言家,以及诗人的心声是时代精神和大众心声的反映的论述,他关于彻底的现实主义和彻底的理想主义(浪漫主义)在根本上是统一的论述,他关于小品随笔艺术规律的概括,他关于任何进步的成功的文学都是一种深刻的社会批评和文明批评的论述,……这许多文艺上的真知灼见,直至今天仍能给人以深刻的启示。有的评论家只看到厨川白村美学思想的唯心主义体系，而看不到其中饱含着众多的对文艺问题的辩证的深刻的理解，因而说鲁迅译介厨川白村是由于当时还识别不了厨川白村美学思想的唯心主义倾向，这种说法显然是不公允的，是对厨川白村，也是对鲁迅的贬低。本文的任务不是全面论述鲁迅和厨川白村的关系，主要是从杂文理论创建方面考察他们之间的渊源关系。

厨川白村关于文学的本来职务是在于进行社会批评和文明批评以指点向导一世的论述，对鲁迅关于现代的杂文的社会功能的论述，有着直接的深刻的影响。为了说明问题，这里需要花些篇幅把厨川白村的原话详加摘引。在《走向十字街头》的序文里厨川白村说：

> 东呢西呢，南呢北呢？进而即于新呢，退而安于古呢？往灵之所教的道路么？赴肉之所求的地方么？左顾右盼，彷徨于十字街头者，这正是现代人的心。……
>
> 作为人类的生活与艺术，这是迄今的两条路。我站在两路相会而成为一个广场的点上，试来一思索，在我所亲近的英文学中，无论是雪莱，裴伦，是斯温班，或是梅垒迪斯，哈兑，都是带着社会改造的理想的文明批评家，不单是住在象牙之塔里的。这一点，和法国文学之类不相同。如摩理思，则就照字面地走到街头发议论。

在《出了象牙之塔·描写劳动问题的文学》中，厨川白村写道：

> 建立在现实生活的深邃的根柢上的近代的文艺，在那一面，是纯然的文明批评，也是社会批评。这样的倾向的第一个是易卜生，由他发起的问题剧不消说，便是称为倾向小说和社会小说之类的许多作品，也都是直接或间接地，拿近代生活的难问题来做题材，其最甚者，竟至于简直跨出了纯艺术的境界。有几个作家，竟使人觉得已化了一种宣传者（Propagandist），向群众中往回，而大声疾呼着，这是尽够惊杀那些在今还以文学为和文酒之宴一样的风流韵事的人们的。就现在的作家而言，则如英国的萧（B. Shaw）、戈尔斯华绥（J. Galsworthy）、威尔士，还有法

国的勃利欧（E. Brieux），都是最为显著的人物。

在《出了象牙之塔·为艺术的漫画》中，厨川白村评论英国 18 世纪漫画巨擘威廉呵概斯时指出:

> 这英国的十八世纪的漫画巨擘，不消说，是威廉呵概斯（William Hogarth 1697—1764）了。作为近世的最大画家的呵概斯的地位，本无须在这里再说，但他于描画政治上的时事问题，却不算很擅长;倒是作为广义的人生批评家，将当时的社会、风俗、人情来滑稽化了，留下许多不朽的名作。

厨川白村在《出了象牙之塔·现代文学之主潮》中，对以上问题做了总结。他针对日本文坛状况，不无感慨地指出:

> 我们日本人的生活，比起西洋人的来，总缺少热和力，一切都是微温，又不彻底。……
>
> 和这问题相关联，还有想到的事，是日本近时的文坛和民众的思想生活，距离愈去愈远了。换了话说，就是文艺的本来的职务，是在作为文明批评社会批评，以指点向导一世，而日本近时的文艺没有想尽这职务的。是非之论且不管，即以职务这一点而论，倒反觉得自然主义全盛时间，在态度上较为恳切似的。英法的文学，向来都和社会上政治上的问题密接地关系着，不待言了，至于俄、德的近代文学，则极明显地运用着这些问题的很不少，其中竟还有因此而损了真的艺术底价值的东西呢。倘没有罗马诺夫（Romanov）王家的恶政，则都介涅夫、托尔斯泰、陀思妥未斯奇，也都未必会留下那些大著作了罢。战后的西洋文学，大约要愈加人道主义地，又在广义道德底和宗教底地，都要作为"人生的批评"而和社会增加密接的关系罢。

综上可以看出，厨川白村对西洋文学中的各种"主义"、各种"思潮"持较宽泛、较通达的看法，他主张文艺的本来职务，"是在作为文明批评社会批评，为指点向导一世"。他主张作家必须同"群众的思想"，同"社会上政治上的问题"保持密切的关系,作家必须是"带着社会的改造的理想"的猛烈彻底的"文明批评家",厨川白村反对脱离群众,脱离社会现实,钻到"象牙之塔"里,对社会人生持"高蹈底享乐底态度"的作家。厨川白村的文艺思想在大正时期的日本可以说是相当激进的。鲁迅在《〈现代文学之主潮〉译后记》中说厨川白村"对于'精神底冒险'① 的简明的解释,和结末的对于文学的见解,也很可以供多少人的参考",可见鲁迅对厨川白村的文学观点是相当赞赏的。

我们只要把厨川白村关于"文艺的本来职务"和文艺家必须是"带着社会的改造理想的文明批评家"等的一系列论述,同鲁迅关于中国现代杂文的社会功能的理论思考和理论规范,不难看出两者之间存在着惊人的相似和深刻的默契。这里有两点特别耐人寻味。

其一,20 年代的鲁迅在创建现代杂文理论时,他主要是通过厨川白村这一中介,同欧洲近代以来各种文艺思潮,特别是易卜生、托尔斯泰、高尔斯华绥和萧伯纳等为代表的批判现实主义思潮,建立了深刻的联系。至 30 年代初期,鲁迅在《小品文的危机》这一名文中,论到以杂文为主的小品文的写作时,谈到现代杂文的三种传统。这就是晚唐以来的"挣扎和抗争"的传统,欧美的小品随笔传统,"五四"以来的"挣扎和抗争"的杂文传统,此前,我们可从鲁迅在《汉文学史纲要》里之论先秦诸子,秦汉的李斯、贾谊、晁错,以及他在《魏晋风度及文章与药及酒之关系》中之论曹操、嵇康、阮籍、陶渊明等中,窥见鲁迅杂文和杂文理论与"悠久深厚"的中国杂文传统的渊源关系。这时鲁迅对杂文的社会功能除了继续主张社会批评和文明批评的批判性之外,他更强调杂文的战斗性和革命性,他指出战斗的小品文必须和受苦受难的人民大众一道共同杀出一条血路。但不能把两者看作是互相对立的东西,它们实际上在根本上是统一的。自然这标志着鲁迅的杂文理论同他的思想变化相适应,从批判现实主义向着革命现实主义飞跃。

其二,鲁迅突出强调杂文"批评"的社会功能,这是意味深长的。鲁迅所说的"批评"是为了实现社会改革这一崇高理想的"批评",并不是否定

---

① "精神底冒险",或译"灵魂的冒险"(Spilritural Adventure),法国作家法朗士在《文学生活》一书中,把文艺批评称为"灵魂在杰作中的冒险",厨川白村引来解释文艺创作与新思潮的关系。

一切、破坏一切的虚无主义的"批评",从这个意义上说,鲁迅所理解的杂文家,也就是厨川白村所说的"带着社会改造的理想的文明批评家",也就是说鲁迅心目中的杂文家是社会批评家、社会改革家和社会理想家的统一。同时,我们对鲁迅所说的"批评"也应作宽泛的、辩证的理解。所谓"批评"并不纯然只有否定而无肯定,只有揭发、暴露、破坏、讽刺、嘲笑而无歌颂、表彰、赞美、匡正和建设,事实上这对立的两极不仅是互相排斥,也是互相联系的,在绝大多数情况下是统一在一篇杂文之中,不过无可否认的是,在矛盾的统一体中,否定、揭发、暴露、批判、破坏、讽刺、嘲笑等占据矛盾的主导地位,在绝大多数情况下成为杂文的最主要表现形态,这是由杂文的"批评"功能所规范和制约的,同杂文血缘非常亲近的姐妹艺术如漫画、喜剧、相声、讽刺诗等情况也大致相同,不幸的是,长期以来人们看不到由于杂文的注重于"批评"的社会功能,规范、制约了杂文必然具有批判性和讽刺性的特征,看不到杂文家不仅是辛辣的社会批评家,同时,也是不可多得的、忠诚热烈的社会改革家和社会理想家,从而在现当代文学史上不断出现了杂文创作经常被迫沉寂、杂文作家经常被打入"另册"的厄运。

广泛的社会批评和文明批评,是鲁迅杂文的全部内容,解剖和改造中国人的国民劣根性,是鲁迅杂文的核心思想,通过人的改造来促进社会的进步变革,是鲁迅杂文的崇高目的。

解剖国民性和改造国民性是近代资产阶级民族民主革命不断高涨的必然产物。不仅形形色色的资产阶级思想家论述过这一问题,就是马克思和恩格斯也在《德意志意识形态》等著作中通过对"德意志意识形态"的深入解剖、分析,批判过日耳曼民族的民族性,不仅车尔尼雪夫斯基解剖过大俄罗斯民族的民族劣根性,列宁也解剖过大俄罗斯民族的劣根性。自然,这里有各种各样的思想分野,有历史唯心主义和历史唯物主义的区别。近代以来,我国被迫对外开放,不少先觉之士开始以新的眼光看待世界、看待中国。比较常常酿造着新的发现。人们在中和外、先进和落后、新与旧、强与弱、优和劣的比较中,发现了中国在"物质文明"和"精神文明"上大大落后于西方,发现了作为古老的中华帝国子民的国民劣根性,于是,我国近代以来众多的启蒙思想家一再反复探讨古国的新生和改造国民劣根性的内在联系。

"五四"新文化运动中提出的"思想革命"和"文化革命"的口号,反对封建专制、愚昧,崇奉赛先生和德先生,在很大程度上同改造中国国民的劣根性有关,"五四"新文化运动先驱陈独秀和胡适都鼓吹过改造国民性的口号,20 年代初期《语丝》社中的周作人、钱玄同、刘半农、林语堂也反复探讨中国国民性的改造问题。

解剖和改造中国国民的劣根性问题,是鲁迅的一贯思想,是鲁迅思想中不断丰富、发展,至今仍具有强大生命力的深刻思想。早在日本留学时期,鲁迅在探索中国的社会改革问题时,他已把人的改造问题和中国国民劣根性的改造问题放到中心位置上了。在《文化偏至论》中,他已认识到立国"首在立人",在《摩罗诗力说》中,鲁迅介绍以拜伦为代表的"立意在反抗,指归在动作"的"摩罗宗"诗人,充分肯定他们对本国的保守落后的"国民性"的批判和反抗。不过此时,鲁迅对中国国民性的解剖和批判,还不够深入,也欠缺历史的具体性。"五四"以后,鲁迅对中国国民劣根性的种种发现,以及产生这种国民性的社会历史文化根源的解剖具有了新的广度和深度。这是时代环境使然,是鲁迅长时期探索的结果,也同厨川白村的影响有关。这里且做些比较。

厨川白村在《出了象牙之塔》里,对他所憎恶的日本的国民劣根性中的"微温、中道、妥协、虚假、小气、自大、保守"等,"一一加以辣的攻击和无所假借的批评"[1]。他的揭发和批评带着历史和生活的具体性。厨川白村在本书的"改造和国民性"一节中认为这样的日本人是"去骨泥鳅",日本是一个"聪明人愈加小聪明,而不许呆子存在的国度",在日本不会出现"托尔斯泰和尼采和易卜生",更不用说"莎士比亚和但丁和弥耳敦"。他议论说:

> 世间也有些论客,以为这是国民性,所以没有法,如果像一种宿命论者似的,简直说是没有法了,这才是没有法呵。绝对难于移动的不变的国民性,究竟有没有这样的东西,姑且作为别一问题,而对于国民性竭力加以大改造,则正是生活于新时代的人们的任务。喊着改造改造,而只嚷些社会问题呀,妇女问题呀,什么问题呀之类,岂不是本末倒置么? 没

---

[1]　鲁迅:《〈出了象牙之塔〉后记》。

有将国民性这东西改造,我们的生活改造能成功的么?

鲁迅在《两地书(八)》中对许广平说:

> 说起民元的事来,那时确是光明得多,当时我也在南京教育部,觉得中国将来很有希望。自然,那时恶劣分子固然也有的,然而他总失败,一到二次革命失败之后,即渐渐坏下去,坏而又坏,遂成了现在的情形。其实这也不是新添的坏,乃是涂饰的新漆剥落已尽,于是旧相又显了出来。使奴才主持家政,那里会有好样子。最初的革命是排满,容易做到的,其次的改革是要国民改革自己的坏根性,于是就不肯了。所以此后最要紧的是改革国民性,否则,无论是专制,是共和,是什么什么,招牌虽换,货色照旧,全不行的。

这里,鲁迅同厨川白村一样也是从"改造与国民性"的关系中来论述改造国民性的极端重要性,不用多说,鲁迅的认识要比厨川白村深广得多。

厨川白村在《出了象牙之塔》里猛烈抨击日本的所谓"聪明人"而全力歌颂和呼唤"大呆子"。他说的"呆子",就是:

> 踢开利害的打算,专凭不伪不饰的自己的本心而动的;是决不能姑且妥协,姑且敷衍,就算完事的人,是本质底地,第一义底地来思索事物,而且能将这实现于自己生活的人,是在炎炎地烧着烈火似的内部生命的火焰里,常加添新柴,而不怠于自我充实的人。从聪明人的眼睛看来,也可以算得愚蠢罢,也可以当作任性罢。……就因为他们是改造的人,是反抗的人,是先觉的人的缘故。是为人类而战斗的 Prometheus[①] 的缘故。

厨川白村认为:

> 世界总专靠着那样大的呆子的呆力量而被改造。人类在现今进行到这地步者,就因为有那样的许多呆子之大者拼了命给做事的缘故。宝

[①]　即希腊神话中的盗火给人间而受到大神宙斯严惩的普罗米修斯,他成了人类温暖和光明而牺牲自己的英雄象征。

> 贵的大的呆子呀！凡翻检文化发达的历史者，无论是谁，都要将深的感
> 谢，从衷心奉献给这些呆子呀！

他渴望在日本那样经常围攻新事物和新思想的"祸祟"的国度，能出现众多的"很韧性的呆子"，只有这样，才可望把改革坚持下去。鲁迅在《写在〈坟〉的后面》里，说过同厨川白村一样的话，不过更斩截、更简洁：

> 古人说，不读书便成愚人，那自然也不错的。然而世界却正由愚人
> 造成，聪明人决不能支持世界，尤其是中国的聪明人。

鲁迅清醒估计到在旧中国进行改革将会遇到怎样的困难和阻力，要批评旧中国的一切将会遇到怎样艰难和危险，因此，他也和厨川白村一样，突出强调一个"韧"字，毕生坚持一个"韧"字。事实上，蔑视种种责难围攻，始终以大无畏的勇气、锲而不舍的精神，坚持社会批评和文明批评，坚持解剖中国的国民性的杂文大师鲁迅，就是名符其实的"很韧性的大呆子"。

厨川白村在《出了象牙之塔》中，不仅猛烈抨击了日本的国民劣根性，而且解剖了滋生这种劣根性的社会历史文化根源。在该书的《从灵向肉和从肉向灵》一节中，厨川白村指出日本社会存在的千奇百怪现象，日本人的畸形国民性，"从表面看来，仿佛见得千差万别，各有各个不同的原因似的罢，然而一探本源，则其实不过基因于一个缺陷"。这个缺陷是什么？有着根深蒂固的封建主义精神文明传统的日本人同欧美人不同，在生活中，在为人处世中奉行着"从精神向着物质，从灵向肉而倒行"的生活原则，但是人的"精神"和"心"是："有肉体的精神，有物的心。倘若将这颠倒转来，以为有着无肉体的精神，无物的心，则这就成为无腹无腰又无足的幽鬼。"厨川白村反对这种"灵""肉"的"倒行"。他认为人们在饥寒交迫情况下而"行窃"，光去责备他们的"居心"是可笑的，应该做的事是"去改良这人的物质生活"，是去改变人们累死累活而不能"图得一饱"的那个"社会组织的缺陷"。也许正为此，历史唯心论者的厨川白村，竟对"科学社会主义之父"的马克思的唯物史观表示赞赏，告诫日本人："总该先倾听唯物史观，一受那彻底的物质主义的洗礼。"

鲁迅对厨川白村的观点是赞赏的,他在《〈从灵向肉和从肉向灵〉译后记》中,说厨川白村对"灵"与"肉"倒行的针砭,"多半切中我们现在大家隐蔽着的痼疾,尤其是很自负的所谓精神文明"。事实上,明清以来被统治者奉为官方哲学的程朱理学所鼓吹的"存天理,灭人欲",正是这种"灵""肉"倒行的中国固有精神文明发展到极端的典型。鲁迅在杂文中解剖中国国民的劣根性总是同他对中国固有的封建主义"精神文明"的针砭结伴同行的,这其中确有厨川白村的启发和影响在。鲁迅在《华盖集》中的《忽然想到(六)》和《北京通讯》中反复申说:"一要生存,二要温饱,三要发展。有敢阻碍这三事者,无论是谁,我们都反抗他,扑灭他。"话虽简括、抽象,但接触到了社会改革和人的改造的根本问题,即经济解放的问题。鲁迅同厨川白村一样,也是反对"从灵向肉",而主张"从肉向灵"。鲁迅宣传的"世界是由愚人造成"的,宣传的"一要生存,二要温饱,三要发展"当然还不是历史唯物论,但其中有着历史唯物论的胚芽,而这也是以后鲁迅转向历史唯物论的一种契机。

鲁迅对厨川白村批评日本固有的"精神文明"和日本的国民劣根性的杂文的尖锐泼辣的战斗风格是相当赞赏的。他认为厨川白村在写那些杂文时,心中悬着改造社会的"高远美妙的理想"[1],已显了"战士身而出世"[2],他是一位"辣手的文明批评家"[3],是"猛烈""攻击""本国的缺点"的"霹雳手"[4]。鲁迅赞赏厨川白村"若药弗瞑眩厥疾弗瘳"[5]的主张,认为厨川白村的那些充满揭发和批判的激情的杂文,是医治热病、重病的"凉药"、"金鸡纳霜"和"泻药",是"爽利"地"割治"人们身上"肿痛"让人觉得"痛快"的解剖刀,有着让人痼疾"霍然"痊愈,并且"深思""反省",从而走上改过、自新的向上之路的奇效,值得注意的是,同样的主张,先见于鲁迅的《〈呐喊〉自序》,后见于《〈穷人〉小引》。鲁迅在写于1926年《〈穷人〉小引》中,先引了陀思妥耶夫斯基在《〈卡拉玛卓夫兄弟〉手记》中的

---

① 见鲁迅:《〈出了象牙之塔〉后记》。
② 同上。
③ 同上。
④ 鲁迅:《〈观照享乐的生活〉译后记》。
⑤ 鲁迅:《〈苦闷的象征〉引言》。

一段话：

> 以完全的写实主义在人中间发见人，这是彻头彻尾的俄国底特质。在这意义上，我自然是民族底的。……人称我为心理学家（Psychologist）。这不得当。我但是在高的意义上的写实主义者，即我是将人的灵魂的深，显示于人的。

鲁迅认为陀氏作品，"因为显示着灵魂的深，所以一读那作品，便令人发生精神的变化。灵魂的深入并不平安，敢于正视的本来就不多，更何况写出？因此有些柔软无力的读者，便往往将他只看作'残酷的天才'"，"人的灵魂的伟大的审问者"，鲁迅继又指出像陀氏这样"穿掘着灵魂的深处"，其功效是："使人受了精神底苦刑而得到创伤，又即从这得伤和养伤的愈合中，得到苦的涤除，而上了苏生的路。"

　　小说和杂文既是有界限又是没有界限的，是既有区别又有联系的。鲁迅的小说和杂文都专注于深刻解剖和改造中国国民性（国民的灵魂）的，都有着一股严峻而尖锐的震颤人心的强大力量，促人深思，促人反省，使人从灵魂的痛苦涤除净化中，走上灵魂的觉醒，这确是一项前无古人的气象宏伟的人的改造的工程。在中国现代文学史上，像鲁迅这样对中国国民的灵魂的解剖和改造倾注如此巨大的关注和热情，取得令人赞叹的成就的，可以说是绝无仅有。人是社会的核心。人的改造和解放的程度，是衡量社会改造和解放的标尺。中国是世界文明古国之一，是全世界人口最多的国家，中国的现代化，归根到底取决于中国国民素质和灵魂的现代化。从这些方面看，鲁迅当年强调杂文要在广泛的社会批评和文明批评中解剖和改造中国国民灵魂的主张，是有深远历史意义和伟大生命力的卓越思想传统。历史说明，人的改造，中国人的国民性的改造，是一个庞大复杂的系统工程，这其中包括经济制度的改造，政治制度的改革，伦理道德和价值观念的更新，生活方式的变革，以及文化教育和科学技术的高度发展和全面普及等众多因素综合作用的结果。这是一个无限广阔、仅凭任何一个天才思想家个人的聪明才智都无法穷尽的真理王国。当年的鲁迅仅仅是在这一方面开了一个好头。但要在一个封闭、保守、狭隘、自大、野蛮、自私有着顽固传统的国度里，无情地去揭发别人的假发覆盖下的烂疮疤,是不能不受到惩罚的;所以鲁迅当时一再重复庄周的一句名言:"察见渊鱼者不祥",他果然也终生为此受到种种责难和围攻,因为自己的好心不为常人理解而感慨。鲁迅逝世之后,现当代杂文家中很少有人能发扬光大当年鲁迅所开创的这一卓越思想传统。1938年,王任叔在《超越鲁迅》一文中,曾提出在学习鲁迅精神的基础上超越鲁迅的正确主张。现在我国出现的求实宽容的气氛以及建设社会主义精神文明的需要,有可能让当代杂文家在改造中国的国民性和提高中华民族的民族素质上,自由驰骋,超越鲁迅。

厨川白村在《苦闷的象征》中曾引用英国王尔德(Oscar Wilde)论文集《意向》(Intentions)中的《为艺术家的批评家》一文中的一句名言:"最高的批评比创作更其创作底。"从1925年开始,鲁迅特别重视杂文,他实际上是把杂文看为比小说、诗歌等创作更重要的一种广义意义上的创作,因此,鲁迅在论及杂文时,不仅明确规定杂文的社会批评和文明批评的社会功能,而且也明确规范了杂文的审美特征,这就是杂文艺术的"形象化"("具象化")、"抒情化"、"理趣化"的审美特征。在杂文艺术的"形象化"、"抒情化"和"理趣化"这三个特征中,"理趣化"带有根本的性质,杂文的"形象化"和"抒情化",归根到底是为"理趣化"服务的。杂文的"理趣"与诗歌、小说、戏剧有联系,但又有根本区别,有自己的特质,它归根到底受到杂文的独特社会功能的制约,它常以"批评"、"议论"的方式,常以对假恶丑的揭发和批评,来肯定真善美,杂文的"理趣",如同漫画、喜剧、相声一样,经常同笑相联结,同讽刺和幽默相联结。鲁迅关于杂文艺术的审美特征的论述,不少地方受益于厨川白村和鹤见祐辅的启发。

厨川白村的《出了象牙之塔》中关于Essay(随笔、小品)的精辟论述,对鲁迅和整个中国现代杂文的发展有着深远的影响。在该书的《Essay》和《Essay与新闻杂志》这两节中,厨川白村论述了Essay的艺术特征、Essay在欧美和日本的历史渊源、代表作家及其不同风格,Essay的写作与鉴赏。Essay一般译为随笔或小品,如厨川白村所说,是因时代、因人而有"各种不同的体裁",实际上是广义的、杂体的文学散文,包括议论性的杂文、抒情、描写等文学散文在内的。这就是厨川白村指出的Essay"和小说戏曲诗歌一起,也算是文艺作品之一体",但它同一般"议论呀论说呀"的"论文"不同,其特征是如同好友聚谈随随便便、任心闲话、说一些使人不至于头痛的道理,其中有"冷嘲"有"警句"、有"humor"(幽默)、有"感愤",大到国家大事小到市井琐谈,想到什么就纵谈什么,看起来是一些"费话""闲话",是信笔涂鸦的东西,其实并不容易写,这需要"诗才学殖",需要对人生的种种现象有"奇警锐敏的透察力",需要"雕心刻骨的苦心",需要有幽默感,只有这样才能深刻"有趣",厨川白村的《出了象牙之塔》这本文艺批评和社会批评的杂文集,就是实践以上理论写出的富于"理趣"的杂文集。

1925年1月14日,鲁迅在差不多已译完《出了象牙之塔》时校阅《苦闷的象征》,他在《忽然想到(二)》中写道:

> 校着《苦闷的象征》的排印样本时,想到一些琐事——
>
> ……
>
> 外国的平易地讲述学术文艺的书,往往夹杂些闲话或笑话,使文章增添活气。读者感到格外的兴趣,不易于疲倦。

鲁迅显然是赞赏《出了象牙之塔》使"读者感到格外的兴趣"的写法的,《坟》的序跋中,鲁迅说他希望他的杂文集子能给爱他文章的人带来"愉快"和"欢喜",使他们感到"有趣"。鲁迅在《〈思想·山水·人物〉题记》中,说鹤见祐辅的杂文"爽爽快快地写下去,毫无艰深","滔滔如瓶泻水,使人不觉终卷"。足见鲁迅是主张杂文要有"理趣"的。"左联"时期,当林语堂等人提倡写作"闲话""趣味"的小品文时,鲁迅也并不一概反对"闲适"和"趣味",他只是反对一味地"闲适",反对低级"趣味"。

如上所述,杂文的"理趣"常常同讽刺和幽默联系在一起的。厨川白村的《苦闷的象征》和《出了象牙之塔》,鹤见祐辅的《思想·山水·人物》对讽刺和幽默都有精辟的见解,他们都赞成"含泪的笑",都认为英美有幽默,而日本不常有幽默,多的是笑谑、滑稽和低级趣味的东西,这些观点对鲁迅的影响是显而易见的,鲁迅一贯赞赏"含泪的笑",主张要划清幽默同轻浮、低级的恶趣的界限。这里特别值得一提的是《思想·山水·人物》一书中的《说幽默》这一篇。

英国的托马斯·卡莱尔说:"不会真笑的人,不是好人。"鹤见祐辅认为:"幽默"和"笑"是有区别的,幽默是分为"阶级"和"种类"的;幽默不是怪诞而是"平常",愈平常愈可笑;幽默和"机智"不同,机智带有地域性,"幽默"带有普遍性;"幽默"同时代有关,德川时代的日本有幽默,明治维新以后忙于生活、为战争困扰的日本人缺少幽默;幽默同人的修养有关,悲哀的人、寂寞的人最会幽默;幽默是"理性的倒错感",幽默同"冷嘲"只隔一张纸,要使"幽默不堕于冷嘲,那最大的因子,是在纯真的同情"。鹤见祐辅是肯定幽默,主张幽默的,但他似乎还知道一点"物极必反"的辩证法,因此他警告:

> 所以幽默是如火如水,用得适当,可以使人生丰饶,使世界幸福,但倘一过度,便要焚屋、灭身,妨害社会的前进的。

《说幽默》的结论,是古罗马诗圣贺拉斯的一句名言:"含笑谈真理,又有何妨呢?"

鹤见祐辅《说幽默》里的大多数论点,在鲁迅的有关篇章中,都可以找到相契合、相神似的主张,这里特别耐人寻味的是,贺拉斯的"含笑谈真理,又有何妨呢?"再没有什么可比贺拉斯的这一名言,能准确传出鲁迅关于杂文理趣化的理论主张,能准确概括出鲁迅杂文的独特的智慧和幽默相统一的理趣美的神髓了吧!

鲁迅对厨川白村的美学著作《苦闷的象征》给予很高的评价。在《〈苦闷的象征〉小引》里,鲁迅曾说:"作者自己就很有独创力的,于是此书也就成为一种创作,而对于文艺,即多有独到见地和深切的会心。"鲁迅认为该书"主旨,也极分明,用作者自己的话来说",那就是:

> "生命力受了压抑而生的苦闷懊恼,乃是文艺的根柢,而其表现法乃是广义的象征主义。"但是"所谓象征主义者,决非单是前世纪末法兰西诗坛一派所曾标榜的主义,凡有一切文艺,古往今来,是无不在这样的意义上,用着象征主义的表现法的"。(《创作论》第4、6章)

显然,厨川白村关于文艺是"苦闷的象征"的"独到的见地和深切的会心",对鲁迅小说《彷徨》、《故事新编》和散文诗《野草》的影响,对鲁迅的杂文创作实践和杂文理论主张的影响,特别是对鲁迅关于杂文创作"抒情"化和"形象"化的影响,是显而易见的。区别仅在于,鲁迅不用厨川白村从柏格森和弗罗伊特那儿借用来的抽象玄虚的"生命力",而用作家主体的"感应"、"悲"、"愤"、"喜"、"怒"、"哀"、"乐"、"歌"、"哭"、"笑"、"骂"之类的词语。在《华盖集·题记》里,鲁迅说他的杂文"自有悲苦愤激"在其中,他写作那些杂文时,"乐则人笑,悲则大叫,愤则大骂",他的杂文是他那"热到发冷"、"冷到发热"的主观情感灌注的产物。在《华盖集续编·小引》,鲁迅把杂文创作"抒情化"的观点表述得更透彻了,他说:

> 这里面所讲的仍然并没有宇宙的奥义和人生的真谛。不过是,将我所遇到的,所想到,所要说的,一任它怎样的浅薄,怎样的偏激,有时便都用笔写了下来,说得自夸一点,就如悲喜时节的歌哭一般,那时无非借此来释愤抒情,现在更不想和谁去抢夺所谓公理或正义。你要那样,我偏要这样是有的;偏不遵命,偏不磕头是有的;偏要在庄严高尚的假面上拨它一拨也是有的,此外却毫无什么大举。名副其实,"杂感"而已。

鲁迅的这些论述,同司马迁的"舒愤懑"和厨川白村的"苦闷的象征",有内在联系,但更深广透辟。鲁迅说他的杂文"论时事不留面子,砭锢弊常取类型"(《伪自由书·前记》),"所写的常是一鼻、一嘴、一毛,组合起来,已几乎是或一形象的全体"(《准风月谈·后记》)。鲁迅关于杂文创作"形象化"的论述,无疑是同中国古典诗学的"比兴"说,和厨川白村的文艺的"表现法"是"广义的象征主义"有内在联系。

如果把鲁迅的杂文理论主张放到在他之前的中外杂文理论背景上来考察,不难发现,鲁迅的杂文理论主张,无论在理论内涵的丰富性,揭示杂文创作艺术规律的深刻性,指导杂文创作的直接性和恒久性,及其在杂文理论创造上的气魄、途径和方向,都是古人、洋人不可比拟的,有着普遍和长久的启示性。冯雪峰在《鲁迅的文学道路》中说：鲁迅"所开辟的现代中国文学的现实主义的道路，是一条否定旧社会、肯定新生活的战斗道路，同时是实践新的美学要求的艺术创造的道路"，同理，我们也可以这样说，鲁迅的杂文理论主张，是适应这种"新的美学要求"的"美学理论创造"，所以，我们还可以这样说，鲁迅的杂文理论，也就是鲁迅的杂文美学。鲁迅的杂文理论较之中外相当贫乏的杂文理论思想要丰富深刻得多。由于历史的局限，鲁迅在申述他的杂文理论主张时，侧重于强调杂文的社会功能，他直到1935年才断言杂文是文学创作，他对杂文独特的审美功能的论述，是不系统也不深入的，这不能不说是一种缺陷。

三、周作人的杂文随笔理论

周作人在包括杂文随笔在内的散文创作和散文理论的成就和影响，都非常突出。在这里，最值得注意的是，他关于美文的理论。所谓美文，是有它的中国和外国的传统来源的。《辞源》这样诠释"美文"："美好的文辞。南朝梁钟嵘《诗品（下）》：'大明泰始中，鲍休美文，殊已动俗，唯此诸人，传颜陆体。'鲍休、鲍照、惠休、颜陆、颜延之、陆机。诸人指谢超宗丘灵鞠等七人。"据《续资治通鉴长编》载，宋仁宗曾多次发表关于文风的指示。他在庆历四年（1044）的诏书中，强调国家考试应考察"美文"。其诏书曰："儒者通天地人之理，明古今治乱之源泉，可谓博矣。然学者不得骋其说，而有司务先声病章句以拘牵之，则夫英俊奇伟之士，何以奋焉。……旧制用诗赋声病偶切立为考式，一字违忤，已在黜格，使博识之士，临文构忌，俯就规检，美文善意，郁而不伸。如白居易《性习相近远赋》、独孤绶《放驯象赋》，皆当时试礼部，对偶之外，自有义意可观。宜许傲唐体使驰骋于其间。"（卷一四七）曾国藩在《欧阳生文集序》先引周永昌赞扬以姚鼐为代表的桐城古文："天下文章，其在桐城乎！"又提到欧阳生学桐城古文后的深切感受："举天下之美，无以易乎桐城姚氏者也。"（《曾文正公诗文集卷一》）显然，在曾国藩看来，以姚鼐为代表的桐城古文是"天下文章"中最好的"美文"。综上所述，中国古典文学中的"美文"是涵盖了诗赋古文中的美好篇章的。在欧美，

"美文"是法语 belles lettres,字面意义是"精致或漂亮的文字",简称"美文",又译为"纯文学"。18 世纪末到 19 世纪中叶英国修辞学有认识论的(epistemological)、纯文学的(belles lettres)和演说术的三大学派,是当时最有影响的西方修辞学派。其中爱丁堡大学修辞学教授布莱尔(Hugh Blair,1718—1800)被看作是修辞学中纯文学运动或美文运动的代表人物。他的《修辞学与纯文学讲座》(*Lectures on Rhetoric and Belles Lettres*,1825)很有影响力。书中概述了修辞学、文学与批评之间的关系,涉及面很广,除了对纯文学的论述之外,还包括对审美情趣和高尚的讨论,对语文学、语法、文体风格的讨论、演说史的回顾,演说词的构成,以及诗学、古典与当代修辞学理论精华。学贯中西的周作人在构建他的"美文"理论时,肯定从以上中西理论资源中汲取营养,得到启发。

周作人有四次提到"美文"。第一次是 1908 年的《论文章之意义暨其使命及中国近时论文之失》。周作人这里所说的"文章"不专指散文,而是指包括诗歌、戏剧、小说、散文在内的所有文学作品。他指出:"赫胥黎则以文章一语合于美文",并具体阐释"文章"之义:"其一,文章云者,必形之楮墨者也。""其二,文章者必非学术者也。""其三,文章者,人生思想之形现也。""其四,文章中有不可缺者三状,具神思(ideal)、能感兴(imassioned)、有美致(artistic)也。"毫无疑问的是周作人这里既是说"文章"也是说"美文"。第二次是 1918 年的《欧洲文学史》。1917 年,周作人应聘为北京大学文科教授,讲授"欧洲文学史"和"近代欧洲文学史"。按规定,教授讲课前必须编好讲义。据周作人在《知堂回想录》中回忆,他白天编撰好讲义,俟晚上鲁迅回家后由他文字润色修订后才定稿。从某种意义上说,这两部书稿是"周氏兄弟"通力合作的结晶。《欧洲文学史》1918 年 10 月作为北京大学丛书之三由商务印书馆出版。《近代欧洲文学史》直到 2007 年才由团结出版社出版。《欧洲文学史》和《代近欧洲文学史》显示"周氏兄弟"极为罕见的宽博知识背景。周作人在《欧洲文学史》的"第一卷 希腊"的"第六章 文"中提到"美文"。他是这样说的:

> 希腊学说之发达,与散文变迁,极有关系。先世著作,多尚藻饰。

Thukydides^① 作史,文句艰深,Antiphon^② 过于凝重,Gorgias^③ 偏于妍丽。Lysias^④ 为人作状词,善能体会性情,与之适合,陈词说理,皆极自然,足令敌者抗言,相形见绌,其文已简易,至 Isokrates^⑤ 而大成,立美文之标准,自罗马以至近世,无不蒙其沾溉。

在这段话中,有两点值得重视。一是周作人把"美文"与演说挂钩。古希腊的演说里有政治演说、诉讼演说和典礼演说,不管哪一种演说,都同演说者发表意见、抒发情感、陈述事实有关,即同议论、批评、抒情、记叙有关。这里特别值得注意的是,议论和批评同"美文"密切相关。其二是周作人把伊索格拉底的演说视为树立影响深远的"美文之标准"。关于伊索拉底演说如何"立美文之标准",周作人并未作具体之交代,但他在这段话里运用"排除"法和"肯定"法,让我们间接认识其"庐山真面目"。他"排除"了修昔底斯的"艰深"、安提丰的"凝重"、高尔吉亚的"妍丽",而肯定了吕西亚斯"为人作状词,善体性情","陈词说理,皆极自然"、"其文已近简易",换句话说,为文陈词说理,有自然简易之美,就是"美文之标准"了。

周作人第三次提到"美文"是在 1921 年 6 月 8 日《晨报副刊》的名文《美文》里。在那里,周作人对"美文"做了较具体的阐释:

外国文学里有一种所谓论文,其中大约可以分作两类,一批评的,是学术性的。二记述的,是艺术性的,又称作美文,这里边又可分出叙事与抒情的,但也很多两者夹杂的。这种美文似乎在英语国民里最为发达,如中国所熟知的爱迭生、兰姆、欧文、霍桑诸人都做有很好的美文,近时高尔斯威西、吉欣、契斯透顿也是美文的好手。读好的美文,如读散文诗,因为他实在是诗与散文之间的桥。中国古文里的序、记与说等,也可

---

① Thukydides 应为 Thucydides(约前 460—前 400),修昔底德,古希腊历史学家。
② Antiphon(约前 480—前 411),安提丰,古希腊演说家。
③ Gorgias(约前 485—前 377),高尔吉亚,古希腊演说家。
④ Lysias(约前 450—前 380),吕西阿斯,古希腊演说家。
⑤ Isokrates(约前 436—前 338),伊索格拉底,古希腊演说家。

以说是美文的一类。

周作人的《美文》是中国现代散文史上最早出现的散文理论建设名篇,但其中颇多自相矛盾、不够严谨之处。他译欧美从蒙田、培根以来盛行的 Essay 为"论文",他认为其中"批评的、学术性的"不属于"艺术性"的"美文",只有"叙事与抒情"的,或者"两者夹杂"的才是"美文"。他所举的欧美"美文"代表作家是爱迭生、兰姆、欧文、霍桑、高尔斯华绥、吉欣、契斯透顿。凡是了解欧美散文史的人都知道,周作人所举的以上诸名家的 Essay 不仅有"叙事与抒情"的"美文",也有"议论"和"批评"的"美文",或者是熔"叙事"、"抒情"、"议论"、"批评"于一炉的"美文"。这样,周作人对欧美"美文"只是"叙事与抒情"的理论概括,在逻辑上不能自洽周延,有自相矛盾之处。再是周作人认为类似欧美"美文"的"中国古文里的序、记、说等,也可以说是美文的一类"。熟读中国古文的人都知道,中国古文里的"序、记、说"等名篇,既有"叙事与抒情",也有只是"议论"与"批评"的,但更多的是"叙事"、"抒情"、"议论"、"批评"兼容并包,共冶一炉的。这样,周作人在谈论中国古文时他关于只有"叙事与抒情"才是"美文","议论"与"批评"不是"美文"的理论概括,在逻辑判断上一样不能自洽周延,是自相矛盾的。

上述周作人论"美文"时逻辑判断上不能自洽周延、自相矛盾的破绽问题,到1923年2月写下的《文艺批评杂话》里,得到较妥善的解决。在那里,周作人突出强调"文艺批评"是"文艺作品",是"创作",是"美文"。他指出:

> 真的文艺批评应该是一篇文艺作品,里边表现的与其说是对象的真相,无宁说是自己的反应,法国的法兰西 [①] 在他的批评集序上说:"据我的意思,批评是一种小说,同哲学与历史一样,给那些有高明而好奇心的人们去看的;一切小说,正当的说来,无一非自叙传,好的批评家便是一个记述他的心灵在杰作间之冒险的人。

[①] 法兰西,通译法兰士(1844—1924),法国小说家、文艺批评家。

……

只要表现自己而批评,并没有别的意思,那便也无妨碍,而且写得好时也可以成为一篇美文,另有一种价值,别的创作也是如此,因为讲到底批评原来也是创作之一种。

在这里,周作人视"文艺批评"为"文艺作品,为"创作之一种,为"一篇美文",他显然纠正了他在《美文》里,把"议论"和"批评"排除在"美文"之外的偏颇,妥善解决了他在《美文》里的上述论断在逻辑上不能自洽周延的破绽。周作人视带有议论性质的"文艺批评"为"文艺作品",为"创作之一种",为"一篇美文",类似的看法,在西方是大有人在的,除上面提到的法国的法兰士外,还有德国的弗·希勒格尔的"批评即创作",法国的圣·佩韦的"批评须有所发明",英国的王尔德的"评论家也是艺术家",加拿大的弗莱称"文艺批评的对象是一种艺术,批评本身显然也是一种艺术"。

1907年,王国维在《倍根小传》里译英国培根的 Essay 为"随笔"[1]。周作人在《论文章之意义暨其使命因及中国近时论文之失》、《欧洲文学史》、《近代欧洲文学史》和《美文》诸文里,都译欧洲文学史上的 Essay 为"论文"。从1923年开始,他称 Essay 为随笔或小品。如他在《自己的园地·〈绿洲〉小引》里,称自己写的短文是"几篇零碎的随笔",在《〈两天的书〉自序一》里,称自己写的文章是"雨天的随笔",在《〈两天的书〉自序二》里,又称它们是"杂感随笔之类",是"小品文",《〈药堂语录〉序》说"将随笔小文编成一卷《药堂语录》"。在《〈书房一角〉原序》里,他说:"我写文章,始于光绪乙巳,于今已有三十六年了。这个期间可以分做三节,其一是乙巳至民国十年顷,多翻译外国作品,其二是民国十一年以后,写批评文章,其三是民国廿一年以后,只写随笔,或称读书录,我则云看书偶记,似更简明的当。"在《〈苦竹杂记〉后记》里,周作人抄引了他回覆某君的征稿信,其中说:"来书征文,无以应命。足下需要创作,而不佞只能写杂文,又大半抄书,则是文抄公也,二者相去岂不远矣哉。"把《〈书房一角〉原序》和《〈苦竹杂记〉后记》里,周作人关于他文章中的"随笔"、"读书录"和"看书偶

---

[1]　王国维:《倍根小传》,《教育世界》第十八期, 1907年10月。

记"，以及他关于所谓只是"文抄公"的"杂文"的自嘲，可以发现他所谓的"随笔"和"杂文"，在文体上只是称呼不同而已，几乎是一回事。在《立春以前》的《文学史的教训》中，周作人说："我喜爱的古代文之一，以希腊文写作的叙利亚人路吉亚诺斯，便是这种的一位智者，他的好些名篇可以当做这派的代表作，虽然已是二千年前的东西，却还是像新印出来的，简直是现代通行的随笔，或是称他为杂文也好，因为文章不很简短，所以不大好谥之曰小品。"在这段话里，周作人几乎在随笔和杂文之间画上了等号。事实上，无论从内涵和处延上看，"杂文"和"随笔"还是有所区别，不能画上等号的。譬如，周作人在《立春之前·杂文的道路》中，当他指杂文是"文体思想很夹杂的，如字的一种文章而已"，即杂文是涵盖一切体式的杂体文，杂文是涵盖随笔，又大于随笔的，当周作人在《美文》里，说外国文学里的"论文"（即"随笔"）包含"批评的，是学术性"，"记述的，是艺术性，又称作美文，这里又可以分出叙事与抒情，但也很多两者夹杂的"。这里议论、批评、叙事、抒情各体或熔议论、批评、叙事、抒情于一炉的 Essay（随笔），它是大于杂文的，因为在这种情况下，以议论和批评为主的杂文，是比不上那不受限制涵盖一切的随笔的。由于，杂文和随笔，可以互相包容，互相拥有，这就造成在文体的辨析上常常是缠夹不清的。这里，我们统称之为杂文随笔好了。

　　1945 年 11 月 5 日，周作人在《两个鬼的文章》里说他的文章是"两个鬼"写的文章。他所说的两个鬼，"一个是流氓鬼，一个是绅士鬼，这如果说的好一点，也可说是叛徒与隐士"。这两个鬼写的文章，是"闲适小文"（又称"闲适文章"）和"正经文章"。在周作人看来，前者是"吃茶喝酒似的"，后者"仿佛是馒头或大米饭"。周作人撰写的"闲适小品"，如《故乡的野菜》、《乌蓬船》、《北京的茶食》、《吃茶》、《喝酒》、《鸟声》、《两株树》和《苍蝇》等是享誉文坛的脍炙人口的美文小品名篇，他也因此获得"小品文圣手"的美名。但创作数量大得多，而且他更看重的是"正经文章"，他自己说："我自己相信，我的反礼教思想是集合自外新旧思想而成的东西，是自己诚实的表现，也是对于本国真心的报谢，有如道士或狐所修炼得来的内丹，心想献出来，人家收受与否那是别一问题，总之在我是最贵重的贡献了。"他的"正经文章"主要指杂文随笔。周作人对他的以杂文随笔为主的美文审美特质有一系列精辟论述。

(一)从"自己的表现"的"个人的文学"到"为人民为天下"的"为人生的艺术"

"五四"前后,周作人作为名重一时的文艺批评家,他在谈论包括散文在内的文学艺术时,他总是反复强调文学是"个人"("个性")的文学,文学是一种"自我的表现"("自己的表现"),文学既不是"为艺术的艺术",也不是"为人生的艺术",而只是"人生的艺术"。

周作人在《人的文学》中说,他所说的文学的"人道主义",乃是一种"个人主义的人间本位主义"。在《新文学的要求》中,周作人说:"这文学是人类的,也是个人的,却不是种族的,国家的,乡土的及家族的。"在《文艺的宽容》中,周作人说:"文艺以自己的表现为主体,以感染他人为作用,是个人的而且亦为人类的,所以文艺的条件是自己的表现,其余思想与技术上的派别都在其次。"在《文艺的统一》中,周作人说:"文艺是人生的,不是为人生的,是个人的,因此也即是人类的;文艺的生命是自由而非平等,是分离而非合并。"在《个性的文学》中,周作人认为,有"个性的文学"便是有"价值"的文学,"便是这国民所有的真的国粹的文学"。周作人在他的第一本散文集《自己的园地·旧序》中说:"因为文艺只是自己的表现,所以凡庸的文章只是凡庸的人的真表现,比讲高雅而虚伪的话要诚实的多了。"在《自己的园地》里他以自己的散文犹如法国作家伏尔泰说自己的心爱的精神家园——"自己的园地"——上精心培植的"蔷薇与地丁";他的散文"以个人为主人,表现情思而成艺术",是有"独立的艺术美与无功利"的"人生的艺术"。这里,周作人的包括散文在内的文学艺术的基本观点,显然受到欧洲文艺复兴以来关于人的发现、自我的发现的深刻影响,受到西方印象主义和表现主义,以及康德美学关于审美的无功利和审美的"无目的合目的"等思想观点的深刻影响。

周作人的散文理论,在20世纪30年代初,进一步深化、丰富和发展,形成相对系统完整的理论体系。1930年上半年,周作人的弟子沈启无,编选了从晚明至清初的小品散文选《近代散文抄》。1930年9月21日,周作人在

《〈近代散文抄〉序》里,认为"古今文艺的变迁曾有两大时期,一是集团的,一是个人的","集团的"是"文以载道","个人的"是"诗言志",这"两种口号"是"敌对"的。他引俞平伯在《〈近代散文抄〉跋》里的话说,"载道主义得势,文学都是所谓大的高的正的",然而又是"差不多总是一堆垃圾,读之昏昏欲睡的东西",而"诗言志派"则是有"许多新思想好文章"。所以周作人希望"小品文"应在"个人的文学之尖端,是言志的散文,它集合叙事说理抒情的分子,都浸在自己的性情里,用了适宜的手法调理起来,所以是近代文学的一个潮头"。他的这些说法,同前头《自己的园地》诸文里说小品随笔是"自己的表现"的"个性的文学"意思差不多,但他把问题放在更广阔的中国散文史的背景上来论述了。1932 年 3—4 月间,周作人在北平辅仁大学的演讲《中国新文学的源流》是一篇引起广泛注意和热烈争论的散文理论篇章。在那个著名的演讲里,周作人进一步发挥他在《〈近代散文抄〉序》里杜撰的关于中国文学史上所谓的"文以载道"和"诗言志"的互相对立、起伏消长,譬如说,他认为先秦是"言志"的,两汉是"载道"的,魏晋南北朝是"言志"的,唐朝是"载道"的,五代是"言志"的,宋代是"载道"的,元代是"言志"的,明初至明中叶是"载道"的,晚明的公安竟陵是"言志"的,清代是"载道"的,民国以后是"言志"的。周作人褒"言志"而贬"载道",他特别对晚明的公安派的"独抒性灵,不拘格套",文艺上反对复古、主张创新给予极高评价。周作人写于 1935 年 8 月 24 日的《中国新文学大系·散文一集〉导言》,是中国现代散文史上散文理论建设名篇。在那里,周作人汇集了他此前有关散文理论主张的著名理论观点,他在那里,同《中国新文学的源流》一样,断言中国现代散文不是"革命"的只是对"言志"派的晚明公安派散文的继承和复兴。

在 20 世纪 30 年代前后,在白色恐怖盛行的威压下,周作人的人生观、历史观和艺术观产生重大变化,他鼓吹"闭户读书"论,"草木虫鱼"论,宣称只管"闭户读书",只谈"草木虫鱼",不再评论社会人事,他同社会现实越来越疏离,他的个人主义越来越往极端方向发展。正是在这种背景下,周作人鼓吹"载道"和"言志"的对立,贬抑两汉和唐宋古文,热捧晚明小品。他这时的散文理论主张,有些是对散文创作艺术规律的深刻揭示,有的则把某些荒唐见解推向极端。著名学者和著名散文家朱自清在《〈诗言志辨〉序》中批评说:"现代有人用'言志'和'载道'标明中国文学的主流,说这两个主流的起伏造成了中国文学史。'言志'的本义原跟'载道'差不多,两者并不冲突;现在却变得和'载道'对立起来。"著名作家和著名学者钱锺书在《中国新文学的源流》(署名中书君——笔者)和《中国诗和中国画》中从另一角度对周作人上述观点进行批评。钱锺书指出在中国传统文学中历来是"文以载道","诗以言志"的,其中并无什么矛盾对立。梁朝刘勰在《文心雕龙·诸子》中说:"诸子者,入道见志之书。"在他看来,"道"和"志",并不矛盾对立,而是可以相容的。明代王文禄在《文脉》中说:"文以载道,诗以陶性情,道在其中矣。"他认为"载道"的"文",陶冶性情的"诗",其中都有无所不在的"道"在。这是符合实际的。至于周作人对两汉和唐宋古文以及晚明小品的恣意贬抑和热捧,我们还是听听吴承学在《晚明小品研究》中的中肯评价:

> 在悠久的中国文学历史中,那些有强烈的社会责任感、使命感和忧患意识的作家,那些与社会现实和人民大众休戚相关而且表现出正大刚强审美理想的作品,才是中国文学优秀传统的主体,晚明小品,尽管佳妙,毕竟还是小品。它们是对于中国古代文学优秀传统主体的补充,当然是一笔相当精彩的补充,不过就是在中国历代的小品文中,晚明小品的艺术成就也并非前无古人。晚明固然是小品文极盛时代,但魏晋、唐宋的诗人作家以余事作小品,而可谓无意于佳而自佳,与晚明小品相比,它们自有其难以企及的妙趣。

1938 年后,周作人下水附敌。自那以后,他说过不少他的身份要求他说的话,写过不少此类文章(此类文字均未收入集子)。不过,无可否认的是,他也做过一些有益于国家的事,写过不少识见精辟的好文章。后者集中体现在一组文章和演讲中。这就是收入 1944 年 1 月《药堂杂文》中的《汉文学的传统》、《中国的思想问题》、《中国文学上的两种思想》和《汉文学前途》,以及发表于 1941 年 9 月 1 日《教育研究》第三卷第二期的演讲《中国的国民思想》①，在《中国文学上的两种思想》中，周作人指出中国文学上存在两种思想就是"为人民为天下的思想"和"为君主"的思想，他显然是倾向"为人民为天下的思想"，这较之他先前只是强调散文只是一种"以自己表现为主"的"个人的文学"，是思想认识上的一种飞跃。《汉文学的前途》两段话特别值得关注：

> 汉文学的传统是什么，这个问题一时也答不上来，……孔孟的话不必多引了，我这里只抄《孟子离娄》里的一节话来看。
>
> "禹稷当半世，三过其门而不入，孔子贤之。颜子当乱世，居于陋巷，一箪食，一瓢饮，人不堪其忧，颜子不改其乐，孔子贤之。孟子曰：禹稷颜回同道，禹思天下有溺者，由己溺之者，稷思天下有饥者，由己饥之者，是以如是之急也。禹稷颜子易地则皆然。"我想这禹稷精神当是中国思想的根本，孔孟也从中出来，读书人自然更不必说了。在诗歌里自《诗经》、《离骚》以至杜甫，一直成为主潮，散文上更为明显，以致后来文以载道的主张发生了流弊，其形势可想而知，这换一句话，就可以叫做为人生的艺术。
>
> 从前我偶讲中国文学的变迁，说这里有言志载道两派，互为消长，后来觉得志与道的区分不易明显划定，遂加以说明云，载自己的道亦是言志，言载他人之志即是载道。现在想起来，还不如直截了当的以诚与不诚分别，更为明了。本来文章中原只是思想感情两种分子，混合而成，个人特别真切感到的事，愈是真切、愈见得是人生共同的，到了这里志与道便无可分了，所可分别的只有诚与不诚一点，即是一个真切的感到，一个只是学舌而已，如若有诚，载道与言志同物，又以中国的思想偏重于人世，无论言志与载道皆希望于世有用，此种主张似亦相当的有理。

这一时期的周作人，在散文理论主张上有了以上这一系列认识的修正和飞跃的事实，确实让人惊讶不已。这究竟是他的真"诚"的认识，还是如有

---

① 本文收入张铁荣、陈子善编：《〈周作人集外文〉下集 1926—1948》，海南国际新闻出版中心 1995 年版。

些人所说的周作人为了此后的政治投机而给自己涂上保护色？在这两种截然相反的不同评价中，我们倾向于前一种评价。不知为什么，不少研究者都忽视了这一时期周作人文论思想的这一新发展？

（二）"博识"、"智慧"和"趣味"的统一

周作人论杂文随笔，无论是自己的还是别人的，历来强调"博识"（"知识"、"常识"）、"智慧"（"见识"、"思想"）和"趣味"（"风趣"）的统一。他在《〈苦茶随笔〉后记》中说，他写的《夜读抄》式的读书随笔和"讽刺牢骚的杂文"，在给"读者""以愉快、见识以至智慧"诸方面，还是有"作用"的；在《〈一蒉轩笔记〉序》中，他说："文章的标准本来也颇简单，只是要其一有风趣，其二有常识"；在《〈燕知草〉跋》中，他说他的得意弟子俞平伯的杂文随笔集是有着"知识与趣味的两重统制"的"有雅致的俗语文"；他在评论谢刚主的《文史丛著》时回忆说："往年读《心史丛刊》三集，以史事为材料，写为随笔，合知识趣味为一，至可益人心智，念之至今未忘。"

周作人收在《苦口甘口》集子中的长文《我的杂学》是对他的"博识"的最好陈述。舒芜在《两个鬼的文章——周作人的散文艺术》中对之做了很好的概括：他说周氏那篇长文《我的杂学》，"总结他一生的学识，全文二十节，内容大要是：（1）反'举业'的路子；（2）反对道学家和八股文，赞美周秦文章；（3）中国旧小说；（4）国风、陶诗、《洛阳伽蓝记》、《颜氏家训》、王充、李贽、俞正燮；（5）日文、英文、欧洲共同体弱小民族文学、俄国文学；（6）希腊神话；（7）民俗学、人类学派的神话学、童话学；（8）文化人类学（社会人类学）；（9）进化论与生物学；（10）童话与儿童学；（11）性心理学；（12）以性心理学为基础的道德思想、文艺思想、妇女论；（13）医学、妖术、宗教审判史；（14）日本的乡土研究、民艺研究；（15）日本的杂地志和浮世绘；（16）日本的川柳、落语、滑稽本；（17）日本的戏剧、歌谣、玩具图詠；（18）日文与日本的明治大正文学、希腊文与《新约》及希腊文学；（20）儒家精神。我们看了这篇文章，都会惊叹他的学识如此之浩博，几乎有些怀疑以一人之精力，如何会有这个可能。"周作人经由"杂览"而获得的"杂学"

都体现在他的杂文随笔里了。

　　周作人所说的"见识""智慧",那是指他自己和其他散文家在渊博学识、丰富阅历和深刻体验基础上,经由精心提炼、熔铸锻造、研究思考,独立创造出来的带有一定规律性和启示性的思想结晶。周作人在为其高足俞平伯的杂文随笔集《杂拌儿之二》写的《序》中称赞该集子中的"抒情说理"的杂文随笔代表作《中年》有着"一般文士万不能及"的有着很高哲理品格的"思想之美"。这里,他所谓"思想之美",显然是"智慧"品格的另一种说法。他这么说,不仅是对他高足文品的一种肯定,也标志着他在杂文随笔写作中对作为"智慧"标志的哲理品格的自觉追求。渊博的书卷和人生知识,深刻的哲理品格,决定了周作人的杂文随笔,同鲁迅的杂文随笔一样不同凡响,决定"周氏兄弟"成为当时"思想界的权威"。早在1934年,女作家苏雪林就在《周作人先生研究》中称周作人为"思想家"。她指出:"但我们如其说周作人先生是个文学家,不如说他是个思想家。十年以来他给予青年影响之大和胡适之陈独秀不相上下。固然他的思想也有许多不大正确的地方——如他的历史轮回观和文学轮回观——但大部分对于青年的影响是非常之巨大的。他与乃兄鲁迅过去时代同称为'思想界的权威'。"[1] 舒芜在《以愤火出他的战绩——周作人概观》中也说:"'五四'以来的新文学家很多,文学家而同时还是思想家的,大约只有鲁迅和周作人两人,尽管两人的思想不相同,各人前后的思想也有变化,但是,他们对社会的影响主要是思想上的影响,则是一样的。"[2]

　　周作人论文品文为文极重"趣味"。他指出:"我很看重趣味,以为这是美也是善,而没趣味乃是一件大坏事。这所谓趣味里包含着好些东西,如雅、朴、涩、重厚、清朗、通达、中庸、有别择等,反是者都是没趣味。"[3] 被周作人抬到审美这样高度,而且内涵这样丰富、复杂、玄妙的"趣味"到底是什么?且看三种通用辞书给出的诠释。《辞源》:"趣味:兴趣、意味。《水经注〈三四〉江水(二)》:'清荣峻茂,良多趣味。'宋叶适《水心集(二九)〈跋刘克逊

① 苏雪林:《周作人先生研究》,陶明志编《周作人论》,北新书局1934年版。
② 舒芜:《周作人的是非功过》(增订本),辽宁教育出版社2000年版。
③ 周作人:《苦竹杂记·笠公愤与随园》,河北教育出版社2002年版。

诗》》:'怪伟伏平易之中,趣味在言语之外。'"《辞海》:"趣味:①情趣与意味。《水经注·江水》:'绝巘多生怪柏,悬泉瀑布,飞漱其间,清荣峻茂,良多趣味。'叶适《水心题跋·跋刘克逊诗》:'怪伟伏平易之中,趣味在言语之外。'②美学名词。一称鉴赏力。分析和鉴赏美的能力,特别是对于文学艺术作品,能够加以鉴别和评论的能力。"《现代汉语词典》:"趣味:使人愉快、使人感到有意思、有吸引力的特性。"综合以上三家的有关诠释,大约就是"趣味"的内涵了。1933 年,周作人编辑《苦茶庵笑话选》,在书的《序》中,他说:"说理论事,空言无补,举例以明,加以调笑,则自然解颐,心悦意服,古人多有取之者,比于寓言。"他是告诉我人们,写作议论文章,如果只是一味板着面孔、空洞说教,则必然是"说理论事,空言无补",反之,如果在写作中以"使人愉快、使人感到有意思"的趣味盎然的"笑话"、事例等为论据,一定会使读者听众"自然解颐,心悦意服"。这样,就创造了作者是"含笑谈真理",读者是"含笑接受真理"的理趣效果。在这方面,周作人写于 1936 年的《日本的落语》和 1937 年 4、5 月之间的《谈俳文》和《再谈俳文》①值得注意。"日本的落语"即"日本的笑话"。俳文,或俳谐文,是讥嘲,谐谑、笑话一类引人发笑的讽刺幽默作品的通称。刘勰《文心雕龙·谐隐》说:"谐之言皆也,辞浅会俗,皆悦笑也。"这类作品的价值是:"意在微讽,有足观者。"即在滑稽搞笑的内里有讽世的深意。《谈俳文》着重介绍日本俳文大家松尾芭蕉(1644—1694)的俳文代表作《闭关说》,横井(1702—1783)的俳文代表作《妖物记》,在他们影响下,"现今日本随笔(即中国所谓小品)实在大半都是俳文一类",他甚至认为西方的"蒙田阑姆的文章"也可以认为是"洋俳文"。在《再谈俳文》中,周作人专谈"中国的俳文",针对"古人对于俳偕这东西大都是没有什么好感的",他特意援引文艺理论权威刘勰《文心雕龙·谐隐》篇为自己助阵,他着重介绍了中国古代俳文名篇南朝袁淑的《驴山公九锡文件》、唐朝韩愈的《毛颖传》,以及晚明张岱的某些俳谐文;他概括这些俳谐文的特色:"一是讽刺"、"二是游戏"、三是"猥亵";他指出中国的俳谐文,特别是晚明张宗子和公安派的俳谐文,是可以同

---

① 《谈俳文》和《再谈俳文》后收入 1942 年 3 月北京新民印书馆出版的《药味集》。

日本松尾芭蕉、横井,西方的蒙田、阑姆、亨特、密伦与林特著名随笔大家"归在一类"。周作人另辟蹊径在"古今中外"极其开阔的文化背景上,着力论证增强随笔小品的讽刺、幽默、诙谐、游戏、搞笑等"趣味"性的审美素质和美学魅力,显然是和林语堂等人鼓吹的幽默理论相呼应。这应视为他对中国现代杂文随笔理论建设的一个贡献。

(三)倡导"涩味"和"简单味"、"雅"和"俗",以及"内应"和"外援"等的"于杂糅中见调和"等诸方面的思想和艺术张力

周作人作为可以和乃兄鲁迅并列的中国现代最重要的散文家和散文理论家,作为以他的名字命名的中国现代散文流派的领袖,他对他所倡导的散文随笔理论,坚持着很高的标准要求,而且他在谈论这些标准要求时,从来不是单向度立论,都是从矛盾对立的统一来阐发他的理论主张的。他有时是在自己散文集的序跋,有时是在评价别人的散文时阐发他的理论主张的。在《〈雨天的书〉自序二》里,周作人说他的一篇篇文章存在着"何等滑稽的矛盾",即一"我看自己一篇篇的文章,里边都含着道德的色彩与光芒,虽然外面是说着流氓似的土匪似的话";二是"我近来作文极慕平淡自然的景地,但是看古代和外国文学才有此种作品,自己还梦想不到有能做到的一天,因为这有气质境地与年龄的关系,不可勉强"。在《泽泻集》中,周作人说:"戈尔特堡(Isaac Goldberg)批评蔼里斯(harelock Ellis)说,在他里面有一个叛徒一个隐士,这话说得最妙;并不是我想援蔼里斯以自重,我希望在我的趣味之文里,也还有叛徒活着。"在《谈龙集·森鸥外博士》中,周作人赞赏日本的森鸥外和夏目漱石文章的"清淡而腴润"。周作人以后在《两个鬼的文章》更是把他的这种"矛盾论"发挥得淋漓尽致了。对矛盾对立的两极或多极的确认和把握,以及"杂糅"和"调和",是周作人追求他和他的散文流派散文创作的思想和艺术风格特质,以及研究他的散文理论主张的一个精妙之处的一个要点。这里,我们先看他在两篇文章里的有关论述:

我平常称平伯近来为一派新散文的代表,是最有文学意味的一种,这类文章在《燕知草》中特别地多。我也看见有些纯粹口语体的文章,

在受过新式中学教育的学生手里写得很是细腻流丽,觉得有造成新文体的可能,使小说戏剧有一种新发展,但是在论文——不,或者不如说小品文,不专说理叙事而以抒情为主的,有人称他为“絮语”过的那种散文上,我想必须有涩味与简单味,这才耐读,所以他的文词还得变化一点。以口语为基本,再加上欧化语,古文,方言等分子,杂糅调和,适宜地或吝啬地安排起来,有知识与趣味的两重统制,才可以造出雅致的俗语文来。①

胡适之、冰心、徐志摩的作品,很像公安派的,清新透明而味道不甚深厚。好像一个水晶球一样,虽是晶莹好看,但仔细地看多时就没有多少意思了。和竟陵相似的是俞平伯和废名两人,他们的作品有时很难懂,而这难懂却正是他们的好处。同样用白话写文章,他们所写出来的,即另是一样,不像透明的水晶球,要看懂必须费些功夫才行。②

在以上两段话里,周作人进行了两个比较。一个是作为“一派新散文的代表”的俞平伯散文,同一些只是运用“纯粹口语体”、写得“很是细腻流丽”的中学生“文章”的比较。周作人所指的俞平伯,实际上是周作人自己及其所代表的“新散文”流派散文突出特点:一是思想上“有涩味和简单味”,意味深长,隽永“耐读”;二是语言丰富多彩,“以口语为基本,再加上欧化语、古文、方言等分子”;三是有吸引人的知识性和趣味性,即“有知识和趣味的两重统制”;四是艺术上精心构思,巧妙安排,“杂糅调和”,创造出“有雅致的俗语文”。以上四点,不妨视为周作人对他自己和对以他为代表的散文的思想和艺术风格追求的一种理论概括。周作人所做的第二个比较是以他的高足俞平伯和废名的散文,实际上是他自己散文和他所代表的散文流派,同胡适、冰心和徐志摩散文的比较。他认为胡适、冰心、徐志摩散文“清新透明而味道不甚深厚。好像一个水晶球一样,虽是晶莹好看,但仔细看多时,就没有多少意思”,而后者“有时很难懂,而这难懂却正是他们的好处”。

---

① 周作人:《永日集〈燕知草〉跋》,河北教育出版社 2002 年版。

② 周作人:《中国新文学的源流》,河北教育出版社 2001 年版。

这里所谓的"难懂",显然是丰富、复杂、深刻、朦胧的别称。在这两个比较中,最核心的一点是周作人突出强调散文小品要"有涩味与简单味,这才耐读"。什么是"涩味与简单味"呢? 先说"简单"。1949 年,周作人说:"简单是文章的最高标准,可是很不容易做到。"① 1964 年,他又说:"从前看纳斯菲尔的英文法和作文,还记得他说作文无他巧妙,就是要'简单'。"② 舒芜在《简单是文章的最高标准》中,从七个方面阐释周作人所认为"简单"的内涵:"第一,简单就是简短。""第二,简单就是简要。""第三,简单就是真实。""第四,简单就是剪裁。""第五点,简单就是简练。""第六点,简单就是'悭啬'。""第七点,简单就是简静。"③ 足见这个"简单"很不简单。黑格尔在《逻辑学》一书里的一段话,也许对我们理解这不简单的"简单"会有所启发吧。黑格尔说:"最丰富的是最具体的最主观的。那个使自己复归到最单纯深处的东西,是最强有力的,和最占优势的。"什么叫"简单"? 照黑格尔的说法,它就是单纯里的丰富和深刻,它是"最强有力和最占优势的",因而,它也就成了周作人认为的"文章的最高标准"。那么,"涩味"又是什么? 首先,"涩味"就是"苦涩",周作人由于理想和现实的矛盾,主观和客观的矛盾,一味渴求"闲适"而终不可得的矛盾,他在苦茶庵、苦雨斋、煨药庐和苦住庵里只能写出一系列"苦"字领头的散文集,如《苦茶随笔》、《苦竹杂记》、《药堂语录》、《药味集》、《苦口甘口》、《药堂杂文》;其次,"涩味"就是蕴藉、简洁、含蓄等文章的余韵、回味,犹如品完龙井、嚼过青果后的余韵和回味;再次,"涩味"是朦胧、晦涩、藏而不露、意味无穷。所谓"涩味和简单味"就是丰富、复杂、深刻、朦胧。

周作人关于散文创作和散文研究的第二种"于杂糅中见调和",是"雅和俗"的"于杂糅中见调和"。这也是构成周作人散文创作和散文理论突出特色的重要因素。周作人在《中国新文学的源流》中谈到"文学的范围"时,他把文学纳入文化范围之内来观察,同时他认为"文学"是包涵着"纯文学"和"原始文学"与"通俗文学"的。他秉持的是"杂文学"的文学

① 舒芜:《周作人的是非功过·简单是文章的最高标准》,辽宁教育出版社 2000 年版。
② 同上。
③ 同上。

观。他的这种超大视野的文学观,有着鲜明的"现代"性和"民主"性的特点,是很先进的,是引领时代潮流的。由此出发,周作人认为在散文创作和散文理论研究中,其中的"雅"和"俗"不能绝对对立,静止僵化的,而是可以互相渗透、互相转化的,这就是大俗大雅,化俗为雅,这就是"雅"和"俗"的"于杂糅中见调和"。周作人在《药味集·谈俳文》里对此有所论述。他认为日本以芭蕉、横井等为代表的"俳文","内容并不一样""但其表现的方法同以简洁为贵,喜有余韵而忌枝节,故文章有一致的趋向,多用巧妙的譬喻与适切的典故,精练的笔致与含蓄的语句,又复自由驱使雅俗和汉语,于杂糅中见调和,此所以难也"。又说:"日本散文的系统古时有汉文和文两派,至中古时和汉混淆别为一体,即今语文的基本,俳文于此更使雅俗混淆,造出一种新体裁,用以表现新意境耳。……现今日本的随笔(即中国所谓小品)实在大半都是俳文一类……"周作人这里所说的"雅"与"俗"的"杂糅""混淆"意思差不多,实际上都是指"雅"与"俗"在一个矛盾体中对立的统一。这里最值得注意的是,周作人所说的"雅"与"俗"的"杂糅"和"混淆"能"造出一种新体裁,用以表现新意境"的说法,也可以视为周作人对自己散文艺术创造的一种理论总结。他那些脍炙人口、名重一时的"闲适小品",如《故乡的野菜》、《乌蓬船》、《北京的茶食》、《苦雨》、《鸟声》、《两株树》、《苍蝇》等,在人们看来"俗"到不能再"俗"、普通得不能再普通的"野菜"、"乌蓬船"、"茶食"、"苦雨"、"鸟声"、"白杨"、"苍蝇"等抒写对象上,发现"美"、创造"美",使之成为名符其实、大俗大"雅"的"雅致的俗语文",他确实是在"于杂糅中见调和"中创造了"新体裁"表现了"新意境"的。周作人把文学纳入大文化的范围之内来观察,他认为文学是包涵着纯文学和原始文学与通俗文学的杂文学,他秉持的是杂文学观。由此出发,他创作了大量"雅"、"俗""杂糅"的融知识性、趣味性和思想性为一体的议论随笔小品。其中杂文学的有"神话、传说"类议论随笔小品,"童话、儿歌"类议论随笔小品,"笑话、滑稽故事"类议论随笔小品,"寓言"类议论随笔小品,"风土记、岁时记"类议论随笔小品,"民间戏曲"类议论随笔小品,"民间版画"类议论随笔小品,"岁时节令及其他迷信"类议论随笔小品。这众多的议论随笔小品,也自然就是周作人说的"新体裁"，表现的是"新意境"。《谈目连戏》(《谈龙集》)，《祖先崇拜》、《拜脚商兑》、《萨满教的礼教思想》、《野蛮民族的礼法》(《谈虎集》)，《荣光之手》(《永日集》)、《论八股文》(《看云集》)、《太监》(《夜读抄》)，《关于活埋》(《苦竹杂记》)，《刘香女》(《瓜豆集》)、《赋得猫》(《秉烛谈》)、《谈文字狱》(《秉烛后谈》)、《无生老母的消息》(知堂乙酉文编) 等是代表作。1934 年 5 月，周作人在《太监》一文的开头说："中国文化遗产里有四种特别的东西，很值得注意，照着他们历史的长短排列起来，其次序为太监，小脚，八股文，雅片烟。我这里所要谈的就是这第一种。"这透露了周作人特别重视写作这类带有专题性议题并有独特"观察点"的议论随笔的想法。这类议论随笔除了也有"雅"和"俗"的"杂糅"、"调和"之外，再就是作者从某一专门的特殊视角切入，对问题做深入透析批判，在博识、见解和趣味的结合上，对中国文化问题的某些本质做深入的揭示和批判。[①] 在这方面，他取得了令人瞩目的成绩，但也留下重大遗憾。1962 年 11 月 30 日，在《知堂回想录·后记》中，周作人回顾他平生著作时说："据我自己的看法，在那些说道理和讲趣味之外，有几篇古怪目的如《赋得猫》、《关于活埋》、《荣光之手》这些，似乎也还别致，就只可惜还有许多题材，因为准备不能充分，不曾动手，譬如八股文，小脚和雅片烟都是。"1965 年 4 月 21 日，他在《致鲍耀明》中又说："我的散文并不怎么了不起，但我的用意总是不错的，我想把中国的散文引上两条路，一条是匕首似的杂文（我自己却不会做的），又一条是英法两国似的随笔，性质较为多样，我看旧的文集，见有些如《赋得猫》、《关于活埋》、《无生老母的消息》等，至今还是喜爱，此虽是敝帚自珍的习气，但确是实情。"这里值得注意的是，周作人在 1945 年 1 月 15 日《文学史的教训》中说古希腊的路吉亚诺斯（又译琉善或卢奇安）的"好些名

---

①　关于周作人对这类议论随笔的重视和写作，我们如能同梁遇春的有关说法联系起来考察，我们对问题将会有更切实的理解。1928 年，梁遇春在《英国小品文选·黑衣人（哥尔斯德斯密斯）》一文的注中说："做小品文字的最紧要的是观察点（the point of view），无论什么事情，只要从个新观察点看去，一定可以发见许多新的意思，除去从前不少的偏见，找到无数看了足以发噱的地方。……"近代小品文作家 Arthur Christopher Beson 在他的杰作 *From the College Window* 的第一篇里就说 the point of view，实在是精研小品的神髓。……Arthur Christopher Beson，本森，英国作家。*From the Colleg Window*，《来自学院的窗口》。梁遇春在《英国小品文序》中说，他翻译的这本书都经"岂明老人"，即周作人"看一遍"。

篇","简直是现代通行的随笔,或是称它为杂文也好",在那里,他显然是把"随笔"和"杂文"画上等号,但在上述《致鲍耀明》的信里,他则把"杂文"和"随笔"分开了,而且竟还说他自己是"不会"写"杂文"的。这显然与事实不符。至于他晚年为什么要这么说,确是个令人不解之谜。周作人晚年把"杂文"与"随笔"截然分开,他显然同鲁迅所说的"杂文中之一体的 Essay,有人说它近于英国的随笔"[①] 的说法是不一样的,他是不是有意要同乃兄唱对台戏?

1928 年 11 月 22 日,周作人在《〈燕知草〉跋》中说:"中国新散文的源流我看是公安派与英国的小品文所合成。"他这里所说的中国新散文源流的中外"合成"论,实际上就是上述"于杂糅中见调和"的另一种说法。1935 年 8 月 24 日,周作人在《〈中国新文学大系·散文一集〉导言》,周作人把中国新散文源流的中外"合成"论做了更具体的说明:"我相信新散文的发达成功有两重因缘,一是外援,二是内应,外援即是西洋的科学哲学与文学上的新思想之影响,内应即是历史的言志派文艺运动之复兴。假如没有历史的基础,这成功不会这样容易,但假如没有外来思想的加入,即使成功了也没有新生命,不会站得住。"这自然是非常简括的宏观描述,至于周作人的具体情况,则要丰富得多了。看看他编写的《欧洲文学史》和《近代欧洲文学史》,其中有他对欧洲从古希腊、罗马文学史至欧洲十九世纪浪漫主义和现实主义文学史的描述,就不是当今众多的《欧洲文学史》或《外国文学史》所能比拟的;看看他对希腊神话、寓言和散义名家名作的译介,他对英法和日本散文随笔小品的译介,在这些方面,他确实作出了具有开拓性的贡献;再看看他在《我的杂学》里所披露的他的中外二十个方面的"雅"和"俗"的"杂学",人们不得不惊叹其学识的渊博和特色,惊叹作者不愧是作家学者化的典型。在那里,周作人以带有总结性口气自述道:

> 我从古今中外各方面都受到各样的影响,分析起来,大旨如上边说
> 过,在知与情两面分别承受西洋与日本的影响为多,意的方面则纯是中

---

① 鲁迅:《且介亭杂文二集·徐懋庸作〈打杂集〉序》,《鲁迅全集》第六卷,人民文学出版社 1973 年版。

国的，不但未受外来感化而发生变动，还一直以此为标准，去酌量容纳异国的影响。这个我向来称之曰儒家精神，虽然似乎有点笼统，与汉以后尤其是宋以后的儒教显有不同，但为得表示中国人所有的以生之意志为根本的那种人生观。我想大禹神农的传说就从这里发生，积极方面有墨子商韩两路，消极方面有庄杨一路，孔孟站在中间，想要适宜的进行，这平凡而难实现的理想我觉得很有意思，以前屡次自号为儒家者即由于此。……我也知道偏爱儒家中庸由于癖好，这里又缺少一点热与动，也承认是美中不足。

周作人突出儒家思想在他思想中占据特别重要的位置。他所谓的儒家思想，是以孔孟为代表，以禹稷为模范的原始儒家思想，不是汉以后，特别是宋以来那种"成为道士化、禅和子化、差役化"的"儒家思想"，他赞赏"自汉至清代"的"疾虚妄"、"爱真理"的王充、李贽和俞正燮，称他们为"中国思想界之三盏灯火"。在这里，周作人关于原始儒家思想的精辟见解，以及他坚持在散文创作中自觉以散文家和思想家标准要求自己，无论在中国思想史和散文理论建设史上都很有价值。

四、在多元互补中建构

在 20 世纪中国杂文理论建构中，鲁迅对杂文理论建设的贡献是最大的，他的杂文理论最具活力，影响也最深远。鲁迅的战友和学生如瞿秋白、冯雪峰、王任叔、徐懋庸、唐弢、田仲济以及严秀等人，对继承和发展鲁迅杂文战斗传统，对阐释和弘扬鲁迅杂文理论思想等，也都作出自己的贡献。可以这样说，鲁迅同他的战友和学生的杂文理论思想，是创建 20 世纪中国杂文美学的主要理论资源。

但是光凭这些，还是不够的。这是因为 20 世纪中国杂文从来是丰富多元的格局。杂文创作如此，杂文理论建设也是这样。以杂文理论建设而论，除了鲁迅同他的战友和学生之外，如周作人、林语堂和朱光潜等人的杂文理论主张，其中也有至今仍有活力的合理性的理论因子。例如，周作人把议论性的小品文也视为"美文",称批评性文章为"抒情的论文","也是创作之一种",他要包括杂文在内的小品文要"浸在自己的性情里",在文体创造上,以白话为主,揉进"方言"、"古语"和"外国语"的"因子",在"知识与趣味的两重统制下,造出有雅致的俗语文",要求包括杂文在内的小品文,在"文词气味的雅致"之外,还应"兼有思想之美"等等,周作人这些杂文理论主张,表现了相当自觉的美学意识,是值得继承的杂文理论遗产。林语堂在30年代创办一系列小品文刊物,鼓吹"性灵"、"闲适"和"幽默"的小品文,他的所作所为和理论主张,是消极和积极、荒谬和合理并存的,当年曾受到鲁迅和左翼作家的过火的批评。只要加以科学的分析,仍是可以从中分离出有活力、合理性的东西,拿来为我所用的,例如,他在《论幽默》中说"幽默"是"笑中有泪,泪中有笑",是"心灵的光辉和智慧的丰富",还是搔到痒处的不错见解。杂文既需要讽刺,也不排斥幽默,有着讽刺、幽默喜剧特征的杂文,可以使人警醒,也能给人愉悦,怡情益智,陶冶性灵。学贯中西的著名美学理论家朱光潜,他收入《艺文杂谈》里的《关于小品文》、《随感录》(上、下)、《谈对话体》、《漫谈说理文》等,对包括杂文在内的小品文,对杂文中的随感录和对话体等体式的审美特征,都有很好论述。他们的有关杂文理论,完全可以同鲁迅他们的杂文理论,构成一种多元互补的理论格局,丰富和加深人们对于杂文审美特质的认识。

中国古典杂文理论的搜集整理,外国杂文理论的译介,也是不可忽视的重要一环。我们在前面说过,中外古典杂文理论相当贫乏,这是针对它们与异常丰富的创作实践不成比例说的,也是针对中国古典杂文理论搜集整理和外国杂文理论译介的滞后状态说的。改革开放的新时期以来,中国古典散文(含杂文)和外国散文(含杂文)的出版和研究已有了新的广度和深度,但是,中国古典杂文理论的搜集整理和外国杂文理论的译介,仍未引起足够的重视。自然,这也和进行这类工作有着格外的难度有关。以中国古典杂文理论资源而论,它同刘勰《文心雕龙》里的《杂文》篇,吴讷所论的"杂说"、"杂著"等有关,但更重要的蕴藏在中国古代的诸如"论"、"说"、"辨"、"议"、"原"、"解"、"释"等以及"随笔"、"笔记"等众多的论说中,要从古代浩如烟海的文论中,对这些东西进行钩沉、梳理、研究,无疑是一项难度很大的工程。外国的杂文理论也有同样的情况,它大多不在于"Miscellany"里,而散见于有关"Essay"的论述中,遗憾的是,在我国关于欧美从蒙田、培根以来的有关"Essay"的理论文章,也为数不多。

　　理论来自实践又回过头来指导实践。这既是老生常谈又是不易的真理。要创建 20 世纪中国杂文美学,除了以上说的几点外,至关重要的一环,是对 20 世纪中国杂文创作实践上升到美学高度上进行理论总结和理论概括。新时期以来,已有了这样的可能。近年来,已有几部中国现、当代散文史和杂文史问世,出现了众多的杂文作家论和杂文学的专著。只要提高这些研究著作的美学含量和美学品位,创建有中国特色的 20 世纪中国杂文美学构想必将实现。

（原载《20 世纪中国杂文史》结束语,

有改动,福建教育出版社 1997 年版）

第二辑
鲁迅杂文三论

鲁迅杂文的"理趣"美

俗话说:"谈何容易",这话看似寻常,实则饱含深意。除了哑巴以外,我们从牙牙学语到告别人世,谁不是天天都在讲话呢。但是,话要说出一套道理,启人心智,话要说得理圆有趣,耐人寻味,这就不是一般的人做得到了,确实是"谈何容易"呀。由这"谈何容易",我联想到杂文。杂文是以说理为主的文学散文。一篇杂文"谈"的如果是平庸乏味的道理,肯定是失败之作。古今中外的优秀杂文,总是在社会批评和文明批评中,诙谐有趣地道破历史的奥秘和人生的真谛,既给人真理性的启示,又给人笑的愉悦。这就是我国传统诗文理论所说的"理趣"。

朱自清先生论鲁迅杂文,就特意拈出一个"理趣"。他赞叹说:鲁迅杂文是"百读不厌"的,其中有"幽默",也有那作为"理智的结晶"的"理趣",这确是不刊之论。"理趣"美无疑是鲁迅杂文特质的一个重要方面,是鲁迅杂文具有永恒魅力的奥妙所在。试问读过鲁迅杂文的人,谁不为他所阐发的真理所折服,谁不是常常被这位罕见的讽刺幽默大师逗得忍俊不禁、眉开眼笑呢? 读鲁迅的杂文,是一种独特的精神享受。

在中国美学史上,"趣味"和"理趣"成为人们自觉倡导的一种美学境界是明代中叶以后的事。例如李贽主张:"天下文章当以趣为第一。"梁启超认为:"趣味"是"生活的原动","没趣便不成生活",美的价值也就在使人"常常吸受趣味的营养"。沈德潜说:"诗不能离理,然贵有理趣,不贵下理语。"刘熙载赞扬朱熹的《感兴诗》:"有理趣而无理障,是以至为难得。"

鲁迅杂文的"理趣",显然不能混同于传统诗文的"理趣"。鲁迅是以思想家和文学家的身份进行杂文创作的。他的杂文,属于一种层次高得多的"理趣"美。最足以概括鲁迅杂文这一美学品格的,也许是古罗马诗圣贺拉斯的名言:"含笑谈真理,又有何妨呢?"

贺拉斯的这一名言,见于鲁迅翻译的日本鹤见祐辅的杂文集《思想·山水·人物》。无须多说,贺拉斯的名言,对鲁迅的杂文理论和创作有着深刻的影响。

鲁迅论杂文创作,不仅强调"有益",而且强调"有趣",认为战斗的杂文,不仅如同"匕首""投枪",能和受苦受难的广大读者,共同"杀出一条血路",而且还能给他们以"愉快和休息"。就杂文创作而论,杂文大师鲁迅,不仅是勇猛狙击旧社会和旧文明的"霹雳手",他也是无可匹敌的"含笑谈真理"的圣手。这后一点尤其值得当代杂文家取法。事实也是,鲁迅杂文中的名篇佳作,脍炙人口,传诵不衰,成为人们难以企及的典范之作,究其原因,大约在于鲁迅始终"含笑"地把潜藏在历史的底蕴和现实的根脉上的"真理",巧妙地发掘出来,有趣地表现出来。多少年来,在广大读者心目中,杂文大师鲁迅,简直就是智慧的化身,真理的化身,幽默的化身。他以真理性的笑,揭露旧世界的一切可笑之点,让人们在笑声中埋葬这个世界;他以真理性的笑,来"叱正世态",杀伤敌人;他以真理性的笑,来赞美、表彰新的世界和新的人物。

卓越的杂文家,必须是杰出的思想家,卓越的杂文家,必须是真理的热烈探求者和深刻发现者。鲁迅杂文的那种超乎寻常的"理趣"美,是以一系列前无古人的独创性的真理发现为灵魂的。"路漫漫其修远兮,吾将上下而求索。"这是屈原《离骚》的名句,也是鲁迅终生实践的格言。早在日本留学时期,鲁迅就异常赞赏西方古希腊以来"爱智者"的探求真理的精神,说他们研究问题,不肯"止于肤廓","运其思理、至于精微",力解"宇宙之玄纽"。在杂文创作中,鲁迅倾注毕生心力,孜孜矻矻,上下求索,目光如电,洞幽烛微,阐发救国救民的真理。在鲁迅的杂文中有多少独创性的真理发现呀。且不说他对中国旧社会"吃人"本质的深刻揭露,且不说他对中国"国民的灵魂"的深刻解剖,且不说他对辛亥革命以来革命挫折、失败教训的深刻总结,也且不说他对中国新文化革命一系列根本问题的精湛论述,这些揭露、解剖、总结、论述,都充满了历史感和现实感,有着沉甸甸的理论含量。即便在一些看似寻常的社会现象中,鲁迅也能从中发掘出深刻的社会哲理。例如,鲁迅在《火》、《关于中国的二三事》和《拿破仑与隋那》中,多次谈到社会上许多人共有的一种心理病态,他们不敬重火的发明者、灯的发明者、牛痘的发明者,觉得他们太"平凡"了,但却崇拜畏惧"杀人放火者",如"火神菩萨"、秦始皇、拿破仑以及希特勒及其在中国的"黄脸干儿"们,鲁迅尖锐指出:"杀人者在毁坏世界,救人者在修补它,而炮灰资格的诸公,却在恭维杀人者。""这看法倘不改变,我想,这世界还要毁坏,人们也还要吃苦的。"这确是忧愤深广,含意无穷。又如,《几乎无事的悲剧》一文,鲁迅生动引述了果戈理《死魂灵》中乞乞科夫和罗士特莱夫关于一条狗的鼻尖的对话,指出《死魂灵》是一部"几乎无事的悲剧",鲁迅由此"生发开去",推而广之:"人们灭亡于英雄的特别的悲剧者少,消磨于极平常,或者简直近于没有事情的悲剧者却多。"这一精警之论,不仅是对从亚里士多德到车尔尼雪夫斯基的"英雄"悲剧理论偏颇的修正和发展,在悲剧理论发展史上有重大意义,而且警诫人们千万不要堕入把生命"消磨"于"几乎无事"的悲剧之中。且不说在旧社会,就在今天,我们周围不也常常发生这种庸俗无聊的"几乎无事的悲剧"吗?这确是发聋振聩,意味深长。突破"几乎无事"的外壳,开掘出意义重大的社会悲剧,是鲁迅杂文的一大特色,鲁迅的杂文往往在这里迸出真理的强光。完全可以这样说,鲁迅的全部杂文,是个储量丰富的真理宝藏,杂文大师鲁迅,是指引读者在真理的高峰上攀登探胜的最佳向导,人们读鲁迅的杂文,时时刻刻都在享受着厨川白村在《苦闷的象征》中所说的"发见之欢喜",人们由于"发见"了真理,而精神昂奋,趣味盎然。

真理是具体的,也是生动有趣的,真理如果同笑结合在一起,就有着意味无穷的魅力。鲁迅杂文不仅有对真理的睿智发现,还有对真理的巧妙有趣传达,这就是:说理的形象化和趣味化。

为了说理的形象化,鲁迅杂文常在精警议论的展开中,借助比喻、象征、想象、联想等艺术手段创造传神写意的杂文形象,使真理的睿智发现和艺术形象的独特创造相统一。这些独创性的杂文形象，除了当年瞿秋白赞叹不已的"落水狗"、"叭儿狗"、"挂着铃铎的山羊"，吸人血又嗡嗡叫的"苍蝇"和"蚊子"外，还有"丧家的资本家的乏走狗"、"登龙"的"文人"、"商定文豪"、"捐班文人"、"二丑"、"革命小贩"、"洋场恶少"，以及黔驴技穷、失宠落寞成了"药渣"的党国元老吴稚晖，自己当婊子，又拉别人下火坑，捶胸顿足表白："我不下火坑，谁下火坑"的"老鸨"汪精卫，腐烂发臭、漂聚在上海滩上的流尸"民族主义文学"者，拉着自己头发要离开地球、拉着脖子上套着绞索的朋友双脚往下坠的"第三种人"……在这里，鲁迅对以上社会人物的理论批判，和对那些引人发笑、让人憎厌的杂文艺术形象的创造，血肉相连，相得益彰，有着超乎寻常的神效。这让人想起海涅论莱辛的一段名言。他说莱辛在《汉堡剧评》里，"用他才气纵横的讽刺和极可贵的幽默网住了许多渺小的作家，他们像昆虫封闭在琥珀中一样，被永远地保存在莱辛的著作中。他处死了他的敌人，但同时也使得他们不朽了"。把海涅的这段名言，移用来评论鲁迅杂文说理的形象化是再贴切不过了。

　　为了说理的趣味化，鲁迅在他的杂文中，广泛援引和改造了中外神话、寓言、童话、故事、传说、小说、戏剧、诗歌、谣谚，以及文学家和思想家的有关材料，这许多材料本身就是诙谐有趣的，同作者所要阐发的真理珠联璧合，相映成趣。鲁迅在他的杂文中，还广泛运用漫画、夸张、借喻、双关、引申、暗示等讽刺、幽默笔法，这也是鲁迅杂文创造"理趣"美的重要手段。在鲁迅杂文中，不仅那些有着生动的杂文形象、生动的故事笑话、生动的生活画面的杂文，充满着"理趣"美，即便是那些学术色彩浓厚的论文和讲演，那些带着学术考据性质的杂文，那些三言两语的《立此存照》和《掊斤簸两》，一经鲁迅讲来写下，也都诙谐幽默，逸趣横生，充满喜剧色彩。因为在这些杂文中，也有鲁迅式的智慧和幽默，在那儿，真理也在灿然微笑，闪耀着诗意的光辉。鲁迅杂文历来是杂文作家提高自己创作的思想和艺术水平的强大推动力。当代杂文创作，要为广大读者所钟爱，也应该像导师鲁迅那样"含笑谈真理"，自觉追求"理趣"美的境界。

（原载《杂文界》1985 年第 5 期）

鲁迅与庄子

一

鲁迅是人们公认的中华民族的良知和灵魂,是中国新文化的伟人。鲁迅对待中国传统文化,存在着"破"和"立"的相反相成的两个方面。他一方面对中国传统文化中那些不符合时代和人民需要的腐朽僵死的东西,进行最激烈最彻底的抨击和扫荡,为新文化的创立打扫废墟、清理基地;一方面他又对中国传统文化中有强大生命力的属于未来的东西,细心保护、勤奋整理、深入研究、推陈出新,为此,他进行古籍整理,写出中国古典小说研究的开山之作《中国小说史略》,写出了《汉文学史纲要》的讲义,写出了著名的《魏晋风度及文章与药及酒之关系》、《小品文的危机》,他还计划撰写《中国文学史》和《中国文字变迁史》;在创作上,鲁迅的小说、散文(散文诗)、杂文、新旧体诗和那些近似戏剧的对话体小说和散文小品,都是对中国古典文学中的小说、散文、诗赋和戏曲的创造性的继承和发展。从而,鲁迅为他的同代人和后来人在文学创造上树立了立足现实、熔铸古今、继往开来的即打通过去、现在和将来的艺术典范。这正如美国诗人惠特曼在他的《草叶集》序言里评论到"最伟大的诗人"所说的那样:

> 过去、现在与将来,不是脱节的,而是相联的。最伟大的诗人根据过去

和现在构成了与将来的一致。他把死人从棺材里拖出来，叫他们重新站起来。他对过去说：起来，走在我前面，使我可以认识你。他学到了教训——他把自己放在这样一个场合，在那里将来变成现在。最伟大的诗人不只在人物、环境和激情的描写上放出耀眼的光芒——他终于上升，并完成一切。

这里，我们不拟探讨鲁迅全部思想、学术研究和创作实践同中国传统文化的关系；也不拟探讨鲁迅全部创作同中国古典文学的关系；只想从一个较小的角度，即鲁迅散文对庄子散文的创造性继承和发展作一番考察。

郭沫若的《庄子与鲁迅》，是最早也是最全面研究鲁迅与庄子关系的名文。郭沫若在青少年时代就熟读《庄子》，《庄子》可以倒背如流，对庄子非常推崇，其著名诗集《女神》的哲学基础——泛神论——的来源之一是《庄子》。① 鲁迅逝世之后，郭沫若才开始认真阅读鲁迅著作，"感觉着鲁迅颇受庄子影响"，写作《庄子与鲁迅》前，又读了 1938 年版的《鲁迅全集》，"这感觉又加深了一层"。

郭沫若从五个方面研究庄子对鲁迅的影响：一是"鲁迅爱用庄子所独有的词汇"；二是鲁迅著作"引用庄子的完整词句"；三是鲁迅"用《庄子》书中的故事或寓言作为创作题材"；四是"作为文章家，鲁迅曾经赞美过庄子"，五是鲁迅对"庄子思想"有所"批评"。

郭沫若对庄子的文学成就给予极高评价。他认为在文学上足以和庄子"分庭抗礼，在韵文方面当数屈原，在散文方面或当推司马迁吧"。这个评价同鲁迅《汉文学史纲要》的观点，可谓若合符契。不过，统观全文，在庄子和鲁迅关系中的更根本的问题，如庄子散文对当时的奴隶制社会、新兴封建社会一切方面的激烈的社会批评和文明批评，对鲁迅杂文对中国封建社会一切方面带有猛烈抨击和彻底否定的社会批评和文明批评的启发和影响，又如庄子散文中那纵横恣肆、天马行空、奇诡荒诞、讽刺幽默的浪漫寓言象征艺术创造，对鲁迅历史小说，特别是对鲁迅散文诗《野草》的启示和影响，都有必要作更加深入的考察和研究。

鲁迅对庄子，有相当深入的研究；庄子对鲁迅的思想和创作有持久的影响。鲁迅在《汉文学史纲要》里，对庄子散文的艺术成就给予了极高的评价：

……然文辞之美富者，实惟道家。《列子》、《鹖冠子》书晚出，皆

---

① 见郭沫若《三个泛神论者》一诗。

后人伪作;今存有《庄子》。《庄子》名周,宋之蒙人,盖稍后于孟子,尝
为蒙漆园吏。著书十余万言,大抵寓言,人物土地,皆空言无事实,而其
文则汪洋辟阖,仪态万方,晚周诸子之作,莫能先也。……

但鲁迅对庄子的思想局限却给予尖锐的批评:

故自史迁以来,均谓周之要本,归于老子之言。然老子尚欲言有无,
别修短,知黑白,而措意于天下;周则欲并有无修短黑白而一之,以大归
于"浑沌",其"不谴是非","外死生","无始终",胥此意也。中国
出世之说,至此乃圆备。

鲁迅说他:"总觉得我的灵魂里有毒气和鬼气,我极憎恶他,想除去他。"[①] 鲁
迅说他"灵魂"里的"毒气和鬼气"来自哪里? 来自中国传统文化的消极
影响,其中就有庄子和韩非。他在《写在〈坟〉的后面》里有这样的自剖:

……别人我不论,若是自己,则曾经看过许多旧书,是的确的,为了教书,
至今也还在看。因此耳濡目染,影响到所做的白话上,常不免流露出它的字
句,体格来。但自己却正苦于背了这些古老的鬼魂,摆脱不开,时时感到一
种使人气闷的沉重。就是思想上,也何尝不中些庄周韩非的毒,时而很随
便,时而很峻急。孔孟的书我读得最早,最熟,然而倒似乎和我不相干。

鲁迅同庄子的关系是极其复杂的。从表面上看,鲁迅常常对庄子表示不
满,对之进行尖锐批评。鲁迅常常批评庄子《齐物论》里的"彼亦一是非,此
亦一是非"的"无是非"观,在 1933 年,鲁迅同施蛰存围绕着《庄子》与《文
选》的争论中,鲁迅指出从《庄子》和《文选》"这样的书里去找活字汇,简
直是糊涂虫"[②]。鲁迅在逝世前不久的《半夏小集》里,再次批评庄子。庄子
对人的死亡,持旷达态度。《至乐》篇记述了庄子妻死庄子鼓盆而歌的故事。
庄子妻子死了,惠施前去吊唁,却见庄子"箕踞鼓盆而歌",惠施愤而责备,
庄子辩解说,人的生死都是"气"的聚散变化,如同春夏秋冬四时运行一样,

---

① 鲁迅:《致李秉中》(1924 年 9 月 24 日)。
② 鲁迅:《准风月谈·重三感旧》。

"人且偃然,寝于巨室",如果还哭哭啼啼,那就是不通达生死的原理了。《列御寇》篇,记述"庄子将死,弟子欲厚葬之",庄子师弟之间有颇有意味的对话:

> 庄子曰:"吾以天地为棺椁,以日月为连璧,星辰为珠玑,万物为赍送,吾葬具岂不备邪?何以加此!"
>
> 弟子曰:"吾恐乌鸢之食夫子也。"
>
> 庄子曰:"在上为乌鸢食,在下为蝼蚁食,夺彼与此,何其偏也。"

这则故事表现了庄子面对死亡的旷达超脱和特有的幽默感,但也流露了那为鲁迅所憎恶的"无是非"、无所谓等玩世的人生态度。因而,鲁迅才在《半夏小集》里写下针锋相对的文字:

> 庄生以为"在上为乌鸢食,在下为蝼蚁食",死后的身体大可随便处置,因为横竖结果都一样。
>
> 我却没有这么旷达。假使我的血肉该喂动物,我情愿喂狮虎鹰隼,却一点也不给癞皮狗们吃。
>
> 养肥了狮虎鹰隼,它们在天空,岩角,大漠,丛莽里是伟美的壮观,捕来放在动物园里,打死制成标本,也令人看了神旺,消去鄙吝的心。
>
> 但养胖一群癞皮狗,只会乱钻乱叫,多么讨厌!

这显示了鲁迅的伟岸人格,鲁迅对庄子的批评和超越。

庄子思想是一个丰富复杂、矛盾歧异的思想体系。譬如,庄子在《齐物论》里鼓吹了他的"齐是非""等万物"的绝对的相对主义的诡辩论,但他又在被人们视为是先秦学说史的《天下》篇里对先秦诸子里的"儒"、"墨"、"道"、"法"、"名"诸家"道术"的"是非",一一做了评述。这样,《齐物论》里的"无是非"的庄子,和"天下"篇里"有是非"的庄子,集惊人的逻辑悖论于一身。鲁迅显然是清醒意识和把握了这一点。鲁迅的这一洞见,集中体现在他的《"文人相轻"》里的一段话里:

> 我们如果到《庄子》里去找词汇,大概又可以遇着两句宝贝的教训:"彼亦一是非,此亦一是非",记住了来作危急之际的护身符,似乎也

不失为漂亮。然而这是只可暂时口说，难以永远实行的。喜欢引用这种格言的人，那精神的相距之远，更甚于叭儿之与老聃，这里不必说它了。就是庄生自己，不也在《天下》篇里，历举了别人的缺失，以他的"无是非"戏了一切"有所是非"的言行吗？要不然，一部《庄子》，只要"今天天气哈哈哈……"七个字就写完了。①

鲁迅对庄子的这一评论，常为论者所忽视，但这却是极端重要的。因为从鲁迅的这一评论可以看出鲁迅是从整体上把握了庄子思想的复杂性和矛盾性的。从郭沫若的《庄子与鲁迅》中对庄子与鲁迅的比较里，我们了解到鲁迅一生的思想和创作始终同庄子有着非常密切的关系的。鲁迅对庄子思想复杂性和矛盾性的整体把握，是鲁迅散文对庄子散文创造性的继承和发展的出发点，也是我们观察和研究这个问题的切入点。刘笑敢在《庄子哲学及其演变》②一书中较全面揭示了庄子思想的复杂性和矛盾性，如其中的"辩证法"和"诡辩论"的矛盾，"随俗与孤傲"、"消极与积极"、"理想与现实"等的矛盾，以及"关于精神自由与客观必然性"的矛盾和统一等等。这里，我们拟以鲁迅对庄子思想复杂性和矛盾性的整体把握为切入点，集中探讨鲁迅散文对庄子散文的创造性继承和发展，力求深入其思想堂奥，细察其艺术肌理。

二

庄子（约前369—前286），是继老子之后的道家代表人物，名周，宋国蒙城（今河南商丘县）人，早年曾做过漆园吏，后织屦授徒，著书立说，拒绝过楚王的厚礼延聘，过着贫穷的半隐居的自由生活。《史记·老庄申韩列传》云："其学无所不窥，然其要本归于老子之言。故其著书十余万言，大抵率寓言也。作《渔父》、《盗跖》、《胠箧》以诋訾孔子之徒，以明老子之术。《畏累虚》、《亢桑子》之属，皆空言无事实。然善属书离辞，指事类情，用剽剥儒、墨，虽当世宿学不能自解免也。其言汪洋自恣以适己，故自王公大人不能

① 鲁迅：《且介亭杂文二集》。
② 刘笑敢：《庄子哲学及其演变》，中国社会科学出版社1993年版。

器之。"《汉书·艺文志》著录《庄子》52篇,今本《庄子》为晋郭象注本33篇,计《内篇》7,《外篇》15,《杂篇》11。一般人认为《内篇》是庄子写的,《外篇》、《杂篇》为庄子后学所著。但自唐宋以降,《庄子》还是以一部完整著作对思想界和文坛产生影响。

　　庄子是杰出的哲学家、思想家和文学家。闻一多在《庄子》①里认为庄子散文的突出特点是哲学和文学的完美结合。闻一多说:"向来一切伟大的文学和伟大的哲学是不分彼此的。""文学是要和哲学不分彼此的,才庄严,才伟大。哲学的起点便是文学的核心。只有浅薄的、庸琐的、渺小的文学,专门注意花草的美茂,而忘掉了那最原始、最宝贵的类似哲学的仁子。无论庄子的花叶已经够美茂的了;即令他没有发展到花叶,只他那简单的几颗仁子,给投在文学的园地上,便是莫大的贡献,无量的功德。"什么是庄子哲理散文中的"哲学的仁子"?刘笑敢在《庄子哲学及其演变》中称庄子哲学:"是一种批判性的哲学","是一种解放性的哲学","也是一种富于启示性的哲学",庄子哲学"是以浪漫主义文学形式表达出来的"。美国史学大师雅克·巴尔赞在其巨著《从黎明到衰落——西方文化生活五百年》②中说西方从文艺复兴到20世纪五百年文化生活中有三个贯穿性主题:原始主义、个人主义、解放。这三大主题在庄子哲学已有若隐若现的表现。这是庄子哲学成为"解放性的哲学"和"启示性的哲学"的原因所在。

　　对奴隶制社会和初期的封建制社会的愤激揭露、尖锐抨击和彻底否定,构成庄子哲理散文的主要内容,是其中的最有价值的部分,对后代的反封建的思想家和文学家有着深远的影响。

　　庄子生活在战国中期,这是中国古代社会由奴隶制向封建制过渡的大变动时代,也是大动荡和大动乱的时代。这时周天子的威信扫地以尽,名存实亡,各诸侯公国争王争霸,兼并战争连年不断。战争规模很大也很残酷。孟子在《离娄上》中说:"争地以战,杀人盈野;争城以战,杀人盈城。"庄子也

---

　　①　闻一多:《庄子》,《闻一多全集》第二卷,生活·读书·新知三联书店用上海开明书店1948年版重印。
　　②　美国雅克·巴尔赞:《从黎明到衰落——西方文化生活五百年》,林华译,世界知识出版社2002年版。

反对和嘲讽这种陷人民于血与火之中的兼并战争。庄子《则阳》篇以"黑色幽默"式的寓言描写了"触蛮之战"的惨况:"有国于蜗之左角曰触氏,有国于蜗之右角曰蛮氏,时相与争地而战,伏尸数万,逐北旬有五日而后返。"

庄子称他那个时代的统治者是昏昧暴虐、刚愎自用的"昏上乱相"。他在《人间世》里说卫君是吃人的猛虎:"虎之与人异类而媚养己者,顺也;故其杀者,逆也。"还说:"天下有道,圣人成焉;天下无道,圣人生焉。方今之时,仅免刑焉。"《山木》记庄子面见魏王,魏王问庄子"何先生之惫邪?"庄子曰:"贫也,非惫也,……今处昏上乱相之间,而曰无惫,奚可得邪?此比干之见剖心徵也夫!"庄子把当时统治者比为昏暴的商纣王,把忠直敢谏之士比为被纣王"剖心"处死的比干。在《列御寇》里,庄子说:"今宋国之深,非直九重之渊也,宋王之猛,非直骊龙也。"宋国已陷入九重深渊的危机,宋王偃则是会吃人的凶龙。以上只是对庄子时代的"昏上乱相"逐个加以抨击,在《盗跖》里,庄子则对儒、墨两家赞颂的圣君贤相从黄帝到周公整个给予彻底否定,其言辞之大胆与愤激,实属罕见。庄子指出:

　　……黄帝不能致行,与龙战于涿鹿之野,流血百里,尧舜作,立群臣,汤放其主,武王杀纣。自是以后,以强凌弱,以众暴寡。汤武以来,皆乱人之徒也。

　　……尧杀长子,舜流母弟,疏戚有伦乎?汤放桀,武王杀纣,王季为适,周公杀兄,长幼有序乎?儒者伪辞,墨子兼爱,五纪六位将有别乎?

庄子认为,从黄帝直到夏商周各代的圣君贤相,或无亲疏之伦常,或害贵贱之道义,或损长幼之齿序,都背离他们自己标榜的道德原则,都在批判否定之列。庄子对君主制度的激烈批判,开启了后代如鲍敬言、邓牧等的"无君"论的先河。

庄子鼓吹天道自然和人性自然。这可以说是庄子的自然观和人性论。庄子的人性自然论又可称之为自然人性论。庄子的自然人性论,同18世纪法国的爱尔维修、霍尔巴赫、卢梭等鼓吹的自然人性论极其相似。庄子在多篇文章里说,人的本性是自然的、天生的、本真的、素朴的;人按照这种自然本性生活和行动,是最符合人的"性命之情",是最高的道德即"至德";如果不是这样,把违背人的自然本性的道德戒律自外强加于人,那就将"残生伤性"招致对人的自然本性污染、扭曲、束缚和扼杀,而且各式各样的人物,还会冠冕堂皇地假借道德的美名,干出种种伤天害理的丑事和暴行。庄子就是以这种自然人性论为理论依据,对被统治者和剥削者所利用的儒家的仁义礼智信等的道德观进行极其猛烈尖锐的揭露和抨击。《庄子》一书里这类燃烧着讽刺烈焰的社会批评和文明批评,构成了《庄子》一书最有思想和艺术光彩的篇章。

庄子在《胠箧》里批判儒家的仁义道德和被统治者所利用的仁义道德:

> 圣人不死,大盗不止。虽重圣人而治天下,则是重利盗跖也。为之斗斛而量之,则并与斗斛而窃之,为之权衡以称之,则并与权衡而窃之;为之符以信之,则并与符而窃之;为之仁义以矫之,则并与仁义而窃之。何以知其然邪?彼窃钩者诛,窃国者为诸侯,诸侯之门而仁义存焉,则是非窃仁义圣知邪?故逐于大盗,揭诸侯,窃仁义并斗斛权衡符之利者,虽有轩冕之赏弗能劝,斧铖之威弗能禁。此重利盗跖而使不可禁者,是乃圣人之过也。

庄子对儒家仁义道德最激烈的抨击和否定莫过于他尖锐指出:那被儒家神化为奉行仁义的圣君——尧和舜,他们躬行仁义的结果将种下"大乱之本",导致"千世之后"即庄子那个时代出现了"人与人相食"的惨剧。在《庚桑楚》里,庄子说:"……大乱之本,必生于尧舜之间,其末存乎千世之后,千世之后,必有人与人相食者也。"在《徐无鬼》里,庄子说:"……夫尧畜畜然仁,吾恐为天下笑,后世其人与人相食与!"这就是说儒家的仁义道德的本质是吃人。

1893年,严复两次评点《庄子》。严复在《庄子评语》里对庄子的自然人性论及其对统治者和剥削者假借仁义道德而干下的罪恶勾当的揭露和抨击,显然是心领神会,而且击节赞赏。他在《骈拇》篇的评语里说:"此篇宗旨在任性命之情,而以仁义为赘,……故曰不独手足有骈枝也,而聪明道德亦有之。"[①]在《庚桑楚》篇的评语里,严复说:"老庄之所谓仁义,煦煦孑孑也,与孔孟所谓仁义大殊。必推极而言之,即韩愈之博爱行宜,亦恐有未尽也。夫煦煦孑孑之仁义,其终几何不伪;故曰,唯且无诚;既无诚矣,则未有不为禽贪者器;既为禽贪者器矣,则方其始用,其利天下不一觑,而贼天下可

---

① 《严复集》第四册,中华书局1986年版,第1119、1141、1120页。

以无穷,驯至人与人相食,其言为不过也。"①严复非常赞赏庄子这类文字,赞曰:"庄生最工设喻,以之剽击儒墨,其词锋殆不可当。"②

庄子对现存社会是彻底绝望了。但他不是"向前看"而是"向后看",在《马蹄》、《胠箧》、《盗跖》、《让王》里,他希望复古倒退到没有阶级、没有剥削,没有压迫、人人平等、人人劳动、"绝圣弃智"、不需仁义道德,没有文化的"与禽兽居"和"与木石居"的原始蒙昧社会,即他所称赞的"致行之世";或者是到如《逍遥游》里的"无何有之乡"去寻找精神的自由了。这样,庄子也就从"愤世"走向"出世"了。

庄子散文是先秦的哲理散文。就像罗根泽在《先秦散文选·序言》中说的,"是一种政治性、哲学性的杂文——即议论文"③。庄子的哲理散文,特别是其强烈彻底的反封建精神,对鲁迅小说,特别是其杂文,有着深刻的启发和影响。两千多年后的鲁迅继承了庄子,又超越了庄子。

反封建的政治革命和思想革命,是贯穿鲁迅一生创作的基本主题。鲁迅对中国封建专制制度及其意识形态的吃人和害人的透析比庄子要深广得多,抨击要猛烈得多,使用的思想武器要先进得多,反对的态度要坚决得多,鲁迅的理论剖析更具历史生活的具体性和强大的逻辑说服力,形象的典型概括更富于震撼力、穿透力和启示力。

为中国现代文学和鲁迅自己奠定基石的《狂人日记》里,狂人说的"我打开历史一查,这历史没有年代,歪歪斜斜的每叶上都写着仁义道德几个字。我横竖睡不着,仔细看了半夜,才从字缝里看出字来,满本都写着两个字是'吃人'!"这极端偏激却异常深刻的千古不朽名言,是对庄子说的"人与人相食"的呼应,但却具有更大的概括力、震撼力、穿透力和启示力。《药》里的夏喻、《孔乙己》里的孔乙己、《阿Q正传》的阿Q、《祝福》里的祥林嫂的悲惨死亡,都是被封建专制制度、封建意识形态、封建科举制度、封建道德礼教"吃"掉的,都是对《狂人日记》的"吃人"主题的丰富和深化。

对中国封建社会"吃人"本质的揭露、抨击和否定,更全面、深入、系统

---

① 《严复集》第四册,中华书局 1986 年版,第 1141 页。

② 同上书,第 1120 页。

③ 罗根泽:《先秦散文选》,人民文学出版社 1958 年版。

地体现在鲁迅那广泛而深刻的社会批评和文明批评的杂文里,更突出表现了鲁迅对庄子的继承和超越了。

这里最有名的是收在《坟》里杂文名篇《灯下漫笔》。鲁迅异常沉痛慨叹中国人只轮流生活在"想做奴隶而不得的时代"和"暂时做稳了奴隶的时代",从来没有获取过"人"的资格。这是鲁迅对中国人悲惨历史命运的独特发现和深刻概括。鲁迅认为造成这种中国人的悲惨历史命运是由于中国封建专制社会的等级制度和少数民族的不时入侵和残暴统治。由于以上两种原因,中国的封建社会里就到处摆满了"吃人的筵席"了。关于中国封建等级制度"吃人",鲁迅有精湛的理论分析:

> 但我们自己是早已布置妥帖了,有贵贱,有大小,有上下,自己被人凌虐,但也可以凌虐别人。一级一级的制驭着,不能动弹,也不想动弹了。因为倘一动弹,虽或有利,然而也有弊。我们且看古人的良法美意罢——
>
> "天有十日,人有十等。下所以事上,上所以共神也。故王臣公,公臣大夫,大夫臣士,士臣皂,皂臣舆,舆臣隶,隶臣僚,僚臣仆,仆臣台。"(左传昭公七年。)
>
> 但是"台"没有臣,不是太苦了么?无须担心的,有比他更卑的妻,更弱的子在。而且其子也很有希望,他日长大,升而为"台",便又有更卑更弱的妻子,供他驱使了。如此连环,各得其所,有敢非议者,其罪名是不安分。

这是接近于马克思主义的阶级分析的等级分析。鲁迅认为中国封建社会最残暴而且权力最不受限制的"吃人"者是封建君主。他从中国封建历史上选取了应用不同手段杀人的典型。这就是鲁迅在《病后杂谈》和《病后杂谈之余》中登基之后大搞政治虐杀的典型——明成祖朱棣。朱棣篡位之后,对不肯臣服的臣僚大开杀戒。他诛杀方孝孺十族,把景清油炸了,将铁铉野蛮残暴"剥皮",并将其女眷罚到军营里让兵士轮流蹂躏,其残暴和恶毒骇人听闻。鲁迅在其他杂文里,还认为中国历史上肆无忌惮杀人的不仅仅是封建君主,还有像黄巢、张献忠等农民起义领袖。鲁迅在《病后杂谈之余》里沉痛说:"自有历史以来,中国是一向被同族和异族屠戮、奴隶、敲掠、刑辱、压迫下来的,非人类所能忍受的楚毒,也都身受过,每一考查,真教人觉得不像活在人间。"鲁迅的《隔膜》、《买〈小学大全〉》等杂文,集中揭批中国文化专制的典型——清代初年的康熙、雍正、乾隆三朝的文字狱史,鲁迅感慨说那"不但可以看见那策略的博大和恶辣,并且还能够明白我们怎样受异族主子的驯扰,以及遗留的奴性的由来"。深刻指出中国国民的奴性来自封建的残酷统治。

鲁迅揭批封建主义思想的特别深刻之处,在于他创造性地运用了弗洛伊德精神分析学派的集体无意识理论,运用它来剖析封建统治者把儒家的道德观念变为统治思想和国民的集体无意识所带来的严重危害。1918 年,鲁迅在《我的节烈观》里,批评当时社会上的某些人鼓吹宋儒的"节烈观"来改善社会风尚。鲁迅具体深入剖析了宋儒"节烈"观极端荒谬的反妇女和反人道本质。鲁迅指出宋儒的"节烈"观被统治者所采纳,形成了国民的集体无意识,从宋代以来给中国妇女带来了无穷的灾难和痛苦。鲁迅把这种愚昧野蛮的国民集体无意识,称之为"无主名无意识的杀人团"。鲁迅深刻指出:

> 社会上多数古人模模糊糊传下来的道理,实在无理可讲;能用历史和数目的力量,挤死不合意的人。这一类无主名无意识的杀人团里,古来不晓得死了多少人物;节烈的女子,也就死在这里。

鲁迅作为伟大的启蒙思想家和伟大的社会改革家,始终非常关注中国国民灵魂的革命性改造的。他坚持不懈揭露中国封建旧思想、旧文化、旧道德、旧习惯和旧风俗的历史负面作用。在《习惯与改革》里,鲁迅尖锐指出,革命如不改变和消除旧的思想、文化、道德习惯和风俗,则这革命就将如"沙上建塔","顷刻倒坏"的。熟谙中国历史、并经历过 20 世纪 60 到 70 年代的"十年浩劫"的中国人,就会深刻体会到上述鲁迅关于"无主名无意识的杀人团"的概括,鲁迅关于"习惯与改革"的论述,决非标新立异,言过其实,而是有着怎样的历史的洞察力和预见性。"十年浩劫"中那狂暴野蛮的群众专政,不知残害了多少无辜正直善良的人们,不就是鲁迅当年说的"无主名无意识的杀人团"吗?"十年浩劫"中林彪、"四人帮"大搞全国性的封建主义复辟,不就差一点断送了无数革命先烈鲜血换来的中国社会主义事业了吗?

鲁迅是政治革命和思想革命的统一论者。早在《摩罗诗力说》里,他就赞赏以拜伦为代表的"摩罗宗"诗人的"立意在反抗,指归在动作"。他同要到"无何有之乡"里去寻找精神逍遥的庄子截然不同,始终站在反帝反封建的民族民主革命斗争第一线。他同庄子不同,他并不悲观绝望,复古倒退。在《灯下漫笔》里,鲁迅说:

> 但我们也就都像古人样,永远满足于"古已有之"的时代么?都像复古家一样,不满于现在,就神往于三百年前的太平盛世么?
>
> 自然,也不满于现在的,但是无须反顾。因为前面还有道路在。而创造这中国历史上未曾有过的第三样时代,则是现在的青年的使命!
>
> ……这人肉筵宴现在还排着,有许多人还想一直排下去。扫荡这些食人者,掀掉这筵宴,毁坏这厨房,则是现在青年的使命!

三

罗根泽说庄子等的哲理散文是"政治性、哲学性的杂文"。王国维在《屈子文学上之精神》中指出:"庄(子)列(子)之某分,视为散文诗未为不可。"他认为庄子哲理散文里也包含着散文诗的成分。王国维的这一说法值得重视。一是他是我国近代以来第一位引进西文的"散文诗"这一概念的人,证明"散文诗"这一舶来品,不是"五四"以后引进,而是近代引进的;二是王国维的上述说法,证明了"散文诗"不是外国专有,中国古典散文中也有。王国维当年的这一说法,"五四"以后郭沫若、滕固、周作人等都认为中国古文中的那些诗性散文、文赋、小赋就是中国古代的散文诗,周作人甚而半开玩笑说,明清的八股文,就是典型的散文诗。

鲁迅的玄妙幽深、奇崛瑰丽而独步中国现代散文诗坛的《野草》不仅受到外国的尼采、柏格森、叔本华、波德莱尔、弗洛伊德、屠格涅夫、厨川白村、有岛武郎等的深刻启发和影响,也受到中国的庄子、屈原、宋玉、陶潜、魏晋玄学和佛教禅宗的深刻启发和影响。

鲁迅《野草·题辞》的第一句话,就透露了鲁迅《野草》与庄周《庄子》的内在联系。鲁迅说:"当我沉默的时候,我觉得充实;我将开口,同时感到空虚。"这是典型的庄子"言不尽意"论的鲁迅式的表达,这也是我们考察鲁迅《野草》与庄子散文内在联系的最好切入点。还是先看庄子的"言不尽意"论,以及庄子的相关艺术探索和艺术创造吧。

在先秦诸子里,儒道两家关于文章写作中的"言"与"意"之间关系的看法是鲜明对立的。儒家的孔子、孟子、荀子,都认为言能达意和尽意。孔子标举"词达而已矣",肯定"言以足志,文以足言",充分肯定语言能完成言志抒情的职能。儒家侧重强调"言"和"意"之间矛盾的同一性。道家的老庄则认为"言不尽意",侧重于强调"言"和"意"之间的矛盾性。以上两家主张各有其正确的一面。在一般情况下,普通的语言确能准确表达普通的思想感情的;但普通的语言,也确实不足以充分表达作家在审美创造中那丰富复杂的思想感情的。相比之下,道家的"言不尽意"论及其对"言"如何才能"尽意"的探索和追求,更深刻揭示了作家艺术创造中的特殊艺术规律。

庄子在《天道》中说:

> 世之所贵道者书也,书不过语。语有贵也。语之所贵者意也。意有所随。意之所随者,不可以言传也。而世因贵言传书。世虽贵之,我犹不足贵也,为其贵非所贵也。故视而可见者,形与色也;听而可闻者,名与声也。悲夫,世人以形色名声为足以得彼之情!夫形色名声果不足以得彼之情,则知者不言,言者不知,而世岂识之哉!

庄子认为那作为宇宙的本体和规律的"道"是无限的;而那体道、悟道、得道、明道的"意"是最珍贵的,但它又是只能意会而不可言传的,不是一般的"书"和形色名声的语言文字所能充分表达的;世人的俗见,却看重书中的语言文字,而忽视了更珍贵的"意",这显然是一种贵贱本末的颠倒。在庄子看来,在写作和观赏中,"意"是最根本的,是生命和灵魂,而"言"是相对次要的,是为"意"服务的,是躯壳和形式;扩大和深化"意",使之能以有限尽可能表现无限,是写作和鉴赏中的更根本的任务。因此,庄子又从他的"言不尽意"论,提出了他的"得意忘言"论,这就是庄子在《外物》里说的:"筌者所以在鱼,得意而忘筌;蹄者所以在兔,得兔而忘蹄;言者所以在意,得意而忘言。吾安得忘言之人而与之言哉。"

不少人认为庄子对"言"与"意"之间矛盾的思考和探索就到此为止了,庄子只是重视"意",而不重视"言"了。事实并非如此。文学有其特殊掌握世界的思维方式,文学归根到底是语言的艺术,再博大深邃的"意",归根到底只有通过文学语言才能表达出来,读者也只有通过文学语言,才能认识文学作品博大深邃的思想感情。因此,庄子又在《寓言》和《天下》里,从艺术思维和文学语言言说方式上来解决"言"和"意"之间的矛盾了。

庄子在《寓言》对其独特的艺术思维方式和文学语言言说方式做了扼要的表述:"寓言十九,重言十七,卮言日出,和以天倪。"而在一般研究者认为是《庄子》全书自序的《天下》里,则做了更详尽的阐发:

> 芴漠无形,变化无常,死与生与?天地并与?神明往与?芒乎何之?忽乎何适?万物毕罗,莫以归!古之道术有在于是者。庄周闻其风而悦之。以谬悠之说,荒唐之言,无端崖之辞,时纵恣而不傥,不以觭见之也。以天下为沉浊,不可与庄语,以卮言为漫衍,以重言为真,以寓言为广。独与天地精神往来而不傲睨于万物,不谴是非,以与世俗处。其书虽瑰玮,而连犿无伤也。其辞虽参差,而諔诡可观。彼其充实,不可以已。上与造物者游,而下与外死生无终始者为友。其于本也,弘大而辟,深弘而肆;其于宗也,可谓稠适而上遂矣。虽然,其应于化而解于物也,其理不竭,其来不蜕,芒乎昧乎,未之尽也。

鲁迅在《汉文学史纲要》里几乎全文摘引了这段话,并说那是庄子"自述其文与意"。这段话有这么几层意思:一是庄子对他所向往的"道术"即"道"的哲学做了精妙的描述。他指出那"道"是至高无上的本体,是博大深邃、神妙精微、虚实相生、变幻莫测的,贯穿于"天地"、"生死"和"万象"之中,是同无穷无尽、无始无终的无限的宇宙时空同在的;二是庄子说他为了穷形尽相、曲折尽意把上述"道"的哲学的体验和领悟淋漓尽致传达出来,他一方面必须相应地采取悠远不尽、广大无际、汪洋恣肆、奔放不羁的思维和言说方式,另一面考虑天下的沉浊黑暗,不许可直剖明析讲严正的话,他就采取了"正言若反"的反讽的思维和言说方式,采取了"寓言""重言""卮言"的思维和言说方式;三是庄子不无自豪地认为,由于他殚精竭虑地采用上述独特的思维和言说方式,他的"书"(著作),虽然奇特却宛转叙说无伤道理,他"书"里的"辞"(言说),虽然变化多端却特异可观,他的"书"及其"辞",都能把"道"之"本"和"道"之"宗",曲折如意、淋漓尽致地传达出来,他就能以他"书""辞"的"不竭"之"理",曲折如意、淋漓尽致地把那与无穷无尽、无始无终的宇宙同在的"道"传达出来。

庄子《天下》里的这段话,同上引的庄子《天道》里的那段话,是既有联系又有区别的。《天道》说的是"言不尽意",而《天下》里说的是"言可尽意"。不少庄子研究者和古典文论研究者只看到老庄的"言不尽意"说与孔孟的"言可尽意"说之间的矛盾对立,而没有注意到庄子实际上沿着"言不尽意"说继续往前思考和探索,到了《天下》里,他终于又得出了貌似孔孟而实际上要较之复杂深刻得多的"言可尽意"说。这样,庄子关于"言""意"之辨的思考,就有一个否定之否定的辩证思考和探索的过程,这就是:儒家的"言可尽意"——庄子的"言不尽意"——庄子的"言可尽意"。庄子所以能完成从"言不尽意"到"言可尽意"的飞跃,取决于他对"言""意"之辨在更高层次上的哲学思考和艺术探索。庄子虽然采取了不和当时统治者合作,甘于过着半隐居的著书授徒的穷困生活,作为思想家和文学家,他无意于仕途,但对著书立说,传播思想,他还是全力以赴的。他说过"意有所随,不可言传",指出"言"和"意"之间矛盾的合乎实际的一个方面,在日常生活和写作中,确实存在着普通的语言不足以曲折尽意表达主体复杂深刻微妙悟道体验和审美感受的客观事实。经过坚持不懈的思考和探索,庄子终于找到区别于日常的思维和言说方式,就是如上所述的艺术的思维和言说方式,这其中主要的就是庄子式的"寓言""重言"和"卮言"的思维和言说方式。关于"寓言""重言"、特别是"卮言",各家解释歧异颇多,我们取陆方壶在《南华真经别墨》里的解释。他说:

> 寓言者,意在于此,寄言于彼也。重言者,借古人言以自重其言也。寄言如大鹏、社树之类。重言如引出黄帝、尧舜、仲尼、颜子之类。卮言者,旧说有味之言,可以饮人。看来只是卮酒漫衍之说。寓言意在言外,卮言味在言内,重言征在言先。

在《庄子》里，"寓言"是最重要的，因为《庄子》里的"重言"，有时也就是"寓言"，"卮言"也渗透"寓言"色彩。①"寓言"一词，最早见于《庄子》，"寓言"式的艺术思维和言说方式，大约是庄子首创的。《庄子》里的"寓言"有一百多则。《庄子》里的"寓言"，大都有想象奇特、夸张荒诞、自由不羁、幽默隽永的虚构故事，这些非写实的虚构故事又都是以小喻大、以有限表现无限的象征寓意。因此，"寓言十九，重言十七，卮言日出，和以天倪"的《庄子》有着浪漫寓言象征主义的突出特点，仅说《庄子》是浪漫主义那是不够的，《庄子》的浪漫寓言象征主义哲理散文，是哲学和诗的巧妙结合。

《庄子》有一系列非写实的脍炙人口、意味无穷的浪漫象征型的寓言故事，诸如鲲鹏的故事，御风而行的仙子的故事，"无何有之乡"里臭椿的故事，朝三暮四的故事，"天籁、地籁、人籁"的故事，庄生梦蝶的故事，影和罔两对话的故事，"日凿一窍，七日而浑沌死"的故事，庖丁解牛的故事，河伯与大海若对话的故事，野马与驯马的故事，触蛮之战的故事，梓庆削鐻的故事，"子非鱼，安知鱼之乐"的故事，凤凰和鸱鸮的故事，庄子妻死鼓盆而歌的故事，根本不同时代的盗跖痛斥孔夫子的故事，庄子在梦中同骷髅对话的故事，儒以诗礼发冢的故事，涸辙之鱼的故事……《庄子》一书几乎是由一串串的寓言故事和庄子的高谈阔论连缀而成的。以上传诵千古的寓言故事，大都是虚构的非写实，都有浪漫传奇、夸张荒诞色彩。故事主人公有历史和现实中的人，包括庄子在内都被寓言化了，有有生命的动物、植物，无生命的影和罔两，但它们都会讲话，都通人性；一切界限都被打破了，也被打通了，天与人，人与物，生与死，古与今，幽与明，夜与昼，梦与醒，大与小……一切的一切，在庄子那自由创造、随心所欲、"汪洋自恣以适己"的笔下，我们看到了不可能的可能，没道理的道理，非写实的真实，荒诞滑稽中的庄严凝重，有限中的无限；自然其中也有痴人说梦和诡辩。刘熙载在《艺概·文概》里如是评价庄子哲理散文："庄子寓真于诞，寓实于玄，于此见寓言之妙。""文之神妙，莫过于能飞。庄子之言鹏曰：'怒而飞'，今观其文，无端而来，无端而去，殆得'飞'之机者。乌知非鹏之学为周耶？""意出尘外，怪生笔端，庄子之

---

① 闻一多在《庄子》里说："一部《庄子》几乎全是寓言。"他在该文的注释里引近人胡远睿的观点："庄子自别其言有寓重三者，其实重言皆言也，亦即寓言也。"

文,可以此评之",相当敏锐准确概括庄文浪漫寓言象征之特点。

1924 年鲁迅翻译日本厨川白村的《苦闷的象征》,鲁迅在译后《引言》中说该书"主旨也极分明,用作者自己的话说,就是'生命力受了压抑而生的苦闷懊恼乃是文艺的根柢,而其表现方法乃是广义的象征'。但是'所谓象征主义者,决非单是前世纪末法兰西诗坛的一派所标的主义'。凡有一切文艺,古往今来,无不在这样的意义上,用着象征主义的表现法的。"《庄子》和《野草》也是"广义的象征主义",因此,鲁迅《野草》和庄子散文近似之处太多了,但鲁迅《野草》决不是对庄子散文的模仿和重复,而是对它的创造性的继承和超越。

鲁迅《野草》同庄子散文一样,也是哲学和诗的结合。据章衣萍回忆,鲁迅曾告诉他人,"他的哲学都包括在他的《野草》里"①。鲁迅至友许寿掌也说,《野草》"可说是鲁迅的哲学"②。鲁迅也同庄子一样,给他当时的"哲学",找到了"诗"的表达方式。如果说庄子散文,"大抵率寓言也","皆空言无事实",那么,鲁迅的《野草》27 篇除《我的失恋》、《风筝》、《一觉》外,也都是"寓真于诞,寓实于玄""意出尘外,怪生笔端"的有关浪漫象征意味的寓言。而且鲁迅《野草》寓言的构想和写法,也从庄子散文那儿得到启发。譬如,庄子散文爱写奇异荒诞的梦境和梦思,《野草》里的《死火》、《狗的驳诘》、《失掉的好地狱》、《墓碣文》、《颓败线的颤动》、《立论》、《死后》也写奇诡幽深的梦境和梦思;庄子两次写景(影)和罔两(影子的影子)的对话,鲁迅就有《影的告别》;庄子爱谈生死,爱写死后情境,鲁迅就在《死火》、《墓碣文》和《死后》里写死后的情境;庄子在《德充符》里写了一批由于被刑,身形残缺,然而道德高尚的"丑中见美"的人物,鲁迅也写了为儿女作牺牲而又被背弃的身形颓败颤动的老妇(《颓败线的颤动》),赤身裸体,怒目对视,缄默无言的复仇男女(《复仇》)、手执投枪、赤身裸体、一往无前、终于消亡的"这样的战士"(《这样的战士》);庄子常引老子、孔子等先哲先贤的"重言"作为立论的根据,鲁迅也引《圣经》故事(《复仇(二)》)和著名诗人裴多菲的诗句;庄子在《天运》和《庚桑楚》里运用超常逆反思维方式,

---

① 章衣萍:《古庙杂谈》(五),转引自孙玉石《野草研究》。

② 许寿掌:《鲁迅的精神》,《我所认识的鲁迅》,人民文学出版社 1978 年版。

推出人类道德上不如虫豸的结论,鲁迅在《狗的驳诘》里借狗和人的争论,狗竟反讽说它:"愧不如人呢。"因为"我惭愧:我终于还不知道区别铜和银;还不知道分别布和绸;还不知道分别官和民;还不知道分别主和奴;还不知道……"

　　庄子散文和鲁迅《野草》在不少方面确有近似之处。不过,严格说,它们是貌似而神异的。根源就在于他们"哲学的仁子"貌似而神异。一般说,庄子的哲学是愤世、讽世、玩世、出世的,鲁迅的哲学是愤世、讽世、抗世、救世的;庄子哲学从愤世、讽世出发,最后归结为逃避的哲学,鲁迅哲学从愤世、讽世出发,最后归结为战斗的哲学。这就是两者的根本区别。在本文的第二部分,我们在论鲁迅杂文对庄子散文的承传和超越时,已谈到这个问题了,这里结合《野草》再做进一步的考察。

　　鲁迅在《野草》里,把他的"灵魂的深""显示于人"[1] 他对自己的"灵魂"做了常人万难忍受的"拷问"[2] 和锤击。作为思想家、诗人和斗士的鲁迅的"灵魂"是博大深邃的,《野草》所展示的是其中最隐秘、最矛盾的那一侧面。这是一个"流血和隐痛的灵魂"[3]。在那里聚集了众多的尖锐而深刻的既专属于个人又是极富时代性、民族性和人类性的矛盾;在那里孤独感、寂寞感、虚无感、绝望感、不平感和脆弱感,如野草荆棘丛生疯长,如毒蛇鬼魅紧紧缠绕;在那里这颗坚韧的"灵魂",并不像古希腊神话里的拉奥孔和他的孩子,在毒蛇的紧紧缠绕中惨号窒息,而是要同社会的黑暗和不平,同自身的怀疑、失望和脆弱"捣乱"、"反抗"和"肉搏",即便先觉者和改革者,被统治者和愚民钉在十字架,"这样的战士"枉然对"无物之阵"掷出投枪,在无谓中"消亡",但他仍然渴望更加"粗暴"的"青年的魂灵屹立在我眼前","叛逆的猛士出于人间","天地在猛士的眼中于是变色","奔突的熔岩",喷薄而出,烧尽一切朽腐,包括自己的"旧我"——鲁迅的《野草》,是鲁迅那颗"流血和隐痛的灵魂",在生与死、火与铁、仇与爱、血与泪,以及种种矛盾夹击下的一次空前严酷惨烈的淬火,是这位思想家、诗人和斗士的一次深刻的精神危机的大有希望的转机。《野草》是鲁迅最具个人化的创造,迄今

---

① 引自鲁迅:《〈穷人〉小引》。
② 同上。
③ 鲁迅:《野草・一觉》。

仍是中外散文诗领域一座难以企及的高峰。列宁在《哲学笔记》里说:"生命＝个别的主体把自己和客观事物分隔开来。""最具体的和最主观的是最丰富的。"这对我们理解《野草》的独创性和强大生命力,是有启发的。

鲁迅《野草》同庄子散文的貌似神异,是显而易见的。譬如,同是写死后情境,庄子《至乐》写了庄子梦中同骷髅的对话,这是有名的寓言故事。这个素材以后鲁迅借用在《故事新编·起死》里。庄子这个寓言触及了对"人间苦"的超越这一母题,也触及到他对理想社会的探求。那个骷髅是那样惬意于他在幽冥世界的生活:"死,无君于上,无臣于下,亦无四时之事,从然以天地为春秋,虽南面王乐,不能过也。"庄子想让他还阳,他却坚决拒绝了,理由是:"吾安能弃南面王乐而复为人间之劳乎!"无差别、无压迫、无劳苦,无斗争这样的"黄金世界"是太廉价了,太不现实了,自然为鲁迅所不取。《野草》里的《死火》、《墓碣文》和《死后》,都是写梦中死后的情景,都贯穿了对"人间苦"的破解和超越。那在严冰冻结山谷中熄灭的"死火",死而复燃,它不愿在庸常状态下烧尽,却在一次壮烈的牺牲中迸射出灿烂的光彩,生命的意义和价值得到了新的升华。《死后》里的"我",虽然"死"了,却并未放弃针砭锢弊、批评现实的先觉知识者的社会职责。《墓碣文》是《野草》中最阴森恐怖、玄妙幽深的篇章。其中那"抉心自食,欲知其本味"的死尸,是到了死后仍是坚持不懈破解社会人生之谜的真理的不倦寻求者,实际上也是鲁迅人格的对象化。同是写梦中死后情境,鲁迅和庄子所创造的思想境界就是如此的不同。

庄子散文突出特点之一,是他对个体的理想人格的追求。什么是庄子的个体的理想人格? 就是他在《逍遥游》、《齐物论》、《人间世》、《德充符》、《大宗师》、《应帝王》等篇里反复描写的得道的"真人"、"至人"、"神人"、"圣人"、"大宗师"。庄子认为,这些人得了道,就能突破功、名、利、禄、势、尊、位的束缚,就能超越一切主客观条件的局限,获得了"无待"的绝对的精神自由,与天地精神相往来。对自由渴望是人类最可贵的本性之一。庄子对自由的呼唤和赞颂,启发和鼓舞了后代许多文人。但是自由只能在人们认识世界和改造世界的实践活动中对客观世界必然规律的认识和把握才能获得,决不能靠庄子式修道成仙的"至人"、"神人"、"圣人"的虚妄幻想中去获得。

　　鲁迅《野草》里也塑造了一个理想人格系列,尤以《淡淡的血痕中》的"叛逆的猛士"为典型代表。《淡淡的血痕》写于 1926 年 4 月 8 日,副标题是"记念几个死者和生者和未生者",是为纪念"三·一八"惨案中牺牲的刘和珍、杨德群等人民英烈而作。鲁迅所赞颂的"叛逆的猛士",是源于刘和珍等烈士,又高于刘和珍等烈士的,是鲁迅心目中理想人格的化身。鲁迅这样写"叛逆的猛士":

　　　　叛逆的猛士出于人间;他屹立着,洞见一切已改和现有的废墟和荒坟,记得一切深广和久远的苦痛,正视一切重迭淤积的凝血,深知一切已死,方生,将生和未生。他看透了造化的把戏;他将要想使人类苏生,或者使人类灭尽,这些造物主的良民们。

　　　　造物主,怯弱者,羞惭了,于是优藏。天地在猛士的眼中于是变色。

鲁迅笔下的"叛逆的猛士",也是浪漫化、理想化了的理想人格,却与庄子那不食人间烟火、虚无缥缈的得道了的"至人"、"神人"、"圣人"迥然相异、判然有别,他是站立大地,扎根人间,敢于正视淋漓的鲜血,直面惨淡的人生,他们是"为有牺牲多壮志,敢教日月换新天"的人民英雄。庄子和鲁迅的理想人格的神异,缘于一个是避世的隐士,一个是入世的斗士。

　　闻一多在《庄子》里赞叹说,魏晋以来,"中国人的文化上永远留着庄子的烙印。他的书成了经典。他屡次荣膺帝王的尊封①至于历代文人学者对他的崇拜,但那像对庄子那样倾倒、醉心、发狂?"古典文学史上的嵇康、阮籍、陶潜、苏轼、汤显祖、蒲松龄、曹雪芹;现代文学史上的鲁迅、周作人、郭沫若、闻一多、沈从文等,都受到庄子的启发和影响。自然,他们也都同鲁迅一样,是继承庄子而又发展庄子的。

（原载《置身全球化的惊涛骇浪　共创现当代文学
的新纪元》,汕头大学出版社 2004 年版）

---

①　闻一多原注:唐玄宗封（庄子）为"南华真人",宋徽宗封（庄子）为"微妙玄通真君"。

鲁迅与司马迁

鲁迅与司马迁这两位历史文化巨人，虽然相隔两千年左右，但却有不少近似之处。司马迁是著名的思想家、历史家和散文家，鲁迅则是著名的思想家、文学家和文学史家。司马迁是鲁迅相当重视的一位历史人物，鲁迅论及司马迁的有如下篇什：《热风·人心很古》、《汉文学史纲要·第十篇 司马相如与司马迁》、《三闲集·流氓的变迁》、《伪自由书·两种不通》、《且介亭杂文二集·杂谈小品文》，以及未收入《鲁迅全集》的演讲《流氓与文学》①。本文拟从三个方面考察鲁迅和司马迁这两位历史文化巨人之间的关系：一是司马迁的"发愤著书"和鲁迅的"释愤抒情"；二是鲁迅和司马迁总结的侠文化传统；三是鲁迅对司马迁的"误读"和"洞见"。

一、司马迁的"发愤著书"和
鲁迅的"释愤抒情"

以抒情文学为主流，是中国文学区别于西方文学的民族特点。闻一多早在《文学运动的历史动向》中就曾经指出，在世界古文学的四大源头中，希

---

① 《流氓与文学》，1931 年 4 月 17 日鲁迅在上海东亚同文书院讲，堀川默记录，未经鲁迅校订，《鲁迅研究月刊》1992 年第 3 期刊载，收入傅国涌编：《鲁迅的声音——鲁迅演讲全集（1912—1936）》，珠海出版社 2007 年版。

腊文学和印度文学比较接近,它们以叙事文学为主流,中国文学则和以色列文学比较接近,它们以抒情文学为主流。王文生在其近著《中国美学史·前言》中也说:"三千年的中国文艺传统是现存于世时间最长,内容最丰富,且有突出民族特点的文艺传统。它像一条滔滔长河,由抒情文学开其源、主其流,引导着它的发展方向。"① 在中国古典文学的理论批评史中,这个抒情文学主流,是由孔子的"诗可以怨"、屈原的"发愤以抒情"、司马迁的"发愤著书"、刘勰的"为情而造文"、韩愈的"不平则鸣"、欧阳修的"诗穷而后工"、李贽的"古文圣贤,不愤则不作"等汇聚而成的我国古典文论和创作的一大优良传统。

鲁迅对司马迁《史记》的评述,主要见于《汉文学史纲要》。鲁迅的《汉文学史纲要》,是他当年在厦门大学国学院讲课时的讲义,带有讲义的特点。其中第十篇"司马相如与司马迁"的司马迁部分,鲁迅评介司马迁的生平、思想和创作,特别是其《史记》的材料,来自司马迁自己的《报任安书》、班固的《汉书·司马迁传》,以及明代茅坤的《与蔡白石太守论文书》。主体是鲁迅根据以上材料的组织编排,而他自己的评价则惜墨如金,只有寥寥几句。即便如此,鲁迅对司马迁及其《史记》的评述,内涵极其丰富多彩,见解极其精辟超卓,特别是鲁迅所说的《史记》是"史家之绝唱,无韵之《离骚》",突出了《史记》的抒情特点,更是现代以来所有研究《史记》的人都会引用的经典性结论。这显示了鲁迅作为卓越的文学史家的本色。概括地说,鲁迅对司马迁及其《史记》的抒情特点的评述,包含了三个方面的内容。

其一,司马迁的"发愤著书"的生命哲学美学。司马迁的"发愤著书"理论分别见于司马迁的《太史公自序》和《报任安书》,相较之下,后者的表述更完整。在李陵事件中,司马迁在无意中冒犯了汉武帝,被处以宫刑,身心遭受了极大的伤害和羞辱,司马迁多次陷于"人固有一死,死或重于泰山,或轻于鸿毛,用之所趣异也"的对自己的生命价值作哲学层次的类似哈姆雷特式的"生存还是死亡"的思考。不过,为了完成写作《史记》的不朽事业,他终于还是坚强地隐忍苟活下来,他这不是为了润色鸿业而是以"舒愤

---

① 王文生:《中国美学史》,上海文艺出版社 2010 年版。

懑"。鲁迅摘引了《报任安书》里最著名的那段话：

> ……所以隐忍苟活，函粪土之中而不辞者，恨私心有所不尽，鄙没世而文采不表于后也。古者富贵而名摩灭不可胜记，惟倜傥非常之人称焉。盖西伯拘而演《周易》；仲尼厄而作《春秋》；屈原放逐，乃赋《离骚》；左丘失明，厥有《国语》；孙子膑脚，兵法修列。……《诗》三百篇，大抵贤圣发愤之所为作也。此人皆意有所郁结，不得通其道，故述往事，思来者。及如左丘明无目，孙子断足，终不可用，退论书策，以舒其愤，思垂空文以自见。仆窃不逊，近自托于无能之辞，网罗天下放失旧闻，考之行事，稽其成败兴衰之理，凡百三十篇。亦欲以究天人之际，通古今之变，成一家之言。草创未就，适会此祸，惜其不成，是以就极刑而无愠色。仆诚已著此书，藏之名山，传之其人，通邑大都，则仆偿前辱之责，虽万被辱，岂有悔哉？然此可谓智者道，难为俗人言也！①

司马迁的"发愤著书"说，源于自我的人生悲剧，显然也受到屈原的"发愤抒情"说的启发和影响。屈原《九章·惜诵》："惜诵以致愍兮，发愤以抒情。"朱熹《楚辞集注》："惜"，"爱而有所思之意"。"诵"即赋诗。"愍"，王逸注"病也"。王注又释"致愍"云："至于自身以疲病。"反映屈原倾心致力于作诵而鞠躬尽瘁。诗人把遭遇人生坎坷而生的生命痛苦，及其心中怨愤不平，借助文字抒发出来，此即"发愤抒情"。清代章学诚在《文史通义·知难》中指出："人知《离骚》为词赋之祖矣，司马迁读之而悲其志，是贤人之悲贤人也。夫不具司马迁之志而知屈原之志……则几乎罔矣。"已指明司马迁的"发愤著书"和屈原的"发愤抒情"之间的渊源关系。司马迁的"发愤著书"说不仅继承了屈原的"发愤抒情"说，而且将其内涵大大拓展了。首先，屈原的"发愤抒情"说，基本上是从他个人的坎坷遭遇和创作实践出发，司马迁在论证其"发愤著书"说时，则从西伯演《周易》到韩非著《说难》、《孤愤》等大历史跨度中提取著名典型事例，从而使其论证带

---

① 司马迁的《报任安书》（又称《报任少卿书》）有两个版本，一个出自《文选》，一个见于《汉书·司马迁传》，鲁迅这里引用的是《汉书·司马迁传》的版本。

有历史的普遍性和逻辑说服力；其次，从情感基调看，屈原《惜诵》的"发愤抒情"说有着一片孤忠不被理解的孤独感和凄凉感，司马迁的"发愤著书"说里，从《周易》到《韩非子》这些著名经典著作主体的生命力和创造力，无不遭遇严峻的挑战和考验，他们无不坚忍不拔战胜了种种的挑战和考验，他们的生命无不创造奇迹，大放异彩，实现了最大的价值。同屈原"发愤抒情"的孤独和凄凉比较，司马迁的"发愤著书"则更有一种"壮怀激烈"的悲壮。章学诚在《文史通义·史德》中说："夫《骚》与《史》，千古之至文也。"从屈原的"发愤抒情"到司马迁的"发愤著书"，将文学和作家自我的生命和热情融为一体，构成中国文学中一条不断拓展深化、纵贯古今的文学传统，这个传统突破了儒家的"怨而不怒"、"温柔敦厚"诗教的局限，高扬了文学家的主体精神、文学的批判性、反抗性和创造性、文学对理想和未来的执着追求，开创了中国文学创作和中国文学批评的一个重要优秀传统。受到鲁迅《汉文学史纲要》启发和影响，李泽厚和刘纲纪在其主编的《中国美学史》第一卷《绪论》里说："中国美学虽然在表现形态上看极为纷繁复杂，但基本上可以划分为四大思潮：儒家美学，道家美学，以屈原为代表的楚骚美学和禅宗美学。"又说："司马迁继承和大大发扬了屈原的美学思想，突破了儒家的怨而不怒的传统，表现了一种强烈的反抗性，批判性和来自人民（主要是两汉时期发展起来的城市中较下层的自由民）的古代浪漫主义的英雄气概。"近似的观点，我们还可以在王运熙、顾易生主编的《中国文学批评通史》第一卷《先秦两汉卷》，以及近年出版的"中国美学史"论著中见到。司马迁正是由于有了"发愤著书"的生命哲学美学，他才有了被誉为"史家之绝唱"的《史记》，他才同"发愤抒情"的屈原同属一个谱系，《史记》才是"无韵之《离骚》"。古罗马诗人尤维纳利斯的"愤怒出诗人"[①] 论，同屈原的"发愤抒情"说，司马迁的"发愤著书"论，似有异曲同工之妙，恩格斯在《反杜林论》里曾引用过尤维纳利斯的"愤怒出诗人"，马克思在其著作中也曾五次引用过这一名句，足见马恩对这名言的肯定，这是颇耐玩味的。

---

① 尤维纳利斯（60？—140？），古罗马讽刺诗人，他的名句："即使没有天才，愤怒产生诗句。"马克思、恩格斯欣赏的"愤怒出诗人"源出于此。

　　其二，"史家之绝唱，无韵之《离骚》。"这是鲁迅从史学和文学两方面对《史记》的最精粹和最深刻的经典性的概括。鲁迅指出司马迁在写作《史记》时，"发愤著书，意旨自激。……（他）恨为弄臣，寄心楮墨。感身世之戮辱，传畸人于千秋，虽背《春秋》之义，固不失为史家之绝唱，无韵之《离骚》矣"。这里鲁迅是从《史记》与《春秋》和《离骚》的关系来估定《史记》的价值。从司马迁《史记》和孔子的《春秋》关系看，带有矛盾的双重性。一方面鲁迅认为司马迁"自谓其书所以继《春秋》也"，另一方面，鲁迅又认为司马迁又有"背《春秋》之义"即突破和超越《春秋》的义理和笔法。鲁迅更侧重强调的是后一方面。孔子《春秋》以时为序，以行事寓大意，以一字寓褒贬，但以 16572 字概括 242 年史事，严格说，它虽被列为"经"，但也只是编年的大事记。司马迁的《史记》则是叙述从黄帝至汉武帝三千多年的通史，是一部五十二万多字、写了近四千位人物，其中有一百二十多人有典型性格的历史人物的纪传体通史，是一部空前的皇皇巨著。司马迁开创的由本纪、表、书、世家、列传构成的五体形式，得到历代史家的认同。因此，"百代而下，史官不能易其法，学者不能舍其书"①，"自此例一定，历代作史者，遂不能出其范围，信史家之极则也"②。但是，司马迁之后的廿四史都是"官书"，这些史官，都不可能像司马迁那样"究天人之际，通古今之变，成一家之言"，也都不可能像在专制暴政淫威的死亡威胁下挣扎出来的司马迁，用他那样的眼睛来观察历史，用他那样的心灵感受历史，用他那双经常抚摸肉体疤痕和精神疤痕的手写他的《史记》。因而《史记》也成了史学之林中"绝唱高踪，久无嗣响"（《宋书·谢灵运传论》）了。

　　在鲁迅之前，已有不少人将《史记》与《离骚》联系比较，明代茅坤在《〈史记评林〉序》中说《史记》是"风骚之极也"，清代刘熙载在《艺概》中说："学《离骚》得其情者为太史公。"刘鹗在《〈老残游记〉序》中说："《离骚》为屈大夫之哭泣，《史记》为太史公之哭泣。"愤激的悲情是《离骚》和《史记》的生命和本质。《离骚》是屈原代表作，是带有自传性质的

----

①　郑樵：《通志·总序》。
②　赵翼：《二十二史札记》卷一《各史例目异同》。

一首长篇抒情诗,全诗共三百七十多句,近二千五百字,杨义在《楚辞诗学》里说它是屈原的"心灵史诗"。《离骚》的诗情是屈原以直抒胸臆方式表达的。《史记》是中国传记文学的鼻祖,也是中国传记文学的高峰。《史记》一百三十篇,五十二万多字。如鲁迅所说,司马迁写作《史记》时,是"发愤著书,意旨自激",整部《史记》浸透司马迁豪迈郁勃的诗情,但《史记》是以"传畸人于千秋"的方式来抒发诗情的。"畸人"最早见于《庄子·大宗师》:"子贡曰:'敢问畸人。'子曰:'畸人者,畸于人而侔于天。'"畸人即奇异的人,指不合于世俗而又等同于自然的人。"传畸人于千秋",即司马迁为个性特异并有相当典型概括意义的历史人物特别是悲剧性人物树碑立传,使其名扬后世,千秋不朽。据韩兆琦在《史记通论》里的统计,《史记》全书写了四千个人物。其中悲剧性英雄人物有一百二十个之多。因此,《史记》中借悲剧性英雄人物画廊的创造,来抒发司马迁的豪迈郁勃的诗情,它是一部散体不押韵的"无韵的《离骚》"。如果说,《离骚》是屈原的独抒胸臆的"心灵史诗",那么,《史记》则是司马迁指挥众多悲剧英雄人物大合唱的"心灵史诗"。

其三,《史记》在情感上的震撼力和感召力。如前所说《史记》是纪传体通史,人物创造是《史记》写作的核心任务和成败关键。《史记》实践证明,司马迁在人物创造上获得了极大成功,他创造了一大批千古传诵、令人难忘的人物形象,这些人物形象如茅坤在《与蔡白石太守论文书》所说,有着震撼力和感召力。《史记》人物创造上取得成功的艺术奥秘何在?这就是鲁迅改造茅坤的话,说司马迁是"发于情,肆于心而为文"的。我们发现经鲁迅改造了的茅坤的话常被一些研究者作"望文生义"的理解,为了说明问题,我们不得不花些篇幅,把鲁迅改造了的茅坤的话,同茅坤的原话都引在下面,做一比较分析。

> （司马迁写作《史记》时）惟不拘于史法,不囿于字句,发于情,肆于心而为文,故能如茅坤所言:"读《游侠传》即欲轻生,读《屈原贾谊传》即欲流涕,读《庄周鲁仲连传》即欲遗世,读《李广传》即欲立斗,读《石建传》即欲俯躬,读《信陵平原君传》即欲养士也。"
>
> 鲁迅:《汉文学史纲要》

　　……大略琴瑟枳梧,调各不同,而其中律一也。律者,即仆曩所谓万
物之情各有其至者也。……今仆不暇博举,姑取司马子长之大者论之。
今人读《游侠传》,即欲舍生;读《屈原贾谊传》,即欲流涕;读《庄周、
鲁仲连传》,即欲遗世;读《李广传》,即欲力斗;读《石建传》,即欲俯躬;
读《信陵君平原君传》,即欲好士。若此者,何哉? 盖各得其物之情而
肆于心故也。而固非区区句字之激射者。……学者苟各得其至,合之于
大道,而迎之于中,出而肆焉,则物无逆于心,心无不解于物,而譬释氏之
说佛法,种种色色,愈玄愈化矣。[①]

　　　　　　　　　　　　　　　　茅坤:《与蔡白石太守论文书》

我们把经鲁迅改造了茅坤的话,同茅坤的原文对照,鲁迅所说的"发于情"和
茅坤所说的"各得其物之情"的"情",是一个意思。它不是我们通常所说的
感情的情,而是实情、真情、真相、真实、实质等的意思,如《庄子·人间世》中
的"吾未至乎事之情"的"情"。联系到上述鲁迅说的"发于情,肆于心而
为文",茅坤说的"各得其物之情肆于心故也"的意思,是说司马迁创造传
记人物时,准确把握人物性格的特质、精魂,作者和描写对象的心物之间融合
不隔,写作时自由挥洒,他就能写出活灵活现、形神毕肖人物,他就能写出汪
洋恣肆、激动人心的文章,从而使作品有震撼和感召的艺术效果。

　　鲁迅和司马迁之间联系和可比之处较多。以小说创作论,鲁迅某些小说
抒情化和诗化特点,《故事新编》的《采薇》、《理水》、《出关》的某些素
材,来自《史记》的《伯夷叔齐列传》、《夏本纪》、《孔子世家》、《老庄申
韩列传》;鲁迅杂文和散文同司马迁及《史记》的关系,那就更广泛更密切
了,至于文学史家的鲁迅同史学家的司马迁的关系,也是有轨迹可寻的。这
里,我们着重从"释愤抒情"的角度考察鲁迅杂文和传记散文同司马迁及其
《史记》的关系。我们先看杂文。

(一) 鲁迅杂文的"释愤抒情"

　　鲁迅杂文是以议论和批评为主的杂体文学散文,以广泛的社会批评和文

---

　　①　茅坤:《茅坤集·与蔡白石太守论文书》。

明批评为主要内容,一般以对假恶丑的揭露和批判来肯定和赞美真善美;鲁迅杂文格式丰富多样,短小灵活,艺术上追求议论和批评的抒情性、形象性和理趣性,有较鲜明的讽刺和幽默特点。

议论和批评的抒情性,是鲁迅杂文区别于一般的议论文和说明文的重要审美特点之一。瞿秋白早在《〈鲁迅杂感选集〉序言》里就敏锐揭示鲁迅杂文抒情性的特点,他反复指出鲁迅杂文里,有"他的热烈的对于民众斗争的同情","他的神圣的憎恶和讽刺的锋芒,都集中在军阀官僚和他们的叭儿狗","他的讽刺和幽默,是最热烈最严正的对于人生的态度","善于读他杂感的人,都可感觉到他的燃烧着的猛烈的火焰在扫射着猥劣腐烂的黑暗世界"。正是着眼于这一点,冯雪峰在《鲁迅与中国民族及文学上的鲁迅主义》诸文中,一再强调:"鲁迅先生独创了将诗和政论凝结一起的'杂感'这尖锐的政论性的文艺形式。这是匕首,这是投枪,然而又是独特形式的诗:这形式,是鲁迅先生所独创的,是诗人和战士一致的产物。"鲁迅杂文的这一突出的抒情性审美特征,主要源于鲁迅那种敢憎敢爱的"诗人和战士"个性,源于他自觉积极参与社会变革斗争的热忱,也同司马迁"发愤著书"的启发和影响有一定关系。

司马迁《史记》的"发愤著书"说,已如上述,这里,着重看看鲁迅同司马迁的"发愤著书"说相呼应的关于杂文的"释愤抒情"论的独特表述:

> 我知道伟大的人物能洞见三世,观照一切,历大苦恼,尝大欢喜,发大慈悲。但我又知道这必须深入山林,坐古树下,静观默想,得天眼通,离人间愈远遥,而知人间也愈深、愈广;于是凡有言说,也愈高;愈大;于是而为天人师。我幼时虽曾梦想飞空,但至今还在地上,救小尚且来不及,那有余暇使心开意豁,立论都公正妥洽,平正通达,像"正人君子"一般;正如沾水小蜂,只在泥土上爬来爬去,万不敢比附洋楼中的通人,但也自有悲苦愤激,决非洋楼中的通人所能领会。
>
> ……
>
> 也有人劝我不要做这样的短评。那好意,我是很感激的,而且也并非不知道创作之可贵。然而要做这样的东西的时候,恐怕也还要作这样

的东西,我以为如果艺术之宫里有这么麻烦的禁令,倒不如不进去;还是站在沙漠上,看飞沙走石,乐则大笑,悲则大叫,愤则大骂,即使被沙砾打得遍身粗糙,头破血流,而时时抚摩自己的凝血,觉得若有花纹,也未必不及跟着中国文士们去陪莎士比亚吃黄油面包之有趣。

《华盖集·题记》

　　这里面所讲的仍然并没有宇宙的奥义,人生的真谛。不过是,我所遇到所想到的,所要说的,一任它怎样浅薄,怎样偏激,有时便都用笔写了下来。说得自夸一点,就如同悲喜时节的歌哭一般,那时无非借此来释愤抒情,更不想和谁去抢夺所谓公理或正义。你要那样,我偏要这样是有的;偏不遵命,偏不磕头是有的;偏要在庄严高尚的假面上拨它一拨也是有的,此外却毫无什么大举,名副其实,"杂感"而已。

《华盖集续编·小引》

　　世上如果还有真要活下去的人们,就先该敢说、敢笑、敢哭、敢骂、敢打,在这可诅咒的地方,击退这可诅咒的时代。

《华盖集·忽然想到(五)》

　　无论爱什么,——饭、异性、国、民族、人类等等,——只有纠缠如毒蛇,执着如怨鬼,二六时中,没有已时者有望。

《华盖集·杂感》

　　至于文人,则不但要以热烈的憎,向"异己者"进攻,还得以热烈的憎,向"死的说教者"抗战。在现在这"可怜"的时代,能杀才能生,能憎才能爱,能生与爱,才能文。

《且介亭杂文二集·七论文人相轻——两伤》

　　这是东方的微光,是林中的响箭,是冬末的萌芽,是进军的第一步,是对于前驱者的爱的大纛,也是对于摧残者憎的丰碑。

《且介亭杂文末编·白莽作〈孩儿塔〉序》

假如有人要颂革命功德，以"舒愤懑"，那么，我首先要说的就是剪辫子。

《且介亭杂文·病后杂谈之余》

上述引文中，鲁迅说他杂文中有他的"悲苦愤激"，他的杂文是他"悲苦时的歌哭"，是他的"释愤抒情"，以"舒愤懑"，这几乎是司马迁的"发愤著书"，"以舒愤懑"的翻版。自然，由于时代的不同，鲁迅对他包括杂文在内的爱憎感情，以"爱的大纛"和"憎的丰碑"来概括，更全面更科学更形象，鲁迅关于作者写作为文时，"就先该敢说、敢笑，敢哭、敢骂、敢打，在这可诅咒的地方，击退可诅咒的时代"、"在现在这可怜的时代，能杀才能生，能憎才能爱，能生与爱，才能文"的表述更毫无顾忌，大胆彻底，其中有些话，是司马迁不敢说，也说不出的。

（二）鲁迅传记散文的抒情化

赵白生在《传记文学理论》中指出："非虚构作品的主力军是传记文学。它有一个庞大的家族谱系，包括传记、自传、日记、书信、忏悔录、回忆录、谈话录、人物剪影、人物随笔、墓志铭等。"范围相当广泛。我们这里要评论的鲁迅传记散文主要指《朝花夕拾》和所有杂文集里非虚构的写真人的写人散文。鲁迅这些写人的传记散文有极高的思想和艺术造诣，其中有些篇章是脍炙人口、传诵不衰的传记散文名篇。诸如《朝花夕拾》里的《阿长与〈山海经〉》、《范爱农》、《藤野先生》，《华盖集续编》里的《纪念刘和珍君》，《南腔北调集》里的《为了忘却的纪念》，《且介亭杂文》里的《忆韦素园君》、《忆刘半农君》、《阿金》，《且介亭杂文末编》里的《关于太炎先生二三事》，《且介亭杂文末编附集》里的《我的第一个师父》。上述每一篇，放到中国现代散文史上都是出类拔萃的，所写的每一个主人公，都是有鲜明个性和相当典型概括意义的典型人物，都是人们读后再不会忘记的"这一个"。

司马迁是奉行英雄史观的。《史记》里的人物传记主体是叱咤风云、在历史舞台上举足轻重的王侯将相、历史名人、是众多的政治家、谋略家、军事家、思想家。司马迁在《陈涉世家》、《刺客列传》、《游侠列传》、《滑稽列传》、《扁鹊仓公列传》、《日者列传》、《龟策列传》里，虽也写了农民起义领袖，出身市井游民的游侠、刺客、医士、卜者等，他们有一定代表性，但毕竟为数不多。仅占总量的百分之几，不过这在当时是已属石破天惊的大胆破格之举了。《史记》在几千年的历史背景上，表现国与国之间、民族与民族之间、政治利益集团之间连续不断的政治、军事鏖战的大冲突和大场面，充满着风云激荡、慷慨悲歌的浪漫英雄传奇色彩。

鲁迅在《写在〈坟〉后面》里认为："世界却正由愚人造成，聪明人决不能支持世界，尤其是中国的聪明人。"鲁迅反对贵族文学，支持平民文学。他传记散文中主人公多数是没有贵族血统、并非党国要员的普通人。其中名气较大、地位较高的是章太炎、刘半农，他们也只是名教授、名学者而已，至于阿长不过是个保姆，龙师父是民间在俗和尚，范爱农是乡镇失意教员，藤野是普通大学教员，韦素园是普通编辑，刘和珍是女大学生，柔石、殷夫是左翼作家。就传记散文主人公身份看，司马迁的和鲁迅的确有不同，这反映了时代的差别。不过鲁迅笔下的传记主人公在平凡中也自有其不平凡之处。诸如，在20世纪初的革命派和改良派大论战中，章太炎撰写的那一批"所向披靡，令人神旺"的大文，章氏"以大勋章作扇坠，临大总统之门，大诟袁世凯的包藏祸心者，并世无第二人；七被追捕，三入牢狱，而革命之志，终不屈挠者，并世无第二人"（《关于太炎先生二三事》）；刘半农在"五四"新文化运动中，是"《新青年》里的一个战士。他活泼、勇敢、很打了几次大仗。譬如答王敬轩的双簧信，'她'字和'它'字的创造"（《忆刘半农君》）；阿长以她辛辛苦苦积攒的微薄工钱为"迅哥儿"买了他日思夜想的"三哼经"，让他深为震撼、终生感激（《阿长与〈山海经〉》）；藤野超越日本人对中国留学生的歧视，对鲁迅真诚关怀和精心指导，希望他学成回国推广医学科学，显示了崇高的人格力量，鲁迅终生视之为道德楷模（《藤野先生》）；韦素园以咯血不止的病弱之躯，奋不顾身，独揽未名社的繁重编务，不幸英年早逝，鲁迅痛惜不已，寄托了不尽哀思（《忆韦素园》）；刘和珍热爱祖国，为了祖国的民主和自由，她献出自己的宝贵的生命（《纪念刘和珍君》）；柔石、殷夫等左联五烈士为了民主自由，人民幸福，被反动派秘密杀害，他们浩气长存、永垂不朽（《为了忘却的纪念》）。总之，鲁迅写了他传记散文主人公身上不平凡的那一面，他同司马迁一样，也"传畸人于千秋"了。正是这些传记散文，鲁迅让它的主人公不朽了。

鲁迅的传记散文，也同《史记》一样，写得情深意长，韵味无穷，有着散文化和诗化的审美特点。这首先是抒情因素贯穿在有关情节或细节的叙述、评论和对人物形的描绘之中，整篇散文像是一首抒情诗。像《纪念刘和珍君》、《为了忘却的纪念》和《忆韦素园君》，都是悼念鲁迅最心爱的学生和战友，全文从头到尾笼罩着长歌当哭、一唱三叹的浓郁抒情气氛。其次是这些传记散文经常穿插着饱含诗情和哲理的评价传主的精彩段落或警句，如上面引过的《关于太炎先生二三事》里鲁迅评价太炎先生功绩的那些文字，如《忆韦素园君》里的这段文字："是的，但素园却并非天才，也非豪杰，当然更不是高楼的尖顶，或名园的美花，然而他是楼下的一块石材，园中的一撮泥土，在中国第一要它多。他不入观赏者的眼中，只有建筑者和栽植者，决不会将他置之度外。"这类文字自然会让人联想到《史记》里那近似于哲理性散文诗的美不胜收的"太史公曰"。再次是在《范爱农》里穿插自撰悼亡诗《哀范君三章》、在《为了忘却的纪念》里引述自撰悼亡诗《惯于长夜过春时》，这些旧体诗的出现把文章情感推向高潮，又留下不尽的思索空间。同是传记散文，司马迁《史记》里主人公，大多是叱咤风云的王侯将相，他们在广阔的历史舞台上上演大冲突大场面的历史壮剧，这类传记散文有股逼人的英气，壮阔的波澜；鲁迅传记散文主人公，其中有些人也干出一番不平凡事业，但他们活动的舞台，面临的冲突和场面，格局要小，加上鲁迅写这类散文时，也受到英国随笔的启发和影响，这些传记散文自然赶不上《史记》的雄伟气势，逼人英气和壮阔波澜，却多了《史记》欠缺的雍容幽默、从容舒展，多了《史记》所没有的"现代性"。

鲁迅散文和司马迁《史记》之间的承传关系，雄辩证实了当年冯雪峰在《关于鲁迅在文学上的地位——一九三六年七月给捷克译者写的几句话》中所说的：鲁迅的"文学事业""有着明显深刻的中国特色，特别是他的散文形式与气质"。

二、鲁迅与司马迁总结的侠文化传统

中国有悠久深厚的侠文化传统。关于"侠",几种辞书有这样的诠释:"旧时指打抱不平、见义勇为的人"(《辞源》);"旧称扶弱抑强、见义勇为的人"(《辞海》);"侠客:旧社会里指有武艺、讲义气、肯舍己助人的人。""侠义:旧指讲义气、肯舍己助人的人。"(《现代汉语词典》)关于"侠"的精神特征,美国的刘若愚在《中国之侠》里做了较全面的概括:重仁义,锄强扶弱,不求报施;主公道,能路见不平、拔刀相助;放荡不羁(倾向个人自由),不拘小节,不矜细行;个人性的忠贞,或士为知己者死;重然诺、守信实,如籍少公虽不识郭解,却甘心为他守密自戕;惜名誉,也就是司马迁所说的:"修行砥名,声施天下";慷慨轻财;勇,包括体力与道德上的勇气。①

中国侠文化源远流长,影响深广。关于侠的起源,有多种说法,主要有春秋说、战国说和更早于春秋战国说。②在司马迁的《史记》之前,中国有关文化典籍,如《左传》、《国语》、《战国策》、《庄子》、《吕氏春秋》等,对"原侠"有过片断、零星的记载,论述较多的则见于韩非的《韩非子》里的《孤愤》、《人主》、《八奸》、《问辩》、《五蠹》。韩非对侠持否定态度。在《五蠹》里,韩非指斥当时的学者(儒家)、言谈者(纵横家)、带剑者(游侠)、患御者(国君所狎暱的近侍之臣)、工商等五种人为社会蠹虫,主张养耕战(农民、士兵)之十,除五蠹之民。

宋代张耒曾说:"司马迁尚气好侠,有战国豪士之遗风,故其为书,叙用兵、气节、豪侠之事特详。"③司马迁在《史记》里,对先秦以来的"侠德"、"侠义"做了理论总结,他也在《游侠列传》和《刺客列传》等类传里,为一批行侠仗义、舍己救人、英雄豪迈的游侠、刺客歌功颂德,树碑立传,留下了慷慨悲歌的侠义之士的理想化的人格典型,启发了此后书写英雄传奇的历代武

---

① 刘若愚:《中国之侠》,周清林、唐发饶译,上海三联书店1991年版。
② 分别参见梁启超《中国的武士道》(上海广益书店1904年版)、余英时《士与中国文化》(上海人民出版社1987年版)、陈平原《千古文人侠客梦》(百花文艺出版社2009年版)。
③ 张耒:《张耒集》卷四十一《司马迁论》。

侠小说。从这点说,司马迁是中国侠文化过去的总结者和未来的开启者。

这里有几点特别值得注意。其一,司马迁在《游侠列传》里以相当美好语言赞美侠的道德内涵和人格力量:"今游侠,其行虽不轨于正义,然其言必信,其行必果,已诺必诚,不爱其躯,赴死之厄困,既已存亡死生矣,而不矜其能,羞伐其德,盖亦有足多者焉。""布衣之徒,设取予然诺,千里诵义,为死不顾世,此亦有所长,非苟而已也。故士穷窘而得委命,此岂非人之所谓贤豪间邪?""至如闾巷之侠,修行砥名,声施于天下,莫不称贤,是为难耳。……以余所闻,汉兴有朱家、田仲、王公、剧孟、郭解之徒,虽时杆当世之文网,然其私义廉洁退让,有足称者。名不虚立,士不虚附。"(朱家)"专趋人之急,甚已之私",(郭解)"振人之命,不矜其功"。司马迁在《太史公自序》里做了更精粹的概括,这就是"救人于厄,振人不赡,仁者有乎!不既信,不倍言,义者有取焉"的"仁义"化身。侠士们有大量的崇拜者和追随者,他们是甘于牺牲自己、冒犯统治者、拯民水火、伸张正义的理想英雄化身。其二,司马迁写出侠的复杂性和多变性。在《游侠列传》和《刺客列传》里,侠有三种,即信陵君、平原君、孟尝君、春申君为代表的卿相贵族之侠;朱家、剧孟、郭解为代表的间巷布衣的平民之侠;曹沫、专诸、豫让、聂政、荆轲为代表的叱咤风云的刺客。司马迁对上述贵族之侠有所保留,他赞赏间巷布衣的平民之侠,说他们为了拯人危难,见义勇为,舍己助人,不惜对抗统治者酷刑暴政,他赞赏曹沫劫持齐桓公,讨回被他占领的鲁国大片领土,赞赏荆轲、高渐离甘冒风险、不惜牺牲刺杀暴君秦王政。但与此同时,司马迁指出当时"世俗"上不少人,把"侵凌孤弱"的"豪暴之徒",同朱家、郭解等游侠视为"同类",他看到了游侠问题的复杂性。司马迁还指出游侠非凝固不变的。他在《游侠列传》里写到,郭解被汉武帝和公孙弘残酷灭族之后,游侠不是少了,反而多起来了,但他们却完全蜕化变质了,太史公目光如炬,他敏锐指出:

> 自是之后,为侠者极众,敖而无足数者。然关中长安樊仲子,槐里赵王孙,长陵高公子,西河郭公仲,太原卤公孺,临淮兒长卿,东阳田君孺,虽为侠而逡逡退让有君子之风。至若北道姚氏,西道诸社,南道仇景,东

道赵他、羽公子、南阳赵调之徒,此盗跖居民间者,曷足道哉! 此乃乡者
朱家之羞也。

司马迁指名道姓斥责的这些所谓"游侠",骄横跋扈,昂首向天。不仅不敢
反暴抗上,反而是和统治者勾搭合作,显得驯服乖巧,他们根本不是拯人危
难、舍己助人的"游侠",而是只会使他们前辈朱家在地下蒙羞的藏在"民
间"的强盗"盗跖"。其三,司马迁谱写了慷慨悲歌、千古传诵的英雄豪杰传
奇。《史记》是纪传体的通史。司马迁"传畸人于千秋",为一大批特立独
行,有鲜明个性、又有相当典型概括意义的历史人物谱写千古传诵的英雄传
奇。这是《史记》区别于二十五史中其他史书的一大特点,也是司马迁除了
史学之外在美学创造上的巨大贡献。王安石《读史》有言:"糟粕所传非粹
美,丹青难写是精神。"在《游侠列传》、《刺客列传》这两个类传里,司马
迁以其传神之笔,写活写深一批游侠和刺客,显示了其在人物典型创造上罕
见的艺术功力。他写朱家,"专趋人之急,甚已之私。既阴脱季布将军之厄,
及布尊贵,终身不见也"。寥寥不到三十字,就把朱家的精神风范写出了。写
郭解"振人之命,不矜其功",行侠仗义,不徇私情,在民间有极高威望,终因
"杆世之文网",被汉武帝和公孙弘灭族,司马迁在"太史公曰"里引民谚:
"人貌荣名,岂有既乎。"意思是说郭解虽被处死,但其英名长存,对之表示深
深敬仰和无限同情。难怪严复在《与吴汝纶书》(光绪二十三年)里会说:
"每读《郭解传》(即《游侠列传》——笔者)未尝不流涕。""荆轲刺秦"
是《史记》中最感人肺腑、荡气回肠的英雄传奇之一。为了塑造荆轲英雄形
象,司马迁调动了一切艺术手段。围绕荆轲的壮烈牺牲,前有田光、樊於期的
自杀,后有太子丹、高渐离的被杀,这是烘托;在荆轲刺秦前后,高渐离有三次
击筑。第一次是同荆轲酣饮市中,荆轲纵情欢歌,高渐离击筑相伴;第二次是
易水河畔壮别,荆轲高歌明志,高渐离挥泪击筑送别;第三次高渐离决心踏着
荆轲血迹前去刺秦,他独自一人击筑高歌,这是渲染。荆轲为人"沉深好书"
是一个有着大心胸大智慧的侠客,平时则显得大智若愚,大勇若怯,盖聂、鲁
句践对他不理解,误认他卑怯懦弱;荆轲面秦时,他的镇定无畏,同燕国头号
武士秦武阳的变色发抖,形成强烈对比,这是对照。同《战国策·燕策三》

中的"荆轲刺秦"比较,《史记》的相同篇什,无疑有更强戏剧性,更浓郁诗情,因此,陶潜才在《咏荆轲》中赞叹道:"其人虽已没,千载有余情。"《史记》里为侠士立传的英雄传奇,对包括鲁迅在内的后代的侠义戏剧传奇和侠义小说的影响是极其深远的。由此,我们可以说,最早的武侠小说的种子,是大思想家、大历史家、大散文家司马迁播下的。

司马迁的《史记》之外,班固的《汉书》里也有《游侠列传》。在班固的《汉书·游侠列传》里,他虽也从《史记》里袭用了不少文字,也增加一些新的内容,但班固与司马迁不同,他站在维护封建专制的立场上,对游侠持批判和否定态度。再是东汉以后,游侠变质了,东汉荀悦在《汉记》里给侠下的定义是:"立气势,作威福,结私交,以立强于世,谓之游侠。"这完全不是司马迁说的拯民急难、舍己助人的闾巷布衣之侠,而是恃强凌弱的"豪暴"之徒了。《史记》、《汉书》之后,二十五史里,再没有《游侠列传》了。但这并不等于侠文化传统的终结,而是侠文化传统的转移,即侠文化从史学向文学转移,侠文化告别了史学,而在文学领域开辟了武侠小说的新大陆。于是,我们在魏晋志怪小说、唐宋传奇、元明清白话、文言小说,乃至于20世纪末的梁羽生、金庸、古龙等武侠小说,听惯了鼓角轰鸣,看惯了刀光剑影。

近代以来,外侮日甚。中国在抵御外敌中屡战屡败,这除了经济、政治、军事诸原因外,也暴露了国民性格中的软弱、怯懦的劣根性,以至于被洋人诬称为"东亚病夫"。先觉之士发起了改造国民性、重塑民族魂的思想文化启蒙。同侠文化有一定联系的"尚武"精神,为人们所重视。为此,改良派中的梁启超在《中国积弱溯源论》、《新民说》、《饮冰室自由书·中国魂安在乎》,特别是他在1904年11月在上海广益书店出版的《中国武士道》一书,更是大书特书孔子以来的武士侠义精神。孙中山为首的革命派,1895年成立兴中会,兴中会成立后,就积极联系江湖豪杰、绿林英雄,筹划以后因故未举行的广州起义。在理论上,章太炎在《儒侠》、《崇侠》、《复仇是非论》、《徐锡麟陈伯平马宗汉秋瑾哀辞》、《徐陈马诸人传》,颂扬侠义精神,肯定聂政、荆轲的暗杀复仇行为。这种尚武、颂侠和尊侠的思想文化氛围,对少年和青年鲁迅有着不可低估的熏陶感染、潜移默化的作用。关于这点,严家炎在

《为〈铸剑〉一辩》中有具体而扼要的描述：

> 他十多岁时已接触《剑侠图传》以及富有义士复仇内容的汉代野
> 史《吴越春秋》《越绝书》等图书。早年曾自号"戛剑生"，做过若干
> 侠肝义胆的事。长大后因崇敬故乡先贤有侠气的人物，特意编辑了《会
> 稽郡故书杂集》；对"鉴湖女侠"秋瑾这样富有侠义精神的革命烈士，
> 尤为钦佩。在早年所撰《中国地质略论》中，鲁迅正面肯定了"豪侠
> 之士"，视为爱国者，热情地说："吾知豪侠之士，必有恨恨以思，奋袂以
> 起者。"①

作为小说家、小说史家和杂文家的鲁迅，在小说创作，小说史研究和杂文
写作诸方面，全面继承和发展了司马迁总结的侠文化传统。

鲁迅《故事新编》里《补天》中的女娲，《奔月》中的后羿，《理水》
中的大禹，都是顶天立地的英雄人物，身上都有若干"见义勇为"、"舍己助
人"的侠义精神，这几篇小说似乎还不好说它们是侠义小说了。但《铸剑》
里的眉间尺，特别是"黑色人"宴之敖，《非攻》里的墨翟，无疑是"见义勇
为"、"舍己助人"的侠义之士，这两篇小说是典型的侠义小说，而且是现代
小说史上最优秀的侠义短篇小说。在一般人眼中，现代文学史上的侠义（或
称武侠）小说，都是鸳鸯蝴蝶——《礼拜六》派的通俗作家的专利，著名的
精英作家则与侠义小说无关。历史事实并非如此。如上所述，不仅鲁迅写过
《铸剑》《非攻》等侠义小说，老舍自称他的《断魂枪》、《二马》是侠义小
说，郭沫若的历史剧《棠棣之花》和《筑》，取材于司马迁的《刺客列传》，
可以说是颂扬聂政、高渐离等侠义之士的侠义史剧。

《铸剑》（原名《眉间尺》），写于1926年10月至1927年4月3日之间，
取材于《吴越春秋》、《越绝书》、《列异记》、《搜神记》和《类林杂说》
所录《孝子传·眉间尺》，故事主要框架主要取自晋干宝《搜神记》中
的《三王坟》。《铸剑》同《游侠列传》、《刺客列传》相比，有如下的共同
点：一是其主人公都是反暴抗上、有自己独立人格和个性尊严的；二是他们

---

① 严家炎：《论鲁迅的复调小说》，上海教育出版社2002年版。

都藏身民间,不与官府合作,从事秘密或公开活动;三是他们都以暗杀手段来报仇雪恨;四是鲁迅同司马迁一样,都对侠士颂扬备至,为其树碑立传的。其差异点:一是在思想上,司马迁表现的是古代民主思想精华,鲁迅的则是现代坚决彻底反封建民主思想;二是在艺术上,司马迁的《游侠列传》、《刺客列传》只是带点艺术性的历史传记,《铸剑》则是小说。按照黑格尔《美学》里关于"诗的艺术作品和散文的艺术作品"区别的说法,他认为艺术性散文中,历史散文无法摆脱真人真事局限,演讲体散文无法摆脱功利目的束缚,而诗的艺术作品则有着不受上述局限而拥有虚构、想象、独立创造的自由。同理,鲁迅小说《铸剑》拥有不受任何局限的独立创造自由。①

《铸剑》的最重要成就,是鲁迅创造了神秘侠客"黑色人"宴之敖这个有着深刻的思想和艺术张力的艺术典型。如许多研究者所述,"黑色人"从外表、神情、语调、气质、风度,特别是那寓热于冷,以大憎显示大爱的特有性格张力,无不打上鲁迅的性格烙印。鲁迅创造的"黑色人"宴之敖,是一位深味复仇哲学和复仇艺术的侠客,他在古今游侠传记和侠义小说的形象画廊中,独标一格,令人难忘。

《铸剑》写的是,宴之敖和眉间尺向残暴国王报仇雪恨的故事。由于敌我双方力量对比过于悬殊,只能采取不对称斗争的同归于尽的策略。说到同归于尽,不免让人联想到《尚书·汤誓》里成汤誓师词中所引用的夏朝百姓仇恨和诅咒暴君夏桀时的那两句怨歌。暴君夏桀曾狂妄地自比太阳:"吾有天下,如天之有日,日亡,吾乃亡耳。"于是百姓借那两句怨歌诅咒泄愤:"时日曷丧,予及女皆亡!"孟子在《梁惠王上》中引用《尚书·汤誓》中那两句怨歌,意思差不多,但孟子写成:"日时害丧②,予及女偕亡!"司马迁在《史记·殷本纪》里也全文引用《尚书·汤誓》里那两句怨歌,但他把那两句怨歌写成:"是日何时丧,予与女皆亡!"鲁迅写于 1925 年 4 月 29 日的杂文《灯下漫笔》里也引用这两句怨歌。《三王坟》和《铸剑》里的复仇都同夏朝百姓要和暴君夏桀同归于尽一样,他们誓与国王同归于尽。鲁迅创作《铸剑》时,肯定受到上述夏朝百姓借怨歌抒怀,以及司马迁《刺客列传》里

---

① 黑格尔:《美学》第三卷下册,朱光潜译,商务印书馆 1981 年版。

② 害,同曷,何也。据杨伯峻:《孟子译注》,中华书局 1960 年版。

荆轲和高渐离几度慷慨悲歌的启发,特意撰写了三首仿骚体的"哈哈爱兮,爱乎爱乎!"的稀奇古怪歌。1936 年 3 月 28 日鲁迅在《致增田涉》里说那三首歌:"意思都不明显,因为是奇怪的人和头颅唱出来的歌,我们这种普通人是难以理解的。第三首歌,确是伟丽雄壮,但'堂哉皇哉兮嗳唷唷'中的'嗳唷唷'是用在猥亵小调的声音。"不过细细琢磨,还可领略一、二。试看其中宴之敖唱出的第一首:

> 哈哈爱兮爱乎爱乎!
> 爱青剑兮一个仇人自屠。
> 夥颐连翩兮多少一夫。
> 一夫爱青剑兮呜呼不孤。
> 头换头兮两个仇人自屠。
> 一夫则无兮爱乎呜呼!
> 爱乎呜呼兮呜呼阿呼,
> 阿乎呜呼兮呜呼呜呼!①

这首奇倔荒诞、神秘幽深的歌词,展示了以暴虐国王(即"一夫")为一方,以眉间尺和黑色人这"一夫"的"仇人"为一方,对立双方势不两立、不共戴天的血海深仇和殊死搏斗,最令人惊诧和发人深思的是,在这首充满深仇大恨的短歌里,"爱"字竟出现七次。这意味着这首爱恨交织激荡的歌,是大憎大爱之歌。同那只是有大恨的"时日曷丧,予及女皆亡"的怨歌相比,《铸剑》里的宴之敖之歌,在大憎之外,多了大爱,这标志着宴之敖(包括鲁迅)的"复仇哲学"的丰富、深化和升华,显然是一种更高境界的"复仇哲学"。宴之敖导演的复仇艺术是怪诞奇妙到无以复加的变戏法场面。令人叹为观止的是,那被砍下的头,竟然还有生命,能在沸水里流动歌唱,做团圆舞,竟有喜怒哀乐之情,能互相撕咬、拼死恶斗。作家的这一切刻画描写,把生死界限打破了,把幽明界限打破了,真是把艺术想象发挥到了极致。《铸剑》无疑是最优秀的短篇侠义小说之一。

---

① 歌词中着重号为引者所加。

鲁迅《非攻》的主人公是历史人物墨子。但《非攻》不是历史传记，而是艺术小说。历史上墨子制止过几次非正义的侵略战争，如止楚攻宋、止鲁攻郑、止齐攻鲁。鲁迅《非攻》写的是墨子止楚攻宋。其中主要人物和主要事件都于史有据。但有些材料，鲁迅还是加以改造了的。其中小说开头，子夏弟子公孙高指责墨子"兼爱"理论为"兼爱无父，像禽兽一样"。是鲁迅改造了孟子《滕文公（下）》里的"杨氏为我，是无君也；墨氏兼爱，是无父也。无父无君，是禽兽也"。《非攻》的结尾同《公输》结尾都有强烈反讽意味，但鲁迅做了较大改造：

> 子墨子归，过宋，天雨，庇其闾中，守闾者不内也。故曰："治于神者，众人不知其功；争于明者，众人知之。"
>
> 《公输》

> （墨子）一进宋国界，就被搜检了两回；走到都城又遇到募捐救国队，募去了破包袱；到得南关外，又遇着大雨，到城门下想避雨，被两执戈的士兵赶开了，淋得一身湿，从此鼻子塞了十多天。
>
> 《非攻》

小说中艰苦卓绝、大智大勇、大仁大义的墨子，既是历史上的墨子，也有着鲁迅性格特征的投影，还寄寓了鲁迅关于中华民族"脊梁"人物的审美理想。

关于侠，唐代李德裕在《豪侠论》中说："义非侠不立，侠非义不成。"当代著名武侠小说家梁羽生则说："我以为在武侠小说中，'侠'比'武'应该更重要，'侠'是灵魂，'武'是躯壳。'侠'是目的，'武'是手段。与其有'武'无'侠'，毋宁有'侠'无'武'。"[①] 人们一定要问，像《非攻》里的墨子这样既不会武艺，也不会法术的人物，也是大智大勇，大仁大义的大侠吗？事实上，认为墨子及墨家学派为"侠"，早大有人在。《淮南子·泰族训》说"墨子服役者百八十人，皆可使赴火蹈刀，死不旋踵"，即指他们是为了大义、赴汤蹈火、不怕牺牲的"侠义之士"。康有为在《孔子改制考·儒墨最盛行称考》迳指："侠即墨也。"冯友兰在《原儒墨》、《原儒墨补》中认为墨

---

① 转引自陈平原：《千古文人侠客梦》，百花文艺出版社 2009 年版，第 22 页。

家源自武士即最初的侠。鲁迅在《三闲集·流氓的变迁》中也说"墨子之徒为侠"。指认墨子是远远超过司马迁《游侠列传》等所写的游侠而为"千古任侠之模范"的是，为梁启超的《中国武士道》作序的蒋智由，他在该序中写道：

> 余尝病太史公传游侠，其所取多借交报仇之人，而为国家之大侠缺焉。以为太史公遭蚕室之祸，交游袖手，坐视莫救，有激于此，故一发抒其愤懑，以为号称士丈夫者，乃朱家郭解之不若；非真如墨家者流，欲以任侠敢死，变厉国风，而以此为救天下之一道也。……观于墨子，重茧救宋，其急国家之难若此。大抵其道在于赴公义，而关于一身一家私恩私怨之报复者盖鲜焉。此其真侠之至大，纯而无私，公而不偏，而可为千古任侠者之模范焉。

无论在思想境界和人格风范诸方面，《非攻》里的墨子，确是远远高出当代武侠大家梁羽生、金庸、古龙等笔下的"大侠"，他确是"千古任侠者之模范"。

鲁迅作为著名小说史家，他当然对中国古典小说中的侠义（武侠）小说，如其中最著名的侠义英雄传奇小说《水浒传》，以及作为中国古典侠义小说终结的清代侠义小说，有所研究。这从总体上看，似可分为两个阶段，一是20世纪20年代初，鲁迅对中国古典小说史上武侠小说的学术研究；二是20世纪20年代末至30年代初，鲁迅借他对中国古典小说史上武侠小说研究而进行激烈的社会批评和文明批评。这两阶段，姑称为前期和后期。

前期以《中国小说史略》和《中国小说的历史的变迁》为代表。关于《水浒传》，鲁迅在《中国小说的历史的变迁》的演讲里如是说：

> 《水浒传》是集合许多口传，或小本《水浒》故事而成的，所以当然不能有一律处。况且描写事业成功以后的文章，要比描写正做强盗时难些。一部大书，结末不振，是多有的事，也不能就此便断定是罗贯中所续作。至于金圣叹为什么要删"招安"以后的文章呢？这大概也就是受了当时社会环境底影响。胡适之先生说："圣叹生于流贼遍天下的时代，眼见张献忠、李自成一般强盗流毒全国，故他觉得强盗是不应该提倡的，

是应该口诛笔伐的。"这话很是。

关于清代的以《三侠五义》为代表的侠义小说,鲁迅在《中国小说的历史的变迁》里评论说:

> 这等小说,大概是叙侠义之士,除盗平叛的事情,而中间每以名臣大官总领一切,其先又有《施公案》,同时则有《彭公案》一类的小说,也盛行一时。其中所叙的侠客大半粗豪,很像《水浒》中底人物,故其事实虽然来自《龙图公案》,而源流则仍出于《水浒》。不过《水浒》中人物在反抗政府;而这一类书中底人物,则帮助政府,这是作者思想大不同处,大概也因为社会背景大不同之故罢。这些书大抵出于光绪初年,其先曾有过几回国内战争,如平长毛,平捻匪,平教匪,许多市井中人,粗人无赖之流,因为从军立功,多得顶戴,人民非常羡慕,愿听"为王前驱"的故事,所以茶馆中发生的小说,自然也受了影响了。

上述鲁迅对以《水浒传》和《三侠五义》等为代表的侠义小说的价值和局限的评论,都是基于学术观点立论的。但到了后期,情况就发生了很大的变化。鲁迅后期评论《水浒传》和《三侠五义》为代表的侠义小说的文章,计有收入《三闲集》的杂文《流氓的变迁》(1929),未收入《鲁迅全集》的演讲《流氓与文学》(1931),收入《南腔北调集》的杂文《谈金圣叹》(1933)。这三篇不是纯学术论文,而是现实针对性很强的社会批评和文明批评的杂文。鲁迅针对什么样的现实写这三篇揭露性、批判性和战斗性的杂文?鲁迅是针对当时国民党当局在政治领域和文化领域的白色恐怖统治,针对20世纪二三十年代武侠小说(武侠电影)盛行而写这些杂文的。由于当时文网严密,报刊、图书出版等查禁甚严,鲁迅的这类杂文常常采取借古讽今、冷讽热嘲的写法。

关于当时国民党当局的政治恐怖和文化恐怖情状,人们多耳熟能详,此不絮叨。这儿着重介绍当日武侠小说和武侠电影风靡一时及其在文化界引起的强烈反应。其中南派武侠小说家以平江不肖生(向恺然)、顾明道、姚卓呆为代表,北派武侠小说家以赵焕亭、还珠楼主(李寿民)、王度庐、郑证因、朱贞木为代表。仅以平江不肖生为例。他于 1923 年 1 月在《红杂志》（后改名《红攻瑰》）第二十二期开始连载《江湖奇侠传》，同年 6 月在《侦探世界》上连载《近代侠义英雄传》，马上在普通读者中广泛传播，形成热潮。1928 年春，上海明星电影公司将《江湖奇侠传》中的部分故事改编成《火烧红莲寺》第一集，五月上映，轰动一时；从那时直到 1931 年，一共拍了 18 集。平心而论，《火烧红莲寺》思想艺术价值并不高，是典型的娱乐片和商业片，但它"开中国电影史武侠神怪片之先河"①。程季华在《中国电影发展史》中说："据不十分精确的统计，1928—1931 年间，上海大大小小约有五十家电影公司，共拍摄了近四百部影片，其中武侠神怪片竟有二百五十部左右，约占全部作品的 60% 强，由此可见当时武侠神怪片泛滥的程度。武侠神怪片的第一把火是明星公司放的……于是红莲寺一把火，'放出了无量数的剑影刀光'，'敲进了武侠影戏的大门墙'……"② 左翼文坛对这种"武侠热"进行猛烈抨击。沈雁冰（茅盾）在《封建的小市民文艺》一文中，针对电影院里观众对《火烧红莲寺》如醉如痴狂热迷恋指出："一方面，这是封建小市民要求'出路'的反映，而另一方面，这又是封建势力对于动摇中的小市民给的一碗迷魂汤。"③ 瞿秋白认为这种"武侠热"会催生"济贫自有飞天剑，尔且安心做奴才""梦想着青天大老爷的青天白日主义者"。④ 郑振铎甚至认为这种"武侠热"，"关系我们民族的运命"。⑤ 这些左翼作家在批评武侠小说和武侠电影时，只从文艺的政治教化立论，而排除了其娱乐效应，不免有偏狭过激之嫌。鲁迅在《上海文艺之一瞥》的演讲的结束语中说："除以上所说之外，那所谓民族主义文学，和闹得已经很久了的武侠小说之类，是也还应该详细解剖的。"鲁迅并不简单化地否定武侠小说和武侠电影，如前所述，他甚至还创作了可视为武侠小说艺术珍品的《铸剑》和《非攻》，鲁迅如同司马迁一样，他也看到了侠和侠文化的复杂性和多变性，对之做"详细解剖"，分别给予不同的评价。

① 参见《民国人物传》，台北：传记文学出版社 1971 年版。
② 程季华：《中国电影发展史》，中国电影出版社 1963 年版。
③ 沈雁冰：《封建的小市民文艺》，《东方杂志》第三十卷三号，1933 年。
④ 瞿秋白：《吉河德的时代》，《北斗》第一卷第一期。
⑤ 郑振铎：《论武侠小说》，《海燕》，新中国书店 1932 年版。

　　鲁迅的《流氓的变迁》,说的是"侠"是怎么产生演变,最后又如何蜕化堕落为"流氓"的。鲁迅说:"孔、墨之徒都不满于现状,要加以改革","孔子之徒为儒,墨子之徒为侠","侠老实","以死为终极目的","后来止留下取巧的侠,汉的大侠,就已和公侯权贵相馈赠,以备危急时作护符之用。"这是侠的蜕化堕落的开始。后来,"'侠'字渐消,强盗起了,但也是侠之流,他们的旗帜是'替天行道'。他们所反对的是奸臣,不是天子",《水浒》中的侠受了招安,"替国家打别的强盗"去了,于是英雄豪侠一变而为"奴才"。满人入关,中国人被压服了,连有"侠气"的人,也不敢再起盗心,"于是跟一个好官员或钦差大臣,给他保镖,替他捕盗",《施公案》、《彭公案》和《七侠五义》之流流行起来了,那些所谓的"侠士""奴性也跟着加足"。再往下,就有了流氓。"为盗要被官兵所打,捕盗也要被强盗所打,要十分安全的侠客,是觉得都不妥当,于是有流氓。"流氓的背后有"传统的靠山",对手是弱小的平民,"他就在其间横行过去"。到这一步,侠的精神丧失殆尽,侠就从抑强扶弱走向恃强凌弱。在《流氓的变迁》里,从横向看,鲁迅写了"墨子之徒""真老实"的侠;司马迁《游侠列传》里郭解死后汉代"取巧"的侠;《水浒》里先造反后受招安"终于是奴才"的侠;《七侠五义》等的"奴性也跟着加足"的侠;专门欺负弱者的流氓,即所谓"十分安全的侠客"。从纵向看,这些"侠"似乎是一茬不如茬,呈蜕变堕落之势。从杂文实际看,其标题按理应称为《侠的变迁》,但鲁迅则有意将它命名为《流氓的变迁》,把批判锋芒直指"流氓",这是颇耐玩味的,这寓示鲁迅对"流氓",对各色流氓的深刻憎恶。必须指出,鲁迅这篇杂文并不是否定侠和侠文化,而是感慨那作为侠和侠文化灵魂的侠义精神的蜕变流失,呼唤"力抗强者"和扶助弱小的侠义精神的复活。时隔五年,这种大智大勇,大仁大义的侠义精神在《非攻》里的墨子身上复活了。

　　流氓,包括社会流氓、文化流氓和政治流氓,是鲁迅后期杂文揭露和抨击的重要对象之一。《流氓与文学》,是鲁迅1931年4月17日在上海东亚同文书院对日本留学生的演讲。在此前不久的2月7日夜或8日凌晨,柔石、殷夫、胡也频、冯铿、李伟森等24人被杀害了,国民党当局的文化白色恐怖达到极端疯狂程度。据听讲的日本学生回忆："刚刚完成北伐并建立统一战线的国民政府很快就反动化了,对鲁迅等领导的左翼作家联盟实行残酷镇压,鲁迅对比提出了强烈抗议,震撼了听讲人的心魂。特别当鲁迅讲到自己喜爱的五位青年作家被活埋时,他那敏锐的目光,闪动的泪花,以及在黑板上写下道劲的大字'活埋'(注:鲁迅实际上在黑板上写的是'甚至于生埋'),这种强烈印象,至今不能忘记。"①

《流氓与文学》里的"流氓"与《流氓的变迁》里的"流氓"是既有联系又有区别的。鲁迅在演讲里劈头就说:

> 流氓是什么呢?
>
> 流氓等于无赖子,加上壮士加三百代言。流氓的造成大约有两种东西,一种是孔子之徒,就是儒,一种是墨子之徒,就是侠。这两种东西本来也很好,可是后来他们的思想堕落,就慢慢演成了所谓流氓。

这里,鲁迅谈到了两种流氓,一种只是一般的"无赖子",即通常人们说的痞子、瘪三、阿飞之类的社会流氓,另一种是"无赖子"加壮士加三百代言人,即有了军队和御用文人的超级政治流氓,如历史上的刘邦、刘备、朱元璋、近现代的袁世凯、蒋中正之流。在鲁迅之前,写出刘邦这样的汉代开国之君为流氓无赖相的,始于司马迁的《史记》。司马迁在《高祖本纪》里写了这位以三尺剑起家的刘邦雄才大略的诸多过人之处,他又以"互见法",在《项羽本纪》、《萧相国世家》、《留侯世家》、《淮阴侯列传》、《魏豹彭越列传》、《郦生陆贾列传》、《樊郦滕灌列传》等写了刘邦贪财好色、卑劣自私、粗野无礼等流氓无赖相。再是元代睢景臣散曲《般涉调·哨遍·高祖还乡》,更是写尽"刘三"(即刘邦)那小人得志的流氓无赖相。鲁迅在演讲里根本不用像司马迁那样拐弯抹角,他彻底撕下上述古今政治流氓的假面具,指出"流氓一得势,文学就要破产",揭露国民党当局镇压革命文艺的暴行。演讲最后,鲁迅意味深长地改造《史记·郦生陆贾列传》里的著名典故自问自答

---

① 〔日〕笠坊乙彦:《鲁迅在同文书院的讲演笔记》,《鲁迅研究月刊》1992年第3期。

说:"像这样还能长久么?所以说'马上得天下,不能以马上治之'。"《郦生陆贾列传》的原文是:"陆生时时前说《诗》、《书》。高帝骂之曰:'乃公居马上而得之,安事《诗》、《书》!'陆生曰:'居马上得之,宁可以马上治之乎?且汤武逆取而顺守之,文武并用,长久之术也。昔者吴王夫差,智伯极武而亡,秦任刑法不变,卒灭赵氏,乡使秦已并天下。'行仁义,法先圣,陛下安得而有之?"《史记》里的陆贾是向刘邦献策,告诉他夺天下和治天下是两回事,只有"文武并用",才是"长久之术",鲁迅改造陆贾的话,不是向国民党当局献策,而是对它的严厉警告,警告它"玩火者必自焚!"或如《圣经》所说的:"用刀的必死于刀下!"

鲁迅的《铸剑》和《非攻》等侠义小说的创作,他对侠义小说的研究,他有关侠文化的杂文,都是互补的,都是对司马迁总结的侠文化传统的继承和发展。

三、鲁迅的"误读"与"洞见"

鲁迅的《汉文学史纲要》、《流氓的变迁》和《流氓与文学》,对司马迁及其《史记》有着若干"误读"之处,令人饶有兴味的是,鲁迅在"误读"的同时,总是伴随着"洞见",呈现出"误读"与"洞见"结伴而行的有趣学术奇观。

鲁迅的最大"误读"是他把司马迁等同于他父亲司马谈,他把"尊孔"的司马迁视为"崇尚黄老"的司马迁,把思想体系基本属于儒家的司马迁,当成思想体系属于道家的司马迁了。

在《汉文学史纲要》里,鲁迅对司马迁及其《史记》的思想归属做了这样的评述:

> 迁死后,书乃渐出;宣帝时,其外孙杨恽祖述其书,遂宣布焉。班彪颇不满,以为"采经摭传,分散数家之事,甚多疏略,或有抵牾。亦其涉略者广博,贯穿经传,驰骋古今上下数千载间,斯以勤矣。又其是非颇缪于圣人;论大道则先黄老而后六经,序游侠则退处士而进奸雄,述货殖则

崇势利而羞贫贱,此其所蔽也"①。汉兴,陆贾作《楚汉春秋》,是非虽多本于儒者,而太史职守,原出道家,其父谈亦崇尚黄老,则《史记》虽缪于儒术,固亦能远绍其旧业者矣。

这里,鲁迅从班彪指认司马迁《史记》"是非颇缪于圣人",对《史记》有影响的陆贾《楚汉春秋》基本尊儒但也杂有道家色彩,其父司马谈的"崇尚黄老",以及《史记》的"缪于儒术"诸方面,论证司马迁同其父司马谈一样,是"道家"而不是"儒家"。在《流氓与文学》里,鲁迅更不经任何论证,迳称司马迁是"道家"。这自然是一种"误读"。鲁迅的这种"误读"来自班固的《汉书·司马迁传赞》。据钱锺书《管锥编·史记会注考证·一裴骃集解序》里记述了自朱熹至曾纪泽的有关批评:

　　……朱熹,《朱文公集》卷七二《杂学辩》驳苏辙《老子解》曰:"然太史公列孔子于《世家》,而以老子与韩非同传,岂不有微意焉?"……陈祖范《陈司业文集》卷一《史述》亦曰:"班氏谓子长'先黄老而后六经',此司马谈《论六家要指》则然,子长则否。观其《自序》,隐然父子之间,学术分途。《帝纪·赞》首推《尚书》,《列传》开端云:'载籍极博,犹考信于六艺',可谓之'后六经'乎?若果'先黄老',不应列老子于申、韩,而进孔子为《世家》;称老子不过'古之隐者',而称孔子为'至圣',至今用为庙号。……"其持父子异尚之说,盖远在王鸣盛《十七史商榷》……之前。后来浸成常论,曾纪泽使俄时赋诗,复出以韵语,《归朴斋诗抄》巳集下《书太史公〈六家要指后〉》曰:"龙门书以谨严传,李耳韩非共一篇。特立世家传鲁叟,炳然儒家丽中天。《六家要指》尊黄老,两代文心异轨躔。定有寓言通妙契,休将谫识议前贤。"②

---

①　鲁迅这里所引的话,不是班彪原话,而是班固在《汉书·司马迁传》中的话。班彪的话见于《后汉书·班彪传》:"至于采经摭传,分散百家之事甚多疏略,不如其本,务欲以多闻广载为功,论议浅而不笃,其论述学则崇黄老而薄五经,序货殖则轻仁义而羞贫穷,道游侠则贱守节而贵俗功,此其大蔽伤道,所以遇极刑之咎也。"班固的话是从他父亲班彪那里改造过来的。

②　钱锺书:《管锥编》第一册,中华书局1986年版。

据实而论,司马迁是"尊孔"的,思想体系基本上属于儒家范畴,但又与当时董仲舒等"罢黜百家,独尊儒术"的汉儒不同,他从父亲那儿受到影响,他的眼界要开放得多,胸怀要开阔得多,他思想中除了原始儒家思想之外,他广收博取那个时代的一切先进思想。因而,班固批评他的除了"论大道先黄老而后六经"不合事实之外,其他的如"序游侠则退处士而进奸雄,述货殖则崇势利而羞贫贱",班固所批评否定的,而司马迁则不同流俗为"游侠""刺客"立传,为"货殖"者立传,不仅不应批评否定,反而应视为历史家的司马迁思想敏锐深刻而加以肯定。

　　鲁迅把司马谈和司马迁学术上"父子异尚"① 画上等号,分明是明显的"误读"。不过,中外学术史实证明,"误读"并不都是消极的,有时甚而是非常积极的。据梁启超《清代学术概论》,中国近代史上,从龚自珍,魏源至康有为、梁启超等辈,假借"公羊三世说"、"孔子托古改制说","借经术作政论"②,鼓吹思想启蒙进行政治变革,实行文化(含文学)改良。"公羊三世说",大约即何休在《公羊传自注自序》中说"异义可怪之论"中一的一种,是对《春秋》的一种"误读",然而它却掀起一阵又一阵波及全国的变革波澜。"五四"新文化运动中,胡适等辈鼓吹"古文"("文言文")是"死文字""死文学",白话文是"活文字","活文学",胡适等辈当日之论,显然是对中国"古文"("文言文")和中国古典文学的明显"误读",然而却正是这种明显"误读"理论,催生了中国新文学。从某种意义上说,没有这种"误读"就没有中国新文学。对这种历史现象从理论上做阐释和总结的是20世纪60年代末流行于美国的所谓"耶鲁学派"、"耶鲁批评派"或"阐释帮"中的"耶鲁四人帮",即保尔·德·曼、希利斯·米勒、哈罗德·布鲁姆和杰里·哈特曼。蒋孔阳、朱立元主编的《西方美学通史》(第七卷)第二十九章第四节"耶鲁学派的解构主义批评理论"关于德·曼的批评理论中这样说:

　　一部批评史就是盲视、误读的历史,但盲视可以转化为洞见。

---

　　①　明代王鸣盛:《十七史商榷·司马氏父子异尚》。
　　②　梁启超:《清代学术概论》,上海古籍出版社 1998 年版。

德·曼认为,正是对作品的不断偏离、误读甚至一代又一代的盲视中,批评家们逐渐产生了最深刻的洞察力,他们通过这种否定运动而获得了批评的洞见,"这就是说,我们对作品的理解实际上构成误读的历史,任何一位后来的批评家都可根据作品来证明前辈批评家对作品的误读,而正是不断地误读,批评家对作品的洞见才会不断地产生"。他的结论是,"批评家对于他们自己的批评假设产生最大的盲视的时候,也就是他们获得最大洞见的时候"①。这个观点是辩证而深刻的。他还进而提出,误读是文学史和批评史的必然组成部分,整个批评史可以说是由盲视和洞见相互作用构成的。这一观点对传统文学史、批评史当然是很大的冲击,但也是很深刻的启示。②

司马迁是"尊孔"的,他把孔子编纂的《春秋》奉为经典。司马迁在《太史公序》中说:"周室既衰,诸侯恣行。仲尼悼礼废乐崩,追修经术,以达王道,匡乱世反之于正,见于文辞,为天下制仪法,垂六艺之统纪于后世。"在《十二诸侯年表》中,司马迁又说:"是以孔子明王道,干七十余君,莫能用,故而观周室,论史记旧闻,兴于鲁而次《春秋》,上记隐,下至哀之获麟,约其文辞,去其烦重,以制义法。"司马迁认为孔子的《春秋》"仪法""(义法)",是"学者至今则之"(《太史公序》),即人们撰史为文必须遵循的写作典则。清人方苞在《又书货殖列传后》中说:"《春秋》之制义法,自太史公发之,而后之深于文者亦具焉。'义'即《易》之所谓'言有物'也,'法'即《易》之所谓'言有序'也。义以为经而法纬之,然后为体之文。"鲁迅对司马迁从理论上总结孔子《春秋》"义法"并在《史记》写作中忠实继承和弘扬孔子《春秋》"义法"是"盲视"的,是"误读"的,是视而不见的,反而认为司马迁是背叛、突破和超越了孔子的《春秋》"义法",如说司马迁的《史记》"虽背《春秋》之义","不拘于史法"等,鲁迅认为,正是由于司马迁背叛、突破和超越了孔子的《春秋》"义法",司马迁的《史记》才有了令人赞叹不已的创造性成就,那就是:其一,《史记》成了一部为众多个性鲜明、并有

---

① 德·曼:《盲视与洞见》中"盲视的修辞学"一章。
② 蒋孔阳、朱立元主编:《西方美学通史》(第七卷),上海文艺出版社1999年版。

相当典型概括意义历史人物树碑立传的传畸人于千秋的历史传记文学；其二，《史记》成了视野开阔、思想解放、高度真实的三千多年通史，成为我国通史的开山和压卷之作的"史家之绝唱"；其三，《史记》是一部灌注着司马迁整个生命、满腔热血和全部激情、千秋万代之后仍能令人感奋、催人泪下的"无韵之《离骚》"，或散体之史诗；其四，《史记》有发于情、肆于心而为文的心物交融、纵横恣肆、从心所欲、自由创造的独特风范。

鲁迅的《汉文学史纲要》之后，许多论述司马迁《史记》的学术论著，几乎都要引述鲁迅上述关于《史记》是"史家之绝唱，无韵之《离骚》"的定评，足见鲁迅的精辟超卓之论是如何深入人心。

司马迁的《游侠列传》劈头就是："韩子曰：'儒以文乱法，侠以武犯禁。'二者皆讥，而学士多称于世云。"其中的"韩子"，就是法家韩非，他所说的"儒以文乱法，侠以武犯禁"的话，出自韩非名文《五蠹》，韩非对"儒"和"侠"都是激烈反对的，提出要将他们作为"蠹虫"加以消灭。鲁迅早年读过《游侠列传》，但在写《流氓的变迁》和《流氓与文学》时，有些地方记忆已经模糊了，他在写这些文章时，只凭记忆，没能查对原文，因此，他把韩非说的话当成司马迁说的，把法家韩非当成所谓的"道家"司马迁了。类似这种由于记忆差错而产生的张冠李戴的"误读"，郭沫若在《庄子与鲁迅》一文中也指出过类似上述由于记忆模糊而产生的"误读"。不过，我们如把《流氓的变迁》、《流氓与文学》和司马迁的《游侠列传》里关于游侠的复杂性和多变性的描写和论述，以及《流氓的变迁》、《流氓与文学》和《史记》的某些篇章关于汉高祖刘邦流氓无赖相的描写结合起来，鲁迅从而断言刘邦、刘备、朱元璋和蒋介石之流都是一批政治流氓，这无疑是极具穿透力和震撼力的"洞见"。总之在鲁迅的《汉文学史纲要》、《流氓的变迁》和《流氓与文学》中，确实存在着鲁迅由于记忆模糊而产生的"盲视"和"误读"，但与此同时，其中也有着鲁迅作为深刻思想家和天才艺术家的令人赞叹不已的思想和艺术上都有着独到发现的"洞见"。

（原载《鲁迅研究月刊》2011年第1期，合作者：汪文顶教授）

第三辑
"鲁迅风"杂文举隅

"鲁迅风"和"野草"杂文流派

  鲁迅是中国现代革命现实主义战斗杂文的开创者。鲁迅的杂文创作,创造了一部气象宏伟的史诗,鲁迅的杂文创作和理论主张,在杂文领域开辟了一条革命现实主义广阔道路。在现代杂文史上,鲁迅杂文影响的广泛和深远是无可匹敌的。鲁迅杂文是许多杂文作家提高自己杂文思想和艺术水准的强大原动力。

  早在"左联"时期,鲁迅和瞿秋白一起,率领一大批杂文作者以杂文为战斗武器作集团式的冲锋。鲁迅和瞿秋白等的杂文,是当时杂文运动的主潮。在抗日战争和解放战争的民族民主革命不断高涨的年代,有更多的革命、进步的杂文作家,站到鲁迅的旗帜下,以鲁迅为导师,坚持鲁迅的方向,学习鲁迅的精神,继承和发展鲁迅杂文传统,把中国现代杂文运动推向前进。于是,以鲁迅为代表的革命现实主义杂文浪潮,更加波澜壮阔了,道路愈走愈宽广了。

  在抗日战争和解放战争时期,受到鲁迅杂文启发和影响的,有以作家个体的形式出现的,也有以杂文社团和流派的集体形式出现的。仅就后者而论,就有抗日战争中上海"孤岛"时期的"鲁迅风"杂文流派,抗日战争和解放战争中,活跃在桂林和香港的"野草"杂文流派。这两个著名的杂文流派在中国现代杂文史上的出现,和当年鲁迅杂文一样,都是时代的产物,都是合乎规律的文学历史现象;这两个著名杂文流派的杂文创作,都不是对鲁迅杂文思想和艺术的机械模仿和无能重复,而是以自己的思想和艺术创造,丰富、深化和发展鲁迅开创的革命现实主义战斗传统。

一、上海"孤岛"时期的"鲁迅风"杂文流派

（一）"鲁迅风"杂文流派产生的背景

上海"孤岛"时期,起始于 1937 年 11 月 12 日国军从淞沪撤退,截至 1941 年 12 月 8 日珍珠港事件爆发,历时 4 年又 1 个月。国军撤离之后,日寇占领上海。当时日寇只占领上海华人区,上海租界暂时还是英、美、法的势力范围,在那里居住着三百多万中国人和外国人。在上海租界,日寇一时还不能为所欲为。上海四周沦于敌手,上海华人区又被敌寇占领,上海租界如同茫茫大海中的一座"孤岛"。由于种种原因没有撤离上海的进步作家和文化人,就在这"孤岛"之上,坚持战斗,积极开展抗日救亡、民族自卫运动,文学活动也相当活跃。历史上就称上海"孤岛"上这 4 年又 1 个月的文学,为"孤岛"文学。

"孤岛"文学是进步作家在世界文学史上罕见的特殊环境下的特殊战斗。陷于敌伪重围中的上海"孤岛",魔爪四伏,狐鼠横行,白色恐怖笼罩一切。日寇占领上海华人区之后,接管了国民政府设在南京路哈同大楼的新闻检查处,于 12 月 31 日发布强盗命令:凡华文报纸一律送校样检查。进步文化人在上海地下党领导下,于 1938 年年初,先后办起了"顶着西商的招牌,说着中国人的道理"[1] 的抗日爱国报纸:《译报》和《文汇报》。为了迫使进步作家和文化人屈服,日寇和汉奸特务,对进步报刊投炸弹,送人头、有毒水果,寄恫吓信,绑架、暗杀记者、编辑,逮捕和杀害进步作家,无所不用其极。但这一切都归于枉然。在血与火、生与死的严峻考验中,进步作家把爱国主义和民主主义的旗帜举得更高,他们以英勇无畏、艰苦卓绝的斗争,谱写抗日救亡、民主建国的文学诗篇。上海"孤岛"时期,进步作家和文化人,不仅创作了一大批优秀文学作品,而且在极为艰难的环境下,"复社"整理出版了《鲁迅全集》、瞿秋白的《乱弹及其他》,翻译出版了马克思的《资本论》、《列

---

① 　王任叔:《〈鲁迅风〉话旧》,《遵命集》,北京出版社 1957 年版。

宁文选》、《联共党史》、斯诺的《西行漫记》①。"孤岛"文学,是我国抗日战争文学的光荣一页,也是世界反法西斯战争文学的光荣一页。

在整个"孤岛"文学中,战斗的杂文是其重要的一翼,是整个"孤岛"文学的"前哨"② 和后卫,特别滋荣繁盛。在"孤岛"进步杂文中,有各式各样的"风",各式各样的"格",也有各式各样的"派",但是影响最大的,并成为中坚力量的,是开初被人们加以嘲笑的写作"鲁迅风"杂文的杂文作家群,这就是王任叔、唐弢、柯灵、周木斋、孔另境、周黎庵、文载道等七人,以及同他们关系密切,观点一致的许广平、陆象贤(列车)等人。以上王任叔等七位杂文作家,无论从哪方面看,都俨然是一个杂文流派。是中国现代杂文史上,继"语丝"派、"现代评论"派、"太白"派、"论语"派之后,新出现的又一个杂文流派。

(二)"鲁迅风"杂文流派的形成、发展和解体

王任叔等七人和列车等为代表的"鲁迅风"杂文流派的形成,经历了一个从分散到统一,从自发到自觉的过程,而在这一杂文流派实际上已经形成时,如同婴儿已经呱呱坠地,父母却尚未给他起名字呢。十分有趣的是,给这个实际上已经形成的杂文流派取名的,竟是嘲笑和攻击这一杂文流派的人,他们给它取的名字是"鲁迅风"这一相当响亮的称号。

众所周知,"鲁迅风"杂文流派中的最重要人物王任叔,是"左联"成员,在"左联"后期,他从小说创作,转向杂文和文学评论的写作,他虽未直接接触过导师鲁迅,但他对鲁迅非常景仰,对鲁迅思想和创作有深刻的理解,他这时在《立报·言林》上发表了大量杂文,其杂文创作直接间接受到鲁迅的影响。这七人中的唐弢和周木斋,在"左联"时期就是著名的杂文作家,其杂文创作深得鲁迅杂文"神韵"③,受到鲁迅的深刻影响。"左联"时

---

① 见王任叔:《〈边鼓集〉弁言》,柯灵《焦土上的新芽》。

② 宗珏:《孤岛文学的轻骑——一年来上海创作活动的回顾》,《文汇报·世纪风》1939年1月2日。

③ 周黎庵:《华发集·我与杂文(代序)》,上海蓳溪书房1940年版。

期,柯灵专注于创作"清丽的散文"①,间或也写些杂文,柯灵在《柯灵杂文集·序》中谈自己杂文创作时说:"我这类笔墨的形成,是受鲁迅杂文熏陶的结果。……在我艰辛的人生探险中,鲁迅先生是我最早不相识的向导。"1935年,孔另境曾请鲁迅为他编的《当代文人尺牍钞》作序,他同鲁迅的关系是一目了然的。至于"左联"时期的周黎庵,原先在《论语》、《宇宙风》等刊物上发表纵谈历史文物掌故的幽默小品,以后则在自己主编的《谈锋》以及《言林》、《自由谈》上发表社会杂感。文载道也钻出故纸堆,写作一些社会杂感②,也受到鲁迅杂文的某些影响。在"孤岛"时期之前,这七个人或则互不认识,或则互不来往。在杂文写作上,或是自觉师承鲁迅战斗传统,或是自发受到鲁迅影响。上海沦陷后,抗日爱国的共同立场,使这几位经历、教养、思想、文风颇不相同的杂文作家,走到一块了,他们就从分散走向统一,他们都自觉师承鲁迅杂文传统,以杂文为战斗武器,进行反法西斯、反日寇、反汉奸、反托派、反封建、反小市民意识的斗争,却受到反动文人庞朴、曾迭、丁三、张若谷之流的攻击,他们诅咒这些杂文作家是"蜀中无大将,廖化当先锋",只会模仿鲁迅,写些迂回曲折,毫无价值的文字。至本年的10月19日,鲁迅逝世两周年忌日,王任叔在《申报·自由谈》上发表了著名的《超越鲁迅》,阐述了学习鲁迅、超越鲁迅的观点,阿英则在同日的《译报·大家谈》上发表了《守成与发展》的纪念文章,在这篇纪念文章中,阿英认为鲁迅的杂文有下列的特点和缺点:一是六朝的苍凉气概;二是禁例森严期的迂回曲折;三是缺乏韧性战斗精神和必胜信念;四是不够明快直接。文中阿英还指责《文汇报·世纪风》上的杂文作家,不该写"鲁迅风"式的杂文,因为现在是统一战线的时代,不应该停留在鲁迅的杂文阶段,要战斗的,不要讽刺的,要明快直接的,不要迂回曲折的,要深入浅出的,不要晦涩的,其中特别嘲讽王任叔的杂文《碎语》和《抽思》。于是在王任叔和阿英之间围绕"鲁迅风"问题进行了论争。阿英是"孤岛"时期的重要作家,他创作的历史剧是"孤岛"话剧的代表作,他创办的《文献》月刊和风雨书屋发表了党的通电、宣言和斯诺的《西行漫记》,意义非常重大。但是阿英对鲁迅杂文所持

---

①　周黎庵:《华发集·我与杂文(代序)》,上海蔚溪书房 1940 年版。
②　同上。

的观点,对王任叔等杂文作家的贬抑,则无疑是不恰当的。王任叔等9人不顾来自两个方面的责难和攻击,在文载道的倡议下,于本年11月出了6人的杂文合集:《边鼓集》。《边鼓集》含《弁言》,文载道杂文28篇,周木斋杂文22篇,周黎庵杂文37篇,屈轶(王任叔)杂文35篇,柯灵杂文28篇,风子(唐弢)杂文25篇,共176篇,作为《文汇报文艺丛刊》,出上海英商文汇有限公司印行。王任叔在《边鼓集·弁言》中说,他们6人,"有各自不同的生活方式,有各自思索的天地,平时我们也曾以笔写出自己的风貌、心情、社会的杂感,发表于报章杂志之上,相互之间也许有了思想、感情的交融,但是我们的联系是疏远的,我们的力量是分散的"。"然而'八·一三'炮声,把我们的心脏全都震动得抖起来了。……直到11月12日,国军退出了上海,我们的心脏就抖成了一个。我们从各个角落里流了出来,仿佛碎散的水银,融成沉重的一块。我们联合在一起,我们结集在一条战线上了。"王任叔的叙述,告诉我们《边鼓集》的6位作者,怎样从以往的"疏远""分散"的散兵游勇,成为"结集在一条战线上"的战士的经过,实际上宣告他们这一杂文流派已"融成沉重的一块",已经形成了。在概述这一杂文流派的杂文创作各自风格特点和共同倾向时,王任叔说:

> 编完之后,却使我们有个惊人的"错、愕"。虽然有不同的风格、笔调——不同的边鼓打法,但声音却是完全一致的。反日、反汉奸、反法西斯、甚至于反封建,那精神,一贯流漾在我们的字里行间。这真是一个心脏的抖动。

1938年12月28日的《文汇报·世纪风》上,发表了包括王任叔、阿英等争论双方在内,应服群(林淡秋)等37人署名的《我们对于鲁迅风杂文问题的意见》(以下简称《意见》)。在《意见》之二中,他们指出:其一,"关于'鲁迅风'的杂文"中,人们指出"鲁迅是伟大的,我们应该学习鲁迅,但主要的应该学习他那不屈不挠的战斗精神"。其二,"鲁迅杂文的幽默讽刺风格,在现在,甚至于将来,只要社会的革命斗争继续存在,仍然有伟大的价值"。其三,"鲁迅的杂文风格,是极度完美的,所谓'恰到好处'。现代的杂文作者受其影响,而写成'鲁迅风'杂文,这并不是坏倾向。但坏的是刻意模仿鲁迅"。其四,"只要把握住现阶段文艺的反日反汉奸的任务,无论'鲁迅风'或非'鲁迅风'杂文都同样有存在的价值"。《意见》敦促争论双方停止争论,一致对敌。这个《意见》代表了当时上海地下党的观点。在这里,值得注意的是,《意见》肯定了当时确有一种"鲁迅风"的杂文存在,《意见》对它是肯定和爱护的。《意见》从另一方面证实,我们上面关于"鲁迅风"杂文流派业已形成的论断。

1939 和 1940 年,是"鲁迅风"杂文流派向前发展阶段。在文载道的倡议下,《边鼓集》的六位作者加上孔另境,集资合股创办了以刊登杂文为主的综合性文艺期刊:《鲁迅风》,积极支持《鲁迅风》的有老作家郑振铎、许广平,青年作家石灵等人,从 1 月 11 日创刊至 9 月 5 日被迫停刊,历时 9 个月,共出 19 期,是当时影响最大的杂文期刊。如上所述,"鲁迅风"原来是人们用来讽刺贬抑"鲁迅风"杂文流派几位作者的,本是个贬义词,而现在王任叔等人干脆把这一名称接过来,作为这一杂文流派期刊的标志,这一则是对嘲弄者示威,二则是表明他们坚定不移师承和发展鲁迅杂文传统的决心。王任叔撰写的《〈鲁迅风〉发刊词》,集中反映了《鲁迅风》同人的宗旨。在那里,他引述了毛泽东关于鲁迅是"中国的第一等圣人"的论述,表明了《鲁迅风》同人对鲁迅的"景仰"之情,要"沿着鲁迅先生使用武器的秘奥",也"使用"杂文这一"武器","袭击当前的大敌"的"用意"。这年 7 月,原《边鼓集》的 6 位作者和孔另境,又出了 7 人合集的杂文集《横眉集》。《横眉集》作为郑振铎、王任叔、孔另境主编的《大时代文艺丛书》的一种,由世界书局印行,内收《序言》(孔另境),孔另境杂文 10 篇,《后记》1 篇,王任叔杂文 15 篇,《后记》1 篇,文载道杂文 16 篇,《后记》1 篇,风子(唐弢)杂文 21 篇,《后记》1 篇,柯灵杂文 17 篇,《后记》1 篇。

1939 年 5 月,《导报》、《文汇报》、《译报》、《华美晨报》等六家进步报纸被迫停刊,9 月《鲁迅风》被迫停刊,发表杂文的阵地是大大缩小了,至 1940 年,只有《大美报》的《浅草》、《正言报》的《草原》用一些篇幅,不过"鲁迅风"成员在 1940 年,出了几本杂文集,这其中有巴人(王任叔)的《生活·思索与学习》,唐弢的《投影集》,周黎庵的《吴钩集》、《华发集》,这时中共江苏省委秘密出版机关——北社的负责人列车(陆象贤)也加入"鲁迅风"杂文作家群,在列车主持下,北社出了《杂文丛书》,其中有列车的《浪淘沙》、周木斋的《消长集》、柯灵的《市楼独唱》、唐弢的《短长书》。

由于"孤岛"局势的恶化,进步报刊被迫停刊,发表战斗杂文阵地的缩小,加上"鲁迅风"杂文流派内部成员思想上的分歧,这时这个杂文流派已出现分化的朕兆。1940年,就有人呼吁"重振杂文"①,对此,周木斋在《〈消长集〉前记》中写道:"如果认为过去时常有人哄然攻讦杂文,可见杂文之长,那么近来有'重振杂文'的呼声,也便可见杂文之消。"至1941年,周木斋病逝,王任叔奉调离沪去印尼,"鲁迅风"杂文流派实际上已经解体。

"鲁迅风"杂文流派有其形成、发展、分化解体的过程,这个流派有相对稳定的成员和核心,有共同确认的宗旨,有共同支持的刊物和同人合集的作品,有大致相同的创作倾向和各不重复、各自独立的艺术风格,无论从哪一方面看,这都是一个独立的、成熟的杂文流派。这个杂文流派的出现,标志着鲁迅所开创的革命现实主义战斗杂文传统,在新的历史条件下的丰富和发展。

(三)理论论争和理论建设

1938年鲁迅逝世两周年忌日,王任叔在《申报·自由谈》上的《超越鲁迅》中,阐发了学习鲁迅、超越鲁迅的思想。在鲁迅翻译的日本有岛武郎短篇小说《与幼小者》中有这样一段话:"你们倘不是毫不顾忌的将我做了踏台,超过了我,进到高的远的地方去,那是错的。"王任叔把它改为:"我们倘不是毫不顾忌的将鲁迅做了踏台,超过了他,到高的远的地方去,那是我们的错!"并说:"这该是我们今天纪念鲁迅应该记住的话!"王任叔的观点是富于历史的发展眼光和历史的首创精神的。

阿英在同日的《译报·大家谈》上的《守成与发展》中,对鲁迅杂文持偏激观点,认为当时是统一战线的时代,不应该再摹仿鲁迅,写作"鲁迅风"的讽刺性杂文,迂回曲折的晦涩杂文,并不指名批评《文汇报·世纪风》上

---

① 当时王任叔以毁堂的笔名,在柯灵主编的《大美报·浅草》上发表《重振杂文》,呼吁作家继承鲁迅杂文传统,重振杂文。

王任叔等人写的"鲁迅风"杂文。在20日《大家谈》的《题外的文章》，阿英又指责王任叔等的杂文摹仿鲁迅，王任叔在22日的《自由谈》上《题内的话》做了回答。他承认当前的"杂感"写作的"一般性"，但又认为："模仿本是创作的必要过程。在今天，我以为对于鲁迅的学习，还不够深入，还不够扩大！没有守成，即想发展，那是取消鲁迅的企图。"

这个革命文艺队伍内的论争，给反动文人丁三、曾迭、庞朴、张若谷之流以可乘之机，在吴汉主编的《镀金城》上，"有曾迭其人，横施攻击，洋洋大文直继续了两星期之久"[①]。上面提到应服群等37人联合署名的《我们对鲁迅风杂文问题的意见》，敦促争论双方服从抗日的大目标，停止这一场争论，对鲁迅杂文给予高度评价，对"鲁迅风"杂文也给予积极肯定，这是这一历史文献的历史意义。1939年1月3日，杨刚在《文汇报·世纪风》的《岁》一文中认为："那篇文章应该看为上海写作界本年最有斤两的收获。"对此，自然也有不同看法的。宗珏在《文学战术论》中就说："一直到今天为止，我都是极力反对不容论争获得正确的发展，只图用解决人事纠纷的手腕来结束论争的人。"[②]

王任叔和阿英之间关于鲁迅和"鲁迅风"杂文的内部论争是结束了，"鲁迅风"杂文有了重大的发展。1940年，反动文人张若谷又在《中美日报·集纳》上发表《写文学随笔》一文，重申"十余年前"在《鲁迅的〈华盖集〉》中的谬论：

> ……鲁迅先生的作风，可以用嬉笑怒骂四个字来包括一切，他无论是在笑，或是在骂，总是含着冷嘲的意味，措辞也时常弯弯曲曲，议论又往往执滞在几件小事情上，这是可以十足代表中国浙江作家的一种习气，尤其是代表现代绍兴师爷的一种特殊性格。

张若谷的挑战，使王任叔回想两年前关于"鲁迅式杂文的论争"，重新审视了这场论争，他指出：

---

① 巴人：《四年来上海文艺》，《上海周报》第四卷第七期，1941年8月9日。
② 宗珏：《文学战术论》，《鲁迅风》第三、四期，1939年。

一般要世之士,认为这又是无谓的论争,浪费的论争,无原则的论争。但实际上并不如此;论争没有引到更基本更阔大的问题上去,是事实。①

《论鲁迅的杂文》这理论力作正是为了解决杂文理论的"更基本更阔大的问题"而奋力写出的。《论鲁迅的杂文》是一部十多万字的、洋洋大观的学术理论专著。在鲁迅杂文的研究上,作者吸收了瞿秋白、冯雪峰、李平心等的研究成果,但在许多方面又有开拓性的创见。全书包含:序说;鲁迅思想发展的三个时期;鲁迅杂文的形式与风格;鲁迅杂文中所表现的思想方法;战斗文学的提倡。在"鲁迅杂文的形式与风格"这一部分中,王任叔具体而深入地考察了鲁迅杂文对中国古典散文的继承和发展;在"鲁迅杂文所表现的思想方法"中,具体而深入地分析了鲁迅杂文如何巧妙解剖社会和人生、历史和现实、人们的行为习俗和心理特征等方面来掘发生活本质和历史真理的独特思想方法。在论述的展开中,时有发前人所未发的精辟见解。克罗齐曾经说过,任何历史都是现代史。王任叔在本书中对鲁迅杂文所作的历史理论研究,是着眼于当时关于鲁迅杂文、"鲁迅风"杂文的论争和现实杂文的繁荣发展的。因而,在本书的"战斗文学的提倡"中,王任叔从战斗的时代与文学的辩证关系上,来肯定鲁迅杂文和"鲁迅式"杂文。他从六个方面来反驳那些攻击鲁迅杂文和"鲁迅式"杂文的论调。这就是:一是所谓"要战斗的,不要讽刺的";二是所谓要明快而直接的,不要"迂回曲折"的;三是所谓"鲁迅风"杂文是"沉堆累赘"的;四是所谓鲁迅杂文"深入"而不"浅出";五是所谓"鲁迅风"杂文写作是"守成"而不是"创造";六是所谓写作"鲁迅风"杂文妨碍"伟大作品的产生"等。在一一反驳上述论调之后,王任叔深刻指出:

> 现在,我以为不是鲁迅式的杂文要不要,或者应该不应该有的问题。而是每一个作者应该怎样继承鲁迅的革命传统的问题。鲁迅风的杂文不但今天要,而且将来也要。它可以讽刺,它何尝不可以歌颂。

王任叔的《论鲁迅的杂文》,是"孤岛"时期杂文理论建设的最重要的著作,

---

① 巴人:《论鲁迅的杂文·序说》,远东书店1940年版。

也是中国现代史上唯一一部系统研究鲁迅杂文的学术专著,直至今天,它仍能给人以有益的理论启发。由于整个民主革命时期,是个阶级斗争和民族斗争接连不断的年代,从瞿秋白到王任叔,在鲁迅的杂文研究中,总是强调鲁迅杂文作为对敌斗争的"投枪"、"匕首"的战斗功能,而较少论及鲁迅杂文同时还能给人以"愉快"、"休息"的方面,即鲁迅杂文的"含笑谈真理"的移情益智作用;在那样的时代,这是可以理解的,但也不能不说是一种理论局限。

此外,如李澍恩与列车关于"杂文的本质"的争论①,柯灵与陶弃关于杂文中所谓"人身攻击"②的争论,李澍恩的《论杂文的语言》③,黄远的《杂文的大众化》④ 等,也都是此时的杂文理论建设文章。

（四）代表作家杂文创作及其风格

鲁迅风杂文流派中的王任叔、唐弢、柯灵、周木斋、周黎庵、文载道、孔另境和列车等人,在 1938 年,除王任叔 37 岁,周木斋 30 岁外,其他都是 30 岁以下的年轻人,他们大多是报纸期刊编辑,除出过杂文合集外,都先后出过个人杂文集子。这其中影响较大、风格较特出的是王任叔、唐弢、柯灵和周木斋。

1. 王任叔（1901—1972）

我国卓越的无产阶级革命文化战士,著名的文艺理论家和作家。"孤岛"时期,他是中共上海地下党文委的负责人,是上海社会科学大学的负责人,当时留沪党员作家中,他统战工作搞得最好,在青年中声望最高。在"鲁迅风"杂文流派中,他在杂文理论方面的建树最突出,杂文创作数量最多,影响也最大,是这个流派的无可争议的领袖。建国前,王任叔用屈轶、若水、羿矢、八戒、行者、剡川野客、巴人等笔名写过六百多篇杂文,数量同鲁迅差不多, 3/4 写于"孤岛"时期。结集的除与别人合集的《边鼓集》、《横眉集》外,尚有自己的论文、杂文合集《扪虱集》（上海书林书店、世界书局 1939 年 7 月同时出版）,杂文集《生活·思索与学习》（高山书店 1940 年版）,论文、杂

---

① 穆子沁:《杂文的本质及其它》,《杂文丛刊》第一辑《鱼藏》,1941 年 5 月 15 日。
② 丁一元:《"人身攻击"异议》,《杂文丛刊》第四辑《湛卢》,1941 年 6 月 18 日。
③ 穆子沁:《论杂文的语言》,《杂文丛刊》第三辑《莫邪》,1941 年 5 月 28 日。
④ 黄远:《杂文的大众化》,《杂文丛刊》第三辑《莫邪》,1941 年 5 月 28 日。

文合集《窄门集》（香港海燕书店 1941 年版），《边风录》（重庆读书出版社 1943 年版）等。

王任叔在"孤岛"时期的杂文，围绕着抗日救亡这一最大现实问题，从国内到国外，从现实到历史，从光明到黑暗，举凡政治、经济、军事、文化、教育、民情风俗、道德伦理等，他的笔尖无所不及，纵横驰骋，议论风发，展开极其广泛的批评，是了解这时社会"动态"和人们"心态"的好材料。在王任叔的杂文中，影响最大的是那些带有文艺思想倾向评论性质的杂文，如《建议废除"抗战八股"一词》、《超越鲁迅》、《〈边鼓集〉弁言》、《〈鲁迅风〉发刊词》、《有关与无关》、《一个反响》、《我们需要艺术》、《开展文艺领域中的反个人主义斗争》。王任叔的杂文观察敏锐，感情丰富，笔调泼辣，体式多样，有自己独特的表达方式和语言风格。当年唐弢曾认为《生活·思索与学习》作者的杂文的"笔调"，"近于明快泼辣的一路，截击进攻，游刃有余，在思想斗争上是尽了重大的任务的，如果容许我作一句求全的批评，我以为作者缺少的是沉着，丰饶的是勇敢，这勇敢正是成就作者事业的条件，他是前驱的骁将"[1]。王任叔杂文中最出色的篇章，是那些被人攻击为喜欢"怀旧"，"说东道西"，"莫明所以"的"胡扯文章"，而他自己认为是"徘徊于散杂之间"的杂文[2]，如：《略论叫化之类》、《论"没有法子"》、《说笋之类》、《杂家，打杂，无事忙，文坛上的"华威先生"》、《再论"没有法子"》、《出卖伤风》等。《说笋之类》一文，作者由吃笋联想到日本安冈秀夫和中国鲁迅对中国人嗜笋的不同解释，安冈胡说中国嗜笋是因其"挺然翘然"，"像男根"，表明中国人好色；鲁迅认为中国人爱笋就是爱竹，而竹可造箭，用于战斗。摆出对立观点后，作者并不展开抽象议论，而是以主要篇幅回忆儿时家乡的"竹山"、"笋山"，家乡父老"挖笋"的艰苦劳动，1927 年的大革命中他的"二兄"、"战友"浴血奋战的"挺然翘然"英姿。最后作者从回忆回到现实，对当时那"失了乡土的同胞"议论说："能斗争，才能存在；能奋发，才能进步……而挺拔自雄却暑御寒的笋竹的英姿，该是我们所应学习的

---

　　① 仇重：《暗夜棘路上的里程碑——"孤岛"一年来的杂文和散文》，《正言报·浅草》1941 年 1 月 20 日。

　　② 巴人：《不必补充》，《鲁迅风》第十三期，1939 年 4 月 12 日。

吧。"这类杂文没有理论架子,论从叙出,融情于事,文调亦庄亦谐,文白之中常夹杂浙东的方言俚语,确有自己的独特丰姿。

2.唐弢（1913—1992）

现代著名杂文作家,他从 1933 年开始写作杂文,毕生在这块园上耕耘不辍,为现代杂文的发展作出自己的贡献。"左联"时期,他在杂文创作上就自觉学习、师承鲁迅,脱颖而出,卓然成家。在当时的杂文新秀中,同徐懋庸并称"双璧"。王任叔在《边风录·杂家,打杂,无事忙,文坛上的"华威先生"》中说:"自有文艺杂感问世,作者风起云涌。鲁迅先生在日,已有徐懋庸先生的《打杂集》出版。徐先生的杂感散见报章杂志,拜诵之下,颇觉欣慰,与'我的朋友'唐弢先生的,可称双璧。"他这时的杂文收在《推背集》、《海天集》中,有一部分收在以后出版的《投影集》中。唐弢自己回忆,鲁迅在日,曾劝他写一些"千字文"外的较长杂文,指出:"作为思想斗争或者文艺斗争的武器,最好写得从容舒展一些,列举事实,多加申说,稍为长点也无妨。"[①] 他此后杂文,确也往这方面探求和实践。他自己说:"我的杂文,以'孤岛'时期为最多,短兵相接,不容或懈,真切地感到了发挥了杂文的匕首的作用。"[②] 收在《短长书》（北社杂文丛书 1940 年版）、《劳薪辑》（福建永安改进出版社 1941 年版）,一部分收在《投影集》（上海文化生活出版社 1940 年版）、《识小录》（上海出版公司 1947 年版）,有的收在与别人合集的《边鼓集》和《横眉集》中,用的笔名有风子、桑天、仇如山、仇山、王二、仇重、执诺、韦长、方城、太索、怀三和从洛。

唐弢这个时期的杂文,是对社会的思想斗争和文艺斗争的敏捷感应。他的杂文赞颂抗战救国的庄严和神圣,暴露日寇、汉奸政客和市侩文人的野蛮与无耻,包涵了歌颂和暴露,破坏与建设这互相对立又互相统一的不可分割的两个方面。他针砭时弊,扫荡秽丑,或抗争现实,解剖历史,或鼓舞斗志、呼唤光明,表现了历史的脉动,喊出了人民的心声,留下时代的"眉目"。内容的丰富,决定了格式、写法和形式的多姿多彩。

---

① 唐弢:《唐弢杂文集·我与杂文（代序）》,三联书店 1984 年版。
② 同上。

在杂文创作上,唐弢自觉学习鲁迅精神,而苦心孤诣追求自己独创的艺术风格。他在《短长书·序》中说到自己杂文时说:

> 多少年来,我都应用着这一文体,还被看作鲁迅风格的追踪者,使许多人不舒服,也使许多人看不起。然而,真所谓"如鱼饮水,冷暖自知"吧,虽然心仪斗士,时涉遗著,但凡所作,和鲁迅先生的杂文相比,真如溪壑之于大海,部娄之于泰山,除了佩服,只有惭愧,模拟云云,超乎能力,早在我的想象之外了。

> 但我又实在不喜欢这"之外"。建立了自己的风格,却不想留住它。"一个作者的最大的敌人,正是他自己铸成的模型,他必须时时努力,从已定的模型里跳出来。为了解脱这灵魂的羁绊,我至今还在挣扎。"(《短长书》旧序)是的,我在挣扎!

唐弢杂文确不如导师鲁迅博大、深沉、精警、冷隽,但有自己的光彩。唐弢的大多数杂文没有三段论式的理论框架,虽然他这类杂文的灵魂是精彩的议论,但这些见解常常和记叙、描写、抒情、对话、引述融合在一起,在对社会人生的抒写中,抒发自己的爱憎和评价,而且特别注重形象化说理,他常常借一幅画(如《从"抓周"说起》),几首诗(如《老僧的诗缘》),一些历史人物(如《度支新法》),一些文学人物(《柏达列夫斯基》、《丑》),一些玩艺(《雀吃饼》)和《马将哲学》)等起兴入题,巧妙地把读者引导到议论中心上来,使议论获得直感、形象的生命,使直感、形象的东西和议论、抒情结合而深化和升华,这类杂文大多千字左右,作者笔致娴熟,文字洗炼,词采丰富,行文上整散结合,好用独行句、排比句、复沓句,杂文充满着诗情和理趣,笼罩着浓重的艺术气氛。

"孤岛"时期,唐弢以夹叙夹议的方式写成"读史札记"式的长篇杂文,是现代杂文史上的难得名篇。在《东南琐谈》、《马士英和阮大铖》、《溃羽记》和《溃羽再记》等历史杂文中,作者以翔实新鲜的史料,以笔锋带着感情的文学笔调,舒展从容地再现了晚明的历史风貌,描绘了晚明几个小朝廷的腐败,勾勒马士英、阮大铖、郑芝龙之流的嘴脸,再现了张苍水和浙东人民誓死抗清、坚贞不屈的英姿,其思想和艺术魅力不让上乘的历史小说。

3. 周木斋（1910—1941）

早在"左联"时期周木斋就写作大量杂文，当时同鲁迅关系融洽，一些篇章深得鲁迅赞许。"孤岛"时期，周木斋贫病交困，但心中燃烧着炽烈的爱国热情，《游击战的杂感》[1] 和《重振杂文的关键》[2] 说明了他在杂文创作上是自觉师承鲁迅的传统的，他扶病创作了大量"鲁迅风"杂文，分别刊在《世纪风》、《海风》、《晨钟》、《浅草》、《草原》及香港各报刊的文艺副刊，署名辨微、振闻、列御、吉光、犹太等，收入与他人合集的《边鼓集》和《横眉集》中，以及自己的杂文集《消长集》中，其杂文创作进入了崭新的境界。周木斋熟读文史，精研辩证法，他的杂文思想敏锐，博识机智，析理精微，有着鲜明的战斗性和思辨性。他在《消长集·前记》中说他有"辩证癖"和"戆脾气"，"反映于文字，便是喜欢说理，……在写作的时候，总是想只要把因有所感而把理说出来，便算于愿已足，重质而不计文，实在有点野气"。唐弢认为："《消长集》作者的杂文是以思辨见称，……然而作者的说理却又实在说得透彻，反复辩证，核心尽见，在寥寥可数的杂文作家中，我以为作者的文章是最少弊病的一个。"[3] 评价很高。

周木斋在《警觉和认识》一文中强调："抗战第一""一切不离抗战，都为抗战"[4] 的观点，这可以说是他这时杂文思想的特点。他这时的杂感大多是对尖锐的政治进行评论的杂感，即便是那些思想、文化批评的杂感，也都有鲜明的政治色彩，是"一切不离抗战，都为抗战"的。他的杂文不善于创造生动有趣的杂文形象，偏于剖析事理，他喜欢从事物的联系中，对事物加以比较，异中求同，同中求异，从现象突入本质；他常常在论述普遍的社会人生哲理之后，借助哲理之光，去透视具体的人事；他爱用马克思主义哲学的对立而又统一的范畴，如经济基础和上层建筑，社会存在和意识形态，现象和本质，一贯和突变，以及同和异，变和不变，古和今，好和歹，巧和拙，光明和黑暗，胜利和失败，聪明和胡涂……自然，这不是抽象的哲学讲义，而是有"社会价

---

① 　辨微：《游击战的杂感》，《鲁迅风》第一期，1939 年 1 月 11 日。

② 　辨微：《重振杂文的关键》，《奔流文艺丛刊》第一辑《决》，1941 年 1 月 15 日。

③ 　仇重：《暗夜棘路上的里程碑——"孤岛"一年来的杂文和散文》，《正言报·浅草》1941 年 1 月 20 日。

④ 　辨微：《警觉和认识》，《鲁迅风》第十八期，1939 年 8 月 20 日。

值"、"历史价值"、"艺术价值"的文艺杂感,在絮絮辩证的说理中,有着诗情和理趣的光辉,像《差一点儿》、《"压宝"观止》、《阿Q相》、《逢恶》、《算命看相者流》、《凌迟》、《乡愿和董·吉诃德》等是这方面的代表作。周木斋也写过一些三言两语式的浓缩微型杂文,如"左联"时他在《太白》杂志"颠斤簸两"栏的短文和《消长集》中的《影痕(一至三)》,试看以下文句:

> "止戈为武"——"和平"含着杀心。
>
> 和平是名词,也是代名词,消赃的,投降的,苟安的。
>
> 卢骚说:"思想的人是堕落的动物"。——复返自然。
>
> 无思想的人是堕落的动物。——也是复返自然。
>
> (《影痕之一》)

这里没有辨微的析理,只有三言两语,斩截明快,言简意赅的断语,文字遒劲隽妙,耐人寻味,闪烁着辩证思维的诗意光辉。

4. 柯灵(1909—2000)

在"左联"时期出过杂文集《小朋友讲话》。"孤岛"时期,他主编的《世纪风》、《浅草》和《草原》是发表战斗杂文的重要刊物。他这时的杂文创作收入与他人合集的《边鼓集》和《横眉集》,自己的杂文集《市楼独唱》之中。他在《晦明·供状(代序)》中说:"我以杂文的形式驱遣愤怒,而以散文的形式抒发忧郁。"道出他杂文的"抒愤懑"的抒情特点。唐弢评论说:"《市楼独唱》的作者别有一种独特的风格,他常写散文,因此杂文里也多散文的成份,这成份使他的杂文更趋于形象化,听他缓缓抒写,恍如雨窗夜话——但挑逗起来的却不是忧郁,而是愤懑,因为作者先就抱着愤懑的心情。他自说那些杂文的由来是:'耻于低首,不甘噤默,有些愤懑和感触,禁不住要呐喊几声,表示抗议。'"[1]

柯灵杂文的艺术形式和表达方法是丰富多样的。他写得最多的是那些

---

① 仇重:《暗夜棘路上的里程碑——"孤岛"一年来的杂文和散文》,《正言报·浅草》1941年1月20日。

直面现实的文明批评和社会批评的短评与杂感，大多热烈奔放，清丽潇洒，明快质直，像《禁书诗话》、《歌得"新天地"》，是诗话体的杂文，《玉佛寺传奇》是杂剧散曲体的杂文，显然是仿效鲁迅、瞿秋白合作的诗话体杂文《王道诗话》和杂剧散曲体杂文《曲的解放》。这类杂文把对时事、人情、世态的抨击和讽喻融入中国传统的诗话、杂剧、散曲等民族形式，确是匠心独运，别开生面，令人耳目一新。柯灵于1940年写的《从"目莲戏"说起》以及《神·鬼·人》这组杂文中的《关于土地》、《关于女吊》、《关于拳教师》等文，也很有特色。这些杂文是夹叙夹议的。作者回忆故乡绍兴地区的"目莲戏"，土谷祠中的"土地"，绍兴戏中的"女吊"和"拳教师"，与此同时，他又插入中肯评论。这类杂文是"立体风土画"（《从"目莲戏"说起》）和有的放矢的现实评论的融合。柯灵的这些杂文，从鲁迅回忆性散文和杂文中汲取灵感和素材，加上自己的补充和发挥。这些杂文，不仅奉献给读者以形神毕肖、绘声绘影的"立体风土画"，也奉献给读者以他对某些人情世态睿智的掘发和启示，有较长久的思想和艺术魅力。

二、桂林和香港的"野草"杂文流派

上海"孤岛"时期的"鲁迅风"杂文作家群，是个杂文流派，桂林和香港"野草"社的杂文作家群，实际上也是个杂文流派。因为它也有共同的杂文刊物和杂文丛书，共同的"宗旨"和创作倾向，有稳定的作家群和比较成熟、相对独立的艺术风格。自然，"野草"杂文流派同"鲁迅风"杂文流派，是同中有异，异中有同的。

（一）"野草"杂文流派的形成、发展和影响

"野草"杂文流派，因创刊于1940年8月20日的《野草》（月刊）而得名。

1940年秋天，秦似在桂林向夏衍建议，创办一个短小精悍、生动活泼的，以刊登杂文为主的综合性文艺刊物，夏衍约请了聂绀弩、孟超、宋云彬、秦似等人组成一个编委会，由秦似任责任编辑，负责日常编务和发行工作，于是这

个 32 开本的《野草》就创刊了。当时,国民党当局已发动过第一次反共高潮,正准备掀起第二次反共高潮,国民党文化专制主义的文网高涨,为了能顺利出版发行,《野草》月刊由桂林的科学书店发行,由该书店的陆风翔任发行人。

《野草》是同人刊物,其中的夏衍、聂绀弩、孟超都是党员、驰名文坛的老作家,在"左联"时期都在鲁迅的旗帜下战斗过,其中的夏衍以话剧创作为主,孟超、聂绀弩是文学上的多面手,宋云彬以写作杂文为主,至于秦似,当时还是个二十出头的热血青年,他原来写诗,1939 年因帮助生活、新知书店"做书籍转运工作",有幸通读了新出不久的《鲁迅全集》,"对鲁迅的杂文似乎有了较多的理解和体会",就给夏衍主编的《救亡日报》写杂文,并同夏衍结识。①

为了筹备刊物,夏衍约请聂绀弩、宋云彬、孟超、秦似等人在中山路桂林酒家聚会,商讨刊物的名称、宗旨和办法。夏衍提议给刊物取名"短笛"或"野草",前者寓"短笛无腔信口吹"之义,后者不单"因袭鲁迅",而是觉得在当时文禁森严、八股文风盛行,闲适幽默小品和低级趣味文艺泛滥的形势下,"这个刊名可能给社会和文坛带来一点生气,引人略有所思"②。大家赞成刊物取名为《野草》,在聚会上大家认为应该以鲁迅为榜样,运用杂文这一战斗武器,为民族民主革命服务,为人民大众服务,刊物的办法也学鲁迅的《准风月谈》和《花边文学》的斗争艺术,在"软性"的文章中藏几根暴露性和讽刺性的"骨头"。秦似执笔的《〈野草〉月刊发刊语》中,以曲折的形式,表达了《野草》同人的上述意图。

《野草》(月刊)创刊后,深受广大读者欢迎和爱护。这个 32 开本用浏阳的土黄纸印成的刊物,发行量很快从 3000 份增加到一万份,最多时达到三万份。在极端艰险的情况下,《野草》(月刊)从 1940 年 8 月 20 日创刊,坚持到 1943 年 6 月 1 日,共出至第五卷第五期,这时"野草"已成为"宿草",却因被国民党当局查封而停刊。与此同时,《野草》社还出过《野草丛书》14 种。这就是:《此时此地集》(夏衍著,桂林文献出版社 1941 年初

---

① 秦似:《回忆〈野草〉》,《秦似杂文集》,生活、读书、新知三联书店 1981 年版。

② 同上。

版）、《历史的奥秘》（绀弩著，桂林文献出版社 1941 年初版）、《崇高的忧郁》（林林著，桂林文献出版社 1941 年初版）、《蛇与塔》（绀弩著，桂林文献出版社 1941 年初版）、《冒烟集》（何家槐著，桂林文献出版社 1941 年初版）、《长夜集》（孟超著，桂林文献出版社 1941 年初版）、《范蠡与西施》（聂绀弩著，宋云彬、聂绀弩、孟超、秦似编，桂林科学书店 1941 年版）、《感觉的音响》（秦似著，桂林文献出版社 1942 年初版）、《长年短辑》（欧阳凡海著，桂林文献出版社 1942 年版）、《骨鲠集》（宋云彬著，桂林文献出版社 1942 年初版）、《长途》（夏衍著，秦似编辑，桂林集美书店 1942 年初版）、《旅程记》（以群著，桂林集美书店 1942 年初版）、《未偃草》（孟超著，秦似编辑，桂林集美书店 1943 年版）、《小雨点》（罗荪著，秦似编辑，桂林集美书店 1943 年初版）。《野草》（月刊）和《野草丛书》是当时大后方的桂林文化荒漠中的一片绿洲。

《野草》虽被国民党当局查封，但"野草"派成员的杂文创作并未停止，夏衍、聂绀弩、孟超等不久又活跃于重庆文坛，他们的战斗杂文仍使国民党畏惧。解放战争初期，原来"野草"社的同人和大批革命文化人为了躲避国民党反动派的迫害，先后汇集到香港。当时的香港是党领导下的革命文化的战斗堡垒。1946 年 10 月 1 日，《野草》（月刊）又在香港复刊，临风苗长了。《野草》的战斗影响，也就从大陆内地扩展到香港和东南亚。在复刊号上，发表了夏衍的《复刊私语》和秦似的《〈野草〉的再生》。夏衍在《复刊私语》中回顾了甘愿做"自然生长的野草而不愿意做点缀沙龙的盆花"的《野草》六年来的命运，他指出：

> 春天是践踏，秋天是刈割，冬天又是一把火，几年的岁月就是这种不断的摧残下面支持过来的，1943 年以后，他们也居然不让我们在地面上抽芽，可是现在，我们不又从瓦砾堆中透出一颗新芽了么？有苦痛就有呻吟，有暴虐就有诅咒，我们不相信暴君们的压制可以使中国人民永远无声。当然，这一次的发苗也不一定保证就能够在大地上滋长，毋宁说，我们预想着今后也随时可以遭受着摧残，但，能够一有空隙就抽出一支芽来，这不也就表示我们还永远不放弃争斗，这不也就足以使那些"肃

清狂"病者永远失望了么？①

形象传达了"野草"派成员不屈斗志。香港是英国殖民地，不是国民党当局可以恣意妄为之处，港英当局虽未禁绝《野草》，对它毕竟多方刁难，《野草》复刊后出至新七号，改出《野草文丛》第八集，出至第十集（1948 年 6 月 20 日至 1949 年），又改出《野草新集》:《论肚子》和《追悼》。《野草》是在中国历史的发展的新时期解放战争初期复刊的。这时中国人民有了新的觉醒，中国人民的革命力量有了新的高涨，中国人民正在共产党的领导下去夺取民主革命的最后胜利。在这一新历史时期，"野草"杂文流派进入新的历史发展阶段。

《野草》虽为同人刊物，但它广泛团结了大后方和香港的革命作家。郭沫若、茅盾、柳亚子、田汉、冯雪峰、胡风、荃麟、葛琴、艾芜、林默涵、何家槐、林林等知名作家，都踊跃给《野草》供稿，给予有力支持。《野草》的战斗风格，引起许多不满现实，渴望进步变革人们的注意，特别是得到广大青年的欢迎和爱护。在延安的共产党领袖毛泽东非常重视《野草》，"嘱人每期寄给他两份"。皖南事变后，在重庆的周恩来，"曾两次叫人传达他对《野草》编辑方针的意见"②。《野草》在国外也有影响。1941 年苏德战争爆发后，在莫斯科出版的、著名的《国际文学》有专文介绍《野草》。1946 年 11 月 20 日的《野草》新二号上，刊登了两封读者来信:林花的《祝〈野草〉》、L 的《来自内战的火线上》，他们欢呼《野草》的复生，林花把《野草》喻为"知友"，L 则把《野草》赞为"抚育"他多年的"母亲"，他们坚信"野火烧不尽，春风吹又生"，"真理不会死亡"，祝愿《野草》更"茁壮"更"繁盛"，传达了广大读者的共同心声。

（二）"野草"杂文流派的宗旨和特点

"野草"杂文流派的宗旨是什么？这可从秦似关于筹建《野草》的回忆中看出。他写道，在那次夏衍、聂绀弩、宋云彬、孟超和秦似五人的聚会中，

① 见《野草》复刊号，1946 年 10 月 1 日。
② 秦似:《回忆〈野草〉》。

"大家谈得很热烈，……主要谈的是杂文和鲁迅。我们认为，鲁迅在 30 年代的战斗旗帜，我们在 40 年代应该接过来，夏衍同志说：'鲁迅写的文章，往往是大家心里想说，而没有说出来的话，他说出来了。所以一发表，就令人爱读。'大家认为，鲁迅在 30 年代给我们做出了很好的榜样，我们应该把鲁迅这一克敌致果的武器发挥起来，为当前的革命斗争服务。"[1] 在那次聚会上，夏衍等人还决定《野草》（月刊）以刊登短小生动泼辣的杂文为主，仿效鲁迅的斗争艺术的方针，即像鲁迅在《准风月谈》和《花边文学》那样，"采取了外表看去有点'软弱'，而文章的内容要有几根骨头的方针"[2]，寓政治风云于社会风月之中，秦似执笔的《〈野草〉月刊发刊语》和《编后记》，以曲折方式表述了《野草》以继承和发展鲁迅革命现实主义杂文战斗传统为宗旨和方针的企图。

在《〈野草〉月刊发刊语》中，秦似首先引述了 I. 鲁波尔论高尔基的一篇短文里的话，鲁波尔认为自 18 世纪资产阶级革命后，西方文明国家进步文学的共同主题是表现社会中人的异化，这就是："在文学里，产生了人的变形，有一种人的脸变成了'资本主义的兽脸'，另一种的脸在苦难中变得畸形了。"据此，秦似认为"半殖民地半封建而又在苦难中的中国"文学决不能搞《叫我如何不想她》、《山在虚无飘渺间》的淫靡颓废之音，不能搞林语堂和《宇宙风》、《西风》等"什么风"之类的供阔人摩挲摆弄的闲适幽默文艺，而必须走"革命现实主义"的"道路"，揭破那些"抗战建家（这里抗作动词战作名词解）"者的"兽脸"，创造"人"，歌唱"人"，改变"一大群苦难者的'畸形'的脸貌"，使他们"从俯伏着的奴隶地位站起来"。秦似指出，他们培植的这一片"野草"不是供"悠闲者"乘凉纳福，而是"给受伤的战斗者以一个歇息的处所"，使之"恢复""元气"，"再作战斗"，给"健康的人们"，呼吸一些"苍葱的气息"。他最后说，《野草》上的作者，"弄一点笔墨，比起正在用血去淤塞侵略者的枪口，用生命去争取民族自由的一大群青年人，正如倍·柯根所说，是'以花边去比喻枪炮了'"。但是"即使同是花边，……有的只准备给太太做裙带，有的却可以给战旗做镶嵌"。

---

① 秦似：《回忆〈野草〉》。
② 同上。

这里虽然没有一处提到鲁迅,但作者这些论述,无不让人联想起当年以鲁迅为代表的左翼作家同以林语堂为代表的"论语"派围绕着小品文问题的论争,让人联想起当年鲁迅关于战斗杂文的一系列精辟之论。

在《编后记》中,秦似又写道:

> 第一期发表的文章,连《代发刊词》在内,一共是15个短篇。所以短,正因为要适合《野草》的格调的缘故。长枪固然是很好的武器,然而当逼近肉搏之际,白刃也可以杀死敌人,更何况有些本来就是投枪。先前的时候,杂文是被讥为"不成东西"的,有的作家都不屑作。后来有人提倡,并且好好地运用使之成为武器,舆论也为之一变了。但奇怪的是,当在目前的民族革命斗争更形剧激的时候,却没有好好地把这武器发扬光大起来。让他冷落,以至慢慢被锈蚀。《野草》就粗枝大叶地,想在杂文的厄运下打破沉寂的局面,垦辟一片荒芜的草场,让更健全的战士们进军。[①]

这把"野草"社同人要"发扬光大"鲁迅战斗传统的雄心壮志说得异常透彻了。

可以作为"野草"派继承和发展鲁迅杂文战斗传统佐证的,还有如下文章:宋云彬的《谈鲁迅风》[②]、聂绀弩的《鲁迅——思想革命与民族革命的倡导者》、《从沈从文笔下看鲁迅》、《鲁迅的褊狭与向培良的大度》[③]、刘思慕的《杂文的一些问题——纪念鲁迅先生十年忌而作》[④]、秦似的《关于杂文和鲁迅先生的杂文》[⑤]、夏衍的《谈做文章》[⑥] 等。这其中,宋云彬的《谈鲁迅风》是对上海"孤岛"关于"鲁迅风"杂文争论的响应,他是肯定和支持"鲁迅风"杂文的,绀弩的《鲁迅——思想革命与民族革命的倡导者》,从思想革命与民族革命的高度肯定鲁迅思想的历史意义。他精辟指出:

---

① 见《野草》月刊创刊号,1940 年 8 月 20 日。
② 见《抗战文艺》(桂刊)第一卷第一期。
③ 见《聂绀弩杂文集》,生活·读书·新知三联书店 1981 年版。
④ 见《野草》新二号,1946 年 11 月 20 日。
⑤ 见《野草文丛》第十集《论怕老婆》,1948 年 6 月 20 日。
⑥ 见《夏衍杂文随笔集》,生活·读书·新知三联书店 1980 年版。

　　　鲁迅先生虽然死了,他的遗教决没有减少丝毫光辉,刚刚相反,由于抗战的兴起,那些不朽的著作,更显得光芒万丈,照激了世界。……中国人民正在接受他的遗教,向日本帝国主义连本带利索回血债,而且还要继续他的战斗精神,韧的精神,把抗战坚持到底,完成他所昭示的思想革命和民族革命的任务。

　　《从沈从文笔下看鲁迅》批评沈从文对鲁迅的贬抑,《鲁迅的褊狭和向培良的大度》痛斥逢蒙式的人物向培良对鲁迅的攻击。刘思慕虽不是"野草"派成员,但他的文章在《野草》上发表,代表了《野草》观点。当时正值国民党发动反人民的内战,国民党的宣传部长蛮横规定文艺创作只能"歌颂"不能"暴露",国民党御用文人叫嚷什么鲁迅的"杂文时代"已经过去了。刘文针锋相对指出不惟没有过去,现在十倍需要"鲁迅风"的杂文来暴露国民党统治的黑暗,来击退这种黑暗。相对来说,在继承和发展鲁迅杂文传统的问题上,在《野草》上几乎没有进行过什么理论之争,也没有产生过像王任叔的《论鲁迅的杂文》那样有分量的理论建设文章和专著。

　　自觉继承和发展鲁迅杂文的战斗传统,是"野草"杂文流派的宗旨之一,自觉继承和发展鲁迅杂文的战斗传统,是为了使杂文创作在广泛的社会批评和文明批评中更有力地为民族民主革命服务,为人民大众的争自由和求解放服务,这又是"野草"杂文流派的重要宗旨。在抗日战争时期,"野草"派坚持四条具体宗旨:一是宣传抗日、团结、进步,歌颂进步文化人和前方将士坚强抗战的英雄行为;二是批判国民党当局的种种倒退腐败现象,揭露其文化专制主义暴行;三是批判"战国策"派鼓吹的法西斯主义理论,揭露周作人等投降卖国的汉奸文人,在思想文化战线上进行广泛的"破坏"和"建设";四是在国际上,批判张伯伦的"绥靖政策",态度鲜明地宣传反法西斯斗争。解放战争时期,国民党反动派无法查禁扼杀在香港复刊的《野草》,《野草》更加旗帜鲜明宣传自己的主张:一是揭露国民党反动派勾结美帝发动内战、镇压人民进步势力的倒行逆施及其种种黑暗腐败现象;二是歌颂共产党领导的人民解放战争和广大解放区的种种新气象;三是批判国民党御用文人的反动谬论和民主个人主义者的错误论调。

"野草"派作为一个杂文流派,从 1940 年阴霾密布的秋天创立,到 1949 年阳光灿烂的秋天终结,历时九年,跨越了抗日战争和解放战争两个历史时期,而且在这九年不短的时间内,"野草"派成员,始终思想一致,团结成一个朝气蓬勃的战斗集体,这同中国现代杂文史上的其他杂文流派,如"语丝"派、"现代评论"派、"论语"派、"鲁迅风"派相比就显得异常突出了。

其次,"野草"多数成员是共产党员、老资格的革命文化战士,而且始终在党中央有关领导的亲切关怀和直接指导下进行战斗,这从根本上保证了"野草"派成员思想和步调的一致,斗争的目标和方向的明确,广大革命作家的有力支持,这就使《野草》成为国统区和香港乃至东南亚的思想文化战线上的一面战斗旗帜。

第三,在抗日战争和解放战争时期,人民大众一方面遭受深重的灾难,另一方面革命意识在觉醒,革命力量在高涨,"野草"派杂文作家敏锐感受到这一历史脉动,前期《野草》"始终以期待阳光的心情,歌颂从黑夜边缘过渡到黎明的奋争和战斗"。后期《野草》,在表现中国人民的伟大历史决战时,清晰勾画出敌我力量的消长,国统区黎明前的黑暗,解放区明朗天空中的朝霞,轰响着人民胜利进军的历史足音,其杂文有着更多的欢歌笑语与喜气亮色。这是鲁迅杂文和"鲁迅风"杂文所没有的新特点。

第四,在杂文艺术上有新的特点。《野草》创刊于文禁森严的国统区,客观形势决定"野草"派杂文作家不能"直言",必须进行"讽喻",只能"戴着镣铐跳舞",以曲折迂回、绵里藏针方式进行战斗。这样,他们在那些直接评论现实的杂文外,夏衍写了一批自然科学小品式的杂文,宋云彬写了一批论史、论学的杂文,孟超写了众多的评论古典小说人物的杂文,聂绀弩创作了一批"故事新编"式的杂文,其中不少精彩篇什融知识性、趣味性和思想性于一炉,这都是对鲁迅杂文艺术的新发展。

(三)代表作家杂文创作及其风格特色

"野草"杂文流派中的夏衍、聂绀弩、宋云彬、孟超、秦似的杂文,创作倾向相同,风格各异。

1. 夏衍（1900—1995）

原名沈端先，是现代著名剧作家、著名翻译家，也是著名杂文家。据他自述，他"五四"运动前后就已开始杂文写作了。抗日战争前夕，他在上海也写过不少杂文，但均影响不大。在抗日战争和解放战争的十二年中，他在《救亡日报》、《野草》、《大众生活》以及《新华日报》、《华商报》副刊和《群众》周刊上，发表了数字庞大的杂文、政论、随笔之类文字。他的杂文散文结集出版的有《日本的悲剧》①、《此时此地集》、《长途》、《边鼓集》②、《蜗楼随笔》③。

在抗日战争和解放战争中，夏衍从事党的新闻工作、统战工作、电影、戏剧工作，这对他的杂文创作产生深刻影响。他的杂文详细记录了时代风云的变幻，人民革命的胜利，社会思潮的涌动，文艺运动的发展，以及他对知识分子历史命运的思考。他的杂文善于吸收和改造一切可用的思想材料作为自己思想和理论的血肉，特别是自觉地创造性地运用鲁迅思想和毛泽东思想评论一切，达到相当的思想高度和逻辑力量。他有丰富创作实践经验，对文艺创作的艺术规律有深刻理解，反对创作的公式化、概念化倾向，反对创作成为"什么感觉也没有，只是说呀唱呀"的"留声机"④，主张"理"和"情"的"浑然合致"⑤。他的杂文优美洗炼，清新蕴藉，婉转亲切，情理交融，自觉追求一种独特的说理方式和独特的抒情方式的"浑然合致"的境界，有着鲜明的艺术风格，在现代杂文作家中独树一帜。

夏衍那些偏于说理的精彩杂文，有这么一些特色：其一，他在说理时，常把自己摆进去，解剖自己，他不摆起架子，居高临下训人，而是采取和读者平等讨论问题，共同寻求真理的方式，仿如知友谈心，娓娓絮语，婉转亲切，沁人心脾。《谈写文章》、《写"方生"重于写"未死"》就是这类杂文的代表作。前者引述鲁迅的《作文秘诀》和毛泽东的《反对党八股》的有关论述，说明怎样才能写好文章，而文艺工作者、作者自己和青年朋友的文章同上述

---

① 《日本的悲剧》，上海大时代出版社 1937 年版。
② 《边鼓集》，美学出版社 1944 年版。
③ 《蜗楼随笔》，香港人间书屋 1949 年版。
④ 见《夏衍杂文随笔集》。
⑤ 同上。

要求有相当距离,于是作者把自己摆进去和读者一道剖析和探讨问题。后者是一封答文艺青年的信,作者首先接受那位青年对他的剧本《春寒》的中肯批评,并进而和他一起探讨包括自己在内的知识分子作家创作中感情留恋过去、理智倾向未来的矛盾,写未死重于方生的毛病,全文态度恳挚,语调亲切,入情入理。其二,他从自然和人生一体化观点出发,打破自然科学和社会科学之间的森严壁垒,借用自然科学的道理来掘发社会人生的奥秘,蹊径独辟,理趣盎然,闪耀着科学的诗意光辉。在 30 年代,曾出现过"自然科学小品"和"社会科学小品"(包括"历史小品"),它们实际上是现代杂文的两个分支。在鲁迅这样杂文大师笔下,自然科学和社会科学是贯通的,鲁迅在一些杂文名篇中,常借用自然科学的道理来掘发社会人生的奥秘。夏衍继承和发展鲁迅的这一传统。他的父亲"懂一点医道,家里有本草之类的书",以后又嗜读英国吉尔勃·怀德的《色尔彭自然史》、法国法布尔的《昆虫记》,留学日本时读工科,有较丰富的花鸟虫鱼、声光化电的自然科学知识。作为杂文家的夏衍在进行社会批评和文明批评时,融自然科学和社会科学于一炉,写出了一批风姿绰异的名篇,如《乐水》、《老鼠·虱子与历史》、《从杜鹃想到隋那》、《从"游走"到"大嚼"》、《超负荷论》、《光和热是怎样发出来的》、《论肚子问题》等等。其中《论肚子问题》是典范之作,杂文劈头提出"肚子会想问题"这一貌似荒诞诡辩实则蕴有深意的有趣问题,肚子不会想问题吗? 德国的马丁·路德就说:"什么是上帝? 就是我们的肚子!"这就把属于思想范畴的宗教信仰问题同肚子联系起来了。国民党长春守将不得不率部起义,郑洞国不得不投降,何以故呢? 是肚子在想问题、在起作用。作者认为:"肚子不仅要指挥抽象的思想,而且要改变一个人的性格、行为、态度、习惯、仪表、礼貌……"他援引美国《临床心理杂志》上约瑟夫·佛朗克林博士等人关于《肚子和性格的实验报告》,对以上问题做了"科学"的极其生动说明,当然夏衍不是"肚子至上""肚子第一"主义者,他既谈了"肚子命令脑子",也指出"脑子""可以影响肚子",论述是辩证的。当时"蒋家王朝"濒临覆灭末日,亿万人民的"肚子问题"是头等政治问题。《论肚子问题》抓住了这一平凡而又重大的迫切问题,在生动有趣的道理中包含着重大的政治哲理,是值得总结的艺术经验。

　　夏衍有些杂文通过象征性事物的抒写来抒情和说理。这类杂文形神兼备,清新蕴藉。《旧家的火葬》、《野草》、《论"晚娘"作风》、《宿草》等都是同类之作。其中《旧家的火葬》里作者自己那座高大的可住"五百人"的老屋,是个带有象征性的意象。它是破落的封建士大夫家族的象征,又是把"老屋"租给日寇的作孽的侄辈的可耻标记,也"象征着我意识底层之潜在力量的东西",它被浙东游击队一把火烧掉,对此,作者"感到痛快","感到了一种摆脱了牵制的一般的欢欣"。这写出了一个真正革命者埋葬旧世界、旧思想的赤诚胸怀,写出一个爱国者埋葬汉奸行为的凛然大义,情真意切,余味无穷。

　　一般说,夏衍的杂文佳作,不喋喋不休地说理,不任感情泛滥,说理和抒情都有节制,使之有一定的"数"和"度",从淡化中求强化,造成一种淡远蕴藉的韵致。

2. 聂绀弩（1903—1986）

　　聂绀弩是"野草"杂文流派中成就最高,影响最大的战斗杂文大家。早在"左联"时期,他就在鲁迅旗帜下运用杂文武器进行战斗了。他曾与叶紫合编《中华日报》副刊《动向》,1935年他与鲁迅合编《海燕》,写了不少杂文,结集为《瘸子的散步》,但毁于"八·一三"战火。抗日战争和解放战争时期,他写了大量杂文,是其杂文独创风格的形成期和发展期,结集的有《关于知识分子》、《历史的奥秘》、《蛇与塔》、《早醒记》、《血书》、《海外奇谈》、《二鸦杂文》等 ①。林默涵曾说:"绀弩先生是我向所敬爱的作家,他的许多杂文,都是有力的响箭,常常射中敌人的鼻梁。"② 夏衍说他写杂文,"先是学鲁迅,后来是学绀弩的,绀弩的'鲁迅笔法'可以乱真"③。胡乔木推许聂绀弩是"当代不可多得的杂文家"④,这些评价并不过分。

---

　　① 《关于知识分子》(上海潮锋书店1938年版)、《历史的奥秘》(桂林文献出版社1941年版)、《蛇与塔》(桂林文献出版社1941年版)、《早醒记》(桂林远方书店1943年版)、《血书》(群益出版社1949年版)、《海外奇谈》(香港求实出版社1950年版)、《二鸦杂文》(香港求实出版社1950年版)。

　　② 见《野草》新二号。

　　③ 见《新观察》1982年第24期。

　　④ 见《人民日报》1982年8月16日。

　　聂绀弩是在学习师承和发展鲁迅的杂文传统中形成和发展自己杂文的思想艺术个性的。如同杂文大师鲁迅那样,他的杂文风格也是统一性、丰富性和多样性的结晶体。从思想内容看,他的杂文有强烈的时代感,所进行的批评是广泛的、多方面的,有着很强的战斗性和思想性。在杂文艺术上,逻辑思维和形象思维相融合,博学多识,敏于分析,善于形象化说理,充满机智和幽默,其艺术形式、感情色彩、表现手法和文风笔调均能随物赋形,富于创造。聂绀弩杂文的主要艺术特征,是其杂文创作中有着由博识卓见和诙奇幽默交织而成纵横恣肆,酣畅淋漓,充满着喜剧色彩的理趣美,虽然不如鲁迅冷隽、精警、阔大、深沉,但自有其独特魅力。他的杂文的这种理趣美,主要表现在说理的生动性、丰富性和多样性,以及与之相适应的艺术形式的多样性和诙奇、酣畅、悍泼、幽默的文风笔调上。

　　聂绀弩杂文的说理方式、艺术表现和文风格调丰富多样,有不少成功的创造。其中有以立论和驳论为主的常规杂文格式和写法,难得的是,他这类杂文常以庄谐杂出的机智幽默笔调,善于熔经铸史、旁征博引,使杂文有一定的知识密度,在议论展开中,纵横开阖、波谲云诡、辨析透彻,有相当的理论含量,他在解放战争胜利前夕写的《血书》、《论万里长城》、《傅斯年与阶级斗争》、《论白华》、《自由主义的斤两》等长篇杂文,除以上特点外,则笔挟风雷、浩浩荡荡,有一股所向披靡、锐不可当的气势,显示了毛泽东思想对作者的深刻影响。比如《血书》一文,是歌颂党所领导的土改运动的情理并茂的杂文名篇。作者在议论的展开中,大量引述中外不同时代不同阶级的思想家和理论家关于解决农民土地问题的有关论述,回顾和评述农民为解决土地问题的饱含血泪的斗争史。这篇以充沛的革命激情写成的杂文,充满着开阔的历史感和理论深度感。

　　聂绀弩有一批杂文的格式写法新颖特别,诙奇峭拔。这里有仿如鲁迅《故事新编》式的杂文,如《韩康的药店》、《鬼谷子》、《季氏将伐颛臾》等。其中《韩康的药店》更是传诵一时的名篇。文中聂绀弩把汉代韩康和《金瓶梅》中的西门庆摆在一块。韩康有救人济世之心,他药店卖的药货真价廉,门庭若市,生意兴隆。恶霸西门庆也开药店,但卖假药,门可罗雀,生意萧条,他要弄阴谋霸占韩康药店,但生意仍然不济。不久西门庆暴卒,韩康药店

东山再起,更加兴旺发达。这篇杂文是影射和讽刺国民党当局的。在第二次
反共高潮中,反动派查封了深受群众欢迎的桂林生活书店,在原地开设一家
专卖"总裁言论"的"国际书店",但也门庭冷落,无人问津。通篇没有一句
议论,却沉重打击反动派的凶焰。这里有仿如鲁迅《朝花夕拾》式的杂文,
在回忆性的记叙中,溶进抒情和议论,如《怎样做母亲》、《怀〈柚子〉》等。
还有类似鲁迅说的"砭痼弊常取类型"的,如《魔鬼的括孤》、《阔人礼赞》、
《论拍马》。还有虚拟、幻想、寓言、象征式的杂文,如《残缺图》、《我若为
王》、《兔先生的发言》等。也有对古典小说《水浒》、《封神演义》、《红
楼梦》等古典小说人物作"古为今用"、"推陈出新"的评论写成的杂文,
如《论〈封神榜〉》、《论通天教主》、《论申公豹》、《探春论》、《论武大郎》
等。此外,有以简约、浓缩、跳跃的语句写成的哲理性散文诗式的杂文,有以
类似话剧的对话体写成的杂文。在这里,那些以立论和驳论为主的杂文,是
以直接的逻辑推理形式出现的,而那些小说式、散文式、幻想、寓言、象征式、
散文诗式、话剧对话体式的杂文,是以非议论形式出现的间接的形象化说理,
有着特别的理趣美,这是作者成功的艺术创造。

3. 宋云彬（1897—1979）

宋云彬在 20 年代和"左联"时期都写过一些杂文,常用笔名佩韦。他
杂文创作的全盛期是抗日战争和解放战争时期,结集出版的有《破戒草》和
《骨鲠集》。他在《我怎样写起杂文来——代〈骨鲠集〉序》中,回顾了他
写作杂文的因由和过程。他是从爱读鲁迅杂文到学写鲁迅式战斗杂文的。
在《谈"鲁迅风"》中,他评论上海"孤岛"上关于"鲁迅风"杂文的争论,
对"鲁迅风"杂文持肯定态度,他说:

> 我们不必盛气争辩,也不必放言高论,只要问:现在的抗战营垒里面,
> 有没有鲁迅所说的"有背于中国人现在为人的道德"的匪类隐藏着?许
> 多摆在眼前的挑拨离间,破坏团结的行动言论,是否应该熟视无睹,而不
> 加以指摘或抨击?许多落后的反动的思想和言论,是否应该任其发展,而
> 不加以揭破或纠正?只要承认一个"有"或"否",那么,像鲁迅那种辛
> 辣的笔调,讽刺的文章,在目前还需要的,而且还是"很"需要的。

宋云彬的杂文深受鲁迅影响,不过在取材角度、议论方式和文字表达上有自己的特色。

宋云彬是语文和历史学者,有较渊博的历史、文学知识,他的杂文和"左联"时期的阿英、陈子展、曹聚仁等有近似之处,有较强的知识性和学术性,他的大多杂文常从古代历史典籍和笔记小说中取材,即便是那些直接批评现实的杂文,他也常常引用史料。在那些取材于古籍的杂文中,作家议论的展开也有自己的特点,他或把对现实的褒贬寓于对历史和文学人物、寓于对历史和文学掌故的评论之中。他或以今论古,或援古证今,在他杂文中,历史和现实相联系、相贯通、相生发、相印证、相映照,作家思想就在这种古今的相联系、相映照中,获得了丰满的血肉和逻辑力量。

《人间史话(一)》中的《杀人的方法种种》、《汪有典的〈史外〉——读书札记之一》、《章太炎与鲁迅》、《章太炎与刘申叔》等杂文,作者引申史乘,考证古代的杀人方法,介绍汪有典《史外》一书记述的有关明代"廷杖"、东林党人、苏州义民反对魏阉的斗争,评论章太炎和鲁迅师弟之间的异同,评论辛亥革命前坚强不屈的章太炎和出卖战友、投靠清抚端方的刘申叔,作者借评论历史来讽喻现实。像《从"怪字"说开去》、《替陶渊明说话》、《杂谈六则》、《温故知新——民初宋教仁被刺案》等杂文,则从古今的联系和映照中展开议论。《从"怪字"说开去》反驳那些以维护汉字的"独特"和"尊严"为口实来反对文字改革的顽固派,纵谈文字变化、进步的历史,说明随着社会的发展,文字不断在变化,从少变多,从繁难到简易,他所申述的文字必须改革的观点,建立在历史和逻辑结合基础上,显得有说服力。30年代,有人曾把消极避世、写作闲适趣味小品的周作人比为现代的"陶渊明"。《替陶渊明说话》指出陶氏不仅有静穆恬淡一面,更有"金刚怒目"一面,刘裕篡晋后,其诗文不用刘宋年号纪年,表现了他不媚俗不阿世的高风亮节,而周氏在30年代消极避世、一味闲适,把这时的周氏说成陶氏已比拟不伦,在周氏下水附敌后这种比拟更是辛辣的讽刺。这篇杂文在古今人物比照中,把知识分子在国家民族处于危难关头应该坚持大义和气节的思想丰富和深化了。《温故知新》先详写民初袁世凯导演的刺杀宋教仁一案,以后略写国民党当局在昆明制造暗杀李公朴、闻一多和谢诚三惨案,作者不加评论,让人们

从历史的联系、历史的重演中去探寻历史的奥秘。

宋云彬杂文有自己独特的表达方式，他用笔谨饬，朴实平易，他不管是援古证今，或以今例古，常常以此例彼，不加以点破，把思考的空间留给读者。他的杂文笔底藏锋，寓热于冷，在絮絮的引证、平静的评论之中，寄托着深沉的愤慨。聂绀弩评论他："常常是用心平气和、不动声色、轻描淡写，有时甚至是与世无涉的外衣裹着，里面却是火与刺。"①

4. 孟超（1902—1976）

孟超在"左联"时期就写了大量杂文，仅1935年10月28日至1937年7月，他就在《青岛民报》副刊《十字街头》的《小糊涂胡扯》专栏上发表杂文五百多篇。抗日战争和解放战争时期，孟超又写了大量杂文，结集出版的有：《长夜集》、《未偃草》、《水浒梁山英雄谱》，未出版的杂文集有：《流云集》、《当风室漫写》、《泻余草》。主要笔名有依凡、东郭迪吉、南宫熹、徐平等。孟超学识渊博，多才多艺，特别是对古典小说时有精辟见解，这种智能结构，给他的杂文打下深深的烙印。

孟超说他的《长夜集》"全集所包括各篇，既无系统，又难得分出体类，可也够杂的了"。在《〈未偃草〉题记》中，他写道："自己是以爱小草的心情，爱着杂文……也许有人孤芳自赏的玩他那所谓杂文正宗，而我呢，还是把杂文比成小草，让他野生好了，只求其能够临风不偃，就是自己满意的地方。"在他看来杂文是内容、体式、笔法等都是不可方物，一切都很"杂"的"临风不偃"的野草。他所谓的"杂"，即指内容的广博丰富、体式、笔法的"杂多"。从内容说，他的杂文确是历史和现实、社会和自然、海阔天空，无所不包；以体式论，有直接针砭现实的评论和杂感，如《从米老鼠谈起》、《周作人东渡》、《不寂寞战场上一个寂寞的灵魂》、《精神劳动者的愤慨》等；有回忆性的杂文，如《记吴检斋（承仕）》、《怆恸的友情（纪念灵菲兄）》；有抒情散文式的杂文，如《一年容易又秋风》、《秋的感怀》等；有类似自然科学小品和动物寓言小品的杂文，如《渔猎故事（一，鹭，二，熊与虎，三，雁）》、《鸡鸭二题（吊汤鸡，肥鸭与瘦鸭）》；数量最大、写得最有特色的是那些历史

---

① 转引自唐弢主编《中国现代文学史》（三）。

评论和古典小说人物论的杂文,前者如《历史的窗纸》、《从战国时代的社会背景说到纵横术》、《略谈宋代的"奸臣"与"叛臣"》,后者是关于《水浒》、《三国演义》、《金瓶梅》、《红楼梦》等的人物论。

　　孟超和宋云彬有近似之处,都爱写史论和文论式的杂文,取材相近,但在议论和表达方式上,宋云彬较多引征史乘,进行较详考证,写得矜持节制,把自己倾向融在史料的辨析考证之中,不多发议论;孟超也征引文献材料,但更注重对文献材料的剖析,并在此基础上铸造自己的见解,发挥自己的见解,他的这类杂文借题发挥,议论纵横,尽情挥洒,兴会淋漓。一个矜持节制,追求含蓄的意蕴,一个逞才使气,尽情发挥自己的见解。

　　《历史的窗纸》是篇史论性的杂文。文章从大学的历史试题谈起。那试题是:"东晋元帝,南宋高宗,明末福王,均偏安江南,何以东晋南宋多历年所,而福王享国独浅?试言其故?"在抗日战争时期出这种试题极端荒唐,这不是引导学生去总结三朝覆亡的教训,而是引导他们去比较如何才能"偏安"得更好,这无疑是给历史的真理蒙上一层"窗纸"。学生对这试题答案五花八门,作者的朋友慨叹:学生"对历史认识不够"。作者指出史学界某些人故意给历史蒙上窗纸,让人看不到真理,"这样,对于历史的短见除了几个学生之外还多哩"。这篇杂文从对一个具体的典型事例剖析入手,导向研究历史的一般方法,构思新颖,议论深透。《孙行者的际遇》是孟超为数众多的古典小说人物论中的一篇。他这类杂文没有一般论文的理论架势和学究气味,显得从容舒卷,议论风发,绘声绘影,新意迭出。他在《孙行者的际遇》中指出《西游记》中的孙悟空在大闹天宫前后的不同际遇和不同性格,当他是齐天大圣时是何等生气勃勃,所向披靡,一旦皈依佛法后竟一蹶不振,斗许多妖魔不过,得证正果后虽然号称"战斗胜佛",却已心如止水,毫无生气了,只是证明佛法的胜利和孙猴子"野性"的消失,其中颇有耐人寻味之处。其他的如论花袭人、西门庆之流,有明显的讽喻现实的苦心孤诣在。孟超这类杂文可读性和耐读性较强,其中不乏名篇佳作,这是孟超对现代杂文艺术的贡献。

　　刘勰在《文心雕龙·辨骚》中论以屈原骚赋为主的楚辞说:"虽取熔经意,亦自铸伟辞,……故能气往轹古,辞来切今,惊采绝艳,难与并能矣。……

其衣被词人,非一代也。"我们以为刘勰对以屈原骚赋为主的楚辞的这一评价,可移用于鲁迅革命现实主义战斗杂文的。鲁迅所开创的战斗杂文传统,如长江大河,奔腾不息,如嘉花茂卉,常开不败,这已为过去的历史雄辩证实,还将为未来的历史不断地雄辩证实。

（原载贾植芳主编《中国现代文学社团流派》,
江苏教育出版社 1989 年版）

论聂绀弩建国前的杂文创作

聂绀弩是中国现代杂文史上继鲁迅、瞿秋白之后,在杂文创作上成绩卓著、影响很大的战斗杂文大家。在抗日战争时期、解放时期和新中国成立初期,他以耳耶、肖今度、迈斯、悍膂、淡台、灭暗等为笔名,以饱满的革命热情,创作了大量的战斗杂文。他的杂文先后结集的有《关于知识分子》、《蛇与塔》、《历史的奥秘》、《早醒记》、《婵娟》、《天亮了》、《巨象》、《血书》、《二鸦杂文》、《海外奇谈》、《寸磔纸老虎》等。[1] 1955 年,人民文学出版社出过《绀弩杂文选》;1981 年,三联书店出过《聂绀弩杂文集》。

对于聂绀弩的战斗杂文,人们早就给予很高的评价。1947 年林默涵在评论聂绀弩的杂文《往星中》时说:"绀弩先生是我向所敬爱的作家,他的许多杂文,都是有力的响箭,常常射中了敌人的鼻梁。"(《天上与人间》,刊于《野草》新四号)解放后的中国现代文学史专著也都指出了聂绀弩在杂文创作上的成就。去年,胡乔木在为聂绀弩的旧体诗集《散宜生诗》写的《序》中说:"绀弩同志是当代不可多得的杂文家,这有他的《聂绀弩杂文集》(三联书店出版)为证。"(《人民日报》1982 年 8 月 16 日)也是在去年,杂文大家夏衍在一次座谈会上回顾他的杂文创作历程时说,他写杂文"先是学鲁迅,后来是学绀弩,绀弩的'鲁迅笔法'几乎可以乱真,至今我案头还摆着

---

[1] 《婵娟》、《巨象》和《天亮了》只有部分是杂文。

一本他的杂文"(《杂文复兴首先要学鲁迅》,《新观察》1982 年第 24 期)。但是,对于这样的战斗杂文大家,"人们对他还缺乏研究"(张大明:《杂文还活着——聂绀弩的杂文值得一读》,《读书》1982 年第 10 期)。

这里,我们想较全面地考察聂绀弩的杂文创作历程,他的杂文创作的思想艺术风格的主要特点,以及他在中国现代杂文史上的地位。

一

中国现代文学史上有一个中国古典文学史和外国文学史上所没有的突出现象,即文艺性的杂文特别滋荣发达,而鲁迅所开创的人们称为"鲁迅风"的革命现实主义战斗杂文则为其主流。我们这里所说的"鲁迅风"战斗杂文,是较之风格、流派等广泛得多的概念。也是个处于流动和发展状态中的概念。总的说,其基本特征是以广泛的社会批评和文明批评为内容,以讽刺、幽默为笔调,以形象化的说理为主要表达方式的。要考察聂绀弩杂文创作历程及其思想艺术特征,要考察聂绀弩在中国现代杂文史上的地位,首先必须搞清楚聂绀弩对"鲁迅风"战斗杂文的学习、师承和发展关系。

聂绀弩是个具有多方面文学才能的作家,但以杂文的成就和影响为最大。他在《历史的奥秘》的《题记》中就有这样的自述:"我写的文章实在太杂,几乎没有一种文章没有写过。虽然写过各种各样的文章,却没有一种文章写得好,只有这杂文,有时还听到拉稿的朋友的当面恭维,……写杂文也许正是我的看家本领……"他的杂文创作可分为三个时期:左联时期;抗日战争时期;解放战争和解放初期。

左联时期,是共产主义战士鲁迅率领一大批革命和进步的作家,以《申报·自由谈》和《太白》等刊物为阵地,以杂文为武器作集团作战的时代。这时写作"鲁迅风"战斗杂文的不止鲁迅一个人,而是一大批人,聂绀弩就是其中的一个。这时的聂绀弩,积极参加左翼文艺运动,参加中国共产党,他同鲁迅有较多的交往,结下较深的战斗友谊。他和叶紫编辑《中华日报》副刊《动向》,其特色是"多杂文,短小精悍,犀利泼辣,没有风花雪月、卿卿我我"。1935 年年初,他又与鲁迅等合编《海燕》,写了为数不少的杂文,结集

为《瘸子的散步》，但毁于"八·一三"战火，未能问世。综观这时聂绀弩的杂文，确是属于"鲁迅风"战斗杂文系统的，但尚未形成鲜明独立的思想艺术风格，影响也不很大。

聂绀弩是衷心爱戴鲁迅的，他在当时关于杂文的论争中，批驳一切反对杂文创作和把杂文创作引向歧途的错误理论，坚决保卫"鲁迅风"战斗杂文传统。《关于哀悼鲁迅》一文，表达了他对鲁迅的深挚敬仰之情。《谈杂文》和《我对于小品文的意见》，批评林希隽和韩侍桁反对杂文的论调，《谈〈野叟曝言〉》和《再谈〈野叟曝言〉》，批评林语堂关于小品文（主要是杂文——笔者）的有害理论，在批评中，聂绀弩反复申述瞿秋白所概括的以鲁迅为代表的战斗杂文创作主张。

这时聂绀弩的杂文创作已表现了注重社会批评和文明批评的创作倾向。上述几篇关于杂文论争的文章，《创作口号和联合问题》和《创作活动的路标》等关于"两个口号"论争的文章，都是作者对当时文艺战线斗争的反映；《谈〈娜拉〉》和《阮玲玉的短见》，表明作者对妇女问题的关注。即便是像《论封神榜》这样的古典小说评论，作者也把对古典小说的研究同社会批评和文明批评统一起来。

这时的聂绀弩杂文创作，已初步显露了他敏于分析、善于说理的思辨才能。聂绀弩也像鲁迅一样，善于敏锐捕捉论敌言行不一之点，论调自相矛盾之处，当他一旦抓住这些喜剧性矛盾之后，稍加推演点染，就把论敌置于荒谬可笑，无法自拔的境地。在《谈杂文》中，聂绀弩揭露了切齿攻击杂文的林希隽自己写的竟也是他所不齿的杂文，揭露了林文认为杂文"毫无需要之处"，但又说"杂文之不胫而走，正是不足怪的事"之间自相矛盾、自打耳光的荒谬可笑。《谈〈野叟曝言〉》和《再谈〈野叟曝言〉》是很有特色的文章。作者不正面批评林语堂的抽象说教，而是从剖析那被林氏奉为"1934年中第一部爱读的书"——《野叟曝言》入手，指出该书是"宣传旧礼教，提倡封建道德"的旧小说，是一部"腐臭肮脏，无一是处"的书，指出该书同林语堂鼓吹的反对"方巾气"①，鼓吹的"性灵"和"白中之文"，是貌似对

---

① 林语堂所谓的"方巾气"，既指理学家的"道学气"，也讽刺左翼作家。

立,实则统一的,取得了既批判了《野叟曝言》,也揭露林氏小品文理论的实质的效果,一箭双雕。《论封神榜》,不同于一般学究气浓重的学术论文,作者"居今论古",以古喻今,"推己及人",知人论世,在谈笑风生的议论中有发人深省的卓见。

但是在这时聂绀弩的杂文创作中,社会批评和文明批评的广度不够、深度不足,他的杂文文风不够泼辣幽默,他虽也敏于分析、善于说理,但未能使逻辑思维和形象思维融合起来进行形象化的说理。

抗日战争时期,是聂绀弩杂文的独特思想风格形成和发展时期,也是他师承发展"鲁迅风"战斗杂文做了重要贡献的时期。

1936 年 10 月,鲁迅逝世了,"鲁迅风"的革命现实主义战斗杂文却像长江大河那样,滚滚滔滔,奔腾向前。1938 年,王任叔在他主编的《申报·自由谈》上发表了《超越鲁迅》一文,提出:"以我们自己的力量,继之以我们子孙的力量,而超越鲁迅。"所谓"超越鲁迅",就是继承和发展鲁迅所开创的事业。因而鲁迅逝世后的抗日战争时期,有两个以继承和发展"鲁迅风"战斗杂文传统为宗旨的杂文分支:一个是在上海孤岛时期由巴人、唐弢、柯灵、周木斋等人形成的杂文分支,另一个是夏衍、聂绀弩、宋云彬、孟超、秦似等以《救亡日报》、《野草》等为主要阵地的杂文分支。《野草》于 1940 年创刊后,得到毛泽东同志和周恩来同志的关怀指导,在国内外有很大影响。聂绀弩是《野草》中最重要的杂文作家,也是该刊的一个编辑者。在这之前和之后,聂绀弩有着这样值得一提的经历:1938 年年初,他偕同萧红、萧军等赴山西临汾薄一波同志主持的山西民族革命大学讲学,旋即同丁玲经西安到革命圣地——延安,后又按照周恩来同志指示,到新四军军部,任新四军文化委员会委员兼秘书,编辑军部刊物《抗敌》的文艺部分。1939 年任浙江省委刊物《文化战士》主编。1940 年在桂林参与编辑《野草》,并任《力报》副刊编辑。1945—1946 年,在重庆任《商务日报》和《新民报》副刊编辑。这种经历是聂绀弩继承和发展"鲁迅风"战斗杂文的前提条件。

在这个时期,聂绀弩经常著文反击一些人对鲁迅的攻击,著文阐释鲁迅的战斗精神。他以鲁迅为师,经常从鲁迅杂文、散文和小说中汲取杂文创作的灵感,从这位导师为他提供的起点往前迈进。前一期的《老子的全集》和这一期的《鲁迅的偏狭和向培良的大度》以及《从沈从文笔下看鲁迅》,是批驳向培良和当时的沈从文对鲁迅的攻击的。《鲁迅——思想革命和民族革命的倡导者》和《略谈鲁迅先生的〈野草〉》,是用抒情而又漂亮的文字写成的,有一定思想深度的研究性杂文,其中有不少精辟见解至今仍能给人以启发,这意味着聂绀弩对鲁迅思想和鲁迅杂文创作的学习和认识的深化。他这时写的《读鲁迅先生的〈二十四孝图〉》和《怎样做母亲》,是聂绀弩杂文创作中的名篇。《读鲁迅先生的〈二十四孝图〉》,如题目所宣示的,是一篇读后感性质的杂文。它不是鲁迅回忆性散文《朝花夕拾》中的《二十四孝图》的重复,而是对它的发展。这篇以庄谐杂出的机智幽默笔调写成的杂文,熔经铸史,旁征博引,有一定的知识密度,议论风生、辨析透辟,有相当的理论容量,在鲁迅原作提供的基础上,把封建孝道这一伦理观念的虚伪性、荒谬性和反动性揭批得淋漓尽致,简直可和鲁迅原作相媲美。《怎样做母亲》,让人想起鲁迅的杂文名篇《我们现在怎样做父亲》,这显然是受后者的启发而写的。聂文也是批评那受封建伦理观念支配的亲子关系,表达了要建立新式亲子关系的思想,但写法和鲁迅的不同,它不是以议论形式来表达思想,而是采取在生动活泼的叙事中说理的表达方式,具有独特的风姿。像《蛇与塔》也让人想起鲁迅的《论雷峰塔的倒掉》、《再论雷峰塔的倒掉》,它们是属于同一类的作品。

　　和前期相比,这时聂绀弩的杂文创作是进行了广泛而深刻的社会批评和义明批评的。聂绀弩曾这样评价鲁迅:"鲁迅先生实在太广大了,几乎没有什么曾逃过他的眼与手,口与心。"我以为这也可用来评价这时的聂绀弩的杂文创作。这里,有对国民党反动官僚的贪污腐化、投降卖国的讽刺和揭露,如《失掉南京,得到无穷》;有对国民党反动统治者搞撒谎就是真理、强权就是真理的讽刺和揭露,如《残缺国》、《魔鬼的括弧》;有对旧中国那些骑在人民头上作威作福,过着吸血鬼和寄生虫生活的大地主和买办资产阶级的讽刺和揭露,如《阔人礼赞》、《我若为王》;有对背叛祖国、投敌附逆的汪精卫、周佛海和周作人之流的讽刺和揭露,如《历史的奥秘》、《记周佛海》;有讽刺和揭露国民党封建法西斯文化专制主义的,如《韩康的药店》;有揭批封建伦理观念,阐释青年运动和妇女解放问题的,如《读鲁迅先生的〈二十四孝图〉》、《伦理三见》、《〈女权论辨〉题记》、《妇女·家庭·政治》等；也有捍卫和宣传鲁迅战斗传统的；还有表现人民在民族战争中的灾难和歌颂其英雄气概的，如《父亲》、《母亲们》、《圣母》、《巨象》等。值得注意的是，这时聂绀弩的杂文创作，不仅历史和现实的视野开阔了，而且思想也丰富深刻了。

从这个时期聂绀弩的杂文创作中，我们看到他的理论思维能力较前有很大的发展。无论是反驳谬说，还是正面阐发自己的卓见，他总是善于把对现实的深入解剖和广阔历史的透视巧妙地结合起来，善于引经据典、熔铸今古，把知识的密度和思想理论的容量结合起来，进行多侧面和多层次的剖析和说理。他的说理总是丰富深刻而不干巴浅露。我们也看到他的形象思维特别活跃，他在师承前人的基础上创新，他的杂文艺术形式和格调也是多种多样的，有不少成功的新创造，呈现出艺术风格的丰富性、多样性和独创性。除常见的以驳论和立论为主的常规杂文格式和写法外，还有鲁迅《故事新编》式的，如《韩康的药店》、《鬼谷子》；有虚拟、幻想和寓言式的写法的，如《残缺国》、《我若为王》、《兔先生的发言》；有创造带象征性的美好形象的，如《圣母》、《巨象》；有类似鲁迅说的"贬锢弊常取类型"的，如《阔人礼赞》、《魔鬼的括弧》，有像鲁迅的《朝花夕拾》那样，在回忆中融进抒情和议论的，如《怎样做母亲》、《离人散记》、《怀〈柚子〉》；也有对古典小说的"古为今用"、"推陈出新"的，如有关《封神演义》的一些杂文；也有以简约、浓缩、跳跃的语句写成的格言警句式的杂文……在这个时期聂绀弩的杂文创作中，作家的逻辑思维和形象思维水乳交融，笔意恣放，幽默泼辣，挥洒自如，多姿多彩。这都是杂文家思想艺术风格成熟的标志。

解放战争时期和新中国成立初期，是聂绀弩杂文创作的第三期。这时期又分两个阶段，即抗战胜利后至 1948 年 3 月去香港前的重庆阶段，1948年 3 月受党派遣赴香港至 1951 年应召赴京前的香港阶段。这一时期是聂绀弩杂文创作又有新的很大发展时期。抗战胜利后，聂绀弩在重庆编辑《客观》副刊时，发表毛泽东同志的《沁园春·雪》，以及柳亚子、郭沫若等名家的唱和之作，并著文评赞注释，又在《新民报》副刊上发表《论拍马》一类讽刺和揭露国民党反动当局的著名杂文。国民党当局以武力迫使聂绀弩离开《新民报》，国民党特务报纸《新华时报》又制造他的谣言；鉴于这种情况，党派他赴香港。在重庆阶段，聂绀弩的杂文创作同前一时期差不多，在香港阶段，他的杂文的思想艺术风格就有很大的变化和发展。这是由如下几个因素造成的。

其一，此时人民解放战争已从战略防御转入战略反攻，国民党的统治面临土崩瓦解，人民民主革命在夺取最后胜利，紧接着是蒋家王朝的覆灭，新中国的成立，龟缩台湾一隅的国民党小朝廷妄想反攻大陆，美帝疯狂发动侵朝战争，中国人民在党领导下进行了抗美援朝、保家卫国的正义斗争；其二，香港的相对自由的环境，在那里写文章不像在国统区那样吞吞吐吐、隐晦曲折，而可以毫无顾忌、畅所欲言；其三，这时聂绀弩生活安定，埋头攻读马恩列斯和毛泽东的著作，在杂文写作上，他不仅仍然学习和师承鲁迅，而且也学习和师承毛泽东。

由于上述三种因素，此时他在学习、师承和发展"鲁迅风"杂文上，做出了很大贡献。在香港和东南亚一带，他是敌人望之生畏，所向披靡的著名战斗杂文大家。此时，他的杂文创作特点是：其一，杂文中有新的革命"亮色"，有火山一样的革命激情，有磅礴的革命气势。1948年，他在《血书》中说："写攻击时弊文章的人，常常被人非难：不歌颂光明；他们回答：要有光明才能歌颂；现在有光明，这霞光万道的通体光明，就是土改！""歌颂这光明，拥护这光明，在这光明中为它而生，为它而死，是我们今天最光荣的任务！"所以，热情洋溢地歌颂党领导的中国人民解放战争的伟大胜利，歌颂中华人民共和国的成立，歌颂党所领导的伟大的土改运动，是此时聂绀弩杂文的一个重要主题。其二，自觉而广泛地运用马恩列斯和毛泽东的著述，是此时聂绀弩杂文的新特点，这保证了他的杂文的思想高度。《血书》引用党中央关于土改的文件以及毛泽东和任弼时等的著述。《一九四九，四，二一，夜》，引用毛泽东和朱德对中国人民解放军颁发的命令《将革命进行到底！》中的一段话，并独具匠心地把它分诗行排列等，都是典型的例子。其三，与上述作家对光明的礼赞和胜利的喜悦相适应，与作家火山爆发式的革命激情和磅礴气势相适应，这时聂绀弩的杂文总的说是汪洋恣肆、酣畅淋漓的，他常写笔挟风雷、滚滚滔滔的长文，如《血书》、《论万里长城》、《傅斯年与阶级斗争》、

《论白华》、《自由主义的斤两》等，颇有一种高屋建瓴、势如破竹的威力，这让人想起了毛泽东评艾奇逊的《白皮书》的那些名文。

二

如上所述，聂绀弩是在学习、师承和发展"鲁迅风"杂文中形成和发展自己杂文的思想艺术风格的。如同杂文大师鲁迅一样，他的杂文风格也是统一性、丰富性、多样性和独创性的结晶体。从总的来看，在思想内容上，他的杂文有着强烈的时代感，所进行的批评是广泛的、多方面的，有很强的战斗性和思想性；在艺术上，逻辑思维和形象思维相融合，敏于分析事物，善于形象说理，博学多识、机智诙谐，其艺术形式、感情色彩、表现手法和文风笔调等均能随物赋形、富于创造。这些我们在考察作家杂文创作风格的形成和发展中，实际上都简略提到了，限于篇幅，不可能——详加分析，这里只能从思想和艺术上分别考察那居于统摄、支配地位的主要特征。

聂绀弩是始终以社会批评家、社会改革家和社会理想家的战斗姿态进行杂文创作的。他的杂文创作，全面、忠实、深刻、生动地记录和反映了中国社会从 30 年代初至 50 年代初的急剧变化以及人民大众的挣扎和抗争；他的杂文几乎触及了帝国主义、封建主义和官僚资本主义在中国的联合反动统治及其反动腐朽的意识形态的种种罪恶和弊端。

在《鲁迅——思想革命与民族革命的倡导者》一文中，聂绀弩揭露和控诉了封建主义和帝国主义的"吃人"的本质：

> 原来封建制度建筑在农民剥削这一基石上，是最不把人当人的东西，从反映在政制上的君臣观念看来，所谓"普天之下，莫非王土，率土之滨，莫非王臣"；所谓"君要臣死，臣不敢不死"；所谓"君者，发令者也，……民者，出粟米麻丝以事其上者也，民不出粟米麻丝以事其上则诛"！可见民，一向只有两条路：献出辛劳的成果——"粟米麻丝"，或者被"诛"。然而献出了粟米麻丝，果真就天下太平，万事大吉了么？并不，还要随时准备脱裤子给那些圣君贤相派来的青天大老爷打屁股，随

时挨地主老爷绅士们的凌辱，……不然就给本族的或异族的有道明君或无道昏君像永乐、乾隆之流来杀戮！天才们给中国人民取了一个雅号："蚁民"，就是说，人们的生命像蚂蚁一样不值钱；生命尚且不值钱，别的什么自然更谈不到……多么长的日子哟，我们人民生活在这黑暗的世界里！

聂绀弩进而指出：清末以来，"帝国主义者，不但自己常常联合一气，向中国进攻"，"并且和中国封建势力勾结，里应外合的残害中国人民"。

在《乡下人的风趣》里，他痛斥国民党的官（大官）"是以人血为酒，人肉为肴，靠吃人过日子"的"吃人生番"。在《论拍马》里，他讽刺国民党官场中那些"谄上骄下"，靠"拍马"往上爬的官僚时说："如果你耳闻目睹一些官场现形记，就该明白：人怎样变成非人！我的意思是说，人，只要想做官，在官场里混，还要想尽办法混得不错，那就很容易变成非人，像上引的易牙乃至苟观察 ① 们一样。"

《左传》里的吴公子季札曾说："古之君子，明于礼义，而陋于知人心。"聂绀弩则从"人的觉醒"、"人的发展"、"人的实现"这一革命人道主义观点出发，揭批封建的忠君、孝道和妇道等伦理观念对"世道人心"的污染、扭曲和戕害。他在《论莲花化身》中深刻批判封建孝道观念，指出："孝道观念支配了中国人的生活几千年；如果仅仅是儿女的纯真自发行为，原也未可厚非，但不是这样。大而言之，是封建帝王的统治工具；小而言之，是愚父愚母的片面要求。根本要义，不外牺牲他人，完成自己的特殊享受。推至其极，可以造成卧冰、埋儿、割股……等血腥的惨事，是最戕贼人性，离析家人父子感情的东西。"批判封建妇道观念、论述妇女解放问题，在聂绀弩杂文创作中占最大比重。这是容易理解的。因为在旧社会，妇女，特别是劳动妇女受压迫最深。傅立叶曾说，妇女的解放程度是衡量社会进步的标尺。历来的社会改革家总是关注妇女问题的。聂绀弩是妇女的真挚同情者，是妇女解放的坚决鼓吹者。在《论怕老婆》里，他这样描述旧社会妇女"不是人"的地位："女

---

① 指易牙为了巴结主子蒸子给他吃，苟观察是《二十年目睹之怪现状》中人物，为了巴结制台大人，让寡媳吃春药，心痒难搔，答应嫁给他。

人不是人,在母家是女儿,嫁后是老婆,有了儿女是母亲。旧说为三从,从父,从夫,从子。从,不是依从之从,倒径是主从之从,从父,夫,子为主而己为从也。专说做老婆的阶段吧,如前所说,经济权操在老公手里,住在老公家里,姓老公的姓,生的儿子接老公的祭祀,她什么都没有,只有一点点可怜得几乎是滑稽的地位,即她是老婆,也就是老公的性的对象。"妇女中最不幸的是娼妓。在论到旧社会的"娼妓制度"时,作者猛烈抨击道:

> 娼妓制度是人类社会最大的污点,是旧世界一切人压迫人,人剥削人,人吃人制度的最丑恶、最不合理、最高度、最尖端、最集中的表现。是人类还处于野蛮状态的标志,是人类社会必须改进的标志。……只有新中国,只有实行土改,没收官僚资本,驱逐帝国主义,打倒特权阶级的新中国才能真正彻底地废除这几千年没有人能废除的娼妓制度。(《谈鸨母》)

1981年,聂绀弩在《题鲁迅全集》的七律诗中有这么两句:"有字皆从人着想,无时不与战为缘。"(见《散宜生诗》)我以为这两句诗也可用来概括聂绀弩杂文创作思想的主要特征。

那么聂绀弩的杂文创作在艺术上的主要特征是什么?

谈到杂文,人们常会想起瞿秋白在《〈鲁迅杂感选集〉序言》里给杂文下过的定义,这就是:杂文是文艺性的社会论文。这个人们习用已久的定义提示了杂文的文艺性、社会现实性和论说性。这三性基本上概括了杂文的基本方面,但无法穷尽鲁迅杂文、瞿秋白自己的杂文、我们这里所要论述的聂绀弩的杂文以及现代杂文史上一切杂文家杂文创作的所有特征。事实上杂文不是一种单一的文体,而是一种带有"杂"的综合性质的文学形式,瞿秋白所说的文艺性的社会论文是其最主要的形式,但不是唯一的形式,除此之外,还有以记叙为主的杂文,以抒情为主的杂文,还有三者熔于一炉的杂文,但不论是哪一类杂文,杂文的最基本表达方式是形象化说理。这里的说理同议论文的议论略有不同,它可以是以一般的逻辑推理的议论形式直接表现的,也可以是即事明理和融理于情的间接形式表现的。因此,形象化说理是杂文创作的最主要的艺术规律,是衡量杂文创作艺术的最主要的标尺。冯雪峰论鲁迅杂文,说鲁迅杂文是诗与政论的结合,朱自清说鲁迅杂文充满着理趣;在我看来,冯、朱二人说的都是指鲁迅杂文的形象化说理艺术,意思是差不多的。我以为聂绀弩杂文创作艺术的主要特征是他的杂文创作中充满着一种启发人、吸引人、感染人、征服人的理趣美。具体说,他的这种形象化说理的理趣美的艺术魅力,主要表现在说理的生动性、深刻性和多样性,以及与此相适应的艺术形式的丰富性和泼辣幽默的文风上。

以逻辑推理的直接形式进行形象化说理,是聂绀弩杂文的基本形式,其中有正面立论为主的,有反驳论敌谬论为主的,而尤以后者为多数。正面立论的,又有对社会事件和问题的评述,如《失掉南京,得到无穷》是对南京沦陷的评述,《阮玲玉的短见》、《贤妻良母论》、《母性与女权》、《沈崇的婚姻问题》等都是就妇女问题立论的;有对历史人物和所读文学作品、政治文件以及传说发表评论和感情的,如《鲁迅——思想革命和民族革命的倡导者》是对鲁迅思想和精神的研究,《历史的奥秘》是对背叛民族和人民的历史罪人汪精卫的历史裁判,《读鲁迅先生的〈二十四孝图〉》、《略谈鲁迅先生的〈野草〉》、《血书——读土改文件》以及论《封神演义》、《水浒》和《红楼梦》等是就所读文学作品和政治文件发表感想,《蛇与塔》则对民间传说作推陈出新的解释等等。聂绀弩论《封神演义》的一组杂文说理生动而又深刻,他认为我国有几部旧小说,如《水浒》、《红楼梦》、《封神演义》等,"是咱们中国活的政治史"(《从〈击壤歌〉扯到〈封神演义〉》)。从小说的神秘荒诞的雾障后,揭示出《封神演义》的叛逆思想,他说:"比《水浒》更进步的则有《封神演义》",它"直接诲逆,叫人别在什么水泊梁山替天行道:干脆把整个江山夺过来!……谁敢说当今皇帝是'无道昏君'?《封神演义》上的比干商容骂了不知多少次;……谁敢说替皇帝出力报效的忠臣义士们是禽兽?《封神演义》却只消一只'翻天印'就打出他们的原形来"(同上)。揭示出书中一些人物形象,如通天教主和申公豹等身上寄托的社会人生哲理,《论通天教主》、《论申公豹》、《再论申公豹》是五六百字左右的短文,作者形象而精警的议论,有一种惊人的雕塑力和启发力,可以说他在这些议论短文中几乎是再创造了"畜牲"的祖师爷通天教主和倒行逆施的怪物申公豹的形象,同时又揭示和阐发了隐在这两个形象上的社会人生哲理。

　　聂绀弩杂文最富理趣美的是那些驳论性的杂文。这里,我们且以《论怕老婆》为例来赏析他这种杂文理趣美的艺术魅力。本文以反驳胡适的一个荒谬可笑的论点为引子,深刻表达了他对旧社会妇女不幸命运的同情和建立互相尊重的平等夫妇关系的理想。胡适的论点是:"一个国家,怕老婆的故事多,则容易民主;……中国怕老婆的故事特别多,故将来必能民主。"聂绀弩这篇反驳他的文章,全文分六节:一是问题的提起;二是怕老婆者怕老公之反常现象也;三是怕老婆不一定是真怕老婆;四是真怕老婆在老公是天公地道,在老婆是遇人不淑;五是怕老婆的故事未必多更未必好;六是结论。从题目和小标题看,本文同鲁迅的杂文名篇《论"费厄泼赖"应该缓行》相仿佛。作者也有自己的创造。胡适的观点是荒唐可笑的。作者在第一节,一口气摆出"堂堂学者"、"大学校长"胡适的许多奇谈怪论,诸如什么"学生应'多做梦'"论、"五四不是政治运动"论等等,再推出本文所要反驳的论点,暗示人们,胡博士的荒唐怪论要比"孤陋寡闻"的作者所了解的多得多。作者显然对论敌充满轻蔑和嘲弄之情,但又不直接予以驳斥,而是先以从容、婉曲、轻松、幽默的笔调,在二、三、四节中大谈其对"怕老婆问题的看法"。他认为在妇女处于无权地位的社会,"滔滔者天下皆是"的是老婆怕老公,男子汉大丈夫奉行的是"唯女子与小人为难养"(孔子),"到女人那里去,切莫忘记带鞭子"(尼采)的"至理名言"。在这种社会里,所谓的"怕老婆者",是"怕老公的反常现象也"。接着作者又指出,被人们认为是"怕老婆"的,"不一定是真怕老婆",是人们的误解,是种假象,其情况有三:"第一,有以敬爱老婆为怕老婆者";"第二,有以失掉眠花宿柳,偷情纳宠的'自由'为怕老婆的";"第三,有以不屑与老婆计较为怕老婆的"。再接着作者也承认在旧社会里存在着个别的"真怕老婆"的人,这一般是:老公在肉体和精神上有严重缺陷,在德、才、貌上远不如老婆的人;一切都仰赖老婆的"驸马都尉"和其他的"豪门赘婿";劣迹多为老婆知道,怕被张扬出去的贪官污吏;要利用老婆"献美人计,拉裙带关系"的等等。由上介绍可见,作者确是多侧面、多层次地对"怕老婆问题"做了辩证而深入的论述。在论述中,作者又引用古今中外的大量历史事实,对世态人情做深入细致的解剖,他"含笑谈真理"(贺拉斯语),行文诙谐风趣,机智幽默,因此这三节不仅说理透彻而且生动有趣,是全文最精彩之处。第五节指出胡适说的"怕老婆的故事",未必"多"也未必"好"。严格说全文至此仍未对胡适的论点作直接有力的反驳,真正的反驳是在第六节简短的"结论"部分。作者认为互相尊重的平等夫妇关系才叫民主;而怕老婆和怕老公都与民主无关。由此,他尖锐揭露和嘲笑胡适论点的荒谬和可笑,并在这位"堂堂学者,大学校长"的尊范上涂上了"胡说万岁"的"白粉"。《论怕老婆》在聂绀弩驳论性杂文中是较特别的,它不像一般驳论文章紧扣论敌谬论展开全文,而只是把后者作为引子,而把主要篇幅用来论述他对"怕老婆问题的看法",这同胡适论点的明显荒唐和易于反驳有关,但更主要的是作者企图纠正社会上大多数人在这问题上的偏见,并借此表达他对旧社会妇女不幸命运的同情和建立平等夫妇关系的理想,因而就有了本文这样的结构。本文确有婉曲有致、耐人寻味的理趣美。

此外,如《韩康的药店》是现代杂文史上独具一格的名篇。在这篇用古白话笔调写成的近似小说的杂文中,聂绀弩把汉代的韩康和《金瓶梅》中的西门庆摆在一块。说的是,韩康有救人济世之心,他药店卖的药货真价实,门庭若市,生意兴隆;恶霸西门庆也开药店,但因卖假药,门可罗雀,生意萧条,他要弄阴谋霸占韩康药店,但生意仍然不济;西门庆不久暴卒,韩康药店东山再起,门前人山人海。这篇杂文是影射和讽刺国民党当局的。在第二次反共高潮中,反动派查封了深受群众欢迎的桂林生活书店,并在原地开设一家专卖"总裁言论"的"国际书店",但生意冷落,无人问津。这篇杂文就是讽刺这一事件的,它没有什么议论,而是以小说故事形式,形象地说明了"阎王开饭店,鬼都不进门"的道理,是轰动一时的名文。《阔人礼赞》极度夸张又高度真实地描写"阔人"的言行心理,全文绝大部分篇幅是描写,只在文章结尾有这样"卒章显其志"的议论:"这世界就是这种阔人的世界;……这是几千年封建制度的成果,世界上一天有这种阔人,就一天没有民主。"《残缺国》和《我若为王》则是幻想虚拟的写法,后者虚拟自己如果"为王",则妻子就是"王后",儿女就是"太子"和"公主",他的话将成为"圣旨",他的任何欲念都将"实现",他将没有任何"过失",一切人都将对他"鞠躬""匍匐",成为他的"奴才",作为民国国民的他又为此感到孤寂、耻辱、悲哀,文章结尾来了个大转折大飞跃:"我若为王,将终于不能为王,却也真地为古今中外最大的王了。'万岁,万岁,万万岁!'我和全世界的真的人们一同三呼。"这虚拟性的奇思异想和戏剧性的突转、发现,把对君主制度、帝王思想的揭露和否定巧妙地表达出来了。至如《圣母》和《巨象》则在抒情性、象征性创造中,赞美劳动妇女,表示在民族革命战争中"小我"和"大我"融为一体的道理。还有如《天亮了》、《梦》、《独夫之最后》是对话式的杂文等等。以上都不是以直接议论形式出现的,而是以非议论文形式出现的间接的形象化说理,也都有不同程度的理趣美,这些都是作者的艺术创造。

1955 年,聂绀弩在《绀弩杂文选》序中表达了他希望能有新的人民当家做主的社会主义的战斗杂文出现。可惜即使在当时,他也已停止了杂文创作而搞古典文学的研究了。1958 年后,他经历了二十年的政治坎坷,备历艰险辛酸,晚年以诗名世。党的十一届三中全会以来,我们迎来了社会主义的伟大历史新时期。现在聂绀弩这位当年驰骋文坛、所向披靡的战斗杂文大家,健笔犹在,豪情盈怀,我们期待着他奉献出我们时代更新更美的杂文。

（原载《福建师范大学学报》1983 年第 5 期）

论唐弢的杂文和杂文理论

"作者应该有他自己的风格,但风格并不等于某种公式、某种笔法;一个作者的最大的敌人,正是他自己铸定的模型,他必须时时努力,从已定的模型里跳出来,去追上时代,在时代的精神里完成他自己。作为心仪的目标,虽然力有未逮,但我至今还在努力着。"唐弢在他的《短长书》(1947)、《唐弢杂文选》(1954)、《唐弢杂文集》(1983)三个杂文集的序中一再重复、强调这一观点,这值得高度重视,我们以为这一点应成为研究他的杂文和杂文理论的出发点。

唐弢的杂文创作是与鲁迅密切相关的。他在写于1936年11月1日的《记鲁迅先生》一义中自述了他开始写作杂文的经历。1933年,唐弢不过是20刚出头的青年,却"看惯了卑污、欺诈、威胁、残杀,知道自己是生活在怎样丑恶的社会里","为了暂时摆脱心底的苦闷,于是乎就做梦"。可见,唐弢此时正处于彷徨、摸索之中。"直等读了鲁迅先生的文章,得到和先生通信的机缘,以至面领先生的教诲之后,这才使内心充实起来","匕首和投枪就有了明确的目标"。唐弢在文学和人生道路上选择了鲁迅作为自己的导师,这是具有重要意义的。30年代初是中国新文化统一战线重新分化、重新组合的历史时期。这时,青年人面前有许多道路可以选择。从年龄上说,唐弢同林希隽、杜衡、邵洵美等人相差无几,但唐弢走的是鲁迅所开辟的那条道路。历史的发展证实了唐弢当时的选择是明智的、正确的。因为,在中国现代文化史上,鲁迅那一代是新文化运动中大破大立拓荒的一代。当历史行进到 30 年代前沿,当时进步的文化青年面临的是如何继承、丰富和发展鲁迅他们所开创的新文化、新传统。在这个意义上说,唐弢的选择是具有内在的历史性。同时,有了鲁迅这样导师的亲切指导,唐弢省掉了许多在黑暗中徘徊、摸索的痛苦。因而,一开始他的杂文创作就显得起点较高、出手不凡。但是,长期以来,这也给他带来了许多不公正的评价,正像他自己所说的:"多少年来,我都应用着这一文体,还被看作鲁迅风格的追踪者,使许多人不舒服,也使许多人看不起。"我们以为,在精神上,唐弢始终是继承和发展着鲁迅的现实主义传统的。在艺术上,却有着自己的个性与创造。并且,他始终自觉地使自我与时代同步,不断丰富、完善和发展自己的风格。这是我们应该看到的。

一

从 1933 年至抗日战争爆发前,是唐弢杂文创作的发端期和生长期。这时期,他的杂文主要收在《推背集》和《海天集》中,还有一些收在《投影集》和《短长书》里。唐弢这时的杂文,侧重于针砭时弊,他无论纵谈历史文化掌故,还是评论法西斯文化专制主义,都明确地为现实斗争服务,都是对眼前那邪恶现象掷出的犀利的匕首和投枪!虽然绝大多数是千字左右的短文,但每篇都是精心结撰的。那观察的敏锐,材料的新颖,文字的简练,笔致的娴熟,幽默而沉郁的情韵,许多篇章里反复出现的独行句,都让人觉得这位青年杂文家的杂文,既有鲁迅杂文的风格,又有自己苦心孤诣的艺术追求,真该刮目相看。唐弢这时杂文中较有特色的篇章是:以他沉郁的笔调剖析了清代的文网史。"编织文网,对文人中的反抗思想加以威胁、扼杀,在中国文化史上是古已有之,但明清的文网之密、搜求之细、惩办之酷,则为前代所未见,即使与欧洲中世纪黑暗时期以残暴著称的宗教裁判所相比,亦有过之而无不及。故鲁迅曾辛辣地将明清两代的文字狱抨击为'脍炙人口的暴政'。"[①] 清代的文字狱充分暴露了封建专制主义的凶残本性,给思想文化的发展带来沉

_____

① 　冯天瑜:《明清文化史散论》,华中理工大学出版社 1984 年版。

重的桎梏。在当时国民党统治下的中国,依然弥漫着这样一种杀戮沉重的文网。"民元以后,因文字而罹祸的,已经屡见不鲜,邵飘萍、刘煜生的惨死,都曾轰动一时,但留在我脑子里的印象,远不及去年发生的'《新生》案'来得深刻,为什么呢? 就因为后者是出于外力策动的缘故。我因此联想到清朝的那些案子上去。"[①] 唐弢就是从这些现实的感触中写下了《雨夜杂写》、《关于一柱楼诗狱》、《盛世的悲哀》、《论胡中藻的诗狱》等杂文,展示了中国文网史上鲜血淋漓的文化惨剧。在这些杂文中,唐弢一方面揭露了清朝统治者"毁尸灭迹、借刀杀人"的残暴;另一方面也鞭挞了帮闲文人的"争献殷勤,专挑是非"的卑劣。作者把丰富的历史知识的积累和深刻的现实批判精神结合起来,借古喻今,矛头直指国民党的暴政。

批驳文坛谬论的文艺评论。这些以文艺评论为内容的杂文,不仅显示了作者的理论功夫,也表现了他善于捕捉论敌论文的内在矛盾和破绽的批评方法,或以铁铸的事实予以批驳,或以逻辑上的"归谬法"从中推出荒唐的结论,并在此基础上,在他们脸上描上几笔带有讽刺意味的油彩。在这类杂文中,唐弢并不以猛烈的袭击把论敌扫下他们布道的讲坛,而是让他们作为喜剧人物呆立台上让人观赏。这是鲁迅那些驳论性的杂文常用的制胜之法,青年唐弢运用起来也颇为自如。以后收在《短长书》里的《文苑闲话(一至六)》就是这方面的代表作。试看其中的"五"和"六",作者在反驳苏雪林在《过去文坛病态的检讨》中关于郁达夫小说是"色情文化",鲁迅杂文和鲁迅式杂文是"骂人文化",左翼文学是"屠户文化"的谬论时,是何等有力! 在戳穿她把在鲁迅逝世后发表咒骂文章冒充为"四年前的一篇残稿"这一骗局时是何等犀利! 最有趣的地方在于揭露这位色厉内荏的"英雄"是"英雌"。英"雌"一词在字面上符合苏雪林的性别,又指出她虚伪、卑怯的本性来,也显示了作者真理在手和对自我智慧确信时的优越感。

以深沉的抒情融和着警策的议论笔调写成的悼念先贤的杂文。《悼念马克辛·高尔基》、《纪念鲁迅先生》为其代表作。在这些杂文中,作者把对历史的思考、现实的剖析和自我的鞭策与深切的悼念结合起来,结构上经纬相

---

① 唐弢:《海天集·读余书杂十二篇》,上海新钟书店 1936 年版。

乘。可以看出青年唐弢强烈的使命感和丰富的世界文化视野。

尽管这时期唐弢还只是一名杂坛新秀，但是，他那敏锐的思想、泼辣的文笔，都显示出他的独到与锋芒，也预示着杂文艺术的发展和成熟。

抗日战争和解放战争时期，是唐弢杂文创作的发展和成熟期。在这动乱不安、悲怆欲绝的日子里，唐弢一直以那和他患难与共的杂文的笔，或涤荡蛆沫、扫除污秽；或抗争现实、解剖历史；或鼓舞斗志、呼唤光明。"短兵相接，不容或懈，真切地发挥了杂文的匕首的作用"[①]，成为这个时期杂文创作数量较多、艺术成就较高、影响较大的战斗杂文家。这些杂文分别收入与友人合出的《边鼓集》和《横眉集》，自己的《投影集》、《劳薪集》、《短长书》、《识小录》等。另外，从1945年春起，他又在《万象》、《文汇报》副刊《笔会》、《联合晚报》以及《文艺春秋》、《文讯》和《时与文》等报纸杂志上，发表了独创一格的"晦庵书话"上百篇。

唐弢这时期的杂文反映的是一个伟大的时代，即民族民主革命进入大决战的时代，他以凝炼、炽烈而又锐利的文字，反映了广阔的现实，"击刺时弊，也往往更为猛烈，各种风格的互见，更是非常显著的事情"[②]。这些杂文无论在思想的深广度，还是艺术创造力上都具有成熟的风范。

唐弢这时的杂文内容特别丰富，这也直接决定了文章格式、写法和风格的丰富多彩，写得最多的是直面现实的政治风云、世道人心和文坛鬼魅的短评和杂感，也有文艺研究性质的杂文，如关于鲁迅思想和著作的研究的一系列杂文，谈文艺创作中的历史题材问题的《关于历史题材》，谈文艺大众化的《文艺大众化》、《再谈文艺大众化》，谈文艺的民族化的《从欧化到中国风格》，论讽刺艺术的《笑》和《让我们笑》，论文艺翻译的《关于文艺翻译》等，还有批注体的杂文，如《蛆沫集批注》，诗话体杂文，如《小卒过河》。写于这个时期的"读史札记式"的长篇杂文，更是中国现代杂文史上的优秀之作。

抗日战争时期，民族危机的深重和晚明时期有相似之处，因此，当时文化界许多人注重对晚明历史的研究，如阿英编撰了几出关于晚明的历史剧，柳亚子撰写了一批有关晚明的历史杂文。唐弢年青时期对晚明历史就很关

---

① 《唐弢杂文集·我与杂文（代序）》，三联书店1984年版。
② 《短长书·序》，上海南国出版社1947年版。

注，他后来回忆说："我系统搜读《南社丛刻》和《国粹丛书》，是 1926 年到上海以后的事情。《国粹丛刻》印的多数是宋、明两朝遗民的著作，有的是文集，有的是史乘。那时，我开始注意历史——尤其是明史，受到章实斋'六经皆史'的影响，不但是经，也把个人文集当作历史来读，细细琢磨，倒也别有心得。"① 正是在这一基础上，他写出了《东南琐谈》、《马士英与阮大铖》、《溃羽杂记》、《溃羽再记》和《谈张苍水》等杂文。在这些杂文中，唐弢以大量翔实新鲜的材料，以充满感情的笔调，再现了晚明的历史风貌，描写了晚明的几个小朝廷的腐败，勾勒了达官显贵马士英、阮大铖、郑芝龙之流的丑恶面目和肮脏灵魂，表现了张苍水和浙东人民在抗清复明中视死如归、坚贞不屈的英雄气概。唐弢这些关于晚明历史的杂文又是一篇篇含义深远、机锋锐利的现实主义战斗檄文。对马士英、阮大铖的鞭挞，就是为了扫荡现实中的汪精卫之流的卖国行径。同时，也从张苍水和浙东人民抗争的民族精神传统上，歌颂了浴血奋战的抗战军民，文章在历史与现实的联结中拓展了思想内容的表现空间。

　　这时期，也是作为杂文家的唐弢创造力最旺盛的时期。他那些独具一格的书话体杂文就写于这个时期。"史话""诗话""词话""文话"是中国古代文论中常见的品种。在中国现代杂文史上，周作人是写作书话最多的一个（1986 年岳麓书社出版由钟叔河编的《知堂书话》上下册）。此外，还有郑振铎的《西谛书话》，陈原的《书林书话》等，叶灵凤、阿英也都写过这类杂文。唐弢的《晦庵书话》表现了他作为一位藏书家、文学史家和杂文家的统一。其中有版本的考证，文学史上的佳话；有精辟的见解和知识性、趣味性相融合的情韵。在这些杂文中表现出唐弢渊博的学识，深刻的思想以及对杂文体式丰富的创造力。

　　建国后不久，唐弢从上海调任到中科院文学研究所任研究员，他从作家、编辑转为学术研究者，工作中心有了变化，这是他建国后杂文创作减少的主观原因。客观上是建国后到"文化大革命"前 17 年，杂文领域一再受到"左"的思想的干扰，杂文家动辄得咎，这束缚限制了杂文创作。在 17 年中，

① 《唐弢杂文集·我与杂文（代序）》，三联书店 1984 年版。

唐弢偶有所作,但显得拘谨、不够通脱。他也写过一些不错的杂文,主要是续写"晦庵书话"。在新时期他写了一些学术色彩很浓的学者式杂文,这些杂文具有较高的学术价值和练达、圆熟的风格,显示出他作为一个学者的素养和作为一个老作家的艺术功力。

二

关于唐弢杂文的艺术风格,一直是个引人注目的问题。就在《投影集》刚问世,当时的评论界就提出了唐弢杂文风格的"感抒性"的说法,即杂文的散文化。代表性的观点是宗珏认为:由于"生活的关系",当时杂文实际上存在着两种倾向:一种是以周木斋为代表的"思辨性杂文",一种是以唐弢为代表的"感抒性杂文"。我们以为,风格是一种整体性的审美表现,它渗透着作家主体的人生体验、情感方式和艺术智慧。"感抒"与"思辨"固有差别,但在有创造力的杂文家中是统一的,相结合的,并非水火不容。构成杂文审美特征的是议论和批评的形象性、抒情性、趣味性、知识性和哲理性,知识性和哲理性只要能寓于杂文形象的创造和独特的抒情情调之中,就能具有周作人所说的"知识之美","智慧之美"。情感的抒写和哲理的思辨在杂文形象中是辩证统一的。对于杂文的艺术风格来说,文章的结构形式、修辞方法、语体特征以及文体格式的创造都是不容忽视的。因此,单纯地用感性来概括唐弢杂文的艺术风格是不完整的。

在艺术上,唐弢的杂文是有他独特的个性与创造的,尽管唐弢写过不少以逻辑推理形式为主的杂文,这些杂文不论是立论还是驳论,都条分缕析,事理分明。但是,他更注重杂文形象的创造。他善于借用比、兴手法,他常借一幅画、一首诗、一个传说故事、一些历史人物和文学人物起兴,巧妙地把读者引导到杂文的议论中心上来,使议论获得直感、形象的生命,使直感、形象的东西因和议论相结合而得以深化。如《"雀吃饼"》就很有代表性。在中国现代杂文史上梁遇春等人都写过被一些中国人自认为是国粹的"麻将"的杂文。唐弢这篇杂文从军阀张宗昌的所谓"雀吃饼"(即一索吃一筒和牌)说起,运用麻将规则的"吃、碰、和"来比喻社会上的做人哲学,"吃"是按部就班的做人法，"碰"是高审暴发的做人法，"吃"是顺序的爬，"碰"就是踏着人家脊梁的跨了。能"吃"能"碰"，边爬边跨，"和"的希望就浓起来。而所谓的"雀吃饼"更是以权压人的霸道。文章进而从现实的实践理性层面深入到文化心理层面。沿着这一思路从心理层次上回归到现实的批判精神，揭露了在专制主义的政治心态中，"吃"仿佛循规蹈矩，其实早已磨尖牙齿。"碰"是政治的冒险性。"和"也为的要装饱钱袋。"雀吃饼"更是一种力之所及、加以威压的无赖样。这种形象化的比喻，从人们熟悉的生活出发的写法，巧妙地把文章的议论和批评的问题具体化，生动化，让读者读后忍俊不禁而又回味无穷。唐弢的杂文还经常运用漫画和戏剧材料来说理。如《从擂台到戏台》，擂台和戏台在中国民间是十分常见的。作者通过对形形色色的擂台的描画，勾勒出在洋场上各式各样虚张声势、无耻帮闲的丑行，这种丑行一旦被戳穿了就只好涂上脸谱，变成戏台上的角色。作者把擂台与戏台联系起来，在这种充满表演性的联结中揭穿了那些所谓"英雄"的本来面目。在人们的审美经验中，"擂台"和"戏台"是极富形象性的比拟。这样，这篇文章的议论和批评就有了形象的依托，说理也就更具有感染力了。还有《从"抓周"说起》也极具典型性，这篇杂文是纪念上海沦陷一周年的。文章从周彼得（即蔡若虹）发表在《译报周刊》上的一幅画《抓周》说起。中国有个传统习俗，孩子周岁时，在他面前罗列了百工士子的用具，让他抓取一种，以预测他将来的志向。这幅漫画里的日本孩子，抓住战神前面的十字架。中国孩子，则抓住和平神前面的短剑——"一把复仇的短剑"，一把将"插在侵略者心上"的短剑，这幅漫画意味深长，一个童稚的孩子尚且知道抓起短剑战斗，更何况饱经忧患，热恋故土的成人。作者从孩子的"抓周"和上海人民从上海沦陷一周年来的觉醒、奋起中找到了契合点，为他的议论创造了强有力的依托。这样，通过形象的创造来表达作者的议论和批评，有着强烈的说服力。唐弢的许多杂文，常把病态畸形的世态丑相，无耻荒唐的人生哲学，概括在一些通俗生动的形象中，这也正是鲁迅"砭痼弊常取类型"的笔法。唐弢的这种艺术才能与他对生活敏锐的观察力和从小就培养起来的对明清以来绘画的鉴赏力是密切相关的，他回忆说："邬先生（指唐弢的小学教师）教我多看明清以来的写意画，什么查恂叔的墨梅，吴昌硕的枯树昏鸦啦,借此诱发美感。"① 这种艺术熏陶使他在后来的杂文形象创造中获益不浅。

在唐弢杂文中,议论还常常和记叙、描写、抒情、对话、引述相结合,在对社会人生的抒写中,表现了自己的切身感受,作品中流动着强烈的主体情感,具有浓郁的艺术气氛。也许是敏感、沉郁的个人气质使得他对于苦难的生活有着真切的理解,对丑恶的现象有着深切的痛恨。当这种主体情感介入杂文创作时,就必然使其作品具有浓厚的抒感性。他以富有同情的笔墨描绘了农村凄惨的景象,表达了自己内心真诚的痛苦,如《乡愁》、《南归杂记》、《乡村掇拾》等,或以辛辣犀利的文字对丑恶与黑暗进行猛烈的抨击,"以杂文的形式驱遣愤怒",表达自己燃烧般的爱憎,或以深沉朴茂的笔调抒写了对先贤的悼念之情。在唐弢的杂文中始终跳动着一颗正义而热烈的心灵,表现了历史的脉动,喊出了人民的心声。正像屠格涅夫所说的"在任何天才的身上,重要的东西都是我称为自己的声音和东西"②。在语言形式上,唐弢的杂文很注重韵律、音调和行文的气势。一方面,唐弢具有较深厚的古典诗词的修养。另一方面,他又有着诗歌、散文的创作经验。这两方面综合起来,就很大程度上影响唐弢杂文的语言形式和艺术表现。他曾说:"我认为杂文试图将复杂的社会现象集中于短小的形式中,从而展示多彩的场面,不能不讲究艺术表现的方法与手段……不过根据内容的需要,从生活出发,也曾做过种种尝试:意境也、韵味也、格调也、旋律也、气氛也、色彩也,一个都不放过,目的是使重点更突出。"③ 这种的艺术追求体现在杂文创作的实践中就增强唐弢杂文抒感的节奏感和韵律美。

唐弢是一个有自觉的文体意识的作家,在他的杂文创作中很注重文体格式的多样化,他创造了中国现代杂文史上独树一帜的书话体杂文,他在《晦庵书话·序言》中说:"至于文章的写法,我倒有过一些考虑。我曾竭力想把每段《书话》写成一篇独立的散文:有时是随笔,有时是札记,有时又带着一点絮语式的抒情。"可见他自觉的文体意识和丰富的文体创造力,在他的杂

---

① 《唐弢杂文集·我与杂文（代序）》,三联书店 1984 年版。
② 转引自傅德岷:《散文艺术论》,重庆出版社 1988 年版。
③ 同①。

文中，还有运用小说或诗歌的形式来创作的，如《释放问题》（小说式）、《小卒过河》（诗歌体）等。这些都是杂文家唐弢蓬勃的艺术创造力的标志。因为文体格式是与作家的思维方式、艺术感受力、审美体验等因素相综合的，一个具有丰富创造力的作家总是驾驭形式的多面手。在中国现代杂文史上，鲁迅与周作人相比，鲁迅在杂文文体格式的创新上比周作人来得丰富多样。当代杂文创作虽然在量上是显著的，但是，在体式的创新、各种文体的综合运用等方面就相对显得匮乏。从某种意义上说，上乘的杂文是作家思想和艺术上的自由创造，只有杂文家处于意气风发、精神亢奋、没有任何思想、心理障碍的精神状态下，同时又在艺术上刻意求新、精益求精时，他才能自觉追求文体格式和艺术表现的多样化。唐弢一直在追求着这种的艺术精神，他说："一个作者最大的敌人，正是他自己铸成的模型，他必须时时努力，从已定的模型里跳出来，为了解脱这灵魂的羁绊，我至今还在挣扎着。这挣扎是没有完的，到现在还这样。"实事求是地说，建国后的唐弢杂文，在这方面似乎相对弱些，这要从建国后杂文创作中指导思想的"左"造成杂文家心理上的障碍等方面去寻找解释。古今中外名家杂文说明了杂文如生活一样广阔、丰富，复杂多样，是最富于作家个性风格的一种文学形式，克服杂文创作思想上和格式上的"模式化"和"刻板化"，是提高当代杂文创作思想和艺术水准，以吸引读者，积极参与当代社会变革的一个值得重视的问题，也是唐弢留给我们的重要的艺术启示。

三

在中外杂文史上都存在着这样一种惊人的矛盾：杂文创作的丰富性和杂文理论的贫乏性的惊人反差。但是，中国现代杂文史上的著名杂文家，常常提出杂文的理论主张，他们在创建现代杂文时，就结合创建现代杂文美学，这是一个相当有趣的耐人寻味的历史现象。中国现代杂文的理论建设，推动了中国现代杂文的发展，成为中国现代杂文史不可分割的一部分。鲁迅对中国现代杂文理论的建设作出了开创性的伟大贡献，他的杂文理论主张包含着极其丰富、深刻、辩证的理论内含，但是，鲁迅自己未能加以系统化的建构。鲁迅同时代的瞿秋白、茅盾,以及冯雪峰、王任叔、徐懋庸等人在这方面也都有自己的理论建树。与他们相比,建国前,唐弢的杂文理论较为一般化。30年代中期,唐弢参加当时在鲁迅与林希隽等人之间关于杂文价值的论争。在这次论争中,唐弢写下一系列理论文章,如《杂文家和大菜司务》、《谈"杂文"》等文,为鲁迅呐喊助威。接着,在孤岛时期关于"鲁迅风"杂文的论争中,唐弢发表了《鲁迅的杂文》,并在《我们对鲁迅风杂文的意见》上签了名,对鲁迅杂文给予高度评价,对"鲁迅风"杂文也给予积极肯定。但是,唐弢对现当代杂文理论的真正贡献主要是在建国后,我们以为有以下几方面:

首先是他对杂文创作思维的较为深入研究。对创作思维的研究是打开艺术迷宫的一种重要的范式。在中国现代杂文理论史上,冯雪峰、王任叔、徐懋庸等人都对杂文的创作思维提出了自己的独到见解,这些理论的中介是对于鲁迅杂文的创作思维的研究。1937年10月19日冯雪峰在上海鲁迅逝世周年纪念会上发表了《鲁迅与中国民族及文学上的鲁迅主义》的演说,第一次提出鲁迅杂文是"诗与政论的结合"的著名命题。他说:"这是匕首,这是投枪,然而又是独特形式的诗!这形式,是鲁迅先生所独创的,是诗人和战士的一致的产物。"他在写于1940年5月的《文艺与政治》中进一步阐述了这一观点。他指出:"文艺和政论的结合,不但是完全可能,还正是文艺和政治的密切的关系所极自然地要达到的结合。""政治和文艺的这种尖锐的联结形式,它带来的是生活战斗的活泼丰富的泼辣的内容和姿态,伟大的热情和透辟的思想,而不是抽象的概念和主观的偏见或浮表的议论。"当他具体地论述鲁迅的杂文时,指出"他用'杂感'这艺术形式和社会批评及时事评论的结合,是我们的战斗的文艺的最高的姿态与模范""他的杂感也充满着生活的连肉带血的形象性和思想的典型性的。他的杂感是思想的,独创的诗"。在冯雪峰之前,瞿秋白在《〈鲁迅杂感选集〉·序言》中就指出"鲁迅杂文是文艺性的论文"的说法,但瞿秋白没有作出具体的论述。在同一个问题上,王任叔(巴人)则指出鲁迅杂文是"直感"的形象和辩证的思维方法的结合。他在出版于1940年10月的《论鲁迅的杂文》一书的"鲁迅的思想方法"那一部分中,论述了鲁迅杂文的思维形式特点,他针对别人批评鲁迅杂文的迂回曲折,指出这"正是他成为文学作品的必要条件","是思想性与形象性的最高的结合"。这些都是以往鲁迅杂文和杂文理论研究中尚未深入展开的课题。徐懋庸则指出了唯物辩证法在鲁迅杂文中的出色运用,他在《鲁迅的杂文》一文中指出:"鲁迅的思想方法,是合于辩证法的,就是,他不照呆板的逻辑,把问题放在孤立的状态中去思索。他把凡和这问题有联系的方面都想到,而且从它的发展状态中去想。"这些关于鲁迅杂文研究的理论文章,都在不同层面和以不同的概念形式、逻辑结构触及到杂文创作思维的本质问题。由于当时思维科学还未取得充分的发展,因此,这些研究还缺少系统性和明晰化,还无法从思维科学的角度加以理论化的阐述。到了50年代,唐弢把这一研究推进了一步。他从逻辑思维、形象思维的角度,比较全面、系统地论述了杂文创作的思维特征,他在《鲁迅杂文的艺术特征》中明确地提出从逻辑思维和形象思维结合的新视角去研究鲁迅杂文。他说:"根据鲁迅对杂文的这些言论,进一步研究他的作品,研究他在逻辑思维和形象思维上所化的劳力,画龙点睛,将大大地有助于我们对鲁迅杂文——它的战斗的风格与特征的认识。"沿着这一思路,他探讨了逻辑思维和形象思维在杂文创作中的运行机制,相互关系及其意义。他认为:"一篇杂文具有正确的思想内容,作者如果不在逻辑思维上付出应有的劳力,它是不可能说服人的。""揭橥事物内在的矛盾是逻辑思维重要的任务,鲁迅在这方面所化的劳力是极其显著的。"他又指出:"杂文作者在典型化的过程中决不能排斥逻辑作用,逻辑思维在艺术范围内不是作为破坏形象而存在的,它积极地帮助形象,通过综合和概括,使形象更完整,更突出,更有力地去抓住人们的灵魂。对于一篇杂文来说,内容的逻辑性愈强,典型意义也就愈丰富,读者的感受也就愈强烈。"正是由于这样,"鲁迅杂文才处处放出思想的智慧和光芒,表现了雄辩的才能,成为具有强烈论战性的,联系生活的艺术的武器"。我们说杂文在体式上是以议论和批评为主,而议论和批评的本身就要求具有较强的逻辑性。因此,唐弢从逻辑思维的角度切入对杂文创作的研究是比较准确有力的。同时,杂文在艺术上又要求议论和批评的理趣性、抒情性、形象性的尽可能统一。在同一篇文章中,唐弢探讨了形象思维在杂文创作思维中的作用,他指出:"逻辑思维在艺术范围内的运用不允许离开形象思维,从杂文的角度说,它必须从具体事物出发,从事物的内在关系出发,它的可信性也是寄托在真实的基础上的,只有这样,才能加强列宁所说的'论战性'。""鲁迅总是运用艺术的特殊法则——形象思维来进行杂文写作的,尽管记的是一时一地的事情,画的是一人一物的画貌,而他所创造的形象,却具有普遍的意义。""杂文没有体裁上的约束,比起别的文学形式来,在形象思维的时候,天地更宽广,创造更自由。"总之,"逻辑是一种力量,形象也是一种力量,杂文的评论性和艺术性要求逻辑思维和形象思维在作者的创作过程中相互渗透、相互作用、相互生发结合起来,从这里产生一篇完整的艺术品"。唐弢在前人的研究基础上,从逻辑思维和形象思维相结合的角度探讨了杂文的创作规律、审美特征。在理论的系统化和深度上都前进了一步,对中国现代杂文创作美学的建设具有比较重要的意义。

其次是强调杂文的审美特征。鲁迅在《小品文的危机》和《徐懋庸作〈打杂集〉序》中说道:杂文必须"也能移人情""也能给人愉快和休息",但是,由于剧烈变革的历史环境和相对局限的理论视野,中国现代杂文家无法对杂文的审美特征作出比较全面、理论化的阐述。瞿秋白和冯雪峰作为具有丰富的创作实践和审美经验的批评家,在这方面做过一些初步的理论探索。瞿秋白在《〈鲁迅杂感选集〉序言》中说:"杂感这种文体,将要因为鲁迅而变成文艺性的论文(阜利通——feuilleton)的代名词。"瞿秋白已经意识到杂感所具有的文艺性的审美特征,但他又说:"自然,这不能代表创作,然而它的特别是直接的更迅速的反映社会上的日常事变。"显然在瞿秋白看来,杂文是在"创作"之外的。因而,他的这篇名文就更多地从"思想史"角度论述鲁迅杂文的价值。相比之下,冯雪峰对杂文审美特征的论述就来得深入些。冯雪峰在1936年7月的《关于鲁迅在文学上的地位》一文中指出"鲁迅的杂文是艺术天才取另一种形态的发展","他的杂感,将不仅在中国文学史和文苑里为独特的奇花,也为世界文学中少有的宝贵的奇花"。鲁迅当时读了此文,"也同意对于他的杂感散文在思想意义之外又是很高的并且独创的艺术作品的评价"。他在《文艺与政论》一文中进一步指出:"达到了现实的真实的文艺的政论性,总是在本质上不失其为诗的;它总和现实的生活的形象不致分离,也必不可分离的;艺术和政论的这种结合,也和艺术作品的内容与形式的美不致分离,也必不可分离。"冯雪峰把杂文认为是"独特形式的诗",这些理论观点都说明冯雪峰对杂文审美特征的重视。但是,冯雪峰的这些论述都带有诗人品格的生动的感性,还未能从杂文的形象性、抒情性和形式美等方面去探讨杂文的审美特征。较瞿秋白、冯雪峰等人的理论主张,唐弢的研究更进了一步。他在《〈茅盾杂文集〉序》中说:"议论一篇作品的时候,我们往往谈内容、谈形式、谈内容与形式的关系,内容决定形式,形式反过来又影响它的内容,什么都谈,惟独很少谈到由这个'决定'和'影响'反复熔铸成的第三层次——即艺术层次,一篇杂文又应当是一个艺术生命。"这样,唐弢就明确地提出了杂文研究中要重视艺术层次,他在《鲁迅杂文的艺术特征》中说:"杂文既然是文学形式的一种,必须具有艺术的特征。"当他谈到鲁迅的杂文理论时说:"鲁迅重视构成杂文的两种因素,当他说明一篇杂文在理论上必须具备高度逻辑力量的同时,又指出它还需要应用艺术的特征来教育人们,陶冶人们。所谓'移人情',我以为指的正是艺术的感染力;所谓'给人愉快和休息',也不外乎通过生活的具象和语言的魅力给人以一种艺术的享受。"这里,唐弢指出了正是杂文的艺术创造才能产生审美愉悦。在其他的理论文章中,唐弢抓住了杂文的形象性、抒情性等基本的审美特征来加以阐述,他把形象性作为区别杂文与一般意义上的评论的根本标志。他说:"杂文以议论为主,能不能构成意境或意象不如诗歌小说迫切,同时也正因为它以议论为主,有没有构成意象或意境又似乎比诗歌小说更为突出。一句话,没有意境或意象的短文,往往更容易使人觉察到它只是一般意义上的评论,而不是我们所说的杂文。"他认为鲁迅的杂文是"以独创的形象构成个人风格的战斗的杂文",还进一步从形象的思想性、"形象的现实性"、"形象的新鲜感觉"三方面具体地剖析鲁迅杂文中的形象特征及其内含。在关于杂文的抒情性问题上,唐弢曾批评说:"我们有些杂文即使在理论上能够说服人,却往往不能够在感情上打动人,缺乏一种令人燃烧的火力。"他在评论茅盾杂文时说:"他的许多杂文的确是一首首深远的诗,凝炼浓缩,动人感情。"他认为:"鲁迅杂文是一首首内容丰富的诗,他将深邃的思想感情灌注在变化的艺术形式中。"作为一个有丰富创作经验和自觉文体意识的杂文家,唐弢还很重视杂文形式的多样化。他在《〈茅盾杂文集〉序》中说:"每一篇杂文也各有其自己的精神世界。杂文的特点首先是杂,有各种各样的写法,我个人认为硬性规定如何如何是没有好处的";"作家相处在同一个社会历史环境之中,呼吸着同一种文化生活气息,兴之所至,各就所长,以个人笔调写个人感受,这才终于形成真正是有个人特点的精神世界,诗的,小说的,散文随笔的——艺术的精神世界。"从这些论述中,我们可以看出唐弢是比较细致、深入地分析了杂文的审美特征,在理论态度和逻辑结构上具有比较清晰、系统的发展脉络。应该说,从这些对于杂文审美特征的论述中,我们可以看出唐弢的杂文创作和杂文理论的统一。

再次是他对杂文创作典范——鲁迅杂文的长期深入的研究,其中有着不少的真知灼见。从写于1937年7月的《从〈且介亭杂文〉论鲁迅》开始,唐弢对鲁迅杂文的研究贯穿着他鲁迅研究的学术活动的全过程。他在写于1938年12月的《鲁迅的杂文》中谈到了鲁迅杂文的"句法和章法的多样性"、"土话古语和日本词"、"欧化语法"、"行文的顿挫"等形式方面的问题,这是较早一篇从形式方面去研究鲁迅杂文的理论文章。他还从逻辑思维的角分析了长期以来争议性较大的关于鲁迅杂文的"曲笔"问题,他认为文章的逻辑力量使得鲁迅的"笔"虽"曲"却充满着说服力,这是很有启发性的。关于鲁迅杂文形象的典型化是唐弢鲁迅杂文研究中一个比较突出、鲜明的观点。鲁迅杂文是否创造了典型? 这是一个一直有争议的问题,瞿秋白在《〈鲁迅杂感选集〉序言》中两处提到有关"典型"的论述:一是"急遽的剧烈的社会斗争,使作家不能从容的把他的思想和情感熔到创作里去,表现在具体的形象和典型里",在这里,瞿秋白从形象的角度认为杂文不能创造出典型来。但是他又说:"其实,不但陈西滢,就是章士钊(孤桐)等类的姓名,在鲁迅的杂感里,简直可以当做普通名词读,就是认做社会上的某种典型",很显然,这里的典型不是严格的美学意义上的"典型"概念,而是指一种社会类型。在鲁迅研究者中,不少人认为鲁迅杂文创造了典型,但也有人反对,到了50年代,这个问题又引起新的争议。唐弢在自己对鲁迅杂文细致深入的分析和理解的基础上,提出鲁迅杂文形象的典型性,并对鲁迅杂文形象典型性的创作方法做了理论上的探索。唐弢在《鲁迅杂文的艺术特征》指出,鲁迅"在杂文中也创造了不少令人难忘的典型化了的形象。鲁迅说:'我的杂文,所写的常是一鼻,一嘴,一毛,但合起来,已几乎是或一形象的全体',这是真的。有时虽然没有'合起来',也不只是'一鼻,一嘴,一毛',恰似名画师的速写,它简单,然而完整;朴素,然而逼真;寥寥几笔,却确已显出其传神的本领。""鲁迅在杂文里创造的这种典型化了的形象,无不以传神的绝技刻画和表达了他要说明的问题。"唐弢还谈到鲁迅杂文形象典型性的艺术手法,他认为鲁迅"通过深切的感受和丰富的想象使抽象的感情或平淡的叙述一齐化为生动的形象"。他还认为"鲁迅真切地感受到存在于社会意识中的矛盾,运用生动的,不是一般论文里所有的具象的叙述,给人们以深刻的印象",这里唐弢强调的是典型性中的个性化特征,接着他又指出:"对于一篇杂文来说,内容的逻辑性愈强,典型意义也就愈丰富。"他在写于1982年10月的《鲁迅杂文一解》中说道:"尽管杂文里的形象不是小说里的典型,但是人们总是将他的形象和典型并提。"如何看待鲁迅杂文形象的典型性问题是我们研究鲁迅杂文的艺术价值、审美创造的关键,唐弢这些论述留给后人丰富的理论启示。唐弢从逻辑思维和形象思维的角度来研究鲁迅杂文的艺术特征,对研究观念和思维模式的变革也具有新的意义。特别在50年代,他能够敏锐地抓住当时理论界的新进步,建立起自己新的研究视角,这不能不说他的理论思维的敏锐性和创见性。

（原载《中国现代文学研究丛刊》
1993年第3期,合作者:郑家建教授）

论田仲济和"鲁迅风"杂文

田仲济先生作为知名学者,特别是作为中国现代文学学科的少数几位奠基者之一的声誉、地位和贡献,是世所公认、载入史册的。但他作为杂文家和杂文理论家却鲜为人知,也未引起中国现代文学研究界的足够重视。

仲济先生从事革命文学活动已六十多年了。他的杂文创作和杂文理论研究几乎是和他的革命文学活动相伴随的。他的杂文创作,在建国前结集出版的有《情虚集》、《发微集》和《夜间相》,建国初结集出版的有《微痕集》,新时期结集出版的有《田仲济杂文集》、《田仲济序跋集》,他的杂文理论主张在建国前的有理论专著《杂文的艺术与修养》,建国后则散见在他的一些序跋和他主编的中国现代文学史论著里。无论是杂文创作还是杂文理论研究,田仲济先生都是成果丰饶,成就突出的,它们都属于中国现当代杂文史的很有价值的组成部分。因之,我们今天对田仲济先生的杂文创作和杂文理论成果的重视和研究,不仅仅是对田仲济先生长达六十多年的创造性劳动的一个重要方面的尊重,也是对中国现当代杂文史的尊重。

我们认为任何一种严格意义上的作家创作研究,都是对那属于历史之一环的作家主体的创造性劳动的一种历史阐释,一种历史发现,一种历史价值的估定。就田仲济先生的杂文创作和杂文理论研究而论,有许多话可说,但我们认为也许只有把它们放在由鲁迅开创的,鲁迅的战友和学生继承、丰富和发展的"鲁迅风"革命现实主义战斗杂文这一大系统内来考察,才能揭示田仲济先生的杂文创作和杂文理论的特质,才能准确估定其历史地位和历史价值吧。

一

茅盾在其文学回忆录《我走过的道路》(上)里曾说:"中国现代文学史有一个既不同于世界文学,也不同于中国历代文学史的特点,这就是杂文的作用。"从"五四"以来,现代杂文在进行社会思想启蒙和推动中国社会的现代变革上,发挥了任何一种文字形式和文艺样式所无法比拟的巨大作用。"五四"时期的新文学先驱者如陈独秀、李大钊、胡适、钱玄同、刘半农、鲁迅和周作人等人,都写过杂文。这个新文学运动先驱者所开创的这一传统,为新文学运动的第二代、第三代作家继承、丰富和发展了。从而,我们看到了在中国现代杂文史上,有众多的杂文社团、流派,有风姿各异的杂文作家,这确是中外杂文史上极为罕见的一种壮丽奇观。

正如古人说的,"譬若众星之拱北辰"。在灿烂的星群之中,只有北斗星是最璀璨明亮的。鲁迅所开创的杂文,鲁迅的战友和学生所师承、丰富和发展的"鲁迅风"革命现实主义战斗杂文,是中国现代杂文星野里的北辰,是中国现代杂文的奔腾不息的主流,是中国现代杂文唯一正确的方向,愈走愈宽广的大道。

杂文作为一种文学形式,如鲁迅所说,是"古已有之"、"外已有之"的。但古今中外杂文史上,还没有一个杂文作家能像鲁迅那样,把杂文锻铸成那样威力巨大的战斗武器,使之具有那样强烈的艺术魅力。杂文创作是伟大的文学家、伟大的思想家鲁迅毕生事业的核心。鲁迅始终把杂文作为进行社会思想启蒙和推动中国社会现代变革的最重要的战斗武器,在杂文创作中,他站在反帝反封建的民族民主革命斗争的最前列,运用现代科学、民主和社会主义思想进行史无前例的广泛的、深刻的、尖锐的、泼辣的社会批评和文明批评。他的杂文揭露和批判了帝国主义、北洋军阀、国民党反动当局及其御用文人,他的杂文揭露和批判了阻碍中国历史前进和毒害中国人民灵魂的封建旧制度、旧思想、旧道德、旧文化、旧风俗、旧习惯,他的杂文对中国国民的灵魂和自我的灵魂进行无情的解剖,有着强烈的革命批判的战斗精神;鲁迅杂文的革命战斗精神,不仅表现在他对中国的现实和历史中的一切陈旧、腐朽、专制、愚昧、虚伪、丑陋的东西施行不留情面、坚持不懈的袭击、揭露和批判,还表现在他对中华民族的历史文化精华和民族脊梁的肯定和赞美,还表现在他对新的世界、新的人物、新的道德、新的思想、新的文化的肯定和赞美,这也就是说,在鲁迅的杂文里爱和憎、肯定和否定、歌颂和暴露、破旧和立新,对真善美的赞美和对假恶丑的讽刺、思想的博大精深和艺术的独创精美,这矛盾对立的两极总是辩证统一的。鲁迅的杂文是历史悠久、苦难深重、坚强奋起、百折不挠的现代中华民族的智慧、良知、风骨和才华的集中体现,包涵着在中国现实社会现代化、思想现代化、道德现代化、文化现代化、风习现代化的博大的历史思考。从而鲁迅的杂文,不仅有着所向披靡的战斗威力,而且对一切追求进步、找寻真理、为祖国的独立解放、人民的自由和幸福,立志要在中国实现现代化的人们,有着巨大而长久的感召力和吸引力,而对一切热心杂文创作的人来说,鲁迅杂文则是他们创作灵感的一个源泉,是他们提高自己杂文创作的思想和艺术水准的原动力。

鲁迅健在的"左联"时期,已有一大批左翼作家如瞿秋白、茅盾、冯雪峰、胡风、徐懋庸、聂绀弩、周木斋、王任叔等,已集合在鲁迅的旗帜下,以杂文作战斗武器,作集团式的冲锋。鲁迅逝世之后,上海孤岛时期的以王任叔、唐弢为代表的"鲁迅风"杂文流派,活跃在桂林和香港的以夏衍、聂绀弩为代表的"野草"杂文流派,重庆的郭沫若,昆明的闻一多、吴晗和朱自清,民主根据地的丁玲、艾思奇、林默涵、何其芳,东北的萧军等等都自觉师承、丰富和发展鲁迅所开创的革命现实主义杂文战斗传统。这就是历史上有人称为的"鲁迅风"杂文或"鲁迅式"杂文①。因此,我们说,"鲁迅风"革命现实主义杂文是中国现代杂文的奔腾不息的主流,是最宝贵的战斗传统。

据田仲济先生自述,他在革命文学论争时就走上革命文学道路,他"开

---

① "鲁迅风"杂文的称呼最早见于1938年10月的上海,当时有人嘲笑王任叔等人只会写"鲁迅风"杂文,争论发生后,上海地下文委召开了一次座谈会,发表一篇题为《我们对鲁迅风杂文的意见》的座谈纪要,从此这一称呼普及开来。1939年王任叔等人创办了主要刊载散文和杂文的《鲁迅风》杂志。关于"鲁迅式"杂文的提法,最早见于王任叔的《论鲁迅的杂文》,建国后冯雪峰的《谈谈杂文》、毛泽东的《在中国共产党全国宣传工作会议上的讲话》也有此提法。

始是写诗,写散文","是过了些时候,我才喜欢起杂文来,尤其是鲁迅的杂文"。他以鲁迅杂文为榜样,"试着"① 写起杂文来了。从《田仲济杂文集》看,他最早的杂文是写于 1932 年,那时他才不过是 25 岁左右的青年,同唐弢和徐懋庸等的年纪不相上下,他也同他们一样,一开始杂文创作就以鲁迅为师,就选择一条正确的革命道路。从那时起,田先生在这条正确而不平坦的道路上走了六十多年了。而这漫长的六十多年,正是田先生以自己的杂文创作实践和杂文理论研究,丰富和发展"鲁迅风"革命现实主义杂文战斗传统的六十多年;也是田先生对中国现当代杂文作贡献的六十多年。

关于田先生的杂文创作,我们在下面会有详论,这儿我们着重考察田先生在杂文理论上所作的贡献。从古今中外的杂文史来看,存在着杂文创作的异常丰富和杂文理论的惊人贫乏的强烈反差,我们可以这样说,真正像样的杂文理论是"五四"以后才出现在中国。作为革命杂文大师的鲁迅对杂文理论建设作出最大贡献,他的杂文理论主张是丰富的、深刻的、辩证的,但是鲁迅没有写过专门性的杂文理论著作,他这方面的主张散见在某些短文,以及杂文集和译作的序跋里,没能以系统严整的理论形态出现。鲁迅之外,瞿秋白、茅盾、冯雪峰、郭沫若、徐懋庸、朱自清的某些论述鲁迅杂文的理论篇章,为丰富杂文理论作出贡献。据我们所知,在中国现代杂文史上以理论专著形态出现的杂文理论著作是王任叔的《论鲁迅的杂文》(1940)和田先生的《杂文的艺术与修养》(1943)。近年来,田先生这本杂文理论专著日益引起我国理论界的重视。俞元桂主编的《中国现代散文理论》、《中国新文学大系(1937—1949)理论卷一》选录了其中的"略论杂文的特质",中国社会科学院文学研究所鲁迅研究室编的《鲁迅研究学术论著资料汇编》(3),选录了该书除"高尔基的社会论文"外的全部。

《杂文的艺术和修养》包涵了如下几个部分:"略论杂文的特质"、"讽刺与幽默"、"鲁迅的杂文观"、"鲁迅战斗的旗帜"、"唐弢及其《投影集》"、"高尔基的社会论文"、"后记"。在撰写这本杂文理论专著时,田先生创作和研究杂文已有十年以上的历史了。田先生说:"近几年来许多人在提倡杂

---

① 见《田仲济杂文集·后序——杂文与我的纠缠》。

文,说它是一种最犀利的武器,但自鲁迅先生逝世后却衰落下来了,我们应当利用这种武器,复兴杂文。"但他又感慨道:"提倡杂文而不研究杂文是目前的一种缺陷。"他甚而认为"关于这一部门的理论却几乎还'绝无仅有'"。这清楚表明了他撰写这本杂文理论专著,乃是为了"复兴""鲁迅风"革命现实主义杂文战斗传统的心迹和宗旨。

田先生研究和倡导的不是一般的杂文,而是鲁迅的战斗杂文、高尔基的战斗杂文、唐弢的"鲁迅风"战斗杂文。在"略论杂文的特质"那一章里,田先生不满足于徐懋庸和欧阳凡海等关于鲁迅杂文特质的四个方面。他认为鲁迅杂文的特质是:第一"不是冷嘲,不是热讽,而是正面短兵相接的战斗性";第二是"深刻锐利";第三是"独到的见解、精辟、深透、不落俗、不同凡响",第四"形式的特质是隽冷和挺峭"。田先生对鲁迅杂文特质的这一概括,在今天仍能给人理论启发。在"讽刺与幽默"那一章里,田先生分析了鲁迅杂文的讽刺和幽默以及两者的差异和联系,他着力阐发了茅盾的一个精辟观点,即茅盾说的,"没有他(鲁迅)那样的天才,没有他那样深厚的学养,勉强学他的独特的讽刺和幽默的作风,难免要'画虎不成'罢"。"鲁迅的杂文观"是田先生对鲁迅的杂文理论主张的初步的理论梳理,这个梳理尽管是初步的,但却是鲁迅杂文研究史上的第一次。这个有重大理论价值的工作,迄今仍未见有人做过。"鲁迅战斗的旗帜"和"唐弢及其《投影集》"两章,全力阐发继承和发扬"鲁迅风"革命现实主义杂文战斗传统的思想。我们认为田先生的《杂文的艺术与修养》是一部自成理论系统,有相当理论含量的理论专著。

鲁迅的战斗杂文,"鲁迅风"革命现实主义战斗杂文在中国现当代杂文史上的历史命运,是一个耐人寻味的,应该认真研究的重大理论课题。

鲁迅的杂文,鲁迅的战友和学生的杂文,在鲁迅健在时就受到当时的反动势力及其御用文人的"官民的围剿"。这是理所当然的,毫不足怪的。令人感到奇怪和困惑不解的是,在建国前的革命圣地延安和改革开放的新时期前的社会主义的新中国,人们一方面对鲁迅的革命精神、革命品格和丰功伟绩给予了至高无上的最高评价,这无疑是正确的,但是与此同时,革命队伍内部的上自某些有关领导下至普通百姓,固然也承认鲁迅杂文是一种前无古人的伟大思想创造和艺术创造,但又以这样那样的方式,这样那样的语言认为鲁迅式的杂文,在革命圣地延安,在社会主义的新中国的不合时宜和不宜倡导。这就造成了一种有着深刻悲剧意味的惊人的逻辑悖论:一方面真诚表示和一再号召学习、继承和发扬鲁迅的革命精神和战斗传统,另一方面又宣布最能体现这种革命精神和战斗传统的鲁迅杂文的不合时宜和不宜倡导,把前头的真诚表示和一再号召大大打了折扣,使之在最重要的地方不能落实而架空了。鲁迅杂文命运如此,"鲁迅风"杂文的厄运就更是可想而知了。这种惊人的逻辑悖论,妨碍着鲁迅杂文研究的丰富和深化,不能上升到更高的理论层次,也直接造成在建国前的民主根据地和改革开放前的社会主义新中国"鲁迅风"革命现实主义杂文传统的失落,杂文创作的极不正常的沉寂和荒凉。造成这种惊人的逻辑悖论的原因是深刻的、多方面的,是历史发展过程中的不可避免的曲折,这需要专文作深入细微的研究,因不是本文主旨,这儿姑且略而不论。

在改革开放的历史新时期前的中国,杂文界唯心论和形而上学猖獗,极左思想占统治地位,鲁迅杂文战斗传统失落,一批热衷于社会改革的杂文家动辄得咎,屡遭厄运。1957年的反右派运动,1958年《文艺报》发起的"再批判","十年浩劫"中的对邓拓、吴晗、廖沫沙的全国性声讨。在这样的不正常历史背景下,作为杂文家的田先生不能不感到困惑,不能不受到束缚和压抑,稍一不慎就会招来横祸。田先生在《田仲济杂文集·后序——我与杂文的纠缠》里就有此记述。在这段期间田先生写的杂文不多,只是一篇通达平稳的《雅量》就给自己招来不小的麻烦,他作为一位感觉敏锐、有正义感的不甘沉默的杂文家,不得不生活在种种噩梦的困扰之中。

改革开放的历史新时期,在神州大地上方兴未艾的伟大思想解放运动,促成了新时期杂文创作和理论研究的繁荣昌盛和蓬勃发展。我们认为新时期杂文的最重要成就是"鲁迅风"革命现实主义杂文战斗传统在新的历史条件下的发扬光大。但是我们上面说过的人们在对待鲁迅革命精神和战斗传统上的惊人的逻辑悖论仍然不同程度存在着。譬如近些年在杂文界颇为流行的所谓"新基调"杂文理论主张就是具例。这种"新基调"杂文理论的鼓吹者,主张要创立一种社会主义的"新基调"杂文,用以取代"鲁迅式的杂文"（即"鲁迅风"杂文）。当然,这位"新基调"杂文鼓吹者也一再主张要学习、继承和发扬鲁迅的革命精神和战斗传统。但与此同时,他又认为最能体现鲁迅的这种革命精神和战斗传统的鲁迅杂文或鲁迅式杂文要不得,他一再告诫人们"要警惕和克服鲁迅式杂文基调的积习",要"洗净鲁迅式杂文基调的残痕"。在"新基调"杂文理论鼓吹者身上确实存在着惊人的逻辑悖论。这种逻辑悖论受到曾彦修（严秀）等同志的批评 ① 是很自然的。记得列宁曾称马克思和恩格斯是 19 世纪最"彻底的民主主义者",毛泽东称后期鲁迅是"共产主义者",据此,鲁迅前期杂文是革命民主主义者的杂文,后期杂文是共产主义者的杂文,它们是属于历史的,即不仅属于过去,更属于未来,它既不是什么应该克服的"积习",也不是什么应该洗净的"残痕",而是有着永久生命力的革命精神和战斗传统,特别是我们前面说过,鲁迅杂文包涵着在中国实现社会的现代化、文化的现代化,人的思想、道德、灵魂、风习的现代化等博大深邃的现代意识,这种意识在中国人民实现现代化的漫长历史过程中是永远不会过时的,是永远应该学习、继承和发扬光大的。在这样的理论论争的背景下来看田先生关于杂文和鲁迅杂文的有关论述,就更能掂量出它的分量。田先生在《田仲济杂文集·后序——杂文与我的纠缠》中说:

> 杂文是鲁迅创造的并且由他发展到了极高的层次。他的小说我不敢说今天没有人及得上。但他的杂文我不敢说今天已有人及得上,甚至超越他。现在有不少人说鲁迅的杂文过时了,如今时代不同是全新的不同于他的杂文了。当然应当允许每个人有自己的看法,其他人不应干预,但过时不过时,超越不超越,历史会作结论的,一个或几个人的意见是无法改变历史的。

在《田仲济杂文集·序言》里田先生态度更明确:

> 杂文无论在什么时代,看样子还是应该写下去。……既然鲁迅的杂

---

① 具见曾彦修主编的《中国新文艺大系·杂文集》（1949—1966、1976—1982）两卷的《导言》和《附录》。

文是世界文学宝库中的宝藏,难道到了我们这一代就让它消亡了么? 时代不同了,写法可随着时代而变化,何况,现在思想斗争,阶级斗争并没有停止,长篇论争、斗争的文章要写,短小几百字的匕首为什么就不可使用呢? ……我希望杂文再复兴起来,我希望大家再写起杂文来……

这充分表达了老杂文家继承、发展"鲁迅风"革命现实主义杂文的迫切愿望。刘勰在《文心雕龙·辨骚》里说屈原的骚赋"气铄往古,辞来切今,惊采绝艳,难与并能","其衣被词人,非一代也"。对鲁迅的杂文也完全可以说这种话,继承和发展"鲁迅风"革命现实主义杂文战斗传统,是当代杂文兴旺昌盛的根本途径。

二

　　田先生在自己的杂文集里把自己的杂文创作分为五辑。即第一辑（1932—1936）、第二辑（1937—1945）、第三辑（1946—1949）、第四辑（1951—1966）、第五辑（1976—1991）,照我们看来,这其中的第一辑可视为一段,二、三两辑可以并为一段,三、四辑也可以并为一段,这三段则分别为"左联"时期,这是田先生杂文创作的起始阶段;抗日战争和解放战争时期,这是田先生在杂文创作上数量最多,影响最大、创造力最旺盛阶段;建国后时期,田先生的杂文创作则经历了由少到多、由拘谨到开放的艰难曲折和新的拓展。在这三段里,贯穿着一条学习、继承和发展鲁迅杂文的革命精神和战斗传统的思想红线,展示了田先生的战斗杂文生成、演变和发展的历史风貌。

　　田先生的杂文创作对鲁迅杂文的学习、继承和发展是异常鲜明,相当突出的。只要比较一下,田先生的不少杂文标题、观点、分析问题的方法和使用的论证材料,有不少简直就是一样,或大同小异。比如田先生的《奴才的残暴》同鲁迅的《暴君的臣民》,田先生的《送灶日随笔》同鲁迅的《送灶日漫笔》,田先生的《踢》、《谈冲》,同鲁迅的《踢》、《冲》、《冲的余谈》,田先生的《作文秘诀》同鲁迅的《作文秘诀》等等,至于田先生在杂文中引用鲁迅的精辟观点,使用鲁迅分析问题的独特方法更是所在多有,不胜枚举,这显示了田先生对鲁迅著作和鲁迅思想的格外熟稔。熟读鲁迅杂文的人,读田先生的杂文的确会深切感受到两者之间的形似和神似。

自然这仅仅是浅层次的形似和神似,除此之外,还有深层次的形似和神似。说田先生的杂文同鲁迅杂文有形似和神似之处,这并不等于说,田先生的杂文仅仅是对鲁迅杂文的最没有出息、毫无创造的、机械消极的模拟和重复。1938 年的上海,就有人以类似这样的语言嘲讽王任叔、唐弢、周木斋、柯灵等所写的"鲁迅风"杂文。王任叔在《论鲁迅的杂文·战斗文学的提倡》里就对以上偏见进行过反驳。事实确也是坚持和继承鲁迅杂文的革命现实主义战斗传统,直面现实,进行广泛的社会批评和文明批评,他们所写的杂文,决不会只是对鲁迅杂文的模拟和重复,因为社会现实是无限丰富多样,不断变化发展的。人们对社会现实的认识和反映也是不断丰富、深化和发展的;再是鲁迅杂文是八股教条的死敌,在思想上和艺术上是最富于创造性的,鲁迅杂文爱憎最热烈,个性和风格最鲜明,人们在学习和继承鲁迅的杂文传统时,就会从中汲取到一种强烈的创造动力,必然会走上丰富和发展鲁迅杂文传统的创造性道路的。在《田仲济杂文集》里,田先生在《公式化》、《文章的贫乏》等杂文中坚决反对文学创作上的公式化,主张立足于现实的创造精神。因而,田先生的杂文既同鲁迅杂文有形似神似之处,又对鲁迅杂文传统有创造性的丰富和发展。

1937—1949 年,是田先生杂文创作在数量和质量都最突出的阶段。在这阶段的杂文创作中,田先生像当年的鲁迅那样,对抗日战争和解放战争时期国统区的政治、军事、经济、文化、教育、伦理道德以及那病态社会的边边角角、形形色色进行了不留情面的揭露和批判,其中有日寇的暴虐、汪伪汉奸的无耻、国民党当局的贪污腐败、官场的黑暗和反动的文化统制、物价的暴涨,作家教员和公务员等"文人的末路",奸商们在"美丽的外衣下"发国难财的缺德行为,以及那光怪陆离社会里种种假、恶、丑的言行。作为战斗杂文家的田先生,是异常关注现实的,他特别注意报纸上的社会新闻和社会广告,把它们视为了解社会全貌的重要窗口。对社会新闻和社会广告的分析批评,确是田先生杂文的一个特色。这从这类杂文的标题就可以看出来了,诸如《广告之类》、《"兼营企业"》、《民命微贱》、《广告季》、《报纸的一日》、《广告新闻》、《"奇文共赏"》、《新闻一则》、《广告骗术》、《无聊文章》、《明日黄花》。《"奇文共赏"》这篇杂文就由报上的三则广告和作者对其讽刺评论连缀而成,一则广告是有人重金悬赏请人帮他找回走失的一只叭儿狗,一则广告是自称"哲学专家"的酗运山人对蒋介石当选国府主席后肉麻至极的贺电,一则广告是有人声明他没患上花柳病。这三则广告的炮制者是抗战时期陪都重庆病态畸形社会孕育出的三种颇具典型意义的社会怪胎,作者只要略作讥评,杂文就尖锐辛辣。《明日黄花》由几则社会新闻和作者的简省评论连缀而成,针对国民党当局为其新闻检查法和取缔报纸暴行的强词夺理的辩解,作者针锋相对引用国内和国外的五则社会新闻予以有力的反驳和深刻的揭露,给国民党当局以毁灭性打击。田先生在这时期的杂文集《夜间相》后记里说:"它记录了我的憎,但也记录了我的爱","在时间上,它也包括了从1940年直到目前,在陪都中角角落落中的一些事情。我企图以这一麟(鳞)半爪代表全貌。名为'夜间'也是这个意思。我不是在愁漫漫长夜何时旦,因为胜利已在望了。而是想将胜利前夜的景景色色,给他留下一个淡淡的影子。由此窥出在这胜利的前夜中是经历些什么,遭遇些什么,是怎样过来的,作为未来的警惕和教训。这也许是不无意义的。"在田先生看来,他的杂文是寓爱于憎,寓全貌于一麟半爪,寓肯定于否定,寓追求光明于暴露黑暗之中,这见解是深刻的,这见解正是对鲁迅杂文传统的继承和发扬,也道出杂文创作中某一方面的普遍艺术规律。

在田先生建国前的杂文中,论史(正史、野史、笔记)的杂文,评论古典文学的杂文,占了几乎1/3左右的篇幅。这也是鲁迅笔法、鲁迅传统,不过田先生写得更多就是了。诸如《都在马端临身上》、《读书琐记》、《读书随笔》、《读书偶感》、《读史随录》、《夜读抄》、《述酒篇》、《渊明之豪放》、《讳言〈秦妇吟〉》、《李逵的杀法》等等。俄国的赫尔岑说:"充分地理解过去——我们可以弄清楚现状;深刻认识过去的意义——我们可以揭示未来的意义;向后看——就是向前进。"鲁迅也说:"历史上都写着中国的灵魂,指示着未来的命运。"那些论史的杂文,名为论史,实为批评现实,那些论古典文学的杂文,也是名为论古典文学,实为批评现实人生。这类论史论文的杂文在中国现代杂文史上是大量存在的。这类杂文在文禁森严的历史条件下,可以躲过检查官的眼睛和利爪,作者可以利用曲笔借古讽今,指桑骂槐,更自由展示自己的博识、睿智和深思,这类杂文有思想性、知识性、趣味性,有知识之美、思想之美、趣味之美,自有其吸引读者的特殊魅力,田先生的论史杂文里也涉及正统的经史,由于它们有太多的涂饰和溢美之词,他同鲁迅一样更偏爱野史和笔记。在清代张玉书修撰的《明史·太祖本纪》里,明太祖朱元璋是何等雄才大略、宽仁圣明,实则朱洪武是个罕见的嗜杀成性的暴君。田先生据野史笔记材料在《酷刑》和《漏网将相》这两篇杂文里揭露了这个封建暴君的"阴险"和"嗜杀",他稍一不高兴就开杀戒,种种酷刑无所不用其极,以致当年同他一道出生入死打天下的开国元勋除了唯唯诺诺的汤和与装疯卖傻的郭兴等二三人外,无一漏网。田先生的这两篇短短的论史杂文,可以和著名明史专家吴晗的同类长篇杂文名篇《论明初的恐怖政治》参照阅读。这里,田先生的《酷刑》和《漏网将相》,同当年鲁迅的《病后杂谈》和《病后杂谈之余》,都是借明初的暴政来暴露国民党当局的暴政。《张松和鲁肃》是一篇通俗生动、借题发挥、意味隽永的论古典文学的杂文。解放战争时期聂绀弩、孟超、欧小牧都写过这类杂文。《三国演义》里的张松博闻强记、巧舌如簧、才学过人,但他却卖主求荣、引狼入室,鲁肃朴实敦厚,没有张松那样咄咄逼人的才学,但他却顶住张子布等文臣的投降逆流,力主联刘抗曹,协助周瑜在赤壁之战中击败强敌曹操。田先生把无耻的张松同当时的大汉奸汪精卫联在一起予以痛斥,以鲁肃来赞美抗敌军民,在田先生的论史论文的杂文里,过去的历史和眼前的现实,古典文学和现实人生是打通的,它们实际上是另一种形式、曲折深至的社会批评和文明批评。

鲁迅杂文在进行社会批评和文明批评时,特别注重中国国民灵魂的解剖和改造,这是鲁迅对中国近代以来启蒙思想家的"开民智"、"鼓民力"、"塑民魂"的优良传统的继承和发展,这是鲁迅杂文的特别深刻之处。田先生的杂文名篇如《送灶日随笔》,从人与神的关系角度,批评了中国式的圆滑聪明;《"长命富贵"》从中国人对生命、财富、权力、地位的渴求,批评了中国式的自私;《阿Q与鸵鸟》从不敢正视现实、躲避现实的角度,批评了中国式的愚昧、麻木和卑怯,这些杂文都从特定角度批评中国国民性格的某些消极面,表明了作者对改造国民灵魂的关切。建国后田先生认为:"新中国是新中国,但人民绝大多数还是旧人民,就是从旧时代过来的,怎会一夜之间就面目全变呢?思想、习惯、生活、作风,……怎会一夜醒来全是新的呢!事实证明猜忌、怀疑、……等等都还难以从人间消失。"①他在《学习鲁迅改造国民性的思想建设社会主义精神文明》的演讲里更明确指出:"我们今天来学习鲁迅,我认为首先要学习他这个思想,改造国民性的思想,同一些遗留下来的封建的资产阶级的东西作斗争,建设社会主义的精神文明。"这同鲁迅在《两地书》和《习惯与改革》里所一再阐发的观点是一脉相承的。鲁迅当年曾说过,中国社会的现代革命变革,如果不深入和落实到文化、思想、道德、伦理、风俗、习惯,特别是国民灵魂的现代化上来,则这革命和改革将如"沙上建塔,顷刻倒坏"。历史证明了鲁迅当年这些思想观点的历史预见性和深刻性,田先生把学习鲁迅的"这个思想"摆在"首先"的位置之上,同样反映了田先生认识上的清醒和深刻,只是建国之后由于种种原因,田先生没能把他的这一清醒深刻的认识体现在他的杂文创作之中,不免令人遗憾。

　　田先生在杂文这块园地上寂寞耕耘了一个甲子。他是一位有个性有风格的杂文大家。他那散发着时代气息的为数众多的杂文,思想丰富,形式多样,有着浑朴凝重、深沉冷峭的共同特色,他的有些杂文在构思上颇见功力,包含了相当深度的社会人生哲理。《天堂》一文的构思独具匠心,作者以基督教礼拜堂里的"天堂地狱图"来象征少数人的天堂多数人的地狱的黑暗的旧中国,从而他对这幅图画的怀疑和否定,也就是他对旧中国的怀疑和否定。这篇杂文有曲折深至的含蓄之美。《更夫》的写法也很有特色。这里有一幅极不调和的荒诞而实在的人生图画:在摩天高楼林立、电灯、霓虹灯如星光灿烂,流线型汽车穿梭疾驰的不夜城里,更夫邦邦地敲着梆子多余地巡行,同这幅极不调和的人生图景相平行的,是作者的深沉的议论和思考,他指出这种新和旧的不可调和的硬性调和,正是光怪陆离、畸形病态的旧中国的特色和病征。在这里,荒诞的生活图景和凝重的社会思考的结合,启发人们触类旁通地去思考更广更深的社会问题。《温室的花草》以知识的密度去营造思想的深度为特色。这篇杂文里有许多历史上的笑话,晋惠帝要饥民食肉

----

　　① 《田仲济杂文集·后序——杂文与我的纠缠》。

糜,简文帝和光绪帝把禾苗看为杂草,蔡京的孙子们不知稻米从何而来,明武宗时的君臣不知稼穑的艰难,汉代朱穆好学却不知马有几足。由此作者深刻指出:"生长膏粱"的环境,必然培养出"聪明的傻子","温室里的花草必不能经受风雨的摧折"。田先生在新时期的某些杂文篇章,有着阅尽人生沧桑的智者的开阔深沉的社会人生感慨,他怀念茅盾、王统照、单演义、包子衍、三毛等的杂文,他为台湾著名女作家沉樱译作写的序跋,均朴茂深沉,令人低回咏叹,他有些杂文也表现了他热爱生活的盎然情趣,艺术上看似浑朴随便,实则挥洒自如,另一番境界,这其中建国前的《聊天》,新时期的《和平月季、中美人民的友谊之花》、《牡丹之乡》等极富情趣,同样是值得注意的篇章。

"莫道桑榆晚,微霞尚满天。"田先生在 86 高龄仍有志于杂文创作和杂文研究事业,我们期待着田先生为"复兴""鲁迅风"杂文作出更大贡献。

（原载《新文学史料》2003 年第 2 期）

第四辑
"别具风采"的三家杂文随笔

王力的《龙虫并雕斋琐语》

　　王力（1900—1986），广西博白县人。语言学家、教育家、翻译家、散文家和诗人。1913年小学毕业后失学，1924年入上海南方大学学习，次年转入上海国民大学，1926年入清华国学院研究院，1927年赴法国留学，获巴黎大学生文学博士学位，1932年回国，长期在大学从事教学和研究工作。诗歌和散文收入《龙虫并雕斋诗集》、《龙虫并雕琐语》。

　　著名语言学家王力，也是一位有独特风格的杂文家。当年王力的杂文在《星期评论》和《中央周刊》刊行，受到广大读者的热烈欢迎，特别是昆明地区的高级知识分子的击节赞赏。"《生活导报》的台柱"费孝通特地约请王力为该刊撰写杂文。

　　王力杂文在《生活导报》发表后，受到读者欢迎，外地报纸"转载"，费孝通称赞王力"表演精彩"，以致"自从《生活导报》登载了《琐语》之后，可说是整个的《导报》都变了作风"。① 王力在1942年至1946年间撰写的62篇杂文，于1949年由上海观察社出版，1973年香港波文书局翻印，1981年，中国社会科学出版社重印。编印者在《出版说明》中这样评论王力杂文：

　　　　王了一即是大家所熟知的著名语言学家王力先生。抗日战争期间，
　　先生写了大量文词犀利、痛斥时弊的杂文。这些杂文词章秀丽，议论持

---

　　① 　王力：《龙虫并雕斋琐语·生活导报和我（代序）》，上海观察社1949年版。

平,讽喻巧妙。《龙虫并雕斋琐语》就是这些杂文的汇编。

　　现在我们根据1949年《观察社》的旧本重印这些杂文有三层意思。其一,反映王力先生早年的创作活动,不忘先生在文苑多年来多方面的辛勤耕耘劳作。其二,让读者从生动而具体的生活实录中了解旧中国的社会人情和政治上的黑暗。其三,介绍王先生驾驭语言的艺术和独特的风格。

　　王力杂文数量不多,但有很高的思想和审美品位,在现代杂文史上独树一帜。

　　王力杂文的独特风格,来自他的独特的杂文观念。在《生活导报和我》里,王力把他的杂文称为"血泪写成的软性文章",他也倡导这类杂文:

　　　　在这大时代,男儿不能上马杀敌,下马作露布,而偏有闲功夫去雕虫,恐怕总不免一种罪名。所谓"轻松",所谓"软性",和标语口号的性质太相反了。不过,关于这点,不管是不是强词夺理,我们总得为自己辩护几句。世间尽有描红式的标语和双簧式的口号,也尽有血泪写成的软性文章。潇湘馆的鹦鹉虽会唱两句葬花诗,毕竟他的伤心是假的;倒反是"满纸荒唐言"的文章,如果遇着了明眼人,还可以看出"一把辛酸泪"来!

这里,王力反对的是公式化概念化的标语口号式的杂文,肯定的是"血泪写成的软性的文章"。王力反对公式化概念化文学的态度是一贯的,在《回避和兜圈子》里,他称这类东西是"拷贝文学,或描红文学",是令"丽德"①"讨厌",不能引起他们"共鸣"的东西。王力提倡的这种"血泪写成的软性文章",同"鲁迅风"杂文,有联系,但也有很大的区别,其间一样有人民的"血泪",也是以这种"血泪"酿成的,但不是战斗性和批判性强烈的"匕首和投枪",而是以"软性文章"面貌出现的。这种"血泪写成的软性文章",同那标举"自我性灵"、不食人间烟火的"闲适"小品也有根本的区别,因为它是"血泪写成的"。

————————————

　　① 英语 reader,读者的音译。

　　王力主张他这种"血泪写成的软性文章"不是"直言"的,而应该是"隐讽"的,他指出:

　　　　直言和隐讽,往往是殊途而同归。有时候,甚至于隐讽比直言更有效力。风月的文章也有不失风月之旨的,似乎不必一律加以罪名。

　　　　关于这个,读者们可以说,《龙虫并雕斋琐语》里并没有什么隐讽,只是"瞎胡闹"。我也可以为自己辩护说,所谓隐讽,其妙在隐,要使你不知道这是讽,才可以收潜移默化之功。但是,我并不预备说这种强词夺理的话。老实说,我之所以写"小品文",完全为的自己,并非为了读者的利益。其中原委,听我道来:实情当讳,休嘲曼倩①言虚;人事难言,莫怪留仙②谈鬼。当年苏东坡是一肚子不合时宜,做诗赞黄州猪肉;现在我却是俩钱儿能供日用,投稿夸赤县辣椒……"芭蕉不卷丁香结"③,强将笑脸向人间,"东风无力百花残",勉驻春光于笔下。竹枝空唱,莲荺④谁怜,这只是"吊月秋虫,偎栏自热"⑤的心情,如果读者们要探讨其中的深意,那就不免失望了。

王力不仅指出"隐讽比直言更有效力",他还说明他所以写这种"隐讽"杂文的"原委",他不得不当现代的东方朔、蒲松龄、苏东坡,是由于"实情当讳"、"人事难言"和有"一肚子不合时宜",不能"直言",只能采取曲折含蓄的表达方式,倾吐心中的矛盾复杂的思想感情。关于这点,王力在《回避和兜圈子》里说得更清楚了。在那里,他谈到了他自己和他的"许多朋友"为了对付"仙色"⑥婆婆,不得不写得"隐约","兜圈子","运用迂回战略,弯弯曲曲地向着某一个目标进攻",而"兜圈子不免暗示,而多数暗示却是等于谜语"。显然,要读王力这种"隐讽"的杂文,只有把庄与谐、泪与

---

①　西汉东方朔,字曼倩,以诙谐滑稽著称。
②　清代蒲松龄,字留仙,著《聊斋志异》,多记鬼狐。
③　李商隐《代赠》:"芭蕉不卷丁香结,同向春风各自愁。"
④　莲子,比喻心苦。宋无《安薄命词》:"不食莲荺,不知妾心。"
⑤　蒲松龄《聊斋志异·自序》:"嗟乎!惊霜寒雀,抱树无温;吊月秋虫,偎栏自热,知我者其在青林黑塞间乎!"
⑥　censor,新闻检查员。

笑、苦与乐、实和虚统一起来,才能把握住作家的"弦外之音"、"题外之旨"的。

王力这种"血泪写成的软性文章",同林语堂等人只是"一味地幽默"、"幽默"到谈牙刷、吸烟之类的"幽默"小品是迥异其趣的,因为它是作家的"血泪"凝成的;同梁实秋《雅舍小品》中那些针砭世情的"幽默"小品,也形似而神异,因为前者固然也有对庸俗落后的人情世态的批评,是有幽默感的"软性文章",但同人民的血泪无关,而后者的心却是同人民相通的;它同闻一多、吴晗等战斗杂文也不一样,它们虽然都是人民的"血泪"凝成的,但前者是彻底摧毁旧世界的战斗檄文,后者却是对旧世界的"实情"、"人事"进行嬉皮笑脸、绕弯子的"讽喻"小品。

王力的小品杂文,一般不直接接触尖锐的现实政治问题。他有时谈论人们怎么起名(《姓名》)、人们爱吃的食品(《奇特的食品》),这类小品有知识性和趣味性。他广泛谈论人们日常生活中的种种问题,例如"衣食住行"问题(《衣》、《食》、《住》、《行》),物价、工资问题(《战争的物价》、《领薪水》),社会的贫富不均问题(《穷》、《路有冻死骨》、《富》、《寡与不均》),社会上的旧风陋习问题(《迷信》、《请客》、《劝菜》、《题壁》),知识分子的生活和苦恼(《清苦》、《失眠》、《写文章》、《回避和兜圈子》),以及他自己的兴趣和爱好(《骑马》、《看戏》、《蹓跶》)等等。这类杂文谈论的是人们社会生活中司空见惯的平凡到不能再平凡的问题,正因此就更具有普遍性。作者在写这些杂文时,哈哈着吐出心中的闷气,刻画芸芸众生的种种相,但他并不搞契诃夫批判过的"小事论"。他在刻画社会的旧风陋习时,不忘对旧传统旧风俗旧习惯的针砭;他在描写"人间苦"时,曲折地嘲弄当时黑暗的现实政治。更难得的是,这些杂文充满着高尚的生活情趣。

《龙虫并雕斋琐语》给人印象最深的是,表现了他戏称为"书呆子"中的"呆之圣者"和"呆之贤者"们,即大学教授、知识界的精英们在"饥寒所迫"中艰难挣扎的痛苦生活。他的描写极其具体,极其全面,而且渗入自己切身体验,因而显得特别真实,特别有震撼力。

王力反复谈到大学教授们在八年抗战期间,薪金收入的急剧下降和物价的暴涨。在《清苦》里,王力提供了一个精确的数字。抗战前,教授的"正薪四百至六百元,比国府委员的薪金只差二百元,比各省厅长的薪金高出一二百元不等,比中学教员高出五倍至十倍,比小学教员高出二十至三十倍"。可以住洋房,买小车,雇佣人,衣食住行是宽绰富余的。但到抗战期间,"大学教授的收入不如一个理发匠,中学教员的收入不如一个洋车夫"(《书呆子》),所谓"薪水",已不够"买薪买水",只能买"茶水"了(《薪水》),与此强烈对照的是"物价"飞涨。这就给这些大学教授、知识界名流的"衣食住行"、"柴米油盐"带来极大的困难。王力说:"七八年以来,我们几乎每年、每一个月,都在变卖衣物。否则我们是否活得到今天,颇成问题。"(《遣散物资》)这是"衣"。王力说:"现在的公教人员距离绝粮还差一步,他们只是吃不饱。"(《食》)这是"食"。王力说:"我们住的是人家的房子,今天付不出房租,明天就得在街头睡觉。"(《住》)这是"住"。"饥肠漉漉佯为饱,热泪汪汪佯作欢;沿户违心歌下里,媚人无奈博三餐。"王力以波德莱尔《恶之花》的这些诗句来形容战时"书呆子"的窘境。王力拐弯抹角地巧妙暗示造成高级知识分子在"饥寒"泥淖里痛苦挣扎的,除了"国难"之外,更由于"奸商贪官"(《乡下人》)作祟,由于"政治上的种种腐败"(《苦尽甘来》),是"国民党"统治下的中国"六合而今万里霾"(《苦尽甘来》)。王力不仅为"书呆子"倾吐苦水,他还为"路有冻死骨"鸣不平。谈到这些"饿死,冻死,或有病不得医药而死"的"冻死骨",他再也控制不了自己情感了,他呼喊了,他发出"人间何世"的责问了:

> 报纸上常有寻狗的广告,一条狗的赏格在万元以上,可见人不如狗;四川有猪的保险,一只猪的保险费在万元以上,可见人不如猪。这年头,人命贱如泥沙,贱如粪土,贱如垃圾——我说什么来着? 泥沙,粪土,垃圾,不是比人命更宝贵吗? ——再想想看……贱如尘埃,贱如清风明月贱如文人的心血!

《龙虫并雕斋琐语》的另一突出特点,是作者毫无保留地展示了自己清高正直、热爱生活的个性,他的趣味和才情。布封说的"风格就是人",这我们在王力的杂文里会得到最好的印证。

王力写这些杂文时,已是40出头的知名学者了,但他是那样的热爱生活,他对生活中的许多事物都兴味盎然,有自己的独特体验。他爱骑马(《骑马》),他爱蹓跶(《蹓跶》,他爱跳舞(《跳舞》),他爱看戏(《看戏》),他爱旅游(《旅行》),他爱书(《战时的书》),他爱写文章,特别爱写"小品文"(《写文章》、《生活导报和我》)。这里,且看他说"骑马"和"蹓跶"的文字:

> 我十四岁就学骑马。虽然栽了不少筋斗,但是那种飞行的乐趣,至今犹萦梦寐。这二十年来,总没有痛痛快快地骑它一次,不免有髀肉复生之感。我自信盛年虽逝,豪气未消。等到黄龙既捣,白堕能赊的时节,定当甘冒燕市之尘,一试春郊之马!

蹓跶自然是有闲阶级的玩意儿,然而像我们这些"无闲的人",有时候也不妨忙里偷闲蹓跶蹓跶。因为我们不能让我们的精神紧张得像一面鼓!

在王力身上最难得的是,他有着中国传统士大夫那种"贫贱不能移"的清高正直的品格。他在《清苦》里有这样掷地有声的自白:

> 然而在清苦的人自己却不这样想。因为要清,所以愿苦!因为求清而吃苦,就不愿因苦而受人怜悯,受人帮助,以损及他们的清。古人不受嗟来之食。何况现在说"清苦"的话的人,竟等于不叫"来食"而仅吐出一声怜悯的"嗟"!"贫士无财有傲骨,愈穷傲骨愈突兀"①;他们在平时并不自鸣清高,在困难时也不自怜清苦。不自怜的人也不受人怜;"清"字拜嘉,"苦"字敬请移赠沿门托钵的叫化子。

王力有深厚的中外文学修养,有很高的艺术才情。王力的小品杂文有极高的驾驭语言的能力。他是著名的语言学家,熟稔经史,在古典诗词上有很深的修养。他的杂文语言以流畅、富于幽默感的北京口语为主,又调和了古典诗词中的清词丽句和有一定容量的典故,加之骈赋的对仗、排偶句式,致使他的语言有一种特有的凝炼、柔韧和音乐的节奏感。在许多篇章中,他经常集中地引用古典诗词、古代典故,并且运用排偶句式,赋予自己的语言以鲜明的风格。先看《闲》中开头一段:

> 中国的诗人,自古是爱闲的。"静扫空房惟独坐","日高窗下枕书

---

① 见法国诗人波德莱尔的《恶之花》。

眠",这是闲居;"相与缘江拾明月","晚山秋树独徘徊",这是闲游;"大瓢贮月归春瓮","飞盏遥闻豆蔻香","林间扫石安棋局","短裁孤竹理云韶",这是闲消遣。如果他们忙起来,他们也要忙里偷闲;他们是"有愧野人能自在",所以他们忙极的时候也要"闲寻鸥鸟暂忘机"。

这一连串古代诗人抒写自己的闲情逸致的清丽飘逸的诗句,不仅加深了文章的文采,也把当时作者为了养家糊口,又是兼课,又是赶写文章,生活忙迫到如"负山的蚊子",渴望有片刻的闲逸的心理渲染得淋漓尽致。在《领薪水》中,作者写领了不够买薪买水的薪水之后的窘境:

> 家无升斗,欲吃卵而未能;邻亦箪瓢,叹呼庚之何益! 典尽春衣,非关独酌,瘦松腰带,不是相思! 食肉敢云可鄙,其如尘甑愁人,乞墦岂曰堪羞,争奈儒冠误我! 大约领得的头 10 天,生活还可以将就过去,其余 20 天的苦况,连自己也不知怎样"挨"过去的。"安得中山廿日酒,醉眠直到发薪时!"

这里用典的密度之大和一连串的排偶句式的运用,让人想起"骈四俪六"的骈赋。这种写法,扩大了语言的容量,达到了渲染、强调的效果,读起来有很强的节奏感,这种节奏把作家的愤激情绪巧妙地传达出来了。

王力的杂文也显示了他有很高的艺术描写才能。他在《公共汽车》里,对当时的乘公共汽车时的"等车、买票和坐车"有极生动的描写。他这样写"坐车":

> ……普通形容拥挤,喜欢拿罐头沙丁鱼来做譬喻;其实沙丁鱼的堆叠是整齐的,而公共汽车的堆叠是杂乱的,比沙丁鱼更逊一筹。古人所谓摩顶接踵,公共汽车能够如此就算是天堂。你的头只能靠着一个高个子的脖子,或者一个矮人的头发;你的脚千万莫提起来搔痒,当心再放下去已经失了地盘! 如果你侥幸是坐着的,你只好仰天长叹,否则另一个的胸部将没有一个安顿处。如果你面前站着一个女子,而你又不够洋化,不肯让座的话,你就只好学个柳下惠,让她坐怀而不乱。真的有一位中年摩登妇人站不住了,只好老老实实坐在一位少年军官的膝上。这也

　　不能说什么：嫂溺则援之以手，权也；现在女疲则援之以膝，即使孟老夫
子复生，也应该是点头默许的。

王力如此具体而微地描写"公共汽车"这种令人无法忍受的状况，显然有其
用意的。在这篇杂文的最后，他指出："说了一大篇，我还得声明，我并不是公
共汽车的憎恶者；因为还有一辆容纳四万万五千万人的公共汽车比上述情形
更糟。"他借写公共汽车来影射当时现实的乌七八糟。

　　《龙虫并雕斋琐语》一书引用的诗词和典故在千处以上，这显示了作者
的深厚的文化素养，扩大了杂文的知识面和书卷气，但也限制了它在广大读
者中的普及。这本杂文合集，如果不加注释，没有相当文化素养的读者，读时
每几步就会遇到一只"拦路虎"，这不能不说是一种缺点。

（原载《20 世纪中国杂文史》，福建教育出版社 1997 年版）

梁实秋的《雅舍小品》

梁实秋（1901—1987），现代作家、理论批评家、翻译家。原名治华，笔名秋郎。原籍浙江杭县（今余杭）。1915 年考入清华大学，1919 年以后开始写诗。在清华学习期间，与同学闻一多等组织清华文学社。1923 年 8 月赴美国留学。1926 年回国，在南京东南大学任教后，转任上海暨南大学外文系主任，讲授"文艺批评"，同时兼任上海《时事新报》副刊《青光》编辑，发表杂文小品，后结集为《骂人的艺术》。1928 年《新月》杂志在上海创刊，梁实秋常在上面发表文章，与左翼文学人士展开论战。1931 年任青岛大学外文系主任，1934 年任北京大学教授。因宣传抗战，受到日寇通缉，只身南下，辗转入川，曾在重庆《中央日报》编辑副刊。1948 年，移居香港，后到台湾，曾任台湾大学教授，师范大学文学院院长等职。理论批评著作有《文学的纪律》、《浪漫的与古典的》、《文艺批评论》、《偏见集》、《文学因缘》等，散文集有《雅舍小品》（1—4 集）等 20 种，他翻译的《莎士比亚戏剧》全集 37 卷，于 1967 年出版。《雅舍小品》（一集）收有抗战时期至 1950 年前的杂文小品 34 篇，刘业雅在《序》中写道：

> 1939 年，实秋入蜀，居住在北碚雅舍的时间最长。他久已不写小品文，许多年来他只是潜心于读书译作。入蜀后，流离贫病，读书译作亦不能像从前那样顺利进行。刘英士在重庆办星期评论，邀他写稿，"与抗

战有关的"他不会写,也不需要他来写,他用笔名一连写了10篇,即名
为《雅舍小品》。刊物停办,他又写了10篇,散见于当时渝昆等处。战
事结束后,他归隐故乡,应张纯明之邀,在《世纪评论》又陆续发表了
14篇,一直沿用《雅舍小品》的名义,因为这四个字已为不少读者所熟
知。我和许多朋友怂恿他辑印小册,给没读过的人一个欣赏的机会。

1949年,作者到台湾,又续写了32篇,结集为《雅舍小品》(续集),此后又
有三集、四集、合集, 1960年时,时昭瀛又将此书译成英文。《雅舍小品》及
其续集在港台是部畅销书,共出50多版,创中国现代散文发行的最高纪录。
《雅舍小品》的出现,标志着梁实秋杂文艺术的成熟,确立了他在中国现代杂
文史上的地位。朱光潜在40年代曾致信梁实秋说:"《雅舍小品》对于文学
的贡献在翻译莎士比亚的工作之上。"

梁实秋在"左联"时期,主编《新月》杂志,曾和鲁迅和左翼作家论战。
但他的《雅舍小品》虽然数量不多,却受到读者的注意。从取材看,《雅舍
小品》不接触现实的政治问题,针砭的是一般的人情世态和人性弱点,从议
论上看不时有新颖可喜的见解;从写法上看,他虽以议论为主,但他在杂文小
品之中,广泛地运用记叙、抒情散文的描写、记叙和抒情手法,这就造成他的
杂文小品有着文词雅丽、描写生动、巧喻联珠、辛辣幽默、情韵悠长的特点。
《雅舍小品》无疑是属于"软性的文章"这一路的。但它没有某些所谓的
"幽默小品"的恶趣,也没有王力小品中的"血泪"。作者显然企图回避现实
的政治问题,但他有时又不得不刺到他所不喜欢的国民党当局推行的"新生
活"运动,不得不议论到人们关注的"物价"问题。

梁实秋是由于在北平宣传抗战受到日寇通缉而离家别子跑到重庆的,
他是拥护抗战的,他是爱国的。奇怪的是,他却鼓吹创作上的"与抗战无关
论"。"抗战八股"自然应该反对,但反对"抗战八股"同"与抗战无关"完
全是两码事。梁实秋的"与抗战无关"论理所当然受到文艺界许多人的批
评,对这种批评,梁氏是不服气的,在《雅舍小品》的《画展》里,他评论说:
"有人以为画展之事,无补时艰。我倒不这样想。写字、刻印以及词章考证,
哪一样又有补时艰? 画展只是一种市场,有无相易,买卖自由,不愧于心,无

伤大雅。我怕的是,'蜀山图'里面画上一辆卡车,'寒林图'里画上一架
飞机。"这种认识仍然是片面的。在"'蜀山图'里面画上一辆卡车,'寒林
图'里画上一架飞机",生硬表现抗战,确是"煞风景"的败笔,但这并不等
于说绘画就不要也不能表现抗战。被称为中国现代人物画的经典之作的蒋
兆和的《流民图》,就是着力表现抗战,并且传之不朽的。

梁实秋的《雅舍小品》写于1939年至1947年的抗日战争和解放战争
期间,在取材上,确是与抗日战争和解放战争的历史风云无关的,在梁实秋杂
文的社会批评和文明批评中,没有政治评论和时事评论的位置和影子,他写
的只是他所熟悉的身边琐事,一般的人情世态,针砭不好的时尚风习和人情
人性上的弱点。杂文创作领域是无限开阔的,读者的需要是丰富多样的,一
个杂文作家,只要能在他耳熟能详、得心应手的领域,辛勤耕耘,深入开掘,自
由驰骋,他就能获得成功。梁实秋的《雅舍小品》专注于人情世态的描摹,
时尚陋习和人性弱点的针砭,以及自我优雅情趣的抒写,他的杂文还是有较
长久的魅力,为不少读者所喜爱。

《雅舍小品》写的是,作者熟悉的身边琐事,日常生活,是天天在人们身
边发生,人们天天都会遇上的衣食住行、生活娱乐、生老病死、社会交际、时尚
风习、人伦道德。《雅舍》写的是住房问题,《衣裳》写的是穿衣问题,《旅
行》、《汽车》写的是走路问题,《病》、《医生》写的是生病治病问题,《下
棋》、《写字》、《鸟》等写的是生活娱乐问题,《信》、《客》、《握手》、《送
行》写的是社会交际问题,《孩子》、《女人》、《男人》、《第六伦》写的是
社会伦理关系,《洋罪》、《结婚典礼》等写的是时尚陋习问题,《讲价》写的
是购物时的讨价还价问题,……这些问题,自然不是什么国家大事,也看不到
那个"血与火"时代的刀光剑影,但又都是任何时代、任何国家、任何阶层的
人天天都会遇到的问题,都是人们现实生活不可分割的组成部分,唯其如此,
它们也就有相当的普遍性和长久性,也就会引起读者的注意、兴趣和思考。

梁实秋在评论上述人们司空见惯、每天都在自己生活中发生的身边琐事
和日常生活,特别注意描摹社会的众生相和剖析人情人性的弱点,这正是梁
实秋的《雅舍小品》在品位上高出于一般同类杂文的奥妙之所在。这得力
于作家在日常生活中的观察、体验和思考。

譬如说吧,"握手"这是现代社会人们交际中的习惯性动作,但在梁实秋笔下的"握手"特写镜头下,却有人间的不平,社会的丑态,他在《握手》里写同人"握手"时会遇到的种种尴尬,其中"第一种"是这样的:

> 第一种是做大官或自以为做大官者,那只手不好握,他常常挺着胸膛,两眼望青天,伸出一支巨灵之掌,等你趁上去握的时候,他的手仍是直僵的伸着,他并不握,他等着你来握。你事前不知道他是如此爱惜气力,所以不免要热心的迎上去握,结果是要孤掌难鸣,冷涔涔的讨一场没趣。而且你还要及早罢手,赶快撒手,因为这时候他的身体已转向另一个去,他预备把那巨灵之掌去给另一个人去握——不是握,是摸。

这是对那些居高临下、盛气凌人的"大官"的愤怒和嘲讽,是社会相的寥寥几笔、足以传神的漫画式描摹。梁实秋对这类官僚有天然的生理上的厌恶,在《脸谱》里,他又以漫画笔法勾出他们脸上的白鼻子。他说在生活中他见到各式各样的脸,令人愉快的脸,叫人厌烦的脸,而且似乎人的脸有几副,会变的,"不涂脂抹粉的男人的脸,也有'卷帘'一格,外面摆着一副面孔,在适当的时候呱嗒一声如帘子一般卷起,另露出一副面孔"。而他最不耐烦见到的是那样的"脸",他写道:

> 最令人不快的是一些本来吃得饱,睡得着,红光满面的脸,偏偏带着一股肃杀之气,冷森森地拒人千里之外,看你的时候眼皮都不抬,嘴撇得瓢儿似的,冷不防抬起眼皮给你一个白眼,黑眼球不知翻到哪里去了,脖梗子发硬,胸壳朝天,眉头皱出好几道熨斗都熨不平的深沟——这样的神情最容易在官办的业务机关的柜台后面出现。

梁实秋是人性论者。他鼓吹文学表现普遍永久不变的人性。《雅舍小品》里,梁实秋在描摹社会众生相时,总不忘记剖析人情和人性的弱点。在《信》里,他说:"信里面的称呼最足以见人情世态。"某青年向某教授写信请求提携,称呼是:"夫子大人函丈"或"××老师钧鉴",真个提携了他,称呼改为"××先生"了,到了这位青年地位待遇超过了教授,来信就干脆"称兄道弟了"!称呼上的这种前恭而后倨的变化,反映人性上的势利。《谦让》里,梁实秋说人们在酒席上大家都有座位,彼此总要虚情假意地大大"谦让"一番,但在长途汽车上,他们就决不"谦让"了,他由此指出人性的虚伪和自私。在《女人》和《男人》里,梁实秋批评女人和男人的人性弱点,在《鸟》和《猪》里,他借物喻人,他借"笼中鸟"的苦闷,表达了他对人性的挣脱束缚、自由翱翔的渴望,他借对只会"吃喝拉撒睡"的猪的批判,表达了他对人性向善的期待。梁实秋对人性弱点的针砭,表达了他对美好人性的企求。这是有意义也有价值的。但是,人性就是人的社会本性,人性是有历史和阶级内容的。就以梁实秋在 30 年代初,他同鲁迅关于人性问题的争论,就是两种根本对立的人性观。实事求是说,鲁迅的人性观包含了更多的真理。当梁实秋以他所谓普遍永久不变的人性观指导他的杂文创作时,他就难免要陷入捉襟见肘的尴尬的。且不论他在《病》里有意歪曲鲁迅《病后杂谈》里的原话,调侃嘲讽鲁迅,宣泄他当年被鲁迅批判的怨气,就是他所说的《男人》和《女人》的人性弱点,也并非所有男人和女人都那样不堪。梁实秋这种人性论的局限,在《乞丐》和《穷》里,就看得更清楚了。在《乞丐》里,梁实秋竟说乞丐"生活之最优越处是自由:鹑衣百结,无拘无束,街头流浪,无签到请假之烦,只求免于冻馁,富贵于我如浮云。所以俗话说:'三年要饭,给知县都不干。'乞丐也有他的穷乐。"他还引英国兰姆的乞丐是"世界上唯一自由的人"的话,来论证他的观点,未免荒唐。梁实秋的《穷》写于解放战争时期,那时反饥饿反内战呼声,震撼全国。但梁实秋却说:"典型的穷人该是颜回,一箪食,一瓢饮,在陋巷,不改其乐。"确是荒唐之至。

梁实秋在《雅舍》有句名言:"有个性就可爱。"写作《雅舍小品》时的梁实秋已是年过不惑的中年人了。他在《中年》里如是说:

> 中年的妙趣,在于相当的认识人生,认识自己,从而作自己能作的事,享受自己所能享受的生活。科班童伶宜于唱全本的大武戏,中年演员才能担得起大出轴子戏,只因他到中年才能懂得戏的内容。

这里,梁实秋其实也是在述说自己。他已经饱经沧桑,懂得了人生的使命、奥义和妙趣,豁达、乐观、幽默、风趣,深谙享受生活和表现生活的艺术。这形成梁实秋的成熟鲜明的生活个性和创作个性。

梁实秋这种豁达、乐观、幽默、风趣,深谙享受生活和表现生活的艺术的成熟鲜明个性,突出表现于《雅舍》一文里。1939 年,梁实秋入蜀,同吴景超刘业雅夫妇租住在重庆市郊北碚小山腰的一座简陋民房里,他以刘业雅的"雅"字命名这座房子。房子极为简陋,居住颇为不便,但僻处山腰,远离尘嚣,雨晨月夕,景致绝佳。"客里似家家似寄。"梁实秋学成归国后,辗转流徙,到处为家,每寄居一地,就对"那房子便发生感情"。他住在这简陋而不方便的房子里,不仅不叹苦嗟悲,反而觉得"雅舍""有个性就可爱",否则,他的笔下决不可能流泻出那富于诗美的文字:

> "雅舍"最宜月夜——地势较高,得月较先。看山头吐月,红盘乍涌,一霎间,清光四射,四野无声,微闻犬吠,坐客无不悄然!舍前有两株树,等到月到中天,清光从树间筛洒而下,地上阴影斑斓,此时尤为幽绝。直到兴阑人散,归房就寝,月光仍然逼进窗来,助我凄凉。细雨蒙蒙之际,"雅舍"亦复有趣。推窗展望,俨然米氏章法,若云若雾,一片弥漫。

这种优雅清丽,如诗似画的情韵悠长文字,没有深刻的观察体验和深情灌注决写不出。

梁实秋曾引西谚云:"人的生活四十岁才开始。"他热爱生活,精通生活艺术。他清高,但也好客,他说客人"如果素质好,则未来时想他来,既来了想他不走,既走想他再来。……'夜半待客客不至,闲敲棋子落灯花',那种境界最足令人低徊"(《客》)。他爱大自然的"天籁"(《音乐》),他爱"鸟声"和"鸟形",对它们有极高鉴赏力(《鸟》),他爱"下棋",主张"下棋"应全身心投入,他写道:"我有两个朋友下棋,警报作,不动声色,俄而弹落,棋子被震得在盘上跳荡,屋瓦乱飞,其中一位棋瘾较小者变色而起,被对方一把拉住:'你走那就算你输了。'此公深得棋中之趣。"(《下棋》)他爱旅行,但希望有好的旅伴(《旅行》)。他有多方面的生活情趣,精通和讲究生活艺术。

梁实秋也是个文体家。他的《雅舍小品》把英国艾迪生和兰姆为代表的"雍容幽默"的小品随笔中国化和个性化了,显得简洁优雅,洒脱自如,幽默风趣,富于情韵,打上了独特的印记。梁实秋的小品随笔读多了,人们一眼就能认出那是他的手笔。

　　梁实秋的小品随笔属于以议论和批评为主的杂文小品。较特别的是,在梁实秋的杂文小品里,当他要议论和批评某个问题时,文章却不以纯议论和批评的形态出现,其间有议论、有批评,但更多的篇幅却是记叙、描写和抒情,特别是描写占更大篇幅,因而,有人就把《雅舍小品》划入散文小品范畴。这其实是皮相之见。我们只要认真仔细审读梁氏小品随笔,不难发现,梁氏小品议论不多,而且他的议论之中,总是博引中外名言隽语、清词丽句,他自己的话不多,而且多半在关键地方和关键时刻出现,"立片言以居要",起"画龙点睛"作用;梁实秋特爱描写,他的描写不是纯客观的,渗入作者的褒贬爱憎,从本质上说,梁氏的描写是变形的批评和嘲讽,或者说,梁氏小品的描写就是批评和嘲讽,是杂文式的描写,不是散文式的、小说式的描写,这我们只要看看梁氏在《握手》里对"握手"的种种社会相的描写,《脸谱》里对各式"脸谱"的社会相的描写,《猪》里对猪的从生到死,它奉行"吃喝拉撒睡"的懒汉哲学的描写,都是相当辛辣的带杂文式的嘲讽和批评。《雅舍小品》里这种杂文式的嘲讽性和批评性的描写,往往是作者的幽默风趣最能出彩的所在,给人留下印象最深的地方。如果说梁氏小品里的描写在本质上是杂文式的批评,那么,它和作家议论的结合,就构成了梁氏小品的主体和精魂。从这点说,把梁氏小品划入杂文小品范畴,就是顺理成章的。

　　这些年来,包括《雅舍小品》全部在内的梁实秋散文大量印行,走俏畅销,人们惊喜地发现了散文大师梁实秋,这是好事。但似乎也不能就此断言,《雅舍小品》作者是可以和伟大的鲁迅并列的杂文大师了。在杂文创作上,鲁迅仍然是难以企及的。梁实秋的杂文同鲁迅的杂文相比,在量上,特别是在质上都有不小的差距。给予梁实秋散文崇高评论是应该的,但说他可以和鲁迅比肩,那就在无意中抬高前者而贬低后者了。

　　　　　　　(原载《20世纪中国杂文史》,福建教育出版社 1997 年版)

钱锺书的《写在人生边上》

　　钱锺书（1910—1998），江苏无锡人。原名仰先，字哲良，后改名锺书，字默存，号槐聚，曾用笔名中书君。中国现代著名文学家和文学研究家。钱锺书是古文家钱基博士长子，自幼受到传统经史方面教育，1929 年考入清华大学外文系，又广泛接受世界各国文化学术成果。1933 年大学毕业，1935 年和作家、翻译家杨绛结婚。同年考取英国退回庚子赔款留学名额，在牛津大学英文系攻读两年，又到法国巴黎大学进修法国文学一年，1938 年回国。先后担任西南联大外文系教授，湖南兰田师院英语系主任，上海暨南大学外语系教授，中央图书馆英文总纂，清华大学外文系教授，1953 年起任文学研究所研究员，1982 年起任中国社科院副院长。学术著作有《谈艺录》、《宋诗选》、《管锥编》，创作有短篇集《人·兽·鬼》和长篇小说《围城》。他是著名学者和文学家。他的广博的知识，强大的思辨能力，以及独特的文体，都是引人瞩目的。这一切在他写的杂文《写在人生边上》中突出表现出来了。这本薄薄的杂文集只有 10 篇文章，却有自己的分量，是读者爱读的杂文珍品。作者在《序》中写道：

　　　　人生据说是一部大书。

　　　　假使人生真是这样，那么，我们一大半的作者只能算是书评家，具有书评家的本领，无须看得几本书，议论早已发一大堆，书评一篇可以写完缴卷。

但是,世界上还有一种人。他们觉得看书的目的,并不是为了写批评或介绍,他们有一种文明的人懒惰,那就是从容,使他们不慌不忙的浏览。每到有什么意见,他们随时在书边的空白上注上几个字,或写一个问号,像中国书上的眉批,外国书里的 Marginalia。这种零星的随感,并不是对这本书整个的结论。……

假使人生是一部大书,那末,下面的几篇散文只能算是写在人生边上的。……

钱锺书自称是"零星的随感"的杂文,同30年代夭逝的梁遇春的随笔有共同之处,都以知识性和思辨性见长,当然钱文更显得波谲云诡,老辣睿智。《写在人生边上》的第一篇是《魔鬼夜访钱锺书先生》,意味深长。这个魔鬼,类似歌德《浮士德》中的恶魔靡菲斯特,是个饱经沧桑,阅历深广,既是邪恶势力的代表,又是有着强大思辨能力的"否定精神"的化身。魔鬼自诩:"但丁赞我善于思辨,歌德说我见多识广。"他常常在对社会人生的独特分析和批判中,说出一些"歪打正着"、令人颤栗的"可怕的真理"。《魔鬼夜访钱锺书先生》中的"魔鬼"是中国版的靡菲斯特。在他那滔滔不绝的议论中,就有不少"歪打正着"的"可怕的真理"。魔鬼同钱锺书谈的多半是文艺问题,他嘲笑流行的传记文学,他指出:"为别人做传记也就是自我表现的一种,不妨加入自己的主见,借别人为题目来发挥自己。反过来说,作自传的人往往并无自己可传,就逞心如意地描摹出自己老婆、儿子都认不得的形象,或者东拉西扯地记载交游,传述别人的轶事。所以要知道一个人的自己,你得看他为别人做的传;你要知道别人,你倒该看他为自己做的传。自传就是别传。"魔鬼还慨叹,人都成了"近代物质和机械文明牺牲品",都失去"灵魂"了。他的话都是辛辣而深刻的。自然钱锺书不是靡菲斯特,他是进步学者和文学家。他有深广的阅历,广博的学识,强大的思辨能力,他有健全的肯定和否定精神。

《魔鬼夜访钱锺书先生》之外的9篇,如《窗》、《论快乐》、《说笑》、《吃饭》、《读〈伊索寓言〉》、《谈教训》、《一个偏见》、《释文盲》、《论文人》等,都贯穿着怀疑精神、否定精神、批判精神和寻找真理的思辨精神。这一切表现在思维方式上,就是超常逆反的创造性思维,因而,他常能发表不同凡俗、发人深省的隽言妙论。最足以概括钱锺书这种超常逆反的创造性思维的,是在《论快乐》里说的"矛盾是智慧的代价"这句名言。所谓"矛盾是智慧的代价",说的是钱锺书在议论和批评中,特别善于揭示矛盾和分析矛盾,提出新颖精辟之论,给人惊喜和启示,显示了过人的聪明才智。钱锺书对矛盾的揭示和分析是多样而巧妙的。在《窗》里,钱锺书比较了"门"和"窗"的一系列差异,最后归结到"窗"是"屋的眼睛","眼睛是灵魂的窗户",从哲学上说,差异就是矛盾,对差异的比较,就是对矛盾的揭示和分析。《说笑》是针对林语堂等辈起劲鼓吹"幽默"理论而发的。钱锺书指出这种理论的鼓吹者陷入了物极必反,与其主观愿望相反的矛盾。他指出"幽默"(Humor)的拉丁文原意是"液体",如果"把幽默当为一贯主义或一生的衣食饭碗,那便是液体凝为固体,生物制成标本",这样鼓吹"幽默","正是缺乏幽默","不是幽默",不过只是"宣传幽默"。在《吃饭》里,钱锺书相当幽默地说:"吃饭有时很像结婚,名义上最主要的东西,其实往往是附属品。吃讲究的饭事实上只是吃菜,正如讨阔老的小姐,宗旨,倒不在女人。"这是对名与实尖锐矛盾的揭示。在《一个偏见》里,他从"公理"和"偏见"这矛盾对立中的同一性的分析出发,肯定"所谓的正道公理压根儿也是偏见"。在《读〈伊索寓言〉》里,钱锺书一反常规说,在现代人看来,古人不过是小孩子,而"我们反是我们祖父的老辈","我们信而好古","并非为敬老,也许是卖老",这是对"古"和"今"、"老"和"小"这矛盾对立双方向对立面转化的揭示和分析。

钱锺书关于"矛盾是智慧的代价"的说法,使人联想到黑格尔《逻辑学》关于"机智和智慧"的论述。黑格尔说:"机智抓到矛盾,使事物彼此关联,使'概念通过矛盾透露出来',但不能表现事物及其关系的概念。"又说:"思维的理性(智慧)使有差别的东西的已经钝化的差别尖锐化,使表象的简单的多样性尖锐化,达到本质的差别,达到对立。"钱锺书在杂文的议论和批评中,善于揭示矛盾和分析矛盾,表现了很高的智慧,提出了不少"反常合道"即违反常规但又涵蕴某些真理的创造性见解,是很值得研究的。

一般说,钱锺书这些"人生边缘的随笔"(《偏见》),注重于文化批评,如《魔鬼夜访钱锺书先生》之论"自传"与"别传",《说笑》之论"幽默",《教训》之批"假道学"的说教文学,《一个偏见》之论诗歌鉴赏,《释文盲》之论文学批评,《论文人》之论文人的命运,《读〈伊索寓言〉》却是篇难得的寓人情世态的社会批评于文化批评的杰作。在这篇奇文里,钱锺书对《伊索寓言》里的"蝙蝠的故事"、"蚂蚁和促织的故事"、"狗和它自己影子的故事"、"天文家的故事"、"乌鸦的故事"、"牛跟蛙的故事"、"老婆子和母鸡的故事"、"狐狸和葡萄的故事"、"驴子和狼的故事"等9个寓言故事做了"推陈出新"的拓展性的改写。在这种改写中,原来的寓言故事情节更丰富了,而且融进改写者对现代社会复杂微妙的人情世态和丑陋社会心理的透视。这里我们来欣赏一下其中的"蝙蝠的故事":

> 例如蝙蝠的故事:蝙蝠碰见鸟就充作鸟,碰见兽就充作兽。人比蝙蝠聪明多了。他会把蝙蝠的方法反过来施用:在鸟类里偏要充兽,表示脚踏实地;在兽类里偏要充鸟,表示高超出世。向武人卖弄风雅,向文人充作英雄;在上流社会里他是又穷又硬的平民,到了平民中间,他又是屈尊下顾的文化分子:这当然不是蝙蝠,这只是——人。

可以看出,伊索寓言经钱锺书的拓展性改写,不仅故事情节丰富了,内涵意蕴也深化了。这确是妙不可言的创造性改写,表现了作者蓬勃的创造力。

钱锺书是一位才学很高、极富"幽默"感的智者。他常以隽言妙喻对批评对象进行绝妙的讽刺。在《释文盲》里他尖刻批评那患上了"价值盲"的"文学研究者",他有这样绝妙的比喻性描写:

> 好多文学研究者,对于诗文的美丑高低,竟毫无欣赏和鉴别。但是,我们只要放大眼界,就知道不值得少见多怪。看文学书而不懂鉴赏,恰等于帝皇时代,看守后宫,成日价在女人堆里厮混的偏偏是个太监,虽有机会,却无能力!

钱锺书的杂文的议论有与众不同的独特视角,在议论的运动中,作家的联想特别活跃。他转手就能从知识和思辨的辽阔原野上,采撷来成批量的香花绿草,造出色香味俱全的思辨佳酿,除第一篇外,书中各篇都是这种写法。

以《窗》为例,"窗",谁没见过? "窗"和"门"的区别谁不知道? 但谁能想到作家竟能在这样普通的物事上写出这篇堪称为人间的奇文。文章第一段最后一句,作者用诗的语言写道:"春天是该镶嵌在窗子里看了,好比画配了框子。"接着作者层层比较了"门"和"窗"的种种不同,最后一段论到"窗"是屋的眼睛,眼睛是灵魂的窗户,人事上开窗和关窗的必要。这里有千回百转的曲折,奇妙活跃的联想,在作者笔下的"窗",就成了一种由作者赋予的独特的"意念"和独特的"景象"相结合的独特的思辨境界了。

有着独特风格的杂文家,常常就是独特的文体家。钱锺书杂文喜欢旁征博引,在这点上他同梁遇春和王力相近,文章的知识密度特大,而且他的语言巧喻泉涌,妙语串珠,话中带刺,富于辛辣和幽默感。他的小说《围城》语言创造性的比喻的排比联用著称于世,其杂文也差可比拟。

(原载《20世纪中国杂文史》,福建教育出版社 1997 年版)

第五辑
巴金、郭风散文论

论巴金建国前的散文创作

　　巴金建国前创作了大量的散文,结集出版的有:《海行杂记》、《旅途随笔》、《生之忏悔》、《忆》、《点滴》、《控诉》、《短简》、《梦与醉》、《旅途通讯》、《感想》、《黑土》、《无题》、《龙·虎·狗》、《旅途杂记》、《怀念》、《静夜的悲剧》,此外,还有他为译介的画集《西班牙的血》和《西班牙的曙光》里每幅画写的题词,以及建国后结集出版的《序跋集》^①中的一部分,约有21种。这个数字在中国现代散文史上是相当惊人的。

　　日本的厨川白村在《出了象牙之塔》里指出,在著名的散文随笔作家的随笔小品里都有着一个"思索体验的世界"的。在我们看来,巴金建国前的散文创作就是一个广阔深邃、多姿多彩的"思索体验的世界"。这里,我们无意于对巴金建国前散文创作做纵向考察,只想从巴金散文创作中的"情"和"理"的辩证关系,巴金散文创作和梦思,巴金散文创作中近似的同类意象和意念的反复这几个侧面来论述问题。

一

　　人们公认巴金有一颗崇高、博大、真诚、热烈的"燃烧的心"。1931年巴

---

① 巴金的《序跋集》,1982年由花城出版社出版,收入巴金1928—1982年部分著译序跋。

金翻译了高尔基的短篇小说集《草原的故事》，他非常敬佩其中的人民英雄丹柯。1956 年巴金以《燃烧的心——我从高尔基的短篇中所得到的》为题，纪念高尔基逝世 20 周年。他以敬仰之情评论高尔基的短篇："他的人物喜欢发议论，可是他本人并不说教，他让你感染到他强烈的爱和恨，他让你看见血淋淋的现实生活，最后用他人格的力量逼着你思考，逼着你正视现实。他就像他的《草原的故事》中的英雄丹柯一样，高举着自己'燃烧的心'领导人们前进。"巴金自己也是这样。他用"把心交给读者"来概括他的全部文学活动。认识巴金这颗"燃烧的心"，是理解包括散文在内的巴金一切创作的关键。

先哲孟子说过，"心之官则思"。这是千古不易的名言。因此，巴金那颗"燃烧的心"，不仅像"雪下的火山"那样，沸腾着激情的岩浆，也迸射着他关于中国革命道路、文学创作，以及生命价值的探索的"哲学思考"① 火花。如果巴金的散文只是单纯激情的宣泄和倾吐，而缺少激情的诗意升华和"形而上"的哲思的灌注，那么这样的散文固然也有其打动人心的力量，但毕竟缺少作家的思想生命和人格力量构成的坚实深至的哲思内核；如果我们只是从"唯情论"观点出发来欣赏巴金的散文，只是注重作家的激情抒发，而不过细品味隐含其中的"形而上"哲思，则无疑是舍本求末了。1940 年巴金在为他所译的克鲁泡特金的《面包与自由》而写的《前记》里指出，克氏该书"的确是一本热情的书。但是单用'热情'的这个形容词是不够的。同样重要的这是一本理性的书。"因此，他称《面包与自由》是一首"真理的诗"。我们并不认为巴金散文就是"真理的诗"，但是说巴金的散文包含着"热情"和"理性"这既矛盾又统一的不可分割的两个方面，那是符合实际的；只有这样的认识，才是全面、深入的、符合作家创作本体的。

在中国现代作家中，巴金如同鲁迅一样，也是一位始终都在紧张探索的作家。他探索改造中国的革命道路，探索文学的地位和作用，探索青春和生命的价值，他的种种探索又无不同无情的自我解剖结合在一起，他经常"自己探索自己的心"。

1934 年元旦，巴金在《新年试笔》里反复谈到他的探索："我从不曾让

---

① 巴金在《〈爱情三部曲〉总序》（1935）中称他的一个朋友自称其人生哲学是"小小哲学"，而巴金自己则是"奋斗的哲学"。

雾迷了我的眼睛,我从不曾让激情昏了我的头脑。在生活里我的探索是无休息,无终结的。""我是一个有血有肉的青年,我忠实地生活在这黑暗混乱的时代里。因为忠实,忠实地探索,忠实地体验,就产生了种种矛盾,而我又不能够消灭它们。"由于这种种探索,巴金的心灵中"充满了矛盾"和"冲突":"感情和理智的冲突,思想与行为的冲突,理想与现实的冲突,爱与憎的冲突",这种种矛盾和冲突像网一样把巴金罩住了。巴金把他这种由于探索而陷入矛盾和痛苦的带有悲剧性质的命运称之为"一个过渡时代的牺牲"。

这里巴金自述他是"一个过渡时代的牺牲"特别值得注意。从一个备受外国列强欺凌,愚昧、贫穷、落后的半殖民地、半封建的旧中国,到独立、自由、富强、民主、文明的现代化新中国,这确是中华民族历史上前所未有的伟大"过渡时代"。要完成这一历史"过渡",需要中华民族的各种政治派别、众多的政治家、思想家、文学家,一切志士仁人从事千辛万苦、艰苦卓绝的探索。就文学界而论,鲁迅和巴金等人就是这一"时渡时代"艰苦卓绝的探索者的典型。巴金的小说和散文就是他作为"过渡时代"的热情敏感多思的探索者灵魂的文学表现,就是他的激情和理性的形象结晶。

巴金从未掩饰过他信仰克鲁泡特金的无政府主义和法国、俄国的卢梭、马拉等为代表的革命民主主义。他以它们作为反封建的思想武器,探索中国革命道路的指南。它们给了巴金同这些封建旧势力,以及与蒋介石集团为代表的新军阀进行斗争的信念、力量和勇气。关于巴金同安那其主义的关系,人们谈论的够多了,至于巴金散文创作同法国人革命前后的思想家和政治家如卢梭、罗伯斯庇尔和马拉等人们则相对注意不够。巴金在 1926 年编过《法国大革命的故事》、1934 年写过历史小说《马拉的最后》、《丹东的悲哀》、《罗伯斯庇尔的秘密》, 1939 年创作了散文《卢骚与罗伯斯庇尔》、《马拉、歌代与亚当·鲁克斯》,1947 年写了《静夜的悲剧》的散文。足见法国大革命的历史素材和"历史的教训"一直牵动巴金的心。巴金的这些创作显然同他对中国革命道路的探索有关。无须多说,巴金的这种探索,既洋溢着激情,又有着深刻的理性,表现为两者的辩证统一。巴金在散文里以充满激情的笔调来写法国大革命前后几个代表人物的悲剧命运,其中凝聚着他对民主革命道路的探索和"历史的教训"的总结。巴金称卢骚是"近代思想之父","十八世纪世界的良心","我的鼓舞的源泉",称罗伯斯庇尔是卢骚的学生,他钦佩罗氏的雄伟崇高人格,但又批评他的严重失误,巴金称马拉是卢骚学生,"人民的朋友","是我心灵生活中的一个指导和支持",赞扬马拉献身人民的自由和幸福的殉道者人格,深挚同情他的被杀,至于哥代和鲁克斯,他们虽然自称是卢骚的学生,但他们根本不理解革命,哥代刺死"人民之友"马拉,干了亲痛仇快的蠢事,鲁克斯愚蠢地为哥代殉情,是个十足的糊涂虫。

巴金在这些散文里总结了有着深刻意义和永远新鲜的"历史的教训"。在《〈沉默〉序(二)》里,巴金指出公认是"廉洁的人"的罗伯斯庇尔,声称要"把头颅献给共和国",但他却犯了致命的错误,企图以"恐怖政策""解决问题",他使人民失望了。他们怨愤地说:"我们饿得要死,你们却以杀戮来养我们。"脱离了人民的罗伯斯庇尔终于被反对派送上断头台,酿成了一场历史悲剧。马拉被刺的"历史的教训"在于他并不是被资产阶级反对派和反动的封建贵族杀害的,而是被自称是卢骚的学生以"拯救人民"的"革命的名义"的天真少女哥代的匕首刺死的,这同样也意味深长的,富于历史智慧的。

巴金的这些历史散文采用的是现在人们称为"意识流"的那种写法。在那里,巴金"静夜"在书房读书及其周围的环境气氛,同一百五十多年前法国大革命中罗伯斯庇尔被处死和马拉被刺的历史场面,交错穿插在一起,巴金的自我"意识"如一股湍流在散文中"流"动,他不是在冷静读书,冷静评价一百五十多年前的历史事件,他那颗敏感多思的心在燃烧在跳动,他深深介入历史事件和历史人物命运,因而巴金的这类散文就显得情理相胜,别具一格。至于巴金对于生命价值的充满激情的探索和思考,则集中在《梦与醉》集和《龙·虎·狗》集的《死》、《生》、《醉》、《梦》等议论随笔和随感录里。这我们将在本文的第三部分详加评说。

在相当一段时间内,巴金是信仰安那其主义的。安那其主义注重实际行动,轻视文学创作。这种形而上学的偏见对巴金有深刻的影响。巴金原来想步克鲁泡特金的后尘,成为一个改造中国的改革家,但在实际生活中,他却成为一个有影响的作家。越是这样,巴金就越是陷入他想从事社会改革运动的初衷,和他的文学创作实践之间的"思想和行为"的深刻矛盾。

在文学创作中,巴金也遇到了一系列的矛盾。巴金以文学为武器进行战斗,他的创作在广大青年之中引起巨大反响,但有时也遭到国民党检查老爷的严令查禁,遭到他的朋友和某些左翼文艺批评家的误解和批评,有时甚而陷入某种不怀好意的"围攻";在文学创作中,他的空想社会主义理想,他对光明未来的呼唤,他对"青春"和"生命"的热爱,他对下层劳动人民的同情,同当时的黑暗现实构成尖锐的矛盾,这就是巴金自己常常诉说的"感情和理智的矛盾,爱和憎的矛盾",光明和黑暗的矛盾。巴金的许多序跋,他的散文集《生之忏悔》里的《我的心》、《我的自剖》、《我的梦》、《我的呼号》、《我的自辩》、《新年试笔》、《灵魂的呼号》,散文集《忆》里的《忆》、《断片的记录》等,就是对这一系列多重复合的复杂矛盾的情理兼容的倾吐、探索和解剖。

雨果在《莎士比亚论》里曾引述拉丁文里的一句名言:"整体由对立面构成。"的确,在人世间矛盾是永远普遍的存在。意识到这矛盾的存在,有时对人是一种感情上的磨炼,又是促使人追求探索的一种动力,在追求探索之后,还会如厨川白村在《苦闷的象征》里说的有一种"发现的大欢喜"。但是要勇敢自觉地正视矛盾,解剖矛盾,克服矛盾,则需要弃旧图新、追求真理的激情和勇气,需要清明的机智和智慧。列宁在《黑格尔〈逻辑学〉一书摘要》时谈到"机智和智慧"时就指出:"机智抓到矛盾,使事物彼此关联","思维的理性(智慧)使有差别的东西的已经钝化的差别尖锐化,使表象的简单的多样性尖锐化,达到本质的差别,达到对立。"巴金在他的众多的散文中,对读者"打开灵魂的一隅",摆出他心灵深处的一系列多重复合的尖锐深刻矛盾,并对之进行解剖和探索,表现了他的机智和智慧,表现了他追求真理的热忱和意志品格。正如巴金在《〈雨〉的序》里说的:"我写文章如同生活。我在生活里不断挣扎,同样我在创作时也不断挣扎。挣扎的结果一定会给我自己打开一条路。"在《龙·虎·狗》集的《路》里,他也说:"在《梦》里我说我要'在重重矛盾中苦斗',我希望我会'克服种种矛盾成为一个强者达到生之完成。'这些话我至今还觉得没有说错。这里并没有'彷徨'和'懦弱'。"清醒意识到自己心灵深处存在的种种矛盾,并对之做无情的解剖和坚定的探索,在这点上巴金近似于鲁迅。正因为巴金在许多散文中对心灵深处的众多矛盾作大密度的深处解剖和探索,这就保证了他散文的感情和思想有一定的深度,借用周作人在《〈杂拌儿之二〉序》里评价俞平伯的散文《中年》的话来说,巴金的散文里边也"兼有思想之美"。与此同时,由于巴金如此坦诚地毫无保留地展示他心灵深处的众多矛盾,他把读者视为最可信赖的朋友,把自己的心整个儿地交给读者,也由于巴金探索思考的出发点是让他的生命如何为灾难深重的祖国和人民发挥更大的价值,完全出于一片赤诚,而决不是斤斤计较于个人的名利得失,显示了巴金高尚的人格和襟怀,因而巴金的这类散文也就有着一种至真至诚的感情力量和人格力量,有其独特的思想和艺术魅力。

<h1 style="text-align:center">二</h1>

　　一般说巴金建国前的散文,都有质朴、清新、流畅、抒情的特点。但巴金散文数量众多,内容、体式、写法丰富多样。巴金是一位有着浪漫主义诗人气质和内省特点的作家,他有充沛的激情、丰富的想象和深刻的自我审视、自我解剖能力。在巴金散文中,除了自然本色、质朴清新、直抒胸臆的散文外,还有一批专写梦景、梦思、变形幻觉的带着鲜明的浪漫象征色彩的散文。这类散文不是外在客观世界的如实再现,而主要是作家内心世界的真实表现,也不是作家思想感情的直接宣泄和倾吐,而是其巧妙的升华和象征。巴金的这类散文精品常为一般人所忽视,然而它们却有着神奇、玄妙、幽深的特点,有其独特的思想深度和艺术魅力。这可以说是我国散文中自庄周的《庄子》到鲁迅的《野草》的一个重要传统。

　　同鲁迅一样,巴金爱做梦,爱说梦,爱写梦。在《龙·虎·狗》集的《梦》中,巴金说:"据说至人无梦。幸而我只是一个平庸的人。""我有我的梦中世界。"在巴金散文中确有只属于他的"梦中世界"的。

　　巴金在散文《忆》中说:他不可能像俄国的革命党人妃格念尔那样,能够有"无梦的睡眠",他"每夜都做梦"。敏感多思的巴金从小就爱做梦,他的梦有"好梦""噩梦"和"怪梦",他对梦有特别丰富的体验,他爱写梦是很自然的。

　　巴金不同意弗洛伊德等人以"性"的"压抑"和"满足"来释梦。他认为梦是人们"日有所思,夜有所梦"的心理现象。他所说的"好梦",实际上是指人们美好记忆的重现,美好愿望的满足,美好的社会理想和审美理

想的寄托和象征。他赞扬和肯定这样的好梦,以及写这种梦。在《〈草原的故事〉小引》里,巴金写道:

> 据说俄罗斯人是善于做梦的。他们真是幸运儿。……只有象高尔基和托尔斯泰那些善于做梦的人才能从海洋和陆地的材料建造仙话,才能从专制和受笞的混乱中创造出自由的国土。
>
> 高尔基自然是现今一个伟大的做梦的人。这些草原故事便是他美丽而有力的仙话。它的价值凡是能够做梦的人都能了解。

在《〈长生塔〉序》里,巴金说明他爱写"美丽"的"梦景"、"梦话"、"童话"的缘由:

> 现实的生活常常闷得我透不过气来。我的手上、脚上都戴着无形的镣铐。然而在梦里我却有充分的自由。
>
> ……
>
> 如果有人说梦话太荒唐,我也不否认。然而梦话常常是大胆的,没有拘束的。那些快要被现实生活闷死的人倒不妨在这些小孩的梦景里呼吸一点新鲜空气。

巴金写的这类美好梦景多半带有悲壮的色彩。其中值得注意的是,《废园外》集里的《寻梦》和《龙·虎·狗》集里的《龙》。《寻梦》写的是"梦中找梦"的故事。一个深夜,"我"发现丢了一个"梦",就四出找寻。荒郊野外,浓雾弥漫,大雪纷飞。"我"不畏艰险,涉水登山,就是要找到那个"会飞的梦","特别亮的梦"。在高山顶上,"我"见到苍鹰在无垠的天海翱翔,他找不到那个神秘奇妙的梦,却被苍鹰攫住,跌下万丈深谷,终于睁开眼睛醒了。篇文构想奇倔,寓意悲壮。"我"要找的那个神秘奇妙的梦,显然是指那能使贫穷落后的中国,变为进步光明的中国的理想境界。《龙·虎·狗》集里的《撒弃》的寓意也同《寻梦》差不多,所不同的是,在《撒弃》里,巴金写的是一种幻觉而不是梦景。

《龙》所展示的意境较《寻梦》更雄伟更壮阔了。一个"无月无星的黑夜",自称是"无名氏"的"我","梦见了龙"。他同被罚而困在泥沼里的龙展开了极富哲学意蕴的对话。原来"无名氏"不甘于在无聊的空谈中浪费光阴,他立志冒一切风险去探求"丰富、充实的生命",让自己"能给饥饿的人一点饮食","给受冻的人一件衣服","能揩干哭泣的人脸上的眼泪"。龙以前进路上的火焰山、毒蛇猛兽、汪洋大海等诉不尽的艰险,和它自己失败的经历劝诫"无名氏"知难而退。但"无名氏"却对龙表示了不畏艰难,不怕牺牲,坚定追求生命的丰富和充实的不可动摇意志。这激励鼓舞了沉沦泥沼数万年的巨龙重振雄风,飞上天去。于是,在"我"面前,黑夜不见了,泥沼不见了,草原的新绿中点缀着无数白色的花朵,是一派又新又美的景象,"我"也获得了精神上的升华。篇文的核心是作者关于生命的意义和生命的意志的诗化哲学思考。作者的这种思考不是以逻辑推演来表达的,而是把它安置在一个有着浪漫传奇情节,有着悠久寥廓时空的诗化梦景里加以艺术体现的。龙是我国民间传说中威力巨大的生灵,它不会讲话,也不可能同人交流思想,但在梦里和诗里一切都是可能的。作者把龙人格化了,梦化了,诗化了,使之成为象征性意象。这样,按照日常生活知识,人和龙根本不可能互相对话、互相激励,但在这篇有着特殊的艺术逻辑的梦化和诗化散文里,我们看到了不可能的可能,没道理的道理,神秘荒诞里的凝重庄严,非写实的真实。这种构想奇特、意境开阔深邃的梦化、诗化散文,确有不同于按照生活本来面目反映生活的写实型散文的特异的思想和艺术魅力。

巴金的散文中有不少是写荒唐的"怪梦",写可怕的"噩梦"("恶梦"),写给作家心灵带来"苦刑"般的"痛苦"的"梦"的。在这些梦化和诗化的散文里,散文家灼热深刻的思想感情由于升华象征而形成了给人耳目一新、曲折深至的思想艺术境界。

《点滴》集里的《木乃伊》和《龙·虎·狗》集里的《死去》都是写"怪梦"的,都与文艺问题有关。在《木乃伊》里,死去几千年的木乃伊竟然复活了,在"梦"里同"我"相会,向"我"诉说他几千年来苦苦追求的失败和绝望。几千年来,他苦苦追求一个比埃及女王克莉奥佩特拉还要美的绝世佳人,但那美人就是不爱他,不肯给他活命的"灵魂",而没了"灵魂",那木乃伊就活不下去,终于化为一堆森森白骨。这个"怪梦"的故事是象征性的。木乃伊是脱离时代、脱离人民、脱离生活的幽闭在象牙之塔里的唯美文艺家,那位绝世美人就是文艺女神了,她对木乃伊的苦苦追求不屑一顾,不给他"灵魂",不给他生命是理所当然的。这里表达的是巴金一贯坚持的革命文学思想。在《死去》里,被某些批评家和研究者恶意围攻、咒骂的作家"我",在"梦"中死去了,那些人把"我"埋了。在坟前,那些人又串演了死后声讨、挖墓鞭尸的勾当,"我"忍无可忍,从棺材中站起来了,把他们吓得魂飞魄散。有趣的是,篇文中的"我"分明已经"死去",但他却仍有知觉,竟看得见那些人的种种丑恶表演,听得见他们的种种议论,嗅得着种种气味,他仍像活人一样,有知觉,能思维,有情感。巴金显然是借这一"怪梦"对某些恶意围攻和咒骂他的人表示他的蔑视和嘲弄。

《梦与醉》集里《梦》和《静夜的悲剧》集里的《月夜鬼哭》,都写阴森恐怖、令人毛骨悚然的"噩梦"。《月夜鬼哭》写于 1946 年 6 月,那时八年抗战刚结束不久,蒋介石集团不顾人民死活,正在策划反共反人民的内战,准备把人民再次淹在战争的血与泪的深渊。于是在一个深夜的"噩梦"之中,巴金听见了许多男女冤鬼的哭泣和控诉:

> 我们是谁? 难道你忘了我们? 我们是断掉的手和腿,是给炸弹片撕掉的肉和皮;我们是瞎了的眼睛,是野狗吃掉的心肺;我们是被烧成了灰的骨头,是像水一样淌出来的血;我们是砍掉的头,是活埋的尸首;我们是睡在异乡、荒冢里的枯骨。(着重号为引者所加)

这是一段令人恐怖颤栗的精彩文字。巴金有意不以人的整体,而用人的机体的某一部分,例如在战争中断掉的手和腿,被炸弹撕掉的肉和皮,被打瞎了的眼睛,被野狗吃掉的心肺等等来指代被残酷战争吞噬掉生命的苦命人,却反而更突出渲染强调了他们被战争所毁灭的阴森恐怖。

巴金写"怪梦""噩梦"和"痛苦"的"梦"的散文,不少与他内心矛盾的"激斗"和探索有关。如上所述,巴金在相当长的一段时间里,在从事社会改造的实际活动,还是从事文学创作之间的矛盾中徘徊、探索。从巴金的信仰来说,他应该放弃创作,像他的那些安那其主义朋友那样,从事社会改造的实际活动,他应该成为一名社会改革家,然而过去的痛苦回忆和现实中国家、民族、人民的苦难却像鞭子在抽打他,他不得不回到写作上来,把时间和精力都花在写作上,这样巴金就陷入了"内心的激斗",这种激斗又是"长久的""痛苦的",常常出现在他的梦景之中。巴金不少写梦和写幻觉的散文篇章,都是对上述潜藏在深层心理的自我矛盾的自觉而严峻的深刻解剖,表现了作者的无比真诚和道德上的纯洁。车尔尼雪夫斯基在《〈童年〉和〈少年〉、〈列·尼·托尔斯泰伯爵战争小说集〉(书评)》里评论托尔斯泰早年小说创作特点时这样说:

> 心理生活隐秘变化的深刻知识和天真未凿的道德感情的纯洁性——这是现在赋予托尔斯泰伯爵的作品以特殊面貌的两个特点。它们(永远)将是他的才华的基本特征,不管他的才华在今后发展中表现出怎样新的方面。

巴金自然不是托尔斯泰,但在巴金散文中,确也有着深刻的自我深层心理解剖和道德感情的纯洁性这两个特点,尤其在晚年的《随想录》里,这两大特点就显示得更加突出,更引人注目了。

三

巴金在散文集《忆》中的《我离了北平》对他在北京的朋友说:"……不错,我写过一两百万字,而且我甚至反复地写着某一些话。你们在我的文章里很容易看出来重复的地方。"在这里,巴金道出了他的创作,特别是他散文创作的一个重要特点。具体说来,那就是在他的散文中,某些同类近似的意象和意念的不断有意反复。

这种创作中某些同类近似的意象和意念的不断有意反复,在古今中外某些文学大师身上是司空见惯的带规律性的文学历史现象。诸如巴尔扎克笔下的暴发户,屠格涅夫笔下的"多余人",托尔斯泰笔下的忏悔贵族,鲁迅笔下的"孤独者"。与此同时,文学是人学,文学总要表现具体的社会历史生活中的人情美和人性美,表现人类改造世界、创造世界的美好社会理想和审美理想,从而文学是有其"永恒的主题"的;古今中外文学大家的创作,总是会以自己的审美掌握方式重复这众多的母题,又对之作出自己的独特开掘,奉献出自己的道德感情和聪明智慧的。英国著名随笔作家本森在《随笔作家的艺术》里说:"the point of view（观察点）实在是精研小品文学的神髓。"我们从巴金散文创作中某些同类近似的意象和意念的有意反复系列作为"观察点",来研究巴金散文创作本体,大约是可以揭示其某一思想和艺术特点的吧。

巴金散文中同类近似反复的意象有四个系列。其中第一组是那些散发着光和热,能给人们温暖和光明的意象,例如"日""月""星""灯"。《海行杂记》集中的《海上的日出》是人们公认的写景美文中的名篇。在篇文中,巴金不仅逼真如画地层层再现了海上日出的壮丽景观,而且融进了他热烈深沉的情思,这真是"景语皆情语也"。《龙·虎·狗》集里的《日》,不直接写太阳,而赞美扑向灯火的灯蛾,渴死旸谷的夸父,表达了他要给"黑暗的寒冷的世界"带来"光和热",他要像灯蛾那样"轰轰烈烈的死"的浪漫情怀。巴金有时也喜欢月亮。在宁静的月夜,皓月把柔美的清辉洒向海洋和大地,是会唤起诸多美丽联想和惆怅情思的。在《海行杂记》集里的《海上生明月》和《乡心》里,巴金如印象派画师绘出海上月夜的光和色之美,美丽的月色也撩起了作者那游子思乡的诗心:"'海上生明月,天涯共此时'[1],'共看明月应垂泪,一夜乡心五处同'[2]——锋镝余生的我,对此情景,能不与古诗人同声一哭!"《点滴》集的《月夜》也写日本横滨和厦门鼓浪屿的月夜,但更主要是写他的安那其朋友的社会改革活动。《龙·虎·狗》集里的《月》则批评"月"的"光"是一种"死的光",这正反衬出巴金对光和热的渴求。巴金写过众多赞美星星的抒情篇章,如《海行杂记》集里的《繁星》,《点滴》集里的《繁星》,《龙·虎·狗》集里的《星》;巴金也爱写灯光、火把（炬）,如《废园外》集里的《灯》,《龙·虎·狗》集里的《爱尔克的灯光》。第二组同类近似反复的意象是那些有着充沛生命力的春天、大榕树、激流、现代都市里的桥梁和机器。巴金在不少散文里不断重复"春天是我们的!"这句话。《旅途随笔》集里的《鸟的天堂》这样写大榕树:

> 这棵榕树好像把它的生命力展览给我们看。那么多的绿叶,一簇堆

---

[1] 见张九龄的五言律诗《望月怀远》。

[2] 见白居易的七言律诗《因望月有感》。

在另一簇上面,不留一点缝隙。翠绿的颜色明亮地在我们眼前闪耀,似乎每一个树叶上都有一个新的生命在颤动,这美丽的南国的树!

在《〈激流〉总序》和《梦与醉》集的《生》里,巴金都赞美生命奔腾不息的激流。《〈激流〉总序》这样写激流:

> 这激流永远动荡着,并不曾有一个时候停止过,而且也不能停止;没有什么东西可以阻止它。在它的途中,它也曾发射出种种水花,这里面有爱,有恨,有欢乐,也有痛苦。这一切造成奔腾的一股激流,具有排山倒海之势,向着唯一的海流去。

巴金在《旅途随笔》里的《机器的诗》中赞美工人操纵机器进行创造性劳动,说那是他们在谱写"机器的诗",因为它也像诗歌一样,"给人以创造的喜悦",在"散布生命"。无论是巴金对春天、对榕树、对激流、对"机器的诗"的赞美,都同美好的充沛的生命联结在一起,都是在反复咏唱热烈而深沉的生命之歌。第三组同类近似反复的意象是探索。在巴金散文中,他作为探索者的自我形象无须多说是异常鲜明突出的,我们在上面提到的《龙》、《寻梦》、《撇弃》里反复出现的不畏艰险,不怕牺牲,坚定执着,义无反顾地探索革命道路和人生真理的探索者、殉道者形象,都给人留下深刻印象。第四组同类近似反复的意象是巴金憎恶痛恨的黑暗长夜和严冷寒夜,如《废园外》集里的《长夜》、《〈寒夜〉序》、《静夜的悲剧》集里的《静夜的悲剧》所写的"长夜"和"寒夜",它们实际上是半殖民地、半封建的旧中国象征,巴金对它们的憎恶痛恨,实际上寄托了他对光明自由的新中国的热切期盼。

对光和热的赞美,对生命力的赞美,对探索者和殉道者的赞美,对漫漫长夜和严冷寒夜的憎恶,这就是巴金散文中反复出现的四组意象系列,这构成巴金散文忧郁而热情的青春气息,这也是巴金小说和散文特别受青年人欢迎的奥妙所在。

巴金散文中反复出现的意象,其核心和灵魂是时刻激动着作家的坚定执着的意念。不过在作家的散文创作中,意象融逻辑判断于审美判断之中,以某种形象的片断形式出现;而意念则融审美判断于逻辑判断之中,以某种带审美性的论理系统或论理片断存在。不论是意象或意念都植根于作家的人格思想力量。

巴金散文中反复出现的意念有:关于"友情"的意念,《旅途随笔》集里的《朋友》、散文集《忆》里的《我离开了北平》,《点滴》集里的《生命》、《旅途通讯·序》、《旅途杂记·序》、《怀念·序》等都涉及"友情"这个意念,在这些散文里,巴金一再感谢朋友们对他的珍贵友情,说那是他生命的一部分,是他生活中的"一盏指路明灯";关于正视矛盾、解剖矛盾、在探索中克服消解矛盾的意念,这散在巴金众多的自白、自剖,以及自我回忆的散文之中;关于自己不是一个"完全的文艺家",以及文学创作应注重思想深刻、感情真诚和不太注重文学的"形式"和"技巧"的文学观念的反复强调;关于生命的意义和价值的思考,这是巴金建国前散文中一再反复出现的最重要意念。关于生命的意义和价值的思考,这是古今中外大思想家和大文学家经常重复的带有永恒普遍意义的亘古常新的思想母题。巴金对这一母题的重视和开掘,反映了他道德感情的纯洁性和他对人格自我完善的执着追求。

早在1930年,巴金就翻译克鲁泡特金的《我的自传》,在当时的巴金看来,克氏不平凡一生,是体现丰富、充实的生命意义和价值的典型,他翻译此书,如他在《〈我的自传〉代序》里说的,是为了给他的"小弟弟"和中国青年,"指示一个道德地发展的人格之典型给你看,教给你一个怎样为人处世的态度"。巴金在众多的散文中一再引述法国哲学家居友(1854—1888)的名言:"生命的一个条件就是消费。……世间有一种不能跟生存分开的慷慨,要是没有了它,我们就会死,就会从内部干枯。我们必须开花。道德、无私心就是人生的花。我们的天性要我们这样做,就像植物不得不开花似的,纵然开花以后便继之死亡,它仍旧不得不开花。……个人的生命应该为他人放散,在必要的时候还应该为他人牺牲。……这牺牲就是真实的生命的第一个条件。"巴金对生命意义和价值的思考,集中体现在《梦与醉》集和《龙·虎·狗》集的题目相同的《醉》、《生》、《梦》、《死》里,特别是其中的《死》和《生》。

《梦与醉》集收的是一些议论性随笔。这种议论随笔有自由开阔的理论思维和形象思维空间,在议论的展开中,作者自由驱遣他的阅历、知识、思索、体验,古今中外,海阔天空,由此及彼,由表及里,综合运用多种艺术表现手法,有议论,有记叙,有抒情,有描写,有引证,有对话,营造出一个开阔舒展、情理兼胜的论理系统,呈现出知识之美,智慧之美,思想之美,情趣之美。《梦与醉》集的《死》与《生》就是这种议论随笔散文的珍品。

巴金写《死》是为了破解"死"这个斯芬克司之"谜"的。"死"是什么,可怕不可怕? 巴金以自己的见闻、思索和体验,以加本特的研究,惠特曼的观察,日本恐怖主义者古田大次郎的《死之忏悔》,阿·帕尔森司死前写的诗篇为例证,论述"死不可怕","死"不过是"真正的休息"和"永久性的和平"。巴金还写下了他对"死"的诗化哲学思考:

> 我更爱下面的一种说法:死是"我"的扩大。死去同时也就是新生,那时这个"我"渗透了全宇宙和其它一切东西。山、海、星、树都成了这个人身体的一部分,这个人的心灵和所有的生物的心灵接近了。这种经验是多么伟大,多么光辉,在它面前一切小的问题和疑惑都消失了。这才是真正的和平,真正的休息了。

这确是对长期困扰着人们的"死"这一斯芬克司之"谜"所作的豁达健朗的思考和回答。在《龙·虎·狗》集里的随感录《死》中,巴金更以"死是永生的门"这更斩截精粹的警句,给这一斯芬克斯之"谜"以更积极更明确的回答。

正如古人所说,"不知生,焉知死?"只有"生的光荣",才能"死的伟大",只有无限热爱生命,坚定执着追求生命的丰实和壮丽,他的生命才能超越"死"的局限,才能叩开"永生的门"。因此,巴金又写以充满诗情和哲理的议论随笔名篇《生》。

《生》是以议论为精魂的,有着鲜明的政论色彩,但不枯燥抽象,而是诗与政论的结合,是政论的诗,诗的政论。在《生》里,巴金完整表达了他的生命哲学,抒写了他的人生襟怀和情操,他唱出了他心中最美的歌。

巴金认为"生"是美丽的,"乐生"是人的天性,但其中有"真正知道生的人"和"不了解"生的人的区别,这导致不同人生态度和人生结果的根本对立。古今中外,许多人都企求"长生术",修造"长生塔";有的人"为非作歹",用"平民的血肉"为自己和子孙修造"长生塔",但那是在"沙上建塔",是愚昧自私和卑劣;有的人如法国启蒙学者龚多塞宣传"科学会征服死",他的壮举虽未完成,但为人类的"长生塔"奠下"基石";另一种如妃格念尔、萨珂等为代表的志士仁人,他们热爱生命,不能容忍黑暗暴力对生命的摧残,奋起抗争,奉献出自己的青春和生命。巴金赞美他们的爱是博大的、崇高的、美丽的,永同太阳、星星一道闪耀,获得了"永生"和"不朽"。

巴金把"生"的问题放在"生之法则"的"论理"高度来阐发。所谓"生之法则",就是法国居友说的个人生命应该为他人、为群体"放散""牺牲",这样生命才不会从"内部干枯",才会"开花",再就是克鲁泡特金在《人生哲学:其起源及其发展》里说的人类应该"团结""互助"的生存发展原则。联系到当时的抗日战争,巴金指出维护民族的生存,是"顺着生之法则",抗战是"中华民族神圣的权利和义务",日寇的侵略则是"违反了生之法则",所以"每个人应遵守生的法则,把个人的命运联系在民族的命运上,将个人的生存放在群体的生存里",群体绵延不绝,个人就可以获得"永生","丰富""满溢"的个人生命激流就可以汇入浩瀚的人生大海,从而达到生命境界的极致。巴金的生命哲学显然受到居友和克鲁泡特金的影响,但又来自他的民族民主革命战斗实践和他的独立思考。他是道出了人生哲理的某些本质方面的,主流是积极的。

巴金在《信仰与活动》中说《新青年》杂志译载的高德曼的文章,"以她那雄辩的论据,精密的论理,丰富的学识,简明的文体,带煽动性的笔调,毫不费力地把我这个十五岁的孩子征服了"。他在《〈克鲁泡特金全集〉总序》里用差不多相同的话语评价克氏文字风格。巴金的《死》和《生》等议论随笔显然受到这种文风的影响。巴金是一位知识渊博、热情多思、想象丰富的散文大家,他的这种智慧结构在议论随笔《生》里有突出表现。巴金为了阐扬他的生命哲学,"观古今于须臾,挫万物于笔端",调动了丰富的社会、历史和科学知识,他"为情而造文",在篇文中灌注了他鲜明的爱憎和褒贬,"神与物游",展开了丰富的联想和想象,使论理情感化和具象化,获得诗情的生命和形象的血肉,所以议论随笔《生》,也可以说是一首"真理的诗"。

1949年,巴金翻译了德国革命作家洛克尔的代表作《六人》,并在该书的《译后记》里他援引了《六人》的英译者蔡斯对《六人》的如是评价:"《六人》是一曲伟大的交响乐。"蔡斯阐释说:

前面有一个介绍主题的序乐。构成交响乐的六个乐章,每一个乐章最后都把主题重复了一遍,每一个乐章有自己的音阶法和拍子。在主题的最末一次的重复之后接着来一个欢欣的、和谐的终曲。我不会,我只知道我读完整个作品好像听了一次管弦乐队的大演奏。

巴金散文创作中同类近似的意象和意念的经常反复是个十分突出的现象,其中最基本的、统摄一切的是,巴金对青春和生命的热爱和赞美,巴金对丰实、壮丽的生命意义和价值的探索和追求,以及巴金对一切阻碍和摧残青春与生命的"旧的传统观念"、"不合理的社会制度"和一切反动势力的"不妥协"的"攻击"。① 这样,我们读巴金的散文,也会有蔡斯读洛伯尔的《六人》时那样的感受:我们是在欣赏"一曲伟大的交响乐"的"大演奏"。

以上我们从思想和艺术结合的三个方面来考察巴金建国前的散文创作。耐人寻味的是,巴金这位世界级的文学大师谈自己包括散文在内的文学创作时,一再强调文学的"真实""自然"境界,一再申说"没有技巧","无技巧"。王瑶在《论巴金的小说》里评论说:"作者自己所谓'没有技巧'只能理解为没有形式主义地单纯追求技巧,而并不是说作者的写作能力还不够圆熟。"这个理解是准确的,符合实际的。1959 年巴金在《谈我的散文》里有这样的自我批评:"我的文章却像一个多嘴的年轻人,一开口就不肯停,一定要把什么都讲出来才痛快。"1990 年巴金在《致树基(代跋)一》里说《春秋左传》的"春秋笔法"是"只要瞄准箭垛,一字更能诛心,用不着那些旁敲侧击的吱吱喳喳。"巴金晚年的散文杰作就是这种"春秋笔法"的典型,是人们公认的当代散文创作的一座高峰。读巴金的《随想录》不免让人想起黑格尔《逻辑学》里的一些话:"最丰富的是最具体的和最主观的。那个使自己复归到最单纯的深处的东西,是最强有力和最占优势的。"巴金《随想录》里那种丰富的单纯和单纯的丰富令人赞叹不已,确是巴金散文创作的新高峰,值得认真研究,但这已不是本文的任务了。

（原载《文学评论》1996 年第 1 期）

---

① 《巴金短篇小说》第一集:《写作生活底回顾》。

世纪之交的"精神界之战士"的言说

—— 论巴金晚年散文创作

我国当代文坛巨匠巴金在他的晚年,除了翻译一册赫尔岑的《往事与随想》和根据旧稿整理而成的小说《杨林同志》以外,就是创作了包括《随想录》、《再思录》、《创作回忆录》、自己创作和译文的序跋,以及书信、日记在内的散文了,总字数近八十万字。从这点说,研究巴金晚年的思想和创作,就是研究巴金晚年的散文了。

巴金晚年以《随想录》和《再思录》为代表的散文,近似于赫尔岑的《往事与随想》,属于70年代末至90年代这世纪之交的老作家创作的"真实性"和"个人性"非常突出的回忆往事结合历史反思的融回忆议论和抒情于一体的夹叙夹议夹抒的散文。这类散文,除了巴金的《随想录》和《再思录》之外,在80年代的有杨绛的《干校六记》、《将饮茶》,孙犁的《晚华集》、《秀露集》、《无为集》,陈白尘的《云梦断忆》,丁玲的《牛棚小品》,梅志的《往事如烟》等,90年代则有韦君宜的《思痛录》,季羡林的《牛棚杂记》,李锐的《"大跃进"亲历记》。[①] 这类散文都是我国世纪之交的伟大思想解放运动浪潮中的心灵之花。这类回忆往事结合历史反思的散文,记述了散文家在浩劫中的惨痛经历和苦难心理历程,否定"文化大革命",否定极左

---

① 参见洪子诚:《中国当代文学史》,北京大学出版社1999年版。

思潮,拨乱反正,探求它们所以产生的历史、文化、心理动因,都有不同程度的历史反思和自己独特的言说风格。巴金的《随想录》和《再思录》为代表的散文也有以上这类散文的共同特性,不过,在否定"文化大革命"、否定极左思潮、深挖"文化大革命"和极左思潮的封建主义的历史、文化、心理根源,以及无情解剖以巴金自我为代表的一代知识分子奴性文化心理结构的坚决性、彻底性和深刻性上,巴金是独一无二、无人能比的。因而巴金晚年散文更具震撼力、穿透力和启发力。在 1986 年 9 月 26 日《人民日报》的《〈随想录〉五集笔谈》中,冯牧称巴金的《随想录》"在现代文学史上,可与鲁迅先生晚年杂文相并比",刘再复赞巴金的《随想录》是"继鲁迅之后,我国现代散文史上的又一座高峰"。"文艺界人士认为这是一部'力透纸背、情透纸背、热透纸背'的'讲实话的大书',是一部代表当代文学最高成就的散文作品,它的价值和影响远远超出了作品本身和文学范畴。"① 给巴金晚年散文以这样崇高的评价,不是没有一定道理的。如果说,鲁迅的杂文是我国新民主主义革命时期我国文学界一位伟大的"精神界之战士"的言说,那么,巴金晚年散文则是我国世纪之交的社会主义时期文学界一位杰出的"精神界之战士"的言说了。

　　"精神界之战士"是鲁迅写于 1908 年的《摩罗诗力说》里提出来的,主要是指以拜伦为首的"摩罗宗"积极浪漫主义诗人。他们是英国的拜伦和雪莱,俄国的普希金和莱蒙托夫,波兰的密茨凯维奇和斯洛伐茨基,匈牙利的裴多菲,鲁迅指出:"上述诸人,其为品性言行思维,虽以种族有殊,外缘多别,因现种种状,而实统于一宗:无不刚健不挠,抱诚守真,不取媚于群,以随顺旧俗;发为雄声,以起其国人之新生,而大其国于天下。"在《摩罗诗力说》里被鲁迅誉为"精神界之战士"的,还有洛克和彭斯等人,鲁迅指出:"英当十八世纪时,社会习于伪,宗教安于陋,其为文章,亦摹故旧而事涂饰,不能闻真之心声。于是哲人洛克首出,力排政治宗教之积弊,唱思想言议之自由,转轮之兴,此其播种。而在文界,则有农人朋思(今译彭斯——笔者)生苏格兰,举全力以抗社会,宣众生平等之音,不惧权威,不趑金帛,洒其热血,注诸韵言……" 20 世纪初叶,中国正沉沦于半封建半殖民地的深渊,鲁迅急切呼

---

① 见人民文学出版社 1986 年 12 月为巴金《随想录》写的《出版说明》。

唤中国能出现"刚健不挠,抱诚守真"的"精神界之战士","力排政治宗教之积弊",揭穿"瞒和骗"的骗局,"唱思想言议之自由","宣众生平等之音","发为雄声,以起其国人之新生,而大其国于天下",即通过思想启蒙、社会改革、文学变革,改变中国积贫积弱积愚的面貌,成为独立、自由、富强的屹立于世界民族之林的强国。鲁迅和巴金都是我国现代作家中的"精神界之战士"。关于自己的创作巴金有过这样的自述:"作家是战士,……也是探路的人。"① 又说:"我写作是为着同敌人战斗。……我的敌人是什么呢? 我说过:'一切旧的传统观念,一切阻止社会进步和人性发展的不合理社会制度,一切摧残爱的努力,它们都是我的最大的敌人。'我所有的作品都是写来控诉揭露、攻击这些敌人的。"② 这不是典型的"精神界之战士"的自我告白吗? "十年浩劫"的中后期,巴金从血与泪的教训中彻底觉醒了,他在我国世纪之交的伟大思想解放运动和文学解放运动中,成了"刚健不挠,抱诚守真","发为雄声,以起其国人之新生"的"精神界之战士"。作为"精神界之战士",晚年的巴金也同后期的鲁迅一样,产生了创作中心的转移即从以小说创作为中心转向以议论和批评为主的杂文创作为中心,他们都给自己找到了最适合自己的"言说"方式。我以为,作为我国世纪之交的"精神之战士"巴金,其晚年的以杂文为主的散文创作的"言说",在思想和艺术上具体表现在如下三个方面:一是"刚健不挠",冲破重重压力、克服种种困难,坚决、彻底否定"文化大革命"和极左思潮,彻底揭露十年"文化大革命"和极左思潮的封建专制主义的历史和思想根源,反复呼唤"五四"精神的复归,高扬"五四"人文精神;二是"抱诚守真",彻底否定封建主义和拜金主义,在解剖社会种种积弊同时,无情解剖自我的灵魂,宣扬为祖国和人民奉献一切的道德理想、立志追求道德的自我完善;三是在散文创作艺术上,师承鲁迅的"为了真理,敢爱、敢恨、敢说、敢做、敢追求"风度和发扬大胆真诚简洁犀利深隽的"春秋笔法"。以上三个方面在巴金晚年散文创作中是不可分割的统一整体,构成了世纪之交的"精神界之战士"巴金晚年散文言说的独特风范。为了说明的方便,我们分别从三个方面来考察。

① 巴金:《探索集·作家》,人民文学出版社1981年版。
② 巴金:《探索集附录·我和文学》,人民文学出版社1981年版。

一

我国世纪之交的绵延不绝的伟大思想解放运动,是以解放思想、实事求是、否定"文化大革命"和极左思潮、探索社会主义现代化建设的道路和步骤,以及恢复和发扬"五四"新文化运动倡导的爱护人、关心人、尊重人和尊重人的独立思想和自由意志的人文精神等为重要标志的。巴金是以"精神界之战士"的姿态参加了这世纪之交的伟大思想解放运动的。他的以《随想录》和《再思录》为代表的晚年散文,在彻底否定"文化大革命"和极左思潮,以及呼唤恢复和发扬"五四"人文精神上作出了独特的不可替代的独特贡献。

在世纪之交的中国作家中,可以说没有一个人像巴金那样克服种种阻力、冲破种种困难、死死咬住十年浩劫和极左思潮不放而大做文章的。巴金曾有这样的自述:"'十年浩劫'绝不是黄粱一梦。这个大灾难同全世界人民都有很大的关系,我们要是不搞得一清二楚,作一个能说服人的总结,如何向别国人交代! 可惜我们没有但丁,但总会有一天有人写出新的《神曲》。所以我常常鼓励朋友:'应该多写,应该多写! '"①"'十年浩劫'给中国人民留下多么深重的心灵创伤和难以忘却的痛苦记忆。但是深刻反映这一时期生活的作品至今还不多见。"② 显然在巴金看来,暴露、控诉和否定十年"文化大革命"及其极左思潮无论对中国对世界都有深刻的现实和历史意义。因而巴金立志要给十年"文化大革命""做总结",要给自己在十年"文化大革命"中的惨痛经历"做总结",他要以自己的"探索"和"真话"给十年"文化大革命"建立一个"博物馆"。给他深爱的祖国和人民留下他的"遗嘱"。巴金自述他写作这类散文对他来说就是进行艰苦卓绝的持久战斗。他在《〈巴金全集〉第十六卷·代跋》里如是说:"一百五十篇'随想'却消耗了我八年的时光。我总算讲出了我的心里话。这是一场艰苦的斗争,处处时时都有人堵我的嘴,拉我的手。""第一卷还不曾写到一半,我就看出我是在给自己铸造武器。这发

---

① 巴金:《探索集·写真话》,人民文学出版社 1981 年版。
② 巴金:《再思录·致青年作家》,上海远东出版社 1995 年版。

现确是受苦受罪之后'深刻的教育'。从此我有了自己使用的武器库。"①

1976年10月十年"文化大革命"结束之后,巴金对"文化大革命"的认识,也有一个变化的过程。他写于1978年11月26日的《〈爝火集〉序》中还有这样的文字:"我是经受了'文化大革命'烈火的锻炼的。尽管由于这次的'大革命'我失去了最亲爱的人,我仍然要赞美这个'伟大的革命'的成果。"而到了1979年8月6日巴金在《随想录·绝不会忘记》里,他已全面彻底否定"文化大革命"了。他就始终"对准""文化大革命"这一"箭垛"发表了一系列的"诛心之论"。我们从中共中央文献研究室主编的《三中全会以来重要文件汇编》看,中共中央是1980年3月才决定要全面彻底否定"文化大革命"的②,至1981年6月27日才正式发表了相应的决议:《中国共产党中央委员会关于建国以来党的若干历史问题的决议》。中共中央的历史性决议是从政治上、理论上全面彻底否定"文化大革命"的,巴金的晚年散文则以他饱含着血和泪的火一样的文字,以他的惨痛经历和苦难心灵历程更侧重于从文化上来全面彻底否定"文化大革命"的。同样对"文化大革命"做历史总结、做深沉凝重的哲学思考,前者是政治家对历史的"总结"和哲学思考,后者是一位文学巨匠对"文化大革命"的历史总结和哲学思考,带有作家自我的自传性和心灵史的感性和情感的审美因素,更侧重于从文化层面观察和思考问题,这两者之间不是矛盾对立的,而是统一互补的。

巴金在《随想录》和《再思录》里对"十年浩劫"历史的沉痛回忆和"探索"思考,有着突出的自传性和心灵史的特点,有着冷峻忧郁、苍凉悲壮的感情色彩。在那里,巴金写了他1966年8月初参加完亚非作家会议后,回到上海作家协会被通知参加被迫自杀的叶以群的批判会,他从小道消息里知道了老舍也被迫自杀了。他战战兢兢、预感厄运马上临头。过不了几天,他的家就被机关造反派和北京的红卫兵抄了,萧珊挨了红卫兵的铜头皮带。接着声讨和批判他的大字报专栏出现了,他被扣上了上海文艺界的"黑老K"、"无产阶级专政的死敌"、"反动学术权威"等大帽子,一纸"勒令",他就

---

① 巴金在《随想录》和《再思录》多次讲过这类话。

② 邓小平:《对于起草〈关于建国以来党的若干历史问题的决议〉的意见》(1980年3月—1981年6月)。

转眼之间成了"牛鬼",被打入了"地狱"式的"牛棚"。从此,他被迫理了"平头"("文化大革命"中又称"牛鬼蛇神头"——笔者),挂了"黑牌",写不完的"检查""交代""汇报",没完没了的"游斗"、"陪斗",以及专门为巴金举办的全市性电视"批斗"会,还有动辄被"训斥"、"罚跪"、"坐喷气式",和在上海作协后院被舞着铜头皮带的红卫兵"追打"等无穷无尽的"奇耻大辱"……巴金自述,从1966年9月至1969年年底,他在"地狱"式"牛棚"里受尽折磨的最"黑暗"的岁月里,他一度有过"轻生"念头,他差一点像老舍、叶以群、金仲华、傅雷、陈同生那样含愤自杀,只是由于他对萧珊和家人的眷恋,使他顽强生活下来。这时,他中了极左思潮的"催眠术",喝了极左思潮的"迷魂汤",成了"奴于心者"的愚昧"奴仆",自认为"罪孽深重",下决心要"脱胎换骨,重新做人",他甚至想今后再不当作家了,就到上海作协传达室工作。他差一点被"改造"成"机器人"和"木偶"。1970年后,巴金被放逐到"五七"干校从事惩罚性劳动。在那里,巴金抄写和背诵意大利文本但丁《神曲》的《地狱》篇。巴金把他"文化大革命"以来的惨痛经历同但丁《神曲》的《地狱》篇联系起来。这时,巴金看够了"四人帮"及其爪牙这大大小小骗子的丑恶而又虚伪的表演,隐隐约约觉得"文化大革命"是一场"大骗局",他开始觉醒了,挣脱"四人帮"的精神枷锁,开始独立思考了,他从"奴在心者"转化为"奴在身者"。1972年萧珊被迫害去世,这对巴金是沉重打击。1973年"四人帮"的上海"市委"决定巴金的"问题""敌我矛盾作人民内部矛盾处理,不戴帽子,做翻译工作"①。巴金回到家里,着手翻译屠格涅夫的《处女地》。1976年金秋10月,万恶的"四人帮"被打倒了,巴金的十年苦难也结束了,他称这为"第二次解放"。巴金自述十年"文化大革命",他的每根骨头、每条神经都在"四人帮"垒造的人间"地狱"的"油锅"里"煎熬"过"无数遍",最大的痛苦不是肉体的而是精神的,由于受尽迫害凌辱,他被"噩梦"缠住,他常常在睡梦里同那些"长出一身毛,张开大嘴要吃人"的"猛虎恶狼"似的"四人帮"及其爪牙进行力量悬殊的搏斗。在我们看来,巴金的灵魂也在十年"文

---

① 巴金:《巴金译文全集第三卷·代跋》,人民文学出版社1997年版。

化大革命"的"炼狱"里得到了净化和提升,他从"奴在心者"转化为"奴在身者",又一跃而为思想敏锐、忧愤深广、意志坚韧的"精神界之战士"了。

从 1978 年至 1996 年的十八年中,巴金在他的晚年散文中,不仅真实记录了他在"十年浩劫"中的惨痛经历和苦难的心灵史,具有很高的历史价值,他还以他的探索和思考对"十年浩劫"做了多侧面多层次的极为精彩而深刻的独特概括,构筑了巴金式的"'文革'博物馆",赋予他晚年散文审美和哲学价值。如他称"十年浩劫"是类似我国民间阴森恐怖的"阎罗殿图"和但丁《神曲》里的"地狱",是"活葬墓"①,是"有中国特色的黑暗时代",是"用中国人民鲜血绘成的无比残酷的地狱"②;他称"十年浩劫"里"那么多人一夜之间就由人变兽,抓住自己的同胞'食肉寝皮'",是典型的"兽性大发作"③,连中小学生都"把老师当仇敌","殴打老师,批斗老师,侮辱老师,让许多善良的知识分子惨死在红卫兵的拳打脚踢之下"④。他称"十年浩劫"是"以'野蛮'征服'文明',用'无知'战胜'知识'",是"一个把'知识'当作罪恶尾巴的时代",是"以反知识开始"的一场"大革命",是要"消灭知识","让大家靠一根绳子进天堂";他称"十年浩劫"是靠"催眠术"、"迷魂汤"、"魔法"、"烧香念咒"和搞"个人崇拜"、"个人迷信",把人们变成"木偶"和"机器人"的"大骗局"……这一系列"诛心之论"对"十年浩劫"的这些概括是形象的也是深刻的,有力地揭批了祸国殃民的"十年浩劫"的反动性、危害性、荒谬性和虚伪性,寄托了神圣的憎恶和义愤,把"十年浩劫"永远钉在历史的耻辱柱上了。

巴金对十年"文化大革命"的"总结"较之一般人历史反思的忧愤更加深广之处,还表现在另外三个方面。其一是在巴金看来,"文化大革命"中发展到登峰造极、无以复加的极左思潮在"文化大革命"之前就不同程度存在了,特别是在文艺界更是如此。其二是巴金深挖了十年"文化大革命"中的极左思潮的封建主义和法西斯主义的历史思想文化根源,他刨了极左思

---

① 巴金:《再思录·怀念井上靖先生》,上海远东出版社 1995 年版。

② 巴金:《无题集·怀念叶非英》,人民文学出版社 1986 年版。

③ 巴金:《真话集·未来(说真话之五)》,人民文学出版社 1983 年版。

④ 巴金:《无题集·三说端端》,人民文学出版社 1986 年版。

潮的"祖坟";其三是巴金从新时期中国社会现实中封建主义的种种表现,一再提醒人们在中国全面彻底的反封建任务远未完成、十年"文化大革命"的历史悲剧有可能重演,他一再重复当年捷克反法西斯战士伏契克在《绞刑架下的报告》里的那句名言:"人们,我爱你们,你们要警惕!"这充分体现了巴金作为我国世纪之交的"精神界之战士"的思想言说的那种特有的深刻性、彻底性和坚定性。这样,我们也就接触到了巴金以《随想录》和《再思录》为代表的晚年散文在思想逻辑结构上的一大特点,即在貌似松散质白中的严密深刻,具体说,巴金在他的晚年散文中,围绕着暴露、控诉和批判十年"文化大革命"这一中心,然后又从这一中心出发纵横交错地从我们上面提到的那三个方面拓展开去,合成了严密而深广的思想逻辑结构。

　　《随想录》和《再思录》的不少篇章批评建国后至"文化大革命"前的极左思潮,以及在极左思潮统治下包括作家、表演艺术家和教师在内的知识分子的不幸遭遇。《再思录》里的《怀念从文》和《随想录》里的《关于丽尼同志》说的是建国初的情况。建国前沈从文同左翼作家文见不同,建国后被迫离开大学和文学创作,改行从事服装史的研究,使这位杰出的小说家的文学创作才华被长期埋没,优秀散文家丽尼抗战以后为了养家糊口,不得不在国民党政府机关供职,建国后背着历史包袱改行搞翻译,人们再也读不到他那清丽热情的散文了,巴金惋惜丽尼散文创作才华的浪费。《探索集》里的《赵丹同志》触及了表演艺术家赵丹同《武训传》批判那一桩历史公案。巴金虽未对那场批判正面表态,但却意在言外地表示在赵丹成功地扮演的众多角色里,他最赞赏的是那个"老泪纵横的受尽侮辱的老乞丐""武训"。《随想录》最后一篇《怀念胡风》,回忆了胡风同鲁迅的关系,高度评价胡风在文学上的历史功绩,并把所谓"胡风反革命集团"的冤案同"清代的文字狱"相提并论。《纪念雪峰》、《悼方之同志》、《再说知识分子》、《怀念非英兄》等,批评1957年的"反右"运动把大批有才华作家和忠诚教育事业的知识分子打成"右派",巴金深深感慨:"把那么一大段时间花费在戴帽、摘帽上面,实在是很可悲的事情。"①巴金指出极左思潮从建国后至十年"文

---

① 巴金:《无题集·再说知识分子》,人民文学出版社1986年版。

化大革命"有着愈演愈烈的趋势,特别是 1962 年以后,"大搞阶级斗争,大树个人迷信,终于在我们国家开始了有中国特色的黑暗时代,我看见了用中国人民鲜血绘成的无比残酷的地狱"①。巴金在不少"随想录"里指出极左思潮的一个重要特点是某些当权者对"知识"和"科学"的蔑视,对知识分子的不信任,他们给知识分子"戴上了'金箍儿'",对他们"念起紧箍咒",使他们产生了"战战兢兢过日子"的恐惧心理和个人迷信与个人崇拜的"奴化"性格。巴金说:"想起《西游记》里唐僧对孙悟空讲的那句话,我就恍然大悟了。唐僧说:"'当时只为你难管,故以此法制之。'"② 在这里,巴金巧用神魔小说里的这一著名典故,绝妙地揭示了建国后在文化界一贯奉行极左思潮的某些当权者"驯化"和"奴化"知识分子的良苦用心,确是又一不可多得的"诛心之论"。

　　巴金在《随想录》和《再思录》里深挖了在"十年浩劫"中恶性发展到登峰造极的极左思潮的根源是披上"左"的华丽"革命"外衣的封建主义和法西斯主义。在《五四运动六十周年》中,巴金指出:

　　　　"四人帮"之流贩卖的那批"左"的货色全部展览出来,它们的确是封建专制的破烂货,除了商标,哪里还有一点点革命的气味!林彪、"四人帮"以及什么"这个人"、"那个人"用封建专制主义的全面复辟来反对并不曾出现的"资本主义社会",他们把种种"出土文物"乔装打扮硬要人相信这是社会主义。他们为了推行所谓的"对资产阶级的全面专政",不知杀了多少人,流了多少血。……我们这一代人并没有完成反封建的任务,也没有完成实现民主的任务。……

在《再说知识分子》里,巴金又指出:"四人帮"一伙:

　　　　不要知识,不要科学,大家只好在苦中作乐,以穷为光荣。…… 这样一来,知识真的成了罪恶。运动一个接着一个,矛头都是对准知识分子。"文革"期间批斗难熬,我感到前途茫茫的时候,也曾多次想起秦

---

① 　巴金:《无题集·怀念非英兄》,人民文学出版社 1986 年版。
② 　巴金:《无题集·紧箍咒》,人民文学出版社 1986 年版。

始皇的焚书坑儒,满清皇帝的文字大狱,希特勒"元首"的个人迷信等等。……这不都是拿知识分子作枪靶子吗? 那些人就是害怕知识分子这一点点的"知识",担心他们不听话,唯恐他们兴妖作怪,总是挖空心思对付他们,而且一代比一代厉害。

巴金自述,他一生的思想核心是"反封建","年轻时是这样,我写的那些小说主要就是反封建。我现在仍然是这样。"① 巴金指出封建主义垃圾并没有随着"四人帮"的垮台而成为历史,它仍在我们社会的许多角落腐烂发臭,它成为现代化建设的阻力,也是"文化大革命"历史悲剧重演的土壤。《"长官意志"》、《小人、大人、长官》批评现实社会里仍然封建性的"长官意志"盛行;《小骗子》、《再说小骗子》、《三谈骗子》、《四谈骗子》等揭批社会上的大小"骗子"同封建特权的内在联系;《可怕的现实主义》、《衙内》、《牛棚》揭批某些腐化堕落的高干子弟即当代"高衙内"如何依仗封建特权为非作歹;《买卖婚姻》批评封建买卖婚姻;《官气》批评"官商"的盛气凌人的"官气"。1980 年巴金在《关于〈激流〉》中无限感慨:"买卖婚姻似乎比我写《激流》时更加普遍,今天还有青年男女因为不能同所爱的人结婚而双双自杀。在某些省份居然有人为了早日'升天',请人把全家投在水里。披着极左思潮外衣,就可以掌握许多人的命运,各种打扮的高老太爷千方百计不肯退出历史舞台。……"始终执著于对封建主义的揭露和批判,反映巴金作为"精神界之战士"的敏锐、深刻和坚定。

巴金晚年散文思想逻辑结构的另一大特点是"破坏"和"建设"的辩证统一、"解构"和"建构"的辩证统一。全面彻底否定"十年浩劫"和极左思潮及其封建主义和法西斯主义思想根源,这是巴金晚年散文中的"破坏"和"解构"的一面;呼唤恢复和发扬"五四"新文化运动的人文精神,这是巴金晚年散文中的"建设"和"建构"的又一方面。巴金晚年散文的这个矛盾对立而又辩证统一的思想逻辑结构,自然会让人联想到马克思在《〈黑格尔法哲学批判〉导言》里的那段名言:

---

① 唐金海、张晓云:《巴金访问荟萃》,《新文学史料》1988 年第 3 期。

　批判的武器不能代替武器的批判,物质力量只能用物质力量来摧毁;但理论一经掌握群众,也会变成物质力量。理论只要说服人,就能掌握群众;而理论只要彻底,就能说服人。所谓彻底,就是抓住事物的根本。但人的根本就是人本身。德国理论的彻底性及其实践能力的明证就是:德国理论是从坚决彻底废除宗教教出发的。对宗教的批判最后归结为人是人的最高本质这样一个学说,从而也归结为这样一条绝对命令:必须推翻那些使人成为受屈辱、被奴役、被遗弃和被蔑视的东西的一切关系,一个法国人对草拟中的养狗税发出的呼声,再恰当不过刻划了这种关怀,他说:"可怜的狗呵! 人家要把你们当人看哪!"

我们这儿说的巴金晚年散文中人文精神,不是中国的《周易》和《文心雕龙》里说的"天文"、"地文"、"人文"中的那个"人文"。《周易》里有这样的名句:"观乎天文,以察时变;观乎人文,以化成天下。"《周易》等的"人文"是指与自然的"天文""地文"相对的并可作为立国之本的人类创造的文化。这里的人文精神是"五四"以后对西文 Humanism 的汉译,有译为"人文主义"的,有译为"人道主义"的,有译为"人本主义"的。我国理论界在 90 年代后一般都用人文精神来指称 Humanism。巴金用的是人道主义这一译语。但在我们看来巴金说的人道主义同现在通行的人文精神是一个意思。这个人文精神,在"五四"以后的中国现代文学史上是一股相当强大的绵延不绝的文学思潮,但在建国之后,虽然有过毛泽东的"救死扶伤,实行革命人道主义"的题辞,介绍过高尔基的"无产阶级人道主义"理论,但在"以阶级斗争为纲"的错误理论指导和支配下,在我国理论界出现了不断发起的对人权、人情、人性、人道主义和人文精神等的猛烈批判。从而继承和发展"五四"以来的人文精神也就成了我国世纪之交的伟大思想解放运动和文学解放运动中的一个重要内容。巴金晚年散文对"十年浩劫"及其极左思潮的全面彻底否定,就是如上述马克思所说的"推翻那些使人成为受屈辱、被奴役、被遗弃和被蔑视的东西的一切关系";巴金晚年散文高举人文精神大旗,正是指认上述马克思说的"人的根本就是人本身","人是人的最高本质这样一个学说"。而这也正是晚年巴金对我国世纪之交的伟大思想解放运动和文学解放运动的一个贡献。

巴金在《再思录》中的《〈巴金译文选集〉序》里，这样概括他的翻译和创作的指导思想：

> ……翻译《信号》就是学习人道主义吧。我这一生很难摆脱迦尔洵的影响，我经常想起他写小说写到一半忽然埋头痛哭的事，我也常常在写作中和人物一起哭笑。
>
> 可以说我的写作生活就是从人道主义开始的。《灭亡》，我的第一本书，靠了它我才走上文学道路，即使杜大心在杀人被杀中毁灭了自己，但鼓舞他的牺牲精神不仍是对生活、对人的热爱吗？
>
> 《寒夜》，我的最后一个中篇（或长篇），我含着眼泪写完了它。那个善良的知识分子不肯伤害任何人，却让自己走上了如此寂寞痛苦死亡的路。他不也是为了爱生活、爱人吗？
>
> 还有，我最近的一部作品花了八年时间写的《随想录》不也是为了同一个目标？

所谓"爱生活、爱人"正是人文精神里关于关心人、爱护人、尊重人的完善和发展的重要内容。巴金在《人道主义》一文里，非常赞赏邓朴方在中国残疾人福利基金会全体工作人员会议上的讲话，尤其是其中第二节的小标题：《我们的事业是人道主义的事业》。邓朴方认为不少人是站在封建主义立场上批判资产阶级人道主义，是搞"封建关系"，是"宗教狂热"，其结果是在"文革"中出现了"大量的非人道的残酷行为"，巴金同意这种观点。他指出正是由于大批人道主义，才没有人"敢讲人道主义"，也不"让人讲人道主义"，"十年浩劫"中才出现了"满街都是虎狼"的"兽性大发作"，才使"老舍、赵树理、杨朔、叶以群、海默……和许许多多"有才华的知识分子，"被残害致死"，给国家造成"多么大的损失！"

巴金晚年散文反复宣扬人文精神的另一重要方面就是突出强调要尊重人的人格尊严、人的独立意志、人的思想自由和创造自由。这些无疑是人的个性解放、发展和完善的核心内容。马克思早在《〈黑格尔法哲学批判〉导言》里就说过，人决不是戴着宗教神学锁链的"精神奴隶"，"人的根本就是人本身","人是人的最高本质",就是人是有人格尊严和独立意志的。巴金在《随想录》的许多篇章中从正反两方面反复强调人、特别是知识分子决不是什么"机器人"、"木偶"、"奴于心者"的"精神奴隶",他在《怀念非英兄》一文的结尾处意味深长地强调:"一个中国人什么时候都要想到自己是一个人,人。"康德在《判断力批判》里认为:"正当地说来,人们只能把通过自由而产生的成品,这就是通过一意图,把他的诸行为筑基于理性之上,唤做艺术。……作为艺术只能意味着是一种创造者的作品。"显然,在康德看来"艺术"是艺术天才们"自由"、"创造"的"成品"。马克思和恩格斯在《德意志意识形态》里说过,人区别于动物的一个本质特点,人是进行"自由自觉创造"活动的,那么专司思想、理论和艺术创造的知识分子,就体现着民族的理性和智慧,其中的先进分子的自由理性,常常代表他们那个时代的最高智慧。他们的最可贵品格和价值,是他们的永不休止的探索和创造,他们的这种才能如被禁锢、被扼杀,就意味着民族创造活力的丧失,这将是一个时代的悲哀。因此,应该让知识分子拥有独立思考和自由创造的权利。巴金在《"遵命文学"》①、《长官意志》里,明确否定唯"长官意志"之从的"遵命文学",在《探索(一至四)》、《思路》、《怀念鲁迅先生》诸文里,巴金强调没有"探索"就不会有"创新",不仅要"探索",还要"敢于探索",巴金说:"我就是从探索人生走上文学道路的",他还谈了他的文学创作探索的特点;巴金认为作家创作中的独立探索,也是一种"独立思考",就是沿着自己的"思路"探索下去,他认为在这方面,鲁迅是最好的榜样,鲁迅"为了真理,敢爱,敢恨,敢说,敢做,敢追求……"巴金《随想录》里的《要不要制订"文艺法"》、《"创作自由"》、《再说"创作自由"》都是专论"创作自由"的。在我国深受极左思潮之苦的作家无不把"创作自由"当作梦寐以求的目标。对此,巴金也有自己的独到深刻的见解,巴金说:"作家们用自己的脑子考虑问题,根据自己的生活感受,写出自己想说的话,这就是争取'创作自由'。前辈们的经验告诉我们'创作自由'不是天赐的,是争取来的。"

---

　　① 　在本文中,巴金在谈到"遵命文学"时加了这样一条注释:"我这里用的'遵命文学'和鲁迅先生的用的意思并不一样,这里'遵命'二字的解释就是听听别人的话。"——笔者。

二

　　我国世纪之交绵延不断的伟大思想解放运动是始终为实现社会主义现代化开辟道路的。在80年代，它的标志是以解放思想、实事求是、拨乱反正，正本清源、否定"文化大革命"和极左思潮，以及从"以阶级斗争为纲"转向"以经济建设为中心"。而在90年代至21世纪初，则是从凝固僵化的社会主义计划经济转向充满生机的社会主义市场经济为标志，较之前者，这是一场更伟大更深刻的思想解放和社会变革。这个经济的转轨，必然带来人与人关系的新变化、社会利益的再分配，以及伦理道德、规范的"破"与"立"。为了建立健康有序的社会主义市场经济，必需强化伦理道德规范，必需对人民进行切实有效的社会主义理想教育。但是一个无可避讳的严峻事实是在我国世纪之交的社会转型时期，"物质文明建设"和"精神文明建设"失衡，出现了令许多有识之士痛心扼腕的世风日下、物欲横流和道德滑坡的严重局面：在商品大潮涌动下"向前看"成了"向钱看"，"权钱交易"、贪污腐化的"不正之风"盛行；拜金主义、极端个人主义和极端享乐主义的人生哲学盛行；说"空话"，讲"假话"，大批制造"假冒伪劣"产品，贩卖假药、假酒，推销假货，坑蒙拐骗，无所不用其极……世纪之交的中国社会和中国文学比任何时候都更需要道德理想和道德力量。在这样的背景下，巴金在他的晚年散文中，扶正祛邪、激浊扬清，批评社会上的种种"不正之风"，批评"拜金主义"狂潮，突出了强调切实有效提高国民的道德文化素质，而且，他还以感人至深的严峻无情的自我解剖和自我忏悔方式，净利化自我的灵魂，巴金认为道德是"做人的道理，是整个社会的支柱"①。巴金反复宣传他的爱国主义和集体主义的崇高道德理想情操，表现了他那种托尔斯泰式的道德自我完善的无比执着的追求。巴金非常强调"艺术家的良知"，他指出："我们在作品中看到艺术的良心。倘使没有这种良心，作品就会枯死。"②巴金多次说过卢梭

<hr>

① 巴金：《〈巴金译文全集〉第十卷·代跋》。
② 巴金：《再思录·〈巴金集集〉第十八卷·代跋》，上海远东出版社1995年版。

是 18 世纪世界的良知,托尔斯泰是 19 世纪世界的良知。人们普遍认为巴金是中国世纪之交的中国知识分子的良知。在我国世纪之交的社会转型期,巴金确实给中国人民树立了灵魂净化、道德自我完善的楷模,给中国人民奉献了一笔宝贵的精神财富,为我国的"精神文明建设"提供了有益的启示。

巴金的全面彻底否定极"左"思潮和"十年浩劫"有个与众不同之处,是巴金在全面彻底否定它们时,把自己也摆进去了。建国后,某些搞极左思潮的当权者,为了制服和驯化知识分子,在文艺界发动了一次又一次批判运动,这些批判运动名为文化批判,实际上是粗暴的政治裁决,把被批判者推向了不幸的深渊。尽管对这些批判运动,巴金不是发动者和主事者,巴金很不理解,有不同想法,巴金同被批判者都是文友,但巴金都一一参加,他放弃了正义与良知,他没有抗争,没有为朋友仗义执言,都奉命写了批判文章,或则登台作了批判性发言,宣布同他们"划清界限",对朋友"落井下石"。在《怀念胡风》里,巴金谈到他在"反胡风运动"中怎样奉命写批判胡风和路翎的文章,在《纪念雪峰》和《怀念非英兄》里,巴金谈到他在"反右运动"中如何奉命批判冯雪峰、丁玲、艾青,同他们"划清界限",在《二十年前》里,巴金谈到他当年如何奉命著文批判柯灵的《不夜城》,"文革"初如何参加批判被迫自杀的叶以群。建国以来的历次文艺批判运动,反复搞的都是知识分子斗知识分子,今天我斗你,明天你斗我,知识分子中几乎没有人能站在这一怪圈之外,可以说是有"中国特色"的司空见惯的文化历史现象。但对自己要求特别严格的巴金却觉得这是他欠文友的必须偿还的"债",他无论如何不能原谅和饶恕自己,他必须把这一切不光彩的言行和盘端出,他决不能让"内部留下肮脏的东西",他一定要"挖掉心上的垃圾,不使它们污染空气"[①]。正是这种道德自我完善的执著追求,巴金对自我灵魂中"肮脏的东西"进行近乎"残酷"的自我解剖和自我拷问。他的这种做法让人联想起了卢梭、托尔斯泰、鲁迅,也让人联想了陀思妥耶夫斯基。鲁迅曾在《〈穷人〉小引》里称陀氏为"残酷的天才"、"人的灵魂的伟大审问者"。巴金在《随想录》的不少篇章,特别是在《怀念非英兄》里对自己的上述行为有这样

---

① 巴金:《再思录·〈随想录〉合订本新记》,上海远东出版社 1995 年版。

的自我解剖和自我谴责:"我写文章同胡风、同丁玲、同艾青、同雪峰'划清界限',或者甚至登台宣读,点名批判,自己弄不清是非、真假,也不管有什么人证、物证,别人安排我发言,我就高声叫喊。说是相信别人,其实是保护自己。……说是'划清界限',难道不就是'下井投石'。"对自己放弃正义和良知,对灵魂的自私和卑怯进行了无情的鞭挞。巴金还认为他自己不仅仅是"文革"的受害者,他自己和广大知识分子对于"文化大革命"也难辞其咎、负有责任。十年"文化大革命"就是大大小小的骗子搞起来的祸国殃民的"大骗局"。巴金在《说真话》里说:"在那荒唐而又可怕的十年中间,说谎的艺术发展到了登峰造极的地步,说谎变成了真理,说真话倒犯了大罪。……我相信过假话,我传播过假话,我不曾跟假话作过斗争。别人'高举',我就'紧跟';别人抬出'神明',我就低首膜拜。即使我有疑惑,我有不满,我也把它们完全咽下。我甚至愚蠢到愿意钻进魔术箱变'脱胎换骨'的戏法。正因为有不少像我这样的人,谎话才有畅销的市场,说谎话的人才能步步高升。……"在《探索集·后记》里,巴金更明确指出:"两年前,外国朋友常常问我:'四人帮'只有四个人,为什么有这样大的能量? 我吞吞吐吐,不曾正面回答他们。但在总结十年经验的时候,冷静地想:不能把一切都推到'四人帮'身上。我自己承认过'四人帮'的权威,低头屈膝,甘心任他们宰割,难道我就没有责任! 难道别的许多人就没有责任!"这里巴金确实揭示出一个高人一筹的深刻道理,那就是广大知识分子所以在"文化大革命"之初,一夜之间被解除武装,从人变"牛",陷于任人宰割的灭顶之灾,是缘于他们在此之前早被套上了强权者的"紧箍儿",屈服于强权者的"紧箍咒",早被驯化、奴化、侏儒化了,他们没了"独立思考"的脑袋、缺了能对横暴抗争的脊梁。这种剖析,可以说是巴金独特的真理性的发现。对巴金这种严峻到"残酷"程度的灵魂的自我解剖和自我拷问,"曾经沧海"的张光年给予极高的评价:

　　巴金同志的五本《随想录》,包括一百几十篇散文和杂文,文章虽短,分量很重。我读时,深感它语重心长,真是力透纸背,情透纸背,热透纸背。他在很多篇章里,毫无保留深刻剖析自己的灵魂。边读边想,我们的灵魂也受到剖析。他是在剖析我们的时代,我们的社会,我们一代知识分子的。当代的中外读者和后代子孙,要想知道"十年浩劫"之后,新中国历史的转换关头,我国知识分子的最优秀代表、中国作家的领袖人物在想些什么,日夜揪心地在思索些什么,可以从这些文章里得到领悟。我们珍视这些文章,因为这是巴金同志全人格的体现,是巴金晚年的最宝贵的贡献。①

被鲁迅誉为"残酷的天才"、"人的灵魂的伟大审问者"的陀思妥耶夫斯基在1880年完成了不朽巨著《卡拉玛卓夫兄弟》,他在该书的《手记》上称:"以完全的写实主义在人中间发见人。这是彻头彻尾俄国底特质。在这意义上,我自然是民族底。……人称我为心理学家(Psychologist)。这不得当。我但是在高的意义上的写实主义者,即我是将人的灵魂的深,显示于人的。"②巴金晚年散文抒写自我在"十年浩劫"的历史沧桑中极其丰富、复杂、深刻的心路历程和情感世界,纤毫毕露地展现了他的迷惘和探索、愚昧和觉醒、悔恨和痛苦、悲哀和欢乐、失望和希望,他连血带肉地深挖了他在"文化大革命"前的历次文艺批判运动中的迷信和盲从、自私和卑怯等"不洁"、"肮脏"的心理。巴金晚年散文也把他的"灵魂的深,显示于人",他把自己的整颗心都"交给读者",在透视和穿掘自我灵魂上达到特有的深度,有着一种特有的真诚。

我曾在拙作《论巴金建国前的散文创作里》引用车尔尼雪夫斯基论托尔斯泰的一段名言评论过巴金的散文创作。车氏在《〈童年〉和〈少年〉、〈列·尼·托尔斯泰伯爵战争小说集〉(书评)》里如是说:"心理生活隐秘变化的深刻知识和天真未凿的道德感情的纯洁性——这是现在赋予托尔斯泰伯爵的作品以特殊面貌的两个特点。它们(永远)将是他的才华的基本特征,不管他的才华在今后发展中表现出怎样新的方面。"我当时说:"巴金自然不是托尔斯泰,但在巴金散文中,确也有着深刻的自我深层心理解剖和道德感情纯洁性这两个特点,尤其在晚年的《随想录》里,这两大特点就显示得更加突出,更加引人注目了。"

巴金无疑是一位有着崇高道德理想和伟岸人格力量的文坛巨子。这位

---

① 张光年:《巴金〈随想录〉五集笔谈·语重心长》,《人民日报》1986年9月26日。
② 转引自鲁迅:《集外集·〈穷人〉小引》,《鲁迅全集》第七卷,人民文学出版社1973年版。

世纪之交的"精神界之战士"的道德理想和人格力量来自古今中外人文知识分子及其所创造的优秀文化传统,来自他那近似于托尔斯泰式的对于道德自我完善理论和实践的。据巴金自述,他出川之前,和他三哥李尧林跟随二叔李华封学过《春秋左传》。《左传》里有关于"立德、立功、立言"的"三不朽"的记述,左丘明把"立德"摆在事功和著述之前,居于主导和统帅地位。清代著名文史家章学诚在《文史通义·史德》里不满足于唐代著名史学家刘知几在《史通》里关于"史家三长""才、学、识"的论述,对之作了补充,提出了"德、才、学、识"的著名理论。这些在中国的人文知识分子里可以说是耳熟能详的普通常识。正因为是普通常识就更具有普遍的真理性,对巴金当然有影响。巴金的法国老师卢梭、伏尔泰、左拉、罗曼·罗兰,俄国老师克鲁泡特金、托尔斯泰、赫尔岑,以及西子湖畔的民族英雄岳飞、张煌言、秋瑾 ① 以及鲁迅等对巴金的道德境界的形成都有不同程度的影响。巴金在道德问题上,也包含了"破"和"立","解构"和"建构"的对立的统一。巴金一生都同封建主义和"拜金主义"进行坚持不懈的斗争,都反复宣传他的道德理想。巴金晚年自述:"我的作品是爱国主义、人道主义、无政府主义的汇合。所以,我的作品不完全是无政府主义","我有我的无政府主义"。巴金信仰的是俄国克鲁泡特金的无政府主义的共产主义。巴金因为信仰和宣传克鲁泡特金的无政府主义的共产主义不知挨过多少批判。其实克鲁泡特金的无政府主义共产主义也并非洪水猛兽。他的无政府主义理论主张自然应该排斥,但他的社会道德理想中的共产主义成分,同科学社会主义的共产主义理想是既有区别也有联系的。瞿秋白写于 1922 年的《赤都心史》中的《无政府主义之祖国》,就写到了克鲁泡特金的葬仪。据瞿秋白所述,克氏重病垂危之际,列宁领导的布尔什维克党和苏维埃政府对克氏患病非常关心"每天报载克氏的温度,派专车送医生到克氏那里去",瞿秋白也参加克氏的葬仪,那葬仪相当盛大壮观,"当日送殡的除种种色色的无政府团体外,还有学生会,工人水手等联合会,艺术学会,社会革命党,社会民主党少数

---

① 巴金可能是中国现代作家中同杭州西湖关系最密切的一个了,西湖的山山水水都留下巴金的足迹,《随想录》和《再思录》里有多篇散文写到西湖,提到那里的民族英雄岳飞、张煌言、秋瑾女侠的坟墓。——笔者。

派都有旗帜。最后是俄罗斯共产党,共产国际,还有赤军(即红军——笔者)俄罗斯社会主义联邦苏维埃共和国的赤色国旗。无政府主义者手持旗,写着无政府主义的口号,其余各团体也都张着'克氏不朽'的旗。人山人海拥拥挤挤之中,……猛听得震天动地的'万岁'声"。令人不解的是口口声声称列宁为"导师"的当代中国却无当年列宁的那种"雅量",竟对信仰克氏共产主义道德理想的巴金发动了无休止的批判。巴金的道德理想是从克鲁泡特金那儿继承改造而来的。克鲁泡特金的《伦理学的起源和发展》是巴金最早译本,巴金却把它编入《巴金译文全集》的最后一卷即第十卷,作为压卷之作,足见巴金对它的重视。在《代跋》里,巴金写道:

　　……《伦理学》的第一部是伦理学的起源和发展;第二部——也是最重要的部分,是道德规范和它的目标。道德不是一门学问,它是做人的道理,是整个社会的支柱。本书作者认为,道德的基础是社会本能发展起来的,构成道德的三个要素,也是三个阶段:第一是休戚相关、互相帮助,这是社会本能;第二是正义和公道,这是人与人相处的准则;第三是自我牺牲、自我奉献,这就是道德。

　　我也是这样看法。我平时喜欢引用法国哲学家居友的话,我们每个人有更多的同情、更多的爱,比维持我们生存需要的多得多,我们应该把它分散给别人,这就是生命开花(大意)。所以道德规范的最高目标就是奉献自己。一个人要想长期活下去,只有把生命奉献给社会,奉献给人民。道德不只是利他的,也是利己的;奉献不仅是为别人,也是为自己,生命的意义就在于奉献。我们每个人都需要生命开花,每棵树都需要雨露滋润,离开了社会,我们都会枯死。有了道德人生才会开花①。

巴金一生都宣传和实践这一道德理想和人生价值的。1985年4月18日江苏无锡县钱桥乡中心小学十位"三好生"给巴金老人写信,他们向"巴金爷爷"倾诉了他们对当今社会中"一切'向钱看'"的不满和困惑,他们迫切请求"巴金爷爷"给他们这些"迷途的羔羊"指引迷津。巴金写了情

---

① 巴金引述的居友的话,见于克鲁泡特金的《伦理学的起源和发展》。——笔者。

文并茂、感人至深的《"寻找理想"》这篇随想录,巴金告诉孩子们:"真正的理想不是空话,不是豪言壮语和宣传,理想就是把个人的命运和集体命运连接在一起,把人民和国家的位置放在个人之上,这样的人永远不会迷途。"巴金告诫孩子们在"黄金潮"浊流滚滚、物欲横流之中,决不能做金钱的奴隶。随后巴金请那十位小学生到他家里作客,巴金特意送给孩子们一头陶瓷水牛,他意味深长告诉孩子们:"牛是默默无闻的,但它永远是在勤勤恳恳地工作。我把它送给你们,希望你们像水牛一样地学习和工作。"① 在赫尔岑的《往事与随想》的翻译上,巴金和著名翻译家项星耀之间谱写了极其感人的友谊篇章和展现了崇高的道德风范。1977 年巴金复出之后,发表了著名的散文《一封信》,表示要全部翻译八卷本《往事与随想》这部"大书"。此前福建师范大学中文系的项星耀也在翻译《往事与随想》,并已译完了其中的四卷,他知道了巴金的翻译计划后,就将四卷译稿送给巴金作参考。1979年,巴金译完了《往事与随想》的第三卷,由于年老体弱多病,并且要集中精力写完《随想录》,不得不放弃了全部译完《往事与随想》的计划,他把项星耀的译稿退还给他,并鼓励他译完《往事与随想》,在巴金的鼎力支持下,人民文学出版社于 1993 年一次出齐了项星耀译的《往事与随想》。在《往事与随想》的翻译和出版上,巴金和项星耀之间谱写了感人的友谊篇章,折射出他们两人为了共同的事业慷慨无私地互相支持的道德理想光芒。1993年 12 月 22 日巴金在《致项星耀信》中写道:"谢谢您的信,也谢谢您的书,特别是厚厚的三册赫尔岑的大书,您终于把它们送到中国书市。在这个金钱重于一切,金钱万能的时候读到您介绍的好书,我实在高兴。……您我都相信再高的黄金潮,也冲不垮崇高的理想,用不着我再在这里唠叨。我活下去,就要反对'拜金主义'。"巴金在这封《致项星耀信》,可以说巴金对"拜金主义"的宣战书,体现了巴金一贯的道德理想。

巴金晚年胸襟非常博大,他关心祖国的文化教育事业,并为之奉献自己的一切力量,这都反映在他晚年的散文里了。他多次抱病出访法国、日本和瑞典,促进中外文化交流,关心世界世界语的发展。他关心和支持中青年作

---

① 转引自陆建伟:《为理想追求了一生——听巴金谈人生》,《文汇读书周报》2000 年 11 月 4 日。

家创作上的探索和创新,他提出倡议、捐献稿酬、奔走呼号,为"中国现代文学馆"的创立和发展作出决定性的贡献。巴金非常关心青少年教育,巴金在《随想录》和《再思录》里写了多篇以他的外孙女端端为题的感人至深的随想录,这些篇什表现了一位慈爱老人对下一代的关怀和希望,特别是他深刻揭示了青少年教育中的种种弊端,表达了进行青少年教育改革的建议和渴望。巴金还捐献稿酬赞助希望工程。此外,巴金同读者的关系,也是特别值得注意的。似乎可以这样说,在中国现代作家,还没有哪一个人像巴金这样一贯强调要"把心交给读者",一再对读者表达他的深挚感激之情。这反映了巴金人格之中常人难以企及的质朴和谦逊。

三

我国世纪之交的伟大思想解放运动,促成了我国当代文学面貌的根本性的变化。巴金作为我国世纪之交的"精神界之战士"和人们公认的文坛领袖,扮演了思想解放的先锋和后盾的历史角色。角色的转换,导致了巴金创作从以小说创作为中心向以散文创作为中心的转移,也导致巴金散文创作观念和言说方式的新变。巴金晚年散文告别了从建国后至"文化大革命"前语境中的那些一味盲从和经不起历史检验的"豪言壮语"的言说,突出强调师承鲁迅式的"为了真理,敢爱、敢恨、敢说、敢做、敢追求"和发扬有"中国特色"的"春秋笔法"。从而,巴金的晚年散文就以让世人耳目一新的面貌面世,在思想界和文学界产生深远影响。

巴金在建国前后结集出版的散文集子约三十多种。这个总量在中国现代作家中是相当突出的。但他专门谈论散文创作理论的文章并不多见。主要见于《谈我的散文》①和《再思录》里的《怀念二叔》与《巴金全集第十七卷·代跋(一)》。

在《谈我的散文》里,巴金首先谈到了他对散文的理解:"有人要我告诉他小说与散文的特点。也有人希望我能够说明散文究竟是什么东西。我不

---

① 巴金的《谈我的散文》写于 1958 年 4 月,后又收入浙江人民出版社 1982 年版的《巴金散文选》。

能满足他们的要求,因为我实在说不出来。……我只想说明一件事情:一个人必须先有话要说,才想到写文章;一个人要对人说话,他一定想把话说得动听,说得好,让人家相信他。每个人说话都有自己的方法和声调,写出来的文章也不完全一样。人是活的,所以文章的形式或者体裁不能限制活人。"巴金说他在此之前出了20本散文集,"里面什么文章都有,有特写,有随笔,有游记,有书信,有感想,有回忆,有通讯报道……总之,只要不是诗歌,又没有完整的故事,也不曾写出什么人物,更不是专门发议论讲道理,却又不太枯燥,而且还有一点感情,像这样的文章,我都叫做'散文'。也许有人认为这样叫法似乎把散文的范围搞得太大了。其实我倒觉得把它缩小了。照欧洲人的说法,除了韵文就是散文,连长篇小说也包括在内。我前不久买到一部德国作家霍普特曼的《散文集》,里面收的全是长篇小说。"其次,巴金说他在散文创作上承受的主要是中国古今散文优秀传统的影响。那就是他儿时私塾先生要他背诵的《古文观止》里的二百多篇散文。它们是他散文创作的"真正的启蒙先生","五四"以后的鲁迅、朱自清、叶圣陶、夏丏尊的"新的散文",巴金也"都受过他们的影响"。巴金说:"我读过的韩(愈)、柳(宗元)、欧(阳修)、苏(东坡)的古文,鲁迅、朱自清、夏丏尊、叶圣陶诸先生的散文,都有一个极显著的特点:文字精炼,不拖沓,不啰嗦,没有多余的字。"而"外国的'散文',不论是 essay(散文)或者 skech(随笔),我都读得很少"。再其次,巴金说他散文的特点是:"有感情,有爱憎","写得认真,也写得痛快",爱用第一人称,篇篇文章有"我",局限是他的文章"像一个多嘴的年轻人,一开口就不肯停,一定要把什么都讲出来才痛快",即拖沓啰嗦,笔无藏锋,一览无余。

经历了"十年浩劫""炼狱"的洗礼,巴金痛定思痛、幡然醒悟,他彻底摒弃了"文化大革命"前特定语境下那些一味盲从"长官意志"和经不起时代检验的"豪言壮语"的言说方式了,突出强调散文创作要师承和发扬"鲁迅笔法"和"春秋笔法"了。在《怀念鲁迅先生》里,巴金高度评价鲁迅"为了真理,敢爱、敢恨、敢说、敢做、敢追求",巴金把鲁迅的道德文章作为自己的学习榜样,他师承和发扬"鲁迅精神"与"鲁迅笔法"这很好理解,无须多说。困难在于,巴金为什么要一再把自己散文创作同他视为"有中国特色"的"春秋笔法"联系起来,并作为他力争企及的追求目标?!这似乎是迄今仍不被人们重视但却又是理解和把握巴金晚年散文创作独特言说的关键。我们还是先看巴金是怎么说的。

《再思录》里的《怀念二叔》，是巴金写的深情缅怀他二叔李华封的回忆性散文。李华封早年留学日本，归国后是四川成都的有名律师。他为人严肃而又慈爱，对《春秋左传》情有独钟，有独到的见解。巴金和他三哥李尧林在离家出川之前，每天晚上听他二叔讲解《春秋左传》。李华封把《春秋左传》，同自称也运用"春秋笔法"谈狐说鬼并抒发其"孤愤"之情的《聊斋志异》结合起来串讲。巴金写了授课时的生动情景及此后对他的深刻影响：

> ……二叔在我眼前复活了，两眼放光，兴奋地说："说得好，必讼！"他又在讲解《左传》，又在称赞《聊斋》的"春秋笔法"。他向我们介绍蒲松龄的好些作品，给我印象最深的就是那篇告倒冥王的《席方平》。席方平替父伸冤受苦刑，他不怕痛苦坚持上告，一级一级地上控，却始终得不到公道。冥王问他还敢不敢再告状？他答说："必讼！"……他坚持到底，终于把枉法的冥王和官吏拉了下来。
>
> 我记起来了，二叔说过类似这样的话："席方平他讲真话受到严刑拷打，讲假话倒放掉了。然而他还是要讲真话。他就是有骨气！写文章要有骨气！"原来二叔也是教我写真话的一位老师。

巴金说他以后就照二叔的"讲解分析"来看文和写作，"似乎有较深的理解，懂得 ·点把文字当作武器使用的奥妙"。巴金说他并"没有学会"《春秋左传》的"一字诛心的笔法"，所以他特意请作家黄裳买了一部有注解的《春秋左传》新版①。

巴金在《巴金全集第十七卷代跋（一）》里又谈到他心仪的"春秋笔法"。他说：

> 我年轻时候就爱唠叨，一开头便反来复去讲个不停，唯恐别人不理解我的用意。……我写了几十年，想了几十年，现在才明白为什么一句

---

① 这里巴金说的四册一部有注解的《春秋左传》新版书，应是指杨伯峻编著的《春秋左传注》（一—四册），中华书局1983年版。——笔者。

顶一万句？为什么沉默胜过哀号？我知道力量并不来自言多，文章写得长绝非胜利。我还有一位作文老师，那就是我的二叔，二十年代初期每天晚上我和三哥到他的书斋听他讲解《春秋左传》，他得意地宣传所谓"春秋笔法"。当时我似乎一窍不通，今天我却也懂得只要瞄准箭垛，一字更能诛心，用不着那旁敲侧击的吱吱喳喳。……

……中国人爱说"中国特色"，那么"春秋笔法"也应当是"中国特色"吧。

值得注意的是，巴金所心仪的"春秋笔法"是包含着《春秋》和《左传》的。一般人认为孔子著《春秋》。《春秋》原为中国古代各国史书通称。今传本《春秋》相传是孔子删削《鲁春秋》而成，为中国较早的编年史，以鲁国十二公为顺序，起于鲁隐公元年（前722），迄于鲁哀公十四年（前481），记载了242年间诸侯攻伐、盟会、篡弑及祭祀、灾异、礼俗等。孔子著的《春秋》是儒典之一，被称为"经"，但由于文字过于简质，后人不易理解，诠释之作相继出现。现在流传下来的，有《春秋左氏传》，以叙事为主，与《春秋》相互发明了；《公羊传》、《谷梁传》以解经为主，侧重阐发其微言大义，合称"春秋三传"。晋代杜预把孔子的《春秋》和左丘明的《左传》合并起来加以注疏，著有《春秋经传集解》。

巴金晚年为什么要一再提到我国史学经典的《春秋》和《左传》？为什么对《春秋》和《左传》那具有"中国特色"的"春秋笔法"情有独钟？除了上面说过的散文创作观念的更新有关，也显然同巴金晚年日益自觉和不断增强的历史意识有密切联系。巴金晚年一再强调他要给"十年浩劫"做"总结"，给自己做"总结"，并把这些"总结"作为"遗嘱"献给他深爱的祖国和人民。巴金所说的这些"总结"当然是指的是历史的"总结"。无须多说，巴金在他晚年散文创作中要写这些历史性的"总结"，毫无疑问是他那日益自觉和不断增强的历史意识的明证。有没有自觉强烈的历史意识或历史感，对于思想家和文学家是至关重要的。恩格斯高度评价有"巨大的历史感"的黑格尔："黑格尔的思维方式不同于所有其他哲学家的地方，就是他的思维方式有巨大的历史感作基础。"有着自觉强烈历史意识的巴金晚年散文同他的建国后至"文化大革命"前的那些经不起历史检验的"豪言壮语"式的散文,无论在思想上和艺术上都有更长久的生命力。巴金晚年对"春秋笔法"的自觉师承和发扬,也促成他晚年散文言说风格和抒写笔法上的新变,即在他那固有的热情晓畅文风中,有了过去所没有的简洁犀利、曲折深至、内涵丰沛的韵味了。这可以说是巴金式的"春秋笔法"吧。

研究者认为《春秋左传》或"春秋笔法"有三大特点:一是大胆无畏的"实录"原则;二是一字褒贬、劝善惩恶的"诛心之论";三是隐微曲折语言中所包含的讽喻深远的"微言大义"。钱锺书在《管锥篇》里指出杜预、左丘明等所谓的"春秋笔法","乃古人作史时心响往之楷模,殚精竭力,以求或合者也"。这三个方面巴金均有论述,并且也深刻影响到巴金《随想录》和《再思录》的言说风格。

先看关于史家大胆无畏的秉笔直书的"实录"原则。《左传·宣公二年》有这样的记述:

> 赵穿杀灵公于桃园。宣子（赵盾）未出山而复。太史书曰:"赵盾弑其君。"以示于朝。宣子曰:"不然。"对曰:"子为正卿,亡不越境,反不讨贼,非子而谁?"宣子曰:"呜呼!《诗》曰:'我之怀矣,自诒伊戚。'其我之谓矣!"孔子曰:"董狐,古之良史也,书法不隐。赵宣子,古之良大夫也,为法受恶。惜也,越竟乃免。"

赵穿是赵盾侄儿,晋国将军,他杀了晋国国君晋灵公,但是赵盾身为正卿,大权在握,事发之后,竟亡不越境,返不讨贼,难辞其咎。晋国太史董狐不畏权势,秉笔直书,孔子称他为"良史"。这就是中国历史上不畏权势,秉笔直书的"良史"董狐的故事。

《左传·襄公二十五年》还有这样的记载:

> 太史书曰:"崔杼弑其君。"崔子杀之。其弟嗣书,而死者二人。其弟又书,乃舍之。南史氏闻太史尽死,执简以往。闻既书矣,乃还。①

---

① 巴金在《再思录·怀念二叔》中全文引录这一故事。

这又是古代著名"良史"以生命来捍卫"实录"原则的动人故事。齐太史四兄弟中为此竟牺牲了三位,南史氏也同样具有齐太史的殉道精神。

巴金以"不克厥敌,战则不止"精神在写作《随想录》和《再思录》,全面彻底否定"文化大革命"和极左思潮,为的是不让"文化大革命"历史悲剧在中国重演。为此他遭受了某些奉行极左思潮的人的种种压力,也受到了香港中文大学几位无知的大学生的围攻。1981年7月底,巴金为了纪念鲁迅诞辰百周年,撰写了随想录《怀念鲁迅先生》。文章先在《收获》杂志发表,以后又投寄给专门为巴金开设"随想录"专栏的香港《大公报》《大公园》副刊,巴金决没料到文章却被删削了:"凡是与'文化大革命'有关或者有'牵连'的句子都给删去了,甚至连鲁迅先生讲过他是'一条牛,吃的是草,挤出来的是奶和血'的话也给一笔勾销了,因为'牛'和牛棚有关。"巴金非常气愤,随即撰写了随想录《"鹰的歌"》,他悲壮豪迈宣布:

> 我的《随想录》好比一只飞鸟。鸟生双翼,就是为了展翅高飞。我还记得高尔基早期小说中的"鹰",它"胸口受伤,习毛带血",不能再上天空,就走到悬崖边缘,"展开翅膀,滚下海去",高尔基称赞这种飞鸟说:"在勇敢、坚强的人的歌声中你永远是一个活的榜样。"
>
> 我常常听见"鹰的歌"。
>
> 我想,到了不能高飞的时,我也会"滚下海去"吧。

读过高尔基象征寓言体短篇《鹰之歌》的人都知道,其中陶醉于在沼泽中爬行生活的蛇是市侩的代表,而栖息于危崖峭壁之上渴望高远蓝天的"胸口受伤"的鹰则是为了高远理想而甘愿殉道牺牲的战士的象征,是"勇敢、坚强的人"歌颂的"活榜样"。巴金以高尔基笔下"受伤"的"鹰"自况明志,因而他的《"鹰的歌"》就是这位"精神界之战士"为理想而献身的悲壮豪迈的战斗誓言。从而,以自己的生命和血泪撰写《随想录》的巴金,也就是我国世纪之交的董狐、齐太史兄弟和南史氏。

其次是一字褒贬、劝善惩恶的"诛心之论"。孔子《春秋》常以准确简洁语言对历史人物实行一字中的、一针见血的一字褒贬、劝善惩恶。这就是刘勰《文心雕龙·史传》篇里夸奖的"举得失以表黜陟,征存亡以标劝戒;褒见一字,贵逾轩冕;贬在片言,诛深斧钺"。最典型的具例是《春秋·隐公元年》记载的"郑伯克段于鄢"。左丘明在《左传》里详细生动描述事件全过程之后诠释说:

> 书曰:"郑伯克段于鄢。"段不弟,故不言弟;如二君,故曰克;称郑伯,讥失教也;谓之郑志。不言出奔,难之也。

共叔段不守弟道,所以《春秋》不称其为弟;郑庄公与共叔段之战,可比两国国君之相战,庄公战胜,故用"克"字;庄公于弟不加教诲,养成其恶,故不言兄,而书其爵,讥刺他有失为兄之道;让叔段造反,最后战而胜之,是庄公的本意;"出奔",有罪之词,叔段造反固有罪,则庄公养成其恶,战而克之,亦有罪,如只书叔段出奔共,则有专罪段之意,不公平,难于下笔。

又如《春秋·昭公二十年》,齐豹为卫司寇,诛杀卫侯之兄絷,按例该书其名,《春秋》则斥之为"盗",表示孔子的憎恶;邾庶其、莒牟夷、邾黑肱三人带着自己领地投奔鲁国,三人本为求利不愿留名,孔子则特书其名,以彰其恶,让其遗臭万年。所以左丘明在《左传·昭公三十一年》中说《春秋》作者:"书齐豹曰'盗',三叛人名,以惩不义,数恶无礼,其善志也。"

《春秋》、《左传》以精准的遣词用字蕴含褒贬之义、劝惩之意、发"诛心之论",给后人在炼字炼意上树立了典范。所谓"诛心",犹"诛意"也,"诛意",责备人动机不纯。《后汉书·霍谞传》:"《春秋》之义,原情定过,赦事诛意,故许止虽弑君而不罪,赵盾以纵贼而见书。"李贤注:"晋史书赵盾弑其君,赵盾曰:'天乎无辜! 吾不弑君。'太史曰:'尔为仁为义,人杀尔君,而不讨贼,此非弑君如何?'此赦事诛意。"后世谓之"诛心之论"。扩而广之,"诛心之论"也可泛指特别精锐尖刻、洞见一切奥秘的特别有穿透力的议论和见解。

巴金晚年散文创作再不发那种浮夸性质的"豪言壮语"了,再不"拖沓,啰嗦"了,他把《随想录》的写作看成是"一场艰苦的斗争",是"给自己铸造武器",既是斗争,他也"得讲点斗争艺术"。① 他从"春秋笔法"懂得只要瞄准箭垛,一个字更能诛心,用不着那些旁敲侧击的吱吱喳喳。"他追求近似于鲁迅杂文的那种简隽、犀利、深刻的有穿透力的文风。《随想录》里

---

① 巴金:《再思录·巴金全集第十六卷代跋》,上海远东出版社 1995 年版。

的《思路》、《十年一梦》、《紧箍咒》和《再思录》里的《没有神》等就是这类"只要瞄准箭垛,一字更能诛心"的发"诛心之论"的代表作。

巴金的《思路》是讲人们思考和作家创作中的独立思考问题。他指出人们只要独立思考,就能越过种种障碍,得出应有结论的。篇文不长,却有相对复杂的疑问和答案互补的双层思想结构。一层是巴金会见外宾时,无法讲清"十年浩劫"中"四人帮"只有四人,何以有那么大的"能量",陷于支支吾吾的窘境。另一层是巴金曾祖李璠所作《醉墨山堂诗话》中引了明代文徵明在和岳飞《满江红》词里对"风波亭冤狱"发表的"诛心之论",文徵明在词中说:"笑区区一桧亦何能,逢其欲!"断言"风波亭冤狱"的罪魁祸首是赵构而不是秦桧。李在文词之下赞曰:"诛心之论,痛快淋漓,使高宗读之,亦当汗下!"对此巴金评论说:"我曾祖不过是一百多年前一个封建小官僚,可是在大家叩头高呼'臣罪当诛''天王圣明'的时候,他却理解、而且赞赏文徵明的'诛心之论',这很不简单!"在这里,巴金实际上将前头悬疑的答案内孕于后一个问题的答案里了,他把他的"诛心之论"内孕于文徵明的"诛心之论"和李璠的"诛心之论"里,从而那悬疑的答案就成了更有意味的答案,未说出的"诛心之论"成了更有意味的"诛心之论"了。

《十年一梦》的全文紧紧围绕林纾翻译的英国小说《十字军英雄记》中的一句话:"奴在身者,其人可怜;奴在心者,其人可鄙"展开。这句话道出了建国后特别是"文化大革命"中某些一贯奉行极左思潮的当权者视知识分子为"奴"的可怕心理,以及知识分子既是"奴在身者"又是"奴在心者"的可怜而又可鄙的无奈和悲哀。同样,《紧箍咒》里唐僧对孙悟空说的"当时只为你难管,故以此法制之"。也都准确而深刻表现极左思潮下某些当权者同知识分子之间的主奴关系,也是"诛心之论"。《再思录》里的《没有神》则是更具概括力和穿透力的"诛心之论":

> 我明明记得我曾经由人变兽,有人告诉我这不过是十年一梦。还会再做梦吗?为什么不会呢?我的心还在发痛,它还在出血。但是我不再做梦了。我不会忘记自己是一个人,也下决心不再变为兽,无论谁拿着鞭子在我背上鞭打,我也不再进入梦乡。当然我也不再相信梦话。

　　没有神,也就没有兽。大家都是人。

这里连标点算在内只有短短的 128 个字,同作者"文化大革命"前文字相
比,还是一样的热情、质朴、明快,但其中却又凝结着多少的历史经验教训,蕴
涵着怎样深沉哲思,涌动着怎样执著自信的人文精神。

　　再其次是隐微曲折语言中所包含的意义深远的"微言大义"。古代学
者以为孔子修《春秋》,"笔则笔,削则削"①"以一字为褒贬"②含有"微言
大义"③,后称文字隐微曲折而含义深远的文字为"春秋笔法"。巴金《随想
录》也有不少这种运用"春秋笔法"写成的"微言大义"的篇章。较典型
的是《人道主义》和《建立"文革"博物馆》。

　　《人道主义》一文写于 1984 年 12 月 12 日。巴金主张人道主义,反对站
在封建主义立场上批判资产阶级人道主义。他说"文化大革命"中什么都
要同资产阶级"对着干",他反问道难道因为资产阶级鼓吹人道主义,"我
们也要反其道而行之,用兽道主义来反对人道主义呢?"巴金也谈到了"文
化大革命"中人的异化问题。他指出当时一声令下,许多知识分子一夜之
间,由人变为"牛鬼","革命左派"也变成满街走的"虎狼"。这些话从表
面看都很平常,但是如果同当时中国理论界的思想斗争联系起来看,其中就
大有"微言大义"了。原来在 1983 年 3 月 16 日,为了纪念马克思逝世一百
周年,在周扬主持下,由王元化、顾骧、王若水共同起草了《关于马克思主义
的几个问题的探讨》,文章试图清算几十年来中国"左"的政治路线的哲学
根源,文章提出的另一重要问题是马克思主义与人道主义的关系,认为马克
思主义包含人道主义,在阐释马克思的《1844 年经济学哲学手稿》的"异
化"概念时,认为马克思、恩格斯理想中人类的解放,不仅是从剥削制度下的
解放,而且是从一切形式束缚下的解放,不仅资本主义存在人的"异化",而
且社会主义条件也存在人的"异化",包括经济领域的异化,政治领域的异
化(权力异化)和思想领域的异化(个人崇拜,或宗教异化),这篇文章不

---

① 司马迁:《史记·孔子世家》。
② 杜预:《〈左传〉序》。
③ 班固:《汉书·艺文志》。

久就受到胡乔木的批评。胡乔木在《人道主义和异化问题》中指出"宣传人道主义世界观、历史观和社会主义异化论"是"带有根本性质的错误"思潮，"牵涉到离开马克思主义的方向，诱发对社会主义的不信任情绪"，随后，周扬做了公开的自我批评。① 在这样的理论争论背景下，巴金并不随风转，他仍然宣传他的人道主义观点，仍然大讲"文化大革命"中"人变兽"的异化，显示了他思想上的坚定性。建立"文化大革命"博物馆也是巴金的一贯主张。巴金说："建立'文化大革命'博物馆是一件非常必要的事，惟有不忘'过去'，才能做'未来'的主人。"巴金分析说，只有把"十年浩劫"的可怕、荒谬和丑陋的一切全部展览出来，让人们记住血的历史教训，才能不让"文化大革命"再次在中国发生。这一切似乎也很平常。不过如果把这篇随想录同当时我国政治思想斗争背景联系起来考察，我们就会惊异于巴金的胆识和这篇随想录的深意。巴金说他写这篇短文时正在医院里养病，他从收音机听到许多省市领导干部对"清污"问题发表意见，从荧光屏上看到他们向观众表示"清污"的决心，他还听到一大堆的"小道消息"，诸如某部队要战士交出同女友合照的照片，某机关不让女人披长发……面对这种种似曾相识的"左"的做法，巴金产生了隐忧，他意识到"要产生第二次'文革'，不是没有土壤，没有气候"，因此，他才呼吁"建立'文革'博物馆"，铲除"文化大革命"再次出现的可能性。

巴金晚年散文是我国世纪之交一位杰出的"精神界之战士"的独特言说，是我国世纪之交一座无可争议的文学丰碑。1996 年 7 月 23 日巴金无限深情向读者告别："病夺走了我的笔，我还有一颗心，它还在燃烧，它要永远燃烧。我把它奉献给读者。"② 是的，巴金的晚年散文和他那颗"丹柯的心"，"还在燃烧""永远燃烧"，深爱巴金的读者，会从那熊熊燃烧的光和热中受惠。

（原载《福建师范大学学报》2002 年
第 2、3 期，合作者：江震龙教授）

---

① 参见洪子诚：《中国当代文史》，北京大学出版社 1999 年版。
② 巴金：《巴金译文全集第十卷·告别读者》，人民文学出版社 1997 年版。

郭风散文论

　　周作人常常引述清人叶松石《煮药漫抄》里的一段名言:"少年爱绮丽,壮年爱豪放,中年爱简练,老年爱淡远。学随年进,要不可以无真趣,则诗自可观。"① 这启示人们:同一作家在不同年龄段,是"学随年进"的,作品的思想和艺术风采是并不一样的。联系到当代著名散文家郭风,他五六十年代的散文和新时期的散文是不大一样的。前者犹如他家乡的木兰溪,风光旖旎,叶笛清亮,散发着诱人的乡土芬芳,单纯晶莹得清可见底;后者则是他家乡的湄州湾了,显得苍茫开阔,丰富深沉,作者以博大的胸襟和复调的嗓音,感受和歌唱时代的阳光和风云,思考广阔深邃的社会人生和散文美学的诸多问题。

　　这篇序言,包含如下三方面内容:一是对郭风新时期之前的散文发展作鸟瞰式的轮廓勾画;二是对郭风新时期散文的突破性成就作较详的评介;三是对郭风散文的独创风格做初步探讨。

一

　　郭风原名郭嘉桂,1918 年出生在福建莆田城关 ② 一个"书香世家"。莆田风景秀丽,人民勤劳朴素,文化教育事业发达,莆仙戏闻名全国。孔尚任

---

① 　周作人:《苦竹杂记·谈文》。
② 　今莆田市所在地。

曾说:"盖山川风土者,诗人性情之根柢也。"① 这见解是深刻的。美丽可爱的家乡的山川、风土、文化陶铸了郭风的性灵,是他散文创作永不衰竭的一个源泉。郭风有令人羡慕的家学渊源。六世祖郭尚先,是清嘉庆年间进士,官四川学政,大理寺卿,工书画篆刻,著有日记体散文《使蜀日记》,五世祖郭子寿,精研周易,著有随笔《山民随笔》,四世祖郭慎行是清末书法家和篆刻家。郭风从小生活在郭尚先营造的芳坚馆。那里植有众多的名花秀草,点缀着假山奇石和人工小湖。郭风的祖父和父亲早逝,他从三岁起就过着孤儿寡母的艰难生活。但他祖先的艺术和学术成就,他们在散文体式上的自由创造,始终鼓舞、启示着郭风;芳坚馆的如诗似画的童话世界,是构成郭风散文童话色彩的一种色素。郭风从小勤奋聪颖,热爱自然,很早就显示了文学创造才能。解放前,他发表了大量诗歌、小说、通讯、童话诗、儿童散文、散文诗和散文,其中只有童话诗结集为《木偶戏》出版,黎烈文评价说:"郭风先生的童话诗,给中国新诗开拓了一个新境界,成为新诗坛的一朵新花……"

　　建国以后,郭风的散文创作,曾先后出现过三个小高潮。50 年代,郭风倾心于儿童散文的写作,先后出版了儿童散文集:《搭船的鸟》(1955)、《会飞的种子》(署名林车, 1955)、《避雨的豹》(1956)、《在植物园里》(1956)、《洗澡的虎》(1956),儿童散文诗集:《蒲公英和虹》(1957)。这些儿童散文和儿童散文诗受到全国中小学生的广泛热爱,得到文艺界的高度评价,这确立了郭风作为我国当代著名儿童文学作家的地位。这是郭风建国后散文创作的第一个小高潮。

　　60 年代后期,他足迹遍及祖国北京、华北、华东许多地区,作家经历了丰富了,视野开阔了,思考深沉了,创作的激情勃发了,他的散文创作出现了第二个小高潮。他这时出版了散文诗集:《叶笛集》(1959 年初版, 1962 年再版),散文集:《山溪和海岛》(1960)、《曙》(1962),散文和散文诗合集:《英雄和花朵》(1961),散文诗集:《英雄与花朵》(1965)。郭风的散文诗和散文引起国内评论界的青睐和赞许,他的大量作品被选入全国性的散文选本。著名的《叶笛》等散文诗问世不久,评论界给予很高评价,特别是冰心

---

① 《孔尚任诗文集》卷六《古铁斋诗集》。

以"又发现了一个诗人的喜悦"的心情赞赏郭风的散文。

郭风建国后的儿童散文是他建国前的儿童散文的思想艺术风格的进一步发展;一样的质朴清新、饶有天趣、贮满诗情画意;但更成熟更坚实了。在那里,有一个生气勃勃、姿态各异、形神毕肖的动植物和热爱劳动、热爱集体、热爱新社会、热爱大自然的少年学生、小学老师和老农等组成的"广大天地"。这众多的质朴清新、充满儿童善良天真情趣的散文,显示了郭风对大自然和少年儿童有着非常广博的知识和相当精确的体察。郭风写这类散文时是认真负责①和充满激情的,在这类散文的审美创造中,作家的"移情作用"特别值得重视,像立普斯说的,"移情作用所指不是一种身体感觉,而是把自己'感'到审美对象里去"②。正是由于郭风"把自己'感'到审美对象里去",他的众多以精确观察和写实方法表现自然界的动植物篇章才贮满诗情画意,格外感人,他的儿童散文里才出现我们上面说过的天地、山川、海洋、岩石赋有性灵,花木能言,禽鸟通于人性的奇观和奇趣。可以说只有这种"移情作用",才可能有以上的奇思妙想,才能有苏轼所说的超乎常规、合乎常理的"反常合道"的文学奇趣。

郭风那些抒写自然风物的散文诗,充分体现他的风景画家、风俗画家和抒情诗人才能的神奇统一。"叶笛"和"麦笛",这是人们在莆田农村里司空见惯的,而郭风却在别人司空见惯的东西上面发现美,那散发着泥土芬香的叶笛和麦笛在诗人笔下,是那样浏亮悠扬,情意悠长,《榕树》、《木兰溪畔一村庄》、《莆田城郊》、《木棉树》等散文诗,再现了想象丰富、意境优美、逼真传神的画面,郭风那些写人的散文诗一般采取写意传神的三言两语的凝炼写法,他抓住人物最本质的形体特征透视人物灵魂,颇具力度。郭风总题为《北京颂》的那组散文诗,如《人民大会堂颂》、《长安街的灯柱》、《致荣宝斋》、《访鲁迅故居》等等,则是以散文诗写重大题材的。这散文诗以气势宏大、构想奇特,但相较之下,作者的诗情、哲理和形象画面还不是融化得十分和谐的。

---

① 见郭风:《避雨的豹·后记》,人民文学出版社 1980 年版。
② 立普斯:《论移情作用》,《古典文艺理论译丛》第八期,人民文学出版社 1964 年版。

二

"十年浩劫"之中,作为知名作家的郭风,也过着艰难的岁月。他是到了1977年才在刊物上公开露面,被剥夺创作权利长达十一年之久。当他在文坛上复出之后,他就以那让二三十的年轻人都自叹不如的旺盛精力,倾泻、奉献在散文创作之上。1979年以后,他的散文诗、儿童散文,特别是散文出现了前所未有的高产。新时期以来,他出版的各类作品,有儿童散文:《避雨的豹》(1980)、《搭鸟的船》(1980)、《红菇们的旅行》(1986)、《孙悟空在我们村里》(1991),儿童诗《小郭在林中写生》(1982),儿童文学作品集:《郭风作品选》,散文诗集:《鲜花的早晨》(1980)、《灯火集》(1983)、《笙歌》(1984)、《小小的履印》(1984),散文集:《你是普通的花》(1981)、《郭风杂文集》(1982)、《唱吧,山溪》(1983)、《郭风散文选》(1983)、《早晨的钟声》(1985)、《给爱花的人》(1986)、《开窗的人》(1989)、《晴窗小札》(1990)、《石羊及其他》(1990)、《旅踪》(1991)、《驳杂集》(1991)等二十余种。这里特别应该指出的是,郭风近年来发表了为数众多的论述各类散文文体、评论中外著名散文家的见解精辟的论文和随笔,在散文理论和散文美学的探索和建设上作出自己的贡献。中国现代散文史上,如鲁迅、周作人、郁达夫、朱自清等人,既是散文家又是散文理论家,当代散文史上,这种现象较少见,尤其像新时期的郭风对散文诗和散文理论的探索倾注如此的心力,尤属罕见。综观郭风新时期以来在散文创作和散文理论的极其广泛领域的辛勤耕播和奋力开拓,确是呈现出一种令人赞佩不已的晚晴奇观。这不免让人想起刘禹锡在《酬乐天咏老见示》里对于"莫道桑榆晚,微霞尚满天"的赞叹。鲁迅先生说过,"创作总根于爱"[1],郭风也有类似的自述:"鼓舞作家孜孜不倦地创作的重要因素,是作家对于生活的爱,对于历史和人民的爱,对于土地的爱。一句最明确的话可以概括:对于祖国的爱。"[2]我想,除此而

---

[1]　鲁迅:《而已集·小杂感》。
[2]　郭风:《漫谈我的创作情况》,《语文学习》1986年第4期。

外,还有郭风对自我生命价值的热爱。他无限珍惜自己的晚晴,要让其迸射最耀眼的光彩,开放最绚丽的花朵。

郭风的散文创作,是始终同时代一道前进和演变的。在改革开放的伟大历史新时期,我们国家实行"实事求是""解放思想"的思想路线,我们的社会不断地自我完善、自我发展,社会的物质生产力和精神生产力获得空前的解放。郭风散文创作的思想艺术风格呈现出崭新的精神风貌,并取得突破性成就。这既引人瞩目,又耐人寻味。"十年浩劫"被历史和人民彻底否定了。但是正如老子所说:"祸兮福之所倚",这场"浩劫"的严酷现实逼使神州大地上有良知有思考能力的人们,以清醒的头脑思考国家的命运,看待现实生活中人与人的关系和人性的矛盾性和复杂性,以及历史运动发展中不可避免的迂回和曲折。认识和洞察社会历史的本质和主流,同时又看到历史在其辩证地运动过程中所呈现的无限的丰富性、矛盾性和复杂性,以及不可避免的迂回和曲折,这是人们清醒和成熟的标志,是人们认识拓展、深化和升华的体现。郭风经历了"十年浩劫"的磨砺和改革开放大潮的洗礼,其新时期散文创作的思想艺术风格的精神风貌的变化发展,主要表现在:开阔的历史感,深沉的哲理意蕴,明确的自剖意识和自觉的风土、文化意识,以及追求散文文体的多样化和散文艺术风格的自然、本色、纯朴,即追求一种"从心所欲不逾矩"的自由创造境界。

郭风曾在不少谈论散文诗创作的文章和自己作品集的序跋里,除了阐发散文创作的普遍艺术规律之外,每每提醒人们注意他写在50年代歌唱他家乡莆田平原的《叶笛集》,同他70年代初草稿于流放地的《山中叶笛》的差异。这是实情。只要稍加比较,就会发现后者无论在取材、格调、情感色彩、思想内涵,以及作品气势和表现手法上,是更丰富、更深沉、更开阔、更多样了。在《关于"百花齐放、百家争鸣"》、《关于〈叶笛〉和〈你是普通的花〉》和《漫谈我的创作》诸文中,郭风举《夜霜》为例说明这种演变和发展。《夜霜》写散文家在一深夜沿着溪边小径走回村里去,他看到到处"凝结着白霜","月亮好像一枚冰冷的黄玫瑰。北斗好像几颗冰冷的宝石"。月光和星光把树影"画在溪岸的草地上",好像"一块无尽铺展的白色画布,上面画出非常美丽的树影",这是一幅冰清凄寂的图画。作者是在流放地写这篇初稿的,当时万恶的"四人帮"还在台上逞凶肆虐。因此,他在勾画了那幅画景之后,由画及人,无限感慨地写道:"这一刻间,我忽然无缘无故地思念起一位友人,一位刻苦的、勤奋的、谦逊而又有点固执的画家来了。"据作者自述,他写这篇散文诗时,他"放声哭了",他心潮翻卷,浮想联翩:"我想到,一个有悠久文化历史的古国,一个有七亿人口的、伟大的社会主义祖国,怎么允许没有一个画家?……我以刻骨的仇恨诅咒'四人帮',诅咒文化专制主义。"① 人的思想自由犹如普照大地的阳光,谁也无法剥夺。但是限于当时的环境,作者不能直说,只能曲说,即采取借景抒怀、寄托遥深的象征主义写法。《夜霜》的"格调"确不同于单纯、天真、热烈的《叶笛》,它内涵多了,曲折多了。有趣的是,同是写"四月"(一个同样的题目以不同方式反复咏唱,这在郭风创作里屡见不鲜),50年代的《四月》和80年代的《关于四月的认识》决不雷同。前者是"呵,四月,容光焕发的四月,花的四月,高唱着光荣的颂歌的四月"。后者的"四月"既是"明媚的""花朵的季节",有着"爱情的甜蜜的歌";但也有"潮湿"、"雾"、"雷阵雨和雷殄"、"阴郁"、"闷热",甚而有"倒春寒",不过作者仍强调:"但它毕竟是四月,它是美丽的。"相较之下,前者有涉世不深、无忧无虑的少年的单纯与天真,后者则是饱经沧桑、阅历深广的老人的睿智与旷达。他不少歌颂名山大川的散文诗也有这种气概。这里且看《乐山八题·乐山大佛(二)》里的文字:

> 必定要把整座山的临江的岩石加以开凿。
>
> 必定要以岩石的坚定性和沉毅塑造它的灵魂。
>
> 必定要在大江大河的惊涛骇浪的胁迫间,在风风雨雨之中,进行它的构思。它果然在任何情景中泰然自若。
>
> 用一代人的力量不够。用几代人的智慧、毅力把它的形象塑造出来。它果然不朽于人世。

这些文字有着何等的气势,包孕着何等深沉的哲理,确把作者独特的感受和思考以不同凡响的形式表达出来。响彻在这些文字里的音调确不是木兰溪

---

①　见《文学:回忆与思考》,人民文学出版社1980年版。

畔的轻柔浏亮的叶笛,而是湄州湾上巨轮的粗犷豪迈的汽笛了。

郭风新时期散文创作的突破性成就,表现在散文诗创作如上述的演变和发展上,而更突出的,是体现在散文创作思维空间和艺术题材的扩展,内涵的深化,散文体式和表现方法的丰富化和多样化,以及返朴归真的探索追求上。

1989年,郭风为《散文世界》编一个闽籍作家散文专辑,在《编余小识》里,他提出一个当代散文创作中的"老年散文"问题,一年后,他在《晴窗小札》的序里,对"老年散文"展开论述:

> 当代一些老年作家所作的散文作品,可能出现某种新的文学景象。大体言之,这便是对于时代和历史的沉思,这便是作品中出现的忧虑情绪以及感奋精神,对于时局、世情、世态的特有的关注;这便是诤言以及告诫;这便是作品出现人世阅历的丰富和具有历史见证的性质;这便是真实以及对于这个时代的特有的思辨力量等等。……这种景致具有强烈的时代性格,显得极其深刻。我觉得自己这些年来,似乎才开始真正走上散文文学的入门之道。收在这本集中的少数拙作,如果能与刚刚提到的文学景象取得某种和谐,或者可得言:自己无负于文学50余载。①

郭风显然也不满足于我国当代散文界文体过于单一以及许多矫情之作。他在以散文笔调写成的《关于说理散文》、《关于笔记散文》、《漫说"通俗散文"》、《关于报纸副刊上的散文》、《谈话体散文》、《随笔·札记》、《关于散文选本》、《从散文"品类"说开去》以及《散文中的人格境界》中,倡导文体、写法的丰富性和多样化,倡导"洗尽铅华见真醇"的散文。郭风新时期的散文创作就是在这样的散文观指导下取得突破性成就的。

郭风新时期创作了大量以他故乡莆田为题材的写法平实感情深沉的散文,如他儿时生活的芳坚馆(《芳坚馆花木志》),他儿时上学必经之路的书仓巷(《记书仓巷》)、莆田的水果(《书兴化水果》)、莆田的山、海、平原(《山·海·平原》),他中小学生活的回忆,举世敬仰的海上女神妈祖(《妈祖》),妈祖林默生活及升天之地的湄州岛(《湄州的人文景观》),眷恋热爱

---

① 郭风:《晴窗小札·序》,海峡文艺出版社1990年版。

故土,赞美故乡的自然景观和人文景观,景仰仁爱胸怀又大智大勇的本是宋代一个普通的渔家女林默,这位被历代帝王敕封为"天后圣母",但又被海内外中国人昵称为"妈祖"或"姑妈"的具有历史传奇色彩的女性,这反映郭风对自我人格完善的渴求。这些散文没有《叶笛》的绮丽、热烈,但更平实深沉了。那些回忆青少年生活的篇什,仍有一种天真的稚趣,但这种天真,正像梁遇春在《天真与经验》里说的,是被"经验锻炼过了",是"建在理智上面的天真",是靠着"个人的生活的艺术"的。①

郭风新时期散文创作中最值得重视的是,那些高质量的文艺随笔、札记和短小隽永的随想录。如《荔枝漫笔》、《石说》、《论老年》、《漫说苏东坡》、《冯梦龙二、三》、《关于阿左林》、《关于凡尔哈伦》,以及他论述各类散文文体的随笔、札记。郭风这类散文,给人古今中外,海阔天空,从容舒展,挥洒自如的开阔自由、平易亲切的感觉。这类散文有非常开阔自由的散文创作的思维、议论、知识、抒情、描写空间,作者无论议论什么问题,总是滔滔不绝、侃侃而谈,如数家珍,娓娓絮语。在《荔枝漫笔》里,他谈论"甲于天下"的莆田荔枝,从白居易的《荔枝图序》到蔡襄的《荔枝谱》,从福建到广东,从中国到美国,从"宋家香"到"陈紫",从古代的保鲜法到现代的保鲜法,无论从时间到空间确是异常开阔自由,文章不仅有着知识和趣味之美,也让人感受到一种对故土和祖国的眷恋和自豪。郭风先生对貌似冥顽的石头有着特殊的爱好和独特的理解。② 我以为《石说》一篇堪称奇文。在中国古今散文家中,似乎还未见过有人像郭风先生这样抓住石头大做文章的。在这篇随笔里,作者从古代经书、野史、笔记、小说、散文、画论,许多著名画家、篆刻家以及自己的阅历那儿撷取素材,有力论证爱石是中国人独特的文化心理和审美趣味。这寄托了他对风雨不动、坚如磐石的质朴、平凡、坚定、刚毅品格的赞美;在作者看来,这正是华夏民族、炎黄子孙的国民性格的象征,正是他对质朴、崇高、刚毅的自我人格境界的执著追求。

比较大量写作开阔自由,有着深邃诗意和哲理品格的随想(感)录,对于郭风来说,是新时期的事了。这见于郭风的某些日记体散文,主要的是收

---

① 梁遇春:《泪与笑·天真与经验》,开明书店 1934 年版。
② 除《石说》之外,作者在《晴窗小札》里还著有《关于石头》、《石头的散文》。

在散文集《晴窗小札》里。其中的《他和她》、《成熟》、《年轻的时候》、《十二属相》、《微笑》、《滑稽》、《读（某某著作系年）》、《幸福》、《宗教》，可视为这方面的艺术珍品，当然其中不免也有浮泛晦涩、不太恰当之作。其随想录包含较广泛的内容，如作者的社会人生感悟、对旧风陋习的针砭、文艺创作上的真知灼见，以及自我审视和自剖，写法也多种多样，有日记体、书简体、微型小说体，主要的是，随想录体。朱光潜在《随感录》中论述这种中外都古已有之的文体特点时指出：这种文体西方称为"简短的隽语"，"这类作品大半是判而不证，论而不辩，以简短隽永为贵"。在这些如"灵光一现""伏泉暴涌"①的随想录里，郭风这样论"宗教"："人有时成为一位精神瘸子，拄着一根宗教的拐杖在人生道路上行走。"他这样说"滑稽"："滑稽的深刻意义在于扮演者并不知道自己在扮演一个喜剧中的什么角色。"他这样谈"微笑"：有种种的"微笑"，老者的、婴儿的、情人的，而"情人的微笑"这"中间有时是非常真挚的；有时是为了隐瞒某种私情；有时为了掩盖某种不贞洁"。他这样看自己作为童话散文家的"幸福"："我感到幸福，因为在我的童话中，既然记述花和青草的感情，从而也赞美了花和青草对土地的真诚，我自己对于土地的真诚。"……在这许多类似格言、警句的随想录里，有阅尽沧桑的智者的智慧闪光，有对愚昧、虚伪进行针砭的幽默、讽刺的锋芒，没有相当的思想和艺术功力写不出来。

英国的哲人罗素在《老之将至》里说过这样的话："个人的存在应该像一条河流——开始很小，狭窄地处在河的两岸之内；以后汹涌奔腾，经过巨石，越过瀑布。渐渐地变得宽阔。两岸后撤，河水流动得更为平静；最终，滔滔不绝地汇入大海。"②我以为，以这段话比拟郭风散文创作的变化和发展是恰当的。

三

黑格尔说："只有用历史方法才能进行具体的研究。"③因此，我在为这本

---

① 朱光潜：《艺文杂谈·随感录（上、下）》。

② 本文又译为：《怎样做老人》。

③ 黑格尔：《美学》第三卷（下），朱光潜译，商务印书馆 1981 年版。

以郭风新时期散文创作为主的选集作序时,不得不对先生五十多年的散文创作历程做一有侧重点的纵的历史考察,从中我们可以得出几个有待深化展开的明确结论:一是郭风曾经试用多种文学形式进行创作,但他情有独钟,他很快就专注于散文创作;二是郭风的散文创作在内容和形式上,既有其始终的一贯性,又有随着时代和作家主体的主客观双重因素的演变和发展,呈现出多姿多彩的变异性、丰富性和多样性;三是郭风的散文创作是有着只属于他自己的独创艺术风格①的。历史证明,一个作家风格的形成及其所产生的影响,是他成功和成熟的光荣标志。文学的历史也奉行达尔文所概括的"优胜劣汰"的严格规律,它毫不留情地淘汰一切平庸作家的甜俗苍白之作,只给那些有独创风格的作家及其代表作品留下一席之地。从这点上说,郭风作为中国当代著名散文家的位置是确定了的。

在郭风的散文世界里,充满着童真和诗趣的无限美好的大自然的一切,占有突出的地位。似乎可以这么说,在中国现当代散文史上,还没有一位散文家像郭风这样,以一颗纯真赤诚的心,以他诗人的全部热情和美丽想象来礼赞大自然,来揭示大自然蕴含的真善美,给人以美的惊奇和美的愉悦。自然界里的日月星辰、天空大地、江河湖海、水磨风车、花草虫鱼、树木禽鸟、昆虫走兽不断地出现在郭风的笔下,他乐此不疲地、一再咏唱自然界中他所珍爱的一切,寄托了他关于人和自然界的独特的审美理想。

这来源于郭风对大自然的独特而深刻的理解。他早在 1945 年的文艺随笔《小花——致 E·N》里就摘引了美国著名散文家梭罗(1817—1862)的名言:

> ……伟大的艺术家大自然,在万目灼灼下创造普通的花;即使我们说是最俗的野草,人类的语言,也没有办法表现它的奇妙和可爱。……发现它,使人的感觉到入了更神圣的境界的快乐,就在这欢喜中,我也觉得敬畏。②

---

① 英国库柏把作家风格区分为客观因素和主观因素,关于后者他指出:"个人风格(即风格的主观因素)是当我们从作家身上剥去所有那些不属于他本人的东西,所有那些为他奉和别人所共有的东西之后所获得的剩余或内核。"见王元化所译《文学风格论》的《跋》,上海译文出版社 1982 年版。

② 郭风:《开窗的人》,江西出版社、海峡文艺出版社 1989 年版。

郭风说,梭罗的话,把他要"永久保持的一种心情,完全道出了"。到了新时期,郭风不仅把"大自然"视为"创造"着"奇妙"和"可爱"的美的让人的身心进到"神圣的境界的快乐"的创造者了,他甚而认为"大自然"就是"智者"①,能给人以许多宝贵的哲理启示,他从许多花草树木身上看到"谦逊"、"纯洁"、"朴素"、"刚毅"的美好德行。在郭风看来,人是自然之子,是大自然的一部分,亲近和保护自然是人的天职,而破坏和污染自然是人的"愚昧和贪婪"的不文明的表现。② 郭风的这种自然观,既是古老的又是现代的,既与古人的"天人合一"理想契合,又是人类未来学要解决的大课题。美学反映论认为,"自然美"是客观存在的,但诗人笔下的"自然美",则是经过诗人艺术创造,并寄托了诗人的审美理想的"艺术"美了,后者高于前者。

我以为郭风散文创作中的独异的自然观,同他的个性和经历有关。他从小生活在他祖先营造的充满花木禽鸟、人工湖、假山石等的"人化自然"的童话世界里,上中学后,他嗜读安徒生和爱罗先珂的童话,爱看富于童趣的画册,他的生物老师又给他以丰富的自然知识和热爱大自然的深刻影响,他大学时代和杉枋村的两年生活,都给他提供了亲近自然、观察自然的难得机会,这些使他终生同自然结下不解之缘。

这里,我们主要考察郭风礼赞大自然真善美的极富诗情画意的散文同中外文学传统的关系。

首先,西方虽在古希腊就提出"摹仿自然"的理论,但在创作上对自然却是漠视的,到了卢梭提出"返回自然"口号,拜伦的《恰尔德·哈尔洛德游记》之后,西方文学才开始描写大自然③,那主要是出现在 19 世纪之后的浪漫主义、现实主义和现代主义作家的创作中。而中国哲学和文学则大不相同。中国人从"天人合一"观出发,中国文学从来重视大自然。孔夫子论诗,在"兴、观、群、怨"之外,特意强调还能"多识鸟兽草木之名",他老先生关于"乐山乐水"的巧比,"水乎! 水乎!"的感叹,是众所周知的;老庄

---

① 郭风:《晴窗小札·自然》,海峡文艺出版社 1989 年版。
② 同上。
③ 见朱光潜:《西方美学史》(下卷)《结束语》。

的"任自然"的哲理,庄周的"鱼乐""蝶梦"的巧思,更是影响深远。我国文学艺术中写景文、山水诗、山水画源远流长、特别发达,举世独尊。郁达夫论中国现代散文的第三个特征是"人性,社会性,与大自然的调和",他说:"一粒沙里见世界,半瓣花上说人情,就是现代的散文的特征之一。"郭风咏自然界的散文,正是郁达夫说的"一粒沙里见世界,半瓣花上说人情",其中结晶着一个"人情"的"世界"。郭风的这类散文显然是继承中国古代的写景文、山水诗、山水画的传统,继承了外国的梭罗、屠格涅夫、普里什文、果尔蒙、凡尔哈伦等的传统。

其次是郭风咏自然美的散文广泛采用"移情"手法。关于"移情"现象,康德在《判断力批判》第 27 节里说:"对自然的崇高感就是对我们自己使命的崇敬,通过一种'偷换'的手法,我们把这崇敬移到自然物上去(对主体方面的人性观念的崇敬换成对对象的崇敬)。"① 作家在创作中使花木禽鸟等自然物人格化,使它们"有感觉、思想、意志和活动",同时"人自己也受到对事物的这种错觉影响,多少和事物发生感情和共鸣"。② 这种"移情"手法,大量存在于中国的山水诗文和山水画,存在于西方的浪漫主义和现代主义诗作中。郭风继承和发扬了这一传统,他散文中的自然物都被人格化了,它们有人的美好德行,可以和人对话,存在着心灵上的默契和感情交流,这就造成他这类散文呈现出"反常合道"的充满童真和诗趣的奇思妙想境界,时时能给人美的惊奇和美的愉悦。冰心说郭风散文"很入画",真是说到点子上了。郭风出身于书画世家,自幼酷爱绘画,对中国传统写意、泼墨山水画有丰富知识和极高鉴赏力,他不少充满诗情画意的散文诗和散文,明显受到中国传统山水画的影响。在《题未定——雨中瀑布的草图》中,他写道:

我想,应该采用中国的古典的笔法,用泼墨的笔法,来描绘我在这山中所见到雨中的山,雨中的松林和雨中的溪石?

我又应该怎样来描绘雨中的松林间传来的、越来越壮丽的瀑发声?怎样来描绘我们村庄雨中的风声以及山间的方兴未艾的雨意呢?

① 引文着重点为引者所加。
② 朱光潜:《西方美学史》(下卷)第 18 章,人民文学出版社 1964 年版。

这典型反映了郭风咏自然美的散文诗同中国古典写意泼墨山水画之间的内在联系。

在郭风新时期的大量游记中,读者可以发现郭风丰富的中国古代建筑艺术知识及其高度鉴赏力。黑格尔认为在某些体式的抒情诗里,"知识、学问和文化修养在这些诗里一般起着重要的作用"①。刘勰说"积学以储宝,酌理以富才",相较之下,刘氏识见更通达,知识、学问、修养对一切文学形式都是重要的。郭风晚年散文创作的突破性成就,很大程度上与此有关。

郭风新时期的散文(包括游记体和日记体的)是对他五六十年代的散文诗的继承和发展,气象更开阔,情调更豪放、内涵更深沉了。这让人想起鲁迅先生在《看镜有感》里对汉唐气象的赞许,在《小品文的危机》里对云岗石像壮美的推崇,以及他老人家对小品文中"小摆设"的贬斥。郭风新时期散文诗风格从婉约到豪放的变化,启示人们:散文同样能胜任表现时代的重大题材和主旋律的。

郭风在最近出版的一本散文集命名为:《驳杂集》,这是意味深长的。这寄寓这位老散文家对散文的开阔而深刻的理解。在他看来最贴近实生活的散文,在内容和形式,在散文创作思维上,应该像实生活一样无限丰富多样,质朴、自由、随便,博取众长,有所创新。基于这样的认识和追求,郭风新时期散文在题材、体裁、思维方式和表现手法上,就格外丰富多样。郭风除了儿童散文和散文诗外,他还写了大量的游记、乡土散文、"通俗散文"、文艺随笔和随想录,以及数量不多但有较高水平的悼念文章等。

郭风在新时期大量写作文艺随笔和随想录,并取得引人瞩目的成就。这是他人生阅历和"知识、学问和文化修养"日渐丰富,对人生思考日渐深刻,散文美学观念日渐开放之后必然会出现的一种崭新创作境界。他在一些文艺随笔里常常谈到他对随笔大师中国的苏轼和法国的蒙田的企慕。因而,他大量写作知识丰富、思想深刻、感情深沉、文笔平易亲切、质朴自然的文艺随笔。他也写了不少体制短小灵便、富于老年人的睿智的随想录。这类文体较之散文诗更少受到约束,更便于挥洒自如抒发自己的思想感情。在文艺随笔

---

① 黑格尔:《美学》第三卷(下册)。

和随想录里,郭风同过去一样,还是肯定生活中富于诗意的真善美的东西,所不同的,他有时也相当辛辣地直接揭露和否定生活中的假恶丑,诸如《晴窗小札》中的《十二属相》的嘲笑愚人的相信相命术,《宗教》里嘲笑阿Q相,《座位》、《失题》里之嘲笑权势欲,以及《论老年》里之批评"十全大补"之类补药广告的言过其实。在现实生活中,真善美和假恶丑恶是相对立相比较而存在的。执著肯定我们社会真善美的主流,而不忘记对现实中假恶丑恶的批评,只有这样的认识才是全面的辩证的。记得黑格尔在《逻辑学》里曾经谈到"机智和智慧",他认为:"机智抓到矛盾,表达矛盾,使事物彼此关联","理性(智慧)使有差别的东西已经钝化的差别尖锐化、使表象的简单多样性尖锐化,达到本质的差别,达到对立"。郭风的文艺随笔和随想录把现实生活中的真善美和假恶丑的差别揭示出来,对立起来,并以尖锐方式表现出来,他这些随笔和随想就富于机智、富于智慧、富于哲理,达到过去所没有的思想境界。

郭风在《论老年》里引英哲培根的话说:"青年人富于'直觉',而老年人长于'沉思'",我想年逾古稀的郭风既"富于'直觉'",又"长于'沉思'",因此,他的散文创作的前景,是可以预期的。

（原载《郭风散文选集》,百花文艺出版社 1995 年版）

第六辑
中外杂文散文比较一瞥

东西方几位美学家散文理论述评

近年来,我国的散文理论研究成为一个充满生机和希望的领域。面对这种喜人的景象,人们期待着我国的散文理论研究能向新的广度和深度拓展,跃上新的时代理论维度。我在这儿评述、比较东西方几位著名美学家的散文理论著述,这就是亚里士多德的《修辞学》、黑格尔的《美学》、厨川白村的《出了象牙之塔》、朱光潜的《艺文杂谈》。在这些著述里,他们都提出了有关散文的理论主张,他们的散文理论主张,既一脉相承又自成理论系统,包含着值得重视的理论容量,这无疑能对我们拓展散文理论研究提供有益的借鉴,与此同时,我还想结合以上的评述和比较谈谈自己的某些粗浅想法。

一、亚里士多德的《修辞学》

亚里士多德的《修辞学》是继《诗学》之后的又一部重要文艺理论著作。《诗学》人们都很熟悉,《修辞学》就比较陌生了。西方的文论界历来有扬"诗"抑"文"的倾向,尽管西方的散文自古迄今异常繁荣,成就不可低估,但西方的众多文学史著作只给散文极不相称的篇幅,西方的文论界多的是关于诗学、小说学、戏剧学的美学理论著作,像亚里士多德的《修辞学》这样有系统的散文理论著作则寥若晨星,屈指可数。然而即便如此,像鲍桑葵的《美学史》、克罗齐的《美的历史》在评价亚里士多德时,也是专论他的《诗学》的,至于《修辞学》或则语焉不详,或则根本不提。在我国情况似乎也差不多,著名美学家朱光潜在《西方美学史》里,虽然也提到亚氏的《修辞学》,但仍然是专论《诗学》的,在伍蠡甫主编的《西方文论选》里收录了蒋孔阳从英文版转译的《修辞学》片断,人们从中也只能窥见《修辞学》的一鳞半爪。只是到了1991年,三联书店才出版了罗念生翻译的亚里士多德的《修辞学》,至此人们才得以窥见《修辞学》的"庐山真面目"。但是亚里士多德的《修辞学》的翻译出版,却未引起我国散文理论界的足够重视。因而介绍和分析这部带有经典意义的散文理论著作,就显得相当必要了。

亚里士多德的《修辞学》是研究演说中的立论和修辞的艺术规律的。在古代希腊,演说异常繁荣,是主要的散文形式。因而从某种意义上说研究演说的艺术,就是研究散文的艺术,《修辞学》就是一部散文理论专著。

在古希腊的文学艺术中,散文的发展要比诗(史诗、抒情诗)和剧诗(悲剧和喜剧)晚得多。公元前6世纪,所有的希腊文学作品,以及哲学论文、科学著作等,几乎都是用诗体写成。公元前6世纪后,希腊文人受到东方散文的影响,才尝试用散文体写作,并很快就达到了很高的水平。其中有著名寓言散文作家伊索的《伊索寓言》,著名哲学家德谟克里特和著名医学家希波克剌斯特斯写作的随想录,著名历史家希罗多德、修昔底德、色诺芬的历史散文,著名思想家、哲学家、文艺理论家柏拉图的"问答式论辩术"的对话体散文,这其中数量最多、影响最大的,是风行一时的政治演说、诉讼演说、典礼演说散文。古希腊有十大著名演说家,有众多的培养演说术的修辞学校,也出现了如高尔吉亚、普罗塔戈拉、普罗狄科斯、伊索格拉底等研究演说散文艺术的著名修辞学家。亚里士多德的老师柏拉图仍对演说术发表了很好的见解。他认为写演说文章要重视题材,要讲究安排与组织,要研究听众的性格和心理类型,采取相应言辞说服他们,他还认为演说的风格是演说者性格的反映。

亚里士多德在《修辞学》里,对古希腊的演说艺术规律进行了科学理论总结,他继承和发展了前辈修辞学家的理论精华,继承和发展了柏拉图的某些精辟见解,从而他的《修辞学》成了古希腊修辞术理论的集大成的著作。他的《修辞学》虽评论演说术,但还兼及其他散文样式。因而,它也是散文理论的集大成著作。早在《诗学》第九章里,亚里士多德就已谈到"诗"与"历史(散文)"的特点和区别,在《修辞学》第一卷里,他认为"修辞术是论辩术的对应物","修辞术"和"论辩术"这两种艺术相似而不完全相同;区别仅在于前者采用连续讲述方式,后者用对话问答方式;前者面对各种各样的人组成的听众,后者面对少数有知识的听者;但在熟悉所论说的题材,注重事实、论证和说理,做到以理服人、以德化人、以情感人等方面则是大致相同的。《修辞学》第二卷在谈到演绎证明和例证(归纳)时,强调了"格言"、"寓言"的特点,以及它们和"历史事实"在证明和说理中的作用,这些说法,同庄周后学在《天下》篇里论庄周哲理散文说理辩难时"以卮言为曼衍,以重言为真,以寓言为广"有异曲同工之妙。亚里士多德在《修辞学》第三卷里论述了诗歌风格和以演说为主的散文风格及其根本区别,散文结构上的组织安排。因此,我们可以说,亚里士多德的《修辞学》是一部专论演说的立论和修辞艺术规律的理论著作,又兼及了古希腊散文中的历史散文、表现"问答式论辩术"的对话体散文,以及格言、寓言等散文形式的艺术规律,它也是古希腊一部相当全面、系统的散文理论著作。它对此后西方散文创作和散文理论的影响是广泛而又深远。

　　亚里士多德的《修辞学》是一部体系严整、说理深透的科学理论著作。演说固然也包含叙述、描写、抒情的因素,但主要的是说理,所以亚里士多德给演说的修辞术下了一个定义:"一种能在任何问题上找出可能的说服方式的功能。"这种"可能的说服方式",就是尊重事实、张扬真理、捍卫正义的言之成理、合乎逻辑的或然式证明方式。亚里士多德把或然式证明分为两大类,第一大类是不属于修辞术本身的或然式证明,例如依靠见证、拷问、契约等得出的证明。第二大类是属于修辞术本身的或然式证明,它们又分为三种:依靠演说者性格而产生的证明,依靠使听众处于某种心情而产生的或然式证明,演说本身所提供的或然式证明。这最后一种又分为用修辞式推论(演绎法)推出来的证明和用例证法(归纳法)推出来的证明。很显然,在亚里士多德看来,一个演说家在演说中要胜任愉快完成既定的使命,他必须研究社会生活的方方面面;与此同时,他还必须拥有人格的力量、情感的力量、道义的力量,为此,他必须全面深入地研究人,了解人的性格类型、人的情感和心理特点,他更必须具备相当的理论分析和逻辑论证才能。只有这样,他在进行或然式证明时,他才能以人格折服人,从情感上打动人,在道义上说服人。亚里士多德的这些精辟论述,不仅对演说是适用的,对一切说理散文写作也都有指导和启示意义的。

在《修辞学》第二卷里,亚里士多德企图尝试对各种人的性格类型,如年轻人、老年人、壮年人、高贵出身的人、富人、当权者的性格类型进行分析和描述,他也对人的忿怒、温和、友爱、恐惧、羞耻、慈善、怜悯、嫉妒、羡慕等情感和心理状态,尝试进行分析和描述。这些近似于我国的孟轲说的"知人论世"。亚里士多德的弟子忒俄剌托斯继承和发展了他老师的情感心理分析和性格描写传统,创作了 30 篇性格描写小品,它们连同《修辞学》,对以后西方说理散文的"知人论世",对英国 17 世纪的人物品评、速写、素描的小品散文,对英国 18 世纪艾迪生和斯梯尔等人在《评论报》、《旁观者》报上的罗杰爵士等的人物性格描写,乃至于对欧洲的小说创作都有深远影响。在《修辞学》第二卷里,亚里士多德对用历史事实、比喻和寓言作为例子的例证法(归纳法),和用修辞式推论(演绎法)证明中的肯定式正面说理的 21 种三段论式,以及否定式反驳说理的 8 种三段论式,做了深入细微的阐发。可以说,古今中外,还没有人像亚里士多德这样对演说性说理散文的逻辑推理问题做了这样全面系统深透的分析。亚里士多德还提醒人们演说时在运用逻辑推理说服人时,还应让听众感到"有趣"和"愉快"。

《修辞学》的第一、二卷,是解决演说的内容问题,即说什么的问题,第三卷则论述散文的"风格美",散文结构的组织安排,即怎么说的问题。在古希腊,散文是针对诗歌而言,指无须讲究格律,又是行文如说话的文体(包括艺术性和非艺术性散文),希腊人称之为 logograhia,意为"口语著述",同诗歌比较,散文同世俗生活和日常口语更贴近、本色、自然、质朴、随意、自由。早在《诗学》第九章里,亚里士多德已谈到"诗"和"历史",实际上就是诗和散文的区别,在《诗学》第 21—22 章里则专论诗的风格。在《修辞学》里,他又创立了散文"风格美"的理论。他认为散文的风格同诗的风格不同,散文不应该有诗意,它应该"明晰"、清新,应该使用"普通字"、"本义字"、"隐喻字","把表现手法掩盖起来",给人质朴、自然,如同日常随意说话的感觉;散文的风格要有"适合"性,即风格应同题材、性格、情感相适合;散文风格要有"生动性",所说所写的道理和事物,要能活现在人们眼前,令人印象深刻,感到愉快。散文语言不应该有"格律",但应该有"节奏",句法上要用环形句,使句子简洁明快。亚里士多德的散文风格理论相当全面系统深刻,对欧洲散文理论有深刻影响,即便从今天角度看,仍有不少地方道出散文特质的真知灼见。

列宁在《亚里士多德〈形而上学〉一书摘要》里指出亚氏《形而上学》"最典型的特征就是处处、到处显出辩证的活的萌芽和探索……",又说亚氏"在一般与个别的辩证上……陷入毫无办法的困窘的混乱状态"。这对我们理解亚氏散文理论是有启发的。在《诗学》里亚氏说:"……历史家与诗人的差别不在于一用散文,一用韵文;希罗多德的著作可以改写为'韵文',但仍然是一种历史。……因此,写诗这种活动,更富于哲学意味,更受到严肃的对待;因为诗所描述的事带有普遍性,历史则叙述个别的事。"在这里既有扬诗抑文的偏颇,也在"普遍"("一般")与"个别"的辩证关系上陷入形而上学的"稚气混乱"。在《诗学》和《修辞学》里,亚氏指出诗和散文风格矛盾的特殊性,这是好的,但与此同时,他又把诗与散文从根本上对立起来了,如他坚持说散文不能有诗意就是如此,实际上各种文学艺术形式既是互相区别又是互相影响互相渗透的,艺术性散文可以有诗意,甚至有相当浓郁的诗意。

二、黑格尔的《美学》

黑格尔没有像亚里士多德那样写过专门性的散文理论专著,他只在《美学》第一卷和第三卷(下册)里以不多篇幅阐述他自己的散文理论主张。从黑格尔的散文理论主张看,他一方面继承了亚里士多德的散文观,另一方面他又对某些散文形式如寓言、格言、历史散文、演说散文发表了自己的见解,特别是对诗和散文艺术地掌握世界的掌握方式(观念方式)做了深入的比较和研究,这后一点,是黑格尔散文理论主张最富于理论光彩之处,在今天仍能给人以深刻启示。

　　黑格尔在《美学》第三卷（下册）"各门艺术的体系"的第三部分"浪漫型艺术"里，继承和发展了亚里士多德《诗学》和《修辞学》里诗文区别、扬诗抑文的观点。为了说明问题，我们先把其中的 A、B 两部分有关具体纲目开列如下：A．诗的艺术作品和散文艺术作品的区别。1.诗的掌握方式和散文的掌握方式。a.两种掌握方式的内容。b.两种掌握方式的区别。c.诗的观点向特殊方面分化。2.诗的艺术作品和散文的艺术作品。a.诗的艺术作品的一般品格。b.诗与历史写作和演讲术的区别。c.自由的诗艺术作品……B．诗的表现。1.诗的观念方式。a.原始诗的观念方式。b.散文的观念方式。c.从散文气氛中恢复来的诗的观念方式……从以上纲目可以看出黑格尔使用了亚里士多德没有使用过的新的理论概念，如"掌握方式"和"观念方式"等等，这正是黑格尔新的贡献，正是我们需要着重加以分析说明的。

　　什么是"掌握方式"和"观念方式"？朱光潜在《美学》译本里是这样诠释"掌握方式"的："掌握方式译原文 Auffassungweise，Auffassen 的原义为'掌握'，引申为认识事物，构思和表达一系列心理活动，法译作'构思'，俄译作'认识'，英译作'写作'，都嫌片面，实际上指的是'思维方式'。下文提到'观念方式'，是把它和'掌握方式'看成同义词。"[①] 这说明"掌握方式"、"观念方式"、"思维方式"等"同义词"是包括创作主体对生活客体的艺术认知、艺术构思和艺术表达等方面。

　　黑格尔显然受到了亚里士多德《诗学》里关于诗比历史"更富于哲学意味"这一观点的启发，他从艺术哲学的高度深入比较研究诗和散文在"掌握方式"、"观念方式"、"思维方式"上的"区别"，而不是把他的论述淹没在诗的创作技法、语言特点、文体样式等较次要的问题。这在文艺理论史上还是第一次，充分体现了他作为一位大理论家高屋建瓴、大处着眼的大家风范。

　　包括《美学》在内，黑格尔认为人的思维着的头脑用以掌握世界的方式有艺术、宗教、哲学、实践等诸多方式，马克思在《〈政治经济学批判〉序言》里对黑格尔的说法加以批判性的改造，他在谈到自己的政治经济学研究时说

---

　　① 　见黑格尔《美学》第三卷下册，朱光潜译，商务印书馆 1981 年版，第 19 页译者注释 ①。

它"是思维着头脑的产物,这个头脑用它所专有的方式掌握世界,而这种方式是不同于世界的艺术的、宗教的、实践——精神的掌握的"。黑格尔在《美学》里论诗时,他把诗的掌握方式即思维方式,同散文思维方式和"玄学"思维方式进行比较研究。黑格尔认为诗(史诗、抒情诗、诗体悲剧、诗体喜剧)是一种追求"自觉""自由"的"艺术",其思维方式是形象思维,是用形象显现真理,诗把现实和精神领域中的个别和一般、特殊和普遍、现象和规律、偶然和必然、有限和无限都凭借想象熔铸在"有生气、现出形象的,由灵魂贯注"的形象整体里。黑格尔强调诗的形象思维,但他不排除诗也用近乎哲学的理性思维,诗要在形象思维中显出理性。但是黑格尔认为散文是不自由、有局限的,"散文意识"的思维方式是单凭"知解力"的,是比"理智"或"理性"低一级的,这种"知解力"只能"得出一些关于现象的特殊规律",割裂了现象与规律的统一,"完全不能深入事物的内在联系和本质以及它们的理由,原因,目的等等,它满足于把一切存在和发生的事物作纯然零星孤立的现象,也就是按照事物的毫无意义的偶然状态去认识事物"。显然在黑格尔看来"散文意识"的思维方式,就是形而上学的思维方式。至于他所说的"玄学思维",实际上就是辩证思维,因为他把自己的辩证逻辑称为"玄学"即最高哲学。他认为这种思维方式"可以克服知解力思维和日常散文意识的观照方式的上述缺陷,就这一点来说,它与诗的想象有血缘关系"。但他又指出:诗的思维方式和玄学思维方式毕竟不同,"玄学思维只是真理和现实世界在思维中的和解 ①,诗的创造活动却是真理和现实世界在现实现象本身中的和解,尽管这种和解所采取的形式仍然只是精神性的"。

黑格尔在《美学》里谈到了寓言、历史、演说散文和散文戏剧与散文小说,但他主要论述的是历史散文和演说散文,说"这两种散文在各自的界限之内是最能接近艺术的,它们主要是历史写作的艺术和说话修辞的艺术"。他对历史散文有精辟论述,并给予很高评价:

(历史散文)一方面使读者可以根据这种叙述,对有关的民族、时代

---

① 依黑格尔客观唯心主义的辩证法,矛盾都由对立达到和解,即达到较高阶段的统一(正→反→合),"和解"就是"统一"或"合"。

以及当事人物的外部环境和内心的伟大或弱点,形成一幅明确的显出性格特征的图景,另一方面也可以看出全体各部分之间的联系以及它们对一个民族或一个事件的内在历史意义。就是在这种理解上我们现在还常谈希罗多特,图斯第德斯,克塞诺芬① 以及其它少数几位历史家的艺术,并且把他的记载当作语言艺术的经典作品来赞赏。

黑格尔认为:"演讲术显得是接近自由的艺术。"因为演说者对问题有自己的"自由判断",他对"选择内容和处理内容两方面都有绝对的自由",演说者要影响听众的"情感和观点等等",他的陈述内容必须"含有普遍性的原理","又采取具体现象的形式","所以他不能单凭逻辑推理和下结论的方式去满足我们的知解力,而是也要激发我们的情感和情欲,震撼我们的心灵,充实我们的认识,总之,通过心灵的一切方面来感动听众、说服听众"。

尽管黑格尔给了历史散文艺术和演说散文艺术以很高的评价,但他认为同"自觉""自由"的艺术——诗比较起来,它们归根到底仍然是"不自由"的艺术。这是因为诗以精神内容或实体性的主旨为心,可以自由处理现成的材料,使外在事物符合内在的真理。但是,在他看来历史散文,"在写作方式上,尤其在写作内容上,都是散文性的",它应如其本然地描述客观事实,尽管它也可对客观事实作剪裁和整理,找出其内在联系,却不能抛弃客观事实固有的偶然性,它没有改造客观事实的"自由"。演说与诗不同,"诗只创造美和欣赏美",演说者却必须追求"实践性的目的,所以属于散文",演说者的这种追求将限制他所拥有的上面说过的那些"自由",甚而是剥夺了那些"自由",从而归于"不自由"。

有意思的是,扬诗抑文的黑格尔,对散文始终持消极评价的黑格尔,在《美学》里的几十个地方使用"散文"这个概念术语。对此做一考察也是件颇有兴味和启发的事。这有几种情况:其一,作为历史和文学发展的某个阶段的标志。如"英雄时代"(又称"史诗时代")、"散文气味"、"散文气氛"、"散文时代"。我国著名学者闻一多和朱自清在许多文学史著述里就常沿用"诗的时代"和"散文的时代"的概念术语。其二,"掌握方式"、

---

① 通译希罗多德、修昔底德、色诺芬,这三人是古希腊著名历史家。

"观念方式"、"思维方式"、"写作方式"、艺术"规范"。如"散文的掌握方式"、"散文的观念方式"、"散文意识"、"散文式的知解力思维"、"散文的表现方式"、"散文观念的惯常抽象性"、"散文的规范是精确性、鲜明性和可理解性"。其三,接近现实生活本真、自在、自然状态、未经艺术典型化处理的。如"日常的（散文的）"、"散文式的生活"、"散文性的关系"、"散文性的东西"、"散文气味的现代情况"、"散文气的现实事例"。在这样的意义上使用"散文"这一概念术语,在西方是常见的。莫里哀喜剧《可笑的女才子》里的"女才子"天天讲明白如话的散文却瞧不起散文,逗人发噱。别林斯基在《论俄国中篇小说和果戈理君底中篇小说》里这样说:"现实底诗歌 ① 底任务,就是从生活底散文中抽出来生活底诗,用这生活底忠实的描绘来震撼灵魂。"他这里所谓"生活底散文"即本真的生活真实,而所谓"生活底诗"则指典型化了的艺术真实。其四,散文的类别和样式。黑格尔把一切和韵文对立的散行文字,划分为三类:"日常散文"（指一切散行文字,即我们今天说的广义散文）、"艺术散文"（即我们今天说的狭义的纯文学散文）、"科学思维的散文"（这是黑格尔的独特用法,指艺术消解后的哲学散文）。黑格尔在《美学》里提到的散文样式有寓言、格言、散行箴铭、历史散文、演说散文,还有散文戏剧、散文小说,以及他说的:"用散文来创作诗,也只能产生一种带诗意的散文。"这大约就是我们今天说的"诗的散文"或"散文诗"。

　　黑格尔在评论伊索寓言时说:"散文起于奴隶,寓言这种散文体裁也是如此。"因而在扬诗抑文和把诗文绝对对立起来上,他比亚里士多德走得更远。他从艺术认知、艺术构思和艺术传达等方面来考察艺术家在艺术地掌握世界时创作思维和心理活动的全过程,显示了这位唯心主义辩证法大师惊人的理论深度,但是当他闭着眼睛地一味褒扬、抬举一切诗歌,而不加分析地撇撇嘴,不屑一顾地贬低和冷落一切散文时,在这位辩证法大师的脑后就拖着一条由形而上学偏见编成的又粗又黑的辫子。事实上并非一切诗人都能登临那"自觉"、"自由"地以形象思维来显示真理的艺术地掌握世界的高峰的,

---

　　① 　别林斯基这里的"现实底诗歌"是指一切文学创作,主要是指小说,他常把小说家和戏剧家的果戈理说成是诗人。

反过来说，一些杰出的散文大师照样可能攀上那些被黑格尔视为诗歌世袭领地的"自觉"、"自由"的艺术高峰的。马克思说，"自由是人类的一种本性"，人类区别于动物的本质特点是人类追求"自觉"、"自由"的创造活动。常人如此，艺术家就更是这样了。很难设想，只有诗人在他的艺术创造里才追求"自觉"、"自由"的创造活动，散文家则甘受种种局限束缚，而不煽动其自觉追求艺术想象创造的自由翅膀，如果真是如此，文学史上就不会有柏拉图虚拟假托苏格拉底与论敌自由辩论的对话录了，也不会有历史家色诺芬那有相当的虚构色彩的被人称为古代政治历史小说的《居鲁士的教育》了，也不会有卢奇安（又译琉善）那把现实的社会批评和文明批评溶化在古希腊神话、史诗、历史人物的喜剧性对话里的幻想奇倔的散文了。鲁迅在《汉文学史纲要》里评司马迁《史记》说，他在创作时"发于情，肆于心而为文"追求一种相当自由的创作心态，因而《史记》就成了"史家之绝唱，无韵之《离骚》"了，说的也是一样道理。据实而论，诗和文是有差异的，分属于不同的艺术领域，但它们既矛盾对立又互相渗透转化，这样的理论观点只能求之于黑格尔之后的厨川白村和朱光潜了。

三、厨川白村的《出了象牙之塔》

厨川白村是日本文艺批评家和社会批评家。鲁迅翻译过他的美学著作《苦闷的象征》和文艺批评和社会批评杂文集《出了象牙之塔》，并把它们作为他在北京大学和中山大学讲授文学理论课程的教材。在《出了象牙之塔》里，厨川白村在论"现代文学之主潮"时说的"文艺的本来职务，是在作为文明批评，社会批评，以指点向导一世……"，对鲁迅的杂文理论建构和杂文创作有直接影响。鲁迅在他的有关译文序跋和书信里，给予文艺批评家和社会批评家的厨川白村高度评价。厨川白村的《出了象牙之塔》里的"二、Essay"，"三、Essay 与新闻杂志"这两节里的有关"Essay"（中译论文、随笔、小品，通称随笔小品）的精辟论述，对中国现代散文的创建和发展有着深远影响。郁达夫在《〈中国新文学大系·散文二集〉导言》，徐懋庸在《徐懋庸回忆录》，曹聚仁在回忆录《我和我的世界》里，都肯定厨川白村的这种影响。从这点说,厨川白村在中国的影响,超过他的本土。

厨川白村论述了 Essay 的特质, Essay 的历史发展和代表作家作品, Essay 和新闻杂志的密切关系。关于 Essay 即随笔小品的特质,厨川首先指出:随笔小品是作家"随随便便",如对"好友","任心闲话",海阔天空,纵意而谈的自由自在、亲切随意的"即兴""文章",他写了如下人们耳熟能详的妙论:

> 如果是冬天,便坐在暖炉旁边的安乐椅子上,倘在夏天,则披浴衣,啜苦茗,随随便便,和好友任心闲话,将这些话照样地移在纸上的东西,就是 essay。兴之所至,也说些以不至于头痛为度的道理罢。也有冷嘲,也有警句罢。既有 humor(滑稽)①,也有 pathos(感愤)。所谈的题目,天下国家的大事不待言,还有市井的琐事,书籍的批评,相识者的消息,以及自己的过去的追怀,想到什么就纵谈什么,而托于即兴之笔者,是这一类的文章。

其次,厨川认为随笔小品的另一特质是:"作者将自己的个人底人格的色彩,浓厚地表现出来。"唯其如此,随笔小品被称为是作家"自己告白的文学",是他们借随笔小品"行爽利的直截简明的自己表现",有的学者称随笔小品是"将诗歌中的抒情诗,行以散文的东西"。厨川白村自述他读英国女诗人美纳尔的随笔小品集《生之色采》,觉得其中的随笔小品"几乎美到如散文诗","觉得比读那短歌(Sonnet)还有趣得多"。简言之,在厨川看来,随笔小品是最富个性、最真诚、最富有诗的情趣的文体。

其三,厨川认为随笔小品里有着"作者的思索体验世界",在随笔小品作者的"随便的涂鸦模样"里,有着"雕心刻骨的苦心",因而要写作成功的随笔小品,他必须"很富于诗才学殖",同时"对于人生的各样的现象,又有奇警的锐敏的透察力"。为此,厨川提醒读者在欣赏美妙随笔小品时,一定要看到那"文字里面也有美的'诗'"。

其四,厨川认为随笔小品是"因时代,因人,各自不同的体裁",厨川关

---

① 英语 humor,通译幽默。

于随笔小品因时因人而异,有着不同的体裁的见解是极其精辟的,富于启示的,有助于纠正人们历来对随笔小品的过于笼统的理解。事实上,欧美近代从蒙田、培根的随笔小品以来,随笔小品的体裁是极其丰富多样的,这其中有以议论和批评为主的,近于哲理散文和杂文,有记叙回忆为主的,近于记叙散文,有抒情述怀为主的,近于抒情散文,有以状物描写为主的,近于描写散文,也有兼容议论、记叙、抒情、描写于一炉的,有着兼容并包的性质。

厨川对随笔小品特质的具体分析和概括,决无上述亚里士多德和黑格尔扬诗抑文、把诗文绝对对立起来的偏见,显得圆通豁达。马克思在《〈政治经济批判〉导言》里说:"具体之所以具体,因为它是许多规定的综合,因而是多样性的统一。"我以为厨川对随笔小品特质的具体分析和概括,是符合马克思的上述说法,他揭示了随笔小品的"多样性的统一",是全面而深刻的。

厨川以下面一段话来描述欧美随笔小品的历史:

就近世文学而论,说起 essay 的始祖来,即大家都知道,是十六世纪的法兰西的怀疑思想家蒙泰奴（M. E. de Montaigne）①。引用古典之多,至于可厌这一节,姑且作为别论,而那不得要领的写法,则大约确乎做了后来的蔼玛生（R. W. Emerson）② 这些人们的范本。这蒙泰奴的 essay 就转到英国,则为哲人培根（F. Bacon）的那个。后来最富于此种文字的英吉利文学上,就以这培根为始祖。然而在欧罗巴的古代文学中,也不能说这 essay 竟没有。例如有名的《英雄传》（英译 Lives of Noble Greeks and Romans）的作者布鲁泰珂斯（Ploutarkhos 通作 Plutarch）③ 的《道德论》（Moralia）之类,从今日看来,就具有堂皇的 essay 的体裁的。

这里,厨川把 Essay 体裁追溯到古希腊罗马时代的普鲁塔克是有根据的。事实上在蒙田的《谈读书》里,蒙田就说他不喜欢普鲁塔克的随笔小品,而爱读古罗马时代塞内加的简洁、随意、流畅的随笔小品,蒙田随笔小品同塞内加的随笔有血缘关系。但厨川说蒙田为近世随笔小品始祖也是符合实际的,因

① 蒙泰奴,又译蒙泰纳,通译蒙田,法国思想家、散文家。
② 蔼玛生,通译爱默生,美国思想家、散文家。
③ 布鲁泰珂斯,通译普鲁塔克。

为近代那种突出表现作家自我人格,任心闲话,纵意放谈的随笔小品确是由蒙田开创的。厨川除了介绍蒙田、培根、爱默生之外,他还介绍了英国的艾狄生、斯梯尔、哥尔斯密斯、兰姆、亨特、赫兹里特、美纳尔、培洛克、契斯透顿等著名随笔小品作家,尤其对兰姆的《伊里亚随笔》更是推崇备至、赞不绝口。他也介绍了日本著名随笔小品作家清纳少言、兼好法师、夏目漱石、与野谢晶子。

　　厨川指出:"起于法兰西,繁荣于英国的 Essay 的文学,是和 Journalism(新闻杂志事业)保着密接的关系而发达的。"他以 18 世纪的艾狄生、19 世纪的兰姆和 20 世纪的契斯透顿等的随笔小品创作同新闻杂志的密切关系来论证他的观点。这是无须多说的确定不移的事实。

　　厨川是名气比亚里士多德和黑格尔小得多的文艺理论家,但他的关于随笔小品理论,却对欧洲文艺复兴以来最主要的散文形式——随笔小品做了极精彩的理论概括,他的理论更开放,更富于现代精神,因而,他的散文理论较之亚里士多德和黑格尔,对中国现代散文理论和散文创作的影响要广泛深远得多。

四、朱光潜的《艺文杂谈》

　　朱光潜是我国一位学贯中西的著名美学家。他出生在我国清代著名的古文流派"桐城"派的发源地——安徽桐城,少年时代读过大量古文,香港大学毕业后,到英、法、德等国留学,专攻美学和心理学。他以散文笔调写过众多的通信和文艺评论、文艺欣赏短文,是个很有特色的散文家,他也翻译过西方著名散文家作品,如柏拉图的《文艺对话录》、《歌德和爱克曼谈话录》。朱光潜对中西散文有深刻了解,有散文写作和散文翻译的丰富实践经验,又有丰厚的美学理论修养,他涵泳已深,厚积薄发,写成文章,自成机杼,成为一位卓有成就的散文理论家也就顺理成章了。从 1932 年的《诗论》讲稿中的某些篇章[1],到 1962 年的《漫谈说理文》,他发表了系列性的散文理论研究著述。同上述的

---

　　①　据朱光潜《自传》,《诗学》讲稿写于 1932 年,先作为讲稿印发,后于 1942 年正式出版。

亚里士多德和黑格尔比较,朱光潜没有他们的扬诗抑文、把诗文绝对对立起来的偏执,这同中国的散文在中国文学和社会生活的诸多方面的地位和作用决不在诗歌之下有关,也同中国文学史上诗文有别但又互相融合的传统有关。朱光潜同只是专论英美 Essay 的厨川白村不同,他论及了中西散文的更多领域。从这点说,在中国现代散文理论建设史上,朱光潜的自成理论系统的散文理论主张,是一份值得重视的理论遗产。朱光潜的散文理论文章大多收在安徽人民出版社 1981 年版的《艺文杂谈》这一杂文集里。

在《诗的实质与形式(对话)》和《诗与散文(对话)》①里,朱光潜也像亚里士多德和黑格尔一样辨析诗文的区别,但他反对扬诗抑文,认为那是"尊诗卑散文的俗见",也反对雪莱的"诗与散文的分别是一个庸俗的错误"和克罗齐的艺术无须分类的主张,他通过深入细微的比较和剖析,阐述了诗文有别,但又互相联系互相渗透,以及这种区别只是相对的而不是绝对的道理,立论平正公允,圆融豁达,更符合文学史实际,有相当的理论深度和逻辑力量。

朱光潜指出只从"音律与风格上的差异"不足界定和区分诗与散文。这是因为有韵的并不都是诗,冬烘学究胡凑的五言八句,不过是堆砌陈词滥调,而无韵的《史记》、柳子厚山水杂记、《红楼梦》、柏拉图的《对话录》、《新旧约》之类,却有"诗的风味",诗意盎然。他不同意有人认为在风格上诗比散文高。他认为区分诗文艺术品的风格,在于它们的"实质与形式能融贯混化","上品诗和上品散文都能做到这种境界","各有妙境",诗"能产生散文所不能产生的风味",散文也可"产生诗所不能产生的风味",在风格上诗文并无高下之分。朱光潜又指出:"实质上的差异"也不足以界定和区分"诗与散文"。一般人认为诗、文题材有别,"诗宜于抒情遣兴,散文宜于状物叙事说理",但朱光潜认为这种区别只是相对的,而不是绝对的。他反驳说,"许多小品文是抒情诗,这是大家公认的",希腊悲剧、莎士比亚悲剧、但丁《神曲》、歌德《浮士德》、陶潜的《形影神》、朱熹的《感兴诗》都有"理"在,孔子的"子在川上曰:'逝者如斯夫,不舍昼夜'"是散文,李白《古风》里"前水复后水,古今相续流;新人非旧人,年年桥上游"是诗,同样的

---

① 这两篇"对话"出自朱光潜的《诗论》讲义打印稿,至《诗论》正式出版时,为了统一格式,作者论诗就不用"对话"形式了。

情理事物,诗可表达,文也可表达,两者之间并无绝对的不可逾越的界限。朱光潜不同意雪莱说的"诗与散文的分别是一个庸俗的错误"的观点,也不同意克罗齐以"诗与非诗"来代替诗与散文的区别的说法。他认为诗和散文等属于纯文学的艺术,"都有共同的要素",但"它们在相同之中究竟有不同在",王维的画、诗和散文尺牍固然都是"他的个性流露",但在"精妙处",是彼此"不同"的。朱光潜以"诗为有音律的纯文学"来界定诗,但他又指出这也只是大体而论,相对而言的。他认为现代文学的发展趋势是:"诗的疆域日渐剥落,散文的疆域日渐扩大,这是一件不容否认的历史的事实。荷马用史诗体写的东西,索福克勒斯和莎士比亚用悲剧体裁写的东西,现代人都用散文小说写;亚里斯多芬和莫里哀用有音律的喜剧形式写的东西,现代人用散文戏剧写;甚至于从前人用抒情诗写的东西,现代人也用散文小品写。"

朱光潜在《论小品文》、《随感录(上、下)》、《谈对话体》、《谈书牍》、《欧洲书牍示例》、《日记》等系列文章里,对散文里的随笔小品、随感录、对话录、书信、日记等样式,做了非常精彩的论述。朱光潜在论述以上各种散文样式的艺术规律时,从来不架空立说,他总是从对中西古典散文名家名篇的比较分析中抽绎概括出带有规律性的东西,他的这类文章都写得文采斐然,情韵悠长,是很漂亮的说理散文。

关于小品文。

朱光潜的《论小品文》(收入1936年版的《我与文学》)是一封致《天地人》编者徐(訏)先生公开信,不指名批评当时的林语堂等人对晚明小品文吹捧过当,他指出晚明小品文虽然不错但只是我国古代小品文中的"一格",过于吹捧,并不恰当。关于小品文,他说:

> "小品文"向来没有定义,有人说它相当于西方的essay。这个字的原义是"尝试",或许较恰当的译名是"试笔"。凡是一时兴到,偶书所见的文字都可以叫做"试笔"。这一类文字在西方有时是发挥思想,有时是抒写情趣,也有时是叙述故事。中文的"小品文"似乎义涵较广,凡是篇幅较短,性质不甚严重,起于一时兴会的文字似乎都属于小品文,所以书信游记书序语录以至于杂感都包含在内。如果照这样看,中国属

于"集"部的散文可以说大部分都是小品文。

对于小品文（或随笔小品）朱光潜的看法同厨川白村是一致的,即都认为它是杂体文。

关于随感录。

在《随感录（上、下）》里,朱光潜从中国的《论语》、《世说新语》、古希腊的希波克剌特斯、古罗马的西塞罗、英国的培根、法国的帕斯卡尔、德国的歌德和尼采等中外著名随感录作家作品来分析随感录这一文体特点。他首先指出随感录在思维方式上的特点:

> 依心理学的分析,人类心思的运用大约取两种方式:一是推证的,分析的,循逻辑的方式,由事实归纳成原理,或是由原理演绎成个别结论,如剥茧抽丝,如堆砖架屋,层次线索,井井有条;一是直悟的,综合的,对于人生世相涵泳已深,不劳推理而一旦豁然有所彻悟,如灵光一现,如伏泉暴涌,虽不必有逻辑的层次线索,而厘然有当于人心,使人不能否认其为真理。……
>
> 就大体说,随感录这一类文章是属于"悟"的。……由于中国人的思想长于综合而短于分析,长于直悟,而短于推证,中国许多散文作品就体裁说,大半属于随感录。

其次,朱光潜指出随感录的表达特点是:"它没有系统,没有方法,没有拘束,偶有感触,随时记录,意到笔随,意完笔止,片言零语如群星罗布,各各自放光彩","这一类作品大半是判而不证,论而不辩,以简短隽永为贵"。他指出这类以"妙语动天下的"第一流随感录作家,如法国的帕斯卡尔,"往往同时具备哲学家与诗人两重资格,……惟其是哲学家,才能看得高远也看得微细;惟其是诗人,才能融情于理,给它一个一个令人欣喜而且不易忘记的表现方式"。

关于书信。

朱光潜的《谈书牍》专论中国古代书信,他这样评论中国古代书信:

> 书牍虽小道,却是最家常亲切的艺术,大可以见一时代的风气,小

可以见一人的风格。回顾中国二千年来书牍的风格的演变,约有三个主潮。一是古文派,像乐毅《报燕惠王书》、司马迁《报任安书》、马援《与杨广书》以及韩愈、柳宗元、欧阳修、王安石古文家的作品所代表的。这派作品,在文体上以散为主,严肃有如正式著述,宏肆有如长江大河,一泻千里。一是骈俪派,像曹丕《与吴植书》、邱迟《与陈伯之书》、鲍照《登大雷岸与妹书》、梁简文帝《与萧临川书》、祖鸿勋《与阳休之书》、庾信《为萧悫与妇书》之类所代表的。这派作品在文体中以骈为主。镂金绣彩,备极精工,情称其文时风致亦复翩翩可喜,辞溢于情时易流为浮华俗滥。一是帖札派,像曹操、王羲之、苏轼、黄鲁直诸人作品所代表的。这派作品与前两派的最大异点在随时应机,无意为文,称心而言,意到笔随,意尽笔止,就文体说,它随兴所至,时而骈,时而散,时而严肃,时而诙谐,不拘一格。在这三派之中,最家常亲切而也最能尽书牍功用的当推后一派。

在《欧洲书牍示例》里,朱光潜比较了中西书信散文之不同,指出后者"自古就奠定了一种家常亲切的风格,有如好友对面谈天,什么话都可以说,'称心而言',言无不尽"。他还亲自翻译了《西塞罗给庞塔司的信》、《塞维尼夫人给女儿的信》、《溪兹写给赫塞的信》,作为例证,加以说明。

关于对话体散文。

朱光潜《谈对话体》中说:"从历史看,对话最盛行的时代,往往也就是思想最焕发的时代。古希腊的哲学时代,印度的大乘经论制作的时代,以及中国的周秦诸子时代……在这三个思想高潮之中,写对话体而成就最大的要推希腊的柏拉图。"柏拉图对话录常假托他的教师苏格拉底同别人论辩驳难说理。朱光潜认为柏拉图的对话录的特点:其一,展现宾主论辩驳难说理的富于戏剧性的全过程。他说这种对话"不仅现出一种事理的全面相,而且也绘出它所由显现的过程;用生物学术语来说,它不仅是一种'形态学(Morphology)',而且是一种'发生学(Genotics)'。它可以说是思想的戏剧,把宾主的思想动作都摆在台上表演,一幕接着一幕,从始以至于终。因此,就文格说,它也有一种特长,就是戏剧性的生动。在名家手中,它还可以流露戏剧性的幽默。"其二,巧妙运用"从对立面求统一的思想方法"即辩证法。他指出柏拉图对话录里有苏格拉底的讲学,"一不先讲抽象的大道理,只就浅近事例入手,层层分辩,一层逼近一层,最后才达到原理通则;二不拾出自己意见要听者接受,只是装着一无所知,向人求教,抓住对方所说的一句话开始发问,让他表示意见,然后就那意见一层一层地驳问到底,逼得他无路可逃,非承认自己错误不可,非把名义定清楚不可,非接受正确意见不可。这种由浅入深的正名定义的辩证法,便是柏拉图在他的对话里所用的方法"。其三,是文笔流利生动富于哲理诗情。他说柏拉图的文笔"流利而生动,于琐事见哲理,融哲理于诗情,他的每篇对话是首散文诗,节节引人入胜,读之令人不忍释手。对话文的胜境于此可叹观止"。

朱光潜对先秦的孟轲和公孙龙的哲理散文给予很高评价,认为其创作代表先秦对话体散文的最高水准。但他认为从总体上看,我国先秦散文侧重"横面发展",作者先立一主旨,然后四面八方反复盘旋,旁敲侧击,尽量渲染;而以柏拉图对话为代表的西方散文,则沿纵线发展,"先从主旨胚胎出发,由胎生芽,由芽成树,由树开花,由花结果,层层生展,不蔓不支",他指出:"这种异点反映两种思想类型,中国思想偏向平排横展,西方思想偏向沿线直展。"

关于日记。

在《日记》里,朱光潜认为:"就体裁说,日记脱胎于编年纪事史",但他又指出:"编年纪事以一国为中心",并不是日记,"日记是作者用他的资禀经验修养所形成的观点,以自己为中心,记载每日所见所闻。自己所见所闻可能为天下国家大事,也可能为私人琐事"。从这个意义上说,在西方"最早的用近代语言写的日记,起于文艺复兴时代",在中国"清朝才逐渐有日记出现"。朱光潜认为最好的日记是英国17世纪时爱勿林(Evelyn)和斐匹斯(Pepys)写的日记,他们的日记是死后被人发现,他们当初写日记时"无意借此传世享名",因此日记的"特色"是:"作者是在自言自语,为自己的方便或乐趣而写作,无心问世。惟其如此,他毫无拘束,毫无隐瞒避讳,无须把话说得委婉些、漂亮些,只须赤裸裸地直说事实或感想。他只对自己'披肝沥胆(Confidential)',所以他所写的真正是'亲切的(Intimate)'。"

朱光潜对以上几种散文文体的精湛研究,不免让人想起刘勰在《文心雕龙·序志》篇论文体研究的名言。在那里,他批评了从曹丕以降的文论家的不足之处,说他们"各照隅隙,鲜观衢路","未能振叶以寻根,观澜而索源",他宣称他自己与他们相反,他在"论文叙笔"时则要做到"原始以表末,释名以章义,选文以定篇,敷理以举统"的。我以为朱光潜的散文文体论,是符合刘勰的上述要求的;所不同的是,除此之外,他广泛运用中西散文比较研究方法。

朱光潜的《漫谈说理文》也值得散文理论研究者重视。在那里,他批评了一种相当流行的"比较狭窄"的文学观念(散文观念),他说:

> 确实很有一部分是把实用文(包括说理文)和艺术文(包括诗歌、小说、剧本、描写性和抒情性的散文之类公认的文学类型)看作对立的。这是一种比较狭窄的看法。……实用性与艺术性不是互相排斥而是相辅相成的。实用性的文章也要求能产生美感,正如一座房子不但要能住人而且要样式美观一样。有些人把文学局限在诗歌、小说、剧本之类公认类型的框子里,那未免把文学看得过于狭窄了。打开《昭明文选》、《古文辞类纂》、《经史百家杂钞》之类文学选本一看,就可以看出很大一部分归在文学之列的文章都是些写得好的实用性文章;在西方柏拉图的对话集,德摩斯特尼斯①的演说,普鲁塔克的英雄传,蒙田和培根的论文集以及其他类似的作品都经常列在文学文库里,较著名的文学史也都讨论到历史、传记、书信、报告、批评、政论以至于哲学科学论文之类论著。从此可见,悠久而广泛的传统是不把文学局限在几种类型的框子里的。我认为这个传统是值得继承的,因为它可能使文学更深入现实生活和人民大众,更快地推动语言和一般文化的发展。

朱光潜所说的"实用文"显然是不包括应用文,而是指那些实用性和艺术性相统一的说理文之类的散文的。朱光潜又指出有些说理文和文艺创作有相通之处:

> 说理文的写作和文艺创作在道理上也有很多相通之处,有时我甚至

---

① 狄摩斯特尼斯(前383—322),通译狄摩西尼,古希腊大演说家。

想到理论文也还是可以提高到文艺创作的地位。我知道反对者会抬出
情与理的分别以及形象思维和抽象思维的分别来。这些分别都是存在
的,但也都不是绝对的。我不相信文艺创作丝毫不讲理,不用抽象思维,
我很相信说理文如果要写好,也还是要动点感情,要用一点形象思维。
如对准确、鲜明和生动的要求也适用于说理文。

朱光潜反对说理文写作中的"零度风格（Zero Style）",提倡说理文写作要
"兴会淋漓"、"全神贯注"、"思致风发"。我以为朱光潜的《漫谈说理文》
对于改变"狭窄"的文学观和散文观,对于拓宽文学视野和散文视野,是能
提供有益的启示的。

五、几点有益的启示

亚里士多德、黑格尔、厨川白村、朱光潜等自成理论系统的散文理论主
张,对于拓展我们的散文理论研究能提供正、反两个方面的有益启示的。

这里,首先是对散文应持开阔的理解,重新树立大散文观念。中外散文
发展史说明所谓散文,就是指同诗歌、小说、戏剧等并列对举的有文学性的一
切散行杂体文字,这里是一个非常开阔的领域,有着丰富多样的格式。从亚
里士多德到朱光潜,他们对散文都是持这种开阔的理解。不知从什么时候开
始,人们对散文的理解愈来愈狭窄了,他们一谈起散文就专指抒情和记叙散
文;人们有时也爱用当年周作人在《美文》里提倡的"美文"来指代散文,
但他们的所谓"美文"也只是专指抒情和记叙散文。这样,其结果必然散文
等于抒情、记叙散文,在抒情记叙散文之外,再没有什么散文了;这样,其结果
必然是抒情、记叙散文之外的众多样式的散文,都被排除在散文史之外了,被
排除在散文研究领域之外了,被排除在散文创作领域之外了,其结果自然导
致散文研究和散文创作的单调、贫乏和偏枯。

这显然是对散文("美文")的不应有的误解,对中外散文发展史的极为
片面的认识。1992年5月28日,贾平凹在《〈美文〉发刊词》里对以上的
狭窄散文观念提出了批评,"鼓呼大散文的概念"。他写道:

　　我们倡导美的文章。为什么办的是散文月刊而不说散文说的是文章？我们是有我们的想法。我们确实是不满意目前的散文状态,那种流行的,几乎渗透到许多人的显意识和潜意识中对于散文的概念,范围是越来越狭小了,涵义是越来越苍白了,这如同对于月亮的形容,有银盘的,有玉灯的,有桔的一瓣,有夜之眼,有冷的美人,有朦胧的一团,最后形容到谁也不知道月亮为何物了。于是,还原散文的原面目,散文是大而化之的,散文是大可随便的,散文是一切的文章。

　　……我们读《古文观止》,读中学课本,看到了历史上那些散文大家,写得那一、二篇绝美的抒情文而翻阅他的文集时,我们常常吃惊他的一生仅仅是写了这几篇抒情文,而大量的是谈天说地和评论天下的文章,原来他们始终在以生命体证天地自然。

　　我们的杂志挤进来,企图在于一种鼓与呼的声音;鼓呼大散文的概念……

除了"散文是一切的文章"等个别过头话外,他"鼓呼大散文的概念","还原到散文的原本面目"的主张,确是当前散文理论研究迫切需要解决的课题。

　　其次,要高度重视对散文的艺术地掌握世界方式的研究。黑格尔所谓的艺术掌握世界的方式,按照朱光潜的诠释是"认识事物、构思和表达等一系列心理活动",也即是指艺术家在创造活动中艺术认识、艺术构思和艺术表达的心理活动全过程。从艺术地掌握世界的方式入手研究各种艺术门类的艺术家的创作心理活动和思维方式,自然比起仅从具体的艺术技巧、艺术手法和语言形式等来研究艺术创造显示了高屋建瓴、大处着眼、统观全局的大家气度。因此,尽管黑格尔在谈论诗文艺术作品的掌握方式时,流露了扬诗抑文、诗文绝对对立的形而上学偏执,他的结论是不可取的,但他的研究方法却对人有深刻的启示。

　　黑格尔在《美学》里说,诗和散文是属于"不同的意识领域",它们掌握方式是不一样的,诗是"自由的艺术",散文是"不自由的艺术",他的说法是正确和谬误杂糅的。一般说,艺术性散文同生活和口语更贴近,它本色、自然、真诚、亲切、随意,它无须运用"有音律"的语言来表达思想感情,更富于生活的逼真感,但写真人记实事的历史散文、传记散文、人物散文要受到真人真事的局限,因此艺术性散文既是自由的,又是不自由的;诗歌同生活和口语保持一定的"距离",诗是一种"制作",它在表现生活时更凝练、更集中、更理想化和情意化,允许想象联想虚构更广阔更自由的思维空间,但诗歌必须使用"有音律"语言,所以,它也是既自由又不自由的。即便被黑格尔认为的"不自由艺术"的历史散文、演说、说理散文等艺术性散文,它们的自由和不自由也是相对的,并可以转化的。我国伟大史学家和散文家司马迁在写作《史记》时,他无疑要面对亚里士多德和黑格尔说的大量"个别"、"偶然"事件的局限,但他终于克服和超越了种种局限和束缚,把《史记》写成了"究天人之际,通古今之变,成一家之言"①的不朽史学著作,他从不自由中找到了自由,《史记》里有"历史"、有"哲学",它也是伟大的诗篇,它是"无韵之《离骚》"。演说、说理散文,按黑格尔说的要服从某种"实践性的目的",但唐代刘知几却在《杂说》里说某些上品说理文可以做到"时无远近,事无巨细,必藉多闻,以成博识",拥有博大深邃自由的思维空间的。

按照朱光潜的说法,掌握方式就是思维方式。朱光潜在《随感录(上、下)》和《谈对话体》里经常从思维方式的不同来比较中西方古典散文,发表了不少富于启示性的见解。他认为中国人的思维方式长于综合,所以中国古人著作多半带有随感录性质,而西方人擅长写作结构庞大体系严密的大部头理论著作。与此密切相关的,是周秦诸子散文,除孟轲、公孙龙之外,在思想逻辑结构上采取横向铺排方式,而古希腊的柏拉图等人的哲理文则采取纵线发展形式。运用这种掌握方式或思维方式来研究散文,确能生发出富于启示性的精辟见解。在《美学》里,黑格尔以掌握方式的不同来研究艺术门类中的建筑、雕塑、绘画、音乐以及文学中的史诗、抒情诗、悲剧、喜剧和散文。就文学而论,不仅诗、小说、戏剧、散文掌握方式不同,就是散文中的抒情散文、记叙散文、描写散文、杂文、随笔等掌握方式也不同,某些作家从这一种掌握方式,转入另一种方式也值得深入研究。譬如在 1926 年前后,鲁迅从以小

---

①　在古希腊文里,诗有"制作之义"。

说创作为中心转为杂文（记叙散文和散文诗）为中心,就耐人寻味,新时期的著名散文家巴金、冰心、孙犁、郭风等阅尽沧桑的睿智老人的散文创作,从以抒情、记叙散文转向以议论、批评为主的散文,他们散文创作的杂文化,他们散文创作上掌握方式的变化,就很值得深入研究,他们的这种变化,同鲁迅当年的变化,可能是种带规律性的文学历史现象。

再次是深入研究散文的文体格式。可以毫不夸大地说,像亚里士多德对演说散文所作的周全深透的研究,是前无古人,后无来者的,是散文文体论研究的一个典范。厨川白村对欧美的 Essay 即随笔小品的研究,虽说不上精密深透,却也相当精彩。朱光潜对随感录、对话体、书信、日记、说理文的精湛研究,既符合刘勰在《文心雕龙·序志》篇谈到"论文叙笔"的那几条原则,更成功地运用比较文学的方法,很值得借鉴。我国当前散文理论的文体研究还是个相对比较薄弱的环节,我们大可从前辈理论家那儿吸取学术营养,把他们开创的工作推向前进。

（原载《中外杂文散文综论》,福建教育出版社 1997 年版）

论欧美杂文及其对中国现代杂文的影响

外国杂文,这是外国文学王国里莽莽苍苍,广袤无垠的天然沃土,这是连绵起伏,蕴藏无量的原始森林,是一个很值得开发和研究的领域。

综观中外散文发展史,不难发现一个十分有趣的普遍现象,或者说一条共同的历史规律:那就是那些声名卓著的大散文家,常常就是大学者和大思想家,他们那脍炙人口、传诵不衰的名篇佳作,常常就是进行社会批评和文明批评,蕴含着深广的社会人生哲理,有着诙谐风趣的幽默和讽刺,文艺性、批评性和议论性相统一的散文——这也就是我们今天所说的杂文。似乎可以这么说,自古迄今,由中而外,上下五千年,纵横八万里,这个常常被出版家、文选家和研究者"冷落"、"怠慢"了的"不起眼"的杂文,其实却是古今中外文学史上长盛不衰的一种文学形式。它那"含笑谈真理"(古罗马贺拉斯语)的哲理内涵和美学价值,是任何一种文学形式都无法替代的。小觑它,无疑是一种不应有的疏忽。

我们的这种看法是有根据的。这里,我们且看著名的杂文家和文艺理论家冯雪峰在《谈谈杂文》里关于"杂文的渊源和它的广泛性"的有关论述:

> 它(指杂文——引者)决不是某种文体或笔法所能范围和固定的。
>
> 拿中国文学史来说,那么,例如在古代,先秦诸子的文字就都是最好的、

最本色和最本质的杂文。这是中国文学史上散文的正统。在中国文学史上称作"古文"，也有称作"平文"的，就是指的现在所说的散文，是和堆砌的骈文相对称而说的；而其中居主要地位的是议论文和带有议论性质的叙述文。这所以能够在中国散文上居了主要地位，就因为它能够"言之有物"或者比较的"言之有物"。就是说，它有思想或者比较的有思想。这种散文，一般是以议论为主体的，同时具有很高的或者比较高的艺术性。

在外国也是如此的，也是"言之有物"的散文才是散文的正统。自柏拉图的对话录、西塞禄的演说、蒙泰纳和培根的哲学随笔、服尔泰和别林斯基的政论、普希金和海涅的旅行记和评论，一直到高尔基的社会论文，基希和爱伦堡的报告文学、小品文和批评论文，都是最好的和最本色、最本质的杂文。

冯雪峰明确把中外杂文论定为中外散文的"正统"，指出它在其中"居了主要地位"。关于中外杂文是否是中外散文的"正统"，人们可能见仁见智、乐山乐水，但是说中外杂文在中外散文中占有重要地位，则恐怕是谁也否认不了的事实。这并非是要争什么"正统"、"道统"和"文统"，只是为了开启这一重要窗口，让读者更全面了解外国杂文，从中汲取有益的思想和艺术营养。

一

说到外国杂文，我们首先遇到的问题是：外国也有杂文吗？

有一种流传较广的说法认为：中国古代没有杂文，外国也没有杂文，杂文是"五四"前后鲁迅他们创造出来的。这也就是说，杂文是中国现代的"国粹"了。

关于中国古代有没有杂文，鲁迅早在《且介亭杂文·序言》中说："其实'杂文'也不是现在的新货色，是'古已有之'的"，给了明确的回答，周作人在《杂文的道路》中也说："杂文在中国起于何时？这是喜欢考究事物原始的人要提出来的一个问题，却很难回答，虽然还没有像研究男女私通始于何时那么的难,至少在我也是说不上来,只能回答这总是古已有之的吧。"上引冯雪峰的《谈谈杂文》则有更明确的论述。因这不在本文论题范围之内,我们就略而不论了。

关于外国有没有杂文,鲁迅在《徐懋庸作〈打杂集〉序》里的一句话透露了一点消息:"杂文之一体的随笔,因为有人说它近于英国的 Essay,有些人也就顿首再拜,不敢轻薄了。""英国的 Essay"即"英国的随笔"。鲁迅所以说杂文"近于英国的随笔",他措词是很讲究、很有分寸的。因为"五四"以后,我国译介最多的、影响最大的外国散文是英国的随笔,在英国随笔中则有议论随笔、记叙随笔和抒情随笔。在这三种随笔之中,只有议论随笔才能同杂文画上等号的。鲁迅的这一说法,正说明在鲁迅看来英国的随笔中有的就是杂文,外国也有杂文的。可以作为鲁迅认为外国也有杂文的有力佐证的是,鲁迅翻译过日本厨川白村的文艺批评和社会批评的杂文集《出了象牙之塔》,日本的鹤见祐辅的杂文集《思想·山水·人物》,鲁迅的译文集《壁下译丛》和《译丛补》中都译有外国杂文,其中《译丛补》还特意标出"论文"、"小说"、"杂文"和"诗"等栏目,在"杂文"栏目下,鲁迅翻译了日本有岛武郎的《小儿的睡相》、俄国阿尔志跋绥夫的《巴什庚之死》、苏联毕勒涅克的《信州杂记》、法国科克多的《〈雄鸡和杂馔〉抄》、日本确木努易的《青湖记游》、法国纪德的《描写自己》、日本石川涌的《说述自己的纪德》等。

同样也是中国现代杂文大家和杂文理论家的周作人在《文学史的教训》里对外国有无杂文也给了明确的回答。他在这篇比较中西文学的杂文里,他指出中西散文有两个源流即历史与哲学,他在谈到古代希腊罗马散文的演变与发展时说:

> 希腊爱智者中间后来又分出来一派所谓智者,以讲学授徒为业,这更促进散文的发达,因为那时雅典施行一种民主政治,凡是公民都可参与,在市朝须能说话,关于政治之主张,法律之申辩,皆是必要,这种学塾的势力大见发展,直至后来罗马时代也还是如此,虽然政治的意义渐减,其在文章与思想上的影响却是极大的。我所喜爱的古代文人之一,以希

腊文写作的路吉亚诺斯（又译琉善或卢奇安——引者），便是这种的一位智者，他的好些名篇可以当作这派的代表作，虽然已是二千年前的东西，却还是像新印出来的，简直是现代通行的随笔，或者称他为杂文也好，因为文章不很简短，所以不大好谥之曰小品。

"爱智者"指哲学家，"智者"指专攻论辩术和修辞学的辩士。卢奇安（约115—?）是罗马帝国时代的叙利亚人，用古希腊文写作，他是古希腊文学晚期杰出散文家，周作人称他为古希腊罗马"智者"的代表，称他的散文名篇是"智者"派的代表作，是随笔也是杂文。作为著名的希腊文学专家的周作人明确认定在古希腊罗马时期就有了随笔和杂文了。

鲁迅在《徐懋庸作〈打杂集〉序》里曾说："我们试去查一通美国的'文学概论'或中国什么大学的讲义，的确，总不能发见一种叫作 Tsa-wen（指杂文——引者）的东西。"这是不确的。就在 1935 年，商务印书馆就曾出版傅东华翻译的美国韩德写的著名的《文学概论》，在那里，韩德说："无论如何，杂文总是特征的英国型，我们尽可不必跑到英国文学之外去找这型给予我们的最好例子。"可见在美国的《文学概论》里也讲英美的杂文的。因而著名翻译家傅东华才在《为小品文祝福》一文里说："西方文学里原有 Scientific miscellany（指科学杂文、杂著——引者），Religious miscellany（指宗教杂文、杂著——引者），Political miscellany（指政治杂文、杂著——引者）一类的名称，都可译作'什么的杂文'或'杂著'。"（见陈望道主编《小品文和漫画》）

在西方，杂文又称"杂谈"、"杂论"、"杂著"、"杂录"，拉丁文和英文是："Miscellany"、"Discour"和"Silua"等。据《蒙田》一书的作者，英国的 P. 博克所述："（蒙田）这种杂谈式的文体是希腊论文的一种复兴，常常用来谈道德问题，文章短小灵便，笔调生动、幽默，给读者一种亲切感，就像在聆听作者的娓娓之谈。普鲁塔克的《道德论》是蒙田最爱读的作品之一，本书就是由一些议论文编集而成的。"

这儿，我们再摘引美国著名文艺理论家和教育家艾布拉姆斯在《欧美文学术语辞典》（北京大学出版社 1990 年版）一书里关于"Essay 杂文"词条的诠释：

> 任何旨在探讨问题、阐述观点，或就某一议题加以论证的散文作品都属于杂文。杂文有别于论著或学术论文，因为它的论述说理不够系统完备，其对象只限于一般读者而不是专门人员。杂文的论证采用非专业性、灵活多样的方式，它往往通过事实，鲜明的例证和幽默风趣的说理来加强说服力。
>
> ……
>
> 杂文体裁在 1580 年得名于法国散文家蒙田。但在这以前，古希腊作家忒俄弗雷斯托斯与普鲁塔克，古罗马作家西塞罗与塞内加就开始从事杂文创作了……16 世纪末，培根的一系列随笔开创了英国杂文创作。……艾迪生和斯梯尔合办的《闲话者》与《旁观者》以及后来的其它杂志为杂文开拓了现代出版途径——文学期刊（在这之前杂文随笔都是汇集成册出版发表的）。19 世纪初期，新型杂志的问世与发展极大地推动了杂文创作，并且使杂文成为一个主要的文学类型。哈兹里特、德·昆西与查尔斯·兰姆正是在这时期将杂文，尤其是随笔的创作发展到登峰造极的水平。美国 19 世纪的主要杂文作家有欧文、爱默生、洛厄尔和马克·吐温。当代，种类繁多的期刊每周都抛出大量的杂文，其中多数为正规杂文，而奥维尔、福斯特、瑟伯以及怀特为随笔短文的杰出代表。

艾布拉姆斯把英美散文中的 Essay 仅仅视为发议论的散文作品，显然是不全面的，但 Essay 中的议论随笔则无疑就是杂文，这是没错的，他在诠释中对英美杂文的源流、演变、发展及其代表作家的说明，是相当清晰而准确的。如果不嫌絮烦，我们还可以从《列宁全集》里查到列宁给卢那察尔斯基和高尔基的约稿信，列宁要他们给《火星报》、《真理报》和《启蒙》杂志撰写"政治杂文"和"小品文"，列宁所说的小品文，其实就是讽刺性的杂文。

我们认为，杂文是以议论和批评为主的杂体文学散文；杂文以社会批评和文明批评为广阔内容，一般以对假恶丑的批判和揭露来肯定和赞扬真善美，它有时也直接赞美新生和美好的事物；杂文形式多样，短小灵活，艺术上要求议论和批评的理趣性、抒情性和形象性的尽可能的统一，一般有较鲜明的幽默、讽刺的喜剧色彩；杂文有着促进社会改革，对读者起移情益智、陶冶性灵的作用。

根据我们对杂文的这种理解，我们认为杂文是一种世界性的文学形式，是世界散文谱系中一支最庞大的家族。就中国而论，不仅现代有，古代也有；就世界范围而论，不仅西方欧美有杂文，东方的印度、日本、东南亚、中东的阿拉伯、非洲的埃及、拉丁美洲国家、大洋洲的澳大利亚等等，自古迄今，都有杂文的。至于发达或不发达，水平之高低那自又另当别论。那种认为杂文是中国的"国粹"，甚至只有中国现代鲁迅之后才有杂文，这当然不符合实际。我们说在神州大地之外，外国也有杂文，这正如同我们说在中国之外，外国也有诗歌、小说、戏剧、散文一样，不值得大惊小怪。自古迄今，这大千世界千差万别，但在不少方面又是大同小异的，决不止许多文学艺术形式的类似这一端的。恩格斯在《卡尔·马克思的〈政治经济学批判〉》中说科学研究不能"从纯粹思维出发"，而必须从"最顽强的事实出发"。我们在谈论外国有无杂文这一问题时，也只能从外国自古迄今存在着大量高水准的杂文作家和杂文作品这一"最顽强的事实出发"，判明问题的是或非。这也就是实事求是。

二

我国古代著名文论家刘勰在其"体大思精"的《文心雕龙》里的《序志》篇中，对在他之前的文论表示深刻的不满，说它们不能做到"振叶以寻根，观澜而索源"，而他的"论文叙笔"，则要做到"原始以表末；释名以章义；选文以定篇，敷理以举统"。用今天的话说，即刘勰认为以往的文论研究，不能"从枝叶追到根，从观察波澜去探寻源头"，而他在"论述有韵文和无韵文"时，则要做到："推求各体的来源，叙述它的流变；解释各体的名称，显示它的意义；选取各体的文章，来确定论述的篇章，陈述各体的写作理论构成系统。"（以上译文引自周振甫著《文心雕龙选译》）可以看出，刘勰对文学形式的研究，特别是他的文体论，是一个相当周密的理论系统，对我们今天还有方法论上的借鉴意义。结合刘勰的论述,我们在这儿就要来简略考察外国杂文的历史演变过程,它有什么样的主要样式和特点。虽说是"简略考察",但这任务却是相当烦难、棘手的,甚而是我们力所不能胜任的。

应该说,我国的外国文学翻译、介绍和研究是个很有成绩的部门,但客观的实际情况是,我们较重视外国文学中诗歌、小说、戏剧的译介,外国散文的译介只是这些年才逐渐"热"了起来,但仍然是非常有限的,不成系统的,至于外国杂文就更不必说了;在外国散文的译介中从来是以西方欧美为主,数量相对较多、较有系统,亚非拉美则除日本外,大多数国家只有零篇断简;与以上两点相适应,我国外国文学界对外国散文的研究是相当薄弱的,对外国杂文的研究则还没有起步。受制于上述客观实际,限于我们的学识水平和本文的篇幅,我们只能粗略考察欧美杂文的历史演变。

一般的西方文学的分期,大体是:古希腊罗马文学,中世纪文学,文艺复兴,古典主义,18 世纪启蒙运动,19 世纪浪漫主义、批判现实主义,20 世纪现代主义和社会主义文学;西方的散文和杂文的历史分期就无须这样划分了,我们只大体划为古希腊罗马时期,16 世纪末至 19 世纪末,20 世纪这三个历史阶段了。

古希腊罗马时期杂文是西方欧美杂文的源头,是其发轫期和开创期。古希腊罗马时期,相当于我国的先秦两汉。我国先秦诸子蜂起,百家争鸣,先秦诸子之作,大都是哲理散文,大半就是我们今天所理解的杂文。古希腊奴隶制民主制时期,自然科学、哲学、历史学相当滋荣繁盛,人们思想相当活跃,其哲理散文也蓬勃发展,不亚于我国先秦诸子之作,在体式上相当丰富多彩。1918 年北京大学出版社出版的周作人的《欧洲文学史》里,就有专章介绍古希腊罗马的散文和杂文。

就杂文体式而论,在古希腊罗马已有了如下几大系统:其一,随感录,如古希腊希波克刺特斯和德谟克里特的随感录,古罗马的西塞罗、塔西陀等也写有随感录;其二,以柏拉图为代表的对话录,卢奇安和西塞罗等也是对话录的优秀作者;其三,以苏格拉底和西塞罗为代表的辩护词和演说词;其四,以普鲁塔克的《道德论丛》和塞内加的道德论等为代表的议论随笔;其五,以卢奇安为代表的讽刺性杂文;其六,逻辑结构复杂的文艺性论文和评论;其七,以塞内加的《道德书简》为代表的书信体杂文。西方杂文除以上七类之外,还有寓言体杂文、序跋体杂文、日记体杂文、内心独白体杂文、散文诗体杂文、词典诠释体杂文等等。

似乎可以这么说,在古希腊罗马时期,上述杂文体式的七大系统,不仅仅是作为种子、胚芽、雏形出现的,其中有的甚至相当成熟,达到极高水平,譬如柏拉图的对话录、西塞罗的演说词、卢奇安的讽刺文,在西方杂文史上都是其所属领域的一座无可置辩的高峰,影响极其深远。

在欧洲漫长的中世纪,一切都成为宗教的婢女。不能说中世纪没有散文和杂文,但确实乏善可陈,因而就略而不论了。西方欧美上承古希腊罗马时期杂文遗绪,使之迅速发展、绚烂成熟,并达到登峰造极的,是1580年法国蒙田三卷本的《随笔》出版至19世纪末史蒂文生的杂感随笔这整整三百多年。这三百多年是西方资本主义生产关系和资产阶级意识形态萌芽、生成、发展、成熟、鼎盛的历史时期。16至17世纪之际,欧洲文艺复兴时期"人的发现"、"个性的发现"等的人道主义的觉醒,18世纪资产阶级启蒙运动中要求自由、平等、博爱、人权的高涨,19世纪中叶前后资本主义在全欧洲的胜利,浪漫主义、批判现实主义和前现代主义文艺浪潮中社会批评和文明批评的崛起,这一切就是这三百余年中欧美杂文滋荣繁盛、蓬勃发展的社会历史条件和思想前提。

与古希腊罗马时期的杂文相比,这三百余年欧美杂文的发展有两个突出特征。其一是蒙田在继承古希腊罗马的普鲁塔克和塞内加等的古典随笔基础上开创了富于个人情趣和个人笔调的近代随笔,并得到蓬勃的发展。无论从内涵和外延来看随笔和散文与杂文都是既有联系又有区别的。就随笔和杂文的关系看,我们在上面谈到的古希腊罗马杂文体式的七大系统中,议论随笔体杂文,仅仅只是其中的一种;另一方面,随笔包含记叙、抒情、描写、议论等体式,议论随笔体杂文也只是随笔的多种样式中的一种。就随笔和散文的关系看,散文内涵和外延又比随笔宽得多,除了兴之所至、随意为之的随笔散文外,还有书信体散文、日记体散文、散文诗、史传散文、报告文学等等。蒙田所开创的富于个人情趣和个人笔调、特别自由灵活、幽默隽永的近代随笔,反映了文艺复兴以后人们思想解放、个性解放、审美观念解放和文体样式解放的时代特点。蒙田随笔传到英国,哲人培根运用随笔撰写了58篇哲理随笔,一举成功,随笔不仅在英国扎根,而且得到更广泛的传播,盛名远远超过法国。18世纪英国,出现了像艾迪生、斯蒂尔、约翰生、斯威夫特、哥尔斯密等一大批随笔名家,到了19世纪,又出现了兰姆、赫兹里特、托马斯·卡莱尔、吉辛、德·昆西、亨特、史蒂文生等大批随笔名家,在美国也出现了霍桑、欧文、爱默生、梭罗、马克·吐温等大批随笔名家。19世纪是欧美随笔的黄金时代。蒙田以来的欧美随笔中,大半就是杂文。

其二是欧美杂文同蓬勃发展的新闻事业的密切联系。在报纸和杂志出现之前,欧美杂文是结集出版,这一则出版十分困难,二则出版周期很长,三则杂文结集为书出版读者的面毕竟有限。报纸杂志出现之后,以上局面完全改观了,报纸杂志不仅给杂文的发表提供了阵地,而且由于新闻的及时性和广泛性,大大密切了杂文同现实生活和广大读者的关系,极大地促进了杂文创作的发展。关于这点,日本的厨川白村在《出了象牙之塔》里的《Essay与新闻杂志》中有这样的论述:

> 起于法兰西,繁荣于英国的 Essay 的文学,是和 journalism（新闻杂志事业）保着密接的关系而发达的。十八世纪的爱迪生（J. Addison）斯台尔（R. Steele）的时代不待言,前世纪中,兰勃·亨德（L. Hunt）,哈兹列德（Wm. Hazlitt）那些人们的超拔的作品,也大抵为定期刊行物而作。尤其是在目下的英吉利文坛上,倘是带着文笔的人,不为新闻杂志作 Essay 者,简直可以说少有。极其佩服法兰西的培洛克（H. Belloc）,开口就以天外奇想惊人的契斯透敦（G. K. Chesterton）等,其实就单以这样的文章风动天下的,所以了不得。恰如近代短篇小说的流行,和 journalism 的发达有密接的关系一样,两三栏就读完的简短的文章,于定期刊行物很便当,也就是流行起来的原因之一。

不少论者以随笔来涵盖从蒙田到史蒂文生欧美三百余年的散文和杂文,显然是简单化的做法。较准确的说法应该是随笔是其中最主要的体式,舍此而外,尚有其他。譬如,18世纪法国的伏尔泰、卢梭、霍尔巴赫的杂文,19世纪法国雨果、左拉的杂文,19世纪德国歌德、海涅、叔本华、尼采、马克思、恩格斯等的杂文，19世纪俄国的赫尔岑、谢德林等的杂文，就不是随笔，其体式是多种多样,五彩缤纷的。

20世纪欧美杂文进入新的蜕变和拓展时期,情况相当复杂。随笔王国英国,固然也出现了如林德、吴尔芙、普利斯特莱等大作家,但其成就和影响同兰姆不可同日而语。一些有着现代主义倾向的作家如梅特林克、卡夫卡、加缪也写过一些出色的杂文,但影响不大,成不了气候。在欧美主要发达资本主义国家,较有影响的杂文作家,是一些倾向于社会主义思想的著名作家,如英国的萧伯纳,法国的罗曼·罗兰。不少中外学者都谈到一战之后,由于西方广播、影视事业的发展,报纸副刊不愿为散文和杂文提供篇幅,以及定期刊物的凋零,导致了欧美散文和杂文创作的衰落。照我们看来除了上述缘由之外,可能还有别的更深刻的原因吧。

20世纪欧美杂文创作成就突出的,并有世界影响的,是苏联的列宁、高尔基和爱伦堡。这是个很有意思的文学现象。他们不像蒙田和兰姆是专以散文随笔名家的。列宁是革命领袖和理论家,高尔基是小说家、戏剧家和社会活动家,爱伦堡是小说家和新闻记者,写作杂文不是他们毕生的主要事业,但他们的杂文成就和影响则应予高度评价。据有人统计,在《列宁全集》里标准的杂文就有八十多篇之多。就以《论"奴才气"》而论,撇开文章的政治倾向不说,作者对那作为"社会典型"的奴才的剖析,是包涵着惊人深刻的真理性认识,有着巨大的思想逻辑力量,文章极富理趣,幽默、辛辣而隽永,读了这样的杂文,读者确会增强对历史上和现实中可耻的奴才的识别力和厌恶感。没有巨大的思想力量和高度的文学修养,决写不出这样的名文来。毫无疑问,列宁是20世纪最有影响的人物之一,他的世界影响是多方面的,这其中就包括他的杂文对世界的影响。高尔基一生写过大量的社会评论、政治评论、思想评论和文艺评论的杂文。他的《论小市民习气》、《论市侩》曾得到列宁的击节赞赏。他的数量众多、成就极高的杂文是丰富而宝贵的文学遗产的有机组成部分,历史证明,它们对法朗士、巴比塞、罗曼·罗兰、萧伯纳、茨威格有过深刻影响,对我国的鲁迅、瞿秋白以及其他左翼作家有深远影响。爱伦堡作为多闻博识、足迹遍及全世界的著名记者和深刻锋利的政论家,其世界影响并不在于他那些著名小说之下,特别是他在反法西斯战争期间撰写的政论性杂文,产生了广泛世界影响,也为他赢得了世界声誉。总之,这些是客观存在,耐人深思的事实。而且这种文学现象,在 20 世纪的杂文发展中上决不是孤立的,我国现代由鲁迅所开创的"鲁迅风"杂文,就同以上事实有着合乎规律的内在联系。

正如周作人在《杂文的道路》里所说的,古今中外杂文在内容和形式上的特点是"杂"。这个"杂"字有丰富、杂多、不拘一格、随物赋形的意味。古今中外杂文在内容、形式和表现方法上是无限多样、开阔自由、最不受限制的,有着惊人的丰富性、包容性、弹性和张力,为杂文作家提供自由创造的最广阔天地。要对杂文的无限多样的体式作精密的分类和审美规范是异常困难的。这里只谈几种最常见、最有表现力的杂文体式。

这第一种就是随感录。在古希腊杂文里最早出现的就是随感录。随感录有独特的思维方式和表达方式。高尔基有次说过,有的人是用"格言和警句进行思维的"。随感录的思维方式就是用"格言和警句进行思维的"。亚里士多德的《修辞学》是西方最古老的、也是迄今为止最有分量的一部散文理论著作。《修辞学》第二卷第二十一章专论"格言",他指出"格言是对一般事理的陈述","格言就是修辞式推论的去掉三段论形式以后剩下的结论和前提","好的格言表现演说者有好的性格"。他关于格言的论述,对我们理解随感录有启发。我国的朱光潜说随感录的表达方式是"判而不证,论而不辩"的,优秀的随感录作者必须是哲学家和诗人(见朱光潜:《随感录(上、下)》),见解异常精辟。的确,好的随感录,有时一语中的,有时只三言两语就能表达丰富深刻的哲理,语言闪耀着诗意的光辉。希波克剌特斯、帕斯卡尔、歌德、尼采等的随感录,都有以上共同特点,而又独具风采。可以说,在古今中外的杂文里,短小隽永的随感录,是最具活力,也最为读者所珍爱的一种体式。

第二种是对话录。古希腊罗马的柏拉图、卢奇安和西塞罗的许多杂文就是用对话录的形式写成的。这种体式也是西方杂文里较常见、较有活力、深为读者喜爱的一种体式。一般有两种情况。一种是全面活现人们在探求真理过程中从矛盾对立至矛盾统一的活的辩证思维过程。这就是作者用文学语言生动有趣地再现人们对问题的认识如何从假到真,从片面到全面,从孤立到联系,从外部到内部,从现象到本质,从错误到正确,即人们形成正确的概念和观点的"去粗取精,去伪存真,由此及彼,由表及里"的全过程,在这过程中,有智者的论辩的机智和技巧,有真理性的真知灼见,有论辩双方性格碰撞的火花,有一种特殊的理趣,读者可以从中具体学到如何思考问题和解决问题,得到智力体操的有益训练,柏拉图、西塞罗和莫洛亚的对话录即为这方面的代表作。还有一种是在简单的小故事和小场景中包容对话,对话是其主体。屠格涅夫的《作家和评论家》、哈谢克的《社会救济会》、伯尔的《悠哉优哉》等即是,这些篇章既是对话录,又近似于小小说和讽刺喜剧小品了。事实上小说和话剧就是在对话的基础上萌发起来的。

第三种就是议论随笔,这是欧美近代以来杂文中成就最高、影响最大、最为重要的一种体式。我们在上面说过蒙田以后的随笔,是一种极富个人情趣和个人笔调、自由灵活、幽默隽永、特别诚恳和亲切的散文形式,就随笔的表达内容和表达形式而论,随笔在实际上可区分为议论型、记叙型、抒情型和描写型等种类。国内外欧美随笔研究者基本上是对随笔作综合的把握和论述,不作具体分析。如在我国影响很大的日本厨川白村在《出了象牙之塔》对欧美"Essay"的论述,英国的本森为他所编辑的《随笔的类型及时代》的序言:《随笔作家的艺术》,以及我们所能见到的英美各种类型辞书关于"Essay"一词的诠释也无不如此。不过他们的有关论述对我们还是有启发的。譬如厨川白村就谈到欧美随笔的源流演变与发展;谈到随笔与议论文的区别与联系,写好随笔的"要件"是:"作者将自己的个人底人格的色彩,浓厚地表现出来",作者须"很富于诗才学殖""对于人生的各样现象,又有奇警的锐敏的透察力";随笔里有"作者的思索体验的世界",它"因时代,因人,各有不同的体裁的"。本森认为:"随笔在本质上则是独白";"英国随笔有种种不同的形式";"随笔,乃是从某一可以清楚说明的着眼点出发所进行的一种人生小评论","随笔作家以其特殊的方式充当了人生的解说员,人生的评论家。他观察人生,不像历史家,不像哲学家,不像诗人,然而这些人的特点他又都有一点儿。"这对我们了解一般的欧美随笔特点很有帮助,间接上也支持了我们关于随笔有多种内容、形式、体裁的观点,特别存在着议论随笔的观点。

欧美议论随笔名家的作品,确是"因时代、因人"而异,绚烂多彩。同是近代随笔开创者,蒙田和培根何等不同。赫兹里特说蒙田"从不自诩什么哲人、智者、演说家或道德家,但这一切他却一身兼有,就只因为他敢于告诉我们他的真实思想"。雪莱说培根:"他的文字有一种优美而庄严的韵律,给感情以动人的美感,他的论述中有超人的智慧和哲学,给理智以深刻的启迪。"在博识睿智上他俩有近似之处。但蒙田的议论随笔,寓博识睿智于坦诚亲切、幽默风趣之中,培根则洗炼浓缩、庄严凝重。同是英国18世纪启蒙主义随笔大家,艾迪生的议论随笔寓社会批评和文明批评的思想文化启蒙于温润优雅、幽默隽永之中,斯威夫特则以构想奇诡、讽刺恶辣著称。同是19世纪英国浪漫主义随笔大家兰姆和赫兹里特,兰姆善于从城市平凡生活中取材,开掘和玩赏其中的情味,用的是伊丽莎白时代的古雅文体,其随笔千回百转,曲折深至,在侃侃而谈、饶舌闲话的幽默风趣之中溶入他不幸人生经历的苦涩和辛酸,被认为是随笔的极致,最耐玩味的文字;赫兹里特的议论随笔,犀利泼辣,情感热烈,说理深透,极富文采,给人情文并茂,酣畅淋漓的美感。20世纪英国随笔大家林德沿着兰姆的路子追求新的拓展,"意识流"小说家吴尔芙在随笔写作上则另辟蹊径,成绩斐然,她的两本文艺评论集《普通读者》,以女性作家特有的细腻、敏锐和亲切,以清丽抒情笔调评论她所喜欢的作家,写得亲切有味,颇能传神,每篇文艺评论随笔仿如印象派画家的肖像画,她更胜林德一筹。

第四种是文艺性的评论,包括文艺性的社会评论、政治评论、思想评论、历史评论和文艺评论。这类杂文也是欧美杂文中的最常见、很重要的体式。它们同一般的非文艺性的评论文章不同,在于它们不是纯粹逻辑思维的,它们是逻辑思维和形象思维的结合,即它们在议论和批评的展开时,追求议论和批评的理趣性、形象性和抒情性,或者换种说法,它们追求着"思想"之美、"知识"之美、"趣味"之美和"情韵"之美,同一般的议论文、批评文划清了界限;它们同上述议论随笔稍有不同,即不如议论随笔轻松、亲切、风趣、灵巧,但取材更广泛,风格更凝重,说理更透彻、情感更内蕴、篇幅更放大一些,这当然也只是相对而言的。卢奇安的《论居丧》、叔本华的《论读书》、马克思的《评普鲁士的书报检查令》、恩格斯的《论权威》、罗素的《论老之将至》、梅特林克的《论沉默》、列宁的《论"奴才气"》、高尔基的《论灰色》、加缪的《西绪福斯的神话》等等都是,其中马克思的《评普鲁士的书报检查令》和加缪的《西绪福斯的神话》都是二三万字以上的长文。以上名文共同特点是思想的丰富、知识的渊博、见解的新颖深刻,以及议论和批评的理趣性、形象性和抒情性,各人又都有互不重复的独特风格。较之议论随笔杂文的轻灵亲切风趣,以上评论性杂文则开阔厚实深邃,两者各有优长,不能互相替代。

　　第五种是演讲体的杂文。早在古希腊罗马时期,演说就异常发达。这同古希腊罗马奴隶制的民主政治和重视法治密切相关。当时的演说有政治演说、诉讼演说和典礼演说,它们是古希腊罗马散文的重要组成部分。专门总结演说艺术经验的科学著作最著名的是亚里士多德的《修辞学》,《修辞学》也是西方最重要的散文理论著作。西塞罗继承发展了亚里士多德的理论,"他认为演说是最高的智力活动,演说者要熟悉所讲的题材,要研究人们的性格和心理,这样才能教育人、娱悦人,打动人"(罗念生:《修辞学·导言》)。并非所有的演说都是杂文,也并非所有的演说者在精心结撰演说稿和作即兴演讲时都意识到自己在写杂文,但是确有不少精彩演说是以议论和批评进行社会批评和文明批评,这议论和批评又富于理趣性、形象性和抒情性,有着鲜明的幽默和讽刺的喜剧色彩,像这样的演说就是杂文。布朗的、爱默生的、雨果的、恩格斯的、丘吉尔的演说都可以视为杂文。演说在本质上也是一种独白,演说者的个性、学识、思想、才情,以及他们驾驭语言的艺术,都有充分的表现。同演说性质相近的,还有书信体和日记体的杂文。演说、书信、日记等文体样式既是独立的散文形式,但有时它们又会同小说、诗歌、戏剧和影视文学结合,转化为新的综合性的文体样式。这是毫不足怪的。如同自然科学发展史所证明的,自然科学在其演变、发展的过程,总是不断走向新的分化,又不断走向新的综合,甚而是分化和综合同步进行,文学的发展史也是如此,诗和散文原本是壁垒森严的,因而有亚里士多德的《诗学》和《修辞学》,但以后又有"诗的散文"和"散文的诗",他如"诗剧"、"诗体小说"、"抒情小说"等等,再如文学和历史、哲学、自然科学等的互相渗透和结合等等,都是一个理。因而,我们说在外国杂文里有演讲体、书信体和日记体杂文并不是什么"拉郎配",是有充分的事实和理论根据的。在我国现代著名杂文大师鲁迅的众多杂文集里,也有众多的演讲体、书信体和日记体杂文,这也是一个理,反映了文体格式的又分化又综合的辩证发展规律。

除了以上几种之外,诸如寓言、故事、笑话体的幽默性、讽刺性杂文,哲理性散文诗体的杂文,序跋体的杂文,渗入议论和批评的知识小品体的杂文,独白体的杂文,词条诠释体的杂文,等等。如前所述,杂文在内涵和外延上有着丰富杂多的突出特点,它为杂文家提供了自由驰骋、独立创造的最广阔的天地,它的开阔、自由、灵便为杂文家提供了反映社会生活和人的思维方式的无限丰富多样的最大可能性。外国杂文和中国杂文自然不限于区区以上几种,它要丰富得多。这一点连《文心雕龙》作者都有所发现,他在该书的《杂文》篇里不得不慨叹道:"详夫汉来杂文,名号多品。"要硬性说古今中外杂文有多少种,不免有呆滞之嫌,较聪明的说法是:"名号多品"。

三

在这部分,我们想着重谈谈中外杂文的同异,并说说中国现代杂文如何在时代精神推动下,如何从异域杂文中吸取营养而产生、发展、壮大的。这里的"同"是指矛盾的普遍性,就杂文而论,是指世界各国杂文的普遍性,即其共同性,"异"是指矛盾的特殊性,就杂文而论,是指世界各国杂文的特殊性,即其差异性。照我们看来包括杂文在内的世界各国文化,都是矛盾的普遍性和特殊性的辩证统一,都是共同性和差异性的辩证统一;唯其如此,包括杂文在内的世界各国文化,才有互相交流、互相吸收,共生互补、共同繁荣发展的可能和必要。从这点说,把中国杂文放在世界杂文的大框架进行比照,在于认识世界,也认识自己,在于认识杂文发展的普遍规律,也在于认识杂文发展的特殊规律,并在此基础上,丰富自己、完善自己、发展自己、壮大自己。

在展开这个烦难而有意思的论题之前,我们先看朱光潜在《随感录》里关于中西随感录比较的有关论述:

依心理学分析,人类心思的运用大约取两种方式:一是推证的,分析的，循逻辑的方式，由事实归纳成原理，或是由原理演绎出个别结论，如剥茧抽丝，如堆砖架屋，层次线索，井井有条；一是直悟的，综合的，对于人生世相涵泳已深，不劳推理而一旦豁然有所彻悟，如灵光一现，如伏泉暴涌，虽不必有逻辑的层次线索，而厘然有当于人心，使人不能否认其为真理。……

就大体说，随感录这一类文章是属于"悟"的。它没有系统，没有方法，没有拘束，偶有感触，随时记录，意到笔随，意完笔止，片言零语如群星罗布，各各自放光彩。由于中国人的思想长于综合而短于分析，长于直悟而短于推证，中国许多散文作品就体裁说，大半属于随感录。《论语》可以说是这类作品的典型。……

……中国许多著作，都多少有随感录性质。经部如易卦象象辞、曲礼檀弓、春秋记言；子部如老子、韩非语林、韩诗外传、晏子春秋、刘向说苑；集部如杂说、杂记、笔记、语录、诗话之类，有许多都是一时兴到之作。《论语》以后，取随感录体裁而最成功的，当然要推《世说新语》。……

西方思想本长于推证与分析，所以西方文学大半以结构擅长。……西方著作无论是哲学、科学或是文学的，大半有两大特色：第一是篇幅长，其次是条理清楚。……所以随感录这一类文章不能算是西方人的本色当行。但是西方心智的发展究竟是多方面的。在思想方面，从古到今，直悟综合的方式也并非没有卓越的人物。因此，随感录这一类文章，还是有悠久的渊源与广泛的运用。如果把它们结集起来，成就也颇可观。

朱光潜是学贯中西、知识渊博的著名美学理论家，他对随感录这一重要杂文体式做了精湛的分析，他指出中西随感录所以"有悠久的渊源与广泛的运用"，那是中西心智上都有"直悟综合"的共同性，但西方人长于"推证与分析"，而中国人则"长于直悟短于推证"，他显然希望人们在这方面能取人之长，补己之短。我们认为朱光潜的上述看法值得重视。因为它不仅回答了中国古代和外国有无杂文的问题，他对中西随感录所作的实事求是的比较和分析，对我们研究问题也有着方法论上的启发意义。这就是这种比较对中西文学的优缺点和长短处应作实事求是的分析，既不搞"唯我独尊"，又不是抹煞自己,而是扬己之长,弃人之短,取人之长,补己之短,丰富、发展和壮大自己。

就包括杂文在内的中西散文比较而论,中国散文产生更早,成熟更早,在文学的各门类中占有更显赫的地位,成就也更加辉煌,我国是世界文学中的超级散文(杂文)大国。我国的第一部散文典籍《尚书》出现在第一部诗歌总集《诗经》之前,其中有虞书夏书,这相当于古希腊的神话和史诗时代,到了春秋战国时代,诸子蜂起,百家争鸣,哲理散文和历史散文不仅大量涌现,而且相当成熟,水准奇高。古希腊散文出现于公元前 6 世纪,至公元前四世纪由盛而衰,古罗马也出现散文大家,这大体上相当于我国先秦两汉时代。中西散文在政治生活和文学艺术中所占据的地位并不相同。中书君(钱锺书——笔者)在《新文学的源流》(载陶明志编《周作人论》)一文中论"诗""文"在中国文学史上地位之不同时说:

> 我们没有"文学"这个综合的概念,我们所有的只是"诗"、"文"、"词"、"曲"这许多零碎的门类,其缘故也许是中国人太"小心眼儿"(Departmentality)罢!"诗"是"诗","文"是"文",分茅设蕝,各有各的规律和使命。"文以载道"的"文"字,通常只是指"古文"或散文而言,……"道"这个东西,是有客观的存在;而"诗"呢,便不同了。"诗"本来是"古文"的余事,品类(Genre)较低,目的仅在乎发表主观的感情——"言志",没有"文"那样大的使命。

郁达夫在《〈中国新文学大系·散文二集〉导言》里也说:"中国古来的文章,一向就以散文为主要的文体,韵文系情感满溢时偶一发挥,不可多得,不能强求的东西。"这些说法是符合中国古典文学史实际的。最典型的说法是曹丕在《典论》里说:"盖文章者,经国之大业,不朽之盛事也。"散文在西方决没有中国这样阔的头衔和显赫的地位。譬如从亚里士多德的《诗学》到黑格尔的《美学》,都贯串着一条扬"诗"抑文的思想路线,这种情况也反映在西方人自己撰写的文学史里,这种理论上的倾斜,反映西方散文在文学王国里的实际地位和命运。包括杂文在内的西方散文,古希腊罗马时期是第一个高峰,一千多年漫长的中世纪,散文和杂文乏善可陈,第二个高峰是从蒙田到史蒂文生三百年,到 20 世纪后就渐趋衰落,难以为继,而我国的散文和杂文发展情况却不是这样,它们仿佛连绵的山脉和漫长的江河,有起伏有曲折,但有众多的高峰和高潮,例如先秦两汉,魏晋南北朝,唐宋古文运动,晚明的李贽和公安竟陵小品,至"五四"以后散文和杂文又有了大的发展,到了30 年代,鲁迅在《小品文的危机》里甚至说散文和杂文"小品"的"成功"在诗歌、戏剧、小说之上。我国文学史上散文名家和杂文名家、名作之多、水准之高在世界上找不出第二个。

但是在中国三千年漫长的奴隶社会和封建社会里,我国繁荣鼎盛、水准极高的散文和杂文内部,就包涵着导致自身僵化衰亡、自己否定自己的诸多因素。这首先是中国没有古希腊罗马奴隶主贵族的民主和法治,在封建社会、半封建半殖民地的中国没有民主和法治的传统,我们只有封建专制政治、封建宗法思想、封建礼教,这就是通常说的纲常名教,反映在文学上就是刘勰所概括的"原道"、"征圣"、"宗经",这就是为什么欧洲文艺复兴时打出复兴希腊文明,请出历史亡灵,演出历史新场面,为新兴的资本主义发展做舆论准备,为其开辟道路,而我国的唐宋古文运动虽然在文学上也是有历史进步意义的在复古旗号下的革新,但归根到底是为了维护现存的封建专制制度,是为了现存制度的自我完善和自我发展,它们同欧洲的文艺复兴在本质上是完全不同的。近些年来学术界不少人把汤显祖与莎士比亚相提并论,把晚明李贽和公安派竟陵派的小品文相提并论,这实际上是只知其一,不知其二。在中国晚明的封建末世,资本主义生产关系已经萌芽,李贽作为一位思想解放、批判性、战斗性很强的思想家,他对封建道学、封建官僚、封建弊政进行过激烈揭露和讽刺,但他并没有也不可能从根本上否定封建儒家思想和封建专制制度,受到李贽启发的公安派文人,反对复古、主张革新,鼓吹"独抒性灵,不拘格套",反映了个性觉醒、个性解放、文体变革的进步要求,但在思想上,他们还达不到李贽的水平。因此,他们同蒙田、培根这些自觉、强有力为新兴资产阶级登上历史舞台制造舆论的资产阶级思想家不可同日而语。我国封建社会的"原道"、"征圣"、"宗经"的文学思想,成为束缚作家创作个性和创作自由的精神牢笼,严重局限作家的创作视野,限制了作家创作的广度和深度。其二是我国与西方欧美不同,自古迄今分析哲学很不发达,逻辑思想比较贫乏,这对杂文创作极端不利。因为以议论和批评为主的杂文创作思维是理论(逻辑)思维为主,形象思维为辅的,离开理论(逻辑)思维的主导作用,杂文家在创作中对社会人生哲理的开掘、发现、概括和表达会受到严重局限,离开了朱光潜说的"推证与分析",要把道理表述得酣畅深透、征服人心,也会受到严重局限的。这我们只要看看亚里士多德的《修辞学》和黑格尔的《逻辑学》(更不用说罗素的《数理逻辑》),对照我国在现代以前我国的逻辑发展史,不难发现其间差距之大了。也许正是为此,我国近代著名启蒙思想家和杂文家在译述赫胥黎的《进化论与伦理学》(严复只译"进化论"部分,改名《天演论》)会着力介绍西方的逻辑思想,还专门译了穆勒的《名学》(即《逻辑学》),鲁迅也在《科学史教篇》里专门介绍培根和笛卡尔的逻辑思想。其三是言文不一的"二元论"。包括杂文在内的散文,与诗不同,它同日常生活和日常口语最贴切,因而它的语言原应最自然、最朴素、最本色的。古希腊人称散文是行文如说话的文体,是"口语著述",古罗马人称散文为"无拘束的陈述"。欧洲在文艺复兴时期前后,如意大利的但丁,英国的乔叟,德国的马丁·路德都主张不用拉丁文,而用本国的方言俗语写作,他们的试验获得了成功,言文一致是它们早已解决了的问题(见胡适:《建设的文学革命论》)。我国古代由于文字书写烦难,因而书面语言比口头语言要简约洗炼得多,这原是优点,但也带来很大的局限,即周作人在《中国新文学大系·散文一集·导言》里所说的"言文不一"的"二元论"。因此郁达夫说中国古文,"行文必崇尚古雅,模范须取诸六经;不是前人用过的字,用过的句,绝对不能任意作,甚至之乎者也一个虚字,也要用得确有出典,呜呼嗟夫等一声浩叹,也须古人叹过才能启口"。他反问道:这样,"我们还写得出好的散文来么?"这种"言文不一"的"二元论",使得散文和杂文同现实生活疏远了,同国民大众疏远了,作家无法自由抒写自己性灵,用这样文字写作,无异于缠足走路,戴脚镣跳舞,卡着脖子唱歌,发展到极端就是如胡适说的成了"死的文学"。以上这些带着否定性、局限性的因素,导致中国散文和杂文走向僵化衰落、濒临死亡。历史把中国文学的生死存亡的严峻问题摆在国人面前,只有"大破大立"的文学革命才能解决这问题。中国的资产阶级改良派企图以半文半白的"新文体"使奄奄一息的中国古文新生,他们的革新没有成功,作为一笔历史的教训留给后人。但是文学革命不能独立产生,它同社会的对外开放程度、同社会解放、作家的思想和个性的解放,人们审美观念的解放、文体和语言的解放,以及新闻事业的发达紧密联系在一起,这样的综合的历史条件,只有到了"五四"前后才具备。

在 20 世纪 20 年代中期,周作人和朱自清对包括杂文在内的中国现代散文同外国散文(主要是指欧美和日本散文)的关系,看法上有一些分歧。周作人在《〈陶庵梦忆〉序》里说:"我常这样想,现代的散文在新文学中受外国影响最少,这与其说是文学革命的,还不如说是文艺复兴的产物。"在这里,周作人基本上否认中国现代散文受到外国文学的深刻影响,否认现代散文是文学革命的产物,只不过是明清"名士"派小品的复兴。朱自清在《论中国现代小品散文》里则说:"现代散文所受的直接的影响,还是外国的影响;这一层周先生(指周作人——引者)不曾明说。我们看,周先生自己的书,如《泽泻集》等,里面的文章,无论从思想说,从表现说,岂是那名士派的文章里找得出的?——至多'情趣'有一些相似罢了。我宁可说,他所受的'外国的影响'比中国的多。而其余的作家,外国的影响有时还要多些,像鲁迅先生,徐志摩先生。"这问题,鲁迅早在 1923 年的《关于〈小说世界〉》里就明确说过:"(中国)现在的新文艺是外来的新潮流。"鲁迅说的中国"现在的新文艺",当然包括中国现代散文和杂文,既是"外来的新潮流",当然不是什么"明清名士派"文章的复兴了。

没有"外来的新潮流"就没有"五四"文学革命,就没有中国现代散文和杂文革命,也就没有中国散文和杂文的现代化。这是无须多说的,须要具体论述的是,包括杂文在内的"外来的新潮流"如何促成中国杂文革命、中国杂文的现代化,或者说中国现代杂文如何从"外来的新潮流"那里吸取有益的营养,独立创造了堪称为 20 世纪世界杂文奇观的中国现代杂文。

这里最重要的是,中国现代以鲁迅为代表的杂文家,从西方欧美 18 世纪以来的启蒙运动、浪漫主义、批判现实主义乃至现代主义文艺思潮那里,吸取了西方近、现代文学的社会批评和文明批评精神,他们把社会批评和文明批评写在自己的旗帜上,规定了中国现代杂文的内容和社会功能。自觉的、广泛的、深刻的社会批评和文明批评,是中国现代杂文的生命和灵魂,是中国现代杂文区别于中国古代杂文的现代化的根本标志;社会批评和文明批评是中国现代杂文承担社会思想启蒙、进行国民灵魂的解剖和重造、促进中国社会的进步变革的前提,正是由于这一社会功能,中国现代杂文在中国现代史上占有重要地位;社会批评和文明批评决定了中国现代杂文的寓肯定于否定之中的主要表现形态和审美特征。离开了这一点来谈"外来的新潮流"和中国现代杂文的关系,就是没有搔到痒处、去掉根本。

先看鲁迅在《两地书》里对许广平论杂文的一段话:

> 中国现今文坛(?)的状况,实在不佳,但究竟做诗及小说者尚有人。最缺少的是"文明批评"和"社会批评",我之以《莽原》起哄,大半也就是为了由此引些新的这一种批评者来,虽在割去敝舌之后,也还有人说话,继续撕去旧社会的假面。

同样意思还见于《华盖集·题记》。鲁迅所说的社会批评和文明批评指的就是杂文。鲁迅关于杂文是社会批评和文明批评的理论主张,是他对日本厨川白村有关论述的改造。鲁迅译过厨川白村的《苦闷的象征》和《出了象牙之塔》,对他评价极高,在北京大学和中山大学讲授《文学概论》时就以那两本译作作教材。在《出了象牙之塔》和《走向十字街头》里,厨川白村多次谈到社会批评和文明批评的问题,他这观点是从英国 19 世纪散文家和文艺批评家安诺德关于"诗是诗人对人生的批评"(鲁迅早在《摩罗诗力说》里就引过这句名言)改造发展而来的,他认为 19 世纪英国浪漫主义诗人拜伦和雪莱的诗歌、19 世纪批判现实主义剧作家易卜生、萧伯纳、高尔斯华绥、小说家屠格涅夫、陀思妥耶夫斯基、托尔斯泰共同特点是把文艺作为社会批评和文明批评,他认为西方现代文学的主潮就是社会批评和文明批评,他说:"建立在现实生活的深邃的根柢上的近代文艺,在那一面,是纯然的文明批评,也是纯然的社会批评。"又说:"文艺的本来的职务,是在作为文明批评社会批评,以指点向导一世。"显而易见,鲁迅关于杂文是社会批评和文明批评是从厨川白村论 19 世纪欧美文学和文艺的"本来职务"即其社会功能里得到启发,并加以改造和发展的。同样意思的话,现代杂文大家周作人也说过。在《谈龙集·序》里他说他的杂文集《谈虎集》里"所收的是关于一切人事的评论,我本来不是什么御史或监察委员,既无官守,又无言责,何必来此多嘴,自取烦恼,我只是喜欢讲话,与喜欢乱谈文艺相同,对于许多不相干的事情,随便批评或注释几句,结果便是这一大堆的稿子"。

鲁迅认为中国现代杂文是社会批评和文明批评,一方面是受到厨川白村和欧美近现代文学的启发,但更主要的是"五四"时代精神的深刻反映。这我们可从被认为是新文学运动统一战线右翼的胡适的话中找到证明。他在1919年的《新思潮的意义》中说:

> 这种批评的态度,在实际上表现时,有两种趋势。一方面是讨论社会上、宗教上、文学上种种问题。一方面是介绍西洋的新思想、新学术、新文学、新信仰……

1930年胡适又在《人权论集》里论到"五四"运动说:

> 新文化运动的一件大事业就是思想的解放。我们当日批评孔孟,弹劾程朱,反对孔教,否认上帝,为的是打倒一尊的门户,解放中国的思想,提倡怀疑的态度和批评的精神而已……新文化运动的根本意义是承认中国旧文化不适宜于现代环境,而提倡充分接受世界的新文明的。

对中国封建专制制度和封建专制思想,对中国的旧思想、旧文化、旧风俗、旧习惯,以及对中国国民灵魂中消极、落后的劣根性,进行自觉、广泛的社会批评和文明批评,是中国现代杂文家的共识,中国古代杂文里也有民主性的精华,也有社会批评和文明批评的种子、胚芽,但要对上述一切自觉进行广泛的批评,这无疑只有用现代科学和民主思想武装起来的中国现代杂文家才办得到,因此,我们说在杂文旗帜上写上"社会批评"和"文明批评"八个大字,是中国现代杂文区别于中国古代杂文的现代化的根本标志。中国现代文学始终是以统一战线的形式存在的,中国现代杂文也是如此,统一战线内部各杂文社团、流派、群体对以上封建的、消极、落后、丑恶的一切的批评,在鲜明、坚决和彻底的程度上,在广度、深度和高度上是大不一样的,杂文是寓肯定于否定之中的,以上杂文家在否定、破坏了旧的东西之后,要肯定、建设、确立什么新的理想,有时不仅是迥然相异,甚至是完全敌对的,这自然同他们所属的阶级有关,也同他们所承受的外来潮流有关,这里就不具论了。

在"外来的新潮流"激荡下,"五四"前后出现了社会解放,思想解放和个性解放的强大潮流。这在当时是一股革命的和进步的潮流。反映在文学上,在现代散文和现代杂文上,就是作家在杂文创作中,自觉追求表述自己的独立见解,追求个人的情趣和笔调,追求个人的文体和个人风格,正是这种自觉的个人追求,为中国现代杂文史上众多的杂文社团、杂文群体和杂文风格、流派奠定基础,赋予中国现代杂文蓬勃的生机和绚烂的虹彩。

在"五四"前后,对中国现代杂文家影响最大的是,法国的蒙田,德国的尼采、海涅,英国的艾迪生、斯蒂尔、约翰生、斯威夫特、兰姆、赫兹里特,美国的欧文、爱默生,二三十年代之际则有罗曼·罗兰、萧伯纳、高尔基和爱伦堡。在文学创作中,自觉追求表述个人的见解、个人的情趣和笔调、自己的文体和风格,是古今中外任何优秀作家的共同特征,从这点说,任何优秀作家都有一个属于他自己并以独特方式表达的"思索体验的世界",从这点说,重视文学创作的主体性并非资产阶级作家的专利品,是古今中外优秀作家的共同特点。但话又得说回来,资产阶级作家对文学创作主体性的追求更自觉、更强烈,资产阶级文艺理论家对文学创作主体性的理论阐发更系统更严整,他们其中的某些人有时甚至还把问题推向极端荒谬的地步。

就中国现代杂文创作而论,法国蒙田的影响是深远的。他在他的《随笔》集序言《致读者》里说的"这是部坦白的书",在这部书里"我所描画的只是我自己",他所说的"没有怀疑,就不能判断",他的富于个人情趣和个人笔调、亲切真诚、幽默隽永、自由灵活、不拘一格的议论随笔,"五四"开创期的那一代杂文家没有一个不受其影响;德国尼采的"重新估定一切价值",他的"偶像破坏"论,他的鄙视世俗独战庸众的"超人"哲学,他那前无古人的箴言体随感录,"五四"时期那一代杂文家也没有人不受影响的;至于继承和发展了蒙田议论随笔的英国随笔,对先是"语丝"派后是"论语"派的周作人和林语堂,对"现代评论"派的陈西滢和胡适,对"新月"派的徐志摩和梁实秋,对创造社的郁达夫,对梁遇春、王力、钱锺书等的有益影响,也十分突出。至于日本随笔对中国现代杂文家的影响,徐懋庸在《鲁迅的杂文》里说过:"厨川白村的《出了象牙之塔》和鹤见祐辅的《思想·山水·人物》，——尤其是前者的翻译,对于中国的杂文的发达,影响之大,恐怕并不在他自己（指鲁迅——引者）所作的杂文之下的。"

在"外来的新潮流"启示下,中国现代散文家和杂文家高扬创作主体性,这对中国传统的压抑、扼杀作家创作个性,实行"定于一尊"的文化统制主义,搞千人一面、千部一腔、千篇一律的"老八股"和"老教条"是反叛,是决裂,给僵化腐朽、气息奄奄的中国杂文注入蓬勃生机,开创了历史的新生面。当然杂文作家的创作主体是开放的动态的而不应该是锁闭的静止的。中国现代杂文史上如鲁迅、瞿秋白、郭沫若、茅盾、闻一多、朱自清等名家,由于现实的教育和接受马克思主义和苏联无产阶级文学的影响,在杂文创作上也经历了从个性主义到集体主义的飞跃;而像30年代的周作人和林语堂则陷入个性主义不能自拔,这给他们的思想和杂文创作带来损害,这是英国随笔对中国现代杂文家的消极副作用的一个具例。

中国现代散文和杂文的开创者,猛烈抨击"桐城谬种,选学妖孽",学习和借鉴蒙田随笔和英美随笔的艺术经验,创造了雅俗共赏的"谈话风"、"幽默风"和"讽刺风"的杂文,获得了极大的成功。蒙田随笔和英美随笔,西方人称为 Informal Essay（不拘形式的随笔）和 Familiar Essay（家常闲话式的随笔）,有随随便便、不拘形式,如同家常谈话、好友谈心等随意、坦诚、直率、亲切等的特点,其中自然也有法式幽默、英式幽默、美式幽默,以及各式各样的讽刺,它们是典型的雅俗共赏的"谈话风"、"幽默风"、"讽刺风"的随笔,为中国现代杂文家的创造提供了成功的范例,指明了一条使我国散文和杂文从贵族化走向平民化的道路,解决了长期困扰中国散文和杂文同生活隔膜、和读者疏离的大难题。因而,这也是中国现代杂文现代化的一个重要标志。

在欧美随笔启发下,中国现代杂文家非常重视杂文的"谈话风"问题。鲁迅在《写在〈坟〉后面》里说作文"以文字论,就不必更在旧书里讨生活,却将活人的唇舌作为源泉,使文章更加有生气"。他说《语丝》的特色是"任意而谈,无所顾忌,要催促新的产生,对于有害于新的旧物,则竭力加以排击"（《我和〈语丝〉的始终》）,他在《〈莽原〉出版预告》中说:"率性而言,凭心立论,忠于现实,望彼将来",说的都是"谈话风"问题。周作人在

《〈自己的园地〉旧序》里也说:"我自己知道这些文章有点拙劣生硬,但还能说出我所想说的话;我平常喜欢寻人谈话,现在也就寻求相像的友人,请他们听我的无聊的闲谈。"刘半农在《〈半农杂文〉自序》里说:"我做文章只是努力把我日里所要说的话译成了文字,什么'结构','章法','抑、扬、顿、挫','起、承、转、合'等话头,我都置之不问,然而亦许反能得其自然。所以,看我的文章,也就同我对面谈天一样:我谈天时喜欢信口直说,毫无隐饰,我文章也是如此;我谈天时喜欢开玩笑,我文章也是如此;我谈天时喜欢动感情,甚而至于动过度的感情,我文章中也是如此。"朱自清在《内地描写》中说:"这种谈话风的文章,正是我们所需要的,只有这样,作品才像寻常谈话一般,读了亲切有味。"他在《谈话》里又认为"这是怎样不易达到的境界"。

借鉴欧美随笔的成功经验,中国现代杂文家关于杂文的"幽默风"和"讽刺风"的论述和实践也是成功的。中国现代最早鼓吹幽默的是林语堂,他把西方的 Humor 译为幽默,在 30 年代,他更竭力鼓吹幽默,在理论上他有贡献也有失误。在这方面最切实的贡献是鲁迅,在他所译的日本鹤见祐辅的《思想·山水·人物》中有一章是《论幽默》,较系统介绍欧美的幽默理论,其中他特别四次引用古罗马诗圣贺拉斯的名言:"含笑谈真理,又有何妨呢?"关于幽默真是千言万语道不尽,但也许只有贺拉斯的这句名言才能道出个中真谛吧。所谓幽默是智慧、温情和谐趣的结晶,是智、情、趣的统一,尤其在杂文里应是如此,杂文的幽默就是"含笑谈真理",即在社会批评和文明批评中,既给人理性的认识,又给人无穷乐趣。欧美随笔有形形色色的幽默,有蒙田的开朗蔼然的幽默,有艾迪生的温雅的幽默,有斯威夫特的近乎"黑色的幽默"(实际上更多的奇倔恶辣的讽刺),有兰姆的苦涩的幽默,也有马克·吐温的活泼开朗的近乎粗俗的幽默,这众多的幽默,在中国现代杂文家的幽默作品中都可找到对应。中国现代杂文史上真正的幽默大师,第一流的幽默大师并不是林语堂而是鲁迅,因为只有鲁迅杂文才称得上是"含笑谈真理"的。现代中国社会太黑暗了,杂文家在对黑暗的中国进行社会批评和文明批评时,势必要举起讽刺的匕首和投枪,只有这样才能解恨。30 年代林语堂在鼓吹幽默理论时,把幽默和讽刺截然分开,以英式幽默来反对讽刺显然是错误的,因而受到鲁迅的批评。欧美的卢奇安、斯威夫特、海涅、尼采、萧伯纳、高尔基对中国现代杂文"讽刺风"的形成和发展起过积极作用。

在欧美随笔影响下，中国现代杂文雅俗共赏的"谈话风"、"幽默风"和"讽刺风"的兴起和发展，保证中国现代杂文在社会批评和文明批评中，能更好承担起进行社会思想启蒙和促进社会进步改革的责任，使得杂文家能更自由舒畅地抒发个人情趣，中国杂文沿着现代化道路前进，从贵族化死胡同走向读者大众。

中国现代杂文在现代化的过程中，始终繁荣昌盛，持续发展，名家辈出，佳制联珠，出现了像鲁迅这样的世界第一流杂文大师，我们这个古老的世界超级杂文大国重新焕发青春，这简直是中外杂文史上的一种奇观。放眼当今世界，西方散文和杂文正趋沉寂衰落，我国新时期的杂文却度着姹紫嫣红、争奇斗艳的花季，前途正未可限量。这并非咱们妄自尊大，自卖自夸，有美国约翰·坎农的话为证，他在《中英随笔比较》中说：

> 我要讨论的最后一点是中英随笔的不同命运，断然下结论说英国小品文已失去了生命力，而中国小品文正在繁荣兴旺，也许并不过分，要看这两者的差别，我们只要看看作为新闻媒介的两国报纸就可以了。中国有声望的报纸，没有哪一天不留下至少一页的版面来刊登散文，题材范围不拘，既有随笔，也有报刊散文，多数报纸还有周末增刊，几乎完全用来刊登散文，而英国报纸定期让出固定的篇幅却十分难得，即使这样做了，也显得十分反常。但是不管怎么艰苦，怎么不安定，散文家如果用汉语写作总能生存，如果用英文写作，就会挨饿，只好依靠编辑的施舍为生，在台湾和香港，人们广泛地阅读和讨论散文集，有些甚至成了畅销书；在西方，你若建议某一出版商给你出版一本散文集，那么你就会遭到任何自尊心很强的出版商的冷眼……

（原载《外国杂文散文大观》，
天津百花文艺出版社 1994 年版）

中西古典浪漫散文的两座高峰

——庄子、卢奇安散文同异论

　　庄周（约前369—前286）是我国古代杰出的哲学家和散文家,他的哲学思想和散文创作,在我国思想史和文学史上占有重要地位,产生过极为深远的影响。卢奇安（又译琉善,约120—180）,是古代希腊的哲学家和散文家,考莱尔称他是"古典智慧与雄辩的最后一位大师",他的散文创作对西方的埃拉斯穆斯、莫尔、拉伯雷、莎士比亚、斯威夫特、伏尔泰、歌德、赫尔岑产生过深刻的影响。

　　在世界范围内,像庄周那样雄奇特异,有着深邃哲学思想和罕见的艺术才能的散文家,大约只有古希腊的卢奇安才差可比拟吧。他们都是有突出的思想和艺术创造才能的浪漫散文家,他们的散文创作突现了浪漫主义文学的全部特征和奇光异彩。无论是中国,还是西方世界,散文产生于神话、诗歌之后,它同神话和诗歌不同,它一产生就同日常生活和日常口语结下不解之缘,有着从娘胎里带来的老实巴交的写实品格,从而在散文创作领域,写实派散文占据了主流的正宗的地位。对于读惯了质朴平易的写实派散文的读者来说,庄子和卢奇安的浪漫主义散文,是个完全不同的思想世界和艺术世界,会从中感受到新的兴奋和新的启发。从这点说,研究庄子和卢奇安式的浪漫主义散文,对于拓展散文创作和散文研究的新思维,决不会是多余的。

同是浪漫主义散文家,庄子和卢奇安,一个在中国,一个在古代希腊,一个生活在我国战国时代的中期,一个相当于我国的后汉,他们有着完全不同的哲学体系,完全不同的社会历史文化背景和艺术修养,从而他们的浪漫主义散文就被打上不同历史文化艺术的烙印,有着不同的思想特征、艺术光彩和特殊的价值。就文学比较而论,作家思想和艺术个性的差异和独特性,尤其重要。

一

《庄子》全书现存 33 篇,内篇 7、外篇 15、杂篇 11。卢奇安的著作(主要是喜剧性讽刺对话)有 82 篇,其中有 34 篇是后人伪托的。卢奇安的著作,我国有周作人和罗念生等的译文。

庄子和卢奇安分别生活在社会大动乱的年代,都当过一段小官吏,但在思想上,他们都采取与统治阶级不合作的态度,都"非圣无法",激烈否定权威和传统,对社会现实进行尖锐的社会批评和文明批评,追求一种人人自由平等的理想社会,反映平民知识分子和小生产者的情绪和愿望。

法国浪漫主义文学大师雨果在《〈欧那尼〉序》里这样说:"浪漫主义其真正的定义不过是文学上的自由主义而已。""非圣无法"的庄子和卢奇安,激烈地否定权威和传统,尖锐地批判现存社会的诸多方面,热切地追求自由平等的理想境界,正是这种"文学的自由主义"即是文学的浪漫主义的突出特征。

多年来,庄子一直被扣上消极反动的没落奴隶主贵族思想家的帽子。这是不公正,也不符合实际的。在庄子的全部哲理散文中,无疑包含着虚静无为、消极避世、复古倒退的消极面,但庄子思想是个异常复杂的思想体系。在我国思想史和文学史上,在鲁迅之前,似乎还没有一位思想家和文学家能像庄子那样,对中国封建社会的政治制度、仁义道德、文化教育进行过那样深刻的批评、剖析和否定。在这些方面,庄子走得很远很远,以致陷入了政治虚无主义、道德虚无主义、文化虚无主义。无须多说,庄子对封建社会一切方面的批判、剖析和否定,成为历代进步思想家和文学家进行反封建的社会批评和文明批评的思想武器。

庄子生活的时代,战乱频仍,暴政肆虐,罪恶横流,人民命如草芥,苦不堪言。庄子认为造成社会动乱、黑暗的祸根之一是形形色色统治者,因而就以毫不留情的批判锋芒,对准他们,这在《庄子》内篇和杂篇中表现得尤为突出。他在《胠箧》里提出了"窃钩者诛,窃国者侯"的千古名言。窃国者一旦窃得政权,也就窃得了对仁义道德、真理正义的解释权和垄断权。《盗跖》里也说:"小盗者拘,大盗者为诸侯,诸侯之门,义士存焉。"在这揭露和批判中,是怎样愤激,怎样大胆,怎样深刻。庄周和他的后学,不仅把矛头对准桀纣那样的昏君、暴君,连黄帝、尧、舜、禹、汤、文、武等被儒家、墨家认为的圣君、贤君也加以批判、否定了。他们也就从彻底走向了虚无。

庄子主张保持、发扬人的自然本性,认为只有这才符合那作为宇宙本根、万物灵魂的至高无上的"道",历代统治者和儒家之徒张扬的仁义道德、礼乐文教,在他们看来,都是多余的"骈拇",都是给自然任性的野马带来束缚和痛苦的铁蹄和鞍辔,都是违背自然之"道",都是对人的个性的桎梏和扭曲,他们主张人的个性从这一切束缚扭曲中解放出来,他们非仁义而薄周孔。在《胠箧》里,庄周把盗跖等的盗贼之道同孔子们鼓吹的"圣人之道"即仁义道德相提并论,并且认为它们都是招致天下大乱的一个祸根。在《盗跖》里,他们虚构了盗跖痛斥孔夫子的场面,盗跖称孔夫子是"鲁之巧伪人",认为孔丘是比他更大的盗贼,因此,他反问说:"天下何故不谓子为盗丘,而乃谓我为盗跖?"

庄子不仅否定仁义道德,也否定一切文明。《胠箧》中提出:"掊斗折衡"、"擢乱六律"、"灭文章"、"散五采"、"绝钩绳"、"弃规矩",《天道》中有反对机械吸水的故事,理由是"有机械者必有机事,有机事者必有机心;机心存于胸中,则纯白不备,纯白不备,则神生不定;神生不定者,道之所不载者"。庄周学派目睹统治者假仁义道德之名窃国害民的大量事实,看够了礼乐文化的消极的负面影响,他们就从揭批仁义道德和礼乐文化走向了道德虚无主义和文化虚无主义。所以《在宥》里提出的"绝圣弃知,天下大治",正是必然的逻辑结果。

庄子面对社会的黑暗与不公,面对社会的矛盾与动荡,未能看到社会进步发展的必然趋势,而是走向了极端,走向追求个人的绝对精神自由的生活理想,走向退回到原始朴鄙社会的社会理想。《胠箧》描绘了"至德之世"的情景:"子独不知至德之世乎?……当是时也,民结绳而用之,甘其食,美其服,乐其俗,安其居,邻国相望,鸡狗之音相闻,民至老死而不相往来,若此之时,则至治已。"《盗跖》里也有类似的描写。庄子的理想的社会显然是原始公社社会。这种男耕女织、人人平等的社会显然是小生产者的社会理想,决不是贵族的社会理想。这种社会理想表现了他们对封建社会的绝望和决裂。

卢奇安的著述活动主要在160至180年之间,正是罗马皇帝马可·奥里略(161—180年在位)统治时期。165年,罗马帝国全境发生瘟疫和饥荒,人口损失大半,北方的日耳曼民族南下进攻,前后达十四年之久,奥里略皇帝在兵力财力交困中死在维也纳兵营里。当时罗马帝国统治开始动摇,奴隶制出现严重危机。大奴隶主和富豪专横跋扈,骄奢淫逸,平民穷困,难以为生,奴隶就更不用说了。在意识形态领域,各种唯心主义和宗教神秘主义盛行。

卢奇安对当时的社会现实十分不满。他在《过渡》一文中对最高统治者——以阴谋手段夺取政权、横征暴敛、实行暴力统治的霸主墨伽彭忒斯进行无情鞭挞。他的矛头实际上是针对罗马皇帝和整个统治阶级的。在《死人的对话》、《提蒙》、《公鸡》里,卢奇安对为富不仁的富豪,对形形色色、卑鄙无耻的拜金主义者进行无情的揭露和嘲笑。在《过渡》、《妓女的对话》里,卢奇安对鞋匠弥库罗斯、对被迫卖笑为生的妓女的贫困和不幸倾注了满腔的同情。《过渡》里的鞋匠弥库罗斯,劳累一生,始终无法摆脱穷困,他得知命数将尽,竟乐意前赴冥土,他对命运女神克罗托说:

> ……我的景况并不与富人一样,我们彼此的生活是两极端地相反,正如人们说的那样。那霸王呢,在他生前算是幸福的,被大家所怕惧所尊敬,但是现在要留下了他所有的金子和银子,服装和马匹,他的宴享,俊俏的侍童和美丽的妻妾,无怪他烦恼了,感着和他们别离的苦了。……至于我呢,我在世上没有留恋,没有田地,没有家屋,没有金子,没有器具,没有名誉,没有画像,……而且凭了宙斯,我看见你们这里(按:指冥土)一切就够好了,一切人都是平等,没有一个比他的邻人更好,这在

我觉得是最有意思的。我想在这里没有债主来讨债,也不收税,还有更好的是冬天不会挨冻,也不生病,或是受到有权力的人的杖责了。一切都是和平,事情是翻过来了,笑的是我们穷人,那富人却烦恼号哭了。[①]

相当曲折巧妙地表达了普通劳动者的社会理想,其实也是卢奇安的社会理想。

卢奇安是唯物论者,彻底的无神论者。因而对宗教迷信、鬼神观念的讽刺和批判占了他的喜剧性讽刺对话的主要篇幅。《诸神的对话》、《海神的对话》、《死人的对话》、《宙斯被盘问》、《宙斯唱悲剧》是嘲弄古希腊和史诗里的奥林普斯山上诸神的。在《诸神的对话》里,那被人们无限崇拜的诸神们竟是那样不伦不类,笼罩在他们头上的光圈被一扫而光,在对话里,他们互相揭露、互相嘲弄,大神宙斯荒淫而残暴,他不择手段追逐女人,这还不够,还到处物色男宠,天后赫拉则争风吃醋,千方百计谋害宙斯追逐的女人,太阳神阿波罗情场失意,同一些美男子搞起同性恋,爱神阿佛洛狄忒和战神阿瑞斯通奸……在《宙斯被盘问》里,犬儒派学者库尼斯科斯抓住了所谓大神宙斯至高无上、无所不能但又无法摆脱命运女神的支配这一根本矛盾,层层追问宙斯,使他大为恼火却又无可奈何,巧妙戳穿了所谓宙斯万能的神话。在《宙斯唱悲剧》里,宙斯得知人世间的有神论的斯多葛派和无神论的伊壁鸠鲁派进行有神和无神的辩论,率领诸神去列席那场生死攸关的辩论,结果是无神论派驳倒了有神论派,宙斯感到无可奈何的深刻悲哀。对于卢奇安的彻底的无神论,马克思和恩格斯极为赞赏,给予高度评价。恩格斯在《论早期基督教的历史》中称卢奇安为"古希腊罗马时代的伏尔泰",说从他的"平易的唯理论的观点看来",任何宗教迷信"同样是荒谬的"。

庄子散文和卢奇安的喜剧性讽刺对话在思想上都是异常自由开放的,在不少方面有其近似之处,不过相较之下,在思想的系统性、尖锐性和深刻性上,庄子超过卢奇安。

---

① 司马迁:《报任安书》。

二

　　法国雨果在《短曲与民谣集》里比较了两种人的创作情况。他说:"一个普通人只能作出规规矩矩的东西,只有非凡的天才才能驾驭创作。创作者居高临下,驾驭一切;模仿者在近旁观察,事事遵循规矩,前者按他本性的法律创作,后者遵循他流派的规则行事。艺术之于前者,是一种灵感,而于后者,仅仅是一种科学。"他认为后者是一种"平庸者的趣味",前者是一种"天才的趣味"。

　　庄子和卢奇安就是雨果所称赞的那种有着"非凡的天才才能驾驭创作"的浪漫主义散文家,他们不"就近观察",循规蹈矩地摹真写实,而是高扬着主体的独立创造精神"居高临下,驾驭一切",他们打破了历史和现实、时间和空间、现实世界和神鬼世界、外在世界和内在世界的界限,采取超现实的神话、寓言式的创作方法,创造出了汪洋恣肆、神秘幽深、奇特荒诞、不可重复的既极富想象又深涵哲理的思想艺术世界。

　　庄子对自己的散文创作,《寓言》、《天下》篇中有很好的自我概括。在庄子看来,他的哲理散文主要是以"寓言"(寄寓之言)、"重言"(引语、引用先辈圣哲的言论)、"卮言"(自然无成见的言论)的形式来表达思想的,庄子之所以采取这种有"谬悠之说,荒唐之言,无端崖之辞"特点的"寓言"、"重言"、"卮言"的表达方式,而不是直言实言的表达方式,那是因为一则"以天下为沉浊,不可与庄语",社会太黑暗、太混乱、太肮脏了,世人沉溺于物欲昏迷不醒,同他们讲述直言实言的大实话,那就显得迂腐可笑、徒劳无功了;二则这种直言实言的写实的表达方式太束缚人了,使作者无法把自己满腔心事和恍兮惚兮的奇特感受酣畅淋漓表达出来。庄子认为他采用并非直言实言的超现实的神话、寓言式的创作方法,他取得很好的效果,创造出了"弘大而辟(宏大而又通达),深闳而肆(深远而纵放)",即司马迁所说的"汪洋自恣而适己"的思想艺术境界。

　　《庄子》全书,也有一些神话故事,但更多的是寓言。在《庄子》之前,《周易》、《墨子》、《孟子》里也有不少寓言,从创作方法上加以区分,《周易》、《墨子》、《孟子》里的寓言,大多属于有着写实倾向的古典现实主义,《庄子》里的寓言,则多数属于超现实的古典浪漫主义。

《庄子》里有的寓言是从超现实的神话改造而来。《应帝王》中的"儵与忽为浑沌凿七窍"就是典型的一例:

> 南海之帝为儵,北海之帝为忽,中央之帝为浑沌。儵与忽时相遇于浑沌之地。浑沌待之甚善。儵与忽谋报浑沌之德,曰:"人皆有七窍以视听食息,此独无有,尝试凿之。"日凿一窍,七日而浑沌死。

这则寓言来自原始神话,《山海经》中记载的"浑沌无面目"的神话。这里的"浑沌"指自然和人的原性态,"窍"是指文化(文明)。文化的"负值"是破坏自然和人的原性态,这是文化的悲剧。从现实视角看,这则超现实的神话化的寓言,是"谬悠之说,荒唐之言,无端崖之辞",是一种审美的艺术幻觉,但却从一个方面有力揭示了文化的悲剧。

极度的夸张是《庄子》寓言创造超现实的境界的一种方法。这包括廓大和缩微。《外物》中的"任公子钓大鱼"就是无限廓大的具例。钓鱼本是常见生活现象,但文中任公子的鱼竿之长,可以"蹲乎会稽,投竿东海",钓饵有五十头犗牛;其鱼一跃,白波若山,"惮赫千里";其鱼之大,"自制河以东,苍梧之北,莫不厌若鱼者"。《则阳》中的"触蛮之战"则是缩微的典型:

> 有国于蜗之左角曰触氏,有国于蜗之右角曰蛮氏,时相与争地而战,伏尸数万,逐北旬有五日而后反。

庄子不以直观写实形式描写战国时代诸侯争霸"争地而战,伏尸数万"的惨剧,而以幻想夸张的超现实方法加以表现,把他的嘲讽藐视之情表达得格外强烈。

《庄子》的某些寓言中,禽兽能言,通于人性,它们有人的禀性、人的思想、人的感情,能像人那样谈话和行动。《秋水》中"夔"(独脚兽)和"蚿"(多足虫),"蚿"和"蛇","蛇"和"风"的对话就是这样。庄子甚而还会把无生命无形状的自然现象,写成有形状有生命的东西,甚而是人的形象,它们像人一样说起话来,如《齐物论》里的"罔两"(影子的影子)和"景"

（影子）的对话。《至乐》中所创造的死亡世界、人鬼对话更是匪夷所思，令
人叫绝：

> 庄子之楚，见空髑髅，髐然有形，撽以马捶。因而问之曰："夫子贪
> 生失理而为此乎？将子有亡国之事，斧钺之诛而为此乎？将子有不善之
> 和、愧遗父母妻子之丑而为此乎？将子有冻馁之患而为此乎？将子之春
> 秋故及此乎？"于是语卒，援髑髅枕而卧。夜半髑髅见梦曰："子之谈者
> 似辩士。视子之言，皆生人之累也。死则无此矣。子欲闻死之说乎？"
> 庄子曰："然。"髑髅曰："死，无君于上，无臣于下，亦无四时之事，从然以
> 天地为春秋，虽南面王乐，不能过也。"庄子不信，曰："吾使司命复生子
> 形，为子骨肉肌肤，反子父母妻子闾里知识，子欲之乎？"髑髅深矉蹙额曰：
> "吾安能弃南面王乐而复为人间之劳乎。"

欢乐的死亡世界与现实的悲惨形成鲜明对照，髑髅形象的创造与死亡世界的
勾画，出人意想，神秘怪诞。《庄子》里的寓言，荒唐怪诞，神秘幽深，表现了
丰富想象和深刻哲思的高度统一，在世界文学史上独树一帜。

卢奇安同庄子一样，也不把他的社会批评和文明批评以直言实言的方
式，而是以奇特怪诞极富浪漫传奇色彩的艺术幻觉加以表达，不过庄子更倾
心于寓言创造，卢奇安则采用神话的表达方式。

《诸神的对话》、《海神的对话》基本上是利用希腊神话和史诗里的有
关诸神素材，《死人的对话》里则除了诸神之外，另有历史人物亚历山大和
犬儒派哲学家狄俄革涅斯和墨尼波斯的介入，《过渡》、《公鸡》出现了民
间世俗人物鞋匠弥库罗斯，在《渔夫》和《真实的故事》里，卢奇安则作为
主人公同诸神、苏格拉底等哲学家，以及诸多怪物一道登场了。在卢奇安的
极富神话色彩的喜剧性讽刺对话里，他是"居高临下，驾驭一切"的。

卢奇安的对话同希腊神话一样也有着超凡的想象力，有着神奇怪诞的境
界，如《真实的故事》写卢奇安在海上天空类似荷马史诗里的俄底修斯的浪
漫传奇的惊险性经历就不必说了，在《过渡》里冥界法官审判霸主墨伽彭忒
斯在阳世的罪行，居然传唤霸主所用的"床"和"灯"前来作证，那没有生
命、没有感觉、没有情感的"床"和"灯"居然张嘴说人话了：

床　所有库尼斯科斯（犬儒派哲学创始人）所告发的都是真话。但是，主公剌达曼堤斯（冥界裁判官），我实在是说起来害羞，他在我头上干些那样的事情。

灯　白天里的事情我不曾见到，因为我不在场，至于夜里的所作所为，我不愿意来说。我看见过许多事情，都是不可言说的，超过了一切的强暴。实在我屡次故意不吸油，想要独自熄灭了，但是他却把我移近他的现场，这种情形把我的光都污尽了。

《公鸡》里的鞋匠弥库罗斯对自己劳累而穷困的劳动者生活感到厌烦，他羡慕邻居一个富翁的生活，但他喂养的一只公鸡却开口对他说话了，原来这只公鸡是古希腊哲学家毕达哥拉斯变的，公鸡劝慰他，并带他去看看那富翁的夜生活。那位富翁是靠扒窃诈骗发财，发财之后，夜里都在昏黄灯光下点钱数钱藏钱，他点得手都细了白了，头发也花了。看了这一切，鞋匠却觉得他的劳累而穷困比富翁的无聊生活要高尚得多。《渔夫》里，卢奇安以无花果干和黄金作诱饵，把古希腊各个哲学学派在罗马帝国的传人，那些利欲熏心的学术骗子，像一条条大鱼从城下钓上来，然后责骂一通又扔下去。在《伊卡洛墨尼波斯》里，犬儒派哲学家为了穷究宇宙奥秘，借用秃鹫和苍鹰的翅膀飞向月球，到了宙斯的神殿。在《墨尼波斯》里，也是墨尼波斯借助阿剌伯巫师的法术去游历冥界，在那里有不少神和人、人和鬼对话的场景。在卢奇安的对话里，也有像庄子那样关于无限大和无限小的有趣描写。当墨尼波斯在无边无际的天空飞翔，他背负青天，俯视人间，他竟也有类似《庄子》"触蛮之战"里的那种感觉，表示了对"争地而战，伏尸数万"，对那权力和财富的争夺表示了极度的愤慨和藐视。

无论是庄子的寓言还是卢奇安的神话色彩的喜剧性讽刺对话，基本上都是超现实的神奇想象力和幽深思考力绽放的散文奇葩，在中国和欧洲的散文史占有重要位置，它们是中西古典浪漫散文的两座高峰，是中西浪漫散文创作的灵感源泉。

三

庄子散文是哲理散文,唯理论者卢奇安的对话则融阿里斯多芬的喜剧和柏拉图的对话于一体,但其精魂仍在于阐发弘扬他的社会人生哲理。从这点说,庄子散文和卢奇安对话有其契合点。不过庄子散文和卢奇安对话毕竟是在古代中国和古代希腊罗马的根本不同的历史文化背景下的文化现象,不能不打上根本不同的历史文化烙印。

不能说中国古代没有形式逻辑和辩证逻辑,英国的李约瑟在《中国科技史》里已经反驳过这一偏见。但是中国古代确没有出现过像亚里士多德那样时时刻刻都建立严整理论体系的理论家,像亚里士多德那样写出过自成理论体系的《形而上学》、《物理学》、《伦理学》、《政治学》、《逻辑学》、《诗学》、《修辞学》。以庄子而论,他无疑是一位思想异常开放、思维异常活跃,并有着罕见的思想和艺术创造才能的哲学家和散文家。但他总是避免以抽象的逻辑推理的形式来表达他的玄妙精微的社会人生思考,总是把他的妙不可言的哲思,如盐溶化于水那样溶解在神奇怪诞的寓言、重言之中,达到"羚羊挂角,无迹可求"的境界,偶有抽象议论,也是"厄言日出,和以天倪,因以曼衍,所以穷年"。在他的雄辩性议论之流中,妙喻如珠,溅跳着诗和哲理的浪花,使人如饮醇醪,如坐春风。闻一多在《庄子》里曾盛赞庄子的哲理散文是论说文里的"一件灵异的奇迹":

> 读《庄子》,本分不出那是思想的美,那是文字的美。那思想与文字,外型与本质的极端的调和,那种不可捉摸的浑圆的机体,便是文章家的极致,只那一点,便足注定庄子在文学中的地位。……在人工的制作里确乎有那种文字与思想不碰头的偏枯的现象,不是辞不达意,便是辞浮于理。我们且不讲言情的文,或状物的文。言情状物要做到文辞与意义并到,固然不容易,纯粹说理的文做到那地步尤其难,几乎不可能。也许正因为那是近乎不可能的境地,有人便要把说理文根本排出文学的范围外,那真是和狐狸吃不着葡萄,说葡萄酸一样的可笑。要反驳那种谬

论,最好拿《庄子》给他读。即使除了庄子,你抬不出第二位证人来,那也不妨。就算庄子造了一件灵异的奇迹,一件化工罢了——就算是庄子单身匹马给文学开拓了一块新领土,也无不可。

郭沫若在为《闻一多全集》作序时,特别赞赏闻一多的这段极为精彩的评论庄子散文的文字。卢奇安的喜剧性讽刺对话是一种双重结构,外在的是类似于喜剧的讽刺性故事结构,内在的是对话录式的逻辑推理结构。卢奇安还没能把两结构加以巧妙化合、融为一体,给人硬性焊接的感觉,因而,他的对话较之庄子散文有更明显的逻辑推理痕迹,他更偏爱抽象说理,他的对话更唠叨,有时给人烦冗沉闷的感觉。 庄子散文和卢奇安对话,都有嬉笑怒骂、尖锐犀利的讽刺、批判、揭露锋芒,但是讽刺之外,庄子有着更多的幽默,庄子的个性在散文中有更充分、更生动的体现。

卢奇安曾信仰过犬儒派哲学,犬儒派学者常常出现在他对话里,成为他思想的传声筒。犬儒派的憎恨的哲学也影响了卢奇安的个性、思想和文风了。且看《渔夫》里卢奇安和爱智女神(哲学)的对话:

卢奇安　我憎恨说大话的,憎恨骗子,憎恨说诳的,憎恨虚荣心,憎恨各种坏人,他们却是很多,如你所知道的。

爱智　凭了赫剌克勒,你的职业充满着憎恨呀。

卢奇安　你说得对。你知道,实在我因此得到多少人的怨恨,并且怎样我遇见危险。

可是和这相反的事我也是会的,这我说是从爱出来的事,因为我是一个爱真理的,爱美的,爱简素的,爱一切凡值得爱的东西。但够得上做这方面对象的,为数很少,反过来可以列入憎恨方面的,人数却有5万人。因此这一方面,因为久不使用,几乎忘记了,而对别一方面则成为是很熟练了。

讽刺总是和憎恨相联结的,幽默有时则需要必要的宽容和同情心。卢奇安对话以尖刻讽刺著称,但似乎缺少幽默。

庄子的个性在散文中有充分的体现,在尖锐锋利的讽刺、批判、揭露之外,他的散文中有那么多的幽默。

如《秋水》中的寓言:

> 惠子相梁,庄子往见之。或谓惠子曰:"庄子来,欲代子相。"于是惠子恐,搜于国中,三日三夜。庄子往见之,曰:"南方有鸟,其名为鹓鶵,子知之乎? 夫鹓鶵,发于南海,而鹓鶵飞于北海;非梧桐不止,非练实不食,非醴泉不饮。于是鸱得腐鼠,鹓鶵过之,仰而视鹓鶵之曰:'嚇!'今子欲以子之梁国而嚇我邪?"

庄子散文的幽默,是他俯视人生的高度智慧的表现,是他旷达诙谐天性的表现,是他娴熟运用笑的喜剧才能,并使之更节制更内含的表现。

庄子散文和卢奇安的对话,是中西古典浪漫散文的两座高峰。相较之下,我更喜欢庄子的散文。关于庄子散文,闻一多在《庄子》里还写下这样的话:魏晋以后"中国人的文化上永远留着庄子的烙印。他的书成了经典。他屡次荣膺帝王的荣封。至于历代文人学者对他的崇拜,更不用提。别的圣哲,我们也崇拜,但那像对庄子那样倾倒、醉心、发狂?"这话说得极好。我以为庄子散文是世界文学史上前无古人、尚无来者的一个奇迹。我们热切期待着更多的庄子式的浪漫散文。

（原载《中外杂文散文综论》,福建教育出版社 1997 年版）